Anthony Trollope (1815–1882), ein Zeitgenosse von Dickens und Thackeray, war im bürgerlichen Beruf höherer Postbeamter in Irland und England. Berühmt aber wurde er als Autor einer stattlichen Reihe von Gesellschaftsromanen, die durchweg aufsehenerregende Publikumserfolge wurden.

Jene Familienromane, in deren Zentrum die Pallisers stehen, hat Carl Brinitzer bearbeitet und übersetzt, und es ist ihm überaus treffend gelungen, den trocken-humorvollen Stil des englischen Originals ins Deutsche zu übertragen.

Juli 1979
Vollständige Taschenbuchausgabe

Umschlaggestaltung Atelier Blaumeiser
Umschlagfoto BBC
Satz Süddeutsche Verlagsanstalt und Druckerei GmbH, Ludwigsburg
Druck und Bindung Mohndruck, Gütersloh
Printed in Germany
ISBN 3-426-00632-4

Anthony Trollope:
Die Pallisers

Eine Familiensaga

Ins Deutsche übertragen und bearbeitet
von Carl Brinitzer

Droemer Knaur

Inhalt

1 Onkel und Neffe – Als die Lästerzungen zu tuscheln begannen – Lady Dumbello und die Einfuhrzölle auf Zucker – Haben Sie schon mal ans Heiraten gedacht? – Ein strahlendes Unterpfand neuen Vertrauens – Lady Glencora M'Cluskie heiratet Plantagenet Palliser

Plantagenet Palliser war der künftige Erbe des Herzogs von Omnium, Erbe seines Titels und seines ungeheuren Vermögens, also eine bedeutende Persönlichkeit, wie man zu sagen pflegt. Natürlich hatte er einen Sitz im Unterhaus. Er war etwa fünfundzwanzig Jahre alt und noch unverheiratet. Aus Jagd und Jagdgesellschaften machte er sich nichts. Er leistete sich kein Segelboot. Man hörte ihn oft sagen, daß er noch nie in seinem Leben einen Rennplatz betreten hat. Seine Kleidung war unauffällig. Niemals wechselte er Schnitt oder Farbe seines Anzugs. In Gesellschaft verhielt er sich ruhig, reserviert, oft sogar schweigsam. Er war hochgewachsen und sah gleichsam mit dem Kopf über den Wald, dazu wirkte er etwas schmalbrüstig. Doch war er keineswegs häßlich. Das ist aber auch alles, was sich über seine äußere Erscheinung sagen läßt. Erwähnenswert ist noch, daß man ihn, selbst wenn man ihm übelwollte, unmöglich mit einem anderen Gentleman verwechseln konnte.
Mit seinem Onkel stand er auf gutem Fuß, jedenfalls hatten sich die beiden nie gezankt, und der Herzog sorgte in großzügiger Weise für den Unterhalt seines Neffen. In ihrem Wesen waren sie jedoch grundverschieden. Sie trafen sich auch nur selten.

Bisher hatte die sogenannte große Welt Plantagenets Namen noch nie in einem amourösen Zusammenhang genannt. Niemand flüsterte von einer Frau, die er geheim oder weniger geheim verehrte. Und doch war es behutsam schnüffelnden Beobachtern nicht entgangen, daß man ihn in jüngster Zeit oft im selben Zimmer mit Lady Dumbello angetroffen hatte. Das war aber auch alles. Da man aber wußte, daß die beiden, Plantagenet und die Lady, ihre Gefühle nie zur Schau trugen, konnte man solchem Zusammensein schwerlich tiefere Bedeutung beimessen. Plantagenet unterhielt sich eben von Zeit zu Zeit ein wenig mit der Lady. Warum auch nicht? Wenn man genau hinsah, konnte man in seinem sonst regungslosen Gesicht ein besonderes Interesse wahrnehmen, und Lady Dumbello, wenn sie merkte, daß er sich in der Nähe befand, hob ihren Kopf ganz leicht. Sie schaute sich dann um, und es schien, als habe sie etwas gesichtet, was einer näheren Betrachtung wert war.

Die Weihnachtstage verbrachte Plantagenet Palliser wie immer auf dem Schloß seines Onkels, in Gatherum Castle.

»Na, Plantagenet«, sagte der Herzog, »sicher steckst du wieder bis über die Ohren in Arbeit.«
»Ja«, erwiderte Palliser mit seiner üblichen Leichenbittermiene, »wenn man einmal richtig angeschirrt ist, kann man kaum ausspannen.«
Ach, dachte der Herzog, diese weise Bemerkung und dieses schöne Wortspiel hab' ich doch schon mal gehört. Wann? Ja, richtig, als Plantagenet vor einem Jahr zu Weihnachten in Gatherum Castle war. Das erwähnte der Herzog aber nicht. Er sagte nur: »Vor deiner Abreise möchte ich noch etwas mit dir besprechen.«
So steif-formell hatte sich der Herzog bisher noch nie geäußert; das entsprach seinem Wesen nicht.
Selbstverständlich fügte sich der Neffe dem Wunsch seines Onkels. Am folgenden Tag saßen sie sich im Privatzimmer des Herzogs gegenüber. Es war kurz vor sechs Uhr abends.
»Ich glaube nicht, daß viel an der Sache ist«, begann der Herzog. »Aber . . ., aber man beginnt, über dich und Lady Dumbello zu reden.«
»Wie nett von den Leuten«, sagte Plantagenet. Dabei erinnerte er sich, wie vor vielen, vielen Jahren die Leute in gleicher Weise über seinen erlauchten Onkel und die vielleicht nicht ganz so erlauchte Schwiegermutter von Lady Dumbello getuschelt hatten.
»Ja«, meinte der Herzog ironisch, »die Leute sind immer so nett. Vor allem, wenn es sich nicht um ihre eigenen Angelegenheiten handelt. Soviel ich weiß, kommst du jetzt gerade aus Hartlebury. Oder irre ich mich?« Hartlebury war der Landsitz des Marquis von Hartletop.
»Nein, Herzog, Sie irren sich nicht, und in ein paar Wochen, im Februar, werde ich wieder in Hartlebury sein.«
»Das tut mir aber leid. Natürlich will ich deine Pläne nicht stören. Du wirst doch zugeben, daß ich das noch nie getan habe.«
»Nein«, erwiderte der Neffe, »Sie haben mir immer größte Freiheit gewährt.«
»Aber in diesem konkreten Fall muß ich mich einmischen. Ich bin der Ansicht . . .«
Der Herzog sprach die folgenden Worte ganz langsam und mit größter Bestimmtheit: »Ich bin der Ansicht, du solltest dich in Hartlebury so selten wie möglich zeigen. Du hast mir eben mitgeteilt, daß du schon in ein paar Wochen wieder zu den Hartletops fahren willst. Bitte, ich werde dich nicht hindern. Selbstverständlich kannst du fahren. Ich würde dir nur raten: Bleib nicht länger als ein oder zwei Tage.«
Plantagenet Palliser verdankte seinem Onkel alles, was er auf dieser Welt besaß. Der Herzog hatte ihm seinen Sitz im Parlament verschafft. Es war auch der Herzog, von dem er Jahr für Jahr eine runde Summe in Höhe von

ein paar tausend Pfund Sterling erhielt. Ein Wort des Onkels genügte, und die weitere Auszahlung dieser Rente konnte gestoppt werden. Er war der Erbe seines Onkels. Eines Tages mußte ihm die Herzogswürde samt allen Fideikommißgütern in den Schoß fallen, es sei denn, der Onkel heiratete, wobei die Möglichkeit und die Gefahr bestand, daß dann aus dem Schoße einer neuen Herzogin ein männlicher Erbe hervorging. Diese Fideikommißgüter waren natürlich unveräußerlich. Aber der Herzog besaß auch andere Ländereien und sonstiges Eigentum, und da gab es keinen erbrechtlichen Schutz bis in alle Ewigkeit. Über diesen Besitz konnte der Onkel frei verfügen. Vielleicht lebte er noch zwanzig Jahre, vielleicht sogar noch länger.

Wenn Plantagenet also den Onkel verletzte, bestand immer die Möglichkeit, daß der Herzog heiratete und Vater wurde.

Und dann? Kein Mensch war von einem anderen Menschen so abhängig wie unser Plantagenet Palliser von seinem Onkel. Allerdings gab es wohl auch keinen Vater oder Onkel, der seinem künftigen Erben weniger Schwierigkeiten gemacht hätte als der Herzog von Omnium. Trotzdem machte sich der Neffe instinktiv Sorgen, als er diese erste Anspielung auf sein Privatleben zu hören bekam. Sofort beschloß er, sich einer derartigen Bevormundung zu widersetzen.

»Ich hab' keine Ahnung, wie lang ich dort bleiben werde«, sagte er. »Unter keinen Umständen werde ich jedoch die Dauer meines Aufenthalts von albernen Gerüchten abhängig machen.«

»Nein, gewiß nicht. Aber vielleicht wird mein ausdrücklicher Wunsch einen Einfluß auf die Dauer deines Aufenthalts haben.« Bei diesen Worten sah der Herzog gar nicht wie der gute Onkel aus.

»Sie können doch nicht verlangen, daß ich Gerüchte ernst nehme, die jeder sachlichen Berechtigung entbehren.«

»Es geht mir nicht um diese Berechtigung. Ich will mich auch nicht in deine Lebensweise einmischen.« Mit dieser letzten Bemerkung wollte der Herzog seinem Neffen zu verstehen geben, daß er zwar jederzeit jedem beliebigen Gentleman die geliebte Ehefrau abspenstig machen dürfe, daß er aber keinesfalls auch nur den leisesten Argwohn erregen dürfe, als wolle er Lord Dumbello die Gattin ausspannen. »Ich will dir mal sagen, mein lieber Plantagenet, um was es mir bei dieser Sache geht. Schon seit Jahren bin ich mit dieser Familie befreundet. Ich habe nicht viele nahe Freunde und bin wohl schon über das Alter hinaus, in dem man neue Freundschaften schließt. Mit anderen Worten: Ich will meine Freunde behalten. Du wirst also verstehen, wie unangenehm es mir wäre, wenn mein Vergnügen an den Besuchen in Hartlebury durch solches Gerede beeinträchtigt würde oder wenn meine dortigen Freunde dadurch die Lust verlieren sollten, mich zu besuchen.« Der Herzog hätte sich nicht deutlicher ausdrücken können. Plantagenet verstand ihn nur zu gut.

»Und damit basta!« sagte der Herzog.

»Aber es ist doch alles nur törichtes Geschwätz!«

»Das glaub' ich dir gern. Geschwätz ist immer töricht. Aber was kann man da machen? Schließlich können wir den Leuten doch nicht ihre Lästerzungen abschneiden.« Für den Herzog schien nach dieser kurzen Ansprache das Thema erledigt.

»Aber wir können uns doch wenigstens die Ohren zuhalten, wenn die Lästerzungen zu tuscheln beginnen«, meinte der Neffe etwas unbesonnen.

»Du kannst es vielleicht. Ich hab' es nie vermocht. Und doch hat mir noch niemand nachgesagt, daß ich zu sehr auf das höre, was die Leute reden. Du denkst jetzt, mein Junge, daß ich zuviel von dir verlange. Vergiß aber nicht, daß ich dir bisher viel gegeben und nie etwas gefordert habe. Ich erwarte also, daß du mir in dieser Angelegenheit gefällig bist.«

Plantagenet Palliser verließ den Raum. Er wußte, daß der Onkel unmißverständlich eine Drohung ausgesprochen hatte. Im Klartext hieß das: Wenn du nicht von Lady Dumbello abläßt, streiche ich deine jährlichen 7000 Pfund Sterling. Ich werde dafür sorgen, daß du deinen sicheren Wahlkreis Silverbridge verlierst. Ich werde ein neues Testament machen, in dem ich dir zwei schöne Landsitze aberkenne, die dir bereits für den Fall deiner Heirat zugedacht waren.

Während sich Plantagenet all diese unliebsamen Eventualitäten ausmalte, dachte er zugleich über seine angeblich so intime Beziehung zu Lady Dumbello nach. War er wirklich in sie verliebt? Bisher hatte er nur ein paar belanglose Worte mit ihr gewechselt. Sie hatte ihm im Grunde nichts bedeutet. Aber da man ihm nun seine Beziehung zu Lady Dumbello vorwarf, meinte er, es sei seine Pflicht als Ehrenmann, sich Hals über Kopf in diese Frau zu verlieben, deren Name ja ohnehin schon mit dem seinen verknüpft war. Und dann war er ja schließlich ein Palliser und leitete seinen Vornamen Plantagenet von jenem englischen Königshaus ab, das mit seinen Nebenlinien Lancaster und York fast bis zum Ende des 15. Jahrhunderts über England geherrscht hatte. Sollte er die Drohung seines Onkels beachten? Unsinn! Seine herzoglichen Gnaden würden wohl doch nicht mehr heiraten. Jeder mußte hin und wieder etwas riskieren. Plantagenet begab sich also Anfang Februar nach Hartlebury. Er war allerdings fest entschlossen, in seinen Bemühungen um Lady Dumbello äußerste Vorsicht walten zu lassen.

In der ersten Woche seines Aufenthalts in Hartlebury sagte er deshalb nichts Zärtlicheres zu Lady Dumbello als ein paar leicht hingeworfene

Bemerkungen über das Wetter. Nun dürfen wir allerdings nicht verschweigen, daß er gerade zu diesem Zeitpunkt sehr mit Arbeit überlastet war. Er hatte fest zugesagt, bei der Parlamentsdebatte über die Thronrede der Königin Viktoria das Wort zu ergreifen. Seine Rede sollte mit Statistiken gespickt sein. Überdies hatte er eine Reihe wichtiger politischer Briefe an seine Parteifreunde zu schreiben. Der Tag hatte einfach nicht genug Stunden. Er war verstimmt, daß ihm seine Arbeitsroutine nicht genügend Zeit ließ, um mit liebevoller Gründlichkeit an den eigentlichen Zweck seines Aufenthalts in Hartlebury zu denken. Aber etwas mußte unternommen werden. Er mußte noch vor seiner Abreise eine Aussprache mit Lady Dumbello herbeiführen. Er mußte ihr sein Geheimnis anvertrauen. Jeden Tag nahm er sich vor, ihr sein Herz auszuschütten. Doch die Tage vergingen – und nichts geschah.
Lag es vielleicht daran, daß ein Herrensitz auf dem Lande nicht gerade der ideale Schauplatz für die von ihm erträumten zärtlichen Manöver war? Man war nie allein, überall stolperte man über andere Gäste. So konnte er Lady Dumbello immer nur aus einem gewissen Abstand bewundern. Sie war ohne Zweifel eine ungewöhnlich schöne Frau. Wenn er sie nur anschaute, war ihm wohl zumute. Aber so sehr er sich auch bemühte, er konnte keinen Gesprächsstoff finden, über den er sich mit der Dame seines Herzens einigermaßen sinnvoll im großen Salon von Hartlebury hätte unterhalten können. Später am Abend hörte er sich selbst, wie er zu ihr sprach. Und worüber? Über die Einfuhrzölle auf Zucker. Da wußte er, daß es wohl besser sei, das Gespräch abzubrechen. Und nun blieb ihm nur noch ein Tag, um das zu sagen, was er sagen wollte. Sicher würde alles in London leichter gehen. Sollte er die Aussprache nicht vertagen? Einer der überfüllten Londoner Salons würde einen besseren szenischen Hintergrund für eine kleine Privatunterhaltung abgeben. Vor allem würde Lord Dumbello dort nicht immer wie ein »Ehemann ex machina« auftauchen und ihn scharf im Auge behalten.
Unverrichteter Dinge kehrte Plantagenet Palliser nach London zurück. Er las die Zeitungen. Allgemein wurde seine Stellungnahme zur Thronrede der Königin gelobt. Einige Politiker und Journalisten mit prophetischem Gemüt sahen bereits einen künftigen Schatzkanzler in ihm. Er saß an seinem Schreibtisch und schob die Zeitungen beiseite. Stimmte es wirklich, daß jede kleinste Windung seines Gehirns nur mit Statistiken angefüllt war? Er dachte an Lady Dumbello. Und dieser Gedanke hätte wenigstens nichts mit vergleichenden Tabellen zu tun, mit Zahlen und Prozenten. Was wäre geschehen, wenn er Lady Dumbello kennengelernt hätte, ehe sie ihrem jetzigen Gatten begegnete? Hätte er sie nicht auf der Stelle geheiratet? Auf alle Fälle wäre es für ihn leichter gewesen, ihr sein Herz auszu-

schütten. Er hätte dann nicht zu »Lady Dumbello« sprechen müssen, sondern einfach zu Miß Grantly oder Lady Griselda Grantly.
Er hing diesen Gedanken noch nach, als ein gewisser Mr. Fothergill sein Arbeitszimmer betrat. Mr. Fothergill war der Sekretär seines Onkels. Allerdings kümmerte er sich nur um die allgemeinen Geschäfte. Er war also nicht das, was man einen Privatsekretär nennt. Im ganzen verstand er sich auf seine Arbeit. Er wußte immer, wo sein eigener Vorteil lag.
Zunächst besprach Mr. Fothergill einige Routineangelegenheiten mit Palliser. Dann fragte er ziemlich unvermittelt: »Verzeihung, Sir, haben Sie schon mal ans Heiraten gedacht? Sie müssen mir diese indiskrete Frage vergeben. Aber ich dachte mir ... ich habe das Gefühl, daß sich unter Umständen ... ich meine, vielleicht könnte in die gute Beziehung zu Ihrem Onkel ein Mißton geraten. Und das wäre doch schade ... sehr bedauerlich ...«
»Ich glaube nicht, daß es zu einem Zwist oder auch nur zu einer Verstimmung zwischen mir und meinem Onkel kommen könnte.«
Palliser sprach diesen Satz mit großer Würde. Aber kaum hatte er diese würdige Erklärung abgegeben, hatte er das Gefühl, wohl doch ein wenig geflunkert zu haben.
»Nein, nein«, meinte Mr. Fothergill, »ich glaube ja auch nicht, daß es zu einer Verstimmung kommen könnte. Aber der Herzog kann bisweilen sehr hartnäckig sein. Wenn er sich etwas in den Kopf gesetzt hat ... und im übrigen hat er ja einen solchen Einfluß, eine solche Macht ...«
»Mr. Fothergill, ich bin mein eigener Herr.«
»Das wollte ich ja auch nicht bestreiten. Und doch, Mr. Palliser, es wäre nicht ratsam, den Herzog zu verletzen. Hab' ich recht?«
»Natürlich liegt mir nichts ferner ...«
»Na, sehen Sie. Immerhin verfügt der Herzog ja auch völlig selbständig über all seine Ländereien, über seinen immobilen und mobilen Besitz. Wenn es ihm Spaß macht, könnte er morgen heiraten ... Wie gesund und rüstig er ist, wissen Sie ja selbst. Ich kenne niemanden in seinem Alter, der es mit ihm aufnehmen könnte.«
»Wie erfreulich, daß wir wenigstens in diesem Punkt einer Ansicht sind.«
»Aber wenn sich der Herzog nun durch Ihr Verhalten verletzt fühlen sollte?«
»Es täte mir leid, doch ich würde es mit Anstand zu tragen wissen.«
»Gewiß ... gewiß ... Aber da Sie genau wissen, welchen Einfluß er hat ...«
»Sagen Sie, Mr. Fothergill, sind Sie heute im Auftrag des Herzogs zu mir gekommen?«

»Nein, Mr. Palliser. Nein! Davon kann überhaupt keine Rede sein. Ich dachte mir nur neulich, als ich bei ihm war . . . Wie soll ich es nur sagen? Ich hatte das Gefühl, daß er sich Ihretwegen gewisse Sorgen macht, Sorgen wegen der Thronfolge, wenn ich so sagen darf. Er wünscht sich einen Erben. Darf ich daher meine Frage wiederholen: Haben Sie schon mal ans Heiraten gedacht?«

Das Geschwätz der Leute verstummte nicht. Nach langer Wanderung gelangte das Gerücht auch in das ländliche Pfarrhaus, in dem Lady Dumbello geboren worden war und von dem aus sie ihr Lebensweg in die prunkvollen Schlösser und eleganten Stadtwohnungen geführt hatte, die sie nun mit ihrer Gegenwart zierte. Und so blieb es nicht aus, daß auch der Archidiakon Grantly, der Vater der Lady, von dieser unangenehmen Geschichte erfuhr. Der armen Mutter lief es eiskalt über den Rücken. Ihre Tochter hatte es weit gebracht in der Welt und war dabei selber recht weltlich geworden. Aber Mrs. Grantly hatte sich ihre althergebrachten Ansichten bewahrt. Sie grübelte und grübelte. Dann sagte sie zu ihrem Mann: »Ich werde ihr schreiben. Schließlich bin ich ja immer noch ihre Mutter. Ich werde ihr schreiben. Vielleicht weiß sie überhaupt nicht, was die Leute über sie reden.«

Und Mrs. Grantly schrieb:

Plumstead, im April

Liebe Griselda!

Von verschiedenen Seiten sind uns Gerüchte zu Ohren gekommen. – Ach, Griselda, wenn ich doch nur wüßte, wie ich zugleich verbergen und offen aussprechen könnte, was ich dir nun schreiben muß! Man erzählt sich, daß Du intime Beziehungen zu einem Mr. Palliser unterhältst, und dieser Mann soll ein Neffe des Herzogs von Omnium sein. Man erzählt auch, daß sich Dein Mann in seiner Ehre gekränkt fühlt. Ich will Dir nichts verschweigen. Meine aber nicht, daß ich alles glaube, was die Leute behaupten, wenn sie nichts anderes im Sinn haben, als dem Teufel ein Ohr abzuschwatzen. Man sagt, Du wolltest Dich ganz und gar dem Schutz dieses Mr. Palliser anvertrauen. Mein liebes Kind, weißt Du, wie schwer es mir fällt, diese Worte zu Papier zu bringen? Ach, mein allerliebstes Kind, meine einzige Tochter, die mir noch verblieben ist, ich fühle und hoffe, daß nichts von dem wahr ist, was ich eben geschrieben habe. Doch hielt ich es für meine Mutterpflicht, Dich über alles zu informieren, was die böswilligen Schandmäuler von Dir behaupten. Wenn Du mir schreibst, daß alles nur erfunden und erlogen ist, wäre ich wieder glücklich, die glücklichste Mutter der Welt, auch wenn ich mir dann wegen meiner Leichtgläubigkeit die schwersten Vorwürfe machen müßte. Sei versichert, mein Kind, daß ich allzeit Deine liebende Mutter bin.

Susan Grantly

Während die Pfarrfrau diese Zeilen schrieb, saß Mr. Palliser in seinem Arbeitszimmer und dachte über die seltsame Unterredung nach, die er eben mit Mr. Fothergill, dem Faktotum seines Onkels, geführt hatte. Lady Dumbello war wieder in ihre Londoner Stadtwohnung in Carlton Gardens zurückgekehrt. Er war entschlossen, ihr bei der ersten sich bietenden Gelegenheit seine Liebe zu gestehen. Er war der Ansicht, daß die Welt eine solche Erklärung von ihm erwartete und daß die gleiche Welt schon ein wenig enttäuscht war, weil er die Erklärung immer von neuem verzögert hatte.

Eines Morgens faßte er also den heroischen Entschluß, an eben diesem Tage sein Herz sprechen zu lassen. Er wußte, daß Lady Dumbello abends zu einem Empfang bei Lady de Courcy eingeladen war. Kaum hatte er sich innerlich auf diese Party vorbereitet, da wurde ihm ein Brief überreicht, der mit der normalen Post gekommen war. Absender war Mr. Fothergill, Agent und Faktotum seines Onkels. Er wurde in diesem Schreiben dahingehend informiert, daß der Herzog einen bestimmten Geldbetrag auf sein Bankkonto überwiesen habe. Zugleich hieß es aber in diesem Brief, der Herzog habe seinem Agenten ganz bestimmte Anweisungen erteilt, von denen die Auszahlung der nächsten Rente abhängen sollte. Mr. Fothergill hatte von sich aus nichts hinzugefügt. Aber Palliser wußte, was gemeint war. Beim Lesen dieses Schreibens erfaßte ihn ein Schauder. Der Boden schwankte unter seinen Füßen. Dennoch beharrte er auf seinem Entschluß, abends die Party bei Lady de Courcy zu besuchen.

Am gleichen Morgen erhielt Lady Dumbello den Brief ihrer Mutter. Sie ließ sich gerade ankleiden, als sie ihn las. Aber keine der Zofen und Kammermädchen, die ihr behilflich waren, hatte auch nur den leisesten Verdacht, daß dieser Brief ihre Lady aufgeregt haben könnte. Als die Morgengarderobe nahezu fertig war, erteilte sie einem der Mädchen den Auftrag: »Richte bitte Lord Dumbello aus, daß ich mich freuen würde, wenn er mir beim Frühstück Gesellschaft leisten könnte!«

»Wie Lady befehlen«, sagte das Mädchen. Einige Augenblicke später kam sie mit der Antwort zurück: »Seine Lordschaft wird in wenigen Minuten kommen.«

»Gustavus«, begann sie, nachdem sie sich bequem hingesetzt hatte, »ich bekam gerade einen Brief von meiner Mutter. Ich möchte gern, daß du ihn liest.« Sie reichte ihm das Blatt. »Wenn ich nur wüßte, was ich getan habe, um ihren Argwohn zu verdienen! Aber sie lebt auf dem Land, und du weißt ja, wie man dort von Klatschbasen umgeben ist. Jedenfalls mußt du ihren Brief lesen. Ich möchte, daß du mir dann sagst, wie ich mich verhalten soll.«

Lord Dumbello nahm den Brief. Er las ihn langsam, sehr langsam. Dabei stand er mit dem Rücken zum Kamin.

»Also, Gustavus«, sagte Lady Dumbello, nachdem sie lang genug gewartet hatte, »was soll ich antworten? Soll ich diesen Brief überhaupt beantworten?«

»Eine sehr ernste Sache«, sagte er.

»Allerdings. Und die Geschichte ist besonders ernst, weil dieser Brief von meiner Mutter kommt. Sie hätte mir sonst nicht geschrieben. Und deswegen dachte ich mir ... Meinst du nicht auch, daß ich recht gehandelt habe, dir diesen Brief zu zeigen?«

»Verdammt recht! Zum Teufel noch mal ... Verzeihung. Hat dieser Palliser dir mal irgendwas gesagt?«

»Wer? Mr. Palliser? Kein Sterbenswort!«

»Er hat auch keinerlei Anspielungen gemacht?«

»Nie! Und hätte er es getan, hätte ich dich doch bestimmt gebeten, ihn nie wieder in unser Haus zu bitten.«

Daraufhin las Lord Dumbello den Brief nochmals. Wenigstens tat er so, als ob er ihn nochmals lese.

»Deine Mutter meint es gut«, sagte er schließlich.

»Ja, gewiß. Aber es war dumm von ihr, diesen albernen Klatsch zu glauben und mich in die unangenehme Situation zu bringen, dich mit diesem dummen Geschwätz zu belästigen.«

»Du hast mich nicht belästigt! In keiner Weise. Aber nun laß uns mal über diese Sache ganz offen reden. Mir ist dieser Klatsch schon seit langem bekannt. Die Sache hat mich sehr betrübt ... Und nun hab' ich's endlich ausgesprochen ...«

»Gustavus, hab' ich dich wirklich unglücklich gemacht?«

»Nein ... du hast es nicht getan. Du nicht. Sei nicht böse, wenn ich dir jetzt alles erzähle. Alle möglichen Lästermäuler und Verleumder haben Dinge getuschelt, die mich zutiefst verletzt haben. Aber jetzt können sie von mir aus weiter ihr Gift verspritzen. Ich werde mich den Teufel drum scheren. Komm mal her, Mädchen, und gib mir einen Kuß!« Es war wie in der guten alten Zeit. Wie lang war es schon her, daß er nicht mehr »Mädchen« zu seiner Frau gesagt hatte. Er umarmte sie. »Schreib deiner Mutter einen netten Brief. Sag ihr, sie soll uns doch bald mal besuchen. Vielleicht im Mai eine Woche. Ich glaube, das ist die beste Lösung. Sie wird alles verstehen ...«

Und dann sah Lord Dumbello auf die Uhr.

»Donnerwetter, es ist schon zwölf. Leb wohl, mein Mädchen!«

Hurtig und mit Donnergepolter verließ er den Raum, und der neugierige Leser und die neugierige Leserin werden sich nun fragen, wohin es den edlen Lord trieb, als er das Gemach seiner Frau in solcher Eile verließ. Es trieb ihn nicht in den Hyde Park, auch nicht ins Parlament und nicht in seinen Klub. Sein Ziel war Ludgate-Hill. Dort, in der Nähe von St. Paul's, befand sich einer der besten Juweliere, die es damals in London gab. Hier kaufte er nun ein wunderschönes Halsband, das es an Gewicht und Umfang schon fast mit einem Brustpanzer aus Juwelen aufnehmen konnte. Es war ein Halsband, das sich sehen lassen konnte, und genau das war auch geschehen. Auf vielen Ausstellungen war es das Schmuckstück aller Schmuckstücke gewesen. Wenn man es sah, gingen einem die Augen über – vor allem dann, wenn man den geharnischten Preis erfuhr, den man für diesen Harnisch aus Edelsteinen zu zahlen hatte.

Einige Stunden später war Lady Dumbello gerade mit ihrer Abendtoilette beschäftigt, als ihr das Halsband als »Zeichen meiner Liebe und strahlendes Unterpfand neuen Vertrauens« durch einen Boten ausgehändigt wurde. Lady Dumbello zählte die Steine, und während sie sich an ihrem Funkeln berauschte, triumphierte sie innerlich. Sie wußte, daß sie ihre Karten gut ausgespielt hatte.

Zu eben dieser Stunde, als sich Lady Dumbello an den glitzernden Diamanten und an der nicht minder glitzernden und neu erwachten Liebe ihres Gatten erfreute, befand sich der arme Plantagenet Palliser in einem Zustand der Ungewißheit, in einer Düsterkeit des Gemüts, die durch keinen Hoffnungsschimmer erhellt wurde, geschweige denn durch Diamanten. Ja, wenn es dem armen Plantagenet doch nur vergönnt gewesen wäre, den Brief zu sehen, den Mrs. Grantly an ihre Tochter geschrieben hatte! Wenn er nur die Antwort von Lady Dumbello gekannt hätte! Wenn er wenigstens Kenntnis von dem Geschenk gehabt hätte, an dem sich nun Lady Dumbello erfreute! Aber du meine Güte, von all diesen Dingen wußte er nichts und konnte er nichts wissen, als er sich nun in seiner Kutsche zum Haus von Lady de Courcy fahren ließ, innerlich aufgewühlt von einem Liebesverlangen, wie er es noch nie zuvor verspürt hatte, und zugleich besorgt, wenn er an die möglicherweise verhängnisvollen Folgen dachte, die sich aus der geplanten Offenbarung seiner Liebe ergeben könnten. Aber was auch geschehen mochte, sein Entschluß war gefaßt. Er war kein Hamlet. Er wußte, daß der Augenblick des Handelns gekommen war. Er würde sich aufraffen und ein paar zärtliche Liebesworte stammeln. Und

dann? Alles hing davon ab, wie Lady Dumbello das Geständnis seiner Liebe aufnehmen würde.
Als er die Gesellschaftsräume im Haus von Lady de Courcy betrat, standen bereits überall Gäste herum. Es war immerhin die erste größere Party der Saison. Lady Dumbello befand sich in einem kleinen, schwer zugänglichen Salon. Sie saß noch immer auf dem gleichen Sofa, zu dem man sie geführt hatte, als sie angekommen war. Sie hatte auch nicht die Absicht, an diesem Abend einen Ortswechsel vorzunehmen.
Natürlich wußte sie, daß sie Palliser treffen würde. Er hatte sie ausdrücklich von seinem Kommen verständigt, nachdem er sich vorher mit viel Eifer und Geschick erkundigt hatte, ob sie die Einladung der Gräfin de Courcy überhaupt annehmen wollte.
Es dauerte auch nicht lange, da hatte Palliser sein Wild aufgestöbert. Er verbeugte sich tief vor Lady Dumbello. Sein Gesicht war ein Schlachtfeld widersprüchlicher und undefinierbarer Empfindungen.
Bei seinen Besuchen in Hartlebury hatte er sich ein- oder zweimal neben sie aufs Sofa gesetzt. Diesmal war es unmöglich, nicht etwa, weil es der Anstand verbot, sondern es ging einfach nicht, weil ihr raumfüllendes Abendkleid allen verfügbaren Platz in Anspruch nahm. Er blieb also neben ihr stehen. Dabei krümmte er sich, so gut er konnte, um den Abstand zwischen ihr und sich zumindest durch einen kleinen körperlichen Trick zu vermindern.
Lady Dumbello lächelte. Das Lächeln galt ihm. Und *wie* sie lächelte! Ihre Miene verriet nichts. Es war ein Lächeln ohne Koketterie und Scherz, fast schon ein gefrorenes Lächeln, das Todesahnungen aufsteigen ließ. Es war ein Lächeln, das niemandem schmeichelte. Es sagte und besagte nichts, und wegen seiner nichtssagenden Unergründlichkeit wirkte es sogar häßlich – oder sagen wir lieber: Dieses Lächeln hatte den magischen Zauber des Irrealen.
»Lady Dumbello«, begann Palliser, und seine Stimme klang abgründig tief, »ich habe es kaum erwarten können, Sie hier zu treffen.«
»Wirklich, Mr. Palliser? Ja, ich erinnere mich jetzt ... Richtig, Sie haben Erkundigungen eingezogen, ob ich auch zu diesem Empfang kommen würde.«
»Ja, das stimmt schon. Aber Sie wissen ja selbst, in unserer betriebsamen Welt ist es so schwer, den richtigen Ort und die richtige Zeit für das richtige Wort zu finden.« Während er diese tiefsinnigen Worte sprach, gab er sich verzweifelt der Hoffnung hin, daß sie ihr Kleid ein wenig beiseite schieben würde. Doch nichts geschah.
»Ich weiß nicht, Mr. Palliser, ob ich da Ihrer Ansicht bin«, sagte Lady Dumbello. »Es gibt Momente, in denen man am liebsten schweigt.«

Palliser blickte sich um. Er hatte das angenehme Gefühl, daß ihn niemand beobachtete.
»Griselda«, sagte er – und der gewissenhafte Chronist muß zugeben, daß seine Stimme bei der Nennung dieses Namens einen angenehmen Klang hatte. Sanft glitt das Wort in ihr Ohr, so sanft wie Regen, der auf Moos fällt. Kein anderes Ohr konnte dieses Wort vernehmen.
»Griselda!«
»Mr. Palliser!« war alles, was Lady Dumbello erwiderte. Sie war fern davon, die Szene zum Tribunal zu machen. Aber er wußte sofort, daß er falsch gehandelt hatte.
»Darf ich Sie nicht bei Ihrem Vornamen nennen?«
»Ganz gewiß nicht! Ich wäre dankbar, wenn Sie feststellen könnten, ob meine Leute schon da sind ...«
Er stand fassungslos da und verstand sie nicht.
»Ich meine, könnten Sie mal nachschauen, ob mein Wagen schon vorgefahren ist ...« Während sie diese Bitte aussprach, die im Grunde ein getarnter Befehl war, sah sie ihn einen Augenblick an. Und dann gehorchte er.
Als er wieder in den kleinen Salon zurückkam, hatte sie ihren Sitz auf dem Sofa bereits verlassen. Von der Eingangshalle her hörte er, wie ihr Name ausgerufen wurde. Von fern sah er noch ihren Hinterkopf, als sie sich mit energischer Grazie einen Weg durch die Menge bahnte.
Palliser unternahm keinen weiteren Versuch, ihr seine Liebe zu gestehen.
Sicher wird nun der eine oder andere meiner Leser am endgültigen Ausgang dieses Abenteuers interessiert sein. Ich will daher kurz berichten, was die Göttin des Glücks in dieser Saison noch in Sachen Palliser unternahm. Wie allgemein bekannt ist, gehörte in diesem Frühjahr Lady Glencora M'Cluskie zu den Debütantinnen, die sich nun von Ball zu Ball als tanzende Vollmitglieder des Verbandes der oberen Zehntausend präsentierten. Wir brauchen hier auch nicht weiter zu erwähnen, daß Lady Glencora das einzige Kind des verstorbenen Lord of the Isles war – als Erbin natürlich Ballkönigin. Sie war ein hübsches Mädchen mit strahlend blauen Augen und strohblondem Haar, eine wahre Augenweide oder, wie es so schön auf Englisch heißt, *very soft to the eye*. Sie hatte eine gute Figur, war allerdings kaum mittelgroß. Mag sein, daß ihr heiteres rundes Gesicht nicht allen theoretischen Anforderungen an höchste weibliche Schönheit entsprach. Aber diese rein theoretischen Mängel wurden durch ein Lächeln ausgeglichen, von dem ein ständiges Leuchten ausstrahlte und das ihr einen besonderen Charme verlieh. Dieser Charme war in allem spürbar, was sie tat: in der Intensität, mit der sie tanzte, in der gespannten

Aufmerksamkeit, mit der sie selber sprach und anderen zuhörte, vor allem aber in der sichtbaren Freude, mit der sie allen Vergnügungen nachging – selbst dann, wenn diese gar nicht so vergnüglich waren.
Aber trotz ihrer charmanten Art hatte Lady Glencora schon bei ihren ersten tastenden Schritten in die große Welt Anlaß zu unverhohlener Besorgnis gegeben. Ja, ihr Cousin, der Marquis von Auld Reekie, fand ihr Benehmen sogar in höchstem Grade unangemessen. Und das hing mit einem jungen Mann zusammen, der ungewöhnlich schön und auch ganz schön verschwenderisch war. Jeden Shilling, den man ihm leichtsinnigerweise zusteckte, vergeudete er auf der Stelle. Er hatte eine Vorliebe für Cognac. Sein Name war allen vertraut, die mit Pferderennen und Wetten zu tun hatten, aber niemand traute ihm so recht. Er verfügte über eine gründliche Erfahrung in allen menschlich-unmenschlichen Lastern. Sein Vater lehnte es ab, mündlich mit seinem mißratenen Sprößling zu verkehren. Aber Lady Glencora . . . nun, wir wollen es nicht länger verschweigen: Lady Glencora wurde nicht müde, mit diesem munteren Jüngling zu tanzen. Eines Tages hatte sie ein längeres Gespräch mit ihrem Cousin, dem schon erwähnten Marquis von Auld Reekie. Es ging um den ebenfalls schon erwähnten Knaben. Plötzlich schossen wilde flammende Blitze aus Glencoras blauen Augen. Im Blitzen- und Abblitzenlassen verfügte sie über eine nahezu unerreichte Meisterschaft. Sie nannte den Namen des Jünglings, der ihrem Vetter natürlich längst vertraut war. Und dann sagte sie: »Burgo Fitzgerald sündigt bei weitem nicht so, wie man sich gegen ihn versündigt!«
Der Marquis war sprachlos, sogar doppelt sprachlos, soweit das möglich war. Diese Äußerung verstieß gegen den von seinen Zeitgenossen fein säuberlich ertüftelten Sittenkodex, und überdies war er der wohlbestallte Vormund Glencoras. Was sollte bei solchen Ansichten und solchen Beziehungen aus dem Familienvermögen der M'Cluskies werden?
Doch ehe die Saison zu Ende ging, waren der Marquis und der Herzog von Omnium aller Sorgen enthoben. Hoffen wir, daß auch Lady Glencora mit der zufälligen Wendung ihres Schicksals zufrieden war. Es hatte sich so gefügt, daß Palliser zweimal mit ihr tanzte. Er sprach mit ihr, natürlich sehr ernsthaft. Und dann sprach er mit ihrem Vormund, natürlich auch sehr ernsthaft. Die Formalitäten wurden rasch und schmerzlos erledigt. Allem Anschein nach waren sämtliche direkt und indirekt Beteiligten mit dieser Regelung zufrieden. Wir können wohl, wie die Juristen sagen, das Faktum unterstellen, daß Glencora unserem Plantagenet von einem goldenen Ring erzählt hat, den ihr Burgo Fitzgerald geschenkt hatte und den der edle beziehungsweise unedle Spender nun wieder zurückerhielt. Es dürfte aber mehr als zweifelhaft sein, ob sie Plantagenet auch von der goldenen Locke

etwas gesagt hat, die sie Burgo geschenkt hatte und deren Besitz ihm mehr bedeutete als ihr gesamtes Vermögen.
»Mein lieber Plantagenet«, sagte der Herzog mit einer für ihn recht unüblichen Wärme im Tonfall, »mein lieber Junge, da hast du wieder mal so gehandelt, wie ich es von dir erwartete – vernünftig wie immer. Ich habe den Marquis verständigt, daß ich dir mit sofortiger Wirkung das Herrenhaus Matching Priory mit allen dazugehörigen Gütern übertragen lasse. Es ist das behaglichste Landhaus, das man sich denken kann. Ein schönes anderes, The Horns, ist für Glencora als Hochzeitsgeschenk reserviert.«
Palliser war glücklich – und dieses Glück wäre nicht vollständig gewesen, wenn nicht auch Mr. Fothergill glücklich gewesen wäre: Der Erbe der Pallisers hatte seine Pflicht getan.

2 Alice Vavasor – Lady Macleod war nicht erheitert – George: ein Koloß auf tönernen Füßen – Mr. John Grey nimmt Abschied von seiner Braut – Sechs Wochen im Berner Oberland – Die geplante Heirat wird nicht mehr erwähnt

Vielleicht war es die Art und Weise, wie sie lebte, die Alice Vavasor ein paar Jahre älter aussehen ließ, als sie in Wirklichkeit war. Ich will damit nicht behaupten, daß ihr Gesicht schon einige Altersspuren gezeigt hätte. Aber in ihren Umgangsformen war nichts Mädchenhaftes mehr zu spüren. Ihr Auftreten war so gesetzt, und ihre Stimme hatte einen so selbstbewußten Klang, als sei sie schon seit zehn Jahren verheiratet. Sie war groß und gut gebaut, nur Hals und Schultern waren ein wenig zu imposant ausgefallen. Aber das war ein kleiner Schönheitsfehler, der wohl in der Familie lag. Sie wirkte keineswegs dick oder auch nur stattlich. Ihr Haar war dunkelbraun. Gewiß, die Nase war etwas breit geraten, *retroussé*, wie die Franzosen sagen, doch war es eine ganz besonders reizvolle Stupsnase, die ihren eigenen Charakter hatte und hin und wieder dem Gesicht einen zusätzlichen Glanz verlieh, der ihm ohne diese Nase bestimmt gefehlt hätte. Auch ihr Mund war charaktervoll und nicht ohne eine gewisse Größe im wörtlichsten Sinn.
Damit will ich meine kurze Beschreibung ihres Aussehens beschließen. Ich will nur noch hinzufügen, daß Alice ihre Mutter nie gekannt hatte, weil diese bereits ein Jahr nach der Heirat mit John Vavasor gestorben war. Ja, und noch etwas: Während ich jetzt mit dem Niederschreiben dieser Geschichte beginne, war Alice bereits verlobt.
Rasch auch noch eine zeitliche Angabe. Es war Juni. Das war der Monat, den Lady Macleod, eine schon ziemlich bejahrte Dame und Cousine von Alice,

gern bei ihren gesellschaftlich hochstehenden Verwandten in London verbrachte – vorausgesetzt, daß es ihr gelungen war, im Lauf des Jahres 50 Pfund zu sparen. Denn das war der Betrag, den sie bei bescheidensten Ansprüchen für ihre Reise von Cheltenham nach London brauchte.

Nun hatte sie also wieder einmal ohne Rücksicht auf die Kosten ihr Heim in dem vornehmen Kurort nahe der Cotswoldhügel verlassen. Diesmal hatte ihr Besuch bei den Londoner Verwandten sogar einen ganz konkreten Grund. Alice war ja, wie wir bereits erwähnten, verlobt. Die alte Dame hatte das Gefühl, daß sie bei den Vorbereitungen für die Hochzeit gebraucht werde. Sie meinte auch, daß sich Alice nicht ganz so diskret benahm, wie es sich für eine Braut geziemte.

Eines Morgens, es war so gegen elf Uhr, rauschte Lady Macleod in den Salon, in dem sich Alice befand.

»Guten Morgen, liebe Tante«, sagte Alice, wobei die Anrede »Tante« nur einen symbolischen Charakter hatte. Alice war ein braves Mädchen, darum blieb sie vormittags immer zu Hause, wenn die »Tante« in London war. Nur wenn sie etwas Wichtiges vorhatte, verständigte sie Lady Macleod rechtzeitig, damit sie von ihrem sonst unausbleiblichen Morgenbesuch Abstand nahm. Es wäre jedoch falsch, wenn man nun annehmen wollte, daß diese Besuche zu den Höhepunkten im Leben von Alice Vavasor gehörten.

Während sich Lady Macleod auf eines der kleinen häßlichen und obendrein noch grünen Stühlchen setzte, die den Salon so »wohnlich« machten, richtete sie die Bitte an Alice: »Mein liebes Kind, könntest du so gütig sein und das Fenster zumachen . . .« Auch das war eine Bitte, die täglich um elf Uhr wiederholt wurde. Nun saß die »Tante« auf dem grünen Stühlchen – gewiß eine sehr unbequeme Sitzgelegenheit –, aber Lady Macleod war noch in der guten, alten und puritanischen Zeit aufgewachsen, in der man bequeme Sessel als Teufelswerk verdammte. Stolz konnte sie von sich behaupten: »Ich bin jetzt sechsundsiebzig Jahre alt, und ich habe mich noch nie in meinem Leben beim Sitzen angelehnt.«

Sie wirkte heute etwas erhitzt.

»Du bist doch nicht etwa den ganzen langen Weg zu Fuß gegangen«, sagte Alice, »von der King Street bis zu uns?«

»Doch, mein Kind, den ganzen Weg. Wer kann sich denn heute noch eine Droschke leisten? Bei der kleinsten Entfernung sagt der Kutscher, das sei aber eine lange Strecke gewesen, weit mehr als nur zwei Meilen. Ist natürlich erlogen. Aber wie kann ich's beweisen?«

»Jedenfalls solltest du nie zu Fuß gehen, wenn es so heiß ist wie heute.«

»Das sagst du so. Aber was soll ich machen? Ich bin doch extra nach London gekommen, um dich zu sehen. Nachher werd' ich mir schon einen Wagen nehmen. Dann wird's ja noch heißer sein. Aber die gute Lady Midlothian hat mir fest versprochen, mir um drei Uhr ihren Wagen zu schicken, der mich dann zum Konzert fahren kann. Ach, ich wollte, Alice, du kämst mit.«

»Nein, liebe Tante, das geht nun wirklich nicht, vor allem nicht in der letzten Minute. Und ich bin ja auch nicht eingeladen.«

»Natürlich bist du eingeladen. Immer wieder hat mir die Marquise gesagt, wie sie sich freuen würde, wenn ich dich mal mitbringen könnte.«

»Und warum kommt sie mich nicht besuchen, wenn sie mich unbedingt einmal sehen möchte?«

»Aber, mein Kind, wo denkst du nur hin? Das kannst du doch nicht erwarten. Mich hat die Marquise auch noch nie besucht.«

»Ja, du hast recht, ich habe keinen Anspruch auf ihren Besuch. Aber unter diesen Umständen hat auch sie kein Recht, einen Besuch von mir zu erwarten. Gib's auf, liebe Tante. Selbst zehn Pferde bringen mich nicht ins Haus der Marquise.«

»Du handelst da falsch, mein liebes Kind, ganz falsch – vor allem in deiner jetzigen Lage. Eine junge Frau, die demnächst heiraten wird ...«

»Demnächst? Ich weiß nicht ...«

»Unsinn, mein Kind! Natürlich wirst du heiraten, und deswegen solltest du alle Vorteile wahrnehmen, die dir aufgrund deiner gesellschaftlichen Stellung zustehen. Also, du kannst wirklich nicht verlangen, daß dich Lady Midlothian hier im Hause deines Vaters besucht. Wie kannst du nur so was erwarten?«

»Tu ich ja nicht.«

»Das sind Leute in einer gesellschaftlichen Stellung, in der man keine Besuche mehr von ihnen erwartet. Wie sollten sie auch die Zeit dazu finden, wo alle Welt immer an ihnen herumzupft und etwas haben will?«

»Ich will nichts von ihnen haben, von mir aus können sie ihre Zeit für sich behalten.«

»Nun hör mal zu, Alice. Ich gehöre auch nicht zu der Art Menschen, die den Reichen nachlaufen. Es hat sich nur so ergeben, daß einige meiner nächsten Verwandten Leute von Rang sind, und ich kann weiß Gott nicht einsehen, warum ich mich von meinem eigenen Fleisch und Blut abwenden soll, vor allem wenn diese hochgestellten Verwandten größten Wert auf den Umgang mit mir legen.«

»Ich habe nur für mich gesprochen, liebe Tante. In deinem Fall liegt alles anders. Du kennst diese Leute ja dein ganzes Leben lang.«

»Und wie und wann wirst du diese Leute kennenlernen, wenn du nicht den Anfang machst? Erst gestern sagte mir Lady Midlothian, wie froh sie sei, daß du eine so respektable Ehe eingehen wirst und dann ...«

»Da bin ich aber Ihrer Ladyschaft wirklich sehr verbunden. Wie gütig von ihr! Ob sie sich wohl auch Gedanken über eine respektable Ehe gemacht hat, als sie Lord Midlothian heiratete?«
Und das war genau der wundeste Punkt, den Alice jetzt berühren konnte. Lady Midlothian war nämlich in ihrer Ehe nicht glücklich gewesen. Sie hatte einen Mann von ausgesprochen schlechtem Charakter geheiratet, der sie nach Strich und Faden ausnutzte und von dem sie schon seit vielen Jahren getrennt lebte. Es wäre besser gewesen, jedenfalls taktvoller, wenn sich Alice ihre Anspielung auf die »Respektabilität« erspart hätte. Aber dieses Wort war ein rotes Tuch für sie. Immer wieder hatte sie sich gedacht, wie »respektabel« doch eigentlich ihr zukünftiger Gatte war. Gab es denn keinen anderen Grund als spießige Ehrsamkeit, weswegen sie sich mit John Grey verlobt hatte? Gab es keine echte, keine wahre Liebe zwischen ihr und John? Sie wußte es nicht. Sie wußte nur von dieser »Respektabilität«, deren Erwähnung sie in Weißglut versetzte.
Lady Macleod war nicht entzückt. »Deine Bemerkung über Lady Midlothian war wirklich lieblos, Alice. Sie hat viel erdulden müssen, die arme Frau. Aber niemand kann sagen, daß es ihre Schuld war.«
»Doch, liebe Tante, es war ihre Schuld! Wenn man sich einen Lumpen zum Mann wählt, nur weil er viel Geld hat und ein Graf ist . . .«
»So ist das ja nun auch nicht. Sie stammt selbst aus adliger Familie. Sie hat nicht über ihren Stand geheiratet. Aber lassen wir das. Lady Midlothian hat es gut gemeint, als sie mir sagte, wie sie sich über deine Verlobung mit John Grey freut. Und im übrigen ist sie sogar mit dir verwandt . . .«
»Liebe Tante, ich lege auf diese Verwandtschaft keinen Wert.«
»Aber Lady Midlothian legt Wert darauf. Sie macht sich Sorgen um dich. Und so hat sie aus freien Stücken Erkundigungen über John Grey eingezogen . . . und hat mir gesagt, daß sie nur Gutes erfahren habe . . .«
»Da bin ich ihr aber zu größtem Dank verpflichtet!«
Lady Macleod verfügte über viel Geduld. Sie hatte auch eine eiserne Beharrlichkeit. Noch eine halbe Stunde lang setzte sie Alice auseinander, wie vorteilhaft es für sie als verheiratete Frau wäre, wenn sie den Umgang mit ihren aristokratischen Verwandten nicht so vernachlässigte wie bisher. Sie erwähnte auch nochmals die Kutsche, die sie zum Konzert bringen sollte. Da sei noch ein freier Platz im Wagen, und Lady Midlothian würde sich geehrt fühlen, wenn Alice mitkäme, und ein Konzert sei schließlich kein Ball und auch kein steifer Empfang. Keinerlei Anstandsregeln würden verletzt, wenn ein unverheiratetes Mädchen unter den gegebenen Umständen auch ohne formelle Einladung ein Konzert besuchen würde.
Lady Macleod hätte ihre Adoptivnichte besser kennen sollen. Alice blieb fest bei ihrem Entschluß.

Das Gesprächsthema wurde nun geändert.
»Und wie steht es mit der Reise in die Schweiz?« fragte Lady Macleod, die erst durch Lady Midlothian von dieser geplanten Reise gehört hatte, allerdings wenig Zustimmendes. Lady Midlothian mißbilligte diese Reise, nicht so sehr wegen der Eidgenossen, sondern wegen eines ganz bestimmten Genossen, den sich Alice für diese Reise gewählt hatte.
»Wann soll's denn losgehen?« fragte Lady Macleod.
»Anfang Juli, nehme ich an. Es ist dann sicher sehr heiß. Aber Kate muß Mitte August zurück sein.« Kate Vavasor war eine Cousine ersten Grades von Alice.
»Oh! Kate wird euch also begleiten?«
»Natürlich. Ich könnte doch nicht mit George allein auf Reisen gehen. Ja, Kate hat unsere Reisegesellschaft zusammengestellt.«
»Nein«, sagte Lady Macleod grimmig, »mit George allein hättest du diese Reise ja wirklich nicht machen können!«
George Vavasor war Kates Bruder. Somit war er auch ein Cousin ersten Grades von Alice. Er galt als der künftige Erbe des alten Gutsherrn in Westmoreland, bei dem Kate nach dem Tod ihres Vaters lebte. Es sprach also eigentlich nichts dagegen, daß Alice die Schweizreise mit ihrem Cousin und ihrer Cousine unternahm. Aber Lady Macleod war nicht dieser Ansicht. Sie saß da, als könnte sie nur noch mit letzter Selbstbeherrschung ihren Ärger verbeißen. Kaum hatte Alice ihren Cousin George erwähnt, da zog sie die Stirn in Falten. Eigentlich wollte sie in die Höhe fahren. Wegen des klapprigen Stühlchens, auf dem sie saß, wäre eine solche Himmelfahrt jedoch schwierig gewesen.
Alice war die Ruhe selbst. »Ich habe dir ja schon gesagt, daß ich anstandshalber nicht mit George allein auf Reisen gehen könnte. Wir nehmen ihn also als Begleiter mit. Zwei wehrlose junge Damen wie Kate und ich brauchen schließlich einen Beschützer. Ich finde es ganz besonders nett von ihm, daß er mitkommt. Schließlich könnte er seine Zeit ja besser verwenden.«
»Ach so«, meinte Lady Macleod ironisch, »ich wußte nicht, daß er überhaupt was tut.«
»Das beweist nur, wie wenig du ihn kennst.«
»Ja, mein Kind, da hast du recht. Und ich will ihn auch nicht kennen. Weiß dein Vater, daß George Kate und dich begleiten wird?«
»Natürlich weiß er das.«
»Und weiß . . .« Lady Macleod zögerte ein wenig, ehe sie weitersprach. Dann beendete sie ihre Frage in einem krampfhaften Anfall von Zivilcourage: »Und weiß es auch Mr. Grey?«
Alice schwieg. Es verging mindestens eine volle Minute, ehe sie diese Frage

beantwortete. Während dieser Zeit saß die »liebe Tante« mit grimmiger Miene auf ihrem klapprigen Stühlchen und beobachtete das Gesicht ihrer Nichte. Wenn sie allerdings meinte, das überlange Schweigen habe seine tiefste Wurzel im Schamgefühl ihrer Nichte, so war sie beträchtlich in die Irre gegangen.

»Ich kann dir hiermit die schlichte Mitteilung machen«, sagte Alice schließlich, »daß Mr. Grey informiert ist. Ich habe ihm gestern geschrieben und ihn von unseren Reiseplänen in Kenntnis gesetzt. Aber ich glaube, du hast die Frage anders gemeint. Du möchtest wissen, ob Mr. Grey unser Schweizer Abenteuer billigt. Da ich meinen Brief erst gestern abschickte, habe ich natürlich noch nichts von ihm gehört. Ich weiß also nicht, wie er auf meinen Brief reagieren wird. Aber soviel kann ich dir jetzt schon sagen: Sosehr ich seine Mißbilligung meiner Reise bedauern würde, sie würde nichts an meinen Plänen ändern.«

»Nichts ändern? Dann kann ich dir nur sagen, du handelst falsch. Wenn er dagegen ist, mußt du deine Pläne ändern. Wie kannst du nur sagen, daß es dir völlig gleichgültig ist, ob dein künftiger Ehemann für oder gegen diese Reise ist?«

»Aber, liebe Tante, so liegen die Dinge ja nicht. Laß uns die Angelegenheit mal ganz klar und ruhig durchsprechen. Wenn mich Mr. Grey von sich aus gebeten hätte, aus irgendeinem Grund auf diese Reise zu verzichten, so hätte ich es bestimmt getan. Aber wenn er mich bitten würde, diese Reise ohne meinen Cousin George zu machen, so würde ich diese Bitte ohne jede weitere Diskussion ablehnen. Er hat kein Recht, auf meinen Gehorsam zu pochen. Ich kann tun und lassen, was ich will. Und ich kann es tun, ohne erst Mr. Grey um Erlaubnis zu bitten!«

Bei diesen ketzerischen Worten wäre Tante Macleod fast vom Stuhl gefallen. Nur zu ihrer Besänftigung fügte Alice hinzu: »Sein Rat wird mir immer willkommen sein. Ich weiß jedoch genau, daß er nie blinden Gehorsam von mir verlangen wird.«

»Und wenn er dir einen Rat gibt, wirst du seinem Rat folgen?«

»Wenn der Rat lautet: Reise nicht mit deinem Cousin, so werde ich ganz gewiß nicht auf diesen Ratschlag hören. Ja, ich würde noch weiter gehen. Ich würde ihm mit schonungsloser Offenheit sagen, wie sehr mich sein Verhalten kränkt. Es würde von einer Kleinlichkeit zeugen, die ich nie von ihm erwartet hätte.«

Lady Macleod gab sich nicht geschlagen. »Immerhin bist du mit Mr. Grey verlobt. Zu dieser Verlobung haben alle deine Freunde ihren Segen gegeben. Aber es ist erst zwei Jahre her . . .«

»Was willst du damit sagen? Soll das eine Anspielung darauf sein, daß ich noch vor zwei Jahren mit meinem Vetter George verlobt war? Wenn du das meinst, bist du im Irrtum. Vor drei Jahren habe ich George erklärt, unter gewissen Bedingungen würde ich zu einer Verlobung mit ihm bereit sein. Meine Bedingungen behagten ihm nicht, und ich hatte keine Lust, mich auf *seine* Bedingungen einzulassen. So ist es nie zu einer Verlobung gekommen. Diese ganze Affäre ist Mr. Grey bekannt. Ich habe ihm alles genau erzählt.«

»Darf ich dich an die Tatsachen erinnern, meine liebe Alice? George Vavasors Lebensweise war so, daß eine Verlobung mit ihm heller Wahnsinn gewesen wäre.«

»Verzeih, liebe Tante, aber es steht mir nicht zu, die Lebensweise von George Vavasor mit dir lang und breit zu erörtern. Du hättest Anspruch auf eine solche Diskussion, wenn ich die Absicht hätte, George zu heiraten. Weil du immer so lieb zu mir gewesen bist, würde ich dir nichts verschweigen. Aber wie die Dinge nun einmal liegen, ist er nur mein Cousin. Ich hab' ihn gern. Du kannst ihn nicht leiden. Es ist gewiß das beste, wenn wir's bei dieser Feststellung bewenden lassen.«

»Aber nach allem, was vorgefallen ist . . . nach der Krise, die du jetzt durchmachst . . .«

»Liebe Tante, ich weiß nichts von einer Krise.«

»Doch . . . und es ist die schlimmste Krise, die es für ein junges Mädchen geben kann. Und nimm's mir nicht übel, du bist immer noch ein junges Mädchen, nicht voll erwachsen. Du bist mit einem besonders anständigen und ehrbaren jungen Mann verlobt. Er bietet dir häusliches Glück und finanzielle Sicherheit. Dagegen hat George Vavasor den Ruf, ein Bruder Liederlich zu sein und immer über seine Verhältnisse zu leben.«

»Das sind Dinge, die der brave Hausvater und der Bruder Liederlich miteinander ausfechten müssen. Wenn ich mit George allein verreisen wollte, wäre es vielleicht noch berechtigt, so etwas zu sagen.«

»Allein mit George? Das wäre ja absurd!«

»Absurd oder nicht, ich habe dir ja eben schon gesagt, daß es nicht in Frage kommt. Kate und ich haben unser Geld zusammengelegt. Wir wollen uns einen kleinen Ausflug leisten. Wir wollen unser Vergnügen haben, und lohnen soll es sich auch. Da wir nun aber unerfahrene Reisende sind, hat George seiner Schwester versprochen, daß er sie begleiten will. Papa weiß genau Bescheid. Er hat nicht den geringsten Einwand erhoben.«

Lady Macleod schüttelte den Kopf. Sie wollte keine abfällige Bemerkung über Mr. Vavasor machen, wenigstens nicht in Gegenwart seiner Tochter. Aber mit ihrem Kopfschütteln wollte sie andeuten, daß in diesem Fall die Zustimmung von Mr. Vavasor völlig belanglos war.

»Ich kann nur sagen«, meinte Lady Macleod, »daß sich Mr. Grey über diese Sache sehr ärgern wird, und das mit Recht. Glaub mir, mein Kind, es

sollte künftig deine Hauptsorge sein, bei allem, was du tust, die Billigung deines künftigen Mannes zu erlangen. Nun muß ich mich aber verabschieden. Kannst du dein Mädchen bitten, mir eine Droschke zu beschaffen?«
Alice klingelte. Kein weiteres Wort wurde mehr über diese Angelegenheit gesprochen. Beim Abschied küßte Alice ihre Tante, wie sie es immer zu tun pflegte. Auch Lady Macleod änderte ihre üblichen Abschiedsworte nicht. »Gott segne dich, mein Kind«, sagte sie. »Wenn ich's irgendwie einrichten kann, komme ich morgen wieder.«

Es hatte eine Zeit gegeben, da hatte Alice ihren Cousin wirklich geliebt. Sie gab es ehrlich zu. Sie hatte ihn geliebt, und selbst die Qualen, die ihr diese Liebe verursacht hatten, waren glückseliger gewesen als die Freuden, die sie nun in der Beziehung zu John Grey empfand.
Sicher war ihre erste Liebe ein Fehler gewesen, das ließ sich nicht bestreiten. Der Mann, den sie verehrte, war nur ein Koloß auf tönernen Füßen. Es war für sie höchste Zeit gewesen, diesen Götzendienst aufzugeben. George hatte sie belogen und betrogen. Schlimmer noch: Er hatte sie sogar belogen, als er seine Lügen zu verteidigen suchte. Und es war absichtlich geschehen. Er hatte alles genau berechnet. Immer hatte er nur seinen eigenen Vorteil im Sinn. Es ging ihm nur um die Befriedigung seiner niedrigsten Lüste. Er wußte nichts von der Heiligkeit der Liebe. All das war Alice bekannt. Als sie sich trennten, hatte sie sich geschworen, daß sie ihn nie wieder lieben würde, auch nicht, wenn er sich ihr als reuiger Sünder nahte. Und nun hatte sie ihm verziehen. Doch machte sie dabei einen feinen Unterschied: Das Verzeihen galt nur einem jungen Mann namens George Vavasor, der ihr Cousin und zugleich der Bruder ihrer Freundin Kate war. Es galt nicht dem Mann, den sie einst geliebt hatte – damals, ehe John Grey in ihr Leben getreten war.
Wie sie Lady Macleod gesagt hatte, war John von ihr genauestens über ihre Schweizer Pläne informiert worden. Er hatte auch postwendend auf ihren Brief geantwortet. In scherzhafter Weise war er auf alles eingegangen, was sie ihm geschrieben hatte. Da stand auch nicht ein Wörtchen, das man so deuten könnte, als hätte er sich das Recht angemaßt, ihr die geplante Reise zu erlauben oder zu verbieten. Es war der Brief eines Gentleman. Und doch ... und doch war Alice fast enttäuscht darüber, daß sein Brief so ganz anders war, als es Lady Macleod erwartet hatte.
Die ahnungsvolle, aber bisweilen falsch ahnende Tante kam natürlich auch in der nächsten Woche täglich zu Besuch in das Haus der Vavasors in der Queen Anne Street, die damals als eine der feinsten Straßen Londons galt. Hier hatte einst Edmund Burke gewohnt. Jetzt lebten hier viele ausländische Diplomaten. Vielleicht war es diese diplomatische Nachbarschaft, die

Lady Macleod davon abhielt, das Thema der Schweizreise nochmals anzuschneiden. Sie fragte auch nicht, wie sich Mr. Grey zu diesem Vorhaben stellte – und auch das war angewandte Diplomatie. Sie war jetzt schweigsamer als sonst, reservierter und irgendwie dauernd gereizt. Alice war keineswegs betrübt, als die »Tante« ihr Köfferchen packte und nach Cheltenham zurückfuhr.

Dafür tauchte nun ein anderer Besucher in London auf: John Grey. Es versteht sich von selbst, daß ihn der Vater von Alice in die Queen Anne Street einlud, und zwar zusammen mit George und Kate Vavasor.

»Das wird ja eine vielversprechende Dinnerparty werden«, hatte Kate mit einem leicht sarkastischen Lächeln gemeint. Und dann hatte sie hinzugefügt: »Ein gutes Omen für die kommende Hochzeit!«

Beim Essen ging alles nach Wunsch. Die beiden jungen Männer, John Grey und George Vavasor, trafen sich zum ersten Mal. Wohl war George zu diesem Mittagessen mit dem festen Entschluß gegangen, seinen »Nachfolger« John Grey unsympathisch zu finden, aber beim Nachhausegehen sagte er zu seiner Schwester Kate: »Er hat allerlei, was für ihn spricht.«

»Jedenfalls spricht er für sich selbst – und sprechen kann er.«

»Und die Hauptsache ist: Er spricht nicht wie ein aufgeblasener Pedant. Genau das hatte ich erwartet. Im übrigen sieht er auch sehr gut aus.«

Seine Schwester war überrascht. »Ich dachte immer, Männer merken so was nie.«

»Unsinn, Kate! Wer den richtigen Blick dafür hat, findet Schönheit überall – in jedem lebenden Geschöpf, bei Männern und Frauen, bei Pferden und Hunden, ja, sogar bei Schweinen. Mir bereitet das bloße Anschauen der Schönheit eine unsagbare Freude. Ich glaube, alle häßlichen Lebewesen empfinden da genau wie ich.«

»Und so bist du nun Feuer und Flamme für John Grey.«

»Stimmt nicht. Ich bin nicht so leicht begeistert. Aber mir gefällt seine Art zu sprechen. Er spricht, wie Männer sprechen sollten.«

Am nächsten Tag erschien John Grey wieder in der Queen Anne Street, um sich von seiner Verlobten zu verabschieden. Sie war seine Braut. Daran war überhaupt nicht zu zweifeln trotz all der schwachen Argumente, die sie im Gespräch mit Lady Macleod vorgebracht hatte, um sich und ihrer Tante einzureden, daß die Würfel noch nicht endgültig gefallen seien. Sie war jetzt drei Tage lang mit Grey zusammengewesen. Auch er hatte in dem häßlichen Salon mit den häßlichen grünen Stühlchen gesessen, oft sogar stundenlang. Das Wort Hochzeit war dabei überhaupt nicht gefallen. Er hatte ihr lang und breit die Schweiz geschildert, die sie noch nicht kannte und die er selbst schon oft besucht hatte. Er hatte auch viel über sein eigenes Haus gesprochen und über seinen Garten.

Erst beim Abschiednehmen sagte er: »Und wie steht's mit unseren eigenen Angelegenheiten?«
Lachend erwiderte sie: »Das sind Dinge, die das Innenministerium betreffen. Zunächst sollten wohl die auswärtigen Angelegenheiten erledigt werden.«
»Ist das denn nicht geschehen? Ich dachte, das liegt alles schon hinter uns.«
»Wir haben damit ja noch gar nicht begonnen.«
»Hast du irgendeinen bestimmten Grund, die Sache erst später zu regeln?«
»Nein, keinen bestimmten.«
»Warum können wir dann nicht alles schon jetzt festlegen? Hast du Angst vor der Heirat mit mir?«
»Nein!«
»Du bist so gut zu mir gewesen. Tut es dir jetzt etwa leid?«
»Aber John, was sollte mir leid tun? Ich hab' dich ja viel zu lieb ...«
Das war das Stichwort, auf das er so sehnsüchtig gewartet hatte. Er legte seinen Arm um ihre Taille. »Und wenn du mich liebst ...«
»Ich liebe dich.«
»Warum zögerst du dann noch, zu mir zu kommen?«
»Ich will es ja. Ich glaube, daß ich es will ...«
»Alice, du mußt es doch immer schon gewünscht haben, schon damals, als du deine Einwilligung gabst, meine Frau zu werden.«
»Man kann etwas wünschen ... aber nicht gerade für den Augenblick ...«
»Jetzt ist Juni. Verlange ich zuviel, wenn ich Mitte September für unsere Hochzeit vorschlage?«
»John«, sagte sie, »laß uns warten, bis ich von meiner Reise zurück bin.«
»Dann wird die Zeit vielleicht zu knapp werden.«
»John, ich kann dir jetzt keine Antwort geben. Ich meine, John, ich kann deine Frage jetzt nicht mit einem einfachen Ja beantworten. Es geht um eine so heilige Sache.«
»Und wird sie jemals weniger heilig sein?«
»Niemals! Ich hoffe nie.«
Er drängte nicht weiter, sondern küßte sie und wünschte ihr gute Reise.

George Vavasor, ihr früherer Geliebter, hatte in London gelebt, seit er zwanzig Jahre alt war. Jetzt, da ich am Anfang meiner Geschichte stehe, hatte er die Dreißig um ein oder zwei Jahre überschritten. Eines Tages sollte ihm das großväterliche Vermögen zufallen. Allerdings war sein Vater als Vorerbe eingesetzt – und sein Vater war kerngesund. So blieb ihm nichts

anderes übrig, als einen Beruf zu ergreifen. Auf Anraten eines Onkels war er in eine Firma eingetreten, die in ländlichen Wahlkreisen gegen entsprechende Bezahlung die benötigte politische Propaganda für den meistbietenden Parlamentskandidaten durchführte. Doch diese Tätigkeit nahm ein jähes Ende, als er seinen Lehrherrn mit einem gutgezielten Faustschlag zu Boden schleuderte, was zumindest damals in parlamentarischen Kreisen nicht üblich war. Er trat dann in eine Weinhandlung ein, und zwar als Partner, nachdem ihm eine Großtante ein paar tausend Pfund Sterling geliehen hatte. In dieser Stellung hielt er es fünf Jahre aus. Seine Freunde waren der Ansicht, daß es ihm finanziell recht gut ginge. Das stimmte auch, wenn man keine zu hohen Ansprüche stellte. Aber George war ein ehrgeiziger junger Mann. Die Firma, deren Teilhaber er war, sollte unbedingt die führende Weinhandlung Londons werden. Vor allem in den beiden letzten Jahren seiner Tätigkeit für diese Firma entwickelte er einen Arbeitseifer, den man bisher nie bei ihm beobachtet hatte. Er gab damals alle Vergnügungen auf, die Zeit kosteten, vor allem auch alle Vergnügungen, bei denen das Risiko groß war, einen Haufen Geld zu verlieren.
Das war die Zeit, als er die Liebesaffäre mit seiner Cousine Alice hatte, und wir gehen wohl nicht fehl, wenn wir annehmen, daß er damals ernsthaft daran dachte, sein bisher stürmisches Leben in den ruhigen Hafen einer respektablen Ehe einmünden zu lassen. Es kam aber anders. Er benahm sich Alice gegenüber recht schäbig. Und so wurde die Beziehung abgebrochen.
Auf den Weinhandel folgte eine Zeit als Börsenmakler. Inzwischen, das heißt unmittelbar nach dem Bruch mit Alice, hatte sein Ansehen stark gelitten. Seine Lebensweise wurde in den Augen seiner Mitmenschen immer bedenklicher. Er gab das Geld mit vollen Händen aus, ohne daß er über neue Einnahmequellen verfügte. Er war auf dem besten Weg, sich völlig zu ruinieren. Aus dieser Periode seines Lebens stammte wohl das Urteil, das sich Lady Macleod von ihm gebildet hatte. In ihren Augen war er eine Mischung aus Tunichtgut und Nichtstuer. Aber auf einmal war er wieder ein strebsamer junger Mann geworden. Leute, die ihn näher kannten, hielten ihn sogar für recht vermögend. Er ging jeden Tag in die City, das Zentrum der Londoner Geschäftswelt. Schon bald änderte sich sein Ruf. Er galt jetzt als gewiegter Kaufmann, der genau wußte, was er wollte. Er nahm kein Blatt vor den Mund. Vielleicht war er sogar ein wenig zu grob in seiner Ausdrucksweise. Man wußte jedoch, daß man sich bei allen finanziellen Transaktionen auf ihn verlassen konnte.
Während dieser beiden Jahre, die wir eben erwähnten, hatte er sich auch um einen Sitz im Parlament beworben. Er hatte sich für den Londoner Wahlkreis Chelsea aufstellen lassen, wobei er sich für extrem-radikale

Ansichten einsetzte. Man wählte ihn aber nicht, und die Wahlkampagne hatte ihn ein kleines Vermögen gekostet. Immerhin war er das Geld nicht ganz umsonst losgeworden. Trotz seiner Niederlage in Chelsea hatte er an Ansehen gewonnen. Er galt jetzt als hoffnungsvoller junger Mann, von dem noch allerlei zu erwarten war. Er war an der Londoner Börse als Makler zugelassen, stand als Politiker aber auf der Seite der Radikalen. Im übrigen war er der Erbe eines nicht unbeträchtlichen Vermögens. Gerade um die Zeit, als er sich um einen Abgeordnetensitz bemühte, verlobte er sich mit einer schwerreichen Erbin. Sie starb jedoch ein paar Wochen vor dem Tag, der für die Hochzeit angesetzt war – und sie starb, ohne ein Testament zu hinterlassen. So fiel ihr Vermögen entfernten Verwandten zu.

George Vavasor trug diesen Schicksalsschlag und diese schwere Enttäuschung, ohne sich nach außen etwas anmerken zu lassen. Um diese Zeit kam es dann zur Versöhnung mit seiner Cousine Alice.

Rein äußerlich war George ein Mann, der den Frauen gefiel, obwohl er sich selbst – vielleicht nicht ohne Grund – als »häßlich« bezeichnete. Er hatte zwar eine gute Figur, doch war sein Gesicht durch eine Narbe verunstaltet, die sich vom linken Auge bis zum Kiefer hinzog. Dieser tiefe Einschnitt in seine Wange wirkte besonders störend, wenn er in Wut geriet oder sich auch nur über eine Kleinigkeit aufregte. Durch die Verzerrung seiner Züge erhielt sein Gesicht dann einen fratzenhaften Ausdruck.

Natürlich war er nicht mit dieser Narbe zur Welt gekommen. Als er ein Halbwüchsiger auf dem Lande war, verreiste eines Tages sein Vater. George war mit seiner Schwester Kate und einigen Dienstmädchen allein im Haus. Kate bewahrte ein paar Schmucksachen in ihrem Schlafzimmer auf. Auch damals war die Welt keineswegs so unschuldig und frei von allen Verbrechen, wie man gemeinhin anzunehmen pflegt. Jedenfalls trieb eine Diebesbande ihr Unwesen in jener Gegend. Diesen Bösewichtern waren nun stark übertriebene Berichte über den Wert der Schmucksachen zu Ohren gekommen. Sie heckten einen Plan aus, um sich in den Besitz des vermeintlichen Schatzes zu setzen. Ein Junge wurde in das Haus eingeschmuggelt, wo er sich tagsüber versteckt hielt. Als es Abend wurde, öffnete er ein Fenster, durch das dann ein stämmiger Kerl aus der Diebesbande ins Haus eindringen konnte. Er hatte seine Füße mit Stofflappen umwickelt, um nur ja kein Geräusch zu machen. Schon war der Räuber bis zur Tür von Kates Zimmer gelangt, als sich ihm der junge George Vavasor entgegenwarf. Er hatte ein verdächtiges Geräusch gehört und war sofort aus seinem Schlafzimmer auf den Korridor geeilt – nur mit einem Nachthemd bekleidet. Es versteht sich von selbst, daß er keine Waffe bei sich trug. Es kam nun zu einem wilden Kampf. Erst zwei Stunden später konnten die von Panik ergriffenen Frauen und Mädchen Hilfe aus der

Nachbarschaft herbeirufen. Aber es war schon zu spät, Georges Gesicht war blutüberströmt. Mit einem Stemmeisen hatte der Eindringling eine tiefe Furche quer über seine Wange gegraben. Es hatte ihm jedoch wenig geholfen; bald darauf lag er tot am Boden. George hatte ihm das Eisen entrissen und es ihm durch die Luftröhre gestoßen. Der kleine Junge war inzwischen geflüchtet, und seine Beute bestand aus zwei Silber- und drei Kupfermünzen, die Kate auf dem Kaminsims hatte liegenlassen.
Von jenem Tage an war George ein Gezeichneter, zumindest in seinen eigenen Augen, wenn auch nicht in den Augen der Frauen, die ihn liebten, und gewiß nicht in den Augen seiner Cousine Alice, als er mit ihr und seiner Schwester Kate die Reise über den Kanal antrat – in die Schweiz, die damals das beliebteste Reiseziel der Engländer war.

Ich möchte diese Reise nicht mit allen Einzelheiten schildern. Man hat die Schweiz schon längst für die Touristik entdeckt. Wahrlich, ich könnte nichts Schlimmeres tun, als nun etwa ein Kapitel mit der Überschrift zu verfassen: »Sechs Wochen im Berner Oberland, gesehen und geschildert von einem Engländer und zwei jungen Damen.«
Die Vavasors waren nicht Reisende, die vor Energie platzten. George meinte: »Wir sind ja schließlich zu unserm Vergnügen hier und nicht, um uns abzurackern!«
Alice und Kate waren glücklich. Sie bemühten sich, George jeden Wunsch von den Lippen abzulesen. Sie verwöhnten ihn – und es ist eine durch tausend Beispiele erhärtete Tatsache, daß Frauen lieber verwöhnen, als sich selbst verwöhnen zu lassen. George hatte also jetzt zwei Sklavinnen. Aber er war ein gütiger Despot, der nie mehr verlangte, als man für ihn tun wollte. Vor allem war er immer guter Laune.
Eines Abends saßen sie in Basel auf dem Balkon eines großen Hotels, von dem man einen herrlichen Ausblick auf den Rhein hatte. Das Hotel war voller Touristen, die entweder gerade angekommen waren oder vor der Abreise standen. Der Balkon zog sich über die ganze Hausfront hin. Er war nicht abgeteilt und gehörte gleichsam allen. Da er sehr geräumig war, bot sich überall die Möglichkeit, daß sich kleinere Gruppen von Hotelgästen zu einer improvisierten Party zusammenfanden.
»Schade«, sagte George, »nun ist unser Aufenthalt fast zu Ende.«
»Und ich glaube, es war ein voller Erfolg«, meinte Kate. »Die Reise hat sich bestimmt gelohnt, natürlich abgesehen vom Geld. Ich bin nun restlos blank.«
»Wie zerronnen, so gewonnen«, sagte George. »Ich werde schon dafür sorgen, daß du nicht am Hungertuch nagen mußt.«
»Das wirst du nicht«, fuhr ihm Kate etwas brüsk über den Mund. »Ich bin

bankrott, und du bist noch bankrotter . . . Was macht das schon? Wir waren sechs Wochen glücklich. Meinst du nicht auch, Alice, daß sich die Reise gelohnt hat?«

»Ich fand es herrlich.«

»Und nun wird es vielleicht nicht ganz so herrlich sein . . .«

»Wieso?« fragte Alice.

»Na ja, ich meine nur so«, sagte George. »Kein Wunder, daß dir etwas wehmütig zumute ist. Nun heißt es ja: zurück zu John Grey . . .«

Auch Kate hatte den gleichen Gedanken. Aber sie sprach ihn nicht aus. Sie sagte nur: »Ich gehe jetzt wohl am besten auf mein Zimmer und fange mit dem Packen an.«

Alice sagte: »Eine großartige Idee. Ich komme mit.«

»Gar nicht nötig. Ich will auch nicht meine eigenen Siebensachen packen. Aber bei George sieht alles so chaotisch aus. Ich geh' also erst mal in sein Zimmer. Nur einen Moment. Dann komm' ich wieder runter. Wir machen unseren Spaziergang über die Alte Brücke. Und dann geht's in die Klappe.«

Alice und George blieben allein auf dem Balkon zurück. Seit Beginn ihrer Reise waren sie schon mehrfach allein gewesen. Und doch verspürten beide jetzt, daß in diesem Augenblick alles anders war als irgendwann sonst auf ihrer Reise. Es lag eine unbestimmbare Süße in der Luft, auch ein Hauch von Gefahr.

Alice wußte genau, es wäre besser gewesen, wenn sie mit Kate nach oben gegangen wäre. Aber wenn . . . wenn sie's getan hätte . . . Ja, dann hätte es ausgesehen, als hätte sie einen triftigen Grund gehabt, nicht mit George allein auf dem Balkon zu bleiben.

Einige Minuten lang saß sie schweigend da. Es schien ihr, als falle nun allmählich das Gefühl der Angst von ihr ab, das sie plötzlich erfaßt hatte. George saß zurückgelehnt in seinem Sessel. Er hatte es sich so bequem wie möglich gemacht und sah so aus, als gäbe es im Augenblick nur zwei Dinge, die seine Aufmerksamkeit verdienten: erstens seine Gedanken und zweitens seine Zigarre. Alice blickte auf den Rhein, aber ihre Gedanken wanderten in die Ferne. Sie dachte an ihr künftiges Heim in Cambridgeshire, an das Haus von John Grey mit seinem gepflegten Garten, mit den weiten kurzgeschorenen Rasenflächen, an die Blumenbeete und Sträucher. Doch der Rhein, der unter ihrem Balkon dahinfloß, schien ein anderes Lied zu singen, ein geheimnisvolles Lied, wie das übrigens alle Flüsse tun. Aber das merkt man erst, wenn man die Worte dieser Lieder verstehen will.

»Wann willst du eigentlich heiraten, Alice?« fragte George, als das Schweigen lang genug gedauert hatte.

»O George, du stellst diese Frage, als ob du eine Pistole an mein Ohr drücktest.«

»Verzeihung! Ich wußte nicht, daß dir diese Frage so unangenehm ist.«

»Nicht unangenehm. Aber sie kam so plötzlich. Ich war noch in mein Schweigen versunken.«

»Wenn es also nicht unangenehm war, dann frage ich nochmals: Wann soll die Hochzeit sein?«

»Weiß ich nicht. Bisher ist noch nichts bestimmt.«

»Aber wann wirst du ungefähr heiraten? Noch im Sommer?«

»Nein, gewiß nicht. Der Sommer ist ja schon so gut wie vorüber, wenn wir daheim sind.«

»Also im Winter? Oder im nächsten Frühjahr? Und wenn nicht im nächsten Jahr, vielleicht in zehn Jahren?«

»Sicher noch vor Ablauf der nächsten zehn Jahre. Das ist alles, was ich sagen kann.«

»Und du freust dich darauf?«

»Auf was? Meinst du aufs Heiraten? Ich hab's doch noch nie versucht.«

»Ich meine: das Heiraten als Idee ... die Erwartung ... die Hoffnung. Freust du dich schon auf das Leben mit John in Nethercoats? Gegen Cambridgeshire ist ja als Grafschaft nichts einzuwenden. Wenn ich's mir genau überlege, hat das Leben eines englischen Landedelmanns einen unbestreitbaren Reiz. Vorausgesetzt natürlich, daß man das nötige Kleingeld hat und nicht jeden Penny umdrehen muß wie mein eigener Herr Papa ...«

»Mr. Grey ist kein Landedelmann.«

»Aber die Idee der Heirat ist dir nicht unangenehm?«

»George, nun hör doch endlich mit diesem albernen Kreuzverhör auf! Natürlich ist mir die Idee der Heirat angenehm. Glaubst du, ich hätte mich sonst darauf eingelassen?«

»Eins folgt nicht aus dem andern. Aber ich gebe zu, daß ich kein Recht habe, dich einem Kreuzverhör zu unterziehen. Und wenn ich das Recht hätte, einfach weil wir Verwandte sind, so hab' ich jeden Anspruch auf dieses Recht schon längst verloren ... Aber lassen wir das ... Lassen wir das Vergangene vergangen sein ...«

»Wie meinst du das?«

»Kann nicht alles wie früher sein?«

»Bei mir ist aber kein bitterer Nachgeschmack geblieben. Wir sind Freunde ...«

»Aber können wir wirklich wieder Freunde sein? Ist das möglich? Wie kann ich dein Freund bleiben, wenn du mit diesem Mann da in Cambridgeshire zusammenlebst?«

»George!«
»Verzeihung . . . ich meinte nicht diesen Mann in Cambridgeshire, sondern diesen Gentleman, denn er ist wirklich ein Gentleman.«
»Allerdings.«
»Sonst hättest du ihn wohl kaum erhört. Aber wie kann ich dein Freund sein, wenn du seine Frau bist? Natürlich kann ich dich auch weiter ›meine liebe Cousine‹ nennen. Ich kann deinen Kindern die Wangen streicheln, wenn wir uns zufällig mal begegnen sollten. Doch Freundschaft, ich meine echte Freundschaft, Freundschaft wie früher, das wird nun aus sein, wenn wir uns am nächsten Donnerstag in London am Bahnhof trennen.«
»Bitte, George, bitte, sag das nicht!«
»Aber ich muß es sagen.«
»Und warum soll alles am Donnerstag aus sein? Wirst du denn nie wieder zu uns in die Queen Anne Street kommen?«
»Nein! Kate sagt, die Reise war ein voller Erfolg. Vielleicht hat Kate keine Ahnung . . .«
»Mir hat die Reise gefallen.«
»Ganz ohne Einschränkung?«
»Wieso?«
»Auch mir hat die Reise gefallen. Und doch . . . meine Freude war nicht ungetrübt. Alice, ich weiß, daß ich nichts von dir verlangen kann, nichts.«
»Ich würde alles für dich tun.«
»Ich bitte um nichts. Nur ein Wort möchte ich sagen.«
»George, sprich es nicht aus. Laß mich nach oben gehen. Laß mich zu Kate.«
»Wenn du gehen willst, bitte geh!« Sein Korbsessel stand so, daß er ihr den Zugang zur Tür versperrte. Er traf keine Anstalten, ihr den Weg freizumachen. »Natürlich sollst du zu Kate gehen, wenn du mich nicht anhören willst. Aber ich finde, nach allem, was wir in diesen letzten sechs Wochen erlebt haben, gemeinsam erlebt haben, an echter Freundschaft, an echter Nähe, solltest du doch hören, was ich zu sagen habe. Nochmals: Ich werde nichts verlangen. Ich werde dich nicht bitten, mich zu lieben.«
Alice hatte aufstehen wollen, war dann aber in ihrem Sessel sitzengeblieben. Als George jetzt schwieg, unternahm sie keinen weiteren Fluchtversuch.
George wiederholte seinen letzten Satz, leicht verändert: »Ich werde dir jetzt keine Liebeserklärung machen. Diese Zeiten sind vorbei, wenigstens für uns. Aber es darf zwischen uns keine Falschheit geben. Wir sind keine kleinen Kinder mehr. Wir sind beide erwachsen. Ich verstehe durchaus, daß du dich von mir lösen wolltest. Ich verstehe es, und doch schmerzt es

mich. Aber ich weiß, daß du nicht anders handeln konntest. Ich will dich nicht anklagen. Ich will mich nicht verteidigen. Du hast recht gehabt, tausendmal recht.«
»Dann laß uns über diese Dinge nicht mehr reden.«
»Aber wir müssen darüber reden. Es ist mir unverständlich, daß du dich für John Grey entschieden hast. Damit will ich nichts gegen ihn sagen. Er mag ein männliches Wesen in seiner vollkommensten Perfektion sein. Ich weiß es nicht. Aber da ich dich kenne ... oder wenigstens glaubte, dich zu kennen ..., wollte es mir einfach nicht in den Kopf, wie du dich in diesen Mann verlieben konntest. Das Ganze erschien mir so, als hätte jemand das Trinken von Cognac aufgegeben, um nur noch Milch zu trinken, und würde dann erklären: ›Ja, Milch schmeckt viel besser und ist auch viel gesünder ...!‹ Mag alles sein. Aber wer mit Cognac begonnen hat, kann nicht mit Milch aufhören. Und wenn er's versucht, ist es das Ende. Und ein Happy-End ist es auch nicht!«
Er hatte die einzelnen Worte mit großer Energie, doch mit gedämpfter Stimme gesprochen. Dabei hatte er sich ihr zugewendet. Beide sahen einander jetzt voll ins Gesicht. Sie sah die tiefe Narbe, die seine Wange durchfurchte. Die Narbe hatte sie nie gestört. Sie sah seine schwermütigen Augen. Obwohl er aufgehört hatte zu sprechen, sagte sie kein Wort. Noch summte das Lied in ihren Ohren, das vom Rhein aufstieg, diese geheimnisvolle Melodie. Flüsterten ihr auch die Wogen zu, daß sie einen Irrtum begangen hatte, als sie sich zur Ehe mit Mr. Grey entschloß? Hatte sie sich durch diese Entscheidung nicht selbstherrlich und arrogant die Rolle einer Tugendrichterin angemaßt, ohne über die erforderlichen Tugenden zur Ausübung dieses Richteramts zu verfügen? Mit brutalster Offenheit hatte ihr George gesagt, daß sie bereits viel zuviel Cognac konsumiert habe, um sich noch an Milch gewöhnen zu können. Hatte er recht? Sie sprach kein Wort und starrte ihm nur ins Gesicht. Und sie wußte, daß er recht hatte, tausendmal recht ...

Als Kate zurückkam, machten sie zu dritt den verabredeten Spaziergang über die Alte Brücke. Alice und Kate gingen nebeneinander. George folgte ihnen, aber er nahm keinen Anteil an ihrem Gespräch. Es sah so aus, als habe er lediglich die Rolle eines schützenden Begleiters übernommen. Kate war mit diesem Arrangement zufrieden. Alice unternahm nichts, um George in ihre Unterhaltung einzubeziehen.
Auch beim Rückweg ins Hotel hatte sich an dieser Marschordnung nichts geändert. So gingen sie über die Alte Brücke und auch durchs Foyer. Sie stiegen dann gemeinsam die Treppen hinauf. Alice ging in ihr Zimmer, setzte sich ans Fenster und blickte auf den Rhein. Sie wollte erst mit dem

Packen beginnen, wenn Kate kam, die das Zimmer nebenan bewohnte. Aber Kate kam nicht. Zwar hatte sie noch an der Tür gesagt, sie werde in einer Minute da sein. Dann hatte sie sich jedoch ihrem Bruder angeschlossen. Aus der Minute wurde eine halbe Stunde. Sie stand mit George vor ihrer Zimmertür. Die Kerze, die sie in der Hand hielt, war schon fast niedergebrannt.

»Willst du meinen Rat haben?« fragte sie ihren Bruder. Ehe George ja oder nein sagen konnte, fuhr sie fort: »An deiner Stelle würde ich sie klipp und klar bitten, dir noch eine Chance zu geben. Morgen sind wir in Straßburg. Da würd' ich's versuchen. Eine bessere Gelegenheit kannst du dir nicht wünschen.«

»Und ich soll sie bitten, John Grey den Laufpaß zu geben?«

»Laß John Grey aus dem Spiel! Ich würde seinen Namen überhaupt nicht erwähnen. Laß sie selbst entscheiden. Glaub mir, wenn sie will, hat sie Mut genug, auf John Grey zu verzichten – und dich zu akzeptieren.«

»Aber ehe sie mich akzeptiert, muß sie wohl selbst zuinnerst sicher sein, daß ihre Verlobung mit Grey ein Irrtum war. Erst dann ...«

»Sie weiß längst, daß diese Sache ein Irrtum war. Aber wenn du dich nicht dazu aufraffen kannst, ganz offen mit ihr zu reden, wird sie ihn heiraten, Irrtum hin, Irrtum her.«

»Ich habe mich noch nie gescheut, mit der Wahrheit herauszuplatzen und ganz offen zu reden, wenn es nötig ist. Manchmal ist so was nicht gerade angenehm. Und doch ...«

»Und doch müßte es in diesem Fall recht angenehm sein. Liebst du Alice? Oder etwa nicht?«

»Wenn ich's nur wüßte!«

»George, du bringst mich zur Raserei. Ich setze Himmel und Hölle in Bewegung, um euch beide zusammenzubringen. Aber wenn ihr euch nicht liebt, wozu dann alles? Dann wär's doch das beste, ich gehe jetzt zu Alice und sage ihr, sie soll dich nie wiedersehen.«

»Bisweilen hab' ich das Gefühl, Kate, du solltest Himmel und Hölle sich selbst überlassen.«

»Du bist das undankbarste Geschöpf, das ich kenne.«

»Warum soll sie nicht John Grey heiraten, wenn sie ihn liebt?«

»Sie liebt ihn ja nicht! Und ich hasse ihn. Schon der Klang seiner Stimme ist mir verhaßt. In dieser Ehe kann sie nur unglücklich sein. Ich weiß das ganz genau. Und er wird nicht minder unglücklich sein. Sie liebt ihn nicht. Sie bildet sich diese Liebe nur ein. Er liebt sie. Nun, das geht mich nichts an. Das ist seine Sache. Mir soll's gleich sein, ob er an Herzeleid stirbt.«

Und nach diesen gewiß herzlosen Worten sagte Kate ihrem Bruder gute Nacht. Sie eilte zu Alice, die noch immer am Fenster saß. »Du bist ein faules

Geschöpf«, sagte sie lachend. »Wollen wir wetten, du hast noch nicht mit dem Packen begonnen?«
»Wir wollten es doch gemeinsam tun.«
»Ja, stimmt schon. Aber George hielt mich auf. Ein furchtbarer Bursche. Na, du kennst ihn ja. Mir tut seine Frau leid, wenn er mal heiraten sollte.«
»Wird er nicht«, sagte Alice.
»Wie apodiktisch das klingt! Aber du verstehst ihn ja wohl besser als ich. In meiner Naivität denk' ich mir bisweilen, ihm fehlt nichts als eine Frau, um das letzte Körnchen Gold aus seinem Charakter hervorzuzaubern. Jede Frau könnte das. Wer George heiratet, muß viel Mut haben. Bisweilen kann er schon arg über die Stränge schlagen. Aber er ist niemals grausam oder auch nur hart. Und wie steht's mit Mr. Grey?«
»Ach, Mr. Grey . . . er ist immer so ausgeglichen. Sag mal, Kate, möchtest du mit einem wilden Mann verheiratet sein?«
»Komische Frage. Ich habe noch nie ans Heiraten gedacht. Ja, wenn du's ganz genau wissen willst, bin ich so gut wie verheiratet. Mit George! Wir sind es . . .«
»Seit wann?«
»Seit ihr beide euch getrennt habt, hatte ich nichts zu tun. Und so hielt ich mich an George. Und so wird's auch bleiben, es sei denn . . .«
»Es sei denn was?«
»Es sei denn, Alice, du wirst seine Frau. Wenn er dich nicht heiratet, wird er niemals heiraten.«
»Kate, ich wollte, du hättest all diese Dinge nicht erwähnt. Weißt du denn nicht, daß es unmöglich ist?«
»Mag sein. Was mich betrifft, wär's wahrscheinlich sogar besser. Wenn George heiratet, würde mein eigenes Leben so leer sein.«
»Kate, red nicht so dummes Zeug!« Bei diesen Worten gab Alice ihr einen Kuß.
Umsonst . . . Kate begann jetzt hysterisch zu heulen. »Laß mich allein«, schrie sie. »Alice, wir müssen uns trennen. Ich kann's nicht länger ertragen. Es gibt für mich keine Wahl. Wenn du John Grey heiratest, kann unsere Freundschaft nicht weiterbestehen. Und wenn du die Frau von George wirst, was dann? Was soll dann mit mir geschehen? Außer George hab' ich niemanden auf der Welt. Trotzdem würde ich alles in der Welt tun, um euch zusammenzubringen. Ich will ja nichts für mich. Nichts, absolut nichts . . . Nein, streichle mich nicht, Alice! Heb deine Liebkosungen für ihn auf. Streichle ihn – und ich will vor dir niederknien und deine Füße mit Küssen bedecken!«
Kate hatte sich weinend aufs Sofa geworfen.

»Kate, so darfst du einfach nicht reden!«
»Natürlich nicht – und ich tu's doch.«
»Du weißt, daß ich deinen Bruder nicht heiraten kann – selbst wenn ich es wünschte.«
»Er wünscht es.«
»Ich kann nicht, Kate!«
»Und warum nicht? Was trennt dich jetzt von George? Doch nur diese unglückselige Verbindung, die in einer Katastrophe für alle Beteiligten enden muß. Hältst du mich denn für blind, Alice? Glaubst du, ich sehe nicht, wen von diesen beiden Männern du wirklich liebst?«
»Kate, du stimmst mich so traurig. Es tut mir jetzt so leid, daß ich mich auf diese Reise mit deinem Bruder eingelassen habe. Es ist nicht nett, wie du mit mir sprichst. Schlimmer noch: es ist taktlos.«
»Taktlos! Wie ich dies Wort hasse. Es erinnert mich an ein Grabmal. Außen ist alles fein und glatt poliert, darunter ist alles verrottet. Deine Gedanken? Sind die immer taktvoll? Schön, du bist mit John Grey verlobt. Das ist alles fein und sauber, wenn ... Verstehst du mich? Wenn du ihn wirklich liebst. Aber es ist gemein und verrottet, wenn du einen anderen mehr liebst als ihn.«
»Hör mal, Kate, wenn du so über mich denkst ...«
»Nein, wie könnte ich schlecht über dich sprechen, wenn ich genau weiß, wie es zu all deinen Schwierigkeiten gekommen ist? Es war bestimmt nicht deine Schuld. Er war an allem schuld. Mein Bruder George war es. Er hat dich dazu getrieben, nun als Opferlamm vor den Altar zu treten. Wäre Mr. Grey in dein Leben getreten, als die Beziehung zwischen dir und George noch ungetrübt war, so wäre alles anders gekommen.«
Alice schwieg – und so ließ Kate schließlich dieses heikle Thema fallen. Erst eine Stunde nach Mitternacht begannen beide mit dem Packen für die Abreise am nächsten Morgen.
Mehr ist über den Aufenthalt in der Schweiz nicht zu berichten. Die Fahrt von Basel nach London dauerte zwei Tage und zwei Nächte. Während dieser langen Zeit wurde die geplante Heirat von Alice mit keinem Wort erwähnt. Von Kate nicht – und erst recht nicht von George.

3 Jede Ehe ist ein Wendepunkt im Leben – Flucht vor sich selbst – Bei der »Tante« in Cheltenham – Mr. Grey kommt zu Besuch – Wenn eine Dame zu einem Gentleman sagt ...

Gelegentlich hatte Alice aus der Schweiz an Mr. Grey geschrieben. Ihre beiden ersten Briefe klangen heiter. Dann aber schlich sich ein melancholischer Unterton in ihre Worte ein, den ihr Verlobter allerdings zunächst nicht wahrnahm. Doch schon bald begann er darüber nachzusinnen, wodurch wohl diese Änderung bewirkt sein könne. In den letzten drei oder vier Tagen, die sie in Basel und auf der Heimreise verbrachte, hatte er überhaupt keine Nachricht von ihr erhalten. Aber gleich nach der Ankunft beantwortete sie einen Brief von Mr. Grey, den sie in London vorgefunden hatte. Darin hieß es, wie glücklich er sich schätzen würde, wenn der Termin für die Hochzeit nicht länger als bis Ende Oktober verschoben würde. Es war ein herzlich mahnender Brief. Ihre Antwort lautete:

Queen Anne Street, im August

Liebster John!

Gestern kamen wir nun zurück und sind reichlich müde, da wir die Fahrt seit Paris nicht unterbrochen haben. Ich muß allerdings erwähnen, daß wir über Straßburg reisten und in Paris nur übernachtet haben. Straßburg hat mir nicht gefallen. Schließlich ist ein Münster noch nicht das Höchste, was es gibt. Auch die Architektur gefiel mir nicht. Außerdem war das Hotel sehr unbequem. Soviel über Straßburg. Aber wir hatten ja auf unserer Reise genug schöne Dinge gesehen.
Gleich als ich gestern abend ankam, las ich Deinen Brief. Ich glaube, ich sollte ihn sofort beantworten. Gern hätte ich die Antwort verschoben und Dir erst mal ein paar nette Geschichten von unserer Reise erzählt, alles im leichten Plauderton. Aber ich weiß, ich hätte dadurch nur meine Feigheit bewiesen. Nun will ich aber unter keinen Umständen in Deinen Augen als Feigling erscheinen. Ich teile Dir also hiermit unverzüglich mit, daß unsere Hochzeit nicht mehr in diesem Jahr stattfinden kann, wie Du gehofft hast. Natürlich wirst Du nun fragen: Warum? Das ist Dein gutes Recht. Ich muß Dir alles erklären. Leider kann ich Dir nicht die Antwort geben, die Du wohl erwartet hast und auch erwarten konntest. Ich kann Dich nur um Verzeihung bitten und tue das hiermit.
Jede Ehe ist ein großer Wendepunkt im Leben. Für mich gilt das wohl mehr als für Dich. Du bleibst in der gewohnten Häuslichkeit, gehst den gleichen Beschäftigungen nach wie früher. Auch nach der Heirat bleibst Du Dein eigener Herr. Es ändert sich nichts. Höchstens hast Du nun eine Gefährtin,

die wahrscheinlich sogar nicht einmal all Deine Erwartungen erfüllen kann. Bei mir dagegen ändert sich alles. Ich habe das Gefühl, als müßte ich durch eine Grabstätte wandern, um zu einem neuen Leben zu gelangen. Ich werde all die Menschen und Dinge nicht mehr sehen, an deren Anblick ich gewöhnt war. Ich werde meine ganze Lebensweise ändern müssen. Natürlich sind das Erwägungen, die ich längst schon hätte anstellen müssen, ehe ich Dir meine Einwilligung zu unserer Heirat gab. Hin und wieder habe ich sogar über all das nachgedacht. Ich sagte mir schließlich: Da ich Dich aufrichtig liebe, könnte ich diese Veränderung in meinem Leben schon riskieren. Ich würde das Risiko Deinetwegen und meinetwegen auf mich nehmen und dabei hoffen, auf diese Weise zu Deinem Glück und somit auch zu meinem Glück beizutragen. Ich bitte Dich nun, lieber John, zweifle nicht daran, daß letzten Endes alles noch so geschieht, wie Du es Dir erhofft hast. Nur dränge mich nicht! Bitte, versteh mich, auch wenn es etwas seltsam klingt: Wie ein Musikinstrument muß ich erst meine Seele stimmen. Ich muß sie abstimmen auf den großen Wendepunkt in meinem Leben. Stell Dir doch einmal vor, wir hätten ein halbes Jahr zusammengelebt, und eines schönen Morgens würde ich Dir sagen, daß mich die Stille Deines Hauses zum Wahnsinn treibt . . .
Frag mich also nicht nach einem Datum, ehe der Winter hinter uns liegt. Sollte ich in der Zwischenzeit spüren, daß ich mich geirrt habe, so werde ich demütig mein Unrecht bekennen und bitten, daß Du mir verzeihst. Wenn jedoch der von mir vorgeschlagene Aufschub mit Deinen eigenen Plänen nicht übereinstimmen sollte, so daß Du lieber den Gedanken an unsere Heirat aufgeben möchtest, so steht dem natürlich nichts im Wege. Du kannst frei entscheiden. Ich weiß genau, lieber John, daß Du nicht verpflichtet bist, eine Ehe einzugehen, die Du zu einem bestimmten Zeitpunkt plantest und die nun nicht zu diesem Zeitpunkt erfolgen kann.
Und nun zum Schluß noch eine Bitte, liebster John: Schreib mir bitte, bitte, daß ich Dich mit diesem Brief nicht allzu unglücklich gemacht habe!
In herzlicher Zuneigung

Deine Alice Vavasor

Es war um die Frühstückszeit, als der Postbote diesen Brief nach Nethercoats brachte. Mr. Grey las ihn zweimal. Dann holte er sich die Briefe, die er von Alice aus der Schweiz erhalten hatte. Er las sie nochmals Wort für Wort. Schließlich stand er auf und eilte mit den Briefen, die er zu einem Bündel zusammengerollt hatte, in den Garten.
Etwa eine Stunde später kehrte er ins Haus zurück. Rasch schrieb er ein paar Zeilen an Alice und teilte ihr mit, er werde sie am übernächsten Tag abends um acht Uhr in London aufsuchen.

»Und jetzt muß ich den Mut aufbringen, ihm die volle Wahrheit zu sagen«, sagte Alice zu sich, als sie diese kurze Mitteilung von Mr. Grey erhalten hatte.
Aber als die Stunde des Wiedersehens mit ihrem Verlobten näherrückte, begann sie an ihrem eigenen Mut zu zweifeln. Sollte sie nachgeben? Sie wußte, daß sie sich diese Schwäche später nie verzeihen würde. Die große Standuhr im Salon zeigte bereits die volle Stunde. Sie hörte ein Klopfen an der Haustür, Schritte im Treppenhaus. Gab es denn kein Entrinnen mehr? Und plötzlich stand John Grey vor ihr.
Er ging auf sie zu. »Mein Liebling«, begrüßte er sie. Sein Lächeln war so süß und liebenswert wie immer. Seine Stimme klang so männlich, so freundlich. Er war genau der Mann, auf den jede Frau stolz sein konnte. Er hatte eine gute Figur. Alles an ihm war schön: seine braunen Haare, die strahlenden blauen Augen. Er hatte einen Mund wie ein Gott. Aber es war gerade diese Schönheit des Mundes, in der sich Güte und harte Entschlossenheit paarten, die Alice mit Furcht erfüllte. Er trug noch den gleichen Anzug, den er morgens getragen hatte, als er sein Haus in Cambridgeshire verließ, doch gehörte er zu den Männern, die immer elegant wirkten, was sie auch anhatten.
Er umarmte Alice und küßte sie. Er fing auch nicht gleich von dem Brief an. Zunächst half er Alice, sich aufs Sofa zu setzen. Dann schob er einen Stuhl dicht an sie heran und betrachtete sie mit verliebten Augen – frei von jedem Vorwurf. Noch schien es so, als glaubte er, keinen Anlaß zu irgendwelchen Befürchtungen zu haben. So saßen sie sich eine Zeitlang schweigend gegenüber. Inzwischen war Alice nicht mehr so aufgeregt. Sie wußte, daß sie nicht mehr zaudern durfte. Die Aussprache mußte jetzt erfolgen, jetzt oder nie.
»John«, begann sie, »ich habe über meinen letzten Brief tief nachgedacht. Und ich bin zu dem Schluß gelangt ... ich meine, es wäre wohl das beste ...«
»Bitte, Alice, sprich nicht weiter, jedenfalls nicht hastig. Darf ich dir erst mal sagen, was ich aus deinem Brief herausgelesen habe?«
»Bitte, wenn du glaubst ...«
»Es ist nötig, Alice. Dein Brief sagte mir, daß irgendwas geschehen ist, vielleicht während der Reise ..., oder vielleicht ist auch nichts geschehen, vielleicht waren es nur Gedanken, die dich traurig stimmten. Das kann jedem von uns passieren. Man denkt an Dinge, die man längst vergessen glaubte, und plötzlich steigen sie aus der Tiefe auf und verdüstern unser Gemüt. Mir ist es oft so gegangen, ehe wir uns kannten. Aber seit ich die Hoffnung hatte, daß wir nun gemeinsam leben werden, sind all diese qualvoll deprimierenden Stunden ausgelöscht, als hätten sie nie existiert.

Ich glaube, in dieser Beziehung war ich stärker als du. Bestimmt wirst du auch deinen Trübsinn überwinden, ... und dann ... dann laß uns weiterreden ...«
»Ich habe alles versucht ...«
»Versuch's noch einmal, Alice. Du mußt mit dieser Grillenfängerei fertig werden. Sprich jetzt kein Wort, ehe du nicht tapfer gegen alle Gespensterseherei angekämpft hast. Ich weiß genau, was du sagen wolltest. Wenn du mich liebst, darfst du diese Worte nicht aussprechen. Und wenn du mich nicht liebst ...«
»Wenn ich dich nicht liebe, wen lieb' ich dann?«
»Alice, ich glaube dir. Ich glaube an deine Liebe, wie ich an meine Liebe zu dir glaube. Ich habe das Gefühl, als könnte ich deine Gedanken lesen. Sag mir jetzt, ob es nicht das beste für uns beide wäre, wenn ich sofort nach Cambridgeshire zurückführe, um dir dann schriftlich auseinanderzusetzen, warum ich eine möglichst baldige Heirat begrüßen würde ...«
Sie schwieg und schaute ihn nachdenklich an. Seine Worte hatten sie nicht umgestimmt. Nur wußte sie nicht, wie sie ihm ihren Entschluß mitteilen sollte.
Er brach das Schweigen. »Sag mir, daß ich morgen wiederkommen und übermorgen nach Hause fahren soll. Gib mir dein Jawort – und ich werde nichts weiter verlangen.«
»Nein, John, ich kann nicht ...« Diese Worte hatten einen anderen Klang, als er ihn je von ihr vernommen hatte.
Er wußte, daß er nun zu gehen hatte. Als er ihr die Hand zum Abschied drückte, sagte er: »Vielleicht ist es das beste, wenn ich morgen nicht komme ...«
»Ja, es ist sicher das beste.«
»Wenn ich dir noch einen Rat geben kann, Alice, sag deinem Vater nichts von dieser Sache! Wenn du es aber doch tust, laß mich's zuvor bitte wissen!«
»Warum?«
»Weil ich dann auch von mir aus mit ihm sprechen müßte. Alles Gute, Alice!«
Er verließ das Zimmer. Sie blieb bewegungslos auf dem Sofa sitzen. In dieser Haltung verharrte sie, bis sie im Treppenhaus die Schritte ihres Vaters hörte. Er öffnete die Tür. »Aber, Alice, noch immer nicht im Bett?«
»Noch nicht, Papa.«
»Wie ich sehe, ist John Grey hier gewesen. Er ließ seinen Stock in der Halle stehen. Das ist ein Stock, den man unter Tausenden herausfindet.«
»Ja, er war hier.«

»Ist dir nicht wohl, Alice?«
»O doch, Papa.«
»Hat er sich schlecht benommen?«
»Nein, durchaus nicht. Er benimmt sich immer richtig. Das liegt nun mal in seiner Natur.«
»Mit andern Worten: Er ist zu gut, zu gut für diese Welt. Hab's mir immer gedacht. Aber wenn das ein Fehler ist, steht dieser Fehler auf der Plusseite seines Charakters.«
»Es ist kein Fehler, Papa. Aber nun bin ich müde. Ich möchte jetzt gern ins Bett.«
»Kommt er morgen wieder?«
»Nein, gleich morgen früh fährt er nach Nethercoats zurück. Gute Nacht, Papa.«
Als Mr. Vavasor in sein Schlafzimmer ging, wußte er genau, daß zwischen Alice und ihrem Bräutigam etwas vorgefallen war.
Auch Alice ging in ihr Schlafzimmer. Sie setzte sich an ihren Schreibtisch – und schrieb einen Brief an ihre Cousine Kate.

Kate schickte ihrem Bruder nur den ersten Teil des Briefes, den sie von Alice erhalten hatte, und zwar nur jenen Teil, in dem Alice versucht hatte, mehr oder minder genau das zu schildern, was zwischen ihr und Mr. Grey vorgefallen war. Daß Kate den Brief weitergab, war zweifellos mehr als nur eine kleine Indiskretion. Ihr Verhalten wäre jedoch noch unverzeihlicher gewesen, wenn sie auch jene Stellen mitgeschickt hätte, in denen von George die Rede war. Dabei wäre es im Grunde wohl besser gewesen, wenn sie ihrem Bruder George auch diese Passagen mitgeteilt hätte. Da hieß es nämlich, Alice sehe sich nicht veranlaßt, auch nur die geringste Änderung in ihrer Beziehung zu George eintreten zu lassen. Freundschaft wie bisher? Ja! Aber das sei auch alles. Mehr sei unmöglich. In diesem Teil des Briefes wurde Kate ausdrücklich darum gebeten, von sich aus nichts zu unternehmen, was zu einer Änderung des Status quo führen könnte. Am Schluß des Briefes hieß es: »Ich habe Dir ganz offen über alles geschrieben. Hätte ich Dir nur mitgeteilt, daß ich mich von Mr. Grey trenne, hättest Du vielleicht vermuten können, daß ich mich damit für Deinen Bruder entschieden habe.«
Wir müssen nun Kate Vavasor gegenüber nicht allzu ungerecht sein. Sie intrigierte, doch war sie bei ihrem Intrigenspiel wenigstens selbstlos. Sie war von einer fast schon eigensinnigen Beharrlichkeit. Sie kannte keine Skrupel, aber sie dachte nicht in erster Linie an sich selbst. Schon vor vielen Jahren hatte sie es sich in den Kopf gesetzt, daß George und Alice einander heiraten sollten. Sie war der Ansicht, eine solche Heirat könnte sich

jedenfalls für ihren Bruder nur gut auswirken. Beinahe hätte sie mit ihren Bemühungen ja auch Erfolg gehabt, und dann war alles in letzter Minute gescheitert. Durch einen Fehler ihres Bruders waren ihre schönsten Pläne durchkreuzt worden. Aber sie hatte ihrem Bruder seine Sünden vergeben. Nun hatte sie wieder nur das eine Ziel vor Augen: eine Ehe zwischen George und Alice zustande zu bringen, auch wenn keiner von beiden diese Heirat noch wünschte. Man könnte sagen: Sie betrieb jetzt die Intrige um der Intrige willen. Sie brauchte den Erfolg bei ihrem Ränkespiel – und sie brauchte ihn, um ihr Selbstbewußtsein zu heben.
Am Nachmittag des gleichen Tages, an dem Alice an Kate geschrieben hatte, teilte sie ihrem Vater mit, sie wolle noch vor Ende des Monats zu Lady Macleod nach Cheltenham fahren. Es war gewiß ein seltsamer Entschluß, den man nur verstehen kann, wenn man ihn als eine Art Flucht betrachtet, eine Flucht vor sich selbst. Natürlich würde sie es mit der »Tante« in Cheltenham auch nicht einfach haben. Das wußte sie nur zu gut. Den ganzen Tag über würde die alte Dame sie drängen, doch unter allen Umständen und möglichst bald den »respektablen« Mr. Grey zu heiraten. Aber sie wußte auch, daß sie jetzt über die innere Kraft verfügte, dem Drängen der lieben »Tante« den erforderlichen Widerstand entgegenzusetzen.
Wir haben bisher noch nichts über die Wohnung von Lady Macleod gesagt. Holen wir also rasch das Versäumte nach. Die alte Dame hatte sich in dem schon seit hundert Jahren beliebten Kurort Cheltenham niedergelassen, wo sie eine hübsche, aber kleine Wohnung im ersten Stockwerk eines Hauses in Paramount Crescent gemietet hatte. Die Wohnung hatte einen behaglichen Salon. Dahinter lag ihr Schlafzimmer. Es hatte einen freien, vielleicht zu freien Ausblick auf den Hinterhof mit seinen Stallungen. Gleich neben dem Schlafzimmer befand sich noch ein kleiner Raum, den der selige Sir Archibald Macleod als Ankleidezimmer benutzt hatte. Nun diente er als Speisezimmer, wenn Lady Macleod den Salon für gesellschaftliche Zwecke brauchte. Die unmittelbare Nähe der Stallungen hatte übrigens nur den einen Vorteil: Die Miete war dadurch niedriger – und Lady Macleod war gezwungen, so sparsam wie möglich zu leben.
Die alte Dame war einsam. Sie war glücklich gewesen, als Alice ihren Besuch angekündigt hatte. Nun aber war sie besorgt, als sie ihre Nichte umarmte.
»Alice, was ist denn los?«
»Ach, allerlei ist los, liebe Tante«, sagte Alice und bemühte sich dabei, fröhlicher auszusehen, als ihre Worte klangen. »Du weißt es ja, Tantchen, wie bös und aggressiv kleine Mädchen sein können, wenn sie nicht wissen, was sie tun sollen. Doch wenn sie nicht wissen, wie böse sie eigentlich

waren, dann ist alles noch erheblich schlimmer. Dann können sie nicht einmal für ihre Sünden büßen. Sie wissen ja nicht, wie und was sie gesündigt haben.«

»Du bist kein kleines Mädchen mehr, und du solltest Reue empfinden. Der arme Mr. Grey! Was soll er nur denken?«

»Ich kann nur hoffen, Tante, daß er schon bald überhaupt nicht mehr daran denken wird und alles vergessen hat.«

»Unsinn, meine Liebe! Natürlich wird er daran denken. Und natürlich wirst du ihn heiraten!«

»Meinst du wirklich?«

»Natürlich wirst du es tun. Sag mal, Alice, warum hast du diese Sache nicht der Familie überlassen? Lady Midlothian wußte über alle Einzelheiten genauso gut Bescheid wie ich. Und hast du ihm nicht dein Wort gegeben? Beim besten Willen kann ich dich nicht verstehen. Ich verstehe einfach nicht, wie du jetzt dein gegebenes Versprechen zurücknehmen kannst. Wenn ein Gentleman so was tut, wird er aus der Gesellschaft ausgestoßen. Dabei ist das alles bei Frauen noch viel schlimmer.«

»Wenn das so ist, soll man mich ruhig aus der Gesellschaft ausstoßen. Allerdings hab' ich bislang überhaupt nicht gewußt, daß ich zur Gesellschaft gehörte.«

»Du solltest dich von Menschen leiten lassen, die älter sind als du, älter und vernünftiger.«

»Nein, in diesem Punkt kann ich von älteren Leuten nichts lernen. Es kann einfach nicht richtig sein, daß ich mit einem Mann zusammenlebe und genau weiß, daß ich ihn nicht glücklich machen kann.«

»Und warum hast du dich dann mit ihm verlobt?«

»Weil ich mich geirrt habe. Ich will mich nicht verteidigen. Wenn du darauf bestehst, daß wir uns nun deswegen zanken, dann werd' ich keine deiner Fragen mehr beantworten. Aber ob ich ihn heirate oder jetzt nicht heirate . . . darüber, liebe Tante, muß ich allein entscheiden!«

»Ein Jammer, daß du dich nicht früher entscheiden konntest!«

»Ja, ich weiß, ich weiß. Ich habe mir selbst einen seelischen Schaden zugefügt, der nicht wiedergutzumachen ist. Und ich muß es ertragen. Ich habe auch ihm bitteres Unrecht zugefügt. Und ich bedauere es von ganzem Herzen. Meine einzige Entschuldigung: Es hätte für ihn noch schlimmer kommen können.«

Diese Unterhaltung fand statt, kaum daß Alice die Wohnung in Paramount Crescent betreten hatte. Kein gutes Vorzeichen für den weiteren Aufenthalt in Cheltenham. Aber vielleicht war es für beide Seiten gut, daß sich die Fronten schon so früh abgezeichnet hatten.

In den nächsten zehn Tagen kam es jeden Vormittag zu tiefschürfenden

Gesprächen über die Heiligkeit der Ehe. Abends las man dann in der Bibel – vor allem jene erquickenden Stellen, die sich mit dem Zorn Gottes befassen. Unterbrochen wurde dieser regelmäßige Tagesablauf nur durch zwei Teegesellschaften, bei denen alle eingeladenen Damen ihr Herz auf der klatschenden Zunge trugen, bis es keine einzige Sünderin in Cheltenham gab, die man nicht beim rechten Namen genannt hätte. Da geschah es nun am elften Tage, den Alice bei ihrer Tante verbrachte, daß Lady Macleod einen Brief von Mr. Grey erhielt. Er sandte ihr seine ergebensten Grüße und erwähnte dann, Lady Macleod sei doch sicher über sein Verlöbnis mit Miß Vavasor unterrichtet. Er wolle seine Verlobte in Cheltenham aufsuchen. Es würde ihm eine Ehre und ein Vergnügen sein, wenn er bei dieser Gelegenheit auch die Bekanntschaft von Lady Macleod machen dürfe. Mr. Grey hatte vorsorglich sogar den Tag seines Besuches genau angegeben. Am Morgen dieses Tages war Lady Macleod schon beim Frühstück so aufgeregt, daß es fast den Anschein oder Anklang hatte, als ob auch die Teetassen vor Nervosität zitterten und entsprechend klirrten. Selbstverständlich entging es Alice nicht, wie ihre Tante von Minute zu Minute aufgeregter wurde. Nach der zweiten Tasse Tee holte Lady Macleod den Brief von Mr. Grey aus einer Kleidertasche. Sie legte ihn säuberlich geglättet auf den Tisch.

»Alice«, sagte sie, »ich erwarte heute Besuch.«

Sofort wußte Alice, wer der erwartete Besucher war. Das hatte nichts mit Hellseherei zu tun. Auch jedes andere junge Mädchen hätte unter diesen Umständen genau Bescheid gewußt. »Ach, wir bekommen Besuch«, sagte sie – und ihre Stimme klang so harmlos, als hätte sie auch nicht die geringste Ahnung, wer nun auftauchen würde.

»Ja, Alice, wir bekommen Besuch. Ich hätte es dir wohl schon früher sagen sollen. Aber dann dachte ich, es sei vielleicht besser, wenn ich mit dieser Mitteilung noch ein wenig wartete. Der Besucher ist ... es ist Mr. Grey.«

»Ach, Mr. Grey! Will er mit dir sprechen?«

»Sicher liegt ihm mehr daran, dich zu sehen und mit dir zu reden. Aber er schrieb mir, er möchte so gern meine Bekanntschaft machen. Wie die Dinge nun einmal liegen, ist dieser Wunsch ja auch verständlich. Er will eben über diese leidige Affäre mit deinen Freunden sprechen.«

»Ich wollte, ich hätte meinen Freunden dieses Gespräch ersparen können«, sagte Alice. Sie war eine Meisterin in der Kunst der Selbstbeherrschung. Aber diesmal konnte auch ein Blinder sehen, wie verärgert sie war.

Pünktlich um drei Uhr meldete das Dienstmädchen den Besuch eines gewissen Mr. Grey. Er wurde in den Salon geführt und von Lady Macleod allein empfangen. Anfangs hatte sie die edle Absicht gehabt, ihn scheffelweise mit Ratschlägen zu versorgen. Er solle doch die Hoffnung nicht verlieren und den Kopf oben behalten. Sie wollte ihm sagen, Alice habe sich tatsächlich ihm gegenüber sehr schlecht benommen, aber er müsse das auch verstehen. Es sei alles nicht bös gemeint gewesen. Schuld an allem sei ein körperliches Leiden gewesen, Alice habe sich nicht wohl gefühlt. Als Lady Macleod nun jedoch Mr. Grey gegenübersaß, war es ihr sofort klar, daß er nicht zu der Sorte von Männern gehörte, die auf Ratschläge besonders erpicht waren. Ja, schon beim ersten Anblick von Mr. Grey durchlief ein Schauer des Respekts ihre alten Knochen. So kam es, daß nicht sie die Hauptrednerin bei dieser Konferenz war; das Wort führte Mr. Grey. Sie ließ es sich gefallen. Was für ein schöner Mann er war! Und es war nicht nur sein Aussehen. Er wirkte so ruhig und gediegen, so vornehm. Allerdings auch ein wenig traurig. Er gefiel Lady Macleod auf den ersten Blick. Er gefiel ihr weit besser, als sie erwartet hatte. Und doch verstand sie jetzt besser als früher, warum Alice ihn abgelehnt hatte.

Die Konferenz dauerte nicht entfernt so lang wie der Wiener Kongreß. Nach einer Viertelstunde läutete Lady Macleod. Das Mädchen erschien und erhielt den Auftrag, Miß Vavasor zu rufen.

Alice hatte auf diesen Ruf gewartet, sie erschien sofort. Als sie den Salon betrat, stand Mr. Grey in der Mitte des Zimmers, um sie zu begrüßen, aber der majestätische Blick, mit dem er Lady Macleod gebändigt hatte, war auf einmal verschwunden. Sein Blick hätte nicht freundlicher sein können.

»Jedenfalls ist er kein Bild des Jammers«, dachte sich Alice.

»Du bist mir doch nicht böse«, sagte er, »daß ich dich bis nach Cheltenham verfolgt habe?«

»Nein, gewiß nicht. Nur du kannst mit Recht böse sein.«

»Dann wollen wir also allen Ärger begraben. Es war dein Vater, der mich zu dieser Reise veranlaßt hat.«

»Du hast ihn also gesprochen?«

»Ja. Am Tag vor deiner Reise nach Cheltenham war ich in London.«

»Es betrübt mich wirklich, daß ich dir so viel Mühe gemacht habe.«

»Mühe und Sorgen ... und ich werd' noch mehr Sorgen haben, es sei denn ... Aber ich bin nicht hierhergekommen, um darüber mit dir zu sprechen. Nach allen Anstandsregeln hätte ich unter den gegebenen Umständen wohl überhaupt nicht kommen dürfen. Egal ..., ich hab' mich ja nie viel um derlei Benimm-Vorschriften gekümmert.«

»Und wenn jemand gegen solche Vorschriften verstoßen hat, trifft mich die Schuld.«

»Wenn eine Dame zu einem Gentleman sagt, sie möchte ihn nie wiedersehen ...«

»Aber das hab' ich doch nicht gesagt.«

»Nicht gesagt? Jedenfalls freue ich mich, daß du jetzt diese Äußerung abstreitest. Du weißt natürlich, worauf ich anspiele. Wenn ein Gentleman von einer Dame einen Korb erhält, dann muß er sich damit abfinden – vor allem dann, wenn diese Verabschiedung so erfolgte, wie es bei uns der Fall war. Aber ich kann meine Liebe einfach nicht auf diese Weise aufgeben. Ich muß mich wehren. Mir scheint, daß ich zumindest das Recht habe, über dein Kommen und Gehen Bescheid zu wissen ... ich meine ..., bis du einen anderen Namen angenommen hast.«

»Ich werde keinen anderen Namen annehmen«, diese Worte sprach Alice fast schon im Flüsterton.

»Und du willst nicht bestreiten, daß ich ein Recht dazu habe?«

»Ich kann dich nicht hindern. Nach allem, was ich dir angetan habe, bin ich die letzte, die dir Vorwürfe machen könnte.«

»Verzichten wir also auf alle Vorwürfe, sei es nun mündlich oder schriftlich ...«

»Aber, John, bitte mich nicht, dir zu schreiben. Ich weiß, wie ich dich verletzt haben muß. Jeder Brief könnte nur dazu führen, neue Wunden aufzureißen.«

»Ich glaube immer noch, Alice, daß ich dich glücklich machen könnte, aber ich weiß auch, daß mein eigenes Glück davon abhängt, daß du meine Frau wirst.«

Bisher hatte sie die Augen gesenkt. Nun sah sie ihm ins Gesicht und wunderte sich darüber, daß seine Züge trotz all des bekundeten Liebesschmerzes nichts von ihrer männlichen Schönheit verloren hatten. Bei ihrem Cousin George spiegelte sich jede Erregung sofort in den Augen. Man sah sie seinem Mund an, seine Haltung veränderte sich, in seiner Wut stampfte er mit den Füßen. Er trug seine Gefühle offen zur Schau, natürlich auch seine Liebe, die immer feurig wirkte. Aber Mr. Grey, der jetzt vom »Glück seines ganzen Lebens« sprach, redete dabei immer in der gleichen Tonlage. Da gab es auch nicht das leichteste Zittern oder Beben. Es klang alles so sachlich und korrekt, als ob er seinem Gärtner eine Anweisung erteilte.

»Ich hoffe und glaube, John, daß du dein Glück woanders finden wirst.«

»Gut, meine liebe Alice, da gehen unsere Ansichten eben auseinander. Aber ich will dir noch rasch erklären, warum ich dich hier aufsuchte. Hätte ich dir geschrieben, und zwar gegen deinen ausdrücklich erklärten Willen, so hätte es so ausgesehen, als wollte ich dich verfolgen. Aber das liegt mir nicht. Ich würde es nicht tun, auch wenn ich tausendmal das Recht dazu hätte. Ich sagte mir nun: Wenn du nichts unternimmst, muß es so aussehen, als hättest du dich mit deiner Lage abgefunden und sie als endgültig akzeptiert. Und das ist nicht der Fall. Ich kam also lediglich, um

dir zu sagen, daß ich mich noch immer als deinen Verlobten betrachte. Wenn du es mir gestattest, werde ich Anfang Januar wiederkommen. Ich nehme an, du wirst dann wieder in London sein – und ich hoffe, du hast nichts dagegen, wenn ich dich dann in der Queen Anne Street besuche.«
»Natürlich nicht. Wie könnte ich?«
»Dann will ich dich in der Zwischenzeit nicht mit Briefen belästigen ... und auch jetzt nicht mit meinen Worten. Bestell deiner Tante einen schönen Gruß von mir und sag ihr, daß wir uns ausgesprochen haben!«
Er ergriff ihre Hand und preßte sie innig. Ein paar Sekunden später hatte er den Raum verlassen.

4 Burgo Fitzgerald – Mangel an Überfluß – Wie der Clan am Ende siegte – Alice in Matching Priory – Kein Wort mehr mit Lady Midlothian – Ruinen bei Mondschein – »Good-bye, Miß Vavasor«, sagte Mr. Palliser

Wir sind Burgo Fitzgerald schon früher begegnet, allerdings nur flüchtig. Wir schilderten ihn als einen munteren Jüngling, der über gründliche Erfahrungen in allen menschlich-unmenschlichen Lastern verfügte. Vielleicht hatten wir ihn mit diesen Worten etwas zu scharf beurteilt. Jedenfalls wollen wir uns nun eingehender mit diesem jungen Mann befassen, der zur erlauchtesten Elite der englischen Hocharistokratie gehörte. Er war mit der Hälfte aller Herzöge auf den britischen Inseln verwandt. Zu seinen Tanten zählte er drei Gräfinnen. Als er volljährig wurde, erhielt er volle Verfügungsgewalt über ein Vermögen, das immerhin so beträchtlich war, daß es ihm die Mühe ersparte, sein Brot durch lästige Arbeit zu verdienen. Ja, niemand hatte auch nur daran gedacht, ihm irgendeine berufliche Arbeit vorzuschlagen, selbst dann nicht, als es ihm mühelos gelungen war, sein Erbe samt einigen späteren Erbschaften zu vergeuden. Er war jetzt etwa dreißig Jahre alt. Schon seit geraumer Zeit wußte man, daß er Mangel an Überfluß hatte und keinen Penny besaß. Trotzdem bewegte er sich nach wie vor in den gleichen Kreisen. Er schlief weiterhin auf seidenen Kissen, auch wenn es nicht immer Ruhekissen waren. Er trank die teuersten Weine. Unterwegs wurde er immer von seinem Reitknecht begleitet, natürlich auch von seinen Pferden. So lebte er fürstlich in Saus und Braus. Wenn sich jemand Sorgen um ihn machte, waren es höchstens seine Gläubiger.

Da erschien nun auf wunderliche Art – es war gewiß ein Wunder – ein Silberstreifen am Horizont, den man bei ganz genauem Abwägen der

Worte schon als Goldstreifen bezeichnen könnte. Etwa anderthalb Jahre vor der Zeit, in der nun meine Geschichte spielt, wäre es ihm um ein Haar gelungen, einer der reichsten Männer Englands zu werden. Es gab damals eine Erbin, die nicht nur mit Glücksgütern, sondern auch mit Rittergütern in allen Größen gesegnet war. Fast wäre es Burgo nun gelungen, diese Erbin zu heiraten. Jedenfalls hatte er ihr Herz erobert. Andeutungsweise hatten wir bereits erwähnt, daß diese reiche junge Dame – Lady Glencora M'Cluskie – schließlich doch noch Vernunft angenommen hatte, soweit man in Liebesangelegenheiten von Vernunft reden kann. Mit vielem Schmollen und nach einem heftigen Aufruhr der Gefühle hatte sie ein letztes Rendezvous mit Burgo vereinbart und ihm bei dieser Gelegenheit mitgeteilt, daß sie sich mit Plantagenet Palliser verlobt habe, dem Neffen und Erben des Herzogs von Omnium.

Und nun muß noch eine Familienbeziehung erwähnt werden, die gerade beim jetzigen Stand unserer Geschichte von einiger Bedeutung ist: Lady Glencora, die Burgo geliebt und fast geheiratet hatte, wenn sich nicht ihre gesamte Sippe schützend vor sie und ihr Vermögen gestellt hätte, diese Lady Glencora war eine Cousine von Alice Vavasor. Sie gehörte zu den großen Familien des Landes, mit denen Alice mütterlicherseits verwandt war. Aber Alice hatte sich immer von den Verwandten ihrer Mutter ferngehalten. Nun hatte sich aber vor kurzem, eigentlich erst vor acht oder zehn Tagen, zwischen ihr und Lady Glencora eine herzliche Freundschaft entwickelt. Diese enge Beziehung war gerade zu dem Zeitpunkt entstanden, als unsere reiche, eigenwillige, hübsche und oft auch unbändige Erbin fest entschlossen war, Burgo Fitzgerald mit ihrem Herzen und mit dem dazugehörigen Vermögen zu beglücken. Burgo hatte schon früher in finanziellen Angelegenheiten viel mit George Vavasor zu tun gehabt. Er kannte ihn sehr gut und wußte durch ihn auch, daß Alice und Glencora Cousinen waren. Und diese neuentdeckte verwandtschaftliche Beziehung war der Grund, warum Glencora völlig unerwartet in Queen Anne Street erschien, um Alice die Geschichte ihrer Liebe zu Burgo zu erzählen und wie sich ihr gesamter Clan verschworen habe, eine Heirat mit Burgo zu verhindern. Sie fragte, ob auch Alice Angst habe vor all den blaublütigen Standespersonen der Familie, vor all den Lords und Grafen mit ihren uralten Stammbäumen und ihren wahrscheinlich ebenso alten Geldsäkken. Als Alice diese Frage verneinte, rückte Glencora behutsam mit der Bitte heraus, die der eigentliche Grund ihres Besuchs in Queen Anne Street war. Ob Alice ihr wohl erlauben würde, sich mit Burgo in ihrem Salon zu treffen, nur ein einziges Mal? Ja, sie müsse Burgo noch einmal sehen. Sie müsse mit ihm einen Fluchtplan besprechen. Aber Alice erklärte ihrer neuen Cousine, sie könne ihr leider diesen kleinen Freundschaftsdienst nicht erweisen. Dann setzte sie ihr lang und breit die Gründe auseinander, warum sie ihr ihre Wohnung nicht zur Verfügung stellen könne. Das habe nichts mit Respekt vor den noch so edlen und noch so weisen und noch so reichen Verwandten zu tun. Aber als Frau wisse sie ganz genau, was sich gehöre und was nicht.

»Warum in aller Welt soll ich Burgo nicht heiraten?« fragte Lady Glencora, und man sah es ihren blitzenden Augen an, wie jähzornig sie sein konnte. »Warum nicht? Schließlich stammt er aus einer genauso guten Familie wie ich.«

Alice erwiderte nun, sie habe an sich gegen eine solche Ehe nichts einzuwenden. Sie gab ihrer Cousine den Rat, sich nur von ihren Liebesgefühlen leiten zu lassen, vorausgesetzt natürlich, daß diese Gefühle echt seien. Aber als unverheiratete Frau könne sie ihrer Cousine, die sie bisher ja überhaupt nicht gekannt habe, leider nicht auf die gewünschte Art helfen.

»Wenn du mir nicht helfen kannst«, sagte Lady Glencora, »bin ich hilflos!«

Dann kniete sie vor Alice nieder. »Wie kann ich dich nur bestechen? Ich will niemanden so lieben wie dich. Gleich nach Burgo!« Obgleich Alice nun ihre Stirn küßte, war sie nicht umzustimmen. Sie wisse Glencoras Freundschaft und Liebe zu schätzen, doch sei sie unbestechlich. Und dann geriet Glencora in Zorn. Alice sei herzlos, sagte sie. Vielleicht werde auch einmal die Stunde kommen, wo sich ihre Cousine in seelischer Not befände, und dann werde sie es bedauern, daß niemand da sei, um ihr zu helfen. Alice hätte jetzt ihre eigene Geschichte erzählen können. Sie tat es nicht. Mit keinem Wort erwähnte sie, wie sehr sie George geliebt hatte und wie auch sie diese Liebe aufgeben mußte. Sie streichelte Glencoras Haar, und allmählich gelang es ihr, wieder ein Lächeln in die zornsprühenden Augen ihrer neu entdeckten Cousine zu zaubern. Von nun an kam Glencora täglich zu Besuch, während der mächtige Clan der reichen Erbin unentwegt auf Mittel und Wege sann, um die Ehe mit einem Bruder Liederlich namens Burgo Fitzgerald zu verhindern.

Wir wissen bereits, daß der Clan am Ende siegte, und so wurde Lady Glencora M'Cluskie eines Tages die Lady Glencora Palliser. Statt die Frau eines finanziell ruinierten Mannes zu werden, heiratete sie einen Mann, der selbst einmal als Erbe des Herzogs von Omnium über ein unermeßliches Vermögen verfügen würde. Als diese Entscheidung gefallen war, schrieb sie Alice einen sehr kurzen und recht wehmütigen Brief. Da hieß es nun, man habe ihr klargemacht, sie könne nicht so lieben, wie sie geglaubt habe, lieben zu dürfen, und so habe sie schließlich einen Traum aufgegeben. Sie hoffe, Alice werde alles vertraulich behandeln, was sie ihr

gebeichtet habe. Nun werde sie also den besten Mann heiraten, den es auf Gottes weiter Welt gebe. Künftig werde es das Ziel ihres Lebens sein, diesen Mann glücklich zu machen. Das Wort »Liebe« wurde in diesem Brief nicht erwähnt. Die Hochzeit würde übrigens schon sehr bald erfolgen. Und dann kam die Frage, ob Alice eine der Brautjungfern sein wolle.
Alice wünschte ihr von Herzen alles Gute. Sie lehnte es jedoch ab, die Rolle einer Brautjungfer zu übernehmen. Sie wolle sich nicht den eiskalten Blicken von Lady X und Lady Y aussetzen, die sich natürlich alle gegenseitig kannten, von denen aber niemand sie selber kennen würde. Sie begnügte sich damit, ihrer Cousine einen kleinen Ring zu schicken und bat sie, diese kleine Gabe unter die vielen kostbaren Hochzeitsgeschenke einzureihen, die man ihr als Tribut zu Füßen legen würde.
Und dann hatte Alice nichts mehr von ihrer Cousine gehört – bis zu dem Zeitpunkt, den ich beim Erzählen meiner Geschichte erreicht habe. Lady Glencora war gleich nach der Hochzeit, die am Ende der vorjährigen Saison stattgefunden hatte, mit Mr. Palliser nach Italien gereist. Sie waren von ihren Flitterwochen erst jetzt zurückgekommen, um nur ja nicht die große und im wahrsten Sinne des Wortes prachtvolle Weihnachtsfeier zu versäumen, die der Herzog von Omnium, der Onkel von Mr. Palliser, jedes Jahr in Gatherum Castle zu geben pflegte. Der Bau dieses Schlosses hatte den Herzog nahezu eine Viertelmillion Pfund Sterling gekostet. Aber der Herzog hatte nie mit seinem Pfund oder seinen Pfunden geknausert. Er war immer nobel und gebefreudig gewesen, aber er hatte noch nie zu Weihnachten ein so offenes Haus und eine so offene Hand gehabt wie in diesem Jahr. Und das hing mit seinem Neffen und Erben zusammen – oder sagen wir lieber mit der Ehe, die Mr. Palliser und Lady Glencora geschlossen hatten. Es war eine Ehe, die des Onkels vollste Billigung gefunden hatte. Der Herzog hatte daher mehr Gäste eingeladen als sonst. Er hatte auch ein wenig mit dem Kalender geschummelt, und so dauerten die Festlichkeiten in Gatherum Castle noch an, als die eigentliche Weihnachtszeit schon vorüber war. Inzwischen hatte das Parlament in Westminster schon wieder mit seinen Tagungen begonnen. Mr. Palliser war ein Abgeordneter, der sich selbst gegenüber auf strengster Erfüllung seiner gesetzgeberischen Pflichten bestand. Er war unermüdlich in seiner Tätigkeit – und so war für das neuvermählte Paar die Londoner Saison mit Politik und politischen Parties vorübergegangen, ohne daß Alice wieder von Lady Glencora gehört hatte.
Alice befand sich damals bei ihrer Tante in Cheltenham und war nicht gerade in der glücklichsten Verfassung. Es war drei Tage nach dem unerwarteten Besuch von Mr. Grey, der nicht dazu beigetragen hatte, die Stimmung der »Braut ohne Bräutigam« zu heben. Nichts Gutes und auch

nichts Böses ahnend, saß sie eines Tages allein im Salon, als das Mädchen erschien und ihr einen Brief von Lady Glencora überreichte. Er war, wie das Briefpapier zeigte, in Matching Priory geschrieben, einem der beiden Landhäuser, die das junge Paar der Freigebigkeit des herzoglichen Onkels verdankte. Der Brief lautete:

Liebe Cousine!

Ich bin soeben aus Schottland zurückgekommen und habe dort dies und das über Deine großen und kleinen Sorgen gehört. Wie Du weißt, war ich auch einmal in einer ähnlichen Situation wie Du, und ich werde es Dir nie vergessen, wie rührend gut Du damals zu mir gewesen bist. Ich möchte Dich nun fragen: Hättest Du Lust, für ein paar Wochen auf Besuch zu uns zu kommen? Ich habe meinem Mann viel von Dir erzählt, und er weiß, daß Du nicht nur eine gute Freundin von mir bist, sondern auch meine liebe Cousine und daß er die Pflicht hat, ganz besonders nett zu Dir zu sein. Mein Mann ist übrigens ein sehr ruhiger und ausgeglichener Typ, der die Politik sehr ernst nimmt. Ich möchte jedoch annehmen, daß er Dir gefallen wird. Unser Haus wird ziemlich voll von Gästen sein, du wirst es gewiß nicht langweilig bei uns finden. Nochmals: Tu mir den Gefallen und komm! Wenn Du uns den Tag Deiner Ankunft schreibst, werden wir Dir einen Wagen zum Bahnhof in Matching schicken. Wahrscheinlich werde ich Dich sogar selber abholen.

Sehr herzlich Deine G. Palliser.

P. S. Ich weiß genau, was Du jetzt denken wirst. Warum hab' ich Dich nicht in London besucht? Schließlich wußte ich ja, wo Queen Anne Street ist. Ach, Alice, liebste Alice, mach mir keine Vorwürfe! Ich hatte in London ja so viel zu tun und an so viele Dinge zu denken. Wenn ich aber doch gesündigt haben sollte, wirst Du mir gewiß vergeben. Mr. Palliser bittet mich eben, Dir unbekannterweise seine Grüße auszurichten und Dich auch von ihm aus zu bitten, möglichst bald nach Matching Priory zu kommen.

Es wurde Mitte November, bis Alice ihre Reise von Cheltenham zum Landhaus der Pallisers antrat. Sie hatte die Fahrt so geplant, daß sie in London übernachten konnte, um dann am nächsten Tag mit ihrer Kammerzofe nach Matching in Yorkshire weiterzureisen. Ihr Vater hatte versprochen, sie am Bahnhof der Great Western Eisenbahnlinie abzuholen, doch hatte er in seinem Brief, in dem er diese Zusage bestätigte, mit keinem Wort erwähnt, daß man ja vielleicht auch gemeinsam zu Abend essen könnte. Nun stammelte er am Bahnhof, er habe eine wichtige

Verabredung, aber er brachte sie huldvoll und gnädig nach Hause und sagte, er werde am nächsten Morgen mit ihr frühstücken.

Als sich die Droschke in Bewegung setzte, wurde ihr Vater etwas gesprächiger. »Weißt du, Alice, im Grunde bin ich froh, daß du jetzt zu den Pallisers fährst.«

»Warum, Papa?«

»Warum! Weil es genau richtig ist! Ich habe nie viel über diese Leute gesagt. Es besteht auch nicht die geringste Beziehung zwischen uns, das heißt zwischen ihnen und mir. Aber ich weiß, daß ihnen der bloße Name Vavasor verhaßt ist, obwohl unser Stammbaum noch ein paar Jährchen weiter zurückreicht als ihr eigenes Stammbäumchen.«

»Ich versteh' das nicht, Papa. Wenn ihnen der Name Vavasor verhaßt ist, warum findest du es dann gut, daß ich diese Leute besuche. Hättest du das Gegenteil gesagt, hätte es mich nicht weiter überrascht. Ich wäre dann natürlich nicht gegangen.«

»Du sollst auf alle Fälle hingehen. Gesellschaftliche Stellung und Reichtum – ja, das ist schon was. Das hat seinen Wert. Selbst der Reichtum hat ihn. Mögen die Neunmalklugen auch das Gegenteil behaupten. Warum würde man sich denn sonst nach dem Umgang mit diesen ›Auserwählten‹ so drängen?«

»Aber ein einmaliger Besuch in Matching Priory wird ja noch nicht zum ständigen Umgang führen.«

»Ach, Alice, das verstehst du nicht. Etwas von dem sogenannten Wert dieser Leute wird dabei auch für dich abfallen. Alles in allem kann man sich keinen besseren Bekanntenkreis wünschen als die englische Hocharistokratie. Ich selbst hab' mich nie um all diese Größen unserer Gesellschaft gekümmert, obwohl ich immerhin durch Heirat auch zu den oberen Zehntausend gehöre. Ich bin kein Snob. Wenn ich jedoch zu wählen habe zwischen dem Verkehr mit einem Zuckerbäcker oder mit einem edlen Lord, so würde ich mich wohl oder übel für den Lord entscheiden, und das selbst dann, wenn der Zuckerbäcker über einige besonders ›süße‹ charakterliche Qualitäten verfügen sollte. Das hat nichts mit gesellschaftlicher Streberei zu tun und erst recht nicht mit speichelleckender Kriecherei. Es hat nur mit Aufstieg zu tun, mit Wachstum. Man kann auch gesellschaftlich wachsen wie ein Bäumchen, und wenn man dazu noch die richtigen ›Wurzeln‹ hat, wächst es sich um so besser.«

Alice hörte sich diese weltklugen Bemerkungen ihres Vaters lächelnd an, ohne auch nur den Versuch einer Erwiderung zu machen. Es geschah übrigens äußerst selten, daß er sich der Mühe unterzog, seiner Tochter ein ›philosophisches‹ Privatissimum zu halten. Auch mit ganz konkreten Ratschlägen war er in der Regel sehr sparsam. »Ja, Papa«, sagte Alice beim

Aussteigen aus der Droschke, »wenn ich mich in Matching Priory immer ins richtige Licht setze, werd' ich wohl ganz besonders rasch wachsen.« Sie konnte nicht mehr sehen, wie ihr Vater auf diese leicht ironische Bemerkung reagierte. Er blieb in der Droschke sitzen, und als Alice zur Haustür gegangen war, fuhr er weiter in seinen Klub.
In ihrem Zimmer fand Alice einen Brief von ihrem Cousin George vor. »Wie ich höre, fährst Du morgen zu den Pallisers nach Matching Priory. Vorher möchte ich Dir gern noch etwas sagen. Darf ich heut' abend kommen? So gegen neun? G. V.« Sie war sich sofort darüber klar, daß sie diese Begegnung schwerlich vermeiden konnte. Dennoch war ihr dieser Besuch höchst unerwünscht. Wenn sie doch nur von Cheltenham direkt nach Yorkshire gefahren wäre! Törichterweise hatte sie den Umweg über London gemacht, um sich mit der nötigen Garderobe zu versehen. Wie hatte George nur von ihrem Besuch bei den Pallisers erfahren? Wieso wußte er, daß sie via London reisen würde? Warum war er über alles, was sie betraf, so genau informiert? Nun war es bereits zu spät, sein Kommen zu verhindern. Sie befaßte sich also mit den Vorbereitungen für ihre Reise. Als es etwa neun Uhr war, begab sie sich in den Salon.
Und dann erschien George. »Ich bin so froh, daß du nach Matching Priory fährst«, waren seine ersten Worte.
»Woher weißt du denn überhaupt, daß ich fahre?«
»Ein Freund hat's mir erzählt. Also, wenn du's genau wissen willst, es war Burgo Fitzgerald. Du kennst ihn doch sicher ...«
»Burgo Fitzgerald hat es dir erzählt?« Alice konnte ihr Erstaunen nicht verbergen. »Und woher hat Burgo Fitzgerald seine Information?«
»Weiß ich nicht, Alice. Jedenfalls nicht direkt von Lady Glencora, möchte ich annehmen.«
»Das wäre ja auch unmöglich.«
»Allerdings. Aber ich glaube, daß Glencora mit Burgos Schwester befreundet ist. Vielleicht hat sich die Sache auf diese Weise rumgesprochen.«
»Und hat dir dein Gewährsmann, ich meine, hat dir Burgo Fitzgerald auch erzählt, daß ich morgen reisen werde? Ist er über alle Details, die mich betreffen, so genau unterrichtet?«
»Wohl kaum. Ich habe mich dann aber an Kate gewandt. Von ihr erfuhr ich das genaue Datum. Ja, gewiß, Kate hätte diskreter sein sollen, zugegeben. Vor allem hätte sie mir ein solches ›Staatsgeheimnis‹ nie verraten dürfen. Ich weiß ... ich weiß ... Aber bitte nimm es Kate nicht übel. Erst als ich ihr sagte, daß ich alles über deinen Besuch in Matching Priory wüßte, erst dann rückte sie mit weiteren Informationen heraus. Ehrlich gesagt, es ist mir ein Rätsel, warum ich von all diesen Dingen nichts wissen soll.«
Alice merkte, wie sie errötete. Sie hatte Kate immer gebeten, ihre Briefe als

vertraulich zu behandeln und vor allem George nichts zu sagen, falls er gelegentlich mal in diesen Briefen erwähnt wurde. Selbst jetzt hatte Alice keine Ahnung davon, wie sehr Kate ihr Vertrauen mißbraucht hatte. Sie machte sich nur selbst Vorwürfe, daß sie in ihrer Korrespondenz nicht vorsichtiger gewesen war.

»Beim besten Willen kann ich das alles nicht verstehen«, fuhr George fort. »Noch vor kurzem waren wir die besten Freunde. Kannst du dich noch an den Balkon in Basel erinnern? Und nun hat es den Anschein, als wären wir Fremde. Hab' ich irgendwas Schreckliches begangen, Alice? Wenn ja, dann sag's mir doch. Laß uns ganz offen miteinander sprechen.«

»Schön, George, dann laß uns offen reden, auch auf die Gefahr hin, daß dir meine Worte weh tun werden.« Sie machte eine kleine Pause und blickte ihn an, als ob sie fragen wollte, wie dies Gespräch nun weitergehen sollte. Doch sein Gesicht war so verzerrt, wie es schon gleich nach der Begrüßung gewesen war. Die Narbe war blutunterlaufen wie immer, wenn er in Aufregung geriet.

»Ich glaube«, sagte Alice, »deine Schwester Kate hat alles in einem völlig schiefen Licht gesehen. Als ich mich von Mr. Grey trennte, nahm sie an, nun sei der Weg offen für unsere Heirat. Du weißt ja, wie gern sie kuppelt.«

»Aber du wirst mich doch nicht für ihre Sünden strafen«, sagte George – und auf einmal hatte die Narbe ihren drohenden Charakter verloren. Seine Augen hatten wieder einen freundlichen Glanz.

»Hör mal, George, ich habe nicht von Sünden gesprochen, auch nicht von Strafe. Aber ich muß auf der Hut sein.«

»Ich weiß«, sagte er nach kurzer Pause, »du bist ein anständiger Kerl. Wohl das anständigste Mädchen, das ich je gekannt habe. Ich werde mit Kate abrechnen. Verlaß dich drauf! Und nun laß uns wieder gute Freunde sein!«

Er streckte ihr die Hand entgegen.

»Ja«, sagte sie, »wenn du willst ...« Aber ihre Stimme klang unschlüssig, als sie diese Worte sprach.

»Ich würde es begrüßen«, sagte George und reichte ihr die Hand.

»Können wir uns jetzt mal über deine neugewonnene Freiheit unterhalten?«

»Nein! Das können wir nicht. Keine Frau handelt wie ich ohne einen tiefen seelischen Katzenjammer. Bitte, George, laß uns doch darüber schweigen.«

»Und wie steht es mit dem Besuch in Matching? Müssen wir auch darüber den Mund halten?« So ungezwungen heiter klang diese Frage, daß auch Alice lächeln mußte.

»Ich weiß wirklich nicht, was an diesem Thema so spannend sein sollte.«
George ließ nicht locker. »Da irrst du dich aber gewaltig, liebe Alice. Das ist ein Thema von welterschütternder Bedeutung. Vielleicht wirst du das erst später begreifen. Stell dir doch bloß mal vor, was das bedeutet, eine Freundschaft mit dem hochedlen Mr. Palliser ...«
»O George, was ist denn nur so bedeutungsvoll oder gar so spaßig an dieser Freundschaft?«
»Nicht lachen, Alice! Es ist alles sehr ernst gemeint. Ich denke jetzt nicht an die Blaubücher und an die Weißbücher, die man als Parlamentarier mit tierischem Ernst studieren muß. Ich denke an Mr. Palliser – und wenn ich an ihn denke, ist mein Gemüt sofort prophetisch gestimmt. Ich prophezeie also, daß Mr. Palliser unser neuer Schatzkanzler sein wird.«
»Ach, wirklich? Aber was geht mich das an? Ich brauche doch keine öffentlichen Mittel.«
»Aber ich brauche sie! Sag mal, mein Kind, kannst du das nicht begreifen?«
»Nein, das kann ich nicht.«
»Bei der nächsten Parlamentswahl werde ich kandidieren. Ich glaube sogar, daß ich gewählt werde.«
»Meinen Glückwunsch hast du.«
»Danke. Nehmen wir nun an, ich komme ins Unterhaus. Dann werde ich es als meine Pflicht ansehen, die Regierung zu unterstützen. Ich meine damit die neue Regierung. Es wird nämlich mancherlei Veränderungen geben.«
»Hoffen wir: Veränderungen zum Guten.«
»Versteht sich von selbst, Alice.«
»Ich wäre dafür, daß man keinen Stein auf dem andern läßt.«
»Na, da spricht ja ein toller Rebell. Aber so geht das auch nicht. Man kann nicht einfach alle Abgeordneten zum Teufel jagen. Was wir brauchen, sind starke Männer, Abgeordnete, die das Zeug haben, ein Ministerium zu übernehmen. Nur weil man ein gelernter Menschenfreund ist, kann man noch nicht ein Vierergespann lenken. Nur weil man den frommen Wunsch hat, daß alle Menschen gut und demokratisch regiert werden, ist man noch längst kein guter Minister.«
Alice war über diesen plötzlichen politischen Exkurs überrascht. Ja, sie war sogar leicht gelangweilt. Nur so nebenhin fragte sie: »Und wo sind diese starken Männer?«
George hätte jetzt erröten können. Er tat es nicht. Frei von jeder Selbstüberhebung, wie er jedenfalls glaubte, gab er die feierliche Erklärung ab: »Es ist mein Ehrgeiz, zu dieser erlesenen Schar starker Männer zu gehören. Aber ein Kind muß erst kriechen, ehe es laufen kann. Und das gilt auch

für die Politik ... und da dachte ich mir, wenn Mr. Palliser ein guter Freund einer guten Freundin von mir werden könnte, einer Freundin, die den gleichen Namen trägt wie ich ...«

»Da werde ich dich nun leider arg enttäuschen müssen, George. Das Vermitteln von Freundschaften war nie meine starke Seite.«

»Man sagt, daß sich Palliser in allen Dingen von seiner Frau leiten läßt. Sie soll verdammt gescheit sein. Aber bitte versteh mich, Alice! Ich möchte bei meiner künftigen politischen Karriere voll und ganz auf deine Sympathie rechnen. Und wenn ich Sympathie sage, meine ich damit auch Hilfe.«

»Meine Sympathie gehört dir, das kann ich dir versprechen. Aber meine Hilfe? George, wo denkst du hin? Hilfe von meiner Seite wäre doch völlig wertlos.«

»Ganz bestimmt nicht, wenn du die gesellschaftliche Stellung in der Welt einnimmst, die dir gebührt. Glaubst du ernsthaft, daß Frauen heutzutage keinen Einfluß auf die Politik haben? Sie haben fast den gleichen Einfluß wie wir Männer.«

Auf diese Bemerkung reagierte Alice ungläubig mit einem leichten Kopfschütteln. Und doch war Alice froh darüber, daß nun den Frauen anscheinend eine größere Rolle hinter den Kulissen der Politik zugedacht war als bisher. Und sie fühlte sich auch ein ganz klein wenig geschmeichelt.

George verließ sie, ohne das heikle Thema vergangener oder künftiger Heiratsaussichten nochmals aufzunehmen. Als Alice zu Bett ging, fühlte sie sich erleichtert. Es war ihr angenehm, zu wissen, daß George sie nur besucht hatte, weil er von ihr Hilfe bei seiner Karriere erwartete.

Alice hätte nie gedacht, daß sie sich bei den Pallisers in Matching Priory so wohl fühlen würde, wie es nun der Fall war. Sie hatte versprochen, bis zur zweiten Dezemberwoche dazubleiben. Dann wollte sie nach Vavasor Hall fahren, um dort im Landhaus ihrer Familie die Weihnachtstage mit ihrem Vater und ihrer Cousine Kate zu verbringen. Es verstand sich von selbst – Tradition ist Tradition –, daß die Pallisers auch diesmal das Fest beim Herzog von Omnium in Barsetshire feiern würden. »Das ist so eine Art Staatsbesuch«, sagte Glencora lachend. »Es geht dann immer hoch her in Gatherum Castle. Aber der Spaß dauert nur eine Woche. Dann fahren wir irgendwo anders hin ... ach, du meine Güte ...«

»Ja, warum denn? Was ist denn los? Warum plötzlich dieser Ausruf?«

»Weil ... ja ..., weil ich's dir wohl nicht sagen sollte ...«

»Ich werd' dann auch keine weiteren Fragen stellen.«

»Das sieht dir ähnlich, Alice. Aber ich kann genauso charakterfest sein wie du. Und ... und wenn du mich nicht fragst, wirst du auch kein Sterbenswörtchen von mir erfahren.«

Wir hatten schon angedeutet, daß es Alice in Matching Priory gefiel. Mit gesunder Selbstironie kam sie sich wie ein Bäumchen vor, das nun in der gewiß blauen Erde der Hocharistokratie seine ersten zaghaften Wurzeln schlug. Hin und wieder sprach der Herzog von St. Bungay, der Ehrengast in Matching war, ein paar leutselige Worte zu ihr. Gelegentlich plauderte sie auch mit der Herzogin, die eines Tages zu Lady Glencora sagte: »Ihre Cousine ist wirklich reizend, ganz besonders nett. Ein Jammer, daß sie dieser Mann da in Oxfordshire so schlecht behandelt hat.« Lady Glencora mußte nun erklären, daß »dieser Mann da« in Cambridgeshire lebte. Er sei auch der letzte, dem man vorwerfen könnte, Alice schlecht behandelt zu haben. »Soll das etwa heißen«, fragte die Herzogin fast zischend und mit weit aufgerissenen Augen, »daß Ihre Cousine diesem Mann da in Cambridgeshire den Laufpaß gegeben hat?« Ihre Hoheit die Herzogin sah aus, als habe man ihr einen Stich ins Herz versetzt. Auf alle Fälle war sie schockiert. »Nein, das hätte ich nie gedacht«, sagte sie schließlich, als sie sich einigermaßen von ihrer sittlichen Entrüstung erholt hatte. Bei ihrem nächsten Gespräch mit Alice nahm sie einen gar strengen Ton an. Sie gab jedoch diese Haltung auf, als sie merkte, daß Alice überhaupt keine Notiz davon nahm und ihr genau wie früher mit respektvoller Liebenswürdigkeit zuhörte.

Durch das häufige Beisammensein hatte sich die Freundschaft zwischen Glencora und Alice immer enger gestaltet. Fast jeden Abend saßen sie stundenlang, oft bis spät in die Nacht, in einem kleineren Salon, den Glencora als ihren *dressing-room* bezeichnete, obwohl sie sich hier so gut wie nie anzukleiden pflegte. Während dieser Zeit saß Mr. Palliser meist in seinem Arbeitszimmer am Schreibtisch und studierte parlamentarische Berichte und Gesetzentwürfe, Statistiken und vergleichende Tabellen über die Wirtschaftslage. Er ging erst spät zu Bett. Oft unterhielten sich auch Glencora und Alice über die politischen Aussichten Plantagenets, und das war in gewisser Hinsicht das Verdienst von Alice, die – im Gegensatz zu ihrer Freundin – an politischen Dingen interessiert war. Auf diese Weise war es Alice auch gelungen, Glencora von den bisher bevorzugten Gesprächsthemen abzubringen, von ihrer Angst, daß sie vielleicht unfruchtbar sei – und auch von den Gedanken an Burgo Fitzgerald, den sie noch immer nicht vergessen hatte. Selbstverständlich sprachen sie hin und wieder auch über die Probleme, die Alice bedrückten. Schon bald legte Alice ihre Verschlossenheit ab. Nun erzählte sie ihrer Freundin und Cousine alles, was sie auf dem Herzen hatte. Bei diesen Gelegenheiten nahm Lady Glencora den Standpunkt ein, Alice hätte durchaus richtig gehandelt, wenn – wenn sie den Mann nicht zu lieben vermochte.

»Aber ich liebte ihn«, erwiderte Alice.

»Dann ist mir das Ganze ein Rätsel«, sagte Lady Glencora.
Eines Abends wurde der Name von Jeffrey Palliser erwähnt. Er war ein Cousin des Herzogs von Omnium und bezog eine jährliche Rente von 600 Pfund Sterling.
Glencora versuchte zu kuppeln. »Wäre das nicht der richtige Mann für dich?«
Alice brauste auf. »Red nicht solchen Unsinn!«
Glencora ließ nicht locker. »Warum soll diese Verbindung Unsinn sein? Wenn ihr eure Einkünfte zusammenlegt, würdet ihr auch nicht die geringsten finanziellen Sorgen haben. Er ist ein netter Junge. Kein Zweifel, daß er dich liebt. Man sieht's ihm doch an. Und ein weiterer Vorteil: Wir würden dann so nah beieinander sein. Jeffreys Karriere? Auch da brauchst du dir keine Sorgen zu machen. Mr. Palliser wird bestimmt was für ihn tun – vor allem, wenn ich ihn darum bitte.«
»Es gibt nur zwei Dinge, die gegen diese Ehe sprechen«, meinte Alice.
»Und die wären?«
»Erstens: Er wird mich nicht heiraten wollen. Zweitens: Ich will ihn nicht heiraten.«
»Was mißfällt dir an ihm?«
»Nichts. Ich hab ihn sogar gern. Aber man kann doch beim besten Willen nicht alle Männer heiraten, die man gern hat.«
»Das erklärt noch immer nicht, warum du ihn nicht heiraten kannst.«
Erst nach einer Weile beantwortete Alice diese Frage. »Es gibt da eigentlich nur einen entscheidenden Grund: Ich habe mich erst vor kurzem von einem Mann getrennt, den ich aufrichtig liebte. Ich käme mir verworfen vor, wenn ich meine Zuneigung so rasch auf einen anderen Mann übertragen würde.«
Kaum hatte sie diese Worte gesprochen, wußte sie genau, es wäre besser gewesen, sie hätte diese Äußerung nie getan. Genauso war es bei Glencora gewesen. Sie hatte Burgo aufrichtig geliebt. Dann hatte sie sich von ihm gelöst und einen anderen geheiratet. All das hatte sich – wie verwerflich! – innerhalb von ein oder zwei Monaten abgespielt. Lady Glencora errötete. Ihr Gesicht wurde blutrot, sie fühlte sich persönlich getroffen, obwohl Alice nichts ferner gelegen hatte, als ihre Freundin zu verletzen.
Schließlich sagte Glencora: »Gewiß sollte man sich als anständiges Mädchen nicht so ›verworfen‹ benehmen. Ja, ich weiß das genau. Aber es gibt Fälle, wo man sich nicht anders benehmen kann. Es gibt Fälle, wo man auf alle Anständigkeit pfeifen muß!«
»Glencora!«
»Ich schlage ja nicht vor, daß alles mit einer solchen Plötzlichkeit geschehen soll.«

»Glencora!«
»Zugegeben, bei mir ging alles Knall und Fall. Ich habe mich wie ein Biest benommen, wie ein Biest, das so tanzt, wie der Dompteur will. Wenn du nur wüßtest, Alice, wie ich mich deswegen hasse ... hasse und verachte.«
»Und wenn du nur wüßtest, wie ich dich liebe, Glencora ...«
»Dann bist du das einzige Lebewesen, das mich liebt. Er kann mich nicht lieben. Wie wär's auch möglich? Du? Ja, ich weiß, daß du mich liebst – und auch noch eine andere Person. Vielleicht ...«
»Aber, Glencora, es haben dich so viele aufrichtig lieb. Er liebt dich. Mr. Palliser liebt dich.«
»Unmöglich! Ich habe nie ein Wort zu ihm gesagt, das seine Liebe zu mir hätte wecken können. Ich habe nie etwas getan, das ihn veranlaßt haben könnte, mich zu lieben. Gewiß hätte er einen Grund zur Liebe gehabt, wenn ich ihm ein Kind geboren hätte, einen Erben. Warum sollte er mich also lieben? Man hat uns gesagt: Heiratet! Wir haben dem Befehl Folge geleistet. Wann hätte er es lernen können, mich zu lieben? Glaub's mir, Alice, er selbst bedarf keiner Liebe. Er braucht nicht zu lieben, und er braucht nicht geliebt zu werden. Ach, wenn's bei mir doch auch so wäre!«
Alice versuchte ihre Freundin zu trösten. Es gelang ihr nicht.
»Du hast mich eben um Verzeihung gebeten«, sagte Glencora. »Wofür? Ach, Alice, ich weiß genau, wie dir selbst zumute ist. Verzeihen? Ich bin dankbar, daß du mich liebst! Ohne dich ... ohne deine Liebe hätte ich es hier nicht ausgehalten!«

Am folgenden Montag kam Lady Midlothian. Um drei Uhr nachmittags wurde der Wagen zum Bahnhof in Matching geschickt, um sie abzuholen. Alice wußte nicht recht, wie sie sich verhalten sollte. Es ließ sich so arrangieren, daß sie die Bekanntschaft der von ihr bisher geflissentlich gemiedenen Lady gleich bei der Ankunft machte. Oder sollte sie warten, bis man sich vor dem Abendessen »zufällig« im Salon treffen würde?
»Ich werde die alte Dame gleich bei der Ankunft begrüßen«, sagte Lady Glencora, »und natürlich wird sie sofort von mir hören, daß du hier bist.«
»Ja, das ist sicher das beste. Wenn ich nur wüßte, wie ich mich zu benehmen habe!«
»Soll ich Lady Midlothian zu mir in mein Zimmer bitten, und ihr trefft euch dort?«
Alice lehnte diesen Vorschlag ab. »Das wäre viel zu feierlich. Sie hätte das Gefühl, ich mäße dieser Begegnung eine ganz besondere Bedeutung bei.«

»Dann überlassen wir doch alles dem Zufall«, entschied Glencora. »Du triffst sie, wie du jeden anderen Gast bei uns getroffen hättest.«
Alice befand sich in ihrem Zimmer, als die Kutsche mit der unwillkommenen alten Dame an der Freitreppe hielt. Sie hatte das Bremsen der Räder ganz deutlich gehört. Sie wußte nun, daß ihre Feindin im Hause war. Vergeblich hatte sie sich den ganzen Vormittag bemüht, die Ankunft von Lady Midlothian unbekümmert hinzunehmen. Sie war über sich selbst verärgert, daß sie nun mit klopfendem Herzen oben in ihrem Zimmer saß, während sich ihre Feindin unten aufhielt. Was bedeutete ihr denn die Lady, daß sie eine solche Angst vor ihr hatte? Diese Angst war da. Inzwischen war es fünf Uhr geworden. Alice machte sich immer noch Vorwürfe wegen ihrer Feigheit, aber es war nun an der Zeit, sich nach unten zu begeben.
Alice betrat den Salon – und siehe, sofort war sie sich der »erhabenen« Anwesenheit ihrer hoheitsvollen Verwandten bewußt. Da saß Lady Midlothian in einem mächtigen Sessel unmittelbar gegenüber dem Kamin. Neben ihr hockte Glencora auf einem Stühlchen. Sonst befand sich nur noch eine Cousine von Mr. Palliser im Salon.
Die Gräfin Midlothian war nicht gerade eine Zwergin, aber sehr viel größer war sie auch nicht. Sie war jetzt sechsundsiebzig, und bestimmt war sie in der grauen Vorzeit ihrer Jugend ein besonders zierliches und attraktives Geschöpf gewesen. Im gegenwärtigen Zeitpunkt bemühte sie sich nicht mehr, Jugend und Schönheit vorzutäuschen. Sie saß verhutzelt in ihrem mächtigen Sessel, eine alte Frau, die sich mit dem Alter abgefunden hatte. Auf dem Kopf trug sie ein rundes Häubchen, das ihr fast ins Gesicht fiel. Ihr Umhang war eng geschnitten, dadurch wurde die Zartheit und Zerbrechlichkeit ihrer Figur noch besonders betont. Aber in Wirklichkeit war Lady Midlothian ein Drachen mit Gewittergrollen in der Brust, der sich als Sonnenkäfer getarnt hatte. Kerzengerade saß sie in ihrem Sessel und blickte unverwandt ins Feuer. Ihre grauen Augen und ihre wie gemeißelten Gesichtszüge verliehen ihr eine Hoheit, die jeden erzittern ließ. So erging es auch Alice. Kaum hatte sie den Salon betreten, da ahnte sie auch schon, wie schwer es sein würde, diesen zierlichsten aller Drachen zu besiegen und schließlich zur Raison zu bringen.
»Hier ist Alice«, sagte Lady Glencora beim Eintreten ihrer Cousine. »Ich möchte dich gern Lady Midlothian vorstellen.«
Irgendwie gelang es Alice, ein sicheres Auftreten vorzutäuschen, obwohl sie das Gefühl hatte, ihr Herz könnte jeden Augenblick stillstehen. Sie reichte der alten Dame die Hand und überließ es ihr, die ersten Begrüßungsworte zu sprechen.
»Ich freue mich, mein liebes Kind, endlich deine Bekanntschaft zu machen ... ich freue mich sehr ...« Noch immer schwieg Alice. »Deine

Tante, Lady Macleod, ist eine meiner besten Freundinnen. Sie hat so oft von dir gesprochen.«

Nun mußte auch Alice etwas sagen. »Lady Macleod hat auch oft von Eurer Ladyschaft gesprochen.«

»So kennen wir uns wenigstens dem Namen nach«, sagte die Gräfin, »und es ist gut, daß wir uns nun etwas näher kennenlernen. Ich werde immer älter. Wenn wir uns jetzt nicht näherkommen ... wer weiß, schon bald mag es zu spät für mich sein.«

»Sie sind so gütig«, sagte Alice.

»Blut ist dicker als Wasser«, sagte Lady Midlothian. »Ich kenne kein festeres Band als die Familie. Als deine Mutter und ich noch jung waren, ach Gott, wie lang ist das schon her, da waren wir die besten Freundinnen.«

»Ich habe meine Mutter leider nie gekannt«, sagte Alice – und während sie diese Worte sprach, fühlte sie, wie ihr Widerstand der alten Dame gegenüber immer schwächer wurde.

»Ja, ja, mein Kind, du hast sie nie gekannt. Und das ist ein anderer Grund, warum alle, die deine Mutter liebten, auch dich lieben sollten. Immerhin hat Lady Macleod, und sie ist ja deine nächste Verwandte, alles getan, was sie ... ich meine, sie hat dir gegenüber mehr als nur ihre Pflicht erfüllt ...«

Alice stimmte zu. Lady Midlothian fuhr fort: »Und deswegen bestand für andere kein Anlaß, sich in deine Erziehung und Entwicklung einzumischen. Ich sage das nur zu meiner eigenen Verteidigung. Vielleicht bedarf mein Verhalten einer gewissen Entschuldigung ...«

»Ich bin fest überzeugt«, mischte sich Lady Glencora ein, »daß Alice dies nie empfunden hat ...«

»Es kommt nicht darauf an, was Alice empfunden hat oder empfindet«, sagte Lady Midlothian mit einem Lächeln, dem sie den Anschein der Freundlichkeit geben wollte. »Entscheidend ist nur, daß ich selber weiß, wo ich gefehlt habe. Schon seit langem hab' ich darauf gewartet, alte Unterlassungssünden wiedergutzumachen.«

Lady Midlothian machte eine kurze Pause, die sie dazu benutzte, ihr freundliches Lächeln abzulegen. »Und ich habe ganz besonders darauf gewartet, mit Alice unter vier Augen zu sprechen.«

Lady Glencora stellte ihren kleinen Privatsalon, ihr sogenanntes Ankleidezimmer, für diese Geheimkonferenz zur Verfügung. Aber schon der Gedanke an diese Besprechung unter vier Augen erfüllte Alice mit Schrekken. Sie raffte all ihre Kraft und all ihren Mut zusammen und sagte: »Ich glaube, eine solche Unterredung dürfte nur wenig Sinn haben.«

»Nur wenig Sinn?«

Lady Midlothian schien zu einer Salzsäule zu erstarren:

»Und deswegen hab' ich diese weite und beschwerliche Reise unternommen?«

Alice war nicht erstarrt, nur ihr Eigensinn blieb starr. »Es würde mir unendlich leid tun«, sagte sie, »wenn ich Sie durch meine Worte verletzt habe. Aber es gibt gewisse Dinge, die ich nicht . . .« Sie hielt mitten im Satz inne. Eigentlich hatte sie sagen wollen: » . . . die ich nicht mit fremden Leuten besprechen kann.« Sie begann den Satz noch einmal: »Es gibt gewisse Dinge, die ich mit niemand besprechen kann.«

»Willst du damit sagen, daß du mich schneiden willst?«

»Nein, das will ich nicht. Aber ich weiß genau, worüber Sie mit mir reden wollen. Und über dieses Thema will ich mit niemand sprechen. Nicht mit Ihnen, Lady Midlothian – und nicht einmal mit Lady Macleod.«

Die alte Dame in dem mächtigen Sessel sah jetzt aus wie der verkörperte Zorn. Finsteren Blicks saß sie auf ihrem Thron vor dem Kamin. Dann sprach sie also: »Und weil du nicht einmal mit Lady Macleod über diese Dinge reden willst, ist es unbedingt nötig, daß sich andere Freunde einmischen.«

»Ich wünsche aber keine Einmischung«, sagte Alice. »Keine Einmischung von Freunden – und auch nicht von Leuten, die nicht meine Freunde sind.« Bei diesen Worten hatte sich Alice von ihrem Stuhl erhoben. »Verzeihen Sie, Lady Midlothian, daß ich jede Unterhaltung mit Ihnen über dieses Thema ablehnen muß.« Und dann rauschte sie aus dem Salon und ließ die Gräfin und Glencora allein zurück. Die junge Miß Palliser war allerdings auch noch anwesend. Sie las ein Buch. Für einen Augenblick unterbrach sie die Lektüre. Sie spürte, daß es einen Krach gegeben hatte, aber das störte sie nicht weiter. Nach ein paar Sekunden nahm sie ihre Lektüre wieder auf.

Kaum hatte Alice die Tür hinter sich zugemacht, sagte Lady Midlothian: »Das ist wohl die starrköpfigste junge Frau, die mir je in meinem Leben begegnet ist.«

»Ich ahnte, daß es so kommen würde«, sagte Glencora.

»Aber, meine Liebe, das ist doch alles so schrecklich und so schockierend. Sie war doch mit diesem jungen Mann verlobt. All ihre Freunde hatten ihren Segen zu diesem Verlöbnis gegeben.«

»Ja, ich weiß. Ich kenne die ganze Geschichte.«

»Und dann müssen Sie doch wissen, daß sie moralisch falsch gehandelt hat.«

»Ich muß zugeben, daß ich Miß Vavasor nicht recht verstehe. Allem Anschein nach hat sie wohl das Gefühl, sie könnte mit diesem Mann nie glücklich werden.«

»Das kann ich mir denken, daß Sie Alice nicht verstehen. Niemand versteht sie. Das ist eine junge Frau. Wie alle Welt weiß, verlobt sie sich mit einem jungen Mann. Sie fährt sogar zu ihm, sieht sich das Haus an, in dem beide künftig leben werden. Sie spricht mit dem Gesinde und trifft Anordnungen, welche Möbel entfernt werden sollen. Und dann macht sie plötzlich eine Kehrtwendung und erklärt, sie habe sich anders besonnen. Wenn das nicht charakterlos ist und doppelzüngig! So ein flatterhaftes Geschöpf! Und soweit ich weiß, hat sie auch nicht mal den Versuch gemacht, ihr Verhalten zu rechtfertigen!«

Während die alte Dame nun wie ein Drache en miniature auf ihrem Sessel am Kamin saß, in die Flammen blickte und selber Feuer spie, wanderten Glencoras Gedanken in ihre eigene Vergangenheit zurück. War es wirklich erst vor zwei Jahren gewesen, daß man sie gezwungen hatte, Burgo Fitzgerald den Laufpaß zu geben und den ehrenwerten Plantagenet Palliser zu heiraten? Damals hatte man den Willen, den Stolz, vor allem aber die Liebe Glencoras gebrochen. Und wer hatte eine der Hauptrollen bei ihrer Unterwerfung gespielt? Lady Midlothian! Glencora erinnerte sich noch an alle Einzelheiten. Der Drache im Sessel vor dem Kamin schien alles vergessen zu haben. »Ich werde meinen Kampf um die Ehre der Familie nicht aufgeben«, fuhr Lady Midlothian fort. »Ich kann den Vater dieser Miß Vavasor nicht ausstehen. In schamloser Weise ist ihm die Einheirat in unsere erlauchte Familie gelungen – und all das ohne die geringste Ermunterung von unserer Seite. Ich glaube, seit seiner Hochzeit hab' ich ihn geschnitten, wie er's verdiente. Ich habe nie mit ihm gesprochen. Aber nun werde ich ihn aufsuchen und ihm meine Meinung sagen.«

Alice ließ sich von ihrer Haltung nicht abbringen und vermied jede weitere Unterhaltung mit Lady Midlothian, obwohl Glencora ihre Freundin beschwor, doch mit sich reden zu lassen.

Erst bei der Abreise von Lady Midlothian wurden noch ein paar Worte gewechselt. Der Drache spie kein Feuer mehr, sondern begnügte sich mit Gift und Galle, die zu einem konventionellen Lächeln verrührt waren. »Auch jetzt hoffe ich noch«, sagte die Gräfin, »daß sich alles zum Guten wenden möge – und wenn das geschieht, mein Kind, dann wirst du sehen, daß ich vergessen und verzeihen kann.«

»Wenn Beharrlichkeit zum Ziel führt«, meinte Glencora zu Alice, als der Wagen mit der alten Dame davonrollte, »dann hätte es Lady Midlothian verdient, als Siegerin aus diesem Kampf hervorzugehen.«

»Aber sie wird es nicht«, sagte Alice. Auch sie hatte ihren eigenen Kopf, mit dem sie durch jede Wand zu gehen vermochte, sofern sie Durchbrüche dieser Art für nötig hielt.

Inzwischen war es Dezember geworden. Die Luft war klar und frostig, doch der Mond schien sanft und freundlich, fast schon mit warmem Lächeln auf die gefrorene Landschaft. Ganz in der Nähe des Landhauses, in dem die

Pallisers wohnten, lagen die alten Abteigebäude – oder sagen wir lieber ihre Ruinen, denn die Abtei war schon längst verfallen. Da nun das alte Gemäuer bei Mondschein besonders romantisch wirkte, hatten Glencora und Alice beschlossen, einen abendlichen Spaziergang zur Abtei zu machen, obwohl Mr. Palliser und alle Gäste dringend von einem so gefährlichen Abenteuer abgeraten hatten.
»Wir lassen uns nicht einschüchtern«, sagte Lady Glencora.
Mr. Palliser hätte jetzt am liebsten eine seiner Statistiken aufgetischt. Etwa so: Nur ein winziger Bruchteil aller vernünftigen Menschen unternimmt derlei Spaziergänge in kalten Dezembernächten. Er begnügte sich jedoch mit der Feststellung: »Sowas tut man nicht.«
»Und gerade deswegen werden wir es tun«, erwiderte Glencora schnippisch. »Wir werden uns warm einmummeln. Niemand braucht sich auch nur die geringste Sorge um uns zu machen.« Dann wandte sie sich an Jeffrey Palliser, jenen Cousin des Herzogs von Omnium, den sie gern mit Alice verkuppelt hätte: »Jeffrey, wir verlassen uns ganz auf dich. Du wirst jetzt beim alten Schloßtor Wache stehen, und sollte ein Gespenst des Weges kommen, so mußt du uns mit all deiner angestammten Ritterlichkeit verteidigen!«
Nachdem man ihm eine gute Zigarre als Lohn für die Gespenster-Abwehr versprochen hatte, ließ sich Jeffrey auf das Wachestehen ein.
»Er ist ein guter Junge«, sagte Glencora zu Alice. »Weiß Gott, es wäre noch nicht das Schlimmste, wenn du ihn heiraten würdest.«
Am liebsten hätte Alice nun diesen nächtlichen Spaziergang aufgegeben, der viel romantischer werden sollte, als sie geahnt hatte. Wie hätte sie auch voraussehen können, daß sich Glencora nun, zumindest was Beharrlichkeit betraf, in eine Neuauflage von Lady Midlothian verwandelte.
»Wen könntest du schon treffen, der besser zu dir passen würde?« fuhr sie fort, »aber du mußt dich nicht gleich entscheiden. Wenn du willst, übernehme ich die Vermittlerrolle. Wenn du willst, spreche ich mit Jeffrey und sag ihm, er soll mit seinem Antrag warten, bis ihr euch beide in London treffen könnt.«
»Du wirst nichts dergleichen tun«, sagte Alice. »Bisher hab' ich die ganze Sache für einen Witz gehalten, für einen schlechten obendrein.«
»Aber, Alice, ich scherze nicht. Mir ist die Sache bitterernst, und ihm auch. Er hat mir gestanden, wie gern er dich hat. Weißt du denn nicht, daß ich unfruchtbar bin. Ich glaube es wenigstens. Wenn du Jeffrey heiratest, würde mich das mit meinem Schicksal versöhnen. Ist es denn gar so schlimm, wenn ich dich bitte, Jeffrey zu heiraten. Du würdest dann die Mutter eines künftigen Herzogs von Omnium sein.«
»Ich will aber nicht«, sagte Alice. »Ich will Jeffrey nicht heiraten, und mir

liegt nichts daran, etwa die Mutter eines künftigen Herzogs zu sein. Ich will nichts mehr von diesem Vorschlag hören . . .«

»Also gut, dann laß uns das Thema wechseln. Wie wär's, wenn wir uns über den Mond unterhalten? Kann man sich etwas Poetischeres vorstellen? Ruinen . . . ein frostiger Dezemberabend . . . eine frostige Alice . . . und dann noch Mondschein . . . Aber ich will dir jetzt ein Geheimnis beichten. Ich will dir erzählen, warum ich gerade diesen Spaziergang so liebe – nicht nur im Winter, auch im August . . . Wie oft bin ich früher hier gewesen. In sommerlichen Mondscheinnächten. Niemand wußte dann, wo ich war. Ich hatte mich heimlich aus dem Haus entfernt. Einmal führte ich auch Plantagenet zu diesen Ruinen. Ich hatte ihm gesagt, da sei eine alte Mauer, und wenn man nichts mache . . . Er sah sich den Schaden an. Am nächsten Tag ließ er einen Maurer kommen. Sofort war alles repariert. Ja, so ist Plantagenet. Wenn alle Pallisers so wären wie unser braver Plantagenet, gäbe es überhaupt keine verfallenen Schlösser. Nichts in der Welt wäre schadhaft . . .«

»Und wäre das nicht ein Segen für die Welt?«

»Nein! Menschen und Dinge können auch zu lange leben. Und nun kommt das kleine Geheimnis, das ich eben erwähnte. Erinnerst du dich noch an einen Abend, als wir beide aus dem Theater kamen? Ich hatte dich nach Hause in die Queen Anne Street begleitet . . .«

Alice erinnerte sich nur zu gut an diesen Abend. Sie saß mit Glencora im Wagen. Wieder bat sie ihre Cousine, sie solle ihr doch bei der Flucht mit Burgo Fitzgerald helfen. Und Alice hatte sich geweigert.

»Auch damals schien der Mond«, sagte Glencora.

Alice war nicht ganz so sicher.

»Ich weiß es genau«, wiederholte Glencora. »Wir bogen gerade bei Cavendish Square um die Ecke . . . Und da stand er . . . Und ein Freund von dir stand neben ihm . . .«

»Ein Freund von mir? Wer?«

»Ach, Alice, das spielt jetzt ja keine Rolle mehr.«

»Meinst du meinen Cousin George?«

»Ja, ich meine deinen Cousin. Ach, Alice, ich weiß nicht, warum ich dich so liebe . . . Wenn du an jenem Abend nicht so erbarmungslos gewesen wärst, so hartherzig in all deiner konventionellen sittlichen Bravheit, so hätte ich meinen Kopf aus der Schlinge gezogen. Dann wäre ich damals auch mit ihm geflohen . . . und wir beide würden nun nicht fröstelnd durch eine eisige Winternacht lustwandeln mit Mondschein und Ruinen und allem nur erdenklichen romantischen Komfort, den ich Mr. Plantagenet Palliser verdanke – und natürlich auch der Güte des Herzogs von Omnium . . .«

Bei diesen sarkastischen Worten, die noch frostiger als die nächtliche

Dezemberluft waren, stand Glencora ganz dicht bei Alice. Sie zitterte vor Kälte und hüllte sich enger in die Pelzstola, die sie sich um die Schultern geworfen hatte.
»Wenn dir so kalt ist«, sagte Alice, »wär's doch besser, wenn wir sofort zurückgingen.«
»Mir ist nicht kalt, und ich zittere nicht vor Kälte. Es sind nur Gefühle, die mir eisig über den Rücken rieseln. Ja, Alice, in jener Nacht hätten wir flüchten müssen. Wir hätten es auch getan, wenn du uns aufgenommen hättest, um alles zu besprechen. Es kam dann anders. Und dies ist nun das Ende der Geschichte!«
»Aber, Glencora, du kannst es doch nicht bedauern.«
»Nicht bedauern? Alice, hast du kein Herz? Ich würde alles in der Welt darum geben, hätte ich ihn damals nicht im Stich gelassen! Man raunte mir in die Ohren: Er wird all dein Geld vergeuden. Und selbst wenn er es getan hätte . . ., ich bereue jetzt, daß ich nicht anders gehandelt habe. Schön, wir hätten dann betteln gehen müssen. Man raunte mir in die Ohren: Er wird dich ausnutzen, er wird dich verlassen. Wer weiß, vielleicht hätte er mich sogar geprügelt. Und doch bereue ich alles. Es ist besser, die richtige Frau für den falschen Mann zu sein als die falsche Frau für den richtigen Mann.«
»Glencora, so darfst du nicht reden. Ich will und will nicht glauben, daß du dein Ehegelöbnis nicht ehrlich gemeint hast.«
»Meinen Schwur? Nicht eine Silbe ist bei Gott wahrhaftig gewesen! Alles war Lug und Trug. Ich habe Plantagenet nie geliebt. War es die lautere Wahrheit, wenn ich vorgab, ihn zu lieben? Man hat mich gepeinigt und meine Seele gefoltert, und schließlich war ich mürbe. Ich gab nach und tat, wie mir befohlen. Und nun? Wo stehe ich nun?«
»Du bist sein ehrsames Weib. Bitte, Glencora, hör mich an.« Alice legte ihren Arm um die Freundin.
Glencora war nicht zu beruhigen. »Nein«, rief sie, »ich bin nicht ehrsam. Ich bin seine Frau. Ich bin es vor dem Gesetz. Aber alle Gesetze sind Teufelswerk und erlogen! Ich bin nicht sein Weib. Ich will nicht sagen, was ich wirklich bin. Als ich zum Altar schritt, wußte ich zutiefst, daß ich den Mann nicht liebte, der nun mein Ehemann sein sollte. Aber Burgo . . ., ich liebe ihn. Ich vergöttere ihn. Ich möchte niederknien und seine Füße küssen!«
Alice war entgeistert über diesen plötzlichen Gefühlsausbruch ihrer Freundin. »Aber, Cora«, sagte sie, »bedenke doch, was du deinem Gatten verdankst.«
»Ich weiß nicht, was ich ihm verdanke. Ich werde ihm alles bezahlen. Ja, wenn ich ein Kind hätte, Alice, dann hätte ich ihm in Wahrheit gegeben,

was er in Wahrheit von mir verlangen konnte. Ich hätte ihn glücklich gemacht, auch wenn mir selbst keine glückliche Stunde mehr in meinem Leben verblieben wäre. Aber was soll jetzt geschehen? Soll ich ihn verlassen, damit er sich eine andere Frau nehmen kann, die ihm einen Sohn schenkt? Würde ich ihm dadurch ein Leid antun? Er liebt mich nicht. Alice, du weißt es, daß er mich nicht liebt.«

»Er liebt dich!«

»Alice, das ist nicht wahr. Er liebt mich nicht. Mag sein, daß er überhaupt keine Frau lieben kann. Aber vielleicht könnte er mit einer anderen Frau einen Sohn zeugen – und dann wäre er glücklich. Ich schwöre dir, Alice, Tag und Nacht denke ich an den Mann, den ich liebe. Ich habe nichts anderes, was ich denken könnte. Ich habe keine Beschäftigung, keine Freunde, niemand, zu dem ich sprechen möchte. Aber zu Burgo spreche ich immer. Ich rede mit ihm in Gedanken. Er hört mir zu. Ich träume, daß er mich in seine Arme nimmt ...«

»Glencora!«

»Alice, bist du mir böse, daß ich dir die Wahrheit sage? Hast du nicht erklärt, daß du meine Freundin bist? Nun mußt du die Bürde der Freundschaft tragen. Und nun will ich dir ein Geheimnis anvertrauen, das ich dir längst schon anvertrauen wollte. Gleich nach Weihnachten werden wir uns nach Monkshade begeben, Plantagenet und ich. Lady Monk hat uns eingeladen – und Lady Monk ist seine Tante.«

»Du darfst unter keinen Umständen hin!«

»Leicht gesagt, liebste Alice. Und doch muß ich hin. Ich habe Mr. Palliser nichts verschwiegen. Ich habe meinem Mann gesagt, daß auch Burgo in Monkshade sein wird. ›Macht nichts!‹ war seine Antwort. Ja, genau diese Worte hat er gebraucht. Ob er wohl ahnt, was es ›macht‹, wenn sich zwei Menschen lieben?«

»Du mußt ihm sagen, daß du unter keinen Umständen nach Monkshade fahren wirst.«

»Ich hab's getan. Meine Worte hätten nicht bestimmter klingen können. ›Glencora‹, sagte er, und du weißt, wie er dreinblickt, wenn er den Herrn und Meister spielt und den wahren Ehemann herauskehrt, ›das ist sicher eine Schwierigkeit, aber es läßt sich nicht ändern, daß auch dieser Mr. Fitzgerald in Monkshade sein wird, ein Ärgernis, das du ertragen mußt. Es ist ganz in meinem Sinn, daß wir nach Monkshade gehen, du und ich, und ich will nicht, daß du Angst hast, dort jemand zu treffen, den du nicht treffen willst. Das sind kleine Unannehmlichkeiten, die man überwinden muß.‹ Siehst du, Alice, so sprach mein Herr und Meister. Konnte ich ihm sagen, daß es zu den kleinen Unannehmlichkeiten gehören könnte, daß er bei diesem Besuch in Monkshade seine Frau verlieren kann? Konnte ich ihm drohen, mich in Monkshade bei der ersten Gelegenheit in Burgos Arme zu werfen? Ach, Alice, du bist so vernünftig und so gescheit. Was hätte ich sagen sollen?«

»Ich würde ihm jetzt noch alles erzählen – ich meine alles –, und ich würde unter keinen Umständen hingehen.«

»Alice, ich kenne mich selbst am besten. Ich weiß, was aus mir werden wird. Ich weiß es genau. Ich hasse meine Gedanken. Wenn man mich doch nur selbst meinen Ehemann hätte wählen lassen! Burgo hätte mein Vermögen vergeudet. Aber etwas wäre immer noch übriggeblieben – und ich hätte ihn ganz bestimmt dazu gebracht, für mich zu sorgen, mich zu umhegen und pflegen . . ., aber Plantagenet . . . Alice, was soll ich nur tun?«

Alice hatte auch nicht die geringsten Zweifel, was ihre Cousine zu tun hatte. Sie sollte sich an das Gelöbnis halten, das sie vor dem Altar abgelegt hatte. Sie mußte ihrem Gatten alles sagen, was er wissen mußte, um den gefährlichen Besuch im Haus von Lady Monk aufzugeben. All diese Gründe setzte Alice ihrer Cousine auseinander, als sie langsam den Rückweg zum Haus antraten. Aber Glencora hing ihren eigenen Gedanken nach, obwohl sie Rat erbeten hatte. Auf einmal sagte sie: »Ach, da ist ja auch Jeffrey . . . unverzeihlich, daß wir ihn so lange warten ließen!«

Sie betraten das Haus durch eine Tür, die zum Billardzimmer führte. Dort wurden sie schon von Mr. Palliser erwartet. »Du mußt aber arg gefroren haben«, sagte er zu Glencora, die als erste hineinkam. »Nein, wirklich nicht«, sagte Glencora und dabei klapperten ihre Zähne vor Kälte. »Jeffrey«, sagte Mr. Palliser, und wandte sich an seinen Cousin, »ich bin böse mit dir. Wenigstens du hättest vernünftig sein sollen. Wie konntest du es nur zulassen, daß Glencora so lang draußen blieb!« Und dann nahm Mr. Palliser seine Frau bei der Hand und verließ mit ihr das Zimmer, ohne die geringste Notiz von Miß Vavasor zu nehmen.

Alice begab sich nun in ihr Zimmer. Sie machte es sich bequem, zog ihren Schlafrock an und setzte sich vor das offene Kaminfeuer. Da klopfte es laut an der Tür. Sie stand auf und drehte den Schlüssel um. Vor ihr stand Iphigenia Palliser, eine Cousine von Jeffrey und Mr. Plantagenet Palliser.

»Verzeihung, Miß Vavasor«, stammelte das junge Mädchen, »Verzeihung, wenn ich störe. Ich komme nur auf ein paar Minuten. Ich möchte so gern mit Ihnen sprechen.« Alice bat also Miß Palliser einzutreten und sich neben ihr vor das prasselnde Kaminfeuer zu setzen.

»Wie ich höre, reisen Sie morgen ab«, begann der unerwartete Gast. »Da dachte ich mir, dies dürfte wohl meine letzte Chance sein, mit Ihnen zu sprechen. Ich weiß, wie sehr Glencora an Ihnen hängt. Es ist ja so gut für sie, daß sie eine so gute Freundin hat. Ja, Miß Vavasor, so denken wir hier alle . . .«

»Und ich hoffe, daß sich an dieser Ansicht nichts geändert hat«, sagte Alice mit einem leichten Lächeln, und sie hoffte, daß auch Mr. Palliser zu jenen »allen« gehöre. Da sie von Natur freimütig war, sprach sie diese Hoffnung auch aus.

»O nein«, sagte die Besucherin, »das hat nichts mit meinem Kommen zu tun. Mr. Palliser fand Sie ganz besonders nett ... ich meine, als Sie hier nach Priory Matching kamen.«

»Und nun hat er halt seine Ansicht geändert, weil ich mit seiner Frau bei Mondschein spazierenging. Stimmt's oder nicht?«

»Nein, wirklich, Miß Vavasor, ich kam nicht, um Ihnen all das zu sagen. Ja, er ist verärgert ... ich kann es nicht leugnen ... Ich kam aber aus einem ganz anderen Grund. Ich weiß, daß Sie einen gewissen Einfluß auf Glencora haben ...«

»Unsere Freundschaft ist erst neueren Datums, Miß Palliser.«

»Ich weiß ..., und doch ist es eine enge Freundschaft. Darf ich nun daraus folgern ...«

»Bitte, was?«

»Folgern, daß Sie den Namen von Mr. Fitzgerald schon mal gehört haben? Man hat ihn vor Glencoras Ehe im Zusammenhang mit ihr genannt.«

Alice ließ einen Augenblick verstreichen, ehe sie auf diese Frage einging.

»Ja, mir ist der Name bekannt.«

»Dann sind Sie doch sicher auch der Ansicht, die von der gesamten Familie geteilt wird, daß eine Eheschließung mit diesem Mr. Fitzgerald eine Katastrophe gewesen wäre.«

»Ich habe über diese Angelegenheit nie mit irgendwelchen Verwandten Glencoras gesprochen. Wir sind nur ganz entfernt verwandt. Selbst ihre nächsten Angehörigen habe ich nie getroffen. Ja, auch Lady Midlothian lernte ich erst neulich kennen, als sie zu Besuch war.«

»Sie haben ihr aber den Rat gegeben, Mr. Fitzgerald aufzugeben.«

»Nein, das hab' ich nie getan!«

»Sie war damals viel mit Ihnen zusammen.«

»Gewiß haben wir uns hin und wieder getroffen.«

Und dann entstand eine Pause. Miß Palliser wußte nicht, wie sie nun fortfahren sollte. Sie hatte nicht mit einer solchen Schroffheit gerechnet. Am liebsten wäre sie aus dem Zimmer gerannt, als sie spürte, daß Alice weder Lust zum Sprechen noch zum Zuhören hatte. Aber nun war der Name Burgo Fitzgerald einmal gefallen. Da gab es kein Entrinnen mehr. Und gerade in diesem kritischen Augenblick kam ihr Alice zu Hilfe.

»Ja, in jenen Tagen hat mich Glencora oft besucht. Natürlich haben wir uns auch über Mr. Fitzgerald unterhalten. Es ist jetzt völlig gleichgültig, was ich ihr damals geraten habe. Aber in einem Punkt, Miß Palliser, sind wir

uns einig: Glencora sollte unter keinen Umständen in Gesellschaft von Mr. Fitzgerald gesehen werden.«
»Sie wissen also?«
»Ja, Glencora hat mit mir darüber gesprochen.«
»Sie wissen, daß er auch bei der Party von Lady Monk sein wird?«
»Sie sagte mir, es sei der ausdrückliche Wunsch von Mr. Palliser, daß sie nach der Weihnachtsfeier in Gatherum Castle nach Monkshade fahren sollte und daß sie dort Mr. Fitzgerald treffen würde und daß sie sich einer solchen Prüfung unterziehen müsse . . .«
»Aber das ist doch keine Prüfung . . .«
»Nun, das ist Ansichtssache, und wenn Sie mit Glencora befreundet sind, müssen Sie mir recht geben.«
»Ich meine es wirklich gut mit Glencora. Aber in erster Linie geht es mir um Mr. Palliser. Er ist immerhin mein Cousin. Von ihm weiß ich, daß sich Glencora darüber beschwert hat, mit diesem Mann zusammenzukommen. Er hat ihr darauf zu verstehen gegeben, es bestände auch nicht der geringste Anlaß zur Furcht vor einer solchen Begegnung. Und nun frage ich Sie, Miß Vavasor: Gibt es irgendeinen Grund, ich meine einen stichhaltigen Grund, warum Glencora die Party bei Lady Monk vermeiden sollte? Bitte, sagen Sie mir die volle Wahrheit, auch dann, wenn Sie damit einen schweren Vorwurf gegen Glencora erheben müßten. Alles ist besser, als wenn diese Angelegenheit ein schmachvolles und sündiges Ende nehmen müßte!«
»Ohne auch nur den geringsten Vorwurf gegen Glencora zu erheben, kann ich nur nochmals wiederholen: Ich bin unbedingt dagegen, daß sie nach Monkshade geht.«
»Und Sie glauben, daß gute Gründe für eine solche Einmischung bestehen? Wenn ja, halte ich es für meine Pflicht, Mr. Palliser ganz offen darüber zu informieren, was für Gefahren ihm drohen.«
»Ich glaube . . . nein, ich weiß, Miß Palliser, daß es reichlich viel Gründe gibt, weswegen Glencora nicht nach Monkshade gehen sollte. Tun Sie doch, was in Ihrer Macht steht, um ihre Teilnahme an dieser Party zu verhindern.«
»Alles, was ich tun kann, ist, mit Mr. Palliser über diese Dinge zu sprechen – und da kann ich ihm dann sagen, was Sie mir gesagt haben.«
»Zu dieser Schlußfolgerung müßten Sie doch schon gekommen sein, ehe Sie an meine Tür klopften.«
»Ja, das ist richtig, Miß Vavasor. Aber die ganze Zeit dachte ich mir, ich würde von Ihnen hören, daß ja gar keine Gefahr besteht. Ich hatte immer erwartet, Sie würden mir sagen, Glencora sei unschuldig . . .«
»Und das ist sie auch!« sagte Alice. Dabei erhob sie sich von ihrem Sessel, als wolle sie durch diese Geste ihren Worten, die sie nur zu flüstern wagte,

einen besonderen Nachdruck verleihen. »Sie ist unschuldig! Wer behauptet ihre Schuld? Sie wollten mich im Namen von Mr. Palliser etwas fragen . . .«

»Auch im Namen von Glencora . . .«

»Und ich will Ihre Frage ganz offen beantworten. Als Mr. Palliser Glencora heiratete, wußte er genau, daß sie vorher mit Mr. Fitzgerald befreundet gewesen war. Sie hat ihm nichts verschwiegen. Nach den allgemein gültigen Konventionen unserer Gesellschaft wäre eine Ehe mit Mr. Fitzgerald sicher sehr unklug gewesen.«

»Eine Katastrophe!«

»Mag sein. Ich will mich dazu nicht weiter äußern. Aber wie die Dinge nun einmal lagen, hat Glencora ein Opfer gebracht. Sie hat auf den Mann ihrer eigenen Wahl verzichtet und Mr. Palliser geheiratet.«

»Mir ist nicht bekannt, Miß Vavasor, daß sie ihre eigenen Wünsche hatte.«

»Sie hätte damals Mr. Fitzgerald geheiratet. Aber alle Verwandten und Bekannten haben ihr so dringend abgeraten, daß sie schließlich nachgab. Kann man nun erwarten, daß alle Narben bereits geheilt sind? Das geht nicht von heute auf morgen. Es hat nichts, aber auch nichts mit Schuld oder Schuldgefühlen zu tun, wenn die Erinnerung an diese Geschichte noch in ihr nachlebt . . . und nachzittert.«

»Darf ich Sie darauf aufmerksam machen, Miß Vavasor, daß es unrecht ist, einen anderen Mann als den eigenen Ehemann zu lieben?«

»Dann ist ihre Ehe an allem schuld – und nicht ihre Liebe. Aber warum soll nun alles wieder neu aufgewärmt werden? Meiner Ansicht nach sollte es die Aufgabe von Mr. Palliser sein, alles zu tun, damit sie möglichst bald diesen Mr. Fitzgerald vergißt – und das ist nicht der Fall, wenn er sie zu einer Party gehen läßt, bei der auch dieser Gentleman zugegen sein wird.«

»Hat sie Ihnen das gesagt?«

»Ich bin nicht der Ansicht, daß ich Ihnen haargenau mitzuteilen habe, was mir Glencora gesagt hat. Sie haben mich etwas gefragt. Ich bin Ihnen für diese Frage dankbar. Meines Erachtens kommt es nun nur darauf an, Glencora zu helfen. Oder?«

»Es kommt darauf an, zu verhüten, daß sie sich selbst an den Pranger stellt. Ach, ich hatte gehofft, es hätte sich bei der ganzen Geschichte nur um eine harmlose und kindische Liebelei gehandelt.«

»Die Beziehung zu Mr. Fitzgerald war in keiner Weise kindisch. Wenn es in Ihrer Macht steht, Miß Palliser, müssen Sie es verhindern, daß Glencora die Party bei Lady Monk besucht. Ja, ich gehe noch weiter. Sie müssen mir versprechen, daß Sie es tun wollen.«

»Ich habe ja keine Wahl – nach allem, was ich eben von Ihnen gehört habe.«
»Nein, es gibt hier keine Wahl, gleichgültig ob Sie für Glencora oder für Ihren Cousin Plantagenet handeln wollen.«
Diese Worte sollten die Konversation beenden und taten es auch. Miß Palliser erhob sich, wünschte Alice »gute Nacht« und verschwand. Es wäre gewiß übertrieben, wenn man dieses Gespräch etwa als herzlich bezeichnen würde. Nicht einmal beim Abschied wurde der Versuch unternommen, eine Freundschaft vorzutäuschen, die in Wahrheit nicht bestand. Beide waren sich bewußt, daß sie verschiedene Ziele verfolgten. Alice wollte Glencora vor einem völligen Zusammenbruch bewahren. Miß Palliser ging es nur darum, ihrem Cousin, dem ehrenwerten Mr. Plantagenet Palliser, einen Skandal zu ersparen, und vielleicht dachte sie nebenbei auch noch an die Worte, die der Herr auf dem Berg in der Wüste Sinai zu Moses gesprochen hatte: »Du sollst nicht ehebrechen!« Alice liebte Glencora, und Miß Palliser tat es ganz offensichtlich nicht. Und doch war Alice der Ansicht, daß Miß Palliser recht gehandelt hatte, als sie zu ihr gekommen war. Nach dieser Unterhaltung hatte sie ein Gefühl der Erleichterung. Sie hatte jedenfalls nichts gesagt, was Lady Glencora Kummer bereiten könnte.
Am nächsten Morgen erschien sie kurz nach neun am Frühstückstisch. Wenige Minuten später kam Mr. Palliser. »Ich habe den Wagen für Sie bestellt. Er wird um dreiviertel zehn hier sein«, sagte er. Und dann fügte er mit einem freundlichen Lächeln hinzu: »Und nun will ich persönlich dafür sorgen, daß Sie auch ein gutes Frühstück erhalten.«
Er konnte sich diese Mühe sparen. Kaum hatte er sich am Frühstückstisch niedergelassen, erschien auch schon die Dame des Hauses.
»Ja, Alice«, sagte Lady Glencora, »nun ist die Stunde unserer Henkersmahlzeit gekommen.«
»Und Mr. Palliser wird darüber sicher sehr froh sein. Er hat wohl kaum noch angenommen, daß ich Matching Priory jemals verlassen werde.«
»Im Gegenteil«, bemerkte Mr. Palliser, »ich bin Ihnen zu Dank verpflichtet, daß Sie uns so viel von Ihrer kostbaren Zeit geopfert haben.« Er sprach diese Dankesworte mit solcher Kühle, daß Alice ihren Besuch in Matching Priory bedauerte.
Aber nun ergriff Glencora das Wort, um die Situation zu retten: »Du ahnst ja gar nicht, Alice, wie ich mich über deinen Besuch gefreut habe. Ich wollte, du könntest immer bei uns bleiben.«
Dazu der Kommentar von Mr. Palliser: »Heute in einer Woche werden auch wir Matching Priory verlassen.«
»Ja, gewiß . . ., gewiß werden wir das«, sagte Lady Glencora. »Ich wollte,

wir blieben hier. Ach, Alice, nun werden wir uns wohl erst in London wiedersehen.«

»Gib mir Nachricht, wenn du in London bist.«

»Du wirst es sofort erfahren. Ich werde dir von Gatherum Castle aus schreiben . . . oder von Monkshade.«

Unwillkürlich hatte sich Alice bei diesen Worten umgeschaut. Sie hatte nicht gemerkt, daß auch Miß Palliser inzwischen das Frühstückszimmer betreten hatte. Sie stand am Kamin und gab durch eine leichte Kopfbewegung zu erkennen, daß es wohl besser wäre, wenn Lady Glencora keine Gelegenheit zum Briefschreiben in Monkshade haben würde.

Und dann kam ein Diener und meldete, daß der Wagen bereit sei. Mr. Palliser ergriff Alice bei der Hand, um sie aus dem Zimmer zu führen. »Bitte, Glencora«, sagte er, »begleite unseren Gast nicht bis zur Tür. Es ist mein ausdrücklicher Wunsch.« Die beiden Freundinnen gaben sich einen Abschiedskuß.

»Leben Sie wohl, Miß Vavasor«, sagte Mr. Palliser, ohne den Wunsch auszudrücken, daß sie doch bald mal wieder zu Besuch nach Matching Priory kommen möchte.

Als Alice allein in der Kutsche saß und zum Bahnhof fuhr, hatte sie nur einen Gedanken: »Ich wollte, ich hätte diese Reise nie unternommen . . .«

5 Pläne für eine Liebesreise ins Blaue – Ein Korb mit ungelegten Eiern – Der Gutsherr von Vavasor Hall – Das unbequemste Fuhrwerk der Welt – Sind zwölf Monate eine lange Zeit? – John Vavasor ist dagegen

In der Nacht vor Heiligabend saßen sich zwei Männer in der Wohnung von George Vavasor in Cecil Street gegenüber. Es war schon nach zwölf. Beide rauchten. Auf dem Tisch standen in Reih und Glied allerlei Flaschen, die mit starken Alkoholika gefüllt waren, daneben Karaffen mit kaltem und heißem Wasser, falls man sich einen Grog brauen oder seinen Whisky verdünnen wollte. George Vavasor hatte jedoch den Getränken nicht zugesprochen, bisher wenigstens. Es sah aber nicht so aus, als ob er noch mit einer wilden Zecherei beginnen würde. Neben ihm stand ein Glas mit stark verdünntem Cognac, nur halbvoll; er hatte es in den letzten zwanzig Minuten nicht angerührt. Dagegen hatte sich sein Gast in der gleichen Zeit schon zweimal nachgeschenkt. Dieser Gast war, wie wir nun verraten wollen, Burgo Fitzgerald. Er hatte diesmal George Vavasor aufgesucht, weil er ihn in einer ganz bestimmten Angelegenheit um Hilfe bitten wollte.

Die beiden Männer kannten sich schon seit geraumer Zeit. Sie waren eng befreundet gewesen, ehe Lady Glencora den ehrenwerten Mr. Plantagenet Palliser heiratete. Als sich damals Glencora bemühte, die Hilfe ihrer Cousine Alice für ihren Fluchtplan zu gewinnen – ohne Erfolg, wie wir bereits berichten mußten –, glaubte Burgo, daß ihn vielleicht George, der Cousin von Alice, bei seinem Fluchtvorhaben unterstützen könne. Da sich übrigens George damals in guten finanziellen Verhältnissen befand, hatte er dem immer vom Pleitegeier gejagten Burgo schon mehrfach mit größeren und kleineren Summen ausgeholfen. Vielleicht hatte George auch irgendwann einmal eine Andeutung fallenlassen, daß sich Burgo und Glencora heimlich in Queen Anne Street treffen könnten, um dort alle Einzelheiten ihres Fluchtplans durchzusprechen und um von hier aus ihre abenteuerliche Liebesreise ins Blaue anzutreten.
All diese schönen Seifenblasen waren inzwischen geplatzt. Lady Glencora M'Cluskie war Lady Plantagenet Palliser geworden – und nicht Lady Glencora Fitzgerald. Nun waren jedoch gleichsam aus der Versenkung neue Hoffnungen aufgetaucht. Und wieder wandte sich Burgo hilfeflehend an seinen Freund.
»Ich glaube schon, daß sie mitmachen wird«, sagte Burgo. Ehe er weitersprach, leerte er sein Glas. »Sicher ist nichts. Man kann als Mann nur daran glauben. Man kann es nur erhoffen. Erst muß der Versuch gewagt werden. Nur dann . . . Ich weiß jedenfalls, daß sie nicht glücklich mit ihm ist. Mein Entschluß ist gefaßt. Ich muß mit ihr über diese Dinge reden.«
»Sag mal, Burgo, hast du sie nach der Hochzeit schon gesehen?«
»Ja. Zweimal.«
»Und habt ihr auch miteinander gesprochen?«
»Nur einmal. Und auch da nur zwei Minuten.«
»Hat sie irgendwas Besonderes gesagt?«
»Sie meinte, es sei besser, wenn wir uns nicht mehr träfen. Ich spürte sofort, daß ihre alte Zuneigung zu mir noch bestand. Ich hätte vor ihr niederknien können. Aber es ging nicht. Rings um uns wimmelte es von Menschen. Ja, George, sie mag mich noch immer.«
Vavasor saß ein paar Minuten sinnend da. »Ich glaub's gern«, sagte er dann, »daß sie dich noch immer mag. Aber ob sie auch genug Mumm hat, sich auf deinen Plan einzulassen, ist eine andere Sache.«
»Erst einmal brauch' ich ein wenig Kleingeld.«
»Und je älter du wirst, desto schwieriger wird's mit dem Anpumpen. Hab' ich recht?«
»Ach Gott, da ändert sich nicht viel. Heute früh war ich bei Magruin.«
»Ist das der Bursche, der sein Büro in der Nähe von Gray's Inn Lane hat, gleich um die Ecke bei all den Advokaten und Beutelschneidern?«

»Ja, er ›residiert‹ gleich hinter dem Findelhaus. Ich ging also zu ihm. Er war durchaus höflich und nett. Ich schulde ihm über 3000 Pfund, sagte er, aber das habe nichts zu bedeuten.«

»Und wieviel hast du in Wirklichkeit von ihm bekommen?«

»Ehrlich gesagt, ich weiß es nicht genau. Ich glaube, daß er mir überhaupt kein Bargeld gegeben hat. Einmal erhielt er einen Wechsel von mir, damit ich meine Schneiderrechnung bezahlen konnte. Inzwischen hat dieser Lieferant für Kleidernarren schon längst pleite gemacht. Aber der Wechsel unterlag keinem Wechsel der Mode. Er scheint jedoch unentwegt neue Wechsel gezeugt zu haben, lauter Wechselbälge, die man mir immer wieder präsentiert hat. In bar hab' ich höchstens mal vierundzwanzig Pfund erhalten. Das ist alles. Bestimmt nicht mehr.«

»Und er ist bereit, dir wieder Geld zu leihen? Hast du ihm gesagt, wofür du es brauchst?«

»Ich habe ihren Namen nicht genannt. Aber ich ließ durchblicken, daß ich die Absicht hätte, mit einer Lady durchzubrennen, bei der ich dann gut gebettet sein würde. Ich bat um 250 Pfund. Er sagte, er würde mir 150 geben, wenn ich dafür einen Wechsel in Höhe von 500 Pfund ausstellte – zahlbar in zwei Monaten – . . . und . . . und mit deiner Unterschrift . . . als eine Art Garantie, verstehst du? Und ich weiß nicht, wie ich diesen Wechsel in zwei Monaten einlösen könnte.«

»Das glaub' ich dir gern.«

Burgo wollte seinen Freund und eventuellen Bürgen trösten: »Er wird aber nicht gleich mit seinem Schein angelaufen kommen. Er wird mindestens ein Jahr warten, vielleicht noch länger. Im übrigen hab' ich dir doch immer alles zurückgezahlt, was du mir geliehen hast.«

»Stimmt! Und ich habe das auch immer zu würdigen gewußt.«

»Ich werde mich auch diesmal wieder aus der Schlinge ziehen. Und wenn nicht, hau ich einfach ab. Dann kann sich meine Familie meiner Schulden annehmen.«

Vavasor versprach schließlich die von ihm gewünschte Hilfe. Natürlich war er sich klar darüber, daß er sich für den unsichersten aller Kantonisten verbürgte. Er wußte auch, daß mit diesem Geschäft alle nur denkbaren Mißhelligkeiten verbunden sein würden, ganz zu schweigen von dem finanziellen Verlust, den er gerade zu diesem Zeitpunkt nur schwer verkraften konnte. Aber er hatte das Gefühl, daß er bei dieser Hilfe für Burgo Fitzgerald mehr oder minder zuständig war. Es handelte sich hier um eine Hilfe, wie er sie selbst von anderen erbitten würde und früher tatsächlich auch erhalten hatte. Gewiß, er handelte leichtsinnig, wenn er jetzt Burgo die gewünschte Unterschrift gab. Aber war nicht all sein Tun und Lassen leichtsinnig?

Als Burgo sich von ihm verabschiedet hatte, blieb George Vavasor noch einige Zeit allein in seinem Zimmer. Er dachte an jene Tage zurück, als Burgo sich in Sachen Lady Glencora zuerst ratsuchend an ihn gewandt hatte. Natürlich erinnerte er sich in diesem Zusammenhang auch an die Haltung, die Alice damals eingenommen hatte. Er konnte sich noch jedes Wortes entsinnen, das sie zu diesem für sie so unerquicklichen Thema geäußert hatte. Kategorisch hatte sie jede Hilfeleistung verweigert. Ja, man konnte sich wohl kaum eine ungeeignetere Partnerin denken als Alice, wenn es darum ging, einen konkreten Fluchtplan zu besprechen und, wenn möglich, auch auszuführen. Und doch hatte sie sich mit aller Entschiedenheit auf den Standpunkt gestellt, Glencora müsse sich an das Versprechen halten, das sie Burgo gegeben habe. Daraufhin hatte seine eigene Schwester Kate zu Glencora gesagt, Burgo sei doch ein unverbesserlicher Verschwender. Und er erinnerte sich noch Wort für Wort an die Antwort, die ihr Alice erteilt hatte: »Wenn er unverbesserlich ist, muß ihn Glencora eben verbessern. Wenn ein Mann eine Frau aufrichtig liebt, muß sie auch bereit sein, ihr Vermögen aufs Spiel zu setzen. Und ist sie es nicht, dann hat ihre Liebe keinen Wert!« Ja, das waren sehr schöne und edle Worte, die ihm nun einfielen, und er fragte sich, ob Alice, die er einst so heiß geliebt hatte, noch immer bereit sein würde, ihr Vermögen für ihn zu riskieren.
Während er noch über diese Geschehnisse und Gespräche nachsann, bekam er plötzlich Lust, einen Brief an Alice zu schreiben. Ich muß ihn ja nicht absenden, wenn er geschrieben ist, sagte er sich. Er ging an seinen Schreibtisch – es war jetzt schon spät in der Nacht – und begann seinen Brief. Er schrieb und schrieb, fast ohne die Feder abzusetzen. Alles, was sich früher zwischen ihm und Alice ereignet hatte, auch das nebensächlichste Detail, wurde nun ein geschriebener Monolog, dessen Ende nicht abzusehen war. Aber schließlich, nachdem er Seite um Seite mit hastigen Buchstaben gefüllt hatte, mit hastigen Worten und hastigen Sätzen, kam er doch zum Schluß – und wenigstens das Ende seines Briefes an Alice sei hier wörtlich wiedergegeben:

Ich nehme an, daß Dich diese Zeilen in Vavasor erreichen werden in der angenehmen und anregenden Gesellschaft von Kate und dem allem Anschein nach unsterblichen Gutsherrn von Vavasor Hall. Ich habe übrigens auch Kate über Sinn und Zweck dieses Briefes nicht informiert. Sollte deine Antwort, wie ich sehnlichst hoffe, positiv ausfallen, so werde ich im Fall unserer Neuverlobung alles versuchen, um wieder erträgliche Beziehungen zwischen mir und meinem Großvater herzustellen. Ich muß allerdings betonen, daß er all mein Tun mißverstanden und all mein Lassen mißdeutet hat. Ich will ihm jedoch seine Sünden vergeben, falls ihm an einer

Versöhnung gelegen ist. Sollte das der Fall sein, mache ich folgenden Vorschlag: Kate und Du arrangieren meine Begegnung mit dem alten Herrn, und ich werde mich bemühen, nach Vavasor Hall zu kommen, solange Du noch in Westmoreland bist. Aber während ich all dies Zeug niederschreibe, habe ich das hemmende Gefühl, als ob ich einen Korb zu Markte trage, der von oben bis unten mit ungelegten Eiern angefüllt ist ... Ich hoffe, Du verstehst, was ich meine. Nur dies noch: Es hängt also von Dir ab, ob ich mich überhaupt auf den Markt begeben werde.
Sollte Deine Antwort negativ ausfallen, so erwähne bitte nicht, daß ich die Möglichkeit einer Versöhnung mit dem hochedlen Gutsherrn von Vavasor Hall überhaupt angedeutet habe. Dann käme nämlich ein Friedensschluß nicht in Frage. Aber ach, Alice, schreibe mir keinen abweisenden Brief! Ich verstehe, daß Du mir gegenüber Deinen weiblichen Stolz wahren mußtest. Aber wenn Du mich wahrhaft liebst, ist es nun an der Zeit, Deinen edlen, natürlichen, jungfräulichen und berechtigten Stolz zum Teufel zu jagen.
Liebste Alice, bist Du bereit, meine Frau zu werden?
Wie Deine Entscheidung auch ausfallen möge, in alter Herzlichkeit

Dein George Vavasor

Alice erhielt diesen Brief mit der Weihnachtspost. Sie saß beim Frühstück in Vavasor Hall. Niemand merkte ihr an, wie sehr dieser Brief sie innerlich aufgewühlt hatte.
Es war nur eine Feier im engsten Familienkreis, der aus ihrem Großvater, ihrem Vater und ihrer Cousine Kate bestand. Natürlich stand der Gutsherr von Vavasor Hall, der alte Squire, wie er allgemein genannt wurde, im Mittelpunkt dieses Kreises – und er stand da, breitbeinig und untersetzt wie der leibhaftige John Bull. Sein Gesicht war rötlich angelaufen. Er betrachtete die Welt und alle zufällig auf ihr lebenden Mitmenschen aus stahlgrauen und harten Augen. Auch sein Haar war grau, es war seit einer Ewigkeit nicht mehr geschnitten worden. Sein grauer Bart war struppig. Wäre man ihm in Afrika oder in einer Menagerie begegnet, hätte man ihn leicht für einen alten Löwen halten können. Er neigte zum Jähzorn. Mit Vernunftgründen war bei ihm nichts auszurichten. Widerspruch wurde nicht geduldet. Und doch konnte er hin und wieder auch ein gütiger Großpapa und ein überaus liebenswürdiger John Bull sein. Er war nicht nachtragend und immer bereit, Streitigkeiten auszugleichen, wenn man ihn darum bat. Jede Selbstsucht lag ihm fern. Auch seine Feinde mußten zugeben: Er war der gastfreundlichste Mensch, den man sich denken konnte.
Bei einer so schönen Musterkollektion edelster christlicher Tugenden

verstand es sich von selbst, daß ein allgemeiner Kirchgang zum festen Weihnachtsprogramm in Vavasor Hall gehörte. Das heißt, es war schon eher eine Kirchfahrt. Im ersten Wagen saß der alte Squire, der sich in seinem Lieblingsgefährt von Alice begleiten ließ. Dieses Gefährt war ein *jaunting-car*, ein leichter, zweirädriger Karren mit Längssitzen, den man in Irland erfunden hatte und den man wohl als das konkurrenzlos unbequemste Fuhrwerk der Welt bezeichnen kann.

Als dieses klapprige Vehikel nun seines Weges rumpelte und wegen seiner Leichtigkeit bei jedem Kieselstein erzitterte, sagte der alte Squire: »Hör mal, Alice, ich meine, du solltest nun heiraten.« Wir müssen jetzt noch erwähnen, daß der Gutsherr von Vavasor schwerhörig war, daß sich aber auch die Leute mit dem besten Gehör in diesem irischen Gefährt kaum verständigen konnten, weil einem bei jeder Bewegung des Pferdes und bei jeder Unebenheit des Weges fast die Zähne aus den Kiefern geschüttelt wurden. Alice sagte daher nichts, denn unter den gegebenen Umständen konnte sie nichts sagen. Ihre Antwort bestand lediglich aus einem schwachen, wenn auch verständnisvollen Lächeln.

Bei der Rückfahrt von der Kirche bestand der Großpapa wiederum darauf, daß ihn Alice begleiten sollte, wobei er ausdrücklich bemerkte, er wolle etwas mit ihr besprechen. »Mein liebes Kind«, sagte er, »ich habe mir in letzter Zeit deinetwegen viele Gedanken gemacht, und ich bin der Ansicht, daß du heiraten solltest.«

»Ja, Sir«, erwiderte Alice, »vielleicht werde ich es eines Tages tun.«

»Aber nicht, wenn du dich mit deinen Freiern herumzankst«, sagte der alte Mann. »Erst hast du Krach mit George gehabt und nun mit Mr. Grey. Wenn du so weitermachst, mein Kind, kommst du nie unter die Haube.«

Nach dieser aufrüttelnden Mahnung und nach der noch viel aufrüttelnderen Fahrt im Klapperkarren des Großvaters merkte Alice, daß sie ihre armen Knochen wieder einrenken mußte. Sie schlug daher Kate einen Spaziergang ohne Geschüttel vor. Beide Mädchen schnitten sich noch eine dicke Scheibe vom Weihnachtskuchen ab, dann machten sie sich auf den Weg.

Es war ideales Wetter für einen winterlichen Nachmittagsspaziergang. Die Luft war klar und kalt, doch nicht frostig. Der Boden unter den Füßen war trocken, und wenn auch der Himmel nicht gerade strahlend klar war, so bot er doch eine gewisse Garantie, daß es nicht so bald regnen würde. Mit festem Schritt wanderten die beiden Mädchen über Anhöhen und Täler der alten Grafschaft Westmoreland, bis sie nach Haweswater gelangten, dem einsamsten aller Seen in diesem Gebiet.

»Ich bin so froh, daß wir losgezogen sind«, sagte Alice. »Es wäre für mich

ein unerträglicher Gedanke gewesen, in Vavasor zu sein, ohne wenigstens einen dieser Seen aufgesucht zu haben.«
»Ein andermal müssen wir nach Windermere«, sagte Kate.
»Ich glaube nicht, Kate, daß sich das noch einrichten läßt. Wahrscheinlich wird mein Aufenthalt in Vavasor nur kurz sein. Ich muß dir einen Brief zeigen.« Ihre Stimme verriet, daß es sich dabei um eine Sache von größter Wichtigkeit handelte, um etwas, was Kate persönlich betraf. Oder war es vielleicht doch nicht so?
»Ist der Brief von Mr. Grey?« fragte sie.
»Nein«, sagte Alice, »nicht von Mr. Grey.« Sie reichte ihrer Cousine den Brief. Ehe sie ihn noch in die Hand genommen hatte, wußte Kate bereits, daß ihr Bruder George der Absender war. Als sie den Umschlag aufmachte, schaute sie Alice voll Besorgnis an.
»Hat er dich etwa beleidigt?«
»Lies den Brief«, sagte Alice. »Beim Heimweg können wir darüber reden.«
Beide Mädchen hatten auf einem Felsblock gesessen, der einen besonders klaren Ausblick auf Haweswater gewährte. Nun erhob sich Alice und betrachtete den See, während Kate den Brief ihres Bruders las.
Es war ein langer Brief. Endlich hatte Kate die Lektüre beendet.
»Nun?« fragte Alice, »was sagst du zu diesem Brief?«
»Ach, Alice, ich würde auf ihn hören. Darf ich hoffen, daß du seinen Wunsch erfüllen wirst? Bitte, sag mir, daß du es tun wirst, bitte, Alice, bitte . . .!« Und plötzlich kniete Kate vor Alice nieder und heulte wie ein Schloßhund. Und das erstaunlichste an dieser Szene war vielleicht nicht so sehr ihre innere und äußere Melodramatik, sondern der menschlich allzumenschliche Umstand, daß ein und dieselbe Frau so falsch in ihrer Freundschaft sein konnte und zugleich so aufrichtig.
Erst als Kate genug Tränen vergossen hatte, fühlte sie sich stark genug, um den Heimweg anzutreten. Noch ein letzter Abschiedsblick auf den einsamen und so problemlos ruhenden See. Während sie über Pfade schritten, die von Heidekraut überwuchert waren, sagte Alice: »Noch weiß ich nicht, wie ich auf diesen Brief reagieren soll. Ich hab' ihn dir einfach deswegen gezeigt, um jemanden zu haben, mit dem ich ganz offen über seinen Inhalt sprechen kann. Natürlich ahnte ich schon im voraus, wie du darüber denken würdest. Ich ahnte, daß du mich dazu treiben würdest, ihm mein sofortiges Jawort zu geben.«
»Nein, Alice, nichts liegt mir ferner.«
»Ich ahnte alles – und doch . . . es mag komisch klingen, Kate, . . . und doch wollte ich nicht auf den Trost deiner Freundschaft verzichten.«

»Alice, ich will dich nicht drängen. Ich will nichts tun, was du nicht willst. Aber verstehst du mich denn nicht? Hab' ich nicht mein ganzes Leben Pläne geschmiedet ... Pläne für dich und George? Ja, es kam eine Zeit, da konnte ich an nichts anderes mehr denken. Weißt du denn, Alice, wie ich gelitten habe, als deine Beziehung zu George abgebrochen wurde – ganz ohne deine Schuld?«

Alice erwiderte nur: »Jedenfalls werde ich George nicht schreiben, ohne dir meine Antwort mitzuteilen.«

»Und ich darf deinen Brief lesen?«

»Nein«, erwiderte Alice, »das kann ich dir nicht versprechen. Aber sollte meine Antwort negativ ausfallen, sollst du meinen Brief vorher sehen.«

»Und das bedeutet, daß ich deinen Brief nie lesen werde«, sagte Kate und strahlte über das ganze Gesicht. »Aber ich bin auch so zufrieden. Ich werde dann an deinen Koseworten kein I-Tüpfelchen ändern wollen. Ach, Alice, wie beneide ich dich!«

In der nächsten Zeit fragte Kate ständig, ob der Brief an George schon geschrieben sei. Und dann kam der dritte Tag nach Weihnachten. Wieder stellte Kate ihre Frage. Doch diesmal sagte Alice, ja, sie habe den Brief geschrieben und er sei bereits abgeschickt.

»Und was hast du ihm gesagt?« fragte Kate und nahm den Arm ihrer Cousine.

»Ich habe mein Versprechen gehalten, und das bedeutet: Bitte, keine weiteren Fragen!«

»Nun sind wir Geschwister«, rief Kate jauchzend. »Du bist meine Schwester!« Als sich Alice von ihr umarmen und abküssen ließ, gab es auch nicht den leisesten Zweifel mehr, wie wohl die Antwort ausgefallen sei.

Nun begann natürlich ein langes Gespräch über die nächsten Schritte, die zu tun waren. Kate wollte, daß sich ihre Cousine sofort hinsetzte, um einen Brief an Mr. Grey zu schreiben. Sie war sogar etwas beunruhigt, als Alice erst einmal einen weiteren Brief von George abwarten wollte. »Du hast ihm doch nicht etwa irgendwelche fürchterlichen Bedingungen auferlegt?« wollte Kate wissen.

»Ich weiß nicht, was du unter fürchterlichen Bedingungen verstehst«, erwiderte Alice in sehr ernstem Ton. »Meine Bedingungen waren alles andere als hart. Ich bin fest überzeugt, daß du sie bestimmt billigen würdest.«

»Ja ... ich ... natürlich. Aber du weißt ja, wie ungestüm er ist. Wird er über diese Bedingungen verstimmt sein?«

»Ich gab ihm zu verstehen ... aber, Kate, das ist genau das, was ich nicht mit dir erörtern wollte.«

»Warum sollte es irgendwelche Geheimnisse zwischen uns geben?«

»Nein, du hast recht. Keine Geheimnisse. Ich hab' ihm also geschrieben, daß ich mich nicht entscheiden kann, ihn sofort zu heiraten. Er müsse mir schon eine Frist von zwölf Monaten gewähren. Mag sein, daß es mir in dieser Zeit gelingen wird, die Trauer abzuschütteln, die ich in mir trage, und mich von den Selbstvorwürfen zu befreien, die mich noch immer peinigen.«
»Zwölf Monate? Ist das nicht eine lange Zeit?«
»Ich habe ihm aber auch geschrieben, daß ich, falls er es immer noch wünschen sollte, meinen Vater und Großvater informieren werde, daß ich mich als seine Verlobte betrachte. Und dann, Kate, dann hab' ich George auch noch etwas anderes geschrieben, ein Geheimnis. Ich würde es keiner anderen Seele anvertrauen als dir. Ich hab' ihm geschrieben, daß ihm noch vor Ablauf dieser zwölf Monate mein ganzes Vermögen zur Verfügung steht, wenn er es für seine eigenen Zwecke benötigen sollte.«
»Nein, Alice, das hättest du nicht tun sollen! Das ist viel zu großzügig von dir.« Und Kate wußte wohl, was sie sprach. Ihr Bruder George war gewiß nicht der Mann, dem man ein solches Angebot gefahrlos machen konnte.
»Und doch hab' ich's getan«, sagte Alice. »Ich hielt es für fair. In redlichster Weise hat mir George mitgeteilt, für welchen Zweck er das Geld benötigt. Er wird ja erst erben, wenn der alte Squire in Westmoreland stirbt. Vorher braucht er mein Geld. Er braucht es für den Aufbau einer Karriere, die ich gutheiße. Er möchte Abgeordneter im Parlament werden. Nun will ich alles tun, was ich kann, um ihm die Erfüllung dieses Wunsches zu ermöglichen. Wäre es anständig von mir, ihn zwölf Monate auf das Geld warten zu lassen, wenn er es schon in den nächsten sechs Monaten braucht? Das würde mich an die Arbeitshäuser erinnern, wo man die Armen so lang auf Brot warten läßt, bis sie verhungert sind. Und dann noch etwas, meine liebe Kate. Sicher denkst du jetzt, es sei viel zu riskant, deinem Bruder eine solche Vollmacht zu geben. Aber kann man ohne Risiko lieben?«
Kate war nicht umzustimmen. Sie hätte es für richtiger gehalten, wenn Alice auf den nächsten Brief von George gewartet hätte. Und dieser Brief kam schon bald. Beigelegt waren auch ein paar Zeilen, die George an seine Schwester geschrieben hatte. Von nun an wurde die leidige Geldfrage von Kate nicht mehr erwähnt. Aber nach wie vor war sie der Ansicht, Alice sollte ihr Vermögen nicht für Privatzwecke ihres Bruders opfern – wenigstens nicht vor der Heirat.
Der Brief, den Alice von George erhielt, war kurz. Allem Anschein nach war er mit großer Offenheit geschrieben. George bedauerte den Aufschub von zwölf Monaten. Er gab der Hoffnung Ausdruck, daß sich diese Frist wohl doch noch verkürzen lasse. Dann gab er ihr den Rat, sofort an Mr. Grey zu schreiben. Was den alten Herrn in Westmoreland betraf, den

alten Squire in Vavasor Hall, so gab er ihr Blankovollmacht, so zu handeln, wie sie es für richtig hielt. Sollte der Squire auf einer Entschuldigung bestehen, auf einem Ausdruck des Bedauerns in irgendeiner Form, so sei er, George, unter den obwaltenden Umständen zu allem bereit, was man billigerweise für einen solchen Preis von ihm verlangen könne. Bezugnehmend auf das finanzielle Angebot dankte er Alice herzlich für das in ihn gesetzte Vertrauen. Er werde im Londoner Wahlkreis Chelsea kandidieren. Sollte er eine kleine Auffrischung seines Wahlfonds benötigen, so werde er von ihrem freundlichen Angebot Gebrauch machen.
Nun aber kam für Alice der schlimmste Teil ihrer neuen Liebesgeschichte. Wie sag ich's meinem Vater? Wie sag ich's meinem Großvater? Nach einigem Nachdenken beschloß sie, erst einmal den Großvater zu informieren. In der Zwischenzeit könne Kate ja mit ihrem Vater sprechen.
Alice raffte all ihren Mut zusammen, als sie sich eines Morgens in die Höhle des Löwen wagte – und dieser Löwe mit der Löwenmähne war natürlich der Squire. Es war um die Zeit, als sie den zweiten Brief von George erhalten hatte.
»Guten Morgen, Großpapa«, begann sie. Ohne weitere Umschweife kam sie dann gleich zur Sache. »Erst vor ein paar Tagen sagtest du ... du weißt doch noch, als wir zur Kirche fuhren ... du sagtest, ich sollte ... ja, das hast du gesagt, ich sollte heiraten ...«
»Ach, wirklich? Ja, ich erinnere mich. Ja, mein Kind, du solltest diesen Mr. Grey heiraten ...«
»Aber das geht nicht, Sir! Unmöglich!«
»Warum willst du dann mit mir übers Heiraten reden?«
Man kann nicht gerade sagen, daß Alice durch diese kleine Frage die Aufgabe erleichtert wurde. Aber sie ließ nicht locker. »Großpapa, ich komme, um dir ein anderes Verlöbnis mitzuteilen.«
»Ein anderes Verlöbnis?« Schon der Klang seiner Stimme ließ nichts Gutes ahnen. In diesen drei Worten lag die schwere Anklage, seine Enkeltochter habe sich mit mehr Bewerbern um ihre Hand eingelassen, als es sich für ein anständiges, braves und tugendhaftes Mädchen gezieme. Es war gewiß nicht leicht für Alice, mit ihrer Aufklärungsarbeit fortzufahren, aber sie riß sich zusammen.
»Wie du weißt, Großpapa, hätte ich vor einigen Jahren meinen Cousin George heiraten sollen.« Hier legte sie eine kleine Pause ein.
»Na, und?« sagte der alte Herr. Auch er legte nun eine kleine Pause ein.
»Damals warst du mit meiner Wahl sehr zufrieden.«
»War ich auch«, knurrte der alte Herr, »George verdiente damals gut. Vielleicht auch nicht. Ja, ich möchte annehmen, daß er nur so tat, als ob ... Hast du dich wieder mit ihm versöhnt?«

»Ja, Sir.«
»Und ist das der Grund, warum du diesen Mr. Grey nun abgehalftert hast? Ist das der Grund, warum du nun eine Wetterfahne geworden bist, die sich von jedem Wind bewegen läßt, ich meine, wenn es ein Wind ist, der einen Mann heranbläst?«
Alice brach in Tränen aus.
»Großpapa«, schluchzte sie. Sie wollte weiterreden und konnte es nicht. Wie ein Häuflein Unglück stand sie vor dem Squire, der nun selber nicht wußte, wie er sich nach diesem heftigen Gefühlsausbruch verhalten sollte, den er in solcher Ruppigkeit nicht beabsichtigt hatte. Nun wurde sein Herz durch ihr Schluchzen erweicht.
»Mein liebes Kind«, sagte er mit aller Zärtlichkeit, die er aufzubringen vermochte, »mein Gefühl ist mit mir durchgegangen. Verzeihung . . . ich hab's nicht so gemeint. Du willst also George heiraten? Hoffentlich wird er gut zu dir sein. Das ist ja die Hauptsache. Was sagt dein Vater dazu?«
»Großpapa, ich hab' mich zuerst an dich gewandt. Ich wollte ja, daß du ihn hier empfängst – als deinen Enkel . . .«
»Niemals!« wetterte der alte Herr. »Kommt überhaupt nicht in Frage!«
»Wenn er im Unrecht war, wird er dich um Verzeihung bitten.«
»Wenn er im Unrecht war! Hat er nicht jeden Penny seines Vermögens durchbringen wollen, das ihm nicht einmal gehörte? Hat er nicht mein Vermögen durch alle Schornsteine jagen wollen? Sein künftiges Erbe? Unsinn, mein Kind! Wenn es mir paßt, kann ich jeden Gevatter Schneider und Handschuhmacher zum Erben einsetzen . . .«
»Sir, ich will George ja auch gar nicht verteidigen. Ich dachte nur . . . vielleicht ist dies der passende Augenblick . . .?«
»Zum Teufel mit der passenden Gelegenheit! Du hast dein eigenes Vermögen. Er wird es durchbringen.«
»Er wird es vielleicht nicht tun, Großpapa, wenn du ihn jetzt als deinen Erben anerkennst. Er ist bestimmt nicht mehr der Luftikus von früher. Er hat sich gemausert und hat Vernunft angenommen.«
»Verdammt viel Vernunft! Wie hätte es ihm sonst gelingen können, dich von einem so anständigen Mann wie John Grey abzubringen! Von einem Mann, der so gut aussieht wie John! Und dabei hat er selbst eine so widerwärtige Visage. Aber . . . wenn dein Vater nichts dagegen hat, mein liebes Kind – und wenn George mich um Verzeihung bittet . . . doch das wird er nie tun . . .«
»Er wird es ganz bestimmt, Großpapa. Ich bin in diesem Fall der Postillon d'amour, den er zu dir gesandt hat.«
»Ach, wirklich? Na schön, mein Kind, dann kannst du auch mein Postillon sein, aber bitte ganz ohne amour. Du kannst ihm sagen, von mir aus dürfe

er wieder nach Vavasor Hall zurückkommen. Und bestell ihm, daß ich es nur deinetwegen erlaube. Ich weiß, daß er mich schon gleich am ersten Tag seines Hierseins beschimpfen wird. Ich will versuchen, mich zu beherrschen. Aber natürlich muß ich erst einmal wissen, wie sich dein Vater zu dieser Sache stellt.«
Man kann sich vorstellen, daß das Gespräch zwischen Kate und dem Vater von Alice noch weniger zufriedenstellend ausging als die Unterredung, die wir eben geschildert haben. »Ich hab's mir gleich gedacht«, war die saure Reaktion von John Vavasor, als ihm Kate die neue Heilsbotschaft verkündete. Er schlug auf den Tisch: »Ich wußte, daß es so kommen wird!«
»Und warum auch nicht, Onkel John?«
»George ist dein Bruder. Darum will ich diese Frage lieber nicht beantworten.«
»Du hältst ihn für einen Verschwender?«
»Ich glaube, man könnte das Glück einer Frau keinem unzuverlässigeren Menschen anvertrauen. Das ist alles, was ich zu sagen habe.«
»Du tust ihm unrecht, Onkel.«
»Mag sein. Wenn du nun mit Alice sprichst, kannst du ihr ausrichten: Ich hätte nie den geringsten Einfluß auf sie gehabt und erwarte auch diesmal nicht, daß es mir gelingen könnte, sie umzustimmen. Ich werde es daher auch nicht einmal versuchen. Im übrigen lehne ich es ab, George Vavasor als meinen Schwiegersohn zu empfangen. Und nun kannst du zu Alice gehen und ihr alles berichten . . . Wort für Wort!«

Als das neue Jahr eingeläutet wurde, begab sich Lady Glencora nicht nach Monkshade in das Landhaus von Lady Monk, obwohl sie der Gastgeberin ihr Erscheinen bei der Party zugesagt hatte. Wie es in der Palliser-Familie üblich war, hatte sie die Weihnachtstage beim Herzog von Omnium in Gatherum Castle verbracht. Sicher hatte sie das frohe Fest auch mit aller Fröhlichkeit genossen. Als aber die Stunde des Aufbruchs nach Monkshade heranrückte, war sie plötzlich indisponiert. Mr. Palliser mußte allein fahren. Glencora kehrte daher in ihr eigenes Landhaus zurück – nach Matching Priory.
Es dauerte nicht lange, bis die Kunde von Lady Glencoras Absage nach Monkshade gelangte. Burgo befand sich bereits dort – dank der großzügigen finanziellen Hilfe, die ihm sein Freund George Vavasor und der nicht ganz so großzügige Halsabschneider Magruin gewährt hatten. Eines schönen Morgens war Burgo gerade im Begriff, das Haus zu verlassen, um seinen Morgenritt anzutreten, als er von Lady Monk, seiner Tante, die Hiobsbotschaft erfuhr, daß Lady Glencora, seine alte Flamme, nicht kommen werde.

»Was sagst du? Lady Glencora hat abgesagt?« Bei diesen Worten trug Burgo sein Herz so offensichtlich auf der Zunge, daß nun auch Gottes ahnungslosester Engel hätte ahnen müssen, wie sehr er sich für eine immerhin verehelichte Dame interessierte. Lady Monk schien jedoch die verkörperte Unschuld zu sein. Vielleicht war sie es wirklich, vielleicht spielte sie diese Rolle auch nur, weil sie eben jederzeit eine Rolle spielen wollte.

»Burgo, das kann dir doch im Grunde ganz gleichgültig sein.«

»Nein, das ist es nicht!« rief Burgo – und dieser Klagelaut der Verneinung klang weder melodramatisch noch hemmungslos hysterisch. Seine Leidenschaft war mit ihm durchgegangen. Er schaute finster drein, eine Jammergestalt im schmucken Reiterkostüm. Tieftraurig sagte er zu seiner Tante: »Ich bin der unglücklichste Teufel, den es je auf dieser Erde gegeben hat.«

»Burgo, nur Schwächlinge lassen sich von ihren Gefühlen so weit treiben. Du mußt dich zusammenreißen. Man darf dir deine Enttäuschung nicht ansehen!«

Lady Monk war etwa fünfzig Jahre alt und hatte gut reden. Ihre eigenen Sturm-und-Drang-Jahre lagen bereits hinter ihr. In ihrer Jugend hatte sie als große Schönheit gegolten, und sie sah noch immer gut aus. Sie entstammte dem Worcestershire-Zweig der Familie Fitzgerald, von dem man etwas böswillig, vielleicht sogar ein wenig paradox behauptete: In dieser Familie sei jeder von würdevoller Schönheit und nichtswürdig. Von außen betrachtet wirkte Lady Monk nun allerdings keineswegs »nichtswürdig«, aber es gab Leute, die sie näher kannten und behaupteten, sie sei der Tradition ihrer Familie treu – und das sei auch die einzige Treue, die man je an ihr beobachtet habe. Im übrigen war sie eine altbewährte Kupplerin. Was hatte sie nicht alles getan, um ihren Neffen Burgo mit einer so reichen Erbin wie Glencora zu verheiraten! Leider, leider ohne Erfolg. Sie hatte es ihren Gegnern nie verziehen, daß man Burgo ausgeschaltet und durch Plantagenet Palliser ersetzt hat.

Burgo riß sich zusammen. In seinem Seelenschmerz brauchte er leibliche Stärkung. Er ging also erst einmal ins Frühstückszimmer, wo sich bereits einige Hausgäste versammelt hatten. Seltsamerweise waren keine Frauen anwesend. Sir Cosmo Monk, etwa sechzig Jahre alt, rüstig und mit mächtiger Glatze, stand am Büfett und schnitt sich gerade eine dicke Scheibe von einer Wildpastete ab. Er war nicht gerade das, was man einen nachdenklichen Charakter nennen könnte, aber auch ohne viel Denken war er erfolgreich auf seinem Lebensweg vorwärtsgeschritten. Ohne die Anwesenheit seines Neffen zu bemerken, sagte er mit lauter Stimme: »Palliser kommt allein. Seine Frau behauptet, sie fühle sich nicht wohl.«

Einer der Gäste, ein noch jüngerer Mann, sehr jung sogar, der weder Vorgeschichte noch Geschichte dieser Affäre kannte, wandte sich an Burgo: »Na, das ist ja eine schöne Enttäuschung. Palliser kommt ohne seine Frau. Umgekehrt wär's besser gewesen.« Die übrigen Anwesenden hatten den Fall Glencora nicht mehr erwähnt, nachdem Burgo das Frühstückszimmer betreten hatte.

»Ja, ich hab's gehört«, sagte Burgo zu dem jungen Mann. Und dann: »Der Teufel soll diesen Kerl holen...«

Plötzlich herrschte Grabesstille im Raum. Es war eine peinliche Situation. Dabei waren sich alle Anwesenden darüber klar: Das Wörtchen »peinlich« war nur eine typisch englische Untertreibung. Burgo saß bereits am Frühstückstisch, doch ohne auf den Teller zu blicken, der vor ihm stand. Selbst die Teetasse wurde mit Verachtung gestraft. Wahrscheinlich waren seine Hände zu Fäusten geballt, aber man sah sie nicht, da er sie in die Taschen seiner Reithose gebohrt hatte. Er saß zurückgelehnt auf seinem Stuhl. Seine Augenbrauen sahen so finster aus, als ob sie ein drohendes Gewitter verkündeten.

Ehe es jedoch zu diesem Gewitter kommen konnte, kam Mr. Palliser. Für ihn war diese Party in Monkshade zumindest in politischer Hinsicht recht wichtig. Monkshade war ein guter Boden, um hier für die Sache der Liberalen zu werben. Sir Cosmo spielte eine wichtige Rolle in der Partei. Es wäre also unklug gewesen, wenn auch Plantagenet bei diesem gesellig-politischen Beisammensein durch Abwesenheit geglänzt hätte. Sir Cosmo war der anerkannte Führer einer kleinen Gruppe von Abgeordneten, vier oder fünf Landedelleuten, die nicht gerade allzu tief über die Probleme der Zeit nachgedacht hatten, die sich aber wenigstens in ihrem Nichtdenken einig waren und auch noch ein anderes verbindendes und verbindliches Merkmal aufwiesen: eine gemeinsame Glatze, die von Palliser und seinen Parteifreunden besonders geschätzt wurde, wenn sie einen »liberalen Glanz« auszustrahlen beliebte. Sir Cosmo war also genau der Mann, mit dem sich ein aufsteigender und ehrgeiziger Politiker wie unser Plantagenet gut stellen mußte. Und das war der Grund, warum Palliser die Einladung nach Monkshade trotz der Indisposition von Lady Glencora nicht abgesagt hatte.

Bei der Begrüßung sagte Lady Monk: »Wie schade! Wir hatten uns so auf Lady Glencora gefreut!«

Mr. Palliser setzte nun lang und breit auseinander, wie tiefbetrübt Lady Glencora sei. Ach, wie gern wäre sie nach Monkshade gekommen. Doch schon in den letzten Tagen habe sie sich in Gatherum Castle unwohl gefühlt, und so wäre es wohl zur Vorbeugung das beste für sie gewesen, direkt nach Hause zu fahren, um sich in den eigenen vier Wänden zu

erholen, ohne ihren liebenswürdigen Freunden und Gastgebern in Monkshade durch ihre angegriffene Gesundheit zur Last zu fallen.
»Ich hoffe, es ist nichts Ernstes«, meinte Lady Monk mit einem gar so traurigen Gesichtsausdruck, daß jeder Fremde hätte annehmen müssen, nichts läge ihr näher und wichtiger am Herzen als alle noch so kleinen Einzelschicksale der gesamten Palliser-Familie. Und dann fuhr Plantagenet mit seiner Entschuldigungsrede in Sachen Lady Glencora fort. Ja, zum Teil wenigstens sei sie selber an ihrer Indisposition schuld. In törichter Weise habe sie eine eiskalte Winternacht dazu gewählt, um einer Freundin bei romantischem Mondschein die Ruinen der alten Abtei von Matching zu zeigen. Unglückseligerweise habe diese Freundin keine Rücksicht darauf genommen, daß Lady Glencora vor Kälte zitterte; man habe die Besichtigung nicht vorzeitig abgebrochen, und das Resultat sei nun diese Erkältung, an der seine Gattin immer noch zu leiden habe.
»Nein, diese Besichtigung war keine gute Idee«, sagte Lady Monk mit großem Nachdruck.
»Es war der schlechteste Einfall, den man haben konnte«, fügte Mr. Palliser hinzu, wobei er mit unverhohlener Bosheit an die arme Alice dachte. »Während unseres Aufenthalts in Gatherum Castle hat sich der Gesundheitszustand Lady Glencoras leider nicht gebessert, im Gegenteil. Und so war es schon das beste, daß sie zu Hause blieb.«
Aus der Erklärung, die Mr. Palliser eben abgegeben hatte, folgerte Lady Monk: Der Herr Gemahl hatte Lady Glencora ausschließlich aus Gesundheitsgründen daheimgelassen und nicht, weil er irgendwelche Besorgnisse wegen Burgo Fitzgerald hatte. Sie nahm daher auch die erste sich bietende Gelegenheit wahr, um Mr. Palliser mit Burgo Fitzgerald bekannt zu machen. Es läßt sich nicht mehr feststellen, ob sie dabei die Absicht verfolgte, Zwietracht zwischen den beiden Männern zu säen. Burgo schnitt bei der Vorstellung eine Grimasse, die allerlei Deutungen zuließ – nur keine positive. Aber Mr. Palliser tat so, als habe er diese aggressive Gesichtsverzerrung nicht bemerkt. In einer Mischung aus Leutseligkeit und Freundlichkeit streckte er seinem Rivalen von gestern die Hand entgegen. Burgo blieb nichts übrig, als die Hand zu ergreifen. Während er es tat, raffte er sich zu einer kleinen Rede auf. »Es tut mir aufrichtig leid«, sagte er, »daß ich nicht das Vergnügen habe, Lady Glencora an Ihrer Seite zu sehen.«

6 Was sich Alice von ihrer Ehe verspricht – Für die Wähler mußte man zahlen – Ein Geheimvertrag – 1000 Pfund Sterling werden prompt überwiesen

Alice Vavasor kehrte mit ihrem Vater nach London zurück, während Kate mit dem alten Squire in Vavasor Hall blieb. Die Reise war in keiner Weise angenehm.

Der Squire hatte sich zur Versöhnung mit seinem Enkel bereit erklärt, vorausgesetzt, daß Alice die väterliche Einwilligung zu ihrer Ehe mit George erhielt. Aber John Vavasor hatte bislang noch keine diesbezügliche Äußerung abgegeben. Daraufhin hatte Alice nun nach schwerem inneren Kampf den Entschluß gefaßt, das zu tun, was sie selbst für richtig hielt.

»Welches Recht hat mein Vater«, argumentierte sie, »Gehorsam von seiner Tochter zu fordern, wenn er selber nie seine väterlichen Pflichten erfüllt hat?«

In diesem Punkt konnte sie sich tatsächlich darauf berufen, daß sich ihr Herr Papa bislang nur wenig um sie gekümmert hatte.

Am Morgen nach der Rückkehr aus Westmoreland saß Alice mit ihrem Vater am Frühstückstisch. Beide wußten, daß nun jeden Augenblick die große Auseinandersetzung kommen mußte. Über dem Tischtuch, über Tellern und Tassen lag die beunruhigende Ruhe, wie sie allen besseren Stürmen voranzugehen pflegt. Selbstverständlich wirkte sich diese atmosphärische Depression auch hemmend auf den Appetit und die Unterhaltung von Vater und Tochter aus.

»Willst du mit mir nach oben kommen?« fragte Alice, als sie merkte, daß ihr Vater seinen Tee ausgetrunken hatte.

»Ja, das ist vielleicht das beste«, sagte John Vavasor. Er folgte ihr dann in den Salon, wo man bereits Feuer im Kamin angezündet hatte.

»Alice«, begann der Papa, »ich muß mit dir über diese neue Verlobung sprechen. Ich habe keine gute Meinung von deinem Cousin. Offen gesagt, ich halte sogar sehr wenig von ihm. Es ist meine Pflicht, dir mitzuteilen, daß er allgemein einen miserablen Ruf genießt.« Er hielt einen Augenblick inne. Alice schwieg. So mußte er wohl oder übel mit der ihm peinlichen Aussprache fortfahren. »All das hätte ich dir eigentlich schon sagen sollen, bevor du mit George die Reise in die Schweiz unternahmst. Aber ich wollte dich nicht verletzen – und Kate auch nicht. Und dann . . ., die schlimmsten Dinge über George habe ich überhaupt erst jetzt erfahren.«

»Da du mir früher die üblen Mitteilungen erspart hast, wäre es da nicht vielleicht das beste, wenn du jetzt auch über die noch übleren Dinge schweigst?« fragte Alice nicht gerade freundlich, doch zumindest mit einer gewissen Logik.

Aber ihr Vater wollte von dieser Logik nichts hören. »Nein, meine Liebe«,

sagte er, »ich kann es nicht zulassen, daß du dich opferst, ohne daß ich dich vorher davor warne, daß du das Opfer einer Täuschung wirst. Er will dich nur des Geldes wegen heiraten.«
»Ich weiß das genau«, sagte Alice. »Er hat es mir selbst in unmißverständlicher Weise erklärt.«
»Und du willst ihn trotzdem heiraten?«
»Gewiß, Papa. Mir scheint, daß man über Geld und Ehe immer noch recht kuriose und altmodische Vorstellungen hat. Warum soll ich es einem Mann verübeln, wenn er das Geld haben will, das er für seine Karriere braucht? Und gerade jetzt braucht George mein Geld. Ohne dies Geld könnte er nicht heiraten.«
»Dann würde ich ihm lieber nur dein Geld geben – und nicht deine Hand«, meinte ihr Vater ironisch.
»Und genau das will ich tun, Papa«, sagte Alice.
John Vavasor fiel aus allen Wolken, aber nur bildlich. In Wirklichkeit sprang er von dem giftgrünen Stühlchen auf, das ihm bisher als »Unterlage« für sein Gespräch gedient hatte. »Was sagst du da? Du willst ihm dein Geld geben, ehe ihr überhaupt geheiratet habt?«
»Ja, natürlich, wenn er es brauchen sollte . . . oder . . . ich will es anders ausdrücken: Er kann so viel von meinem Vermögen haben, wie er will.«
»Hol's der Teufel!« rief Mr. Vavasor aus. »Alice, du mußt wahnsinnig sein!«
Alice war die Ruhe selbst. »Ist es Wahnsinn, sich von seinem Geld zu trennen, um einem Freund zu helfen? Und wenn es Wahnsinn ist, dann bin ich stolz darauf, verrückt zu sein.«
»Sag mir, Alice, hat er schon was von dir bekommen?«
»Keinen Penny! Bitte, lieber Papa, schau mich nicht so entgeistert an! Würdest du mich auch für überspannt und närrisch halten, wenn ich nur die Absicht hätte, meinem Cousin Geld zu leihen – ohne die Absicht einer späteren Eheschließung, wie es so schön heißt?«
»Mir wäre es lieber, du würdest ihm die Hälfte deines Vermögens ausliefern, wenn er sich dann verpflichtet, auf eine Ehe mit dir zu verzichten.«
Und dann stellte ihr Vater schließlich die entscheidende Frage: »Was versprichst du dir eigentlich von einer Ehe mit George?«
»Das harmonische Zusammenleben mit einem Menschen, der in allen entscheidenden Dingen genauso denkt wie ich.«
»Ach so . . .«, sagte ihr Vater, und das war alles. Mehr war da wohl kaum zu sagen.
Kaum? Nun, Alice sagte noch etwas mehr: »Aus der Verbindung mit George verspreche ich mir einen Ehemann, der eine Karriere einschlägt, die ich voll und ganz billige . . . ja, die ich unterstützen kann . . .«

»Unterstützen? Mit deinem Geld?« fragte Mr. Vavasor höhnisch.
Alice überhörte den Hohn. »Ja, zum Teil mit meinem Geld«, sagte sie. »Und selbst wenn ich ihm alles geben würde, wäre es die Sache wert.«
Der Herr Papa verzichtete jetzt auf Ironie und Hohn. Mit einer durch die Umstände gebotenen Sachlichkeit erklärte er seiner Tochter: »Alice, ich kann dich nur beschwören, überleg dir alles noch einmal, ehe du ihm die Hand fürs Leben gibst! Wenn er Geld von dir fordert, und wenn du Lust hast, ihm Geld zu geben, so tu es, aber tu es mit Mäßigung. Alles ist besser als eine Ehe mit George. Natürlich kann ich die Heirat nicht verhindern, wenn du darauf bestehst. Aber vielleicht liegt dir doch ein ganz klein wenig an den Wünschen deines Vaters. Vielleicht schlägst du die Ansichten deines Vaters nicht glattweg in den Wind. Es wird dir sicher nicht angenehm sein, am Traualtar zu stehen und zu wissen, daß dein Vater nicht dabei ist ...«
Auf diese unverhohlene Drohung ging Alice nicht weiter ein. Sie erinnerte sich nur daran, daß ihr Vater in den letzten vier Jahren in so mancher entscheidenden Stunde ihres Lebens auch nicht in ihrer Nähe geweilt hatte.
Mr. Vavasor fragte nun, ob schon ein Termin für die Hochzeit festgelegt sei.
»Nein, Papa.«
»Und habt ihr überhaupt schon von einer eventuellen Heirat gesprochen?«
»Ich hab' ihm gesagt, daß vor Ablauf eines Jahres an Heirat nicht zu denken sei, daß er aber über mein Geld schon vorher verfügen könne.«
»Doch nicht über dein ganzes Vermögen?«
»Ich glaube nicht, daß er alles benötigt. Er hat die Absicht, fürs Unterhaus zu kandidieren, und zwar für den Wahlkreis Chelsea, wo er bei seinem ersten Versuch unterlegen ist, wie du weißt. Es fehlten ihm eben die nötigen Mittel. Eine Wahl ist teuer – und so braucht er viel Geld, um seine Wahlausgaben zu bestreiten. Du darfst aber nicht annehmen, Papa, daß er mich um Geld gebeten hat. Als ich ihm sagte, daß wir vor einem Jahr nicht heiraten könnten, bot ich ihm die sofortige Verfügung über Beträge an, die ihm ja doch eines Tages zustehen werden.«
»Und er hat dieses Angebot akzeptiert?«
»Seine Antwort lautete, wie ich sie erwartet hatte. Er sagte, wenn er das Geld benötigen sollte, würde er mich beim Wort nehmen.«
»Dann muß ich dir jetzt sagen, Alice, was ich davon halte. Er wird dich bis zum letzten Pfennig ausbeuten – und wenn er dir das Fell über die Ohren gezogen hat, dann wird von Heirat nicht mehr die Rede sein. Wir werden dann das schöne Haus in Queen Anne Street verkaufen und in eine billigere

Gegend ziehen müssen, um recht und schlecht von meinem eigenen Einkommen leben zu können. Jedenfalls werde ich jetzt vorsichtshalber eine Lebensversicherung abschließen, damit du bei meinem Tode nicht völlig mittellos dastehst.«

Nachdem er diese Worte ausgesprochen hatte, verließ Mr. Vavasor den Salon mit den kleinen giftgrünen Stühlen. Er ging aber nicht, wie man nach seinen Worten hätte annehmen können, zu einem Versicherungsvertreter, sondern in seinen Klub. Dort saß er einige Zeit allein. Er las die Times und die Morning Post. Er war in gedrückter Stimmung, woran auch die Lektüre des *Punch* nichts änderte. Als der Nachmittag kam, spielte er eine Partie Whist.

Während Mr. John Vavasor mit seinem Gegenüber als Partner im Kampf gegen zwei an den Seiten sitzende Klubmitglieder die Stiche und Tricks zählte, dachte Alice noch immer über das Gespräch mit ihrem Vater nach. »Vielleicht«, dachte sie, »hat mein Vater recht. Vielleicht hat es George wirklich nur auf mein Geld abgesehen. Auch gut. Soll er's haben. Wenn das Jahr vorüber ist, werd' ich alles wissen.« Und dann kam ihr ein Gedanke. Wäre es nicht ratsam, wenigstens einen kleinen Teil ihres Vermögens zu behalten? Nur eine Summe, die ausreichen würde, um notfalls ihrem Vater nicht zur Last fallen zu müssen. Sollte George es nur auf ihr Geld abgesehen haben, so hätte er ja im großen und ganzen sein Ziel erreicht. Sie würde ihn dann freigeben, ohne ihm auch nur den geringsten Vorwurf zu machen. Und was das Heiraten betrifft? Nun, dieses Kapitel wäre für sie abgeschlossen – abgeschlossen für alle Zeiten.

Sie war noch in diese Gedanken vertieft, als sich die Tür öffnete. Das Dienstmädchen meldete ihr, Mr. George Vavasor, ihr Cousin, sei da und wolle sie sprechen.

Alice hatte nicht damit gerechnet, daß ihr neu akzeptierter Bräutigam sie schon so bald besuchen würde. Als er den Salon betrat, wagte sie kaum, ihm voll ins Gesicht zu schauen. Aber auch mit halbem Blick mußte sie bemerken, daß sich zumindest in seinem äußeren Habitus mancherlei geändert hatte. Er trug jetzt einen helleren Anzug als sonst. Alles an ihm wirkte lebhafter. Er sah fast schon wie ein Liebhaber aus.

»Alice«, begrüßte er sie, »liebste, allerliebste Alice.« Er streckte seine Hand aus; sie ergriff sie auch, und nuschelte dabei mit leisester Stimme ein paar Worte, die selbst ihm unverständlich blieben. An sich wollte sie ihre Hand gleich zurückziehen. Er ließ jedoch nicht locker. Sie fühlte, daß sie seine Gefangene war. Er stand jetzt ganz dicht neben ihr, sie konnte ihm nicht entweichen. Sie zitterte vor Angst, daß er es nicht bei dieser erzwungenen Nähe bewenden lassen würde. Gewiß, sie hatte ihm die Ehe versprochen. Aber nun erfaßte sie plötzlich ein Gefühl der Bestürzung. Es war ein Gefühl und hatte nichts mit einem bloß mechanischen Ablauf ihrer Gedanken zu tun. Sie fühlte, wie fern sie davon war, den Mann zu lieben, dem sie ihr Herz und ihre Hand versprochen hatte.

»Alice«, sagte er, »ich komme mir wieder wie ein Mann vor. Erst jetzt kann ich dir gestehen, was ich in den letzten paar Jahren durchgemacht habe.« Er hielt ihre Hand noch immer, doch hatte er bisher jede intimere Form der Annäherung unterlassen. Sie wußte, daß sie auf etwas linkische Art einen Abstand zwischen sich und George zu wahren versuchte, so daß er merken konnte, wie abstoßend seine körperliche Nähe auf sie wirkte. Sie wollte sich zusammenreißen und den Eindruck von Gelassenheit erwecken. Sie konnte es nicht, es ging über ihre Kräfte. »Alice«, fuhr George fort, »ich fühle jetzt wieder die alte männliche Kraft in mir. Ich bin bereit, einer Welt von Feinden zu trotzen. Darf ich dir nicht wenigstens danken? Danken für alles, was du für mich getan hast?«

»Ich habe nichts für dich getan, George«, sagte sie. »Absolut nichts.« Dann entzog sie ihm ihre Hand. Sie ging zum Sofa und ließ sich dort nieder, während er vor dem Kaminfeuer stehenblieb. »George, meine größte Hoffnung ist, daß du alles dir selbst zu danken hast. Soweit ich dir helfen kann, tu ich's von Herzen gern.«

»Natürlich kannst du mir helfen«, sagte George. »Und natürlich wirst du mir helfen. Ich habe tausend Pläne, die wir gemeinsam beraten und durchführen müssen. Im Augenblick hab' ich jedoch nur einen einzigen Plan – und zu ihm hast du bereits deine Zustimmung gegeben. Du hast mir versprochen, dein Leben mit mir zu teilen. Alice, du bist jetzt meine Frau. Sag mir, daß es dich glücklich macht, mich deinen Ehemann zu nennen!«

Aber genau diese Frage konnte sie um nichts in der Welt gerade in diesem Augenblick beantworten. »George, hab' noch ein wenig Geduld«, sagte sie. »Du weißt ja, wie sehr ich gelitten habe.«

»Du tust aber auch nichts, um mich aufzuheitern«, bemerkte George, und man sah ihm seine Enttäuschung an.

»Du bist zu früh gekommen«, erwiderte Alice, »viel zu früh. Du hast selbst gesagt, daß wir die Vergangenheit vergessen wollen. Und so wollen wir's auch halten. Laß uns wenigstens über diese Dinge nicht sprechen. Gib mir noch ein paar Monate. Ich werde nie vergessen können, was geschehen ist. Aber ich brauche noch etwas Zeit, einen zeitlichen Abstand ...«

Bei diesen Worten breitete sich ein Zug der Trauer über ihr Gesicht. Auch ihre Stimme klang verzagt.

»Alice, offen gesagt, hatte ich eine andere Begrüßung erwartet.«

»George, es tut mir leid, daß ich dich enttäuscht habe. Aber soll ich dir eine Komödie vorspielen? Soll ich dir einen Frohsinn vorgaukeln, den ich nicht empfinde?«

»Wenn du jetzt deinen Brief widerrufen willst«, sagte George – und er sprach diese Worte ganz langsam, »so will ich dich nicht daran hindern.« Welche Chance bot sich Alice in diesem Augenblick! Sie hätte sich einer Bindung entziehen können, die sie nicht mehr wollte. Aber ihr fehlte die Kraft, dieses unerwartete Angebot anzunehmen. Und welches Mädchen in ihrer Lage hätte schon diese Kraft gehabt? Wie oft geschieht es, daß uns Lösungen vorgeschlagen werden, die wir brennend gern akzeptieren würden und es doch nicht tun, weil wir den Menschen nicht verletzen wollen, der uns diese Lösung vorgeschlagen hat. Und so sagte Alice nun:
»Nein, George, ich will meinen Brief nicht widerrufen. Ich möchte nur für eine Weile in Ruhe gelassen werden. Für eine Weile ..., bis ich mich geistig wieder gesammelt und mein seelisches Gleichgewicht gefunden habe ...«
»Und ist das alles, was du mir zu sagen hast, Alice?«
»Was möchtest du denn, daß ich dir sagen soll?«
»Ein liebes Wort möchte ich von dir hören. Ist das so unvernünftig von mir? Ich möchte hören, daß dich die Wiederaufnahme unserer Beziehung mit Freude erfüllt. Ist das zu viel verlangt?«
»George, ich sagte dir doch schon, daß du mich nicht drängen darfst ...«
Er trug den Brief, den sie ihm geschrieben hatte, in der Brusttasche seines Jacketts. Sollte er ihn hervorholen und ihn ihr vor die Füße werfen? Noch vor ein paar Jahren hätte er sich von seinem Zorn hinreißen lassen und ohne Überlegung gehandelt, wie es in der Juristensprache heißt. Schon griffen seine Finger in die Tasche, um den Brief herauszuzerren. Aber jetzt handelte er nicht mehr impulsiv aufs Geratewohl, wie es ihm die Wut eingab. Er wußte genau, wie sehr er das Geld brauchte, ihr Geld. Und er brauchte es gerade jetzt. Bekäme er es nicht von Alice, bliebe ihm nur ein Weg offen. Dann müßte er zu einem der Wucherer gehen, die ihren Kunden gnadenlos das Blut und die Zinsen abzapften. Er brauchte Geld für seine Kandidatur in Chelsea. Wählen und Gewähltwerden war sicher das höchste Glück auf Erden. Das Wählen kostete nichts. Dafür hatte man ja eine Demokratie. Aber für die Wähler mußte man bezahlen. Er mußte ihnen den Himmel in Chelsea versprechen, und leere, wenn auch noch so himmlische Versprechungen genügten nicht, sie mußten durch Bargeld untermauert werden. Er mußte eine beträchtliche Summe für den Wahlfonds beisteuern, beziehungsweise »opfern«. Das Vermögen seiner Schwester Kate bestand nur aus lumpigen 2000 Pfund. Das war alles, was ihm notfalls für den Wahlfonds in Chelsea übrigblieb. Es war zu wenig, auf alle Fälle zu wenig, um jetzt nach altbewährter Art aus der Haut zu fahren und dann seinem Ärger Luft zu machen.
Er fragte daher mit gebändigtem Zorn, aber immer noch hart an der Grenze

der Tobsucht: »Du willst also, daß ich gehe ..., aus deinem Leben verschwinde?«
»Ich bitte dich, George, sei nicht böse mit mir!«
»Ich habe keinerlei Recht, auf dich böse zu sein. Aber ich bin verärgert – und ich hab' allen Grund dazu. Weiß Gott, ich habe einen herzlicheren Empfang verdient. Soll sich dieses verdammte Affentheater ein volles Jahr hinziehen?«
»Aber, George!«
»Laß mich fluchen! Soll dieser verdammte Zustand ein volles Jahr dauern? Ein ganzes verdammtes Leben lang? Alice, ich habe dich mehr geliebt als je eine andere Frau. Ja, ich hab' überhaupt keine andere Frau geliebt. Nur dich! Nur dich! Und nun muß ich bisweilen daran zweifeln, daß du ein Herz hast, das der Liebe fähig ist. Nach allem, was vorgefallen ist ... nach meiner Reue, nach deiner Bereitwilligkeit zur Versöhnung ... hätte ich erwarten können, erwarten müssen, daß du mich mit offenen Armen aufnimmst ... Aber jetzt ist es wohl wirklich das beste, wenn ich das Haus verlasse. Ich komme mir vor wie ein Köter, den man davongejagt hat.«
»Wie kann ich antworten, wenn du in solcher Weise zu mir sprichst?«
»Auf die Antwort pfeife ich. Ich wollte, daß du deine Hand in meine legst. Ich wollte, daß du mir einen Kuß gibst und sagst, daß du wieder die meine bist. Ach, Alice, geh in dich und gib mir jetzt einen Kuß und zucke nicht zurück, wenn ich dich umarmen will ...«
Alice saß wortlos auf dem Sofa. Sie zitterte am ganzen Leib. Er sah ihre Verzweiflung. Gewiß, er brauchte ihr Geld – und doch war dieser Anblick mehr, als er ertragen konnte. Er wandte sich von ihr ab und verließ das Zimmer, ohne ein Abschiedswort zu sagen.

John Grey frühstückte in seinem Arbeitszimmer. Ihm gegenüber saß sein bester Freund, Frank Seward, in einem bequemen Lehnstuhl und hielt eine dicke und gelehrte Vierteljahreszeitschrift in der Hand. Sie hatten das gleiche College besucht. Nun war Seward als Geistlicher in Cambridge tätig.
Das Dienstmädchen brachte die Post. Jeder der beiden Freunde befaßte sich mit den für ihn bestimmten Briefen. Als sich Mr. Grey die verschiedenen Umschläge ansah, entdeckte er sofort, daß einer der Briefe von Alice stammte. Natürlich öffnete er ihn vor all den andern. Und er tat es, ohne eine Spur von Aufregung zu zeigen. »Ich will Dir unverzüglich mitteilen«, schrieb Alice, wobei sie in ihrer Hast sogar auf die Formalität der üblichen Anrede verzichtet hatte, »ich will Dir mitteilen – Du sollst und mußt es als erster wissen –, daß mein Cousin George seinen Heiratsantrag erneuert hat und daß ich selbigen angenommen habe. Ich will Dir durch diese Mittei-

lung weitere Sorgen meinetwegen ersparen. Wenn ich jetzt nicht ausführlich über die näheren Umstände berichte, die mich zu diesem Entschluß veranlaßten, so geschieht das nur, weil ich kaum noch annehmen kann, daß Dich diese Einzelheiten interessieren werden. Aber glaube mir bitte, auch wenn es Dir schwerfallen sollte, daß ich mich bei allem, was ich tat, um größte Aufrichtigkeit bemühte. Ich war unerfahren, ja töricht. Ich weiß es genau. Sonst wäre in den letzten paar Jahren nicht so viel geschehen, was mich jetzt mit Scham erfüllt, wenn ich daran zurückdenke. O Gott, was habe ich Dir angetan! Ich bereue es zutiefst. Ja, ich wage es nicht einmal, Dich um Verzeihung zu bitten ... Alice Vavasor.«
Mr. Grey las diesen Brief noch ein zweites Mal. Die übrigen Briefe ließ er ungeöffnet neben seiner Teetasse liegen. Auch die zweite Lektüre bereitete ihm fast physischen Schmerz.
Schließlich wandte er sich an seinen Freund. »Seward«, sagte er.
»Irgendwas passiert?«
»Ja – und nein«, erwiderte Mr. Grey. »Etwas ist nicht ganz in Ordnung. Tut mir leid, dich allein zu lassen. Ich muß jetzt gleich nach London fahren.«
Nachdem er noch einige Kleinigkeiten erledigt hatte, ging er zum Bahnhof der alten Kathedralenstadt Ely. Von hier aus sandte er ein Telegramm an John Vavasor, den Vater von Alice. Darin teilte er ihm mit, daß er ihn am heutigen Nachmittag in seinem Büro in Chancery Lane aufsuchen werde. An sich war es mehr als unwahrscheinlich, daß man Mr. Vavasor in seinem Büro antreffen konnte, denn er übte seinen Anwaltsberuf nur pro forma aus, wobei er sich kaum noch an die Form hielt. Aber – o Wunder! – diesmal erreichte ihn die Depesche. So blieb er ungewohnt lange, bis vier Uhr nachmittags in Chancery Lane, um sich mit dem Mann zu treffen, der eigentlich sein Schwiegersohn hätte werden sollen.
»Haben Sie von ihr gehört?« fragte er sofort, als Grey sein Büro betrat.
»Ja«, sagte Grey, »sie hat mir geschrieben.«
»Und hat sie Ihnen alles über ihren Cousin George erzählt? Ich habe getan, was ich konnte, um sie daran zu hindern. Aber wenn sie sich etwas in den Kopf gesetzt hat ...«
»Mir scheint, es ist auch besser so. Irgendwie und irgendwann mußte ich ja wohl doch von der Sache hören.«
»Aber ich dachte mir, es ließe sich noch alles verhindern. Ich weiß nicht, wie Sie darüber denken, Grey. Mir erscheint die ganze Geschichte als das größte Unglück, das mir je untergekommen ist.«
»Und wie hätte sich alles verhindern lassen?«
»Keine Ahnung. Mir erscheint alles so hirnverbrannt, daß ich mir dachte, schließlich müsse sie ja wohl zur Besinnung kommen. Ich weiß nicht, ob Sie etwas Näheres über meinen Neffen George wissen?«

»So gut wie nichts«, sagte Mr. Grey.
»So schlecht wie nichts hätten Sie sagen sollen. Ich halte diesen George für einen Abenteurer. Er hat keinen Pfennig. Schlimmer noch: Er hat keine Prinzipien. Ein übler Bursche. Ich übertreibe nicht, wenn ich erkläre, daß mir noch nie ein solcher Halunke über den Weg gelaufen ist. Er will sie nur wegen ihres Geldes heiraten. Wenn er sie dann mit ihrem Vermögen betrogen hat, wird er sie wie ein Stück Dreck behandeln. Aber was kann ich tun?«
»Sie können die Ehe verhindern.«
»Wie? Leicht gesagt. Sie hat ihren eigenen Willen – genau wie Sie oder ich. Wenn es ihr Spaß macht, kann sie ihm morgen ihr gesamtes Vermögen aushändigen, bis auf den letzten Pfennig. Wie kann ich diese Ehe verhindern? Wie?«
»Sie soll ihm getrost ihr ganzes Vermögen aushändigen. Morgen schon, wenn sie will.«
»Und was dann?« fragte Mr. Vavasor.
»Dann . . . dann . . . dann lassen Sie Alice zu mir kommen«, sagte John Grey. Er war von Natur nicht sentimental, doch nun konnte man in seinen Augen die Andeutung einer Träne wahrnehmen.
Auch Mr. Vavasor war von Natur nicht sentimental. Er war egoistisch und egozentrisch, hartgesotten. Mitleid war gewiß nicht seine stärkste Seite. Nun aber hatten ihn die herzlichen Worte und das warmherzige Angebot von Mr. Grey gerührt.
»Gott erhalte Sie, Mr. Grey! Gott segne Sie! Ich könnte mir für Alice kein glücklicheres Ende dieser scheußlichen Affäre denken.«
Als Grey das kleine Büro in Chancery Lane verließ, hielt er es für ziemlich unwahrscheinlich, daß Alice schon bald ihren Cousin George heiraten würde. Schließlich hatte sie sich ja eben erst von ihm getrennt. Aber möglich war alles. So wollte er von ihr Genaues über ihre nächsten Pläne erfahren. Er wollte es aus ihrem eigenen Munde hören. Er schrieb ihr also ein paar Zeilen. In seinem Brieflein nannte er Tag und Stunde, wann er sie aufsuchen würde. Da er keine absagende Antwort erhielt, erschien er pünktlich zu der von ihm angegebenen Zeit in Queen Anne Street.
Er hatte sich inzwischen einen Plan ausgedacht, von dem er auch Mr. Vavasor nichts gesagt hatte. Wieweit dieser Plan durchführbar war, erschien sogar ihm selbst recht zweifelhaft. Und doch war er entschlossen, alles zu versuchen. Er wußte, daß George für Geld zu haben war. So bestand sein Plan darin, George Vavasor zu kaufen.
Langsam stieg er die Treppe hinauf, die zum Salon mit den giftgrünen Stühlchen führte, wo ihn Alice erwartete. Leise öffnete er die Tür. Ehe er Alice ansah, machte er die Tür leise wieder zu. Ich weiß nicht, wie ich das

erklären soll. Er hatte sich immer in der Gewalt. Da gab es keine unbeherrschten Augenblicke. Er war die Ruhe selbst – und mir will es fast scheinen, als ob es gerade die Ausstrahlung dieser Ruhe war, die Alice mit einem Gefühl der Unruhe erfüllte ... oder sagen wir lieber: Es war diese Ruhe, die sie in dem Glauben bestärkte, daß sie wohl doch nie zueinander passen würden.

»Alice«, sagte er, als er langsam auf sie zuschritt.

Ein Zittern durchlief sie, als sie die sanfte Stimme vernahm.

»Alice«, sagte er nochmals, »ich erwarte nicht, daß du nun ein langes Gespräch mit mir führen willst. Aber ich habe ein oder zwei Fragen zu stellen – und ich hoffe, daß du sie beantworten wirst. Erste Frage: Ist der Tag der Hochzeit bereits festgelegt?«

»Nein«, sagte sie.

»Wird die Hochzeit etwa in einem Monat stattfinden?«

»Nein! Nein, gewiß nicht. Vor Ablauf eines Jahres werden wir nicht heiraten«, erwiderte Alice hastig. Der Ton, in dem sie diese Worte gesprochen hatte, verriet John Grey sofort, daß sie dieser neuen ehelichen Bindung bereits mit Schrecken entgegensah. Gewiß hatte ihn ihr Verhalten betrübt, ja sogar verärgert. Aber aller Ärger war im Nu verflogen. Sie hatte sich zu einem Schritt verleiten lassen, den sie nun bereute. Sie hatte dumm und töricht gehandelt und hatte es selbst zugegeben. Aber all das setzte Alice in seinen Augen nicht herab. Er liebte sie, wie er sie immer geliebt hatte.

»Und nun kommt meine zweite Frage«, sagte er. »Wenn du sie nicht beantworten willst, werde ich diese Frage nicht wiederholen. Kannst du mir sagen, warum du den Antrag deines Cousins angenommen hast?«

»Weil ...«, sagte sie rasch und blickte ihn an, als hätte sie ihren alten Mut wiedergefunden. »Aber du wirst mich nie verstehen. Wenn ich dir jetzt einen Grund nenne, wirst du mich immer verachten.«

John Grey wußte, daß sie den Mann nicht liebte, dem sie jetzt ihre Hand versprochen hatte. Er wußte jedoch nicht, wie stark, wie unverändert und aufrichtig sie ihn selbst noch liebte – trotz allem, was vorgefallen war.

»Alice«, sagte er, »es ist doch nichts geschehen, was dich und mich für immer trennen müßte. Ich bin beharrlich und gebe so leicht nicht auf. Ein Jahr ist eine lange Zeit. Wie du eben selbst gesagt hast, ist mir noch vieles unverständlich. Vielleicht ist es auch dir unverständlich. Aber an meiner Liebe hat sich nichts geändert. Es wäre der glücklichste Augenblick meines Lebens, wenn du zu mir zurückkehren würdest.«

Er berührte ihre Hand ganz leicht. Dann verließ er den Salon, ehe sie noch Zeit zum Antworten hatte.

Am Nachmittag kam ihr Vater – und wir verraten jetzt kein Geheimnis,

wenn wir erwähnen, daß sich Mr. Grey und Mr. Vavasor inzwischen nochmals getroffen hatten. Nachdem er Alice verlassen hatte, war Grey zu seinem Anwalt gegangen und von dort aus ins Büro von Mr. Vavasor in Chancery Lane. Es war zwischen fünf und sechs Uhr nachmittags, als Mr. Vavasor nach Hause kam. Alice saß noch immer im Salon, der nur durch das Kaminfeuer erhellt wurde. Ich erwähnte schon, daß Mr. Grey seinen Anwalt aufgesucht hatte. Im Laufe des Nachmittags hatte er sich nochmals in das Büro seines juristischen Beraters begeben – diesmal in Begleitung von Mr. Vavasor, der höchlichst darüber verwundert war, daß Mr. Tombe, so hieß der Anwalt, über alle einschlägigen Dinge so gut unterrichtet war. Wie der Anwalt nun mit großer Präzision auseinandersetzte, ließ es sich leicht einrichten, daß George Vavasor einen größeren Geldbetrag ausbezahlt erhielt. Dieser Betrag sollte aber nicht dem Kapital von Alice angelastet werden, sondern dem Konto von Mr. Grey. Nach Auszahlung dieses Betrages würde sich George Vavasor zweifellos bereit erklären – gleichsam als Gegenleistung – seine Braut »zurückzuerstatten«. Während diese Abmachungen zwischen dem Anwalt und Mr. Grey getroffen wurden, saß Alices Vater stumm da. Er wußte nicht, wie er sich verhalten sollte. Er wußte nur, daß er selbst nicht über die Mittel verfügte, um sich am Rückkauf seiner Tochter zu beteiligen. »Ich möchte noch erwähnen«, sagte Grey zu seinem Anwalt, »daß auch der Vater der betreffenden jungen Dame, ich meine Mr. John Vavasor, die von seiner Tochter geplante Eheschließung als ein Unglück betrachten würde. In diesem Punkt sind wir einer Ansicht.«
»Ja, gewiß ... gewiß ...«, warf Mr. Vavasor nun ein, »es wäre ein Unglück ... eine Katastrophe.«
»Verstehen Sie mich recht, Mr. Tombe«, sagte Grey, »wir spielen hier nur mit Eventualitäten. Es geht uns darum, den Mann auf die Probe zu stellen. Jetzt hat er die Chance zu beweisen, daß er ein anständiger Kerl ist – und nicht ein Lump, wie wir bisher annahmen und auch annehmen mußten. Wenn er die Probe besteht und sich nicht auf den ›Verkauf‹ seiner Braut einläßt, dann mag er Miß Vavasor zum Altar führen.«
»Wenn ich Sie recht verstehe«, unterbrach Mr. Tombe seinen Klienten, »wenn ich Sie recht verstehe, geht es Ihnen in erster Linie darum, daß Miß Vavasor erkennen soll, mit was für einem Individuum sie es zu tun hat – mit einem Gentleman oder ... oder sagen wir: mit dem Gegenteil eines Gentleman.«
»Ja, es ist eine Probe«, sagte Mr. Grey. »Geben wir ihm all das Geld, das er will. Dann werden wir sehen, um was es ihm wirklich geht.«
Der Anwalt setzte dann den Schlußstrich unter dieses Gespräch: »Ich werde alles Nötige veranlassen.«

Beim Nachhausekommen sagte Mr. Vavasor zu seiner Tochter in einem Ton, der scherzhaft klingen sollte: »Im Dunkeln ist gut munkeln.«
Alice erwiderte: »Warum soll ich Kerzen anzünden, wenn ich doch nichts tue? Im übrigen, Papa, hab' ich dich ja nicht erwartet.«
»Nein«, sagte Mr. Vavasor, »das konntest du ja auch nicht. Ich möchte gern mit dir über etwas Geschäftliches reden.«
Alice war erstaunt, doch ihr Vater ließ sie nicht lang im ungewissen darüber, was er mit dem »Geschäftlichen« meinte. »Wenn ich dich recht verstehe, mein Kind, braucht dein Cousin George etwas Geld.«
»Ich habe nicht gesagt, daß er es sofort braucht, aber ich nehme an, daß er es brauchen wird, sobald der Wahlkampf beginnt.«
»Wenn er das Geld für die Wahlen braucht, wird er es sofort benötigen. Hat er dich bereits darum gebeten?«
»Nein, Papa – und bisher hat er überhaupt noch nie etwas von mir verlangt!«
»Na, vielleicht wird er's auch nie tun. Laß mich's nur wissen, falls er Geld haben will. Keine Angst, mein Kind, ich werde dir keine Schwierigkeiten bereiten. Du kannst mit deinem Vermögen machen, was du willst. Du würdest mir nur einen Gefallen erweisen, wenn ...«
»Wenn was?«
»Wenn die Überweisung des von ihm verlangten Betrages durch mich erfolgen würde.«
»Und warum?«
»Es ist besser, mein Kind. Ich kann dann mit dem Anwalt alle nötigen Formalitäten erledigen.« Und dann erklärte er ihr, daß es wohl doch ratsam sei, wenn sie ihn über alle größeren finanziellen Transaktionen informiere, obwohl sie natürlich, wie er nochmals betonen möchte, frei über ihr Vermögen verfügen könne. Alice versprach ihrem Vater, daß alle Auszahlungen an George nur durch ihn erfolgen sollten.
Selbstverständlich hatte George von diesem Geheimvertrag keine Ahnung, als er darüber nachsann, wie er es anstellen müsse, um sich rasch, reibungslos und ausgiebig das Vermögen von Alice anzueignen. Nach reiflicher Überlegung entschied er sich dafür, daß Kate, seine liebe und in Geldsachen so ahnungslose Schwester, diese Transaktion für ihn durchführen solle. Er machte sich daher auf die Reise nach Westmoreland, um mit Kate zu sprechen. Kurz vor Vavasor Hall machte er Rast in einem Dorfkrug, den er noch aus den Tagen seiner Kindheit kannte. Von dort sandte er seiner Schwester eine kurze Mitteilung. Er bat sie dringend, ihn am nächsten Morgen so früh wie nur irgend möglich in diesem kleinen Gasthof zu besuchen.
Das Gespräch mit Kate verlief so unerfreulich und so erfreulich, wie er es

erwartet hatte. Nach anfänglichem Widerstand und heftigen Tränenausbrüchen erklärte sie sich schließlich bereit, den von George gewünschten Brief an Alice zu schreiben. Sie war dabei so aufgeregt, daß sie nur mit größter Mühe die Buchstaben aufs Papier kritzeln konnte. Da hieß es dann, ihr Bruder George benötige sofort 1000 Pfund Sterling zur Durchführung seiner Wahlkampagne. Es war ein steifer Brief, nur zwischen den Zeilen konnte man spüren, wieviel Kummer und Scham die Briefschreiberin bei der Formulierung dieser gekünstelten Sätze empfunden haben mußte. Alice verstand das nur zu gut, als sie diesen Brief von Kate las. Und doch antwortete sie sofort. Ja, sie werde die Sache gleich erledigen. George werde den gewünschten Betrag erhalten. Bald darauf folgte ein weiterer Brief von Alice, durch den Kate verständigt wurde, daß ein Betrag in Höhe von 1000 Pfund Sterling auf das Konto ihres Bruders George überwiesen worden sei.
Der Leser wird sich noch gut daran erinnern, daß Mr. Tombe diese Überweisung aufgrund der ihm erteilten Instruktionen durchgeführt und dann Mr. Grey mit diesem Betrag belastet hatte. Alles hatte sich ordnungsgemäß abgespielt. Alice hatte ihr Versprechen gehalten und ihren Vater sofort davon in Kenntnis gesetzt, daß George seine Geldforderung angemeldet habe. Mr. Vavasor sagte dann, sie brauche sich um nichts mehr zu kümmern. »Aber man wird doch zumindest meine Unterschrift verlangen«, meinte Alice. »Nein«, erklärte ihr Vater, »die Juristen werden alles unter sich abmachen.«

7 Nachwahl in Chelsea – Mister Uferschutz – Der Himmel hing voller Geigen – Kein Ding ist zu wertlos – In der Asche unter dem Kohlenrost

An fast allen Mauern im Londoner Wahlkreis Chelsea klebten riesige Plakate mit der Aufschrift:

WÄHLT VAVASOR!
WÄHLT DEN MANN, DER DAS
THEMSE-UFER SCHÜTZEN WIRD!

Wahrscheinlich war dieses Programm für einen Teil der Wählerschaft verständlich, allerdings nicht für die breite Masse, bei der unser Kandidat nun den Spitznamen »Mister Uferschutz« erhielt. Wo er sich blicken ließ, schallte ihm sofort die Frage entgegen: »Na, wie geht es denn der alten Themse?« Es war übrigens Mr. Scruby, der Wahlagent von George Vavasor, der den Werbespruch erfunden hatte, der dann unserem Kandidaten die »Pflicht« auferlegte, Wahlversprechen zu machen, die wirklich ins Uferlose gingen. Es hatte damit folgende Bewandtnis: Gerade zu jener Zeit wurde viel darüber gesprochen, ob man die Themse nicht von Westminster bis zum Stadtteil Pimlico kanalisieren sollte, um die häufigen Überschwemmungen zu verhüten. Nun aber erschien der neue Kandidat auf dem Plan, unser »Mister Uferschutz«, und erklärte, das sei viel zu wenig, das Projekt müsse unbedingt bis zum Stadtteil Battersea ausgedehnt werden.

Man sieht, es ging bei dieser Wahl nicht um die großen Fragen der Außenpolitik, aber es war ja auch nur eine Nachwahl – und sie war so plötzlich angesetzt worden, daß Mr. Scruby keine Zeit hatte, ein vielleicht zugkräftigeres Programm für seinen Kandidaten zu entwerfen. Auch für George Vavasor war die Nachwahl zu früh gekommen, zu früh wenigstens, um seine Finanzierung auch weiterhin auf dem Umweg über seine Schwester Kate vorzunehmen. Er wußte genau: Auf jeden Brief würde Kate erst einmal negativ reagieren, ganz gleich wie alles formuliert oder motiviert war. So trug er sich sogar mit dem Gedanken, Kate telegraphisch zu bitten, unverzüglich nach London zu kommen. Aber auch der telegraphische Weg bedeutete nur eine Verzögerung. Er beschloß daher, sich direkt an Alice zu wenden. In seinem Brief hieß es, die Wahl sei früher gekommen, als er erwartet hatte. Er brauche dringend Geld, 2000 Pfund Sterling. Er habe auch keine Gewissensbisse, sie um diesen Betrag zu bitten. Sicher könnte man den alten Herrn in Westmoreland, den alten Squire, dazu bringen, ein Vermächtnis für Alice in Höhe dieses Betrages in seinem Testament festzusetzen. Auf diese Weise würde sie keinen Pfennig verlieren, und er hätte das für seine Wahl benötigte Geld sofort. Es folgten dann noch ein paar Sätze, warum er sie nicht mehr in Queen Anne Street besucht habe. Nach ihrer letzten Begegnung habe er indessen den Eindruck gehabt, daß sie weitere Aufregungen dieser Art vermeiden möchte. Sollte er jedoch bei der Nachwahl in Chelsea Erfolg haben, so würde er zu ihr kommen, um die Stunde seines Triumphes mit ihr zu teilen. Und sollte er unterliegen, würde er sie ebenfalls aufsuchen – dann allerdings, um sich von ihr trösten zu lassen.

Innerhalb von drei Tagen erhielt er die Nachricht von Alice, daß ihm der erbetene Betrag auf sein Konto gutgeschrieben sei. Sie wünschte ihm alles Gute bei der Wahl. Das war aber auch alles. Kein Wort der Liebe, kein Wort der Ermunterung. Ja, sie erwähnte nicht einmal, daß sie das Bedürfnis habe, ihn zu sehen. All das entging George Vavasor nicht. Aber diese Lücken in ihrem Brief bedrückten ihn nicht weiter. Er konnte sich trösten – trösten mit den 2000 Pfund, die sie ihm wunschgemäß überwiesen hatte. Sie hatte ihn durch ihre Kälte von sich gestoßen. Nun empfand er sogar ein

Gefühl süßer Rache, das er auf etwas merkwürdige Art vor sich selbst begründete: Hätte sie mich sofort geheiratet, dann hätte ich auch sofort über ihr Geld verfügen können, wodurch sich dann diese »Edelbettelei« erübrigt hätte.
Es darf hier allerdings nicht verschwiegen werden, daß Mr. Tombe, der Anwalt von Mr. Grey, bei dieser plötzlich erhöhten Forderung keinerlei edle Züge wahrzunehmen vermochte. Ehe er also diese Transaktion durchführte, wandte er sich an seinen Mandanten um diesbezügliche Vollmacht. Er erhielt sofort telegraphisch Antwort von Mr. Grey, der seinen Anwalt ermächtigte, alle Geldforderungen von George Vavasor zu erfüllen, wenn sie durch den Vater von Alice gestellt würden und den Gesamtbetrag von 5000 Pfund Sterling nicht überstiegen. Mr. Tombe, ein rechtschaffener Mann und ein Anwalt der alten Schule, schüttelte den Kopf, als er dies Telegramm las. Er stellte dann einschlägige Betrachtungen über die Torheit der Menschen an. Aber er wußte, daß sein Klient Mr. Grey in Geldsachen nicht mit sich reden ließ. Und so tat Mr. Tombe, was er tun mußte, obwohl er es gern verhindert hätte: Er ließ die 2000 Pfund auf das Konto von George Vavasor einzahlen.
George hielt es für ratsam, Kate nicht über diese milde Gabe zu informieren. Warum sollte er sich die Mühe machen, ihr einen langen aufklärenden Brief zu schreiben? Tatsächlich hatte er damals sogar alle Korrespondenz mit ihr eingestellt, wenigstens vorübergehend.
Schließlich kam der Tag der Wahl. Als die Stimmen gezählt wurden, ergab es sich, daß »Mister Uferlos« den Wahlkreis Chelsea mit beträchtlicher Mehrheit gewonnen hatte.
»Das war ein billiger Sieg für Sie«, meinte sein Agent, Mr. Scruby, der die »Ufer-Kampagne« erfunden hatte, »Chelsea ist immerhin ein Londoner Wahlkreis. Bleibt nur noch ein kleiner Restbetrag zu begleichen. Sagen wir 1000 Pfund, nein 1200 Pfund . . ., damit werden alle Auslagen gedeckt sein. Na, lassen Sie 1300 Pfund springen. Ist immer noch wenig für Chelsea. Und wenn dann die nächste Wahl kommt, sicher schon bald, dann sind Sie hier etabliert. Jeder kennt Sie. Bei der nächsten Wahl haben Sie Chelsea für ein Butterbrot.«
George Vavasor hatte also 1300 Pfund Sterling zu berappen – und da gab es keinen Aufschub, keine Gnade. Und in spätestens sechs Monaten würden die allgemeinen Parlamentswahlen sein. Das war auch kein Trost, vor allem deshalb nicht, weil George Vavasor zwar leichtsinnig, aber nicht leichtgläubig war. Er wußte nur zu gut, daß man ihm diesen begehrten Wahlkreis nicht für ein Butterbrot anbieten würde. Aber das waren spätere Sorgen. Im Augenblick erfreute er sich seines Triumphes. Das Volk von Chelsea hatte ihn zu seinem Abgeordneten gewählt. Er stand tief in der

Schuld seiner Wähler – von anderen Schulden ganz zu schweigen –, und darüber schwieg er auch geflissentlich. Er war stolz auf sich – und wenn er auch nichts besaß, so konnte er wenigstens diesen Stolz mit zwei anderen Menschen teilen: mit seiner Schwester Kate, die ihn vergötterte, und mit Alice, die gutgläubig der Ansicht war, daß sie zu diesem Wahlsieg ihr Scherflein beigetragen hatte. Sie gönnte ihm seinen Erfolg und war glücklich, daß er nun am Anfang der von ihm erhofften politischen Karriere stand.

Für Kate war dieser Wahlsieg sogar mehr als nur ein Anfang. In ihren Augen hatte George bereits alles Erreichbare erreicht. Nun waren alle Hindernisse überwunden. Der Himmel hing voller Geigen, die unisono ein Loblied auf ihren Bruder anstimmten. Kann man sich da wundern, daß sie über ihrem Jubel eine Kleinigkeit vergaß, die Kleinigkeit nämlich, woher das Geld stammte, mit dem sich ihr Bruder diesen glorreichen Wahlsieg erkauft hatte? Sie neigte an sich nicht zum Überschwang. Sie schwelgte nie in Seligkeit. Aber diesmal hatte sie das Gefühl, Seite an Seite mit ihrem Bruder durch den siebenten Himmel zu schweben. »Ich bin so stolz«, schrieb sie an Alice, »hätte ihn die Königin in ihren Palast rufen lassen, um ihn zum Ritter zu schlagen, so hätte das weniger für mich bedeutet als diese Position, die er sich selbst erkämpft hat. Wenn ich bedenke, daß ihm bei seiner Wahl ins Parlament keiner der Großen des Landes geholfen hat und daß er auch über keine andere Unterstützung verfügte als seine eigene Kraft, seinen eigenen Verstand« – sie hatte in ihrem Freudentaumel den kleinen Beitrag vergessen, den ihr Bruder von Alice erhalten hatte –, »wenn ich all das bedenke, wirst Du verstehen, warum ich nun Freudentränen über den Triumph vergieße, den mein Bruder in der reichsten und anspruchsvollsten Metropole der Welt errungen hat. Ach, Alice, liebste Alice, ich hoffe, daß auch Du stolz auf Deinen Geliebten bist!«

Alice las den letzten Satz nochmals: » . . . stolz auf Deinen Geliebten bist!« Er ist nicht mein Geliebter, sprach sie zu sich selbst. Er weiß es auch. Mag sein, daß Kate keine Ahnung hat. Und dann fragte sie sich: Alice Vavasor, wenn er nicht dein Geliebter ist, was ist er dann? Und was bist du für ihn, wenn du nicht seine Geliebte bist? Es dämmerte ihr, daß sie sich auf dem Wege zur Selbstzerstörung befand, am Rande eines Abgrunds, in den sie jeden Augenblick hinabstürzen konnte. »Er ist nicht mein Geliebter!« sagte sie. »Er ist es nicht! Er ist es nicht!« Und dann saß sie schweigend da, trübsinnig, als hätte sie den Leidenskelch bis zum Grunde geleert. Stunde um Stunde verging, bis sie ihren Brief an Kate geschrieben hatte.

Am Nachmittag des gleichen Tages sah sie ihren Vater einen Augenblick. »George hat also seine Wahl gewonnen«, sagte er gleichgültig, als messe er diesem Ereignis keine sonderliche Bedeutung bei.

»Freust du dich nicht darüber?« fragte Alice, ohne daß von ihr selbst ein Übermaß an Freude ausstrahlte.
»Nein, mein Kind! Mit dieser Nachwahl hat das Goldene Zeitalter noch nicht begonnen. Im übrigen hat sich George seinen Sitz im Unterhaus gekauft – und auch das nur für ein paar Monate.«
»Müssen wir denn immer von Geld reden, lieber Papa?«
»Wenn man sich über den Wert einer Sache unterhält, die man eben käuflich erworben hat, muß man auch den Preis erwähnen. Nur dann weiß man, ob sich der Kauf gelohnt hat oder nicht. Man hat George gegen Bezahlung seinen Sitz im Parlament gegeben, aber nur weil wir schon in ein paar Monaten allgemeine Wahlen haben werden. Er hat von dir 2000 Pfund erhalten, nicht wahr?«
»Und wenn er für die allgemeinen Wahlen den gleichen Betrag benötigt, wird er ihn auch erhalten.«
»Bitte, mein Kind, das ist deine Sache. Wenn du dich unbedingt an den Bettelstab bringen willst, kann ich das nicht verhindern. Mir soll es recht sein – vor allem, wenn er all dein Geld verjubelt hat, ohne dich auch noch heimzuführen, nachdem er dich in schamloser Weise angeführt hat.« Das war gewiß eine provozierende Bemerkung, aber Alice sagte kein Wort. Sie wußte, daß sie gerade in diesem Punkt mehr und mehr mit ihrem Vater übereinstimmte.
Am nächsten Vormittag empfing sie den Besuch von George. Als er in den Salon trat, sah sie ihn anfangs nur flüchtig an, fast so, als wollte sie an ihm vorbeisehen. Sie hatte Angst vor ihm. Ja, wir müssen hier ehrlich bekennen, daß sie sich eigentlich immer vor ihm gefürchtet hatte. Aber diesmal zeigte die tiefe Narbe in seinem Gesicht keine Spur von Ärger. Offenbar war er in der Absicht gekommen, sich von seiner liebenswertesten Seite zu zeigen. Er hatte sich für diese Gelegenheit mit besonderer Sorgfalt angezogen, fast so, als ob er wieder die Liebhaberrolle spielen wollte.
Alice ergriff das Wort. »George, ich freue mich über deinen Erfolg.«
»Danke! Aber ehe du weitersprichst, möchte ich dir sagen, wie tief ich in deiner Schuld stehe. Ohne deine finanzielle Hilfe hätte ich es nie geschafft ...«
»Ach, George, sag das nicht!«
»Es ist besser, daß ich diesen Punkt gleich erwähne, damit diese Angelegenheit dann ein für allemal erledigt ist.« Bei diesen Worten zog ein freundliches Lächeln über sein Gesicht. Er wirkte jetzt sympathisch und ähnelte dem jungen Mann, mit dem Alice auf dem Balkon ihres Hotels in Basel geplaudert hatte.
»Also, George, wenn du unbedingt über diese Dinge sprechen willst, ... bitte ...«

»Ich hoffe, du hattest volles Vertrauen zu mir, als du mir sagtest, daß mir dein Vermögen zur Verfügung stehe ...«
»Natürlich, George.«
»Ohne dein Geld hätte ich bei dieser Nachwahl nicht kandidieren können. Ohne meinen Sieg in Chelsea würde ich auch nicht die geringste Chance haben, bei den kommenden Parlamentswahlen wieder ins Unterhaus zu kommen. Nur deswegen hab' ich mir diese Nachwahl soviel kosten lassen. Es war ein Wechsel auf die Zukunft. Ist dir klar, was ich meine?«
»Ich glaube schon.«
»Verlaß dich drauf, daß ich alles im richtigen Licht sehe. Jeder vernünftige Mensch, sogar dein Vater, könnte dir bestätigen, daß ich mich bei meiner Beurteilung der Lage nicht irre. Ja, ich weiß, daß es dein Vater für reinen Wahnsinn hält, daß ich mich mit Haut und Haar der Politik verschreiben will. Gewiß ... gewiß, Politik ist ein teurer Spaß. Es ist durchaus möglich, daß ich dich noch um ein weiteres Darlehen werde bitten müssen ... Du weißt, wenn es im Herbst zu den richtigen Wahlen kommt.«
»Du wirst auch diesen Betrag erhalten, George.«
Nachdem sich »Mister Uferschutz« für diese großzügige Zusage bedankt hatte, setzte er sich an einen kleinen Tisch, auf dem allerlei kleinere Ziergegenstände herumlagen. Er nahm einen dieser Gegenstände in die Hand, ein kleines Papiermesser aus Stahl mit einem vergoldeten Griff. Es war zwar kein gewöhnlicher und billiger Brieföffner, trotzdem war der Wert nur gering. Mehr als fünf Shilling hatte er bestimmt nicht gekostet. Mit diesem Messerchen spielte er nun eine Weile, ohne ein Wort zu sagen. Er ließ es mehrfach durch seine Finger gleiten.
Plötzlich fragte er: »Von wem hast du dies Papiermesser?«
»Nun möchte ich aber wissen, warum du diese Frage stellst! Und warum in diesem Ton?«
»Sachte, sachte ... ich hab' ja nur gefragt. Wenn es ein Geschenk ist, an dem dir viel liegt, kann ich ja auch was andres nehmen.«
»Das Papiermesser hat mir Mr. Grey geschenkt.«
Er ließ das Messer auf den Tisch fallen, dann gab er ihm einen Stoß. Es fiel auf der anderen Tischseite zu Boden – dorthin, wo Alice saß.
»George«, sagte sie, als sie sich bückte, um das Messerchen aufzuheben, »wenn du einen Koller bekommst, bist du wirklich unausstehlich.«
»Verzeihung!« sagte er. »Ich hab's nicht so gemeint. Einfach Pech gehabt ..., ich meine mit dem Gegenstand, den ich in die Hand nahm. Und von wem hast du dieses Spielzeug?« Bei dieser Frage nahm er einen kleinen Zollstock aus Elfenbein in die Hand.
»Diesen Zollstock hab' ich mir selbst gekauft. Irgendwo in einem Trödelladen.«

»Fein! Dann schenk ihn mir bitte – als Zeichen dafür, daß wir unsere Liebe wieder neu begonnen haben.«
»Aber wozu denn? Ein so wertloses Geschenk.« Alice war noch immer schlechter Laune, man hörte es ihrer Stimme an.
George tat, als wäre nichts geschehen. »Kein Ding ist zu wertlos«, sagte er, »um als Erinnerung an die Wiedergeburt unserer Liebe zu dienen.« Das klang etwas salbungsvoll – und so war es auch gemeint. »Ich bin auch mit dem kleinsten Souvenir zufrieden, mit einer Seidenschleife, mit einem Handschuh, mit einer Kupfermünze. Willst du mir irgend etwas schenken? Eine Kleinigkeit, die ich dann mitnehmen kann und bei deren Anblick ich immer weiß, daß darin dein Herz verborgen ist.«
»Dann nimm den Zollstock«, sagte sie.
»Und wie steht's mit dem Herzen?« fragte er.
»George«, sagte sie, »ich würde mich tausendmal lieber über Politik unterhalten.«
»Und ich über andere Dinge. Du weißt genau, was ich von dir hören will. Bist du mir untreu, Alice?«
»Wie kannst du nur eine solche Frage an mich richten? Das hat bisher noch niemand gewagt!«
»Du weißt genau, warum ich diese Frage stelle. Ich will wissen, ob mich die Frau auch wirklich liebt, die mir die Ehe versprochen hat.«
Sie hatte sich von ihrem Stuhl erhoben. Auch George hatte es getan. Sie schwieg. Er hielt den kleinen Zollstock in der Hand. Sollte er ihn an sich nehmen? Er zögerte. Schließlich fragte er: »Wann wirst du die Güte haben, meine Frage zu beantworten?«
»Jetzt nicht! Du bist verärgert – und in diesem Zustand will ich nicht mit dir reden.«
»Hab' ich keinen Grund, vor Mißvergnügen zu platzen? Weißt du, wie grausam du zu mir bist?«
»Ich weiß nur, daß ich Kopfschmerzen habe. Wenn du mich nur in Ruhe lassen würdest.«
»Hier hast du dein verdammtes Geschenk«, schrie er und warf den kleinen Elfenbeinzollstock über das Sofa hinweg auf den Fußboden. »Und hier ist der Schmuck, . . . lauter Schund, . . . und ich Narr hatte gehofft, du würdest diesen Schmuck tragen, . . . meinetwegen tragen . . .« Er zog irgend etwas aus der Tasche seiner Weste und schleuderte es gegen das Kamingitter. Dann eilte er mit raschen Schritten zur Tür. Aber ehe er noch die Klinke ergriff, drehte er sich um. »Alice«, sagte er, »wenn ich fort bin, denk mal tief darüber nach, wie du dich mir gegenüber benommen hast.« Und dann ging er. Alice rührte sich nicht, bis sie aus dem Erdgeschoß das Zuklappen der Haustür vernommen hatte.

Erst dann regten sich ihre Glieder wieder. Sie bückte sich, um den gegen das Kamingitter geworfenen Schmuck zu suchen. Warum sie es tat, ist schwer zu sagen. Wahrscheinlich war es einfach eine ganz natürliche Reaktion. Ihr lag nichts an diesem Schmuck. Sie verspürte nicht einmal den Wunsch, dieses Schmuckstück zu sehen. Es wäre ihr am liebsten gewesen, wenn er nichts mitgebracht hätte. Ich möchte annehmen, daß sie aus einem weiblichen Instinkt heraus handelte: Es widerstrebte ihr, daß etwas Wertvolles ohne jeden Grund vernichtet werden sollte. Sie griff also nach der Kohlenschaufel, die an der Kaminwand hing und begann, in der Asche unter dem Kohlenrost zu suchen. Schon bald fand sie einen Ring, der wertvoll aussah. Er war mit einem großen Rubin geschmückt, der zwischen zwei kleinere Diamanten gesetzt war . . ., oder wenigstens vermutete sie das. Einer der seitlichen Diamanten hatte sich bei dem gewaltsamen Wurf und beim jähen Anprall gegen das Kamingitter aus seiner Fassung gelöst. Sie suchte und suchte, bis ihr Gesicht und ihre Haare rußgeschwärzt waren.
Und sie suchte vergebens.

8 Unglücksrabe mit geknickten Flügeln – Weil ein paar hundert Pfund Sterling fehlen – Plantagenet machte sich keine Gedanken – Komm, Burgo, laß uns tanzen! – Ganz abgesehen davon, daß es im Haus von Lady Monk keine Versenkung gab

Anfang April gab Lady Monk eine große Party in ihrer Londoner Stadtwohnung, einem hochherrschaftlichen Haus am Gloucester Square. Ihre Parties galten als eines der großen Ereignisse im Kalender der High Society. Es war eine besondere Ehre, dort eingeladen zu werden. Aber es gab auch Gäste, deren Anwesenheit Lady Monk ihrerseits als besondere Ehre empfand, und zu denen gehörte Lady Glencora.
»Hier, Burgo, schau dir mal dieses Brieflein an«, sagte Lady Monk eines Morgens zu ihrem Neffen, der vorübergehend bei ihr wohnte, und das nicht gerade zur Freude von Sir Cosmo, dem das Geschwisterkind seiner lieben Frau schon längst auf die Nerven ging. Dafür verstanden sich Lady Monk und Burgo jetzt besser als je zuvor. Bei dem Brieflein handelte es sich um ein paar Dankeszeilen von Lady Glencora. »Du siehst«, sagte Lady Monk, »sie hat die Einladung angenommen. Es stimmt also nicht, daß sie Angst vor dir hat.«
»Wahrscheinlich hat sie bei ihrer Zusage überhaupt nicht an mich gedacht«, meinte Burgo.
»Ist das dein Ernst? Wenn ja, würd' ich mir keine Hoffnungen mehr

machen. Irgendwann müssen ja auch die schönsten Liebesaffären zu einem Ende kommen.«
»Und ein Strick wird das beste Ende sein«, sagte Burgo. »Was kann ich schon tun? Zum Teufel! Ich häng' mich auf!«
Lady Monk war nicht zu beeindrucken, jedenfalls nicht durch vage Selbstmorddrohungen. »Burgo, ich erlaube dir nicht, so zu mir zu sprechen. Die ganze Zeit mühe ich mich ab, dir zu helfen. Aber wenn du mißmutig dasitzt wie ein Unglücksrabe mit geknickten Flügeln, und wenn du so wie eben deinem Ärger Luft machst, dann geb' ich lieber meine Bemühungen auf.«
»Und genau das würd' ich an deiner Stelle tun.«
»Sag mal, Burgo, seit wann bist du ein solcher Hasenfuß geworden? Mir sind all deine Fehler bekannt. Aber daß du eine Memme bist, hab' ich bisher nicht gewußt.«
»Denk nicht, liebe Tante, daß ich kneife. Wenn's drauf ankommt, bin ich zu jedem Duell mit ihm bereit. Von mir aus auf schwere Säbel.«
»Red keinen Unsinn, Burgo. Das ist reinste Angeberei. Männer duellieren sich nicht mehr. Im übrigen hat man noch nie einen Mann zum Zweikampf gefordert, weil er einem die Frau wegschnappen *wollte*, sondern nur, wenn er es wirklich getan hat. Und ich wollte, du hättest es getan!«
»Wie hätte ich's tun können? Wenn's nur von mir abhinge, würd' ich es morgen schon tun. Ich habe keine Angst. Vor nichts und vor keinem Menschen!«
»Wenn's nur von dir abhinge ...« Lady Monk äffte höhnisch die Stimme ihres Neffen nach. »Ein ganz klein wenig wird's ja wohl auch von dir abhängen, vor allem aber von ihr.«
»Du meinst, ob ich sie liebe und ob sie mich liebt?«
»Ja ...«
»Ich nehme doch an, daß sie mich liebt.«
»Nun paß mal schön auf, mein Junge«, sagte Lady Monk mit all der ganzen Würde einer in weltlichen Dingen erfahrenen Tante, die ihrem verschuldeten und auch sonst total ruinierten Neffen einen weisen Ratschlag erteilen will – so weise, wie es ihrer eigenen »Weisheit« entsprach. »Ich finde, man hat dir in dieser Sache bitter unrecht getan. Nach allem, was vorgefallen war, hattest du einen Anspruch darauf, Lady Glencora zur Frau zu bekommen. Meiner Meinung nach hat sich Mr. Palliser sehr falsch benommen, als er sich zwischen dich ... zwischen dich und ihr Vermögen stellte. Wie die Dinge liegen, kann er von seiner Frau keine Zuneigung erwarten. Bitte, versteh mich nicht falsch, mein Junge. Niemand hat so viel Respekt vor der Stellung einer verheirateten Frau wie deine liebe Tante, die in Ehren ergraut ist. Aber hier, hier liegt der Fall anders. Ich habe die

Palliser-Episode immer als tragisches Ereignis im Leben von Lady Glencora angesehen ... Wenn du also Erfolg haben solltest ...«
Und dann ließ Lady Monk diesen Satz in der Luft hängen. Burgo starrte in das prasselnde Kaminfeuer. Er schwieg. Die Tante sah ihn an und hoffte, er würde endlich sein Schweigen brechen. Burgo »brach« nichts.
Schließlich sagte Lady Monk: »Denk mal über die Sache nach.« Damit wollte sie andeuten, er solle jetzt aufstehen und das Zimmer verlassen. Burgo rührte sich nicht. Er starrte weiterhin in das prasselnde Feuer. Er schwieg. Und wieder wandte sich Lady Monk an ihren Neffen: »Burgo, hast du mir irgend etwas zu sagen, was dich bedrückt?«
Und nun tat Burgo den Mund auf. Allerdings starrte er dabei noch immer in das prasselnde Feuer. Er sprach auch nur vier Worte: »Ich hab' kein Geld!«
Lady Glencoras Vermögen brachte jährlich 50 000 Pfund Sterling Zinsen. Burgo war ein junger Mann. Ihm lag – und das ist eine englische Untertreibung – recht viel daran, diesen geradezu unglaublichen, unvorstellbaren Reichtum in seinen Besitz zu bringen. Und fast wäre es ihm auf dem Weg oder Umweg über die Liebe ja auch geglückt. Jetzt war ihm der Weg zu dieser Schatzkammer versperrt. Versperrt durch lumpige 200 Pfund Sterling, die ihm fehlten und die er dringend brauchte. So wiederholte er nur die ominösen vier Worte, die er eben gesagt hatte: »Ich hab' kein Geld!«
»Das hast du nie«, bemerkte Lady Monk mit einer Sachlichkeit, die schon an Leidenschaft grenzte.
»Wie kann ich's ändern«, meinte Burgo, der auf einmal gesprächig wurde, »wie kann ich's ändern, wenn mir niemand das Geldverdienen beigebracht hat? Wenn ich ein paar hundert Pfund in der Tasche hätte, könnte ich die Frau entführen. Ich glaub' schon, daß sie mitmachen würde. Und wenn nicht, kann ich auch nichts dafür. Alles hätte geklappt, wenn sie nach Monkshade gekommen wäre.«
»Ich hab' kein Geld für dich, Burgo«, sagte die Tante. »Alles, was ich besitze, sind fünf Pfund ...«
»Aber du hast doch ...?«
Lady Monk ließ ihren Neffen nicht ausreden. »Was hab' ich?«
»Ob mir wohl Cosmo ein paar hundert Pfund Sterling leihen würde?« Er wußte nicht, ob er diesen Vorschlag weiter »entwickeln« sollte. Jener Cosmo, an den er bei dieser Frage gerade gedacht hatte, war nicht sein Onkel, sondern »nur« sein Cousin. Auch die Beredsamkeit eines arg verschuldeten Demosthenes hätte aus Sir Cosmo keinen weiteren Shilling hervorgelockt. Aber der Sohn des Hauses, der »Cosmo ohne Sir«, war ein junger Mann mit eigenem Vermögen. Überdies hatte ihn Burgo seit Jahren nicht mehr angepumpt.

»Ob er das tun wird, weiß ich nicht«, sagte Lady Monk. »Ich sehe meinen Sohn nur selten. Wahrscheinlich wird er's nicht tun.«
»Ach, das ist ein Hundeleben!« erklärte Burgo mit elegischer Stimme, die jederzeit in eine fluchende umschlagen konnte. »Man stelle sich das bloß vor! Da ist ein Mann wie ich. Er steht am Wendepunkt seines Lebens und kann sich nicht wenden, weil ihm ein paar hundert Pfund fehlen!« Bei diesen Worten sah Burgo wie der Dulder Hiob aus. Aber das ging schnell vorbei. Dann war er bereit, der Hölle Trotz zu bieten, und die Hölle war in diesem konkreten Fall seine Tante. »Sag mal, Tantchen«, begann er zärtlich und direkt, »du hast doch einen ganzen Haufen Juwelen ... Unter Umständen könnte man sie doch versetzen, damit ich zu Geld komme. Natürlich würde ich sie sofort wieder einlösen ... sofort ... mit dem ersten Geld, das ich habe ...«
Zunächst war Lady Monk über diesen »brillanten« Vorschlag ihres Neffen empört. Aber ehe das Gespräch zu Ende war, hatte sie ihm ihre Hilfe versprochen. Ja, sie würde ihm schon auf die eine oder andere Art zu den »paar hundert Pfund« verhelfen.
Und dann kam der Abend, an dem eine Equipage nach der andern vor dem Haus am Gloucester Square vorfuhr. Nur Lady Glencora kam nicht. Burgo hatte schon alle Hoffnung aufgegeben. Er glaubte bereits, daß die Sterne ungünstig ständen. Seit zehn Uhr abends hatte er in der Vorhalle darauf gewartet, daß ein Lakai die Ankunft der Lady Glencora melden würde. Einige Gäste hatten sich ihm genähert, ein paar Worte mit ihm gewechselt. Das heißt, die anderen hatten gesprochen, und er war schweigsam geblieben. Auch seine Tante hatte ihn von seinem Ausguckposten weglocken wollen. »Nun geh doch schon in den Ballsaal«, sagte sie, »schwing das Tanzbein!« Er tat es nicht. Sie flüsterte ihm ins Ohr: »Du siehst so miesepetrig aus, als seist du in tiefste Gedanken versunken – und so was ist immer verdächtig.« Ha! ha! dachte er. Dabei legte er alle Trauer seines Herzens in das erste »Ha« und alle Melodramatik der späten Stunde in das zweite. Wie konnte er jetzt tanzen? Er, der auf dem Sprung stand, mit seines Nächsten Weib, mit der Frau des Mr. Plantagenet Palliser, in die weite Welt zu flüchten, so weit weg wie möglich? Wie konnte er tanzen? Lady Monk war sehr viel älter und konnte ihre Gefühle, wenn sie sich welche leistete, erheblich besser beherrschen. Burgo vermochte das nicht. Er konnte nicht tanzen. Jetzt nicht. So ging er ans Büfett. Er leerte ein Bierglas voll Champagner. Und dann noch ein Glas. Und noch eines. Aber man sah ihm nicht an, daß er viel und rasch getrunken hatte. Nur seine Augen hatten vom Champagner einen eigentümlichen Glanz.
Endlich, es war inzwischen elf Uhr geworden, hörte er von weitem, wie ein Diener den Namen von Lady Glencora ausrief. Kurze Zeit später ging sie an

ihm vorbei. Sie nickte ihm zu. Es war weder ein freundliches Nicken noch eine abweisende Gebärde. Er verfolgte sie mit seinen Blicken. Sie spürte es, ohne sich umzusehen. Und dann schaute sie sich unerwartet um. Sie sah ihn an, wie er mit weitaufgerissenem Mund an einer Säule lehnte. Wie schön er war! Sie meinte von fern, aus seiner Richtung einen Seufzer zu vernehmen. Wie schön war sein Mund! Es war ein Mund, wie ihn die alten Bildhauer ihren Göttern gegeben hatten. Vielleicht hatte Burgo nur den richtigen Mund, nicht das richtige Herz, um wahrhaft lieben zu können, aber er sah aus wie ein Liebhaber. Und ihr Gatte sah nicht so aus.

Als sie durch den Ballsaal ging, erblickte sie Plantagenet, der in einer Ecke stand und so aussah, als ob er gerade die kompliziertesten wirtschaftlichen Kalkulationen anstellte.

Plantagenet ging auf sie zu. »Ich muß jetzt fort«, sagte er. »Ich kam nur, weil ich's versprochen hatte. Wirst du lang bleiben?«

»Nein, wohl kaum.«

»Und wirst du tanzen?«

»Vielleicht einmal, um zu zeigen, daß ich noch keine alte Frau bin.«

»Echauffier dich nicht zu sehr, leb wohl.« Plantagenet ging. Im Gedränge an der Tür stieß er fast mit Burgo Fitzgerald zusammen, der Lady Glencora anstarrte. Bei dieser flüchtigen Begegnung erinnerte sich Plantagenet, daß sich dieser junge Mann einmal Hoffnungen auf Glencora gemacht hatte. Er dachte an Warnungen, die man ihm zugeflüstert hatte. Aber auch nicht eine Sekunde lang kam ihm der Gedanke, daß es ratsam wäre, die Party nicht zu verlassen, sondern seine Frau zu beobachten.

Plantagenet machte sich keine Gedanken. Wohl aber tat das Burgo Fitzgerald. Welches Recht hatte er, Glencora zu entführen? Keines. Er liebte sie. Oder zumindest tat er so. Handelte er in ihrem Sinn, zu ihrem Besten, wenn er seinen abenteuerlichen Entführungsplan in die Tat umsetzte?

Bei dieser Meditation über die wichtigsten Moralbegriffe fiel ihm auch ein untergeordnetes Prinzip ein, das indirekt mit den 200 Pfund Sterling zusammenhing, die er schließlich doch noch von seiner Tante erhalten hatte.

Er trug das Geld in der Tasche. Lady Monk hatte es ihm für einen ganz bestimmten Zweck gegeben – für seine Flucht mit Glencora. Konnte er die 200 Pfund auch ohne Flucht behalten? Gewiß nicht. So was tut kein anständiger Mensch. Sollte er seiner Tante den Betrag in voller Höhe zurückgeben? Ein so törichtes Verhalten wäre zweifellos allzu großzügig. Er kam also zu dem Schluß, dem wohl jeder Professor für Logik zugestimmt hätte, daß er nach Empfang der 200 Pfund nicht mehr völlig frei handeln könne. Fliehen oder nicht fliehen? Durch das Darlehen hatte das Schicksal diese Frage für ihn beantwortet. Er riß sich zusammen, fuhr sich mit der

Hand durch die Haare und stieß einen Seufzer aus, der immerhin laut genug war, daß ihn alle Umstehenden hören konnten.
Und dann stieg er die große Treppe hinauf. Sein Ziel war der Ballsaal.
Burgo war ein vorzüglicher Tänzer. Der Walzer war sein Lieblingstanz. Auch Lady Glencora war früher vom Tanzteufel besessen gewesen, und allem Anschein nach hatte der Teufel noch immer nicht auf seine alten Rechte verzichtet. Im Dreivierteltakt wirbelte sie über das Parkett, und sie tat es mit der gleichen wilden Besessenheit wie in der guten alten Zeit, als ein junger Mann namens Burgo Fitzgerald ihr Partner war.
Endlich war es Burgo gelungen, sein »Opfer« zu stellen.
»Erinnerst du dich noch an früher?« begann er. »Wir waren ein berühmtes Paar. Zumindest auf dem Tanzparkett . . .«
Glencora wußte, daß viel, vielleicht sogar ihr ganzes künftiges Leben von der Art und Weise abhing, wie sie nun das Gespräch mit ihrem früheren Geliebten fortsetzte. Mit sanfter Stimme sagte sie: »Wir müssen vergessen, was früher war . . .«
»Müssen wir es wirklich?« fragte er impulsiv. Und auf einmal war seine Zunge gelöst. »Müssen wir es wirklich? Und warum? Waren es nicht glückliche Tage? Nein, Cora, ich kann es nicht. Ich wollte, ich könnte deine Gedanken lesen und wüßte, was du wirklich meinst.«
Früher hatte er sie Cora genannt. Nun war diese Koseform ihres Namens wieder wie von selbst über seine Lippen gekommen.
Sie standen in einer Ecke des Ballsaals. Nicht allein. Bei einer so großen Party konnte es keine »verschwiegenen« Ecken geben. Doch Burgo verstand sich auf die Kunst der gedämpften Zwischentöne.
Schließlich sagte Glencora: »Du hättest nicht kommen sollen . . .«
»Und warum nicht? Wer hat dich je so geliebt wie ich, Cora?«
Sie gab keine Antwort auf diese Frage. Sie sagte nur: »Wir werden beobachtet. Komm, Burgo, laß uns tanzen.«
Aber es war ein Irrtum, wenn Glencora glaubte, sie würden wenigstens auf der Tanzfläche allen Blicken entrückt sein. Lady Monk sah, wie Burgo mit ihr tanzte. »Oh, dieser Narr!« sagte sie zu sich selbst. »Wie kann er nur so leichtsinnig sein!« Die gute Tante ahnte nicht, daß sich auch Burgo auf der Tanzfläche nicht mehr sicher fühlte. »Laß uns in die Vorhalle gehen«, flüsterte er Glencora zu. »Ich muß mit dir reden. Oh, wenn du nur eine Ahnung hättest, was ich durchgemacht habe, als du nicht nach Monkshade kamst! Cora, warum bist du nicht gekommen?«
»Ich wollte, ich wäre auch nicht zu dieser Party gekommen!«
»Weil du mich nicht sehen willst? Cora, das ist nicht lieb von dir.«
Sie hatten sich inzwischen einen Weg durch die Menge gebahnt und steuerten auf den Speisesaal zu. Da die meisten Gäste nun hungrig und

durstig waren, konnten sie sich von der Strömung treiben lassen, ohne aufzufallen.
»Ich will dir jetzt etwas verdünnten Champagner verschaffen«, sagte Burgo. »Ich erinnere mich, das war doch dein Lieblingsgetränk.«
»Ich möchte nichts.«
Glencora wußte, daß sie von Horchern umgeben waren. Sie senkte die Stimme zum Flüsterton und vermied es auch, ihren früheren Geliebten beim Vornamen zu nennen. »Mr. Fitzgerald«, sagte sie, »erfüllen Sie meine Bitte ... die alten Tage – wir müssen vergessen, was früher einmal war ...«
»Zum Teufel noch mal! Die alten Tage sind nicht so lange her. Jeden Augenblick können sie wieder aus der Versenkung auftauchen.«
»Nein, das können sie nicht!« sagte Glencora. Sie vergaß, daß sie ihren früheren Geliebten eben noch steif und förmlich »Mr. Fitzgerald« genannt hatte. Mit der alten Herzlichkeit sagte sie: »Burgo, ich bitte dich, tu mir einen großen Gefallen! Wir müssen uns jetzt trennen. Bitte, geh zum Büfett, und komm nicht zurück! Du bringst mich sonst in eine unmögliche Situation.«
»Cora«, sagte er.
Sie war bisher so verwirrt gewesen, daß sie kaum wußte, was sie sprach. Nun hatte sie sich wieder gefaßt. Sie war aus einem Traum erwacht. Worte hatten für sie wieder einen Sinn erhalten. »Mr. Fitzgerald«, sagte sie und ihre Stimme klang leicht erregt. »Mir paßt dieses Gespräch nicht. Gehen Sie zum Büfett! Lassen Sie mich in Ruhe! Und kehren Sie unter keinen Umständen zurück! Ich weiß genau, daß wir beobachtet werden.«
»Wer beobachtet uns?« fragte Burgo. »Und was spielt das schon für eine Rolle? Gar keine, wenn du bereit bist, auf meine Pläne einzugehen ...«
»Ich bin aber nicht dazu bereit.« Sie nahm die intime Anrede nicht wieder auf. »Wissen Sie nicht, Mr. Fitzgerald, daß Sie mich mit Ihrem Vorschlag beleidigen?«
»Ja, aber nur dann, Cora, wenn dir mein Vorschlag keine Freude macht ... Wenn du meine Frau werden möchtest, dann ist er keine Beleidigung.«
»Wie kann ich deine Frau werden?« Sie hatte ihr Gesicht abgewandt und sprach fast flüsternd.
»Cora, komm mit mir! Laß uns ins Ausland gehen! Wohin du willst. Laß uns flüchten! Nur weg von hier. Noch heute abend ...«
Der erregte Ton seiner Stimme, der Umstand, daß er sofort mit ihr fliehen wollte, brachte sie endgültig wieder zur Besinnung. »Mr. Fitzgerald«, sagte sie so kühl sie nur konnte, »ich habe Sie gebeten, mich in Ruhe zu lassen. Wenn Sie meinem Wunsch nicht Folge leisten, muß ich Sie hier allein stehenlassen. Und das wäre für Sie noch unangenehmer.«

»Und ist das alles?«
»Alles . . . wenigstens im Augenblick . . .«
»Ich gehe nicht«, sagte Burgo und sah ihr fest in die Augen, als wollte er einer Welt von Feinden trotzen, sofern man die übrigen Gäste bei der Party seiner Tante als seine Feinde betrachten konnte. »Ich gehe nur, wenn du mir versprichst, daß wir uns wiedersehen . . .«
Mit fast unhörbarer Stimme hauchte sie die Worte: »Ja, Burgo . . . ja . . .«
»Und wann?« fragte er.
Sie hatte bisher zu Boden gesehen. Nun blickte sie wieder auf. Sie sah zur Tür – und da stand Mr. Palliser. Er hatte sie auch bemerkt und ging auf sie zu. »Ach, da ist ja mein Mann«, sagte Glencora. Ihre Stimme hatte wieder den ruhigen und sachlichen Alltagston angenommen. Auch Mr. Palliser war die verkörperte Ruhe, als er jetzt zu Glencora und Burgo trat. Der wäre zwar am liebsten in den Erdboden versunken, aber das war unter den gegebenen Umständen nicht möglich, ganz abgesehen davon, daß es im Hause seiner Tante keine Versenkung gab. Lady Glencora ergriff als erste das Wort. »Ich dachte, du wärst schon vor einer halben Ewigkeit nach Hause gegangen«, sagte sie.
»Bin ich auch«, antwortete Plantagenet, »aber dann dachte ich mir, es wär' dir vielleicht lieb, wenn ich dich abholen käme.«
»Plantagenet, du bist wirklich ein Mustergatte! Also? Ich bin soweit.« Und dann wandte sie sich an Burgo: »Darf ich Sie um eine kleine Gefälligkeit bitten, Mr. Fitzgerald? Ich habe meine Stola im Salon Ihrer Tante liegengelassen. Würden Sie die Güte haben, sie mir zu holen?«
»Nicht nötig«, sagte Mr. Palliser. »Ich werde die Stola holen.«
»Aber ich tu es gern . . .«, stammelte Burgo.
»Nein, nein«, sagte Mr. Palliser und entfernte sich. Langsam bahnte er sich seinen Weg durch die Menge. Als er durch die Vorhalle schritt, bestellte er den Wagen.
Lady Glencora hatte inzwischen beschlossen, solange ihr Mann fort war kein Wort mit Burgo zu sprechen. Plantagenet hatte sich sehr ritterlich benommen, als er sie mit seinem Widersacher allein ließ. Er hätte auch darauf bestehen können, auf die Stola zu verzichten und unverzüglich nach Hause zu fahren.
Burgo wußte, daß er sein Spiel verloren hatte.
Mit größter Förmlichkeit sagte er: »Darf ich Ihnen noch gute Nacht wünschen, Lady Glencora?«
»Gute Nacht, Mr. Fitzgerald«, antwortete sie und reichte ihm die Hand. Er drückte sie einen Moment. Dann wandte er sich ab – und ging.
Als Mr. Palliser zurückkam, war Glencora allein.

9 Ausstehende Rechnungen von der letzten Wahl – Ich habe ihn schon seit hundert Jahren vertreten – Überweisung an Hock & Block? – Wie sich ein Gentleman zu benehmen hat – Es war acht Uhr, als der alte Gutsherr starb – Bitte, dem Überbringer dieses meine Kleider zu übergeben ...

George Vavasor war nicht in bester Stimmung, als er Queen Anne Street verließ, nachdem er den Ring für Alice über das Kamingitter geschleudert hatte. Er wußte nicht recht, was er tun sollte. Schließlich entschied er sich dafür, seinen Wahlagenten Mr. Scruby in Great Marlborough Street aufzusuchen. Bisher hatte er noch keinen endgültigen Beschluß gefaßt, was er mit Alices Geld machen wollte.

Für Mr. Scruby stand jedoch alles fest. Natürlich brauchte man diesen Betrag für die nächsten Wahlen. Er entwickelte seinem Kandidaten die von ihm entworfene Weltanschauung: Ein Penny zur rechten Zeit erspart uns später viel Herzeleid. So wörtlich meinte er das allerdings nicht. Mr. Scruby dachte nie in so kleinen Beträgen wie etwa einem Penny. Aber er hatte sonnenklar zum Ausdruck gebracht, um was es ihm ging: um einen weiteren und möglichst sofortigen Zuschuß zum Wahlfonds. Das war jedoch nur der Tragödie zweiter Teil. Der erste Teil lautete: »Und dann, Mr. Vavasor, sind ja auch noch einige ausstehende Rechnungen von der letzten Wahl zu begleichen. Es tut mir leid, daß alles so zusammenfällt. Aber meine Leute konnten erst jetzt die Abrechnung machen. Ich wäre Ihnen daher sehr verbunden, wenn Sie mir möglichst bald einen größeren Betrag zukommen ließen, sonst dürfte es uns schon im Juni am nötigen Kleingeld fehlen ...«

»Werden denn die Wahlen schon im Juni stattfinden?«

»Es gibt da gewisse Gerüchte ... Sie wissen ja selbst, Mr. Vavasor, Gerüchte stimmen fast immer, Tatsachen fast nie.«

Mr. Scruby war ein philosophischer Wahlagent. Aber er blieb trotzdem beim Thema Geld und erwähnte in diesem Zusammenhang den Namen von Mr. Tombe. Man hatte ihm nichts Bestimmtes mitgeteilt. Er wußte nur, daß die Überweisungen durch ihn erfolgten.

Davon hatte George indessen keine Ahnung. Doch hatte sich der gerissene und mit allen Wahlwässerchen gewaschene Mr. Scruby verplappert. Der Name Tombe war gefallen. George wollte wissen, was es mit diesem Mr. Tombe auf sich habe. Scruby schüttelte den Kopf. Er habe sich nur im Namen geirrt, erklärte er. Vavasor ließ es dabei bewenden, wenigstens solange er bei Scruby war. Doch der Name »Tombe« war nicht umsonst gefallen. George Vavasor hatte diesen Namen schon früher gehört. Mr. Tombe hatte einen guten Ruf als Anwalt. Im übrigen glaubte er sich erinnern zu können, daß Alice oder Kate diesen Namen schon mal im

Zusammenhang mit Mr. Grey erwähnt hatten. Ja, richtig – Mr. Tombe war der juristische Berater von Mr. Grey.
Und das gab zu denken!
Genau das tat George Vavasor nun, nachdem er das Büro von Scruby verlassen hatte.
Vielleicht bestand ein Zusammenhang zwischen Mr. Grey und Alice auf der einen Seite und Mr. Tombe auf der anderen. Vielleicht bekam er sein Geld gar nicht von Alice. Vielleicht war Mr. Grey der »edle Spender«. Zum Teufel! Das fehlte auch noch. Ja, es war das Geld, das ihm fehlte. Aber es war ein unerträglicher Gedanke, daß dieses Geld unter Umständen von Mr. Grey stammen sollte.
Er nahm sich einen Wagen. Die Adresse von Mr. Tombe war leicht zu finden. George hatte Glück. Der Anwalt war sofort für ihn zu sprechen. Er bat ihn, Platz zu nehmen. Als George sich vorgestellt hatte, sagte Mr. Tombe: »Ja, Mr. Vavasor . . . ja . . . ich habe den Namen schon gehört . . . ja, ich vertrete Mr. Grey . . . ja, ich habe schon seinen Vater als Anwalt vertreten . . .« Man hatte das Gefühl, daß er nun sagen würde: »Ja, ich habe ihn schon seit hundert Jahren vertreten.« Man konnte sich beim besten Willen keinen liebenswürdigeren alten Herrn denken als diesen Mr. Tombe.
Erst nach einem längeren höflichen Vorgeplänkel konnte George Vavasor zum eigentlichen Thema seines Besuchs vorstoßen. »Ich möchte gern wissen, Mr. Tombe, ob Sie oder etwa Mr. Grey etwas mit der Überweisung eines bestimmten Geldbetrages zu tun hatten, der auf mein Konto beim Bankhaus Hock & Block gutgeschrieben wurde?«
»Ja, ja . . . das Bankhaus Hock & Block . . . in Lombard Street . . . ja . . . Sie meinen doch diese Bank?« Mr. Tombe wollte offensichtlich etwas Zeit gewinnen.
»Hock & Block sind meine Bankiers«, sagte Vavasor mit unverkennbarer Gereiztheit in der Stimme.
»Eine sehr angesehene Firma.«
»Darf ich Sie nochmals fragen, Mr. Tombe, ob Sie bei dieser angesehenen Firma einen Geldbetrag auf mein Konto eingezahlt haben?«
»Darf ich Sie fragen, warum Sie diese Frage an mich richten?«
»Meiner Ansicht nach haben Sie eigentlich gar kein Recht zu dieser Frage. Meine eigene Frage hat nicht das geringste mit der Antwort zu tun, die ich Ihnen auf Ihre Frage geben könnte. Wenn Sie also nichts mit einer solchen Überweisung zu tun hatten, kann ich es nur bedauern, Ihre kostbare Zeit in Anspruch genommen zu haben.«
»Ich bin nicht gewillt, Mr. Vavasor . . . nicht gewillt, Ihnen lang und breit auseinanderzusetzen . . .«

»Vielleicht versuchen Sie es mal mit ein paar Worten. Haben Sie irgend etwas mit dieser Angelegenheit zu tun gehabt?«

»Ich muß schon sagen ... ja, diese Frage kommt ... kommt etwas überraschend ... Ich will mal sehen ... Pinkle ... Pinkle ...« Pinkle war ein Schreiber, der in einem abgelegenen Raum arbeitete. Nach allen akustischen Gesetzen hätte er die Stimme seines Herrn nicht hören können. Er vernahm sie aber doch und erschien »rufgemäß« auf der Bildfläche. »Pinkle ... können Sie sich erinnern, haben wir nicht vor ein paar Wochen etwas an Hock & Block überwiesen ... einen Betrag zugunsten von Mr. George Vavasor?«

»Haben wir das tatsächlich gemacht?« sagte Pinkle, der wahrscheinlich wußte, daß sein Arbeitgeber ein schlauer Fuchs war, und der im Lauf der Jahre gerade in dieser Hinsicht viel von ihm gelernt hatte.

»Ja, Pinkle, mir scheint ... ja, ich glaube, daß wir ... Bitte, schauen Sie mal gründlich nach ... und lassen Sie mich das Datum wissen ...!« Dann wandte sich Mr. Tombe wieder an George Vavasor: »Ein schöner Tag heute. Besonders schön für diese Jahreszeit. Nur ein bißchen kühl. Dieser Ostwind ...!« Und bei diesen Worten schüttelte er sich, als bibberte er vor Kälte. Und dann begann Mr. Tombe zu husten und zu niesen. Die Zeit verging. Kein Pinkle erschien mit der Heilsbotschaft, daß nun alles geklärt sei. Mr. Tombe hustete und nieste weiter, um die Zeit auszufüllen. Schließlich machte er den Vorschlag: »Es dürfte wohl das beste sein, ja ... das beste ..., wenn wir Sie informieren, sobald wir der Sache ... ja, der Sache auf den Grund gegangen sind.«

»Ich würde es lieber gleich erfahren«, meinte Vavasor. »Es kann doch keine Ewigkeit dauern, einfach festzustellen, ob ein Betrag für mich im Auftrag von Mr. Grey überwiesen wurde. Auf alle Fälle möchte ich es wissen, ehe ich Ihr Kontor verlasse.«

»Pinkle!« schrie Mr. Tombe und hustete. »Pinkle!« schrie er abermals und nieste. Schließlich erschien Pinkle buchstäblich »wie gerufen«. »Na, wie steht's? Irgendwas festgestellt? Oder sollte mich mein Gedächtnis getäuscht haben?« Natürlich sagte Mr. Tombe bewußt die Unwahrheit. Natürlich erinnerte er sich ganz genau an alles. Im übrigen war George Vavasor auch nicht auf den Kopf gefallen. Er wußte schon genug.

»Ich war gerade beim Suchen«, sagte Pinkle. Und weg war er.

»Es tut mir leid, daß ich Ihrem Kontoristen so viel Arbeit mache«, sagte Vavasor mit unverhohlenem Ärger in der Stimme. »So viel überflüssige Arbeit«, fügte er hinzu. »Schließlich müssen Sie doch genau wissen, ob Mr. Grey Sie bevollmächtigt hat, einen bestimmten Betrag an mich zu überweisen.«

»Mr. Vavasor, wir haben so viele Klienten. Ja, haben wir ... Aber, wie gesagt, ich glaube mich zu erinnern, daß wir in dieser Angelegenheit tätig geworden sind . . . ja, sicher . . .«

»Und können Sie sich wenigstens ›sicher‹ an die Adresse von Mr. Grey erinnern?« Vavasor machte nicht einmal den Versuch, seinen Ärger zu verbeißen.

»Ja, die Adresse kann ich Ihnen geben: Nr. 5, Suffolk Street, Pall Mall East.« Ohne es zu wissen, hatte Mr. Tombe mehr mitgeteilt, als es eigentlich seine Absicht war. Er hatte angenommen, daß sich Mr. Grey auf dem Lande befinde. Der Zufall wollte es jedoch, daß sich sein Klient in London aufhielt.

Vavasor schrieb sich die Adresse auf. Dann sagte er: »Vielleicht werde ich von Mr. Grey die Auskünfte erhalten, die Sie mir verweigert haben.« Er nahm seinen Hut in die Hand und deutete eine Verbeugung an. Ehe Pinkle wieder erschien, hatte er die Anwaltskanzlei verlassen.

Für Vavasor bestanden jetzt keinerlei Zweifel mehr daran, daß John Grey irgendwie bei der Geldüberweisung seine Hand im Spiel gehabt hatte. Es war ihm gleichgültig, ob das Geld direkt aus der Tasche seines Widersachers stammte oder ob Grey nur als eine Art zahlender Postillon d'amour für Alice gehandelt hatte. Auch nicht eine Sekunde lang nahm er an, daß es sich hier um eine Verschwörung handelte, an der sein Onkel John, der Vater von Alice, gemeinsam mit John Grey beteiligt war, ohne daß Alice von dieser Geheimaktion eine Ahnung hatte.

George Vavasor bog gerade um die Ecke von Suffolk Street, als er zufällig Mr. Grey erblickte.

»Ich war auf dem Weg zu Ihnen«, sagte Vavasor. »Ich hätte gern etwas mit Ihnen besprochen. In Ihrer Wohnung, wenn es Ihnen recht ist.«

»Bitte«, sagte Mr. Grey.

Nach ein paar Schritten standen sie vor dem Haus, in dem Mr. Grey abstieg, wenn er sich in London aufhielt. Schweigend stiegen sie die Treppe zum ersten Stock hinauf.

»Ich komme eben aus der City«, sagte Vavasor. »Ich war bei Ihrem Anwalt, bei Mr. Tombe. Ich wollte mich nach den näheren Umständen einer Einmischung in meine finanziellen Angelegenheiten erkundigen. Darf ich Sie nun fragen: Was gehen Sie meine Geldsachen an?«

Auf diese Frage war Mr. Grey nicht gefaßt. Er wußte auch nicht, was Vavasor von Mr. Tombe erfahren hatte. Er fragte also zunächst einmal vorsichtig: »Habe ich Sie recht verstanden, daß Sie von Mr. Tombe kommen?«

»Keine Ausflüchte. Sie haben mich genau verstanden. Mr. Tombe ist Ihr Anwalt, nicht wahr?«

»Jawohl.«
»Ich komme von Mr. Tombe, um Sie zu fragen, warum Sie sich in letzter Zeit für meine Finanzen interessieren. Wenn Sie mir eine diesbezügliche Auskunft erteilt haben, habe ich noch ein paar andere Fragen.«
»Und haben Sie sich selbst schon gefragt, Mr. Vavasor, ob ich geneigt sein werde, Ihre Neugier zu befriedigen?«
»Es geht hier nicht um Neugier. Ich habe mich auch nicht gefragt, ob Sie eventuell gesonnen sind, die Wahrheit zu verschleiern. Wenn Sie sich nicht in meine Affären eingemischt haben, bitte ich um Verzeihung. Ich werde dann sofort verschwinden. Sollten Sie es jedoch getan haben, sind Sie mir eine Erklärung schuldig.«
Grey war mittlerweile zu der Ansicht gelangt, es wäre das beste, die ganze Geschichte zu erzählen. Offenbar hatte sein zorniger Besucher dies und jenes erfahren. »Ja, Mr. Vavasor«, begann er, »es hat so etwas wie eine Einmischung gegeben, obwohl ich selbst es nicht mit diesem Wort bezeichnen möchte. Ein Betrag in Höhe von 2000 Pfund Sterling ist in meinem Auftrag von Mr. Tombe auf Ihr Konto übertragen worden.«
»Und?« fragte Vavasor. Bisher hatte er seine rechte Hand ruhig in der Westentasche gehalten. Nun nahm er sie heraus und trommelte mit allen fünf Fingern unruhig auf der Tischplatte.
»Ich weiß beim besten Willen nicht, wie ich Ihnen die näheren Umstände dieser Angelegenheit erklären soll.«
»Genau so hab' ich mir alles vorgestellt. Trotzdem bestehe ich auf einer Erklärung.«
Grey war seinem ganzen Wesen nach ein ruhiger und ausgeglichener Mann. Nichts widersprach seinem Wesen mehr als Streitereien. Aber er war kein Weichling, mit dem man umspringen konnte, wie man wollte. Er wollte jede Auseinandersetzung vermeiden. Sollte sich das jedoch als unmöglich erweisen, war er bereit, den Kampf aufzunehmen. Er bemühte sich daher, seinem zornigen Besucher den recht komplizierten Sachverhalt deutlich und auch schonend zu erklären, das heißt so, daß sich Vavasor nicht verletzt fühlen konnte. Es gelang ihm nicht.
Vavasor war von Minute zu Minute immer aufgeregter geworden. Schließlich brauste er auf: »Wenn Sie auch nur eine Ahnung hätten, wie sich ein Gentleman zu benehmen hat, würden Sie den Namen von Miß Vavasor nie mehr genannt haben. Und nun erlebe ich, wie Sie sich in die Angelegenheiten dieser jungen Dame einmischen, um sich die Verfügungsgewalt über ihr Vermögen zu sichern.«
»Nichts liegt mir ferner!«
»Machen Sie mir doch nichts vor, Mr. Grey. Als das Pulver erfunden wurde, saß ich nicht bei meinem Kindermädchen im Nebenzimmer. Ich

weiß, was gespielt wird. Ich weiß, daß man nicht 2000 Pfund Sterling vorschießt, ohne daß man für eine entsprechende Sicherheit gesorgt hat. Durch dieses raffiniert ausgeklügelte Manöver wollten Sie sich den Zugriff zum Vermögen von Miß Vavasor erschleichen. Ich werde dafür sorgen, daß Ihnen der in Frage stehende Betrag sofort zurückgezahlt wird, mit Zins und Zinseszins. Und wenn ich Sie ein zweites Mal bei derlei Geschäften erwische, werde ich Sie an den Pranger stellen ...«
»Mr. Vavasor«, sagte Mr. Grey ganz langsam – doch war es unverkennbar, daß seine Geduld nun zu Ende war –, »Sie haben sich in Ihrer Wut zu Äußerungen hinreißen lassen, die ich nicht hinnehmen kann. Ich bestehe darauf, daß Sie Ihre Worte zurücknehmen und sich entschuldigen!«
»Ach, was hab' ich denn Schlimmes gesagt? Doch nur, daß Sie sich durch üble und schmierige Machenschaften das Vermögen einer gewissen jungen Dame aneignen wollen. Ich habe doch nur gesagt, daß ich Sie für einen Erzhalunken halte, nicht mehr. Wenn Sie wollen, wiederhole ich diese Behauptung. Ich halte Sie für einen Gauner ...« Während er diese Worte sprach, hatte Vavasor seinen Hut aufgesetzt, um für den Fall einer Schlägerei beide Hände freizuhaben.
Grey war erheblich größer und auch stärker gebaut als sein Besucher. Trotzdem war es wohl mehr als zweifelhaft, ob er sich seiner körperlichen Überlegenheit bewußt war. Er war sich aber völlig klar darüber, daß er jetzt von seiner Kraft Gebrauch machen mußte. Er ging zur Tür, um Mr. Vavasor zum Verlassen des Zimmers zu nötigen. Plötzlich spürte er, wie Blut aus seinem Mund floß. Vavasor hatte ihm einen Fausthieb ins Gesicht versetzt. Und nun begann eine wilde Schlägerei. Schon nach ein paar Sekunden wußte Grey, daß er seinen Gegner in der Hand hatte. Er wußte, daß es ihm ein leichtes sein würde, Vavasor niederzuschlagen. Aber er begnügte sich damit, die Hiebe abzufangen und Vavasor zur Tür zu drängen, um ihn dann die Treppe hinunterzuwerfen. Das gelang ihm auch. Vavasor landete mit einem ziemlichen Knall auf allen vieren unten im Treppenhaus. Er stand auf und wollte den Kampf wieder aufnehmen, als der Hauswirt von Mr. Grey, angelockt durch den Lärm, auf der Bildfläche erschien. »Mr. Jones«, rief ihm Grey vom oberen Stockwerk aus zu, »wenn dieser Gentleman das Haus nicht augenblicklich verläßt, muß ich Sie bitten, die Polizei zu rufen.«
Mr. Jones war von Beruf Schneider. Er war jedoch kein Schneiderlein, sondern nebenberuflich Faustkämpfer – man sah es ihm deutlich an. So machte Vavasor keinen Versuch, auch noch einen weiteren Kampf auf sich zu nehmen, über dessen endgültigen Ausgang es keinen Zweifel geben konnte. Mit eingekniffenem Schwanz zog er ab, ein bissiger Hund, der sich in einen geprügelten verwandelt hatte.

Während all dieser Zeit war Kate Vavasor in Westmoreland. Sie lebte dort einsam und keineswegs fröhlich. Ihre einzige Gesellschaft bestand aus ihrem Großvater, dem alten Gutsherrn von Vavasor Hall, der zunehmend gebrechlicher wurde und schon mit einem Fuß im Grabe stand. Dennoch verließ er jeden Morgen schon in aller Herrgottsfrühe sein Zimmer. Stufe um Stufe humpelte er die Treppe hinunter, um im Garten und in den Ställen nach dem Rechten zu sehen, obwohl er kaum noch wahrnehmen konnte, was rings um ihn geschah.
Kate sorgte für ihn. Sie pflegte den alten Mann und erfüllte alle seine Wünsche, so gut sie konnte. Auch seine schon zur täglichen Routine gehörenden Wutausbrüche nahm sie ruhig hin, ohne je die gute Laune zu verlieren. Sie widersprach ihrem Großpapa nicht, wenn er auf seinen Enkel zu schimpfen begann. Nur hin und wieder warf sie ein behutsames Wort zur Verteidigung ihres Bruders ein. Doch der alte Squire wollte nichts davon hören. Immer wieder erklärte er, auch sie werde eines Tages den wahren Charakter ihres Bruders erkennen. »Er wird dich bis aufs Blut aussaugen. Jeden Pfennig wird er dir abluchsen, bis du nackt und bloß dastehst, wie dich der Herrgott geschaffen hat.« Dann konnte es geschehen, daß selbst Kate ihre gute Laune verlor. Sie habe vollstes Vertrauen zur Liebe ihres Bruders, erklärte sie, ihr gegenüber habe er immer anständig gehandelt.
Eines Morgens hatte Kate ihrem Großvater ein wenig dünnen Haferbrei zum Frühstück ins Schlafzimmer gebracht. Er bat sie, sich neben sein Bett zu setzen. Es gebe einige wichtige Dinge, die er mit ihr besprechen wolle. »Ich weiß, daß du eine Närrin bist«, begann er, »vor allem in geschäftlichen Dingen. Ja, in diesen Dingen bist du noch dümmer als die meisten Frauen.« Kate nahm diese Äußerung mit einem Lächeln hin. Sie wußte, daß ihr Großvater gar nicht so unrecht hatte. Dann fuhr er fort: »Ich will mal mit Gogram sprechen. Schreib ihm ein paar Zeilen, er möchte noch heute kommen.«
Gogram war ein Rechtsanwalt, der seine Praxis in Penrith ausübte. Man ließ ihn nur dann nach Vavasor Hall kommen, wenn etwas wirklich Dringendes vorlag ... und in letzter Zeit handelte es sich dann immer um irgendwelche Änderungen im Testament des Gutsherrn von Vavasor Hall. Kate schrieb an den Anwalt und schickte den Brief dann durch einen Knecht nach Penrith. Als sie ihren Auftrag erledigt hatte, kehrte sie in das Schlafzimmer ihres Großvaters zurück.
Kaum hatte sie sich neben seinem Bett niedergelassen, fragte sie der Squire: »Sag mal, Kate, was würdest du tun, wenn ich dir den ganzen Besitz hier hinterlasse?«
Sie war außerstande, auf diese Frage zu antworten. Sie stand auf und

streichelte die Hand ihres Großvaters, der sie mit wäßrigen Augen anstarrte, als wollte er ihre innersten Gedanken lesen.
Nach einer Weile sagte Kate: »Ich würde alles meinem Bruder geben.«
»Hol's der Teufel!« fluchte der alte Mann. »Ich wär' ja ein Narr, wenn ich dich zur Erbin einsetzte!« Er schwieg einen Augenblick. »Und ich wär' ein Narr, wenn ich alles Alice vermachte. Sie würde ihm auch all mein Hab und Gut ausliefern. Ich weiß einfach nicht, was ihr, du und Alice, an ihm findet. Hab's nie verstanden. Er ist ein Ausbund an Häßlichkeit. Diese grausige Narbe, die sein Gesicht verunstaltet! Hat er schon jemals was Gescheites in seinem Leben geleistet?« Dann bat er Kate um ein Medizinfläschchen, das auf dem Nachttisch stand. Sie reichte es ihm.
»Woher hat er das Geld genommen, um seine Wahl zu finanzieren?« fragte der Squire, nachdem er einen Teelöffel von der Medizin geschluckt hatte. »Wer wird schon so dumm sein, ihm auch nur den kleinsten Kredit zu gewähren?«
»Ich weiß nicht, wer ihm das Geld vorgeschossen hat«, sagte Kate, aber das war natürlich eine Lüge.
»Stammt das Geld von dir?«
»Nein, Großvater, er wollte nichts von mir nehmen.«
»Aber du hast ihm Geld angeboten?«
»Ja, das hab' ich.«
»Und er hat nichts davon genommen?«
»Keinen Pfennig.«
»Und wieso warst du bereit, ihm Geld zu leihen . . . nach allem, was ich dir über George gesagt habe?«
»Weil es mein eigenes Geld war«, sagte Kate. Diese Äußerung war erstaunlich mutig.
Der erwartete Gegenschlag des Squire blieb nicht aus: »Kate, du bist das dümmste Geschöpf, das ich kenne. Eines Tages wirst du selber wissen, wie dumm du bist. Jetzt laß mich ein wenig ruhen. Sag mir Bescheid, wenn Gogram kommt.«
Als der Anwalt erschien, verbrachte der alte Mr. Vavasor einige Zeit mit ihm. Er hatte Weisung gegeben, daß ihn niemand stören sollte.
Früh am nächsten Morgen schlich sich Kate ganz leise ins Schlafzimmer ihres Großvaters, um zu sehen, ob er schon wach sei. Er schien noch zu schlafen. So entfernte sie sich wieder leise, wie sie gekommen war.
Um die Mittagszeit wurde ihr ein Brief gebracht. Schon an der Handschrift auf dem Kuvert erkannte sie, daß er von Alice stammte. Es war ein langer Brief. Ehe sie mit dem Lesen begann, ging sie nochmals ins Schlafzimmer des Großvaters. Sie hörte ihn stöhnen. Sofort ließ Kate den Doktor rufen. Etwa ein oder zwei Stunden später traf er ein. Er blieb bis zum Abend.

Es war acht Uhr, als der alte Gutsherr starb.
Völlig erschöpft begab sich Kate kurz vor Mitternacht in ihr eigenes Zimmer. Auf dem Tisch lag noch der ungelesene Brief von Alice. Sie war zu erregt, um schlafen zu können. So begann sie mit der Lektüre, die auch nicht trostreich war, wie sie schon nach den ersten Sätzen feststellte. Je weiter sie las, desto mehr schämte sie sich. Mit allen Einzelheiten schilderte Alice die Szene, wie sich George bei seinem letzten Besuch in Queen Anne Street aufgeführt hatte. Sie berichtete genau von seinen lauten Flüchen und geflüsterten Drohungen, die noch schwerer erträglich waren als die Flüche. Sie schilderte, wie er Geld von ihr forderte, fast schon mit der Brutalität eines Erpressers. Sie sprach von dem Grauen, das sie empfand, als er seine Wange mit der zornglühenden Narbe an ihr Gesicht zu pressen versuchte . . .
Kate las den Brief, Satz um Satz, Anklage um Anklage. Sie las ihn in bebender Erregung. Auch nicht einen Augenblick kam es ihr in den Sinn, ihren Bruder zu verteidigen. Ja, sie verdammte ihn noch härter, als es Alice tat. Wie konnte ihr Bruder nur Geld von einer Frau verlangen, die er heiraten wollte! Das war nach Kates Begriffen die schwerste Sünde, die ein Mann begehen konnte – und ihr Bruder hatte sie begangen. Allem Anschein nach hatte Alice diese Sünde aller Sünden nicht so verdammenswert gefunden. Sie erwähnte nur, daß George ihr Geld für einen vernünftigen Zweck hatte haben wollen. Und auch jetzt, nachdem sich George ihr gegenüber so schamlos aufgeführt hatte, war Alice bereit, wie es in dem Brief hieß, die geforderte Summe an ihn auszahlen zu lassen. Nun, Alice konnte handeln, wie sie wollte, das war ihre Sache. Aber Kate war so empört über das Verhalten ihres Bruders, daß sie ihn zur Rechenschaft ziehen mußte, selbst jetzt, wenn er zur Beerdigung seines Großvaters nach Vavasor Hall kommen sollte.

Die Beisetzung des Gutsherrn erfolgte, wie es der Verstorbene gewünscht hatte, ohne jeden Prunk. George Vavasor war aus London gekommen. Während der Fahrt zum Trauergottesdienst sprach er kein Wort. Auch bei der Rückfahrt saß er stumm im Wagen. John Vavasor, der Sohn des Verstorbenen, stellte ein paar Fragen an den Hausarzt und auch an Mr. Gogram, den Anwalt und Notar, der aus Penrith gekommen war. Beide bestätigten übrigens, daß der Squire in den letzten Wochen vor seinem Hinscheiden sehr elend gewesen sei, daß er aber seine geistige Klarheit bis zum letzten Atemzug behalten habe.
Nach dem Gottesdienst begaben sich alle Leidtragenden in den großen Speisesaal von Vavasor Hall. Man trank ein Gläschen Sherry. Nur George ließ sich sein Glas mehrmals füllen.

»Wollen wir uns jetzt nach nebenan begeben?« fragte der Anwalt mit freundlichem Ton.
Die beiden Vavasors, John und George, gingen mit dem Anwalt in das sogenannte Herrenzimmer. Ehe er sich hinsetzte, zog Mr. Gogram ein Schriftstück aus seiner Tasche. John Vavasor blieb hinter einem der Stühle stehen, die man um einen runden Tisch gestellt hatte. Er stützte sich auf die Lehne und starrte zur Decke. George stand vor dem Kamin, die Hände in den Hosentaschen.
»Meine Herren, darf ich Sie bitten, sich hinzusetzen?« begann Mr. Gogram.
John Vavasor folgte dieser Aufforderung sofort.
»Ich stehe lieber«, sagte George.
Mr. Gogram entfaltete nun das vor ihm liegende Dokument, nachdem er vorher behutsam das Siegel gelöst hatte.
Ehe der Anwalt noch etwas sagen konnte, ergriff George das Wort. »Ich habe keine Ahnung, um was es sich bei diesem Schriftstück handelt. Ich meine, ich weiß nichts von seinem Inhalt. Aber ich möchte annehmen, daß diese Urkunde von meinem Großvater erst ein oder zwei Stunden vor seinem Ableben unterzeichnet wurde.«
»Am Tage vor seinem Tod, in den frühen Morgenstunden«, sagte der Anwalt.
»Also am Tag vorher. So genau kommt es auch nicht drauf an. Jedenfalls lag mein Großvater bereits im Sterben. Nach getätigter Unterschrift hat er sich nicht mehr von seinem Krankenbett erhoben.«
»Als er diese Urkunde unterzeichnete, befand sich Ihr verstorbener Großvater nicht im Bett, Mr. Vavasor«, sagte der Anwalt. »Ich erwähne das nur nebenbei. Der Umstand ist ohne jede juristische Bedeutung. Er hat an jenem Tag sein Schlafzimmer verlassen. Er hat sein Abendessen hier unten im Speisezimmer eingenommen. Mir ist es jedoch völlig unklar, warum Sie diese Dinge überhaupt erwähnen.«
»Wenn Sie mir zuhören, werden Sie es gleich verstehen. Ich möchte annehmen, daß es sich bei Ihrer Urkunde um das Testament meines Großvaters handelt. Ich bestreite die Gültigkeit dieser letztwilligen Verfügung. Ich behaupte, daß mein Großvater bei Abfassung und Unterzeichnung seines Testaments unzurechnungsfähig war. Einige Wochen vor seinem Tode war ich bei meinem Großvater. Es bestand damals auch nicht der geringste Zweifel für mich, daß er außerstande war, Rechtsgeschäfte irgendwelcher Art vorzunehmen.«
John Vavasor unterbrach seinen Neffen. »Ich glaube nicht, George, daß dies der richtige Zeitpunkt ist, um über diese Dinge zu reden.«
»Im Gegenteil! Es ist der richtigste Zeitpunkt, den man sich überhaupt

denken kann. Wie ich annehmen möchte, ist es Sinn und Zweck dieser Urkunde, mich in krimineller Weise um meine Erbschaft zu bringen ... Das heißt: wenn dieses Testament gültig wäre. Es ist aber ungültig. Ich erhebe daher schon jetzt Protest. Notfalls werde ich mir mein Recht auf dem Klageweg zu verschaffen wissen. Und nun können Sie von mir aus mit der Verlesung des Schriftstücks beginnen. Ich meine, Sie können beginnen, wenn Ihnen die Verlesung eines solchen Testaments Spaß macht.«

Mr. Gogram nahm keine Notiz von dieser höhnischen Bemerkung, die gegen ihn persönlich gerichtet war. »Ja, ich werde das Testament verlesen. Schon jetzt gebe ich hiermit die Erklärung ab: Diese letztwillige Verfügung ist so gültig, wie es eine von Menschenhand unterzeichnete Urkunde sein kann.«

»Und ich erkläre diese Urkunde für ungültig. In diesem Punkt gehen unsere Ansichten eben auseinander.«

Und nun wurde das Testament verlesen. Dabei kam es immer wieder zu Zwischenrufen, durch die George seinem Ärger Luft machen wollte. Wir können diese häufigen und sich stets wiederholenden Störungsversuche glatt übergehen. Es ist auch nicht nötig, daß wir uns ausführlich mit der Präambel des Testaments befassen, in der umständlich zum Ausdruck gebracht wurde, wie sehr dem Erblasser daran gelegen sei, daß Vavasor Hall und die dazu gehörigen Ländereien im Familienbesitz blieben und daß Vavasor Hall von einem Träger dieses Namens bewohnt werde. Der Erblasser erklärte dann, daß er sich aus diesem Grunde genötigt sehe, seinen Sohn, also seinen natürlichen Erben, zu übergehen, da dieser ohne männliche Nachkommen sei und da nach ewigen Naturgesetzen nicht mehr mit der Möglichkeit zu rechnen sei, daß dieser Sohn, John Vavasor, der überdies verwitwet sei, noch einen männlichen Nachkommen zeugen werde. Auf Grund dieser Erwägungen setze er daher den obgenannten John Vavasor, seinen Sohn, nur als Treuhänder und zugleich als Testamentsvollstrecker ein. Sollte hingegen sein Neffe George Vavasor heiraten und sollte aus dieser Ehe ein männlicher Sproß hervorgehen, so sollte dieser bei Erreichung seines fünfundzwanzigsten Lebensjahres die Erbschaft antreten. In der Zwischenzeit solle aber die Nutznießung des Nachlasses in voller Höhe seinem eigenen Sohn John Vavasor zufallen, mit der Auflage, seiner Enkeltochter Kate eine jährliche Rente in Höhe von 500 Pfund Sterling auszuzahlen. Für den Fall, daß George Vavasor keinen männlichen Nachkommen haben würde, sollte die Erbschaft an den ältesten Sohn von Kate oder an den Erstgeborenen einer anderen Enkeltochter gehen, der dann allerdings verpflichtet wäre, vor Antritt seines Erbes den Namen Vavasor anzunehmen. Alle persönliche Habe, so hieß es dann abschließend, sei für seinen Sohn John Vavasor bestimmt.

Und damit war die Verlesung beendet. »Es tut mir leid«, sagte der Anwalt, und wandte sich an John Vavasor: »Von dieser letzten Klausel im Testament werden Sie nicht viel haben. Der Gutshof ist schuldenfrei, doch möchte ich bezweifeln, daß der Squire bei seinem Ableben mehr als 50 Pfund Sterling auf der Bank hatte. Was sonst hier an beweglicher Habe vorhanden ist, dürfte nur von geringem Wert sein. Im Lauf der letzten zehn Jahre hat der Verstorbene alle Aufwendungen und Anschaffungen vermieden. Er hat jedoch alle Hypotheken bis auf den letzten Penny getilgt, die auf dem Grundstück lagen.«
»Es ist alles so, wie ich's erwartet habe«, sagte George, ohne auch nur den Versuch zu machen, seine Wut zu verbergen. Dann begann er zu grübeln. Vielleicht bestand doch noch eine Möglichkeit, den Nachlaß des Squire an sich zu bringen. Vielleicht konnten ihm Kate und Alice dabei behilflich sein. Aber er brauchte die sofortige Verfügungsgewalt über den Nachlaß. Nur so konnte er durch Aufnahme einer Hypothek sofort zu Geld kommen. Das aber war nach dem Wortlaut des Testaments unmöglich. Nicht einmal an Kates Rente von fünfhundert Pfund Sterling pro Jahr konnte er heran, weder sofort noch direkt, denn es war ja sein Onkel John, der laut Testament diese Rente an Kate auszuzahlen hatte. Und wie immer war ihm nur mit Bargeld gedient.
Mit einem lauten Knall schlug George Vavasor die Türe zu, als er das Herrenzimmer verließ.
Nachdem er sich von Mr. Gogram verabschiedet hatte, der nun nach Penrith zurückkehrte, überlegte sich John Vavasor, wer wohl die Aufgabe habe, Kate vom Inhalt des Testaments zu unterrichten. Und er hatte noch eine andere Sorge: Wie konnte er die Heimreise antreten, ohne sich vorher noch ausgiebig mit seinem Neffen zu zanken? Und noch etwas: Wie sollte er seine ersten Verpflichtungen als Testamentsvollstrecker durchführen? Normalerweise hätte er sich darüber keine Gedanken machen müssen. Nun bestand jedoch die Möglichkeit, ja die Gefahr, daß sich George als Herr des Hauses etablierte und zum Beispiel die Schlüssel von Vavasor Hall verlangte, die sich zur Zeit wohl in Kates Gewahrsam befanden. Was sollte er unter diesen Umständen tun? Natürlich konnte er nicht einfach davonlaufen und den nächsten Zug nach London nehmen, um dann wieder sein Leben im vertrauten Milieu zu genießen – in seinem Klub. Nun hatte ihn das Testament seines Vaters mit Pflichten überhäuft, die er nur zu gern abgeschüttelt hätte. Gewiß, später einmal würde er aufgrund dieser letztwilligen Verfügung höhere Einnahmen haben. Aber im Augenblick hatte ihm sein Papa eigentlich nur Arbeit gemacht – und gerade dieses Vermächtnis bedrückte ihn seelisch. Er blickte auf die Tannen und Fichten im Park von Vavasor Hall. Auch sie sahen recht trübselig aus und schüttelten

ihre Zweige melancholisch im Wind. Ach, dachte er sich, wenn ich doch nur meine Erbansprüche meistbietend verkaufen könnte. Als Draufgabe könnte der Käufer auch noch mein Amt als Testamentsvollstrecker bekommen.
Ehe er das Speisezimmer betrat, fragte er seine Schwester, die auch zum Begräbnis gekommen war, ob sie wohl wüßte, wo Kate sei. Die Schwester wußte es nicht genau. Sie hatte nur gesehen, wie Kate und George das Haus verlassen hatten.
Na ja, dachte sich John Vavasor, da bin ich wenigstens eine Sorge los. Er wird ihr alles erzählen, alles – auf seine Weise.
Und so geschah es auch. Bei ihrer Wanderung über das Moorland blieben George und Kate einen Augenblick stehen, ehe sie einen Graben überquerten. »Willst du denn überhaupt nicht wissen, was dir der alte Herr hinterlassen hat?« fragte George seine Schwester. »Aber vielleicht ist dir schon alles bekannt.«
»Ich habe keine Ahnung«, erwiderte Kate. »Sonst hätte ich doch mit dir darüber gesprochen. Ich glaube, George, du tust mir unrecht.«
George redete jetzt skeptisch wie die alten griechischen Philosophen, die er nie gelesen hatte. »Was ist Recht? Was ist Unrecht? Gibt es da überhaupt einen Unterschied? Kann man heutzutage noch irgendeinem Menschen trauen? Mein Großvater hat alles getan, um mich um meine Erbschaft zu bringen. Stell dir vor, er hat im Testament dich als Erbin eingesetzt.«
»Mich?«
»Ja, dich!«
»Er hat mir doch ausdrücklich gesagt, er würde es nicht tun.«
»Und ich sage dir nochmals: Er hat's getan.«
»Wenn das der Fall ist, George, werde ich genau das tun, was ich ihm gesagt habe. Er wollte wissen, was ich im Falle des Falles mit meiner Erbschaft anfangen würde, und ich erwiderte, ich würde dafür sorgen, daß der ganze Besitz an dich fällt. Und da hat er geflucht. Unter diesen Umständen, sagte er, würde ich das Gut nicht erhalten.«
»Das hast du aber schön dumm angestellt«, rief George. »Du bist schon eine Närrin! Warum hast du ihm das erzählt? Du mußtest doch wissen, daß ich dann nichts bekommen würde.«
»Er hat mich doch direkt gefragt, George.«
»Ach was! Und nun hast du mich ruiniert. Gerade du hättest mich retten können.«
»Aber wenn er mir das Gut hinterlassen hat, wie ich eben gehört habe, kann ich dich noch immer retten, nicht wahr? Ich will es dir doch nicht wegnehmen, George. Der Himmel ist mein Zeuge, daß ich hier in Vavasor Hall alles getan habe, um deine Interessen wahrzunehmen. Ich bin bereit,

alle Schriftstücke und Formulare zu unterzeichnen, damit der Gutsbesitz auf dich übergeht.«

»Nichts zu machen, mein Kind. Der alte Halunke war viel zu gerissen. Jetzt ist alles in den Händen von Onkel John. Dieser verdammte Hund kann über alles verfügen. Hol ihn der Teufel! Meinen Großvater hat er ja schon geholt.«

Sie waren jetzt etwa drei Meilen vom Gutshaus entfernt. Weit und breit war nicht einmal eine Hütte zu sehen. Noch nie hatte Kate das Gefühl der Einsamkeit, ja das Gefühl der Verlassenheit so drückend empfunden wie jetzt bei dieser Wanderung über das Moorgelände. Noch nie hatte sie sich vor ihrem Bruder gefürchtet. Nun aber sah sie ihn an – und hatte Angst.

»Kate«, sagte er und hielt sie fest, um sie am Weitergehen zu hindern. »Wir müssen diese Angelegenheit erledigen. Ein für allemal. Und hier auf der Stelle. Immer wieder hast du mir Versprechungen gemacht, Kate. Ich habe dir alles geglaubt. Jedes Wort habe ich dir abgenommen. Jetzt kannst du deine Glaubwürdigkeit beweisen, ganz einfach. Du brauchst nur die Wahrheit zu sagen. Und die Wahrheit ist: Der alte Mann war ein sabbernder Idiot, als er dieses Testament machte. Bist du bereit, diese Erklärung abzugeben? Nur so kann ich zu meinem Recht kommen. Überleg dir's! Denk genau über deine Antwort nach! Hölle und Teufel! Wenn du und deinesgleichen mir nicht zu meinem Recht verhelfen, werde ich mich rächen.« Er preßte ihre Schultern fest zusammen. Immer näher rückten seine Hände an ihren Hals.

»Laß mich los, George«, sagte Kate. »Nimm deine Hände weg! Ich lasse mich durch dieses Benehmen nicht einschüchtern.«

»Antworte!« schrie George. Er schüttelte sie und hielt einen Zipfel ihres Kleides in seiner geballten Faust.

»Oh, George! Ich hätte nie geglaubt, daß ich mich eines Tages meines Bruders schämen müßte!«

»Antworte!« brüllte er wieder und schüttelte sie noch heftiger als zuvor.

»Du weißt genau, George, daß ich nichts von alledem sagen werde, was du von mir hören willst. Bis zum letzten Atemhauch ist mein Großvater bei klarem Verstand gewesen. Er war kein sabbernder Idiot, wie du behauptet hast. Alles, was er in seinem Testament bestimmte, hat er sich gewiß schon früher vorgenommen. Das ist meine Ansicht, und daran wirst du auch nicht ein Jota ändern – selbst wenn du mich noch so schüttelst . . ., selbst wenn du mich prügeln solltest!«

Nach wie vor hielt er sie fest umklammert. Aber ganz allmählich lockerte er seinen Griff. Er ließ sie ausreden. Schließlich sagte er: »Aha, nun weiß ich, was du unter Anständigkeit verstehst. Der Gedanke an das viele Geld, das du nun erben wirst, ist dir zu Kopf gestiegen. Mir scheint, der verflixte

Onkel John und du – Ihr beide habt euch das alles im voraus ausgetüftelt, um mich um mein Geld zu bringen. Stimmt das?«
»Frag doch deinen Onkel! Aber das wirst du nicht tun. Da hast du Angst. Aber mit mir . . . mit deiner Schwester kannst du dir alles erlauben . . .« Sie brach in Tränen aus. Es waren nicht Tränen der Angst. Sie weinte vor Wut. Wie konnte er ihr nur so etwas vorwerfen!
»Du wirst es schon erleben, wie ich diesen Scheißkerl von Onkel fragen werde. Aber du, Kate, mit all deinen Versprechungen, mit all deinen schönen Worten, die wie Seifenblasen platzten, merk dir's, ich bin nicht der Mann, der sein Wort bricht. Ich habe gesagt, daß ich Vergeltung üben werde. Und ich werde es tun. Gib also die von mir gewünschte Erklärung ab, oder . . . du wirst es büßen . . . büßen mit deinem Leben!«
»Willst du mich ermorden?«
»Ja, das will ich. Und warum auch nicht? Du und Alice, Ihr habt mich betrogen!«
»Arme Alice!« rief Kate und sah ihm dabei fest ins Auge, als wollte sie ihm schon durch diesen Blick zeigen, wie gemein er gehandelt hatte.
»Arme Alice!« äffte George den Tonfall seiner Schwester nach. »Diese elende Heuchlerin! Ihr seid mir schon ein schönes Paar. Nichts weiter als Lügenmäuler! So . . ., nun scher dich nach Hause und erzähl deinem verfluchten Onkel, ich wollte dich abmurksen. Erzähl es auch dem Richter, wenn du mich durch deine eidliche Aussage um mein Erbteil bringen wirst. Elende Lügnerin . . ., das ist es, was du bist!« Er stieß sie mit so brutaler Gewalt von sich, daß sie auf den steinigen Boden fiel.
Er half ihr nicht beim Aufstehen. Ja, er sah sie noch nicht einmal an, als sie stöhnend am Boden lag. Er entfernte sich und bahnte sich einen Weg quer über Heide und Moor, jedoch ohne den Weg nach Haweswater einzuschlagen oder auf dem gleichen Pfad zurückzukehren, auf dem sie gekommen waren.
Kate wußte, daß sie sich beim Fall ihren Arm verletzt hatte, aber zuerst beachtete sie es nicht. Sie rührte sich nicht. So tat ihr gar nichts weh. Erst als sie sich erheben wollte, spürte sie einen starken Schmerz. Jetzt sah sie, was geschehen war. Ihr Oberarm hing schlaff herunter. Der Knochen war dicht unter der Achsel gebrochen.

»Es ist nicht weiter schlimm«, sagte der Arzt. »Nur eine einfache Fraktur. Ich werde übermorgen wiederkommen.«
»Ist es nicht etwas sonderbar, daß eine solche Verletzung nur durch einen Sturz beim Wandern verursacht sein soll?« fragte John Vavasor.
Der Doktor zuckte mit der Achsel. »Ich habe mich nur um den Bruch gekümmert, nicht um die näheren Umstände, wie es zu dieser Verletzung

gekommen ist. Ich würde ihr jetzt auch keine weiteren Fragen stellen. Was sie braucht, sind ein paar Stunden Schlaf.«
Dann verabschiedete sich der Arzt.
Nach dem Schlaf erzählte Kate ihrem Onkel, wie es wegen des Testaments zu einem Streit zwischen ihr und ihrem Bruder gekommen sei. Er habe sich dann plötzlich von ihr getrennt. Als sie dann allein nach Hause gehen wollte, sei sie hingefallen. Sie habe sofort gewußt, daß sie sich verletzt hatte, aber sie sei zu verärgert über ihren Bruder gewesen, um ihn gleich um Hilfe zu rufen. Im übrigen habe sie das Ausmaß ihrer Verletzung auch erst erkannt, als er bereits außer Sichtweite war.
Es sei hier nicht verschwiegen, daß Onkel John nicht so recht an diese Geschichte glaubte – und Kate wußte auch, daß er ihre Darstellung des Unfalls für mehr als unwahrscheinlich hielt. Sein Verdacht wurde dadurch verstärkt, daß sich George nicht blicken ließ. Auch die Art, wie der Arm gebrochen war, ließ eine Gewaltsamkeit vermuten, wie sie bei einem normalen Fall schwerlich vorliegen würde.
Onkel John grübelte noch über diese Geschichte nach, die für ihn doch viele ungeklärte Fragen enthielt, da kam ein Bote nach Vavasor Hall und überreichte einen Zettel, der an niemand Bestimmten adressiert war. Der Zettel enthielt nichts als ein paar hingekritzelte Worte: »Bitte, dem Überbringer dieses meine Kleider zu übergeben. Ich komme nicht nach Vavasor Hall zurück.«
Auch die Unterschrift fehlte. Aber auch so wußte John Vavasor sofort, wer der Schreiber dieser Zeilen war. Er kannte ihn – und er kannte ihn nur zu gut.

10 Mehr Rede als Strafe – Kinder oder keine Kinder – Ein Wahlkreis in Privatbesitz – Ehe mit einer Wetterfahne – Wenn Sie sich bewegen, drücke ich ab! – Ein Geheimpolizist in Zivil – Eilsendet ein Halbdutzend Gynäkologen! – In der Spielbank von Baden-Baden – Höchste Zeit für eine hohe Geburt – Zweimal Braut und einmal Ehe

Mr. Palliser saß am Frühstückstisch und las – oder sagen wir lieber, er tat so, als ob er in seine Lektüre vertieft sei. Er wollte auf diese etwas unübliche Art das Frühstück in die Länge ziehen und auf diese Weise sicher sein, daß sich seine Frau nicht vorzeitig entfernte. Von Zeit zu Zeit sprach er ein paar Worte, die mit seiner Lektüre zu tun hatten. Dabei sprach er in einer ganz bestimmten Stimmlage, die er sich eigens für diesen Zweck zurechtgelegt hatte, für häusliche Nachhilfestunden in Politik. Trotzdem klang seine

Stimme heute unsicher, als wollte er irgendeine wichtige Mitteilung verschieben und doch nicht verschieben. Glencora spürte das mit feinem Instinkt. Aber da sie keine Zeitung vor sich hatte, konnte sie nicht das gleiche Spiel spielen wie Plantagenet. So war sie die erste, die zu der unvermeidlich gewordenen Aussprache drängte.

»Plantagenet«, begann sie, »als wir gestern zu Bett gingen, sagtest du, wir müßten noch irgendwas im Zusammenhang mit der Party bei Lady Monk besprechen.«

Das klang etwas geschraubt, war aber wohl der richtige Ton für diese Stunde und unter diesen Umständen.

Langsam legte ihr Mann seine Zeitung aus der Hand. »Ja, meine Liebe«, sagte er, »nach dem, was vorgefallen ist, muß ich tatsächlich ein ernstes Gespräch mit dir führen.«

»Dann heraus mit der Sprache! Je eher wir diese Sache hinter uns haben, desto besser.«

Plantagenet war die ganze Angelegenheit inzwischen so unangenehm geworden, daß er kaum noch den Mund aufmachen konnte. Ehemänner täten gut daran, mit ihren Strafpredigten nicht zu lang zu warten. Eine wirklich gute Philippika muß improvisiert sein. Rasch ein Blitz, dann ein klein wenig Donner – und schließlich muß das häusliche Barometer wieder auf Schönwetter stehen. Strafreden mit langer Einleitung sind mehr Rede als Strafe.

Nach einer relativ sanften und recht undramatischen Ouvertüre ging endlich der Vorhang auf; mit Grabesstimme erklärte Mr. Palliser: »Von allen Seiten hatte man mich gewarnt. Man hatte mir gesagt, ich sollte dich in kein Haus gehen lassen, zu keiner Party, wo auch nur die entfernteste Möglichkeit bestände, daß du diesen Mann treffen könntest. Ich habe auf diese Warnungen nicht hören wollen. Ich erwiderte, du seist meine Frau, ich hätte unbeschränktes Vertrauen zu dir. Von mir aus würde ich es dir nie untersagen, irgendwohin zu gehen, wenn du Lust dazu hast. Wie gesagt, nichts läge mir ferner, als dich zu verdächtigen.«

Lady Glencora wußte, daß sie genau das getan hatte, wessen Plantagenet nach seinen Worten sie nie verdächtigt hätte: Sie hatte sich tatsächlich Liebeserklärungen von einem früheren Liebhaber angehört. Ja, sie hatte mit dem Gedanken gespielt – vielleicht war es sogar mehr als eine Spielerei –, mit diesem Mann zu flüchten. Wie man's auch ansah, sie war ihrem Gatten untreu gewesen. Er traute ihr; sie hatte sein Vertrauen getäuscht. Sie fühlte sich schuldig. Dieses Schuldgefühl verstärkte ihre Reizbarkeit.

»Plantagenet«, sagte sie, »ich weiß, daß ich dich niemals glücklich gemacht habe. Ich weiß, du wirst niemals glücklich sein, wenn wir weiter zusammenleben.«

Er sah sie überrascht an. Sie sprach jetzt in einem anderen Ton. Alles hatte sich völlig verändert: der Ausdruck ihres Gesichts, die Haltung, mit der sie ihm am Frühstückstisch gegenübersaß. »Ich habe mich ja nicht beschwert«, sagte er. »Du hast mich nicht unglücklich gemacht.« Und damit glaubte er, zu diesem Punkt alles gesagt zu haben, was man sagen konnte.

Aber nun öffnete sie ihre Schleusen. Anfangs sprach sie langsam. Dann strömten die Worte aus ihrem Herzen mit der ungestümen Gewalt aufgestauter Leidenschaft. »Nein, Plantagenet«, sagte sie, »ich werde dich niemals glücklich machen. Du hast mich nie geliebt. Und auch ich liebte dich nicht. Selbst flüchtige Augenblicke der Liebe gab es nicht zwischen uns. Ja, ich gebe es zu, ich hätte nie zur Party von Lady Monk gehen sollen. Alles, was ich tat, war falsch, alles. Aber nichts war falscher, als daß ich mich zur Heirat mit dir überreden ließ!«

»Glencora!«

»Laß mich ausreden, Plantagenet! Es ist besser, daß du alles erfährst. Ich will nichts verschweigen. Ich will dir alles sagen. Ja, ich liebe Burgo Fitzgerald. Ich liebe ihn! Wie könnte es auch anders sein? Hab' ich ihn nicht von allem Anfang an geliebt? Hast du nicht genau gewußt, daß ich ihn liebte? Ich liebe Burgo Fitzgerald. Als ich zu Lady Monks Party ging, war ich drauf und dran, ihm meine Liebe zu gestehen. Ich wollte ihm sagen, daß ich mit ihm davonlaufen könnte, ich weiß nicht wohin. Nur fort von allem. Als er dann zu mir kam und mit mir sprach . . .«

»Er hat dich also entführen wollen?« fragte Plantagenet, in dessen Brust nun das Gift zu wirken begann, das schon bei Othello so tragische Folgen gehabt hatte. Immerhin zeigte diese Reaktion, daß er nicht über alle menschlichen Gefühle erhaben war.

Als ihr Mann diese Frage stellte, wußte Glencora, daß sie natürlich ihre eigenen Geheimnisse preisgeben konnte, daß es jedoch ihren Ehrbegriffen widersprach, die Geheimnisse ihres Liebhabers auszuplaudern. Sie sagte also nur: »Was für einen Sinn hat es, diese Frage zu stellen, wenn sich zwei Menschen so liebten, wie wir es getan haben?«

»Du warst also bereit, ihm zu folgen?«

»Wäre das nicht für dich die beste Lösung gewesen? Plantagenet, ich liebe dich nicht. Ich liebe dich nicht, wie eine Frau ihren Mann liebt, wenn sie verliebt ist. Aber ich habe nur einen Wunsch: Ich möchte dich von dem Unglück befreien, das ich über dich gebracht habe.« Bei diesen Worten war sie aufgestanden. Sie ging ganz nahe an ihn heran und berührte sein Jacket. Er war völlig überrascht. Auch er hatte sich erhoben. Er machte einen Schritt rückwärts, doch sprach er kein Wort. Dann schaute er sie an. Seine Augen blickten noch immer bestürzt.

»Für mich gibt es nur eine Frage: Soll ich mich ertränken, oder soll ich mit einem Mann davonlaufen? Dann bist du frei. Dann kannst du wieder heiraten und ein Kind haben. Wenn ich dabei vor die Hunde gehe . . ., was spielt das schon für eine Rolle? Ach, ich wollte, ich könnte sterben! Plantagenet, ich würde mich umbringen, wenn ich den Mut dazu hätte.«

Er war großgewachsen. Sie war erheblich kleiner als er. Er stand nun über sie gebeugt. Als sie zu ihm aufschaute, sagte sie: »Ich würde mich umbringen . . . Ja, ich würde es tun . . . Das Leben hat keinen Sinn mehr für mich.«

Ganz sanft, ganz langsam, ganz allmählich, als habe er Angst vor dem, was er tat, legte er seinen Arm um ihre Hüfte. »In einem Punkt irrst du dich, Glencora«, sagte er, »ich liebe dich.«

Sie schüttelte den Kopf. Dabei berührte sie seine Brust mit ihrem Haar.

»Ich liebe dich«, sagte er nochmals. »Wenn du glaubst, daß ich meiner Liebe nicht den rechten Ausdruck geben kann, so stimmt das. Ich weiß es selbst. Aber ich habe an so viele andere Dinge zu denken.«

»Ja«, sagte sie, »du denkst immer an andere Dinge.«

»Aber ich liebe dich. Wenn du mich nicht lieben kannst, so ist das ein großes Unglück für uns beide. Aber auch das wäre kein Grund dafür, daß wir uns wie die Verrückten benehmen. Und die andere Sache, die du erwähntest . . . ich meine das Kind . . .« Ehe er weitersprach, umarmte er sie ein wenig fester, kaum fühlbar. Dann fuhr er fort: »Glencora, du machst dir viel zu viele Gedanken darüber, viel mehr als ich. Ich habe dir deswegen noch nie einen Vorwurf gemacht, nicht einmal in meinen tiefsten und geheimsten Gedanken.«

»Ich kenne deine Gedanken besser, als du sie kennst, Plantagenet.«

»Natürlich war ich in dieser Hinsicht besorgt, ich will es nicht leugnen. Vielleicht habe ich sogar meine Besorgnis zu deutlich gezeigt. Ich wollte nichts vor dir verbergen, Glencora.«

»Nein, du hast nichts verborgen!«

»Kinder oder keine Kinder . . . ich will, daß du meine Frau bist, meine Frau bleibst. Und wenn du mich wirklich liebst, so ist mir das lieber . . ., lieber als mit einer Frau zusammenzuleben, die mir einen Erben schenken würde. Willst du wenigstens versuchen, mich zu lieben, Glencora?«

Sie schwieg. Nach dem Bekenntnis, das sie eben abgelegt hatte, konnte sie nicht einmal sagen, daß sie es versuchen würde, ihn zu lieben.

»Ich glaube, mein Liebling«, sagte er, »es wäre wohl das beste, wenn wir England für einige Zeit verlassen. Ich werde die Politik aufgeben, wenigstens vorübergehend. Hast du Lust, den Sommer in der Schweiz zu verbringen? Oder möchtest du lieber, daß wir in einen der deutschen Kurorte fahren, nach Bad Ems oder Baden-Baden? Wir könnten von dort nach Italien weiterreisen, wenn es in der Schweiz oder in Deutschland zu kalt sein sollte.« Sie schwieg noch immer. »Vielleicht hätte deine Freundin, Miß Vavasor, Lust, mit uns zu kommen?« Er überwältigte sie mit seiner Güte. Es war ihr im Augenblick noch unmöglich, auch nur ein Wort hervorzubringen. Als er nun den Namen von Alice erwähnte, legte sie ihre Hand ganz sanft in seine Hand.

In diesem Augenblick klopfte es an der Tür. Es war ein heftiges Klopfen und wurde mehrfach wiederholt.

»Herein«, sagte Mr. Palliser. Er nahm seinen Arm von Glencoras Hüfte und stellte sich in Positur, ein paar Meter von ihr entfernt.

Es war der Butler, der geklopft hatte. »Verzeihung, Sir, wenn ich störe . . . der Herzog von St. Bungay . . .«

»Der Herzog von St. Bungay?« sagte Mr. Palliser, und dabei lief sein Gesicht rötlich an.

»Ja, Sir, der Herzog wartet in der Bibliothek. Er trug mir auf, Ihnen auszurichten, daß er Sie in einer dringenden Angelegenheit sprechen müsse. Ich sagte ihm, daß Sie gerade mit Ihrer Ladyschaft beim Frühstück seien.«

»Gut, gut. Richten Sie bitte dem Herzog aus, daß ich in zwei Minuten bei ihm sein werde.« Der Butler entfernte sich, und wieder war Mr. Palliser mit seiner Frau allein.

»Ich muß jetzt zum Herzog, mein Liebling«, sagte er. »Vielleicht werde ich dich erst abends wiedersehen.«

»Ich möchte dir in keiner Weise im Wege stehen«, sagte sie.

»Aber bitte . . ., davon kann doch nicht die Rede sein. Du wirst dich zum Dinner anziehen, auch wenn ich noch nicht da sein sollte . . .«

»Nein, so meinte ich es nicht«, sagte sie. »Du sollst nicht mehr an Italien denken. Sicher kam der Herzog, weil er dich im Kabinett haben will.«

Wieder liefen seine Wangen rot an. »Mag schon sein«, antwortete er, »aber auch wenn er mir einen Posten im Kabinett anbietet, werde ich ihn nicht annehmen. Doch ich kann den Herzog nicht warten lassen. Leb wohl!« Er verließ das Frühstückszimmer.

Sie folgte ihm und hielt ihn fest, so daß er noch einen Augenblick stehenbleiben mußte. Sie sah ihn an – ihre Augen waren voll Tränen. Er lächelte ihr freundlich zu und drückte ihre Hand zum Abschied, ohne ihr einen Kuß zu geben. Er hätte sie gern geküßt, wenn er gemeint hätte, daß diese besondere Gelegenheit einen besonderen Kuß wert war.

»Er sagt, daß er mich liebt«, dachte Lady Glencora. »Aber er weiß nicht, was Liebe ist.«

Tatsächlich war der Herzog von St. Bungay gekommen, um Palliser den Posten des Schatzkanzlers anzubieten, ein Amt, das er immer erstrebt hatte. Doch zur größten Überraschung des Herzogs lehnte Palliser das Angebot ab und begründete die Ablehnung damit, er habe seiner Frau versprochen, mit ihr ins Ausland zu reisen.

Nach einem Aufenthalt in Baden-Baden, nach Besichtigung des Rheinfalls bei Schaffhausen und nach einer kurzen Zwischenstation in Zürich reisten Mr. Palliser und Lady Glencora in Begleitung von Alice Vavasor nach Luzern. Unterwegs hielten sie sich auch eine Nacht in Basel auf. Sie waren im gleichen Hotel abgestiegen, das Alice schon von früher kannte. Sie saßen gemeinsam auf dem Balkon, der einen herrlichen Ausblick auf den Rhein gewährte. Da erschien ein Page mit einem Brief für Miß Vavasor. Es war ein Brief von ihrer Cousine Kate, der lauter abscheuliche Dinge über George Vavasor enthielt. Da Mr. Palliser mit ihr am gleichen Tisch auf dem Balkon saß, mußte sie den Brief wohl oder übel in seiner Gegenwart lesen. »George hat bei der Parlamentswahl seinen Sitz in Chelsea verloren«, begann der Brief. Einen Augenblick lang dachte Alice an ihr Geld, das sie für diesen Wahlkampf hergegeben und zweifellos verloren hatte. Aber das dachte sie nur. Laut sagte sie: »Immerhin war es der Mühe wert.« Dann las sie weiter. George hatte die Wahl verloren. Der Wahlkreis hatte fünf Kandidaten aufgestellt. Bei der Zählung der Stimmen lag George an letzter Stelle. Kate schrieb, sie sorge sich darum, was nun aus George werden solle: »Ich glaube, er hat sein Geschäft aufgegeben. Ich nehme an, daß er jetzt ohne jedes Einkommen ist. Nur zu gern würde ich alles mit ihm teilen, was ich besitze. Ja, ich würde noch mehr für ihn tun. Hätte ich genug Geld zurückbehalten, um allmählich die Schulden zu begleichen, die George bei dir gemacht hat, würde ich ihm gern meinen Anteil an der Erbschaft überlassen. Das kann ich aber nicht, da wir jetzt als Feinde gelten. Ich werde meinen Rechtsanwalt fragen, ob das Testament unseres Großvaters für ungültig erklärt werden kann. Bei der ersten Unterredung, die ich mit ihm hatte, sagte der Anwalt, das sei alles Unsinn, auch die Ausführungen von Georges Anwalt seien juristisch nicht hieb- und stichfest. Ich kann aber nichts unternehmen, ehe diese Angelegenheit geregelt ist. Liebste Alice, es tut mir natürlich leid, daß jetzt so viel von deinem Geld hin ist, aber irgendwie wirst du es schon zurückbekommen. Im übrigen kann ich dir nur gratulieren: Erst jetzt begreife ich, wie katastrophal eine Ehe mit George geworden wäre.«
Während Alice Kates Brief las, saß Mr. Palliser neben ihr und studierte die Zeitungen mit größter Gründlichkeit, in denen ausführlich über den Ausgang der Wahlen berichtet wurde. Im Augenblick hielt er gerade die Times ausgebreitet in der Hand; er war viel zu ungeduldig, die Zeitung schön ordentlich zu falten. So war er gleichsam durch eine Papierwand von

Alice getrennt. Neben ihm auf dem Tisch lagen noch einige andere Londoner Zeitungen. Bisher hatte er noch kein »unpolitisches« Wort gesprochen. Warum auch? Es gab nichts auf der Welt, was ihn eben in dieser Sekunde mehr interessierte als die neue Zusammensetzung des englischen Parlaments. Lady Glencora saß auf der anderen Seite des Tisches. Auch sie hatte einige Briefe bekommen. Schließlich unterbrach sie die Zeitungslektüre ihres Gatten. »Wie ich eben von deiner Cousine Iphy erfahre, bist du in Silverbridge wiedergewählt worden.«

»Wer wurde wiedergewählt? Ach so ... ja, ich hab' meinen Wahlkreis behalten«, sagte Mr. Palliser mit leichter Verachtung in seiner Stimme, als ob es völlig unmöglich sei, daß irgendein anderer Kandidat im Wahlkreis seiner Familie auch nur die geringste Chance gegen ihn haben könnte. Silverbridge war in der Tat ein Wahlkreis »im Privatbesitz«. Natürlich konnte hier jeder wählen, wie er wollte, was aber nicht ausschloß, daß jeder so wählte, wie es der Herzog von Omnium wollte. Die herzogliche Familie hatte über eine ganze Menge solcher rein privaten Wahlkreise verfügt. Aber es war eine Familie, die im Lager der Whigs stand, das heißt auf der Seite der Liberalen. Und die Liberalen standen in der vordersten Reihe im Kampf für die Reformgesetzgebung, die vor allem eine Reform der englischen Parlamentsverfassung bezweckte. Im Laufe der Zeit waren viele Wahlorte zu verfallenen Flecken herabgesunken. Aufblühende Welthandelsplätze wie zum Beispiel Leeds, Birmingham und Manchester waren dagegen ohne entsprechende parlamentarische Vertretung geblieben. Es gab die sogenannten *nomination boroughs.* Sie standen entweder unter dem Einfluß der Krone und der adligen Großgrundbesitzer, zu denen natürlich auch der erlauchte Herzog von Omnium gehörte. Wir wollen jedoch – der historischen Wahrheit zuliebe – nicht verschweigen, daß es in diesen *nomination boroughs* auch ein paar richtiggehende Wähler gab. Sie gingen aber nicht richtig zur Wahl. Sie verstanden sich auf das Wahlgeschäft, und so verkauften sie ihre Stimmen. Es hatte dann – und das lag schon ein paar Jahrzehnte zurück – eine erste Parlamentsreform gegeben. Dabei hatte man die 56 kleinsten Wahlkreise beseitigt. Aber es blieb immer noch genug für weitere Reformen übrig, vor allem wenn man liberal gesinnt war. So hatte der Herzog von Omnium auf alle ihm früher gehörenden großen und kleinen Wahlkreise, Wahlflecken und Wahlfleckchen verzichtet – mit einer Ausnahme: Das war der Wahlkreis Silverbridge, der jedem Kandidaten einen sicheren Weg ins Unterhaus über die silberne Brücke bot.

Am nächsten Tag fuhr unsere kleine Reisegesellschaft nach Luzern. Dort gab es zwar fünf Brücken, aber keine silberne. Eine der Brücken war sogar fast so alt wie das Parlament von Westminster.

Selbstverständlich stiegen die Pallisers und Alice im besten Hotel der Stadt ab. Sie belegten nahezu ein Dutzend Zimmer, die meisten davon mit Aussicht auf den See.
Lady Glencora und Alice beschlossen, eine Rundfahrt zu machen. Mr. Palliser war ihnen beim Einsteigen in den Wagen behilflich. Er fuhr nicht mit, weil er lieber ein wenig zu Fuß gehen wollte. Er stand noch vor dem Hotel, als ihn jemand auf englisch anredete. Der Fremde lüftete höflich seinen Zylinder und gab der Hoffnung Ausdruck, mit Mr. Palliser zu sprechen.
»Ja, ich bin Mr. Palliser.«
»Mein Name ist John Grey«, sagte der Fremde.
Natürlich hatte Palliser diesen Namen schon mehrfach im Zusammenhang mit Alice gehört.
»Ich wollte gerade einen kleinen Spaziergang machen«, sagte Palliser. »Meine Frau und Miß Vavasor werden gewiß noch einige Zeit für ihre Rundfahrt brauchen. Haben Sie Lust, inzwischen mit mir vorliebzunehmen?«
Gemeinsam gingen die beiden Engländer nun über den Schweizerhofquai, den man erst vor kurzem angelegt hatte. Interessiert sahen sie sich die alten Türme und die altertümlichen Ringmauern an. Sie besuchten die Barfüßerkirche und erfreuten sich am Anblick der schönen Bürgerhäuser aus dem 16. und 17. Jahrhundert.
Als Alice und Lady Glencora ins Hotel zurückkehrten, war Mr. Palliser allein. Man speiste gemeinsam. Bei Tisch wurde nicht viel geredet. Dann machten alle drei einen kleinen Abendspaziergang. Später saß man noch eine Weile im Salon und trank Tee. Auch jetzt wurde die unerwartete Begegnung mit Mr. Grey nicht erwähnt. Endlich ließen sich Alice und ihre Cousine von Mr. Palliser die Kerzen geben.
Als sie auf dem Flur waren, sagte Lady Glencora: »Ich habe es vor Ungeduld kaum noch aushalten können. Ich wollte dir etwas sagen und konnte es nicht. Hätte ich geredet, hätte ich irgend etwas falsch gemacht. Auch du hättest dich bestimmt nicht richtig benommen. Laß uns sofort auf dein Zimmer gehen. Wer, glaubst du, ist jetzt in Luzern? Wer wohnt im gleichen Hotel wie wir?«
Alice wußte sofort, um wen es sich handelte. Sie wußte, daß ihr Mr. Grey gefolgt war, obwohl er ihr nichts davon gesagt hatte.
Auch beim Frühstück am nächsten Morgen wurde der Hotelgast aus der heimatlichen Fremde zunächst nicht erwähnt. Endlich hielt Mr. Palliser den Zeitpunkt für gekommen, ein paar passende Worte zu sagen. Er wandte sich an Alice: »Wie ich annehmen möchte, hat Ihnen Glencora schon gesagt, daß Mr. Grey hier ist? Sie sind mit ihm befreundet, nicht wahr?«
Alice bewahrte Haltung, so gut sie konnte. Ja, sagte sie, Mr. Grey sei

tatsächlich ein sehr enger Freund von ihr gewesen. Er sei es auch heute noch. Da Mr. Palliser sowieso mit allem vertraut war, hatte es keinen Zweck, irgend etwas zu vertuschen. So sagte sie: »Wenn ich darf, würde ich ihn gern begrüßen.«

Palliser lächelte freundlich. »Glencora schlägt vor, daß wir ihn zum Abendessen einladen.« Und damit war dieses Thema erledigt.

Mr. Grey wartete jedoch nicht, bis es Zeit zum Abendessen war. Schon bald nach dem Frühstück ließ er sich durch einen Hotelpagen im Appartement der Pallisers anmelden. Kaum hatte der Page die Visitenkarte überreicht, verließ Glencora den Raum – übereifrig diskret, könnte man sagen. Ihr Mann war bereits auf seinem Morgenspaziergang.

Als John Grey das Zimmer betrat, fand er Alice *in splendid isolation* vor. Er eilte auf sie zu und drückte ihr herzlich die Hand. Sie wußte nicht, wie sie ihn begrüßen sollte. Sie wußte auch nicht, wie sie ihm ihre Hand wieder entziehen sollte.

»Ich bin so froh, dich wiederzusehen«, stammelte sie. »Als alten Freund. Ich hoffe jedoch . . .«

»Was hoffst du?«

»Daß du einen besseren Grund für deine Reise hattest als das Wiedersehen mit mir.«

»Nein, Liebste, das hatte ich nicht. Es gab keinen besseren und keinen anderen Grund. Hätte dich Mr. Palliser nach Asien oder Afrika ›verschleppt‹, hätte ich dir auch dorthin folgen müssen. Und weißt du warum?«

»Kaum«, stotterte Alice. Das bedeutete aber nicht, daß sie »kaum« noch was zu sagen hatte.

Für Mr. Grey gab es kein »Kaum«. »Ich bin hier, weil ich dich liebe. Da siehst du es wieder: Ich bin ein richtiger John Bull, der nicht um den Brei herumredet. Ich liebe dich und will dich heiraten. Es gibt einen alten Spruch: ›Anfangen ist leicht, Beharren ist Kunst‹. Vielleicht ist es die einzige Kunst, auf die ich mich verstehe.«

»Du solltest nicht so beharrlich sein«, sagte sie fast unhörbar, so als scheue sie sich, diese Worte laut und vernehmlich auszusprechen.

»Aber ich bin nun mal beharrlich. Du kannst es auch halsstarrig nennen. Warum sollte ich nicht mit dem Kopf durch die Wand wollen?«

»Ich bin nicht gut genug, um deine Frau zu sein.«

»Alice, das kann ich am besten beurteilen. Du mußt nur die Frage beantworten, ob ich gut genug bin, dein Mann zu sein.«

»Nach allem, was geschehen ist, nach allem, was ich dir angetan, würde ich dir nur Schande machen. Was werden andere Männer von dir denken, wenn sie die ganze Geschichte erfahren?«

»Andere Männer werden hoffentlich meine Beharrlichkeit zu schätzen wissen.«

»Nein, sie werden sagen, man hätte dir schon vor der Ehe Hörner aufgesetzt. Du hast die Hörner nicht sehen wollen und eine Wetterfahne geheiratet.«

»Ach, Alice, wenn du nur wüßtest, wie gleichgültig mir das Gerede der Leute ist.«

»Aber mir ist es nicht egal. Es ist nett, daß du mir verzeihst, aber ich kann mir nicht vergeben. Ja, von Anfang an hab' ich's gewußt, daß ich nicht gut genug bin, deine Frau zu sein. Ich habe mich so schändlich aufgeführt, daß ich überhaupt nicht das Recht habe, irgendwen zu heiraten.« Sie hatte diese Sätze mühsam und immer wieder stockend hervorgestoßen. Nun brach sie in Tränen aus. »Ich habe über alles nachgedacht. Nach allem, was geschehen ist, gibt es nur einen anständigen Weg für mich: Ich muß bleiben, wie ich bin – unverheiratet ...«

Einige Augenblicke später verließ sie ihn. Vorher hatte sie ihm noch gesagt, sie würde ihn beim Abendessen wieder treffen. Flehentlich hatte sie ihn darum gebeten, sie nur als Freundin zu betrachten. »Ich hoffe, wir werden immer Freunde bleiben, gute Freunde ...«

Die kleine Dinnerparty verlief angenehm. Man sprach über das Wetter – und nicht über die Liebe. Lady Glencora begann tüchtig zu »schmädere«, wie man in der Schweiz sagt. Sie stellte die tollsten Behauptungen auf, die dann von ihrem Gatten geduldig und nach bester politischer Tradition »dementiert« wurden. Aber all das geschah in fröhlicher, wenn auch nicht gerade ausgelassener Stimmung. Stillschweigend kam man überein, Mr. Grey als Freund und gleichsam »viertes Rad am Wagen« zu akzeptieren. Ja, in einem unbeobachteten Augenblick gelang es Lady Glencora sogar, ihm zuzuflüstern, daß er auf ihre herzlichste Unterstützung rechnen könne.

Und nun müssen wir in unserer Geschichte einige Seiten zurückblättern. Wir müssen erzählen, was sich in diesem Sommer in London abspielte. Nur so können wir verstehen, in welcher Lage sich John Grey befand, als er in Luzern ankam. Es hatte inzwischen einen neuen Streit zwischen ihm und George Vavasor gegeben – und davon müssen wir nun berichten.

Mr. Grey saß in seiner Londoner Wohnung in Suffolk Street beim Frühstück. Das Fenster war weit geöffnet. Er trug seinen Morgenrock und las die Zeitung. Der Frühstückstisch war gedeckt, doch war der Tee noch nicht eingeschenkt. Plötzlich ging die Tür auf. Mr. Vavasor stand vor ihm. Sofort erhob sich Mr. Grey. »Ich hätte nicht erwartet, daß Sie sich hier nochmals blicken lassen«, sagte er.

»Ja, das kann ich mir denken«, bemerkte Vavasor, um dann den Tatsachen entsprechend festzustellen: »Und doch bin ich hier.« Während er diese Worte sprach, hielt er in seiner rechten Hand in der Hosentasche eine Pistole schußbereit, während die Linke unter der Weste ruhte, ohne daß ihr im Augenblick eine besondere Rolle zugewiesen war.
»Darf ich Sie bitten, mich über den Grund Ihres Besuchs zu informieren!« forderte Mr. Grey ihn auf.
»Sie werden schon erfahren, warum ich hier bin, ob Sie mich danach fragen oder nicht. Da ich etwas sagen muß und es nicht hinter Ihrem geschätzten Rücken sagen möchte, bin ich hier, um Ihnen mitzuteilen, daß Sie ein Lump sind. Außerdem möchte ich Ihnen auch noch ins Gesicht spucken.« Eine spontane Reaktion blieb aus. So fuhr George Vavasor fort: »Ich bin hier, um mal zu sehen, ob Sie Manns genug sind, um sich gegen die Beleidigungen zu wehren, die ich Ihnen anzubieten habe. Aber, offen gesagt, ich halte Sie für eine Memme.«
»Ein Mann wie Sie, Mr. Vavasor, kann mich nicht beleidigen. Er kann mich höchstens belästigen.«
»Und das will ich auch. Ich will Sie belästigen, ehe ich auf andere Weise mit Ihnen abrechne. Sind Sie bereit, mir Satisfaktion zu geben?«
»Ich soll mich mit Ihnen duellieren? Sie wollen mich auf Pistolen fordern? Kommt überhaupt nicht in Frage!«
»Sie sind also eine Memme, wie ich annahm.«
»Ich wäre ein Narr, wenn ich mich von Ihnen herausfordern ließe.«
»Nun passen Sie mal schön auf, Mr. Grey. Durch alle möglichen Schliche ist es Ihnen gelungen, eine intime Beziehung zu meiner Cousine, Miß Vavasor, herzustellen. Am Ende hat's sogar eine Verlobung gegeben. Aber sobald die betreffende junge Dame dahinterkam, was für ein schuftiger und jämmerlicher Patron Sie sind, da hat sie Ihnen – hoppla! – den Laufpaß gegeben.«
»Sind Sie hier im Auftrag der betreffenden jungen Dame?«
»Ich bin hier als ihr Vertreter.«
»Wohl eher als Geschäftsführer ohne Auftrag, wie ich annehmen möchte.«
»Da sind Sie aber mächtig auf dem Holzweg. Ich bin der Verlobte dieser Dame. Ich bin der zukünftige Ehemann von Miß Alice Vavasor. Sie hat sich Ihnen gegenüber klar genug geäußert, einem halbwegs vernünftigen Menschen hätte das genügen müssen. Ihnen nicht! Sie haben nicht aufgehört, meiner Braut auch weiterhin nachzustellen. Ich stelle Ihnen jetzt zweierlei zur Wahl: Entweder geben Sie mir die schriftliche Zusage, sich nie mehr bei Miß Vavasor blicken zu lassen – oder Sie nehmen meine Herausforderung zum Zweikampf an.«

»Ich werde weder das eine noch das andere tun. Und das wissen Sie ganz genau.«
»Wenn Sie genug Mumm in den Knochen haben, bin ich jederzeit zum Duell bereit. Wo? Sie können sich das Land für unser Duell selber aussuchen. Von mir aus können wir uns in London treffen, meinetwegen auch in Frankreich oder Amerika, wenn Ihnen das besser paßt.«
»Mir paßt die ganze Sache nicht. Ich will nichts mit Ihnen zu tun haben.«
»Feigling!«
»Mag sein, daß ich es bin. Aber nicht, weil Sie es behaupten.«
»Sie sind ein Feigling! Ein Lügner! Ein Lump! Ich habe Ihnen die Möglichkeit gegeben, sich wie ein Gentleman zu benehmen. Sie haben es abgelehnt. Wie Sie jetzt sehen können, bin ich nicht unbewaffnet in Ihr Logis gekommen. Ich werde diesen Raum nur dann ohne Gebrauch von meiner Pistole zu machen verlassen, wenn Sie sich auf der Stelle entscheiden, welchen meiner beiden Vorschläge Sie annehmen.« Und bei diesem Stichwort holte er seine Waffe aus der Tasche.
»Soll das heißen, daß Sie mich jetzt ermorden wollen?« fragte Grey.
»Es soll heißen, daß Sie diesen Raum nicht lebend verlassen, ohne mir das verlangte Versprechen abzugeben, schriftlich natürlich, oder daß Sie meine Herausforderung zum Duell annehmen.« Bei dieser recht unerfreulichen Mitteilung machte Grey eine leichte Wendung, um die Glocke auf dem Frühstückstisch zu erreichen. »Stillgestanden!« kommandierte Vavasor. »Wenn Sie sich bewegen, drücke ich ab!«
»Und damit würden Sie zum Mörder werden, Mr. Vavasor«, sagte Grey mit ruhiger Stimme.
»Bilden Sie sich nur ja nicht ein, daß Sie mich mit einem so häßlichen Wort wie Mörder einschüchtern können. Über dieses Stadium bin ich längst hinaus.«
Einen Augenblick stand Grey unbeweglich da. Er schaute seinem Gegner starr ins Gesicht. Dann machte er einen Schritt und ging zum Tisch. Die Pistole war auf ihn gerichtet. Sollte er sich auf seinen Gegner stürzen? Vavasor konnte sein Ziel verfehlen, und dann kam seine Chance. Dann würde es ein leichtes sein, diesen Wahnsinnigen zu entwaffnen. Aber er wollte unbedingt jede persönliche Auseinandersetzung vermeiden. Er wollte sich mit Vavasor nicht – womöglich auf dem Fußboden – um den Besitz der Pistole balgen. Vor allem verspürte er keine Lust, auf dem nächsten Polizeirevier zu erscheinen, um sich zu rechtfertigen. Er ging also auf den Tisch mit der Glocke zu. Wahrscheinlich wird es Vavasor nicht zum Äußersten kommen lassen, dachte er. Er wird nicht wagen zu schießen. Aber möglich war ja alles. Bei einem Menschen dieser Art wußte man nie mit absoluter Sicherheit, was nun geschehen würde. Kaum hatte Grey den

ersten Schritt in Richtung auf den Tisch getan, da hörte er das Klicken des Schlagbolzens. Ein Lichtstrahl hatte seine Augen geblendet, aber er war sich nicht bewußt, eine Flamme gesehen zu haben. Die Luft war raucherfüllt. Nun wußte er, daß Vavasor tatsächlich die Pistole abgefeuert hatte. Aber er wußte nicht, ob ihn die Kugel getroffen hatte. Er streckte seine Hand aus und erreichte die Glocke. Er läutete mit aller Kraft.
»Zum Teufel!« schrie Vavasor. Aber er drückte nicht nochmals ab. Obwohl er in letzter Zeit viel mit der Waffe geübt hatte, um sich auf diesen großen Augenblick vorzubereiten, vergaß er, daß ein Fehlschuß noch nicht das Ende bedeutete und daß er immer noch die Möglichkeit hatte, abermals abzudrücken. Die Trommel enthielt noch fünf Patronen. Aber in seiner Aufregung hatte er vergessen, daß es ihm der Drehmechanismus seines Revolvers ermöglichte, mehrere Schüsse schnell hintereinander abzufeuern. Ehe er sich klarmachte, daß er sein Opfer noch immer in der Hand hatte, vernahm er den schrillen Klang der Glocke. Mit einem Fluch drehte er sich um, öffnete die Tür und rannte die Treppe hinunter. Und dann befand er sich auf der Straße – in Sicherheit.
Etwa um elf Uhr vormittags begab sich Grey nach Scotland Yard. Er wurde von einem höheren Polizeioffizier empfangen, dem er dann, allerdings vertraulich, alles Vorgefallene erzählte. Der Mann von Scotland Yard verwies ihn an einen Magistratsrichter, der nach englischem Strafprozeßrecht auch gewisse Funktionen eines Untersuchungsrichters ausübt. John Grey suchte also den örtlich zuständigen Magistratsrichter auf. Auch ihm erstattete er einen vertraulichen Bericht. Gegen Abend erschien ein ebenso »vertraulicher« Polizeibeamter in Zivil in Vavasors Wohnung in Cecil Street. Aber der Gentleman, der hier logiert hatte, war bereits »unbekannt verzogen«.
Vavasor selbst wußte natürlich, wo er sich befand. Als sich der »zivile Polizist« nach ihm erkundigte, stand er an der Reling eines amerikanischen Dampfers, der im Hafen von Liverpool lag und gerade die Anker lichten wollte. Erst am nächsten Morgen konnte die immer wachsame Kriminalpolizei den Kutscher ausfindig machen, der den »vertraulich« Gesuchten von Cecil Street zum Bahnhof Euston Square gebracht hatte, von wo die Züge nach Liverpool abgingen.
Der Dampfer glitt den Mersey entlang.
Die zuständigen Kreise überlegten sich, ob sie den Fall und damit einen gewissen George Vavasor weiter verfolgen sollten.
Man entschied sich dagegen. Und damit war die vertrauliche Akte »in Sachen George Vavasor« geschlossen.
John Grey ließ ein paar Tage verstreichen, ehe er seinem neuen Freund, Mr. Palliser, bei einem Spaziergang an der Luzerner Bucht des Vierwald-

stätter Sees genau erzählte, was sich in seinem Londoner Logis abgespielt hatte. »Was ich nicht verstehen kann«, meinte Palliser, »ist dies: Wieso konnte Miß Vavasor überhaupt eine Zuneigung zu diesem Burschen fassen?« Grey verteidigte Alice. Sie habe ihren Cousin schon von Kindheit an gekannt. Im übrigen habe dieser Mann auch früher einige sympathische Züge gehabt. Sein Unglück war, meinte Grey, daß er sich vergeblich bemüht habe, eine Rolle in der Politik zu spielen. Das Scheitern seiner Hoffnungen habe schließlich zu seinem moralischen Zusammenbruch geführt. Das war eine Bemerkung, zu der sich Mr. Palliser natürlich äußern mußte. Man kam auf die Politik im allgemeinen zu sprechen. Grey vertrat die Ansicht: »Wer sich in England mit öffentlichen Angelegenheiten abgeben will, muß von Haus aus über die entsprechenden Mittel verfügen. Er muß reich sein wie Sie. Politik ist kein Betätigungsfeld für arme Schlucker, die durch eigene Schuld nichts weiter besitzen als ihre Schulden.«

Die Pallisers, Alice und Mr. Grey blieben noch zwei Wochen in Luzern. Obwohl es sich so ergab, daß Alice und John recht häufig allein waren, blieb ihre Beziehung immer im Rahmen einer Gott und den Menschen wohlgefälligen Freundschaft. Er teilte ihr mit, daß George über seine Wahlniederlage so enttäuscht gewesen sei, daß er den Beschluß gefaßt habe, nach Amerika auszuwandern. Wahrscheinlich werde er niemals wieder in die Alte Welt zurückkehren. Da war Alice in den Klageruf ausgebrochen: »Armer George!«, wobei es nicht klar war, ob sie damit nur seine finanzielle Misere, sein Schicksal oder gar den permanenten Aufenthalt in Amerika meinte. Und damit war das Thema George erledigt, wenigstens was Mr. John Grey und Miß Vavasor betraf. Nur Lady Glencora kam noch einmal auf George zu sprechen. Sie hatte von Dritten von dieser Geschichte gehört, aber nur recht vage und ungenau. »Er scheint sich ja recht übel aufgeführt zu haben«, sagte sie zu Alice. »Aber du weißt ja, das ist nun mal seine Art. Er traf Mr. Grey – und hat ihn dann beleidigt. Wenn ich du wäre, würde ich jetzt keine weiteren Fragen stellen. Mit der Zeit wirst du schon alles erfahren. Mr. Grey ist nicht der Typ, der dir lange Zeit etwas verschweigen kann. Dazu liebt er dich viel zu sehr.« Alice protestierte. »Du bist eine unverbesserliche Närrin«, meinte Glencora, worauf Alice mit einem leichten Seufzer reagierte, den man auf mannigfache Art deuten konnte.

Auch Mr. Palliser seufzte, allerdings unauffälliger als Alice. Er entwarf neue Reisepläne und erfreute sich auch weiterhin an seinen Spaziergängen am See. Aber insgeheim sehnte er sich nach Westminster, nach den Debatten im Parlament, nach den Blaubüchern, die sich gewiß in seinem Landhaus inzwischen zu kleinen Bergen auftürmten, die es vielleicht schon mit ihren Schweizer Rivalen aufnehmen konnten. Und doch war er fest entschlossen, seine *Grand Tour* mit Glencora fortzusetzen. Aber plötzlich wurden alle Reisepläne über den Haufen geworfen. Glencora flüsterte ihm ein Geheimnis ins Ohr. Es sei wahrscheinlich, nein, genau wüßte sie es nicht. Und dann brach sie in Tränen aus, während er im Innersten seines Herzens von einem Gefühl der Freude ergriffen wurde, wie er es schon seit einer Ewigkeit nicht mehr verspürt hatte.

Zuerst wollte er gleich ein Telegramm nach London schicken, um ein Halbdutzend der berühmtesten englischen Gynäkologen nach Luzern kommen zu lassen. Er mußte mit sich allein sein. So ging er an den See, ohne vor lauter Glückseligkeit genau zu wissen, wo er sich eigentlich befand. Zur Vollkommenheit seines Glücks hatte bisher nur eine Kleinigkeit gefehlt, ein kleiner Palliser – oder noch lieber: gleich zwei Söhne, von denen einer, der ältere natürlich, als Herzog von Omnium in Gatherum Castle residieren würde, während sein zweiter Sohn durch Beredsamkeit und staatsmännisches Geschick Ansehen und Ruhm im englischen Parlament erlangen würde.

Am Nachmittag unternahm Palliser einen weiteren Spaziergang, diesmal mit John Grey. An sich sprach er nur selten über private Dinge, doch diesmal vertraute er seinem neuen Freund das große Ereignis an. »Für mich ist das eine Angelegenheit von ungeheurer Bedeutung.«

»Ja«, erwiderte Grey, »ich kann mir den Stolz vorstellen, den jeder Vater bei der Geburt eines Kindes empfinden muß.«

Was hatte Grey gesagt? »Jeder Vater bei der Geburt«? Ein kleiner Palliser war mehr als »jedes Kind«. Ein kleiner Palliser war dazu ausersehen, eines Tages Herzog zu werden – Herzog von Omnium.

Selbstverständlich wurde der Onkel sofort informiert. Seine Antwort war kurz, aber herzlich:

Mein lieber Plantagenet! Alles Liebe und Gute für Glencora. Wenn's ein Junge wird, bin ich natürlich bereit, einer der Paten zu sein. Der Prinzgemahl, der sehr gütig ist, wird mir vielleicht den Gefallen erweisen, als zweiter Taufzeuge zu fungieren. Gute Heimreise.
In alter Herzlichkeit

Dein Onkel Omnium

Wer Luzern kennt, weiß, daß man diese Sommerfrische der großen Welt von Europa auch als »schweizerisches Nizza« bezeichnet. Jeder Reisende wird sich an den Hotelpalast erinnern, den man ganz nah an der Anlegestelle für die Schiffe errichtet hat, die auf dem See verkehren. Über dem See steht ein Kirchlein, von dem aus man einen herrlichen Blick auf den

legendenreichen, trutzigen Pilatus hat. Alice und John Grey weilten hier mit Vorliebe viele Stunden. »Ach, wenn man doch immer in einem so schönen Lande leben könnte!« sagte Alice.
»Ich kann nur hoffen«, meinte John – es sollte scherzhaft klingen und tat es nicht – »ich kann nur hoffen, daß dich die Schönheit dieser Landschaft nicht davon abhalten wird, zu mir nach Nethercoats zu kommen ... Ich weiß, in Nethercoats haben wir keine gedeckte Holzbrücke, nicht einmal einen See, in dem sich abends hohe schwarze Pappeln spiegeln. Nethercoats ist eben nicht so schön wie Luzern ...«
»Und was macht das schon?« fragte Alice.
»Nichts!« sagte John Grey.
»Nichts!« wiederholte Alice.
»Willst du also zu mir kommen? Zu mir nach Nethercoats als meine Frau? Ich wäre der glücklichste Mensch der Welt. Wie du weißt, Alice, liegt ein furchtbares Jahr hinter mir. Und dein Jahr ist noch schlimmer gewesen.«
Alice nickte.
»So laß uns alles vergessen ... oder wenigstens so handeln, als wären all diese Dinge nie geschehen. Vor zwölf Monaten gehörten wir einander. Nur ein paar meiner engsten Freunde wußten Bescheid. Jeder gratulierte mir. Ich hielt mich für den glücklichsten Menschen auf der Welt. Laß uns nun diese zwölf unglückseligen Monate auslöschen ...«
»Es geht nicht ...«
»Und warum nicht?«
»Weil ich mir nicht verzeihen kann, was ich getan habe ... Und du, John, du kannst und darfst mir nicht verzeihen!«
»Ich soll also dafür bestraft werden, daß du etwas begangen hast. Wo bleibt da dein Gerechtigkeitssinn? Alice, wenn du mir sagst, daß du mich nicht liebst, dann will ich es dir glauben. Ich werde dich dann nie wieder belästigen. Wenn du mich aber liebst, dann habe ich einen Anspruch auf deine Hand. Mein Glück hängt davon ab ...«
Und dann hielt er inne und wartete auf eine Antwort. Sie saßen beide auf einer Rasenbank. Alice wagte es nicht, ihn anzuschauen, sie blickte auf den See, auf den fernen Pilatus.
Sie spürte, daß sie nicht die Kraft hatte, sich noch länger zu sträuben. Und doch war sie von einem perversen Starrsinn beherrscht, wie ich es nennen möchte, jedenfalls von der irrsinnigen Vorstellung, sie müsse die verdiente Strafe auch erdulden. Sie kam sich wie eine Gefangene vor, der man die Freiheit schenken wollte und die sich mit aller Kraft an die Gitterstäbe klammerte, weil sie die Begnadigung nicht verdient hatte nach ihrem eigenen Urteil, für das es weder eine Berufung gab noch eine Revision. Aber es kann auch sein, daß sie noch immer nicht den Geist der Rebellion

gebändigt hatte, der schon seit eh und je ein sehr wesentlicher Bestandteil ihres Charakters war.
Nun stand ihr rebellisches Wesen gegen Johns unerschütterliche Ruhe. Er war vielleicht kein Pilatus, kein Rigi – und doch ein mächtiger Felsblock, ein Felsen aus Fleisch und Blut, mit ruhigen liebevollen Augen. Sie spürte, daß sie ihm nachgeben mußte. Sie hatte keine andere Wahl. Und doch blieb das Wort ungesprochen, das sie jetzt hätte sagen müssen, das Wort, das sie sagen wollte. Er hatte sich von der Rasenbank erhoben, stand jetzt über ihr und schlang seinen Arm behutsam um ihre Hüfte. Sie hob ihre Hand, um seine Umarmung zu lösen, doch seine Hand war stark. Sie konnte sich nicht aus seinem Griff befreien. »Alice«, sagte er, »die Schlacht ist vorbei. Und ich habe sie gewonnen.«
»Du gewinnst immer . . ., immer und alles«, hauchte sie, als sie zum Schein versuchte, sich aus seiner Umarmung zu befreien.
»Ich habe dich gewonnen«, sagte er. »Du hast recht, ich habe alles gewonnen.« Dann preßte er seine Lippen auf ihren Mund.
Aus der Ferne schaute der Pilatus zu – und da er vielleicht etwas prüde war, wusch er seine Hände in Unschuld.
Am folgenden Morgen begann die Heimreise nach England. Für die Palliser-Familie, einschließlich Alice und John Grey, war ein Abteil erster Klasse reserviert. Das Personal war in der zweiten Klasse untergebracht. Als Plantagenet seiner Frau mit äußerster Vorsicht beim Einsteigen half, sah es fast so aus, als bestiege er nicht einen gewöhnlichen Eisenbahnzug, sondern einen Triumphzug. Auch John Grey strahlte vor Glück. Es ist gewiß keine Übertreibung, wenn man der Meinung ist, daß sich die Reise nach Luzern für beide Männer gelohnt hatte – für den künftigen Vater und für den künftigen Ehemann.
Wieder wurde die Fahrt in Basel unterbrochen. Man stieg im gleichen Hotel ab wie bei der Hinreise. Alice stand mit John Grey auf dem Balkon und blickte auf den Rhein. Sie ließ es zu, daß John ihre Hand ergriff.
»Hier war es, auf diesem Balkon in Basel, daß ich zuerst gegen dich rebellierte – und nun erkläre ich auf dem gleichen Balkon meine völlige Unterwerfung. Wie kann ich dir dafür danken, daß du mir verziehen hast?«
Die nächste Unterbrechung der Reise erfolgte in Baden-Baden. Dort blieben sie einige Tage. Sie sahen sich alles an, was dieser berühmte Kurort an Sehenswürdigkeiten zu bieten hatte, das Konversationshaus und die Trinkhalle. Es war nicht weiter verwunderlich, daß Lady Glencora den Wunsch äußerte, auch die berühmt-berüchtigte Spielbank zu besuchen. Mr. Palliser war über diesen Vorschlag entsetzt. Aber er war kein Mucker oder, wie man in diesem Fall wohl sagen müßte, er war kein Spielverderber.

So willigte er schließlich ein, gemeinsam mit Glencora und Alice die Spielbank zu besuchen. Alle Tische waren besetzt. Sie sahen, wie die Croupiers die Roulette-Scheiben in Bewegung setzten. Sie sahen die ausrollenden Kugeln, die über Gewinn oder Verlust entschieden, oft auch über das Schicksal des Spielers. Da war vor allem ein Spieler, der aus unerklärlichen Gründen Alices Aufmerksamkeit an sich zog, obwohl sie zunächst sein Gesicht nicht sehen konnte, weil es durch einen Hut verdeckt war. Aber kaum hatte Alice mit ihrer »Umschau« begonnen, warf der von ihr aufs Korn genommene Spieler seinen Hut beiseite. Mit seiner linken Hand, die unter dem Tisch lag, zauberte er ein paar Goldstücke hervor, die er mit größter Ruhe auf eines der Felder setzte. Nun sah Alice auch sein Gesicht. Während sie eben noch die Gelassenheit bewundert hatte, mit der dieser Spieler sein Gold riskierte, ohne sich um die Bezeichnungen zu kümmern, die nach Farben und Ziffern zu beiden Seiten des Roulettes auf einer grünen Tafel aufgemalt waren, sah sie jetzt seine unruhig flackernden Augen – und sie sah ein Gesicht, das sie unwillkürlich fesselte. Die Scheibe drehte sich. Die Kugel rollte. Alice sah, wie »ihr« Spieler, technisch wohl *Pointeur* genannt, mit lässiger Hand seinen Gewinn einheimste. Als der Croupier zum nächsten Spiel aufforderte, schob er seinen ganzen Gewinn, einen kleinen Haufen von Goldstücken, auf eines der Felder. Dabei geriet eine der Münzen zufällig auf eines der daneben liegenden Felder. Auf die Frage des Croupiers, ob dieser gesonderte Einsatz beabsichtigt sei, hörte Alice die Stimme des Spielers. *»All right«*, sagte er. In diesem Augenblick ergriff Lady Glencora den Arm ihrer Cousine. Hinter den beiden Damen stand Mr. Palliser, der gerade Mr. Grey einen Vortrag darüber hielt, wie sich die Erträgnisse der Spielbank auf die Finanzen des Großherzogtums Baden auswirkten. Er war so vertieft in diesen finanztechnischen Exkurs, daß er weder das *»All right«* des Spielers gehört noch Glencoras plötzliche Erregung bemerkt hatte.

Gewiß hat es der Leser schon erraten: Der Spieler war Burgo Fitzgerald.

Lady Glencora stand nun neben Alice – und sprach kein Wort. Sie sah, wie der Croupier mit seiner Geldharke, die man hier als *Rateau* bezeichnete, Burgo eine in Papier eingewickelte Rolle von Goldmünzen zuschob samt einigen losen Napoleondors.

»Warum nimmt er das Geld nicht?« sagte Glencora.

»Oh, er wird's schon nehmen«, meinte Alice, die keine Ahnung hatte, warum ihre Cousine so erregt war.

Burgo hatte einen Augenblick gezögert. Er war im Begriff, das ihm zugeschobene Gold an sich zu nehmen. Plötzlich änderte er seinen Vorsatz. Er schob das Gold zurück. Diesmal war er vorsichtig. Er wählte das gleiche Feld, das ihm bisher Glück gebracht hatte. Zwei Minuten später hatte

Burgo alles verloren. Er warf einen lächelnden Blick auf den Spieltisch. Dann schaute er sich um. Inzwischen waren alle Augen im Spielsaal auf ihn gerichtet. Burgo war einer von jenen Menschen, die überall auffielen, auffallen mußten. Er wußte, daß er in diesem für ihn so unglücklichen Augenblick im Mittelpunkt des Interesses stand. Er erhob sich, zeigte das sieghafte Lächeln eines guten Verlierers und verließ langsamen Schrittes den Spielsaal.

»Alice, Alice«, sagte Lady Glencora, »hast du Burgo gesehen?« Mr. Palliser war noch immer so in seinen Exkurs über die deutschen Finanzen unter besonderer Berücksichtigung der Spielbank in Baden-Baden vertieft, daß er den vom Roulette geschlagenen Spieler nicht bemerkt hatte. Er hörte auch nicht, wie Glencora ihrer Cousine zuflüsterte: »Alice, was können wir nur für ihn tun? Es ist doch Burgo ...«

»Sprich mit deinem Mann«, flüsterte Alice zurück.

Glencora befolgte diesen Rat. Sie nahm Plantagenet beiseite und erzählte ihm die ganze Geschichte in solcher Hast, daß der Ärmste keine Gelegenheit hatte, selbst ein Wort zu sagen. »Du mußt etwas für ihn tun«, flehte sie. »Es muß etwas geschehen. Ich sterbe sonst. Du brauchst keine Angst zu haben, daß ...«

»Ich habe keine Angst«, sagte Palliser.

Glencora drückte zärtlich die Hand ihres Gatten. »Du bist so gut. Bitte verlier ihn nicht aus den Augen! Bitte folge ihm! Mr. Grey wird Alice und mich zurückbringen. Du weißt, was er braucht. Bitte, gib es ihm! Aber laß ihn nicht spielen. Wenn du ihn nur nach England zurückbringen könntest! Bitte, Plantagenet, tu für ihn, was du kannst!«

»Was sich mit Geld erreichen läßt, wird geschehen.«

Überschwenglich dankte Glencora ihrem Mann. »Ich werde ihn nie wiedersehen. Aber wenn du etwas zu seiner Rettung tun kannst ...«

Palliser verließ den Spielsaal. Er folgte Burgo, aber er sprach ihn nicht an, um kein Aufsehen zu erregen. Er näherte sich ihm erst dann, als sich Burgo außerhalb des Kasinos ins Gras warf. Es war ein dunkler Abend, und die Stelle, wo Burgo lag, wurde nicht mehr von den Gaslampen des Kasinos erhellt.

»Kann ich Ihnen in irgendeiner Weise behilflich sein, Mr. Fitzgerald?« fragte Palliser und beugte sich über Burgo, der auf dem Rücken im Grase lag.

»Wer spricht da?« fragte Burgo und drehte sich um. Auch jetzt konnte er Palliser nicht erkennen.

»Vielleicht hätte ich Ihnen nicht folgen sollen. Aber ich hatte das Gefühl, daß Sie Hilfe brauchen. Ich heiße Palliser.«

»Doch nicht etwa Plantagenet Palliser?« rief Burgo. Er sprang auf und

schaute dem Mann, der ihn so unvermittelt angeredet hatte, fest ins Gesicht. »Ja, tatsächlich, Sie sind es, großer Gott! Herr, was wollen Sie denn von mir?«
»Ich möchte Ihnen helfen, wenn ich kann. Meine Frau und ich haben Sie eben am Spieltisch gesehen.«
»Ihre Frau ist auch hier?«
»Ja . . . Wir sind gerade auf der Heimfahrt. Der Zufall brachte uns in den Spielsalon. Meine Frau hatte den Eindruck, daß Sie in Schwierigkeiten seien und daß ich Ihnen vielleicht helfen könnte. Ich bin gern dazu bereit, falls . . . falls Sie bereit sind, diese Hilfe anzunehmen . . .«
Bei dem kurzen Gespräch, das sie bisher geführt hatten, wußte Palliser, daß er es sich leisten konnte, großzügig zu sein. Burgo war kein Rivale mehr, obwohl erst knapp vier Monate seit der Party bei Lady Monk vergangen waren.
»Hat Ihre Frau mich gesehen, als ich meine letzte Chance verspielte? Mit etwas mehr Glück hätte ich jetzt über zwanzigtausend Mark.«
»Kein Spieler hat Glück, jedenfalls nicht auf die Dauer, ist meine Meinung«, bemerkte Palliser. Sein ganzes Leben und seine ganze Karriere waren auf dieser soliden und haltbaren Weltanschauung aufgebaut.
»Nein, kein Spieler hat Glück – oder jedenfalls ich habe es nicht. Was ich auch anpacke . . ., bei mir geht alles daneben.«
»Ich könnte Ihnen mit zwanzigtausend Mark aushelfen. Das sind . . . ja, das sind etwa 800 Pfund Sterling. Ich könnte Ihnen diesen Betrag ohne weiteres überlassen.«
»Ja, ich weiß. Zum Teufel auch, Sie können mir all dies Geld überlassen!«
»Ja, Mr. Fitzgerald«, sagte Palliser, ohne auch die leiseste Notiz vom gereizten Ton seines alten Rivalen zu nehmen. »Ich habe normalerweise auch nicht viel Bargeld bei mir. Aber ich bin ja mit meiner Familie auf Reisen. Nur deswegen trage ich jetzt einige größere Banknoten mit mir herum. Wie gesagt, ich könnte Ihnen leicht aus Ihrer Verlegenheit helfen . . .«
Irgendwie fand Burgo die Szene komisch. Da stand Mr. Palliser vor ihm, der Mann, der Lady Glencora M'Cluskie geheiratet hatte. Mr. Palliser, der Mann, der später einmal den Herzog von Omnium beerben würde. Und dieser Mr. Palliser hatte Geld bei sich, rein zufällig, nur weil er mit seiner lieben Familie reiste, stand ihm dieser reiche Mann nicht mit leeren Taschen gegenüber! Komisch! Und jetzt brauchte er doch nur die Hand auszustrecken – die offene Hand, versteht sich –, um den extra für ihn arrangierten Goldregen aufzufangen.
»Ich habe nie bezweifelt«, sagte Burgo, nachdem praktische Erwägungen

seinen nicht so praktischen Sinn für das Komische verdrängt hatten, »daß Sie mühelos jeden Geldbetrag zur Verfügung haben. Aber wie soll ich diesen Betrag zurückerstatten? Wie stellen Sie sich die Tilgung meiner Schuld vor?«

»Nun, das ließe sich so einrichten, wie es für Sie am leichtesten ist . . .«

»Sie irren«, sagte Burgo und sprach damit ein großes Wort gelassen aus, »es fällt mir niemals leicht, Geld zurückzuzahlen.«

Die beiden Männer gingen schweigend ein paar Schritte nebeneinander her. Beide waren verlegen. Keiner konnte das rechte Wort finden.

Schließlich sagte Burgo: »Seltsam, daß ausgerechnet wir beide uns hier in Baden-Baden treffen . . . Dabei ist es noch nicht mal so verflixt komisch, daß Sie der reichste Mann in London sind und ich der ärmste . . . Aber es gibt da ja auch noch andere ›Beziehungen‹, wie ich es nennen möchte, andere ›Beziehungen‹, die . . . die es unmöglich machen, daß ich Hilfe von Ihnen annehmen kann.«

»Ja, ich weiß, Mr. Fitzgerald«, sagte Palliser, »daß Sie durch mich eine große Enttäuschung erlebt haben . . .«

»Enttäuschung? Ja, man kann es vielleicht auch ›Enttäuschung‹ nennen. Ist Ihnen jemals ein Mensch begegnet, Mr. Palliser, der so viel Grund hatte, ›enttäuscht‹ zu sein wie ich? Heiliger Sankt Georg! Haben Sie auch nur einen Schimmer, wie ich Ihre Frau geliebt habe? Noch immer liebe? Aber ich will Ihnen hier etwas sagen. Von Gentleman zu Gentleman. Ich werde alles tun, um Ihrer Frau nie wieder zu begegnen. Die Vergangenheit ist tot, mausetot. Ich habe mich auch in dieser Sache wie ein Narr benommen. Aber Sie müssen es verstehen, Mr. Palliser. Ich habe Glencora geliebt!«

»Ich weiß es, Mr. Fitzgerald. Aber ich möchte Ihnen gern helfen. Ich meine, daß ich vielleicht mehr als jeder andere Mensch dazu verpflichtet bin, Ihnen beizustehen.«

»Wie kann ich diese Hilfe annehmen?« sagte Burgo, fast schon einem Tränenausbruch nahe.

»Betrachten Sie es als Hilfe, die von ihr kommt.«

»Nein! Das wäre noch schlimmer. Zwanzigmal schlimmer. Wie kann ich ihr Geld nehmen, wenn sie sich mir nicht geben wollte?«

»Ich sehe keinerlei Grund, warum Sie nicht Geld von ihr borgen sollten – oder von mir.«

»Nein! Ich kann es nicht tun!«

»Und was wollen Sie dann tun?«

»Was ich tun will? Ja, das ist die große Frage. Keine Ahnung, was ich tun will. Ich habe den Schlüssel zu meinem Hotelzimmer in der Tasche. Ich werde mich ins Bett legen. Nur ganz selten weiß ich, was am nächsten Morgen geschehen wird.«

»Darf ich Sie morgen aufsuchen?«
»Was könnte dabei herauskommen? Ich werde erst spät aufstehen. Sehr spät. Sonst schmeißen sie mich aus dem Zimmer hinaus. Ich werde im Bett bleiben und sagen, ich fühlte mich nicht wohl.«
»Darf ich Ihnen ein paar Goldstücke anbieten?«
»Keinen Heller! Sie sind der erste Mensch, von dem ich kein Geld genommen habe. Sie werden auch der letzte sein, der mir Geld anbietet.«
»Und was kann ich Ihnen sonst anbieten?« fragte Palliser.
»Nichts! Bestellen Sie Ihrer Frau bitte, daß ich ihr Lebwohl sage! Das ist alles, was Sie für mich tun können. Und nun gute Nacht, Mr. Palliser.«
Mr. Palliser entfernte sich, nachdem er Burgo zum Abschied die Hand gereicht hatte. Er wußte, daß er nichts mehr erreichen konnte – auch wenn er mit Engelszungen redete.
Am nächsten Morgen begab er sich in das Hotel, in dem Burgo logierte. Er sprach mit dem Eigentümer, einem sehr vernünftigen und gutmütigen Mann. »Hat der Herr schon gefrühstückt?« fragte Palliser.
Der Hotelier lachte. »Das kann man wohl sagen. Er hat eine sehr umfassende Bestellung aufgegeben. Er wollte Koteletts zum Frühstück. Sie sollten auf ganz bestimmte Art angerichtet sein. Dazu hatte er einen teuren Sauternes bestellt. Doch mein Oberkellner dachte an die Schulden, die dieser Herr bei uns gemacht hat ... Verstehen Sie, es wurde immer angeschrieben. Und so schickte ihm der Kellner nur eine Flasche *vin ordinaire*. Man hat sie ihm übrigens gerade in diesem Augenblick aufs Zimmer geschickt.«
Dann setzte sich Mr. Palliser mit dem Direktor hin und ließ sich die Rechnungen vorlegen, die auf den Namen von Mr. Burgo Fitzgerald ausgestellt waren. »Ich werde mir erlauben, diese Rechnungen zu begleichen«, sagte Mr. Palliser.
Bei diesem unerwarteten Angebot strahlten die Augen des Hoteliers.
»Und wie steht es nun mit der Flasche Sauternes?«
Palliser wehrte ab: »Der *vin ordinaire* genügt!«
»Und wem soll ich die Quittung geben?« Palliser hielt es für ratsam, daß der Wirt die quittierten Rechnungen zunächst einmal behielt. Dann wurde vereinbart, der Wirt sollte Burgo mitteilen, daß seine Rechnungen noch nicht fällig seien und daß er alles anschreiben lassen könne, und zwar für die nächsten drei Monate. Nach Ablauf dieser Frist müsse er allerdings ausziehen. Ferner wurde der Eigentümer des Hotels gebeten, Mr. Fitzgerald nach Möglichkeit kein Bargeld auf Kredit auszuhändigen, aber auch in diesem Punkt gewährte Palliser dem Wirt einen gewissen Spielraum.
»Wenn ich wieder in England bin, werde ich mich an die Familie von Mr. Fitzgerald wenden. Vielleicht läßt sich dann etwas ausrichten.«

Palliser verabschiedete sich und berichtete Glencora von dem Gespräch, das er eben mit dem Hotelier geführt hatte.
»Vielleicht hat er nichts zum Anziehen«, meinte Glencora.
Palliser erwiderte, daß der Wirt auch in diesem Fall aushelfen könne. Mehr lasse sich im Augenblick und unter den gegebenen Umständen nicht tun. Alles Weitere lasse sich erst in England erledigen. Glencora gab sich damit zufrieden. Armer Burgo!
Es dauerte nicht lang, bis Burgo herausfand, daß er nun im Hotel einen unbegrenzten Kredit hatte. Zwar war der Eigentümer des Hotels verschwiegen, aber Burgo ahnte, daß hier höhere Mächte eingegriffen hatten. Er ahnte auch, wer diese höheren Mächte waren. Zunächst wollte er einen wütenden Brief an Mr. Palliser schreiben. Der Brief blieb Fragment und wurde niemals abgeschickt.
In England setzte sich Mr. Palliser sofort mit Sir Cosmo Monk in Verbindung und entschuldigte sich, daß er in Sachen seines Neffen gleichsam als Geschäftsführer ohne Auftrag gehandelt habe.
Sir Cosmo tobte. »Es tut mir schrecklich leid«, sagte er. »Nicht wegen des Geldes. Es tut mir leid, daß alles so kam ...«
Trotz seiner Wut auf Burgo, die nicht von gestern war, zahlte Sir Cosmo den von Palliser verauslagten Betrag sofort zurück. Ferner wurde folgendes Arrangement getroffen: Burgo sollte wöchentlich fünfzehn Pfund Sterling erhalten, auszahlbar durch ein Mitglied des diplomatischen Korps. Burgo mußte sich verpflichten, Baden-Baden zu verlassen und in einer bestimmten deutschen Kleinstadt zu leben. Er durfte sich auch nie wieder an einem Spieltisch in einem Kasino blicken lassen.
Lady Glencora war über diese Lösung erfreut, die sie allerdings nur als Zwischenlösung ansah. Und damit hatte sie wohl recht, denn es war schwer vorstellbar, daß jemand wie der in jeder Beziehung arme Burgo Fitzgerald auf die Dauer von einer so karg bemessenen Unterhaltszahlung leben konnte, obendrein noch in einer deutschen Kleinstadt. Er hatte in Baden-Baden sein letztes Geld verspielt. Und mehr als das, auch sein Leben.

Alices und John Greys Hochzeit wurde mit allem Pomp gefeiert. Die Braut hätte eine stille und bescheidene Feier im engsten Kreis vorgezogen; Mr. Grey dagegen war in seinem Element, wie Lady Glencora mit gutgemeinter Ironie erklärte. Ja, gelegentlich machte sie sogar die witzige Bemerkung, Mr. Grey habe seine Rolle bei der Hochzeit mit solcher Perfektion gespielt, als sei er ans Heiraten gewöhnt und habe mindestens einmal im Jahr eine Braut zum Altar geführt. Zu Alice sagte sie: »Da hast du einen Mann, den nichts aus der Fassung bringen kann.« Und Alice erwiderte: »Das weiß ich – ich werd's auch nicht versuchen.«

Für die Hochzeitsreise hatte man auf besonderen Wunsch von Alice nicht die Schweiz gewählt, sondern Italien. Es war eine lange Reise. Sie führte nach Venedig und Florenz, schließlich sogar bis Rom. Erst zu Beginn des neuen Jahres kehrten Mr. und Mrs. Grey, geborene Alice Vavasor, nach England zurück. Unterwegs hatten sie häufig darüber gesprochen, ob John in die Politik gehen sollte, wie es ihm Palliser geraten hatte. Alice war dafür, und John war es auch. So beschäftigten sich die beiden nun eifrig mit allen politischen Fragen. Sie lasen die Parlamentsberichte, über die sie sich dann stundenlang unterhalten konnten. Jedenfalls konnte sich John Grey nicht darüber beklagen, daß Alice an allen Haupt- und Staatsaktionen ebenso uninteressiert war wie Glencora.

Nun, Glencora hatte jetzt andere Sachen im Sinn als die nie enden wollenden Streitigkeiten zwischen Tories und Whigs. Sie hielt sich jetzt im Landhaus der Pallisers auf, in Matching Priory. Schon bald war mit der Entbindung zu rechnen. Der Herzog von Omnium hatte sein Erscheinen zugesagt. Es war für ihn Ehrensache, bei der Geburt seines Enkels und künftigen Erben zugegen zu sein – und er rechnete fest damit, daß Glencora von einem »kräftigen Jungen« entbunden werde. Mit der eventuellen Geburt einer Enkeltochter rechnete er grundsätzlich nicht. »Ach, ich wollte«, schrieb Glencora an Alice, »daß er in London vom Zipperlein gepackt wird . . . oder von mir aus auch in Timbuktu . . ., und daß er in letzter Minute seinen Besuch in Matching Priory absagen muß.« Diesen Brief mit der nicht gerade freundlichen Äußerung über den Herzog von Omnium erhielt Alice unterwegs. Aber kaum waren die Greys in London eingetroffen, teilte ihnen Mr. Vavasor, der Vater von Alice, die erfreuliche Nachricht mit, daß der Herzog seinen Stammbaum als gesichert ansehen könne. Lady Glencora hatte ihrem Gatten einen Sohn und dem Herzog einen Erben geschenkt. Und Mr. Vavasor war noch ganz außer Atem, als er diese Mitteilung auf der Fahrt vom Bahnhof zum Haus in Queen Anne Street machte: »Und ich habe diese Nachricht brühwarm erfahren. In meinem Klub. Alles ist erst heute früh geschehen.« Und dann erinnerte er sich an eine Bemerkung, die jemand im Klub anläßlich dieses großen Ereignisses gemacht hatte und die er nun schmunzelnd weitergab: »Für eine so hohe Geburt war es auch höchste Zeit.«

Anfang April befanden sich Mutter und Kind beim herzoglichen Onkel in Gatherum Castle. Lady Glencora hatte Alice eingeladen. Leider war John Grey anderweitig beschäftigt: Er war mit Mr. Palliser nach Silverbridge gefahren, um der dortigen Wählerschaft seine Dienste als Abgeordneter anzubieten. Das heißt, die Wählerschaft hatte nicht viel mit der Wahl zu tun. Der Wahlkreis gehörte, wie wir schon erwähnten, zur Einflußsphäre des Herzogs von Omnium, und so war es eine gute und allgemein wahrgenommene Empfehlung des neuen Kandidaten, daß er sich in Begleitung von Mr. Palliser befand, der erstens ein Neffe des Herzogs war und zweitens zu den angesehensten Mitgliedern des Unterhauses gehörte.

So waren nun Lady Glencora und Alice allein und spielten mit dem Baby, das in Purpur geboren, doch nicht in Purpur gekleidet war, sondern nur in ein Kleidchen aus feinsten Brüsseler Spitzen.

»Ach, Alice, du ahnst ja gar nicht, wie froh ich bin, daß alles endlich vorüber ist«, sagte Glencora.

Alice hielt diese Äußerung für herzlos. »Du bist doch das undankbarste weibliche Wesen, das ich kenne«, antwortete sie, ohne es natürlich so zu meinen.

»Ach, liebste Alice, das verstehst du nicht. Du kannst es nicht verstehen. Bei dir und John . . ., was spielt es da schon für eine Rolle, ob's ein Bub oder Mädel ist. Du wirst keine schlaflosen Nächte haben, weil du Angst hast, dein Baby könnte zum schwächeren Geschlecht gehören, was bei mir Scham und Schmach für all meine erlauchten Herren und Meister bedeuten würde, für herzogliche Gnaden und all die edlen Lords.«

»Aber Mr. Palliser hätte doch bestimmt kein vorwurfsvolles Wort gesagt.«

»Nein, natürlich nicht. Auch der Herzog hätte kein Wort gesagt. Er hätte mich einfach ignoriert, bis ich wieder mal die Chance zur Geburt eines männlichen Nachkommen gehabt hätte. Ja, mein Mann wäre sogar sanft wie eine Taube gewesen, viel sanfter und zartfühlender als jetzt. In der Stunde ihres Triumphs können Männer nur selten zarte Gefühle zeigen.«

»Und jetzt, Glencora, ist alles in Ordnung, wie man zu sagen pflegt. Du hast es geschafft . . .«

»Unsinn, Alice, ich hab's nicht geschafft.«

Strahlend vor Glück schaukelte sie das hochherzogliche Baby in ihren Armen: »Du hast es geschafft, mein kleiner Mann . . .«

Abends kamen Palliser und John Grey aus Silverbridge zurück. Die Wahl war planmäßig verlaufen. John Grey war jetzt Abgeordneter des Unterhauses. Palliser selbst wußte noch nichts vom Ausgang der ihn selbst betreffenden Wahl. Im Gegensatz zu Grey kandidierte er nicht für einen Wahlkreis, sondern für eine Grafschaft, und die Grafschaftswahlen hatten noch nicht stattgefunden. Aber da man keinen Gegenkandidaten aufgestellt hatte, konnte sich auch Mr. Palliser als gewählt betrachten. Jedenfalls war er zu dieser Stunde ein doppelt glücklicher Mensch. Er war es als Vater und als Politiker. In der neuen Regierung war ihm nämlich für den Fall, daß seine Partei siegte – und daran war kaum zu zweifeln –, das Amt des

Schatzkanzlers angeboten worden. Nur noch ein paar Tage, und dann würde er im Unterhaus auf der Regierungsbank sitzen und sich gravitätisch erheben, um den ehrenwerten Abgeordneten seinen mit Zahlen und Statistiken gespickten Haushaltsplan vorzulegen. Er ließ sich aber nichts von seinem Glück anmerken. Er verstand sich meisterhaft auf die Kunst, seine Gefühle verbergen zu können, wenn er sie verbergen wollte. Er war also, um es nochmals zu betonen, zu eben dieser Stunde ein glücklicher Mensch. Und wenn er überhaupt Sorgen hatte, so betrafen sie höchstens Mr. Grey – nicht den Freund, sondern den neu gewählten Abgeordneten.

»Hoffentlich wird Ihnen die neue Tätigkeit im Unterhaus zusagen«, sagte er etwas nervös, denn er fühlte sich für diese Wahl verantwortlich.

»Sicher«, erwiderte Grey, »doch werde ich bestimmt nie ein so hundertprozentiger Politiker werden wie Sie.«

»Und warum nicht?«

»Weil ich später mit der Politik begonnen habe als Sie.«

»Mit fünfunddreißig Jahren sind Sie noch jung genug, um eine politische Karriere zu beginnen.«

»Jung genug, um gute Arbeit zu leisten, zugegeben. Aber kaum noch jung genug, um wirklich Freude an der Sache zu haben. Und dann: für Sie bedeutet Politik alles.«

»Ja, alles«, sagte Palliser, »alles, alles.«

»Bei mir ist das nicht der Fall.«

»Nur keine Angst! Warten Sie ab! Schon bald werden auch Sie, mein Lieber, die eigenartige Atmosphäre des englischen Parlaments spüren. Es gibt nichts Höheres, wenigstens nicht für mich, als im Unterhaus auf der Regierungsbank als erster Mann des Schatzamtes zu sitzen – und nur deswegen dort zu sitzen, weil mich meine Kollegen dieser Ehre für würdig befunden haben. Ich glaube, ich habe das niemals so offen bekannt.«

Inzwischen hatten unsere beiden Politiker den Seiteneingang von Gatherum Castle erreicht. Hier trennten sich ihre Wege vorübergehend. Palliser eilte zu Glencora und seinem Sohn. Grey stürmte die Treppe hinauf. Alice befand sich bereits in ihrem Schlafzimmer.

»Und bist du nun Abgeordneter?« begrüßte ihn Alice.

»Man hat mich jedenfalls gewählt. Aber ich weiß nicht, ob ich's schon bin oder ob ich erst noch meinen Eid ablegen muß ...«

»John, ich bin so glücklich. Es ist mehr, als ich verdient habe. Bisweilen denke ich mir ...«

»Was denn, Liebste?«

»Ich hoffe, daß ich es nicht war, die dich in die Politik getrieben hat – und viel, viel schlimmer noch: in eine Ehe.«

Statt einer Antwort umarmte er sie. Er wußte: In der Lotterie des Lebens hatte er das Große Los gezogen. Das war jedoch, wie wir nicht verschweigen wollen, keineswegs die allgemeine Ansicht. Es war nur die private Ansicht von Mr. John Grey. Alle anderen – und dazu gehören auch Lady Macleod und Lady Midlothian – waren der Meinung: Es war Alice, die das Große Los gezogen hatte. Auf alle Fälle war sie nach vielen Stürmen im sicheren Port der Ehe gelandet. Nun hatten sich alle Gewitter verzogen – und so wurde ihr auch von den bravsten und sittenfestesten ihrer Zeitgenossen die schwere Sünde verziehen, daß sie zweimal ihr Verlöbnis aufgelöst hatte.
Auch für Alice hatte es eine Wahl gegeben. Der Wahlkreis war klein. Es gab da nur eine Stimme – ihre eigene. Und als diese Stimme gezählt wurde, hatte John Grey gewonnen – mit überwältigender Mehrheit.

11 Phineas Finn, ein junger Mann aus Irland – Garrottieren sehr beliebt – Wie man Miß Violet Effingham verkuppeln will – Zweikampf in Blankenberghe – Wer ist Madame Max Goesler? – Zweiter Schatzlord – Das ewige Spiel von der Katze und der Maus

Man kann verstehen, daß John Grey Bedenken hatte, sich mit Haut und Haar der Politik zu verschreiben. Er war jetzt ein Volksvertreter. Aber vertrat er das Volk? Immer noch war das Haus der Lords die erbliche Burg des Adels. Aber auch die Majorität der Unterhausmitglieder war von einer Anzahl adliger Herren abhängig, die »wahllos« über die Unterhaussitze der sogenannten »heruntergekommenen Wahlflecken« verfügen konnten. Kein Wunder also, daß alle liberal denkenden Menschen, zu denen auch die liberaleren Elemente der Liberalen Partei gehörten, die bisherige Verteilung der Wahlsitze als Unsinn betrachteten. Je mehr die soziale Schichtung der englischen Bevölkerung und vor allem der besitzenden Klassen sich verschob, desto weniger ging die englische Nation in der Verfassung auf. So wurde eine Reform des Unterhauses immer stürmischer gefordert. Die verkommenen Wahlflecken wurden größtenteils annulliert. Aber die Wahlkreise blieben ungleichwertig. Dennoch gelangte das städtische Bürgertum allmählich zu politischer Mitwirkung und dadurch wurde die Zahl der Wähler verdoppelt. Aber es gab immer noch genug, was reformbedürftig war – und so faßte man die notwendigsten Reformen in einem Gesetzentwurf zusammen, in der Reformbill, die nun im Parlament von Westminster Tag für Tag und Artikel um Artikel debattiert wurde.
Wohl niemand setzte sich damals mit größerer Leidenschaft und Beharr-

lichkeit für diese Reformbill ein wie Mr. Phineas Finn, liberaler Abgeordneter für den Wahlkreis Loughton. Er hatte Zugang zu den innersten und auch intimsten Zirkeln seiner Partei gefunden – und das war auch bei den Liberalen recht ungewöhnlich, da er weder zum Adel noch zum reichen Mittelstand gehörte.

Phineas war ein junger *barrister* aus Irland, ein Prozeßanwalt, dem es immer an Prozessen gefehlt hatte. Er war jung und hatte dichtes schwarzes Haar. Die meisten Frauen fanden ihn attraktiv. Männern gefiel seine natürliche Art, sich zu geben. Er wirkte bescheiden, ohne unterwürfig zu sein.

Sein Vater war Landarzt in Killaloe, einer unbedeutenden Kleinstadt in der irischen Grafschaft Clare, die vom Ozean und vom Shannon umschlossen wird, der diese Grafschaft von Tipperary, Limerick und Kerry trennt. Ein kleiner Landarzt in einer kleinen Stadt ist natürlich nicht ein Mann, der über besonderen Einfluß verfügt. Doktor Finn hatte keine Freunde von Rang und Namen – mit einer Ausnahme. Zu seinen Patienten zählte Lord Tulla, der im Lauf der Jahre zu seinem Gönner, ja sogar zu seinem Freund geworden war. Der Familie des Lords »gehörte« nun ein kleiner Wahlkreis Loughshane, den man mit Recht als *pocket borough* bezeichnete. Man hätte ihn leicht in die Tasche stecken können, wenn . . . wenn eben Lord Tulla nicht auf seinem angestammten Recht bestanden hätte, den geeigneten Abgeordneten für seinen »Familien-Wahlflecken« eigenwillig und eigenwählerisch zu bestimmen. Lord Tulla selbst kam natürlich für diesen Posten nicht in Frage. Als Peer – und damit als Mitglied der höchsten Adelskaste – hatte er seinen Sitz im Oberhaus, das von alters her streng getrennt vom Unterhaus war. Nun hätte er Loughshane natürlich seinem Bruder George anbieten können. Er stand jedoch mit ihm auf schlechtem Fuß. Und so fiel die Wahl auf Phineas Finn. An sich hatte der junge Mann Jura studiert. Er hatte sich als Anwalt niedergelassen. Aber die Klienten waren so dünn gesät, daß er mehr Zeit als Klienten hatte. Um nun seine leeren Stunden auf nützliche Art zu füllen, befaßte er sich mehr und mehr mit politischen Dingen. Sicher hätte auch dieses theoretische Interesse am Zeitgeschehen keine praktischen Folgen gehabt, wenn Lord Tulla nicht Gönner seines Vaters gewesen wäre und wenn Lord Tulla nicht einen »parlamentarischen Ersatz« für seinen Bruder George gebraucht hätte.

So erhielt Phineas seinen Wahlflecken als Geschenk. Er war nun Abgeordneter in Westminster. Sein Herz jubelte. Gewiß hätte es noch lauter gejubelt, wenn seine neue politische Karriere nicht den Abschied von seiner grünen irischen Insel bedeutet hätte und zugleich den Abschied von seiner Freundin Mary Flood Jones, mit der er schon als Kind gespielt hatte und die nun sein *sweetheart* war.

In London kannte ihn zunächst niemand. Er war *ein* Abgeordneter unter vielen, ein Irländer unter Tausenden, ein unternehmungslustiger junger Mann unter Hunderttausenden.
Wahrscheinlich hätte dieser unbefriedigende Zustand politischer und privater Anonymität noch geraume Zeit angehalten, wäre ihm nicht eine Bande von Straßenräubern zu Hilfe gekommen. Das heißt, in Wirklichkeit lag der Fall etwas anders. Er war es, der dem Opfer der Bande zu Hilfe kam – und dieses Opfer hatte immerhin Ministerrang. Es war Robert Kennedy, Kanzler des Herzogtums Lancaster.
Phineas kam gerade des Weges, als man den ehrenwerten Minister Ihrer Majestät auf offener Straße anfiel. Damals war das Garrottieren in England sehr beliebt. Es war eine einfache Form der Beraubung, die sich auch ohne besondere kriminelle Vorbildung leicht ausführen ließ. Man brauchte nur ein vielversprechendes Opfer zu finden, das man dann durch eine übergeworfene Schlinge bewußtlos machen und in aller Ruhe ausplündern konnte. An dieser Ruhe fehlte es den Garrottierern jedoch in diesem besonderen Fall. Sie wurden von Phineas verjagt.
Die Kunde von seiner tapferen Tat verbreitete sich rasch. Auch im Parlament wurde man allmählich in den Reihen der führenden liberalen Politiker auf den hoffnungsvollen jungen Abgeordneten aufmerksam, der seine parlamentarische Tätigkeit sehr ernst nahm und dessen gutes Aussehen und persönlicher Charme unverkennbar einen keineswegs reformbedürftigen Eindruck auf die älteren und jüngeren Damen der High-Society machte.
Phineas Finn war gewiß kein Schürzenjäger und Schwerenöter. Aber da er nun mal – im Gegensatz zu Mr. Palliser – zu jenen glücklich-unglücklichen Politikern gehörte, die eine eingehende Lektüre der blauen Augen einer schönen Miß beseligender fanden als die Lektüre eines noch so anregenden Blaubuchs, tat er auch seinerseits alles Menschenmögliche, um die Cour zu schneiden, wo sie sich schneiden ließ. Und so kam es, daß er schon bald für Lady Laura Standish zu schwärmen begann. Sie war die Tochter von Lord Brentford, den man allgemein als den »großen alten Herrn der liberalen Partei« bezeichnete. Lady Laura ließ es sich insgeheim gefallen, daß ihr der junge irische Abgeordnete den Hof machte, sofern es ein Hinterhof blieb – und das war nur zu verständlich, denn Lady Laura war eine verheiratete Frau. Ihr Ehegespons war jener Robert Kennedy, den Phineas aus der fast schon zugezogenen Schlinge der Garrottierer befreit hatte. Er war ein vermögender Mann, aber sein Vermögen war eigentlich auch alles, was er besaß. Im übrigen war er ein überfrommer Pharisäer, der kein Erbarmen kannte. Er war hart und hartherzig, argwöhnisch und von einer schon chronischen Eifersucht besessen, die etwas genauer besehen mehr Eigen-

liebe als Liebe zeigte. Das führte nun zwangsläufig dazu, daß die arme Lady Laura von Tag zu Nacht immer unglücklicher in ihrer Ehe wurde. Das Zusammenleben mit Robert Kennedy konnte sie nicht befriedigen. So war es zunächst wohl nur aus Langeweile, bald aber schon liebe Gewohnheit, daß sie ihren Bruder Oswald unbedingt mit ihrer Freundin Violet Effingham verkuppeln wollte. Das war nun fast schon eine Lebensbeschäftigung, jedenfalls eine schwierige Aufgabe. Ihr Bruder Oswald, der den zweiten Familientitel Lord Chiltern führte, war ein wilder Bursche, ein Teufelskerl und Tollkopf, ein leidenschaftlicher Reiter – und auch sonst recht leidenschaftlich. Dagegen war Violet ein zartes Geschöpf, sehr schön, sehr reich. Sie wäre also eine gute Partie für den wilden Lord Chiltern gewesen, aber bisher hatte sich Lady Laura vergeblich bemüht. Den Heiratsantrag ihres Bruders Oswald hatte Violet schon dreimal abgewiesen. Das war natürlich sehr betrüblich. Nicht minder traurig war es, daß sich der immer ungestüme Lord Chiltern mit seinem Vater, dem Grafen von Brentford, so überworfen hatte, so daß es auch Lady Laura nicht gelang, diesen Zwist aus der Welt zu schaffen. Inständig bat sie ihren Bruder, er möchte doch den Vater auf dem Familiengut Saulsby besuchen und den alten Herrn um Verzeihung bitten. Aber auch diese Bemühungen Lady Lauras blieben ohne Erfolg. Lord Chilterns aufbrausendes Temperament machte jeden Versuch einer Versöhnung zunichte. Für Phineas Finn dagegen war es der größte Glückstreffer in größter politischer Not, daß die von seiner Freundin Laura erstrebte Einstellung der Feindseligkeiten nicht zustande kam. Und damit hatte es folgende Bewandtnis:

Ein anderer Familienkrieg war inzwischen beigelegt worden. Lord Tulla hatte sich mit seinem Bruder versöhnt. Nun wollte er, daß auch der Erbsitz seiner Familie im Unterhaus, der Wahlkreis Loughshane, an ein von ihm gewähltes Mitglied der Familie fallen sollte – an seinen Bruder. Und damit hätte die politische Karriere von Phineas Finn ein etwas reichlich abruptes Ende nehmen können, wäre nicht ein Wunder geschehen. Auch Lord Brentford, der Vater von Lady Laura, war der glückliche Besitzer eines Wahlfleckens, dem keine andere Wahl blieb, als den von Lord Brentford favorisierten Kandidaten zu wählen. Dieser Favorit wäre nun unter normalen Umständen sein eigener Sohn, der Teufelskerl und Tollkopf Lord Chiltern, gewesen. Aber da Vater und Sohn Intimfeinde waren, bot Lord Brentford nun seinen Wahlkreis unserem jungen Mann aus Irland an, dem damit die Chance geboten wurde, seine politische Karriere weiter zu verfolgen.

Lord Chiltern hätte sich über den Verlust des Wahlkreises nicht aufgeregt. Bestimmt wäre ihm der Verlust eines Reitpferdes mehr zu Herzen gegangen. Außerdem war er mit Phineas Finn befreundet, dessen Bekanntschaft er durch seine Schwester, Lady Laura Kennedy, gemacht hatte. Nun aber kam es zu einem argen unpolitischen Zusammenstoß zwischen Phineas und Lord Chiltern. Unglückseligerweise schwärmten beide für die gleiche junge Dame – für Violet Effingham, jene Schöne, mit der Lady Laura ihren Bruder unbedingt verheiraten wollte, was ihr aber bisher nicht geglückt war. Doch nun gab es zwei »Kandidaten« für Violet Effingham, also einen Kandidaten mehr als für den Wahlkreis der Familie. Lord Chiltern, der Teufelskerl und Tollkopf, geriet in wilde Wut. Er verlangte von Phineas eine Verzichterklärung auf die Hand der jungen Dame, die immerhin keinem von beiden gehörte. Als Phineas ablehnte, forderte ihn der Lord zum Zweikampf heraus, der dann auch tatsächlich in dem belgischen Seebad Blankenberghe stattfand, da in England Zweikämpfe mit lebensgefährlichen Waffen verboten waren. Phineas, der seinen alten Freund nicht verletzen wollte, schoß absichtlich vorbei. Lord Chiltern war weniger höflich. Er traf seinen Gegner, doch war die Verwundung nur leicht. Schlimmer war es, daß nun die Gefahr bestand, daß sich die Nachricht von diesem Duell herumsprechen könnte – und das mußte zwangsläufig unangenehme Folgen für den Abgeordneten Phineas Finn haben. Denn es wird nirgends in der Welt gern gesehen, daß Gesetzgeber gegen das Gesetz verstoßen . . . und Duelle waren nun mal seit Oliver Cromwell in England verboten.

Und doch war es unvermeidlich, daß damals viele Männer und Frauen der gehobenen Kreise irgendwie etwas von diesem Duell erfuhren. Phineas wußte das genau. Er hoffte jedoch, daß diese traurige Kunde weder Lord Brentford noch Violet Effingham zu Ohren gekommen war. Er irrte sich nicht. Das ist eben das Seltsame an Gerüchten, daß sie eigentlich immer nur Personen erreichen, für die sie nicht bestimmt sind. Die unmittelbar Beteiligten erfahren meist nichts von dem, was rechts und links von ihnen getuschelt wird. Eine weitere Eigenart aller besseren Gerüchte ist es, daß sie fast immer nur in verzerrter Form das Ziel auf Umwegen erreichen. In verzerrter Form hatte auch Mr. Kennedy, der Mann, den Phineas buchstäblich aus der Schlinge gezogen hatte, von diesem Duell gehört. Er fragte also seine Frau, ob an dieser Geschichte etwas Wahres sei. »Wer hat dir davon erzählt?« erwiderte Lady Laura gereizt.

»Bonteen sagte mir, das Duell habe sicher stattgefunden.« Bonteen war ein Abgeordneter der Liberalen Partei, mit dem Kennedy seit längerem befreundet war.

»Ach so! Bonteen hat dir die Sache erzählt. Na, dann muß es ja stimmen. Bonteen weiß alles. Er weiß sogar alles besser. Am besten weiß er das, was ihn überhaupt nichts angeht.«

»Dann stimmt es also nicht?«

Lady Laura hielt einen Augenblick inne, ehe sie antwortete. Und dann beschloß sie, ein ganz klein wenig zu lügen. »Natürlich ist es nicht wahr. Ich möchte keinen von beiden fragen. Aber was mich betrifft, halte ich die ganze Sache für denkbar unwahrscheinlich.«
Damit war der Fall für Mr. Kennedy erledigt. Er wußte es nun genau: Es hatte kein Duell gegeben, seine Frau hatte es gesagt. Er hatte vollstes Vertrauen in ihre Wahrheitsliebe. Wäre an diesem Duell – oder sagen wir lieber: an der Geschichte von diesem Duell – etwas drangewesen, so hätte es seine Frau doch ganz gewiß von ihrem Bruder erfahren. Da Mr. Kennedy von Natur ein schweigsamer Mann war, stellte er auch keine weiteren Fragen, selbst nicht in den Wandelgängen des Parlaments und auch nicht in seinem Klub.
Ich möchte nun mit Gewißheit annehmen, daß der Zweikampf mit Lord Chiltern unserem Phineas Finn in den Kreisen der High-Society nicht weiter geschadet hat. Sonst hätte man ihn wohl kaum zu einem offiziösen Abendessen bei Lady Glencora Palliser eingeladen, sondern höchstens zu dem Empfang nach dem Dinner, für den die Gastgeberin etwa 500 Einladungskarten ausgeschickt hatte. Es war weiß Gott keine besondere Auszeichnung, einer von fünfhundert zu sein. Es war jedoch eine große Ehre, zu den sechzehn auserlesenen Gästen zu gehören, die Lady Glencora zum Dinner gebeten hatte. Phineas konnte es allerdings nicht so recht verstehen, wieso gerade ihm diese Auszeichnung zuteil geworden war. Unter den acht männlichen Dinner-Gästen gab es auch nicht einen einzigen Nichtparlamentarier. Außer Phineas selbst und außer dem neuen Freund von Mr. Palliser, John Grey, Abgeordneter für Silverbridge, gehörten alle der Regierung an. Da gab es nicht weniger als vier Kabinettsminister: den Herzog von St. Bungay, Lord Cantrip, Mr. Gresham – und natürlich den Hausherrn. Anwesend waren auch Barrington Erle und der junge Lord Fawn, ein Unterstaatssekretär, alles sehr würdige und bedeutende Persönlichkeiten. Aber es waren nicht die Männer, die diesem Dinner einen besonderen Glanz verliehen. Niemand bei Tisch war sprühender und geistvoller als Lady Glencora. Sie konnte munter plaudern und verstand sich auf die seltene Kunst, mit mindestens zwölf Leuten über mindestens zwölf Themen diskutieren zu können. Dazu kam ihre Schönheit, die alle bezauberte und die Unbekümmertheit ihrer Jugend. Unter den anwesenden Damen befand sich auch Lady Laura. Sie saß ziemlich entfernt von ihrem Mann, und Phineas zerbrach sich schon bei der Suppe den Kopf darüber, warum man wohl diese Tischordnung getroffen hatte. Aber Lady Glencora wußte genau, wie man seine Gäste zu mischen und auch zu trennen hatte.
Violet Effingham saß ebenfalls an der Tafel, nicht neben Phineas, doch nah

genug, um ihn anzulächeln. Es versteht sich von selbst, daß ihm dieses Lächeln zu Herzen ging. Vielleicht, dachte er sich, dürfte sich noch heute abend die Gelegenheit zu einem Gespräch mit ihr ergeben. Selbstverständlich war auch Alice mit ihrem Mann erschienen. Ja, und dann war da noch Madame Max Goesler. Sie war höheren Orts zu seiner Tischdame bestimmt worden. Links von ihm saß Lady Hartletop, die kaum etwas sprach. Ihre wenigen Worte richtete sie ausschließlich an Mr. Palliser.
Früher einmal, als Lady Hartletop noch den Namen Lady Dumbello führte, war die Beziehung zwischen ihr und Plantagenet Palliser etwas kompliziert gewesen, um es mit einem bescheidenen *understatement* zu formulieren, aber das gehörte nun alles der Vergangenheit an. Da sich also die Dame zu seiner Linken nicht um ihn kümmerte, mußte sich Phineas wohl oder übel ausschließlich mit Madame Max Goesler unterhalten – und schon bald fand er heraus, daß seine goldenen Worte nicht auf dürren Boden fielen.
Bisher hatte er noch nie etwas von dieser Madame Max Goesler gehört. Ihr Name war, zumindest für irische Ohren, etwas ungewöhnlich, doch hatte ihn Lady Glencora so deutlich ausgesprochen, daß er ihn genau verstanden hatte. Aber er hatte keine Ahnung, woher sie kam und warum sie an dieser exklusiven Dinnerparty teilnahm. Sie war schätzungsweise dreißig Jahre alt, vielleicht sogar ein ganz klein wenig älter. Sie trug ihr schwarzes Haar gelockt, und zwar so, wie Phineas es noch nie gesehen hatte: Ihre Locken fielen ihr tief ins Gesicht und verdeckten zum Teil ihre Wangen, denen zur letzten Vollendung eine gewisse Fülle zu fehlen schien. Sie hatte große blaue und strahlende Augen, die sie auf unenglische Weise benutzte: Wenn sie nämlich diese Augen blitzen ließ, sollte ihr Gesprächspartner wissen, daß dieser Blick für ihn – und nur für ihn – bestimmt war.
Ihre Stirn war breit, vielleicht sogar etwas zu niedrig. Es wäre gewiß übertrieben, ihre Nase als das Ideal klassischer Schönheit zu bezeichnen. Auch ihre Lippen waren ein wenig zu dünn ausgefallen. Dagegen hatte sie die schönsten Zähne, die man sich denken konnte. Ihr wohlgeformtes Kinn zeigte ein Grübchen, das ihrem Gesicht eine Sanftheit verlieh, die ihm sonst gefehlt hätte. Aber das Schönste an ihr war zweifellos die strahlende Klarheit ihres Teints. Sie war groß und schlank, fast schon hager. Ihre Kleider waren immer hochgeschlossen, und sie war bemüht, ihre mageren Arme zu verbergen. Gewiß bemerkte der flüchtige Beobachter nicht gleich, daß sie sich in ihrer Kleidung von allen anderen Frauen unterschied. Aber es war auch für den flüchtigsten Beobachter nicht zu übersehen, daß es sich bei Madame Max Goesler um eine Frau handelte, wie sie der liebe Gott nur einmal geschaffen und nie wieder kopiert hatte.
»Mr. Finn«, sagte sie, »was würde ich nicht darum geben, wenn ich jetzt Mitglied des Unterhauses sein könnte!«

»Und warum gerade jetzt?«
»Weil wir in einer Zeit leben, in der etwas geschehen müßte, und nichts geschieht.«
»Ich blicke leider nicht auf eine lange Erfahrung zurück. Aber bisweilen habe ich den ketzerischen Eindruck, daß viel zu viel geschieht.«
»Zu viel! Und doch zu wenig, Mr. Finn! Hab' ich recht? Aber jetzt geht es endlich um wichtige Dinge. Es ist ein Jammer um die Politik. Und das Schlimmste und Jämmerlichste ist, daß wir Frauen von aller politischen Betätigung ausgeschlossen sind.«
»Gesetzt den Fall, man hätte Sie ins Unterhaus gewählt ..., für wen würden Sie Partei ergreifen?«
»In England?« fragte Madame Max Goesler. Dabei lachte sie, wie es eine englische Lady nie, nie tun würde.
Erst jetzt dämmerte es Phineas, daß seine Tischdame genau das war, was man möglicherweise und insgeheim als *bloody foreigner* bezeichnete.
»Ich möchte meine Stimme für alles abgeben, wofür man abstimmen kann«, sagte Madame Max Goesler. Dann entwickelte sie die Hauptpunkte ihres politischen Programms. Dazu gehörten: das allgemeine freie Wahlrecht, das Streikrecht, Rechtsschutz für alle ländlichen Pächter, kostenlose Erziehung für die gesamte Bevölkerung und schließlich Austreibung der Bischöfe aus dem Paradies des englischen Oberhauses. »Religion und Politik sollten immer fein säuberlich getrennt bleiben«, fügte sie lächelnd hinzu. »Aber ach, Mr. Finn, dazu brauchten wir wohl eine ideale Welt. Man möchte unentwegt reformieren und alles auf den Kopf stellen, und man kann es nicht. Es fehlt an Reformen, die sich durchführen lassen. Und es fehlt an den Köpfen, die bereit wären, notfalls für diese Reformen zu rollen.«
»Aber ist es nicht das Schönste, daß man Theorien nicht immer durchführen muß«, meinte Phineas.
Madame Max Goesler griff dieses Stichwort auf, um sich nun quer über den Tisch an Mr. Palliser zu wenden: »Wie ist das bei Ihnen? Versuchen Sie immer, Ihre politischen Ideale in die Tat umzusetzen?«
Mr. Palliser war von diesem unvermuteten Kreuzverhör etwas überrascht. Madame Max Goesler ließ nicht locker. Sie hatte ein Opfer gefunden und hielt es fest. »Ich frage nur deswegen, weil mir Mr. Finn eben sagte, es sei ja ganz schön und gut, fortschrittliche Ideen zu haben – ganz egal, wie fortschrittlich sie sind –, man könne sich als Politiker alles leisten, da ja kein Mensch die Durchführung dieser Ideen verlangt.«
»Das ist eine sehr gefährliche Doktrin«, sagte Mr. Palliser leicht pikiert.
»Aber wohl doch eine recht angenehme Doktrin, nicht wahr? Wenigstens behauptet das Mr. Finn.«

»Auf alle Fälle ist diese Doktrin weit verbreitet«, sagte Phineas, ohne den Versuch zu machen, sich nicht in Widersprüche zu verwickeln.
»Was mich betrifft . . ., und ich kann hier nur für mich reden«, sagte Mr. Palliser mit Grabesstimme, als ob er dem Unterhaus eine Finanzkatastrophe ungeahnten Ausmaßes mitzuteilen hätte, »was mich betrifft, habe ich mich immer redlich bemüht, alle politischen Doktrinen praktisch durchzuführen, die ich zunächst einmal nur theoretisch vertreten habe.«
Nach diesem kleinen hochpolitischen Zwischenspiel wandte sich Madame Max Goesler wieder an ihren Tischherrn: »Was halten Sie eigentlich von Miß Effingham?«
»Was ich von ihr halte?«
»Ich nehme an, die junge Dame ist Ihnen bekannt.«
»Ja, ich kenne sie. Sie ist sehr eng mit den Kennedys befreundet – und das sind meine Freunde.«
»Ja, das hab' ich gehört, und ich hab' noch mehr gehört. Man erzählte mir, daß alle Männer in diese hübsche junge Dame vernarrt sind. Gehören Sie auch zu ihren Anbetern?«
»Aber natürlich. Ich bin nie ein Ausnahme-Mensch gewesen. Ich habe mich immer zur großen Masse gezählt.«
»Zur großen Masse der Ritter von der fröhlichen Gestalt, die den Weg zum Herzen dieser jungen Dame suchen?«
»Sehen Sie denn nicht, Madame, wie mir Herzblättchen Violet die Sinne verwirrt hat? Bin ich überhaupt noch fähig, ein vernünftiges Wort zu sprechen?«
»Sie sind ein kleiner Scherzbold, Mr. Finn. Aber nun will ich Ihnen etwas sagen: Ich verehre Miß Effingham. Erstaunlich, nicht wahr? Allgemein heißt es doch: Keine Frau vermag eine andere Frau zu bewundern. Aber mir gefällt Miß Effingham. Ich finde sie bezaubernd.«
»Ist sie eine Freundin von Ihnen?«
»Nein, Freundin wäre übertrieben. Im vorigen Winter war ich eine Woche bei den Pallisers in Matching, da haben wir uns getroffen. Mein Eindruck war, daß ich wohl kaum je ein junges Geschöpf getroffen habe, das so nachdrücklich und entschieden auf seinem eigenen Willen besteht wie diese Miß Effingham. Bestimmt wird sie sich nicht an den ersten schlechtesten Mann verkuppeln lassen. Sie wird nur einen Mann heiraten, den sie wirklich liebt und in jeder Beziehung schätzt. Mir scheint, das ist mehr, als man heutzutage von den meisten jungen Damen behaupten kann.«
»Das glaube ich auch«, sagte Phineas. Dann legte er eine kleine schöpferische Pause ein, ehe er weitersprach. »Ich kenne Miß Effingham nur flüchtig, aber es will mich schier bedünken . . .« Gegen seinen Willen und nur aus Verlegenheit verfiel er jetzt in den abgedroschensten parlamenta-

rischen Jargon. »Es will mich schier bedünken, daß sie wahrscheinlich niemals heiraten wird.«

»Ja, das ist sehr wahrscheinlich«, meinte Madame Max Goesler, die sich nun Mr. Grey zuwandte.

Zehn Minuten später, als der kritische Augenblick gekommen war, wo sich wieder trennen mußte, was Gott und Lady Glencora zusammengefügt hatten, ich meine: kurz ehe sich die Damen diskret zurückzogen, richtete Madame Max Goesler abermals das Wort an Phineas. Dabei sah sie ihn so intensiv an, daß er ihrem Blick kaum standhalten konnte. »Ob wohl je der Tag kommen wird, wo Sie mir etwas über Ihren Tagesausflug nach Blankenberghe erzählen werden?«

»Blankenberghe?«

»Genau, mein Freund, Blankenberghe. Aber ich will das jetzt nicht hören. Vielleicht ein andermal.«

Und dann erhob sich Lady Glencora. Madame Max Goesler zog sich mit den anderen Damen zurück.

Während Phineas schweigend zwischen Mr. Palliser und Mr. Grey saß, grübelte er darüber nach, was Madame Max Goesler wohl mit der Bemerkung über Blankenberghe gemeint habe. Schließlich kannte er sie doch gar nicht. Wieso war sie an diesem kleinen Abstecher nach Belgien interessiert? Wie konnte es eine ihm gänzlich fremde Person wagen, dachte er, eine solche indiskrete Frage an ihn zu richten? Aber schon bald wurde er in seinen tiefsinnigen Betrachtungen unterbrochen. Nachdem sich die Damen entfernt hatten, war das Feld frei für eine allgemeine politische Diskussion. Voll Wißbegierde und Ehrfurcht hing Phineas an den von politischer Weisheit und Portwein triefenden Lippen der vier anwesenden Kabinettsminister. Hin und wieder warf er auch einmal ein Wort in die Debatte, damit die anderen merkten, wie sehr ihn diese welterschütternden Probleme geistig beschäftigten. Die Sitzung der »zurückgebliebenen« Herren war jedoch nur von kurzer Dauer. Inzwischen trafen in hellen und lauten Scharen die übrigen Gäste ein, die »unteren Fünfhundert«, die man nicht zum Dinner geladen hatte. Phineas mischte sich unter die Neuankömmlinge. Mit ihnen stieg er die große Treppe zu den Gesellschaftsräumen im ersten Stock hinauf. Er ließ seine Augen umherschweifen. Er suchte Violet Effingham. Da er sie nicht fand, verspürte er nicht übel Lust, sein Gespräch mit Madame Max Goesler fortzusetzen.

Zuerst begegnete er Lady Laura. Er hatte bisher noch nicht mit ihr gesprochen. Er verbeugte sich: »Gnädigste, darf ich Sie um eine kleine Auskunft bitten? Wer ist eigentlich diese Madame Max Goesler? Warum bin ich ihr nicht schon früher begegnet?«

»Sprachen Sie von einer ›kleinen Auskunft‹? Nun überfallen Sie mich

gleich mit zwei Fragen. Doch will ich Ihnen gern beide beantworten, so gut ich kann. Sie haben sie nicht getroffen, weil sie im vorigen Frühjahr und Sommer in Deutschland war . . ., und das Jahr zuvor waren Sie selbst noch kein Gesellschaftslöwe, den man auf allen Parties traf. Und doch möchte ich annehmen, daß Sie Madame schon früher mal gesehen haben. Sie ist die Witwe eines österreichischen Bankiers. Den größten Teil ihres Lebens hat sie in Wien verbracht. Sie ist sehr reich und bewohnt ein kleines Haus in Park Lane. Sie ist so exklusiv in der Auswahl ihrer Gäste, daß es als Ehre gilt, von Madame Max Goesler eingeladen zu werden. Ihre Feinde behaupten, ihr Vater sei ein deutscher Jude gewesen, der hier in England für österreichische Bankfirmen tätig war. Man munkelt auch, sie sei in zweiter Ehe mit einem österreichischen Grafen verheiratet gewesen – oder sei es noch. Jedenfalls zahle sie diesem Grafen eine bestimmte ›Abwesenheitsrente‹, das heißt einen Betrag, damit er sich für alle Ewigkeit von ihr fernhalte.
Doch niemand weiß eigentlich etwas Genaues über sie, wenn man davon absieht, daß sie jährlich 7000 bis 8000 Pfund Sterling ausgibt. Man behauptet auch, daß sie fest entschlossen ist, nie wieder zu heiraten. Anfangs hat man sie in der besseren Gesellschaft geschnitten. Das ist aber schon längst nicht mehr der Fall.«

Erst nach einer halben Stunde gelang es Phineas, die langgesuchte Miß Effingham zu erspähen. Sie unterhielt sich gerade mit Lord Fawn. Er pirschte sich an sie heran. »Bei diesem Gewühl«, sagte er, »war es gar nicht so einfach, Ihnen auch nur auf dezenteste Weise zu nahe zu treten.«

Sie lachte. »Und nun haben Sie es geschafft und müssen sogar in meiner Nähe bleiben, weil Ihnen der Rückweg abgeschnitten ist. Lord Fawn hat es schon ein halbdutzendmal versucht, Reißaus zu nehmen – und es ist ihm nicht gelungen.«

»Ich bin mit meiner gegenwärtigen Position gar nicht so unzufrieden«, meinte Lord Fawn. Man sah ihm seine Zufriedenheit an.

Violet wandte sich an Phineas: »Beim Dinner haben Sie ein unglaubliches Glück mit Ihrer Tischdame gehabt.«

»Und ich war der Ansicht, Lord Fawn sei der Glückliche gewesen.«

»Sie hatten Madame Max Goesler volle zwei Stunden für sich allein. Ich glaube, jeder hat Sie darum beneidet. Ganz bestimmt hat man Lady Glencora tüchtig zugesetzt, daß in Ihrem Fall alles so gutnachbarlich geregelt wurde. Was hat Ihnen Madame erzählt? Worüber haben Sie sich mit ihr unterhalten?«

»Wir sprachen über Politik . . . über das allgemeine Wahlrecht . . .«

»Wie ich Madame Max Goesler kenne, hat sie Ihnen noch viel mehr gesagt. Kein Mann entgeht ihr, ohne daß sie ihn bezirzt. Nehmen wir an, Mr. Finn,

Sie haben irgend etwas auf dem Herzen. Madame wird dann sofort Ihren wunden Punkt berührt haben. Wollen wir wetten?«

Phineas wettete nicht. Aber es gab zwei Dinge, die er auf dem Herzen hatte – und eines dieser »Dinge« war überhaupt kein Ding, sondern Violet Effingham. Und das andere Ding war seine politische Karriere. Madame Max Goesler hatte tatsächlich diese beiden wunden Punkte berührt, wozu auch noch als eine Art Mittelpunkt das Duell in Blankenberghe gehörte. Nach etwa einer halben Stunde bahnte sich Phineas einen Weg durch die Menge, denn schließlich muß man ja irgendwann einmal auch die netteste Party verlassen. Auf einmal befand er sich wieder in unmittelbarer Nähe seiner mysteriösen Tischdame mit der mysteriösen Vergangenheit. Aber dreimal wehe! Bei dieser Party hatte es auch nicht einen einzigen winzig kleinen Moment gegeben, um unter vier Augen – oder zumindest unter vier Ohren – an Violet die Frage aller Fragen zu richten, ob sie ihn auch von Herzen mit Schmerzen und so weiter liebe. Er war darüber sehr unglücklich, doch nicht verzagt. Lord Fawn war sicher kein ernstzunehmender Rivale. Wohl hatte ihm seine Freundin Lady Laura immer wieder zu verstehen gegeben, er, Phineas, hätte bei Miß Effingham auch nicht die geringsten Chancen, und jeder Schritt in dieser Richtung, das heißt jeder Schritt in Richtung Violet sei nichts weiter als verlorene Liebesmüh.

Phineas tröstete sich: Lady Laura ist in diesem Fall nicht neutral, da sie ja ihren Bruder Oswald, den wilden Lord Chiltern, mit ihr verheiraten will. Und wie stand es mit Miß Effingham? Wußte sie, wie er sie liebte? Wie er nur sie begehrte? Gewiß, gewiß. Sie wußte alles – und was sie nicht wußte, ahnte sie. Sie lächelte ihm daher freundlich zu, wenn sie ihn erblickte. Sie war gnädig und huldvoll, wenn sie mit ihm sprach. Würde sie sich so verhalten, fragte sich Phineas, wenn er absolut keine Aussichten bei ihr hätte?

Und jetzt, als er die Party verlassen wollte, stand er wieder Madame Max Goesler gegenüber. Und Madame sprach also: »Wie ich sah, ist der Abend dann doch noch sehr glücklich für Sie abgelaufen.«

»Ich wüßte nicht, daß ich irgendeinen Erfolg hatte«, sagte Phineas und sah aus wie ein Romeo ohne Julia.

»Ich halte es für einen großen Erfolg, wenn man sich bei einer Massenversammlung wie hier seinen Weg zu einem ganz bestimmten Ziel zu bahnen vermag. Dazu muß man ein Kavalier mit Ellbogen sein und über einen erstaunlichen Orientierungssinn verfügen. Ich möchte Sie daher bitten, mir jetzt meinen Diener zu finden, damit er dann meinen Wagen vorfahren läßt. Wollen Sie mir diesen Gefallen tun?« Natürlich erklärte Phineas, er werde ihren Wunsch, der ihm Befehl sei, mit dem größten Vergnügen erfüllen. »Sie werden meinen Diener sofort erkennen, er ist Deutscher und

trägt keine Livree. Aber wenn jemand meinen Namen ausruft, versteht er's und ist sofort zur Stelle. Ein aufgeweckter, gewitzter Bursche und viel aufmerksamer als seine englischen Kollegen. Wissen Sie, ich finde, unter Briten findet man eigentlich selten gute Bediente.«
»Ein Kompliment für uns. Oder war es nicht so gemeint?«
»Ganz gewiß nicht. Wenn man ein Diener ist, sollte man sich bemühen, ein guter Diener zu sein.«
Phineas führte nun seinen Auftrag aus. Als er zurückkam, sprach er noch ein paar Worte mit Madame Max Goesler in der Garderobe.
»Vielen Dank, daß Sie sich meinetwegen so bemüht haben. Ich hoffe, daß Sie mich bald mal besuchen werden. Ich wohne Park Lane 193. Sicher haben Sie das Häuschen schon mal gesehen.«
Dann half er ihr in den Wagen. Er selbst ging zu Fuß in seinen Klub.

Nicht nur Madame Max Goesler hatte ein Auge auf Phineas Finn geworfen, auch die entscheidenden Männer in der Regierung waren auf ihn aufmerksam geworden. So wurde ihm ein Junior-Ministerposten im Schatzamt angeboten mit dem schönen Titel »Zweiter Schatzlord«. Kurze Zeit nach seiner Ernennung hatte er seine Freunde, die Kennedys, aufgesucht. Als er sich verabschiedet hatte, sagte Mr. Kennedy zu seiner Frau: »Ich glaube, er wird sich gut machen.«
»Daran zweifle ich auch nicht eine Sekunde«, meinte Lady Laura in leicht gereiztem Ton, als wäre es fast schon eine Majestätsbeleidigung, die künftige Karriere von Phineas Finn überhaupt in Frage zu stellen.
»Nun, ich halte ihn nicht für ein kleines Weltwunder, für einen weißen Raben. Aber er wird seinen Weg gehen, wenn er sich richtig benimmt. Wie doch diese absurde Duellgeschichte noch immer die Runde macht.«
»Man kann die Leute nicht am Reden hindern«, meinte Lady Laura.
»Mir scheint, es hat da irgendeinen Streit zwischen Phineas und Lord Chiltern gegeben, obwohl keiner von beiden darüber spricht. Man sagt, es soll sich bei diesem Zwist um Miß Effingham gehandelt haben. Mir will das nicht so recht in den Sinn, daß sich der gute Finn da irgendwelche Hoffnungen gemacht hat.«
»Und warum nicht?«
»Aus drei Gründen, meine Liebe. Finn hat weder die entsprechende Position noch genügend Geld, noch die nötige Abstammung.«
»Aber er ist ein Gentleman«, erklärte Lady Laura, die schon längst die Erfahrung gemacht hatte, daß es viel weniger Gentlemen gab, als man gemeinhin glaubte. »Im übrigen hat er doch eine gute Position. Meines Erachtens besteht auch nicht der geringste Grund, warum er sich nicht um jedes Mädchen bewerben könnte.«

Kennedy furchte die Stirn. Er hätte jetzt am liebsten die Schale seines Zorns ausgegossen, doch fehlte es ihm an der geeigneten Schale. »Wer kann dich verstehen, Laura? Ich dachte, du hättest ganz andere Pläne für Miß Effingham ausgeheckt ...«

»Hab' ich auch. Aber das hat nichts mit dieser Sache zu tun. Du tatest so, als ob es ein Verbrechen wäre, wenn Mr. Finn um die Hand von Violet Effingham anhalten würde. Und da bin ich ganz und gar nicht deiner Meinung. Für mich ist Mr. Finn ...«

»Ich kann den Namen Finn einfach nicht mehr hören.«

»Verzeihung! Es tut mir aufrichtig leid, daß ich den Namen eines Mannes erwähnte, dem du immerhin dein Leben verdankst. Ich werde also diesen Namen nie mehr nennen.«

»Unsinn!«

»Ja, es wäre Unsinn, Robert. Ich weiß das auch.«

»Ich wollte ja nur zum Ausdruck bringen, daß du ihm den Kopf verdrehst und ihn vielleicht auf falsche Gedanken bringst. Glaubst du, ich weiß nicht, was zwischen euch vorgeht?«

»Und was geht da vor? Kannst du mir das vielleicht etwas näher erklären?«

»Du förderst diesen jungen Mann auf jede nur mögliche und unmögliche Art. Du hast ihn auf einen Sockel gestellt und vergötterst ihn, weil er gut aussieht, weil er recht gescheit ist und sich anständig benimmt. Das ist nun mal die Art aller Frauen, die nichts zu tun haben und denen man nicht klarmachen kann, daß es auch für sie gewisse Pflichten gibt.«

»Sag mal, Robert, hab' ich meine Pflichten dir gegenüber in irgendeiner Weise vernachlässigt?«

»Ja, das hast du und tust es immer noch. Du nimmst an den Sonntagsempfängen im Hause deines Vaters teil, ohne dich an die Sabbatgebote der Kirche zu halten.«

»Und was hat das mit Mr. Finn zu tun?«

Kennedy machte eine abweisende Handbewegung.

Lady Laura war jetzt in Zorn geraten. »Ich glaube, es ist das beste, Mr. Finn zu bitten, unser Haus nie wieder zu betreten, da dir seine Anwesenheit derart auf die Nerven geht. Alle Welt weiß, was du ihm verdankst. Kein Mensch wird deine Handlungsweise verstehen können. Die Leute werden alle möglichen Vermutungen anstellen. Aber all das ist immer noch leichter zu ertragen als dein bisheriges Verhalten ..., als der Vorwurf, den du gegen deine Frau erhebst ... der Vorwurf, daß sie einen jungen Mann vergöttert ..., weil er ... weil er gut aussieht.«

»Ich habe nichts dergleichen gesagt.«

»Doch, Robert.«

»Ich habe ganz allgemein gesprochen. Über die Frauen im allgemeinen.«

»Du hast mich persönlich angegriffen. Du hast gesagt, weil ich diesen jungen Mann vergöttere, hätte ich meine Pflichten vernachlässigt. Aber du bist dann von einem Vorwurf zum andern gesprungen, hast die kleinen Teegesellschaften im Hause meines Vaters erwähnt, durch die angeblich die heilige Sabbatruhe gestört wird. Du hast alles so durcheinandergebracht, daß ich nun nicht mehr weiß, was in deinem Hirn vorgeht.«
Mr. Kennedy stand eine Weile nachdenklich da, als wollte er seine Gedanken sammeln, um das von seiner Frau erwähnte Rätsel zu lösen. Ihm fiel jedoch keine Lösung ein. So verließ er das Zimmer.
Lady Laura war jetzt allein und konnte über die Anschuldigungen nachdenken, die ihr Mann gegen sie erhoben hatte. Anschuldigungen? Hatte sie nicht etwas in seine Worte hineingelegt, was er nie hatte behaupten wollen? Ja, er hatte von Vergötterung gesprochen, doch nur ganz allgemein. Viele Frauen sind in ihren Hund vernarrt, in irgendein Bild, eine Vase. Oder ging ihre Vernarrtheit, ihre Vergötterung doch etwas weiter, was diesen jungen Mann betraf?
Sie hatte oft und sehr ernst über ihre Ehe nachgedacht. Sie wußte, daß sie ihren Mann nicht liebte, nicht lieben konnte. Sie wußte, daß sie Phineas Finn liebte – und diese Liebe nicht aus ihren Sinnen verjagen konnte. Sie hatte alles versucht. Im Anfang hatte sie seine Gesellschaft gemieden. Sie hatte ihm sogar zu verstehen gegeben, warum sie es tat. Dann hatte sie eingesehen, wie töricht ihr Handeln war. Nun hatte sie beschlossen, mit ihm zusammenzukommen wie mit anderen Männern und wie es der Zufall ergab. Und sie hatte beschlossen, ihre Liebe zu beherrschen. Es gelang ihr nicht. Sie versuchte, Liebe durch Freundschaft zu ersetzen. Gewiß, nur die Worte waren anders. Aber so konnte sie sich wenigstens einreden, daß sie nicht in Gedanken sündigte. Sünde? Es war ja nur Freundschaft. Und dann kam Phineas zu ihr und beichtete ihr seine Liebe, nicht die Liebe zu ihr, sondern zu Violet Effingham. Das war mehr gewesen, als sie ertragen konnte. Sie fühlte sich verdrängt. Hatte Phineas nicht sie geliebt, als er seine Londoner Karriere begann? Hatte sie nicht alles getan, um eine Ehe zwischen Violet und ihrem Bruder zustande zu bringen? Und nun ging etwas Seltsames in ihr vor, das sie selbst kaum verstehen konnte. Sie ertappte sich dabei, wie sie Phineas Glück und Erfolg bei seinem Werben um Violet wünschte. Warum sollte er nicht die Frau haben, die er so sehnlich begehrte? War es etwa die Schuld von Phineas, daß sie Robert Kennedy geheiratet hatte – und nicht ihn? Tausend Fragen schwirrten durch ihren Kopf. Würde nicht Phineas ihr Freund bleiben, auch wenn er ihre Freundin heiratete? Und würde sie dann nicht aufhören, ihn zu lieben? Würde sie dann nicht wieder in der Geborgenheit einer vor Gott geschlossenen Ehe leben?

Als sie Antwort auf all diese Fragen suchte, hatte sie ihre Liebe zu Phineas noch nicht vergessen.
Und sie fühlte sich auch nicht geborgen in der Ehe mit einem Mann, den sie nie geliebt hatte, nicht liebte – und nicht lieben konnte.

Lady Laura hatte Phineas nie gestanden, daß sie bereit war, ihren Bruder, den wilden Lord Chiltern, zu opfern, und zwar auf dem Altar von Violet Effingham – und erst recht hatte sie nie gestanden, daß sie bereit war, sich selbst zu opfern – für ihn und seine Liebe zu Violet. Phineas wußte auch nicht, wie ihm geschah, als er an einem schönen Vormittag im Juni die Mitteilung erhielt, er würde Violet am Portman Square treffen, und zwar am Nachmittag des gleichen Tages. In der Mitteilung hieß es weiter, ihr Vater, Lord Brentford, werde da sein, und auch sie, Laura, werde ihn bei dieser Gelegenheit treffen, doch werde er bestimmt eine Möglichkeit haben, mit Miß Effingham einige Zeit allein zu sein. Unterzeichnet war diese kurze Botschaft nur mit dem Buchstaben »L«. Dann folgte ein längeres Postskriptum. »Fragen Sie nach mir. Ich werde etwas später kommen. Ich habe die Weisung hinterlassen, man möchte Sie doch bitten, ein wenig zu warten. Natürlich kann ich Ihnen keinen Erfolg versprechen. Aber wenn Sie es trotzdem versuchen wollen, ist Ihnen hiermit die Möglichkeit geboten. Sollten Sie nicht kommen, weiß ich, daß Sie sich die Sache inzwischen anders überlegt haben. Dadurch wird sich natürlich nichts an der Beziehung zwischen uns beiden ändern. Ich werde Sie deswegen nicht minder schätzen und auch Ihr Geheimnis zu wahren wissen. Ich habe diesen Plan ausgeheckt, weil ich glaube, daß dieses ›Arrangement‹ Ihren geheimsten Wünschen entspricht. Bitte, verbrennen Sie dies Brieflein gleich, nachdem Sie es gelesen haben.«
Am Nachmittag dieses Tages begab sich Phineas direkt von seinem Büro im Schatzamt zum Hause von Lord Brentford am Portman Square. Er hatte beschlossen, für diesen Besuch keine »große Toilette« zu machen. Er zog sich nicht um, wusch sich nur die Hände und bürstete sein Haar, wie er es immer tat, wenn er sich von seinem Ministerium ins Unterhaus begab. Pünktlich zu der von Lady Laura angegebenen Stunde ließ er sich im Haus von Lord Brentford melden. Ein Diener führte ihn in einen Raum, in dem sich nur Miß Effingham befand.
»Ich bin froh«, begann Phineas, »daß wir uns mal Aug' in Auge gegenüberstehen, ohne von tausend anderen Augen beobachtet zu werden.«
»Ja«, sagte Miß Effingham lachend, »da stehe ich Ihnen nun mutterseelenallein gegenüber, ein armes, wehrloses weibliches Geschöpf. Aber wie Sie sehen, klappre ich nicht vor Schreck mit den Zähnen. Irgendwo soll sich ja auch Lord Brentford aufhalten, der mich notfalls beschützen könnte.«

»Aha«, meinte Phineas und nahm den kleinen Scherz auf, »nun verstehe ich, warum Sie nicht schreckensbleich, von Entsetzen betäubt vor mir stehen.«
»Sie ahnen ja gar nicht, Mr. Finn, wie selbständig wir armen schutzlosen Frauenzimmer heutzutage geworden sind. So selbständig, daß sich die Männer von uns abwenden. Wenn sie schon etwas mit uns zu tun haben, haben sie nichts zu tun. Und das kann natürlich kein Mann ertragen. Werden Sie jetzt auch sofort das Weite suchen?«
»Keine Angst, Miß Effingham.«
»Wenn ich nur wüßte, wie ich das verstehen soll. Wer hat hier keine Angst? Sie oder ich? Ja, es gab einmal eine Zeit – und sie liegt noch gar nicht so lange zurück –, da hielt man es für schrecklich gefährlich, wenn junge Herren und junge Damen allein in einem Raum waren. Aber Gott sei Dank sind die Sitten nicht mehr so streng, und ich möchte sagen: Die Sittlichkeit hat dabei nur gewonnen. Meinen Sie nicht auch, Mr. Finn?«
»Ich bin da ganz Ihrer Ansicht.«
»Und doch hab' ich's nicht gern, daß man mich in eine Falle lockt, Mr. Finn.«
»In eine Falle?«
»Jawohl, in eine Falle! Ist dies etwa keine? Wenn Sie diese Frage verneinen, will ich gern zugeben, daß ich ein Dummkopf bin. Ja, ich will Sie dann sogar um Verzeihung bitten.«
»Ich verstehe überhaupt nicht, wie Sie hier von einer Falle reden können.«
»Hat man Ihnen gesagt, daß ich hier sein werde?«
Er schwieg einen Augenblick, ehe er antwortete: »Ja, man hat's mir gesagt.«
»Ich nenne das eine Falle.«
»Ist es meine Schuld?«
»Ich behaupte nicht, daß Sie mir die Falle stellten, aber ..., aber Sie benutzen diese günstige Gelegenheit.«
»Miß Effingham, ich gebe das alles zu. Bitte verstehen Sie mich! Ich wollte Ihnen etwas sagen, etwas anvertrauen. Und nun bot sich endlich die Chance, auf die ich so lang gewartet hatte.«
»Und deswegen haben Sie Ihre Freundin um Hilfestellung gebeten?«
»Stimmt.«
»Das war ein Fehler, Mr. Finn. In solchen Fragen soll man lieber alles hübsch bei sich behalten. Wenn Sie Ihren Kampf nicht selber führen können, kann es niemand für Sie tun.«
Phineas beschloß nun, wacker und allein in die Schlacht zu ziehen, mit fliegenden Fahnen und flatterndem Herzen. »Violet Effingham ...«, begann er. Dann hingen die Fahnen für ein paar Sekunden schlaff hinunter.

Dafür flatterte sein Herz um so wilder und ungestümer. »Ich möchte ... möchte ... um Ihre Hand anhalten ...« Jetzt wehten auch die Fahnen wieder, allerdings in einem heimlichen Sturmwind, den er selbst erzeugen mußte. »Ich liebe Sie, Violet Effingham. Ich wäre der glücklichste Mensch, wenn Sie meine Liebe erwidern würden. Ach, wenn ich nur wüßte, ob Sie mich lieben! Ich habe nie zu hoffen gewagt, daß ich ein Wort der Liebe von Ihnen höre ...«

Phineas Finn hatte jetzt seine schwersten Kanonen aufgefahren, doch ehe er sie abfeuern konnte, ging Miß Effingham zum Angriff über – und dabei war sie nur mit einem schnippischen Lächeln bewaffnet. »Und da Sie nie zu hoffen wagten, wie Sie eben selbst erklärten, auf was haben Sie dann gehofft?«

»Ja, ich wußte, alles war ziemlich hoffnungslos ...«

Violet sah ihn jetzt ernsthaft an, ohne schnippisches Lächeln. »Wenn ich Sie liebte, würde ich mich nicht zieren. Ich würde es Ihnen sagen, ohne einen Moment zu zögern. Ehrenwort, ich würde es tun.«

»Und werden Sie mich niemals lieben können?«

»Was soll man als Frau nur auf eine solche Frage antworten? Nein ..., ich glaube, daß ich Sie niemals lieben werde. Ich glaube, daß ich Sie niemals heiraten möchte. Sie wollten eine ehrliche Antwort haben. Ich habe Ihre Frage ehrlich erwidert – oder nicht?«

»Es ist nur deshalb ...« Phineas war nun völlig verwirrt. Er wandelte jetzt die eben gestammelten Worte in eine Frage um, ohne zu wissen, was er eigentlich fragen wollte oder fragen sollte. »Ist es nur deshalb, weil ...?« Die Worte hingen in der Luft mitsamt ihrem Fragezeichen. Doch nicht lange. Ehe sie abstürzen konnten, wurden sie geschickt von Miß Effingham aufgefangen. »Es ist nur deshalb, weil ...«, sagte sie, »weil jedes Mädchen einem Mann einen Korb geben muß, wenn sie ihn nicht liebt. Ich wollte, Mr. Finn, wir könnten uns auf nettere Art unterhalten, denn ich mag Sie gern leiden, Mr. Finn.«

»Ich habe nichts, was ich zur Rechtfertigung meiner Bewerbung vorbringen könnte.«

»Wieso nicht? Wenn Sie mich lieben, haben Sie korrekt gehandelt.«

Phineas faßte neuen Mut. Die Trompeter hatten bereits zum Rückzug geblasen, nun wurde die letzte Reserve in den Kampf geworfen. »Werden Sie sich wenigstens bemühen ... ich meine, den Versuch machen, mich je zu lieben?«

»Nein und warum auch? Wenn ich mich überhaupt bemühe, werde ich mich bemühen, Sie nicht zu lieben. Alle Personen, die mir nahestehen, würden eine solche Liebe mißbilligen. Sie würden alle gegen eine solche Ehe sein.«

Phineas warf einen wehmütigen Blick auf das Schlachtfeld. Da lagen sein wundes Herz, sein verletzter Stolz, seine unbegrabenen Hoffnungen. »Ich kann warten«, sagte er schließlich.
»Bitte, treiben Sie mich nicht so weit, daß ich die Geduld verliere und unhöflich werden muß. Alle haben Sie gern. Das gilt ganz besonders für Lady Laura und ihren Mann. Es gilt auch für Lord Brentford. Ja, es gilt auch für mich. Warum sollte also jetzt etwas geschehen, wodurch diese guten und freundschaftlichen Beziehungen getrübt werden könnten? Sagen Sie mir jetzt, daß Sie ein Nein für ein Nein nehmen. Und dann reiche ich Ihnen die Hand, und wir sind gute Freunde – wie bisher.«
»Reichen Sie mir die Hand«, sagte Phineas. Sie tat es. Er preßte die Hand an seine Lippen. »Ich werde warten und wiederkommen. Ich kehre bestimmt zurück.« Dann wandte er sich ab und verließ das Haus. Gerade als er den Portman Square verlassen wollte, sah er die Kutsche von Lady Laura. Er tat jedoch so, als hätte er sie nicht bemerkt und ging weiter. Auch Lady Laura hatte ihn gesehen.
»Du hast hier also Besuch gehabt«, sagte Lady Laura zu Violet.
»Ja, auf einmal war ich in eine Falle geraten.«
»Armes Mäuschen! Und hat dich die böse Katze gefressen?«
»Es war ein Kater, und auf seine Art hat er mich wohl verschlungen. Einige Katzentiere verspeisen ihre Opfer, ohne vorher mit ihnen gespielt zu haben. Andere spielen erst mit der Maus, ehe sie verschlungen wird. Aber es gibt auch Kater und Katzen, die nur mit der Maus spielen und gar keine Lust haben, das Mäuslein auch noch zu verzehren. Und zu dieser letzten Gruppe gehört Mr. Finn. Zweifellos hat er mit mir einen netten Nachmittag auf seine spielerische Art verbracht.«
»Du tust ihm Unrecht, Violet!«
»Nein, meine Liebe, das tu ich nicht. Damit will ich nicht sagen, daß er sich nicht gefreut hätte, wenn ich bereit gewesen wäre, ihn zu erhören. Aber ich täusche mich wohl nicht, wenn er später einmal mit selbstzufriedenem Vergnügen an unsere heutige Aussprache zurückdenken wird, die ein netter Zeitvertreib für ihn war und keine Wunden zurücklassen wird – geschweige denn Narben.«

12 Honi soit qui mal y pense – Party in Matching – Wie Madame Max Goesler den Herzog von Omnium erobert – Man kann sich schließlich nicht alle Tage duellieren – Phineas zu Besuch in Killaloe – Liebste Mary, mit der Zeit wird sich wohl alles zum Guten wenden – Und was sich zum Bösen wendete

Mitte September gaben die Pallisers eine große Party in ihrem Landhaus Matching Priory. Auch Phineas war eingeladen. Er sah viele bekannte Gesichter. Das halbe Kabinett war da. Er hielt jedoch vergeblich Ausschau nach Lady Laura und ihrem Mann, Robert Kennedy, Kanzler des Herzogtums Lancaster. Man erwartete Violet Effingham in zwei Tagen und Lord Chiltern zum Wochenende, wie Phineas von Lady Glencora erfuhr. Sie machte ihm diese Mitteilung schon gleich nach seiner Ankunft und auf beste Verschwörerart. Er hatte jetzt auch nicht den geringsten Zweifel, daß sie von der Duellgeschichte wußte. »Ich freue mich schon, Lord Chiltern wiederzusehen«, sagte Phineas. »Na, dann ist ja alles in bester Ordnung«, meinte lächelnd die Gastgeberin, der natürlich an der Aufrechterhaltung des Friedens bei ihrer Party viel gelegen war. Selbstverständlich befanden sich auch John Grey und Alice unter den Gästen; sie gehörten nun zu den engsten Freunden der Pallisers.
Am gleichen Tag wie Phineas traf auch der Herzog von Omnium in Matching ein, Plantagenets Onkel. Er war nicht der einzige Herzog unter den Gästen. Da war auch noch der Herzog von St. Bungay, ein verdienstvoller Mann, der sein ganzes Leben lang hohe Kabinettsposten bekleidet hatte und immer bereitwillig auch die unangenehmsten und heikelsten Aufgaben zu Nutz und Frommen der liberalen Partei übernahm. Und doch war der Herzog von Omnium, der nichts dergleichen tat, wenn er überhaupt etwas tat, weit populärer als sein herzoglicher Kollege. Beide trugen den Orden des blauen Hosenbandes, den *Order of the garter*. An sich hatte diese angesehenste englische Dekoration weniger mit dem Hosenband als mit dem Knieband zu tun, genaugenommen sogar nur mit dem Knieband der Gräfin von Salisbury. Sie war, wie sich historisch belegen läßt, die Geliebte von König Eduard III., der eines Abends mit ihr tanzte. Da passierte es, daß die arme Gräfin ihr linkes blaues Strumpfband verlor. Das war gewiß sehr peinlich. Aber der König stand über der Situation, wobei er sich allerdings bücken mußte, um das Strumpfband aufzuheben. Dabei sprach er die inzwischen klassisch gewordenen Worte: »Honi soit qui mal y pense!« (Schande dem, der Schlechtes dabei denkt.) Und dann stiftete Eduard III. den berühmten Hosenbandorden. Nach einer anderen Version erfolgte die Ordensstiftung Anno 1350 zur Ehre Gottes, der Heiligen Jungfrau und des Märtyrers Georg. Auf alle Fälle waren nun beide Herzöge bei der Party in Matching Priory mit einem dunkelblauen Samtband

geschmückt, das mittels einer goldenen Schnalle am Knie befestigt war. Der Herzog von St. Bungay war mit dieser hohen und doch tiefsitzenden Auszeichnung wegen seiner großen Verdienste um den britischen Staat geehrt worden. Der Herzog von Omnium hatte diesen Orden erhalten, weil er eben der Herzog von Omnium war. Der Herzog von St. Bungay war ein Mann von Charakter, ein aufrechter Biedermann, ein guter Gatte, ein guter Vater, ein guter Freund. Der Herzog von Omnium dagegen war nur »erhaben«, aber nicht über jeden Tadel. Und doch wurde der ehrenhafte und pflichtbewußte Herzog von St. Bungay von seinen Zeitgenossen nicht sonderlich beachtet, während alle Welt den Herzog von Omnium verehrte und fast schon vergötterte, obwohl er keineswegs im Geruch der Heiligkeit stand. Kaum war der Wagen des Herzogs von Omnium vorgefahren, wandte sich Mrs. Bonteen, die Frau eines Abgeordneten, an Phineas und sprach pathetisch: »Er ist erschienen – Punkt sieben Uhr!«
»Wer ist erschienen?« fragte Phineas.
»Der Herzog von Omnium!« klärte ihn nun Mrs. Bonteen auf. Es war fast schon ein Vorwurf. Dann fuhr sie mit erbaulich beseligter Stimme fort: »Er ist erschienen, obwohl es gar nicht so sicher war, daß er erscheinen würde. Wie mir Lady Glencora anvertraute, haßt der Herzog alle Bindungen. Oh, ich bin so glücklich, daß er es einrichten konnte, mit uns unter einem Dach zu weilen.«
»Ich glaube, ich habe den Herzog noch nie gesehen«, sagte Phineas, obwohl die Gefahr bestand, daß er sich damit bei Mrs. Bonteen eine nie wieder zu bedeckende Blöße gab.
Die gute Dame hätte sich nun am liebsten voll Stolz an die Brust geschlagen, tat es aber nicht, weil man so etwas in Gesellschaft nicht tut: »Oh, ich habe ihn gesehen! Er sieht herrlich aus. Wie nett von Glencora, daß sie uns die Gnade gewährt hat, den Herzog von Angesicht zu Angesicht zu sehen. Seine Gnaden mischt sich ansonsten nur selten unter das Volk. Ich meine, er besucht nur selten größere Gesellschaften. Aber man sagt, Lady Glencora könne Seine Gnaden um den kleinen Finger wickeln, seit sie von einem künftigen Erben entbunden wurde.« Und dann ließ Mrs. Bonteen feierlich aufklärend ihrer Zunge freien Lauf: »Ja, anderthalb Jahre war kein Erbe in Sicht. Es war zum Verzweifeln. Damals fehlte nicht viel, und der Herzog hätte sich mit seinem Neffen überworfen. Und Mr. Palliser . . . ach, was hat man da nicht alles getuschelt. Es hieß . . . pst! . . . alle Gevatterinnen und Teeschwestern wußten es, daß sich Plantagenet und Glencora fast getrennt hätten. Jeder wußte es . . .«
»Ich wußte es nicht«, stellte Phineas fest, dem das Geschwätz von Mrs. Bonteen schon längst auf die Nerven ging.
»Dann wissen Sie es jetzt«, ließ sich die unbeirrbare Mrs. Bonteen

vernehmen. »Und seitdem kann Lady Glencora mit dem Herzog anstellen, was sie will.«

Gern hätte Phineas nun Mrs. Bonteen gezeigt, wie gering er selbst von ihrem Abgott dachte und wie in seinen liberalen Augen niemand einen Platz im Ruhmestempel verdiente, der kein Interesse an der hohen Politik erkennen ließ. Aber ach, wider Willen und wider Mrs. Bonteen geriet auch er in den Bann dieses großen Herrn, der im Gegensatz zu den meisten größeren Herrn wirklich ein Herr war. Phineas gefiel es gar nicht, daß er sich selbst jetzt fast wie ein Lehnsmann vorkam. Jede Form von Subordination war ihm verhaßt. Als er den Salon betrat, stand der Herzog vor einem großen Erkerfenster, umringt von zwei oder drei Damen und zwei oder drei Herren. Phineas hatte die Absicht, einen kleinen Bogen um diese Gruppe zu machen. Er kam sich plötzlich zu klein und unbedeutend vor, um sich einem so hohen Herrn zu nähern. Bei genauem Hinschauen entdeckte Phineas, daß sich auch Madame Max Goesler im näheren Umkreis des Herzogs befand. Aber was war das? Er sah, wie sich Madame von der Gruppe trennte. Etwas mußte vorgefallen sein. Vielleicht, nein, sogar sicher hatte sie eine Bemerkung gemacht, die man nicht so freundlich aufgenommen hatte, wie sie wohl erwartet hatte. Aber wenn es eine Niederlage war, hätte sie sie nicht besser hinnehmen können. Ihr Lächeln war charmanter denn je, als sie sich auf einem Ecksofa niederließ – zufrieden mit sich und zufrieden mit der Welt. Wenigstens wollte sie sich diesen Anschein geben. Und doch wußte Phineas, daß man sie tief verletzt hatte.

Er ging auf sie zu: »Ich habe zweimal bei Ihnen in London vorgesprochen, doch waren Sie leider nicht zu Hause.«

»Ja, ich weiß. Aber Sie suchten mich so spät in der Saison auf, daß sich keine Verabredungen mehr treffen ließen. Was kann man als Frau schon machen, wenn sich ein Gentleman erst im August bei ihr meldet?«

Phineas widersprach: »Ich machte meine erste Visite im Juli.«

»Ja, ich erinnere mich. War es nicht am 31. Juli? Ich führe über all diese Dinge ganz genau Buch. Hoffen wir, daß wir nächstes Jahr mehr Glück haben werden. Inzwischen müssen wir uns an allem erfreuen, was die Gegenwart zu bieten hat.«

»Gesellschaftlich oder politisch, Madame Goesler?«

»Oh, natürlich nur gesellschaftlich. Wie könnte ich es auch anders gemeint haben, wenn wir uns hier an der Gegenwart des Herzogs erfreuen können. Ich habe das Gefühl, als sei ich gewachsen, ich meine: größer geworden, seit der Herzog in Matching ist. Geht es Ihnen nicht genauso? Aber Sie sind ein verwöhntes Glückskind. Vielleicht haben Sie ihn schon früher getroffen.«

»Einmal sah ich beim Spaziergang im Park von hinten einen großen Hut –

und dann kam jemand und sagte mir, unter diesem Hut stecke der Kopf des Herzogs von Omnium.«
»Und sonst haben Sie ihn nie gesehen?«
»Nie. Bis auf den heutigen Tag.«
»Und fühlen Sie sich jetzt nicht beglückt?«
»Natürlich tu ich das. Wofür halten Sie mich denn eigentlich, Madame Goesler?«
»Sie? Das weiß ich nicht. Aber ihn halte ich für einen Narren. Nach allem, was ich über ihn gehört habe, hat er nie irgend jemandem eine gute Tat erwiesen.«
»Auch nicht, als er Lady Glencora ein Rennpferd schenkte?«
»Ich weiß nicht einmal, ob diese Geschichte stimmt. Aber ich hab' Unsinn geschwatzt. Warum sollte er auch was Gutes tun? Für einen Herzog von Omnium genügt es, daß er Herzog von Omnium ist.«
In diesem Augenblick trat Lady Glencora auf Phineas zu. Sie entführte ihn, denn der Herzog hatte den Wunsch geäußert, Phineas kennenzulernen. Unser junger Mann aus Irland fühlte sich daraufhin, als sei er genau in der Mitte gespalten. Er war halb geehrt und halb verstimmt. Lady Glencora nahm ihn am Arm und stellte ihn dem Herzog vor. Seine Gnaden geruhten, Phineas die Hand zu reichen. Seine Gnaden machten eine leichte Verbeugung und sagten dann irgend etwas im Zusammenhang mit Garrottieren, was Phineas in seiner Verwirrung nicht recht verstand. Er bemühte sich jedoch redlich, dem Herzog zu antworten, wie er jedermann geantwortet hätte. Aber die majestätische Würde des Herzogs überwältigte ihn – und er geriet ins Stottern. Seine Gnaden geruhten, eine weitere leichte Verbeugung zu machen, um sich dann mit ein paar herablassenden Worten aus der goldbeschlagenen Routinetruhe an ein anderes gnädigst begünstigtes Individuum zu wenden. Phineas trat den Rückzug an. Er fühlte sich erniedrigt und beleidigt. Er haßte den Herzog – und haßte sich selbst noch mehr. Er vermied es jedoch, seine Rückzugsroute so zu wählen, daß sie zum Sofa führte, auf dem sich Madame Goesler schmollend niedergelassen hatte. Mochte Madame auf sofortige kleinliche Rache und Vergeltung sinnen, so entsprach dies in keiner Weise dem strategischen Plan unseres Phineas Finn, Zweiter Schatzlord in der Regierung Ihrer Majestät. Phineas plante auf lange Sicht. Vielleicht würde eines Tages der große historische Augenblick kommen, da er sein Scherflein beitragen könnte, die erlauchten Herzöge von Omnium auf eine normal-menschliche Größe zu reduzieren.
Bei Tisch saß Phineas zwischen Mrs. Bonteen und der Herzogin von St. Bungay. Es wäre übertrieben, wollte man sagen, daß er sich in dieser Position besonders glücklich fühlte. Am anderen Ende des Tisches thronte

der Herzog. Zu seiner Rechten saß Lady Glencora und zu seiner Linken – o welche Fügung des Schicksals und des geplanten Zufalls! – saß Madame Max Goesler. Während der ganzen Mahlzeit gab es für Phineas nichts, was ihn so amüsierte wie die koketten Flirts der Madame Goesler, ihre überlegene Kunst und ihr offensichtlicher Erfolg. Vor dem Dinner hatte der Herzog sie schwer gekränkt. Seine Gnaden hatten es ungnädig unterlassen, über eine winzig kleine witzige Bemerkung von Madame auch nur andeutungsweise zu lächeln. In ihrem momentanen Ärger hatte sie sich dann Phineas gegenüber zu ein paar abfälligen Bemerkungen über den Herzog hinreißen lassen. Nun aber hatte es Fortuna, Göttin des Glücks, so gefügt, daß sie in der göttlichen Welt- und Tischordnung unmittelbar neben dem Herzog zu sitzen kam. Es war ihre Chance – und sie war nicht so töricht, um nicht mit beiden Händen und mit beiden Augen zuzugreifen. Phineas beobachtete sie und staunte, wie sie bei jedem Gang ihre Gangart veränderte. Bei der Suppe und auch noch beim Fisch verhielt sie sich auffallend ruhig. Nach dem ersten Glas Champagner sprach sie ihr erstes Wort. Der Herzog lehnte zwei der servierten Speisen ab. Erst jetzt ließ Madame Goesler ihre anfängliche Stummheit in leichte Konversation hinübergleiten. Als der Braten aufgetragen wurde, befand sich Madame bereits in voller Fahrt. Gegen Schluß der Mahlzeit genoß sie die Früchte ihres Sieges. Sie aß einen Pfirsich. Während sie behutsam die Haut abschälte, beugte sich der Herzog mit seinem gnädigsten und freundlichsten Lächeln zu ihr.

Es war eine gesegnete Mahlzeit . . . zumindest für Madame Max Goesler. Phineas war über ihren Triumph erstaunt. Noch erstaunter war er allerdings, als Violet Effingham zwei Tage später eintraf, aber nicht allein, wie er erwartet hatte. Lord Brentford, der Vater von Lady Laura und von Lord Chiltern, brachte sie nach Matching. Zunächst nahm Phineas an, man habe das Landhaus der Pallisers als neutralen Boden gewählt, um hier eine Versöhnung zwischen Lord Brentford und seinem wilden Sprößling mit allen diplomatischen Künsten einzufädeln. Aber der Lord blieb nur eine Nacht in Matching. Am nächsten Morgen erfuhr Phineas von Violet, warum der Lord sie begleitet hatte und warum er so rasch wieder abgefahren sei. »Ich habe ihn auf den Knien gebeten, wirklich auf den Knien«, sagte Violet, »er möchte doch bleiben . . .«

»Und wie hat er reagiert?«

»Er umarmte und küßte mich. Ich kann Ihnen nicht alles erzählen, was er zu mir sagte. Schließlich erklärte er, wenn man seinen Sohn Chiltern dazu bringen könnte, auf das väterliche Gut in Saulsby zu kommen, würde er seine fettesten Kälber als Dankopfer schlachten lassen. Er bat mich, doch alles zu tun, um Chiltern zu diesem Schritt zu bewegen. Und Sie, Mr. Finn,

sollten sich auch bemühen. Und daran sollte auch der alberne Zwischenfall in Blankenberghe nichts ändern.«
Phineas lächelte und versprach ihr, alles zu tun, was er tun könne. Es fiel ihm jedoch nicht leicht, bei diesem Gespräch gelassen und unbeteiligt zu wirken. Zum erstenmal hielt er es jetzt für gar nicht so ausgeschlossen, daß Violet vielleicht doch Lord Chiltern heiraten könnte, nachdem sie seine früheren Bewerbungen immer abgelehnt hatte. Dieser Gedanke stimmte ihn traurig, doch bemühte er sich, so gut er konnte, seinen Kummer zu unterdrücken. Feierlich erklärte er, Violet und er selbst müßten Himmel und Hölle in Bewegung setzen, um die schon längst fällige Aussöhnung zwischen Vater und Sohn zu bewirken.

Der Herzog hatte die Absicht, vier Tage in Matching zu bleiben. Am dritten Tag – das war ein Tag vor der erwarteten Ankunft von Lord Chiltern – sah man Seine Gnaden mit Madame Max Goesler ausreiten. Madame galt als perfekte Reiterin. Sie liebte einen guten Galopp und hatte auch an vielen Fuchsjagden teilgenommen. Der Herzog dagegen bevorzugte eine behäbige Gangart. Daher saß Madame nahezu unbeweglich im Sattel, fast so, als wäre sie aus Marmor gemeißelt. Aber gewisse Leute, wie zum Beispiel Mrs. Bonteen, erklärten, daß die Unterhaltung hoch zu Roß keineswegs der Gangart der Pferde entsprach. Am nächsten Morgen sah man den Herzog und Madame Max Goesler wieder zusammen. Sie standen auf einer rückwärtigen Terrasse und beobachteten ein Krocketspiel auf dem Rasen. Und wieder ließ sich Mrs. Bonteen vernehmen. Sie sagte zu Lady Glencora: »Ganz offensichtlich hat unsere Freundin Madame Max Goesler eine neue Eroberung gemacht.«
Und Lady Glencora erwiderte: »Sie ahnen gar nicht, wie ich mich darüber freue. Es ist nicht so leicht, meinen Onkel bei guter Laune zu halten. Nicht jeder kann mit ihm reden – und er nicht mit jedem.«

Programmgemäß traf auch Lord Chiltern ein. Phineas war ein wenig nervös, wie wohl ihre erste Begegnung verlaufen würde.
»Na, alter Junge, wie geht's?« begrüßte ihn sein alter Freund und Duellgegner und lachte. Nun verlor auch Phineas sofort seine ursprüngliche Befangenheit. Die alte Freundschaft war wieder hergestellt. Sie schüttelten sich herzlich die Hand. »Ich weiß ganz genau, warum du hier bist«, sagte Lord Chiltern scherzend. »Du willst die große Karriere machen, immer eine Sprosse höher auf der politischen Hühnerleiter emporklimmen. Meinen Segen hast du.«
Etwas schwieriger wurde das Gespräch erst, als der Name von Miß Effingham erwähnt wurde. Es war Lord Chiltern, der die heikle Frage

stellte: »Und wie ist euer Verhältnis jetzt?« Das war eine Frage von Mann zu Mann. Aber sie war so schwer zu beantworten, daß sich Phineas zunächst überhaupt nicht um eine Antwort bemühte. So fuhr Chiltern fort: »Du weißt genau, in welcher Lage ich mich befinde. Dreimal hab' ich um ihre Hand angehalten. Dreimal gab sie mir einen Korb. Hast du mehr Glück gehabt?«
Bei dieser Frage blickte Lord Chiltern seinem wiedergewonnenen Freund fest ins Gesicht; ohne Ärger, ohne Hochmut oder Stolz, eher schon mit einem Gefühl für die Komik der Situation. Und doch spürte Phineas, daß Chiltern auf einer Antwort bestand. »Nein«, sagte er schließlich, »ich hab' auch kein Glück gehabt.«
»Vielleicht hast du deine diesbezüglichen Ansichten und Absichten ein wenig geändert?« wollte nun Lord Chiltern wissen, wobei er dem schönen Wort »diesbezüglich« einen leicht anzüglichen Ton zu geben versuchte.
»Nein«, erwiderte Phineas rasch. »Ich habe weder meine Ansichten noch Absichten geändert.«
»Wie stehen die Dinge nun? Laß uns ganz offen miteinander reden. Ich hab' dir gesagt, daß ich mit jedem Mann streiten würde, der den Versuch machte, mich bei Violet Effingham auszustechen. Du hast dich nicht darum gekümmert. Es kam zum Streit zwischen uns. Aber wir können uns schließlich nicht alle Tage duellieren.«
»Ich hoffe, daß es nie wieder zu einem Duell kommen wird.«
»Auch meine Ansicht. Es wäre absurd«, sagte Lord Chiltern. »Schon unser Duell in Blankenberghe war reinste Torheit. Aber ich sah damals keine andere Lösung. Doch das liegt hinter uns. Wie stehen die Dinge nun?«
»Was soll ich dazu sagen?« fragte Phineas.
»Nichts als die Wahrheit. Ich möchte annehmen, daß du ihr einen Antrag gemacht hast . . .«
»Ja. Hab' ich getan.«
»Und sie hat dir einen Korb gegeben?«
»Ja.«
»Und wirst du sie noch einmal bitten?«
»Ja, das werde ich, sobald ich glaube, daß ich auch nur die geringste Chance habe. Nein, ich werde es tun, ob ich nun eine Chance habe oder nicht.«
»Dann, mein lieber Finn, starten wir wenigstens auf einer fairen Basis. Auch ich werde nochmals um ihre Hand anhalten, worauf du dich verlassen kannst!«

Die Abschiedsszene zwischen Phineas und Madame Max Goesler verlief nicht ganz so dramatisch. Zwischen beiden hatte sich eine echte Freundschaft entwickelt. Phineas hatte ihr mit größter Offenheit nahezu alles aus

seinem Leben erzählt. Auch seine politischen Sorgen hatte er mit ihr geteilt. Er hatte sich für die Reformbill eingesetzt. Nun hatte er gerade durch dieses neue Wahlgesetz seinen eigenen Wahlkreis verloren, der eigentlich nur ein Wahlflecken im Besitz von Lord Brentford gewesen war, einer jener berüchtigten *rotten boroughs*, die so verrottet waren, daß niemand in ihnen »demokratisch« stimmte – bis auf den feudalen Gutsherrn, der einstimmig über seinen Wahlflecken verfügte.
Madame Max Goesler bemühte sich, Phineas zu trösten. »Nur Geduld«, sagte sie beim Abschiednehmen, »natürlich werden Sie einen Sitz im Parlament erhalten. Sie haben Ihrer Partei bisher immer treu gedient – und wenn ich mich nicht täusche, werden treue Dienste immer belohnt. Man wird nicht gern auf einen so zuverlässigen Bundesgenossen verzichten, wie Sie es sind.«
»Aber das ist doch gerade der Sinn der Reformbill«, belehrte sie Phineas, »daß niemand mehr die Macht haben soll, den Wählern einen Abgeordneten aufzuzwingen.«
Der Schauplatz dieser Abschiedsszene, die auf einmal zur politischen Debatte wurde, war eine verschwiegene Ecke in der Bibliothek von Matching. Phineas nahm an, daß Madame Goesler diesen Ort gewählt hatte, um vor der Abreise noch einmal ungestört mit ihm reden zu können, nicht nur über Politik.
»Ich möchte so gern etwas mit Ihnen besprechen«, sagte Madame. Dann legte sie eine kleine Pause ein, die vielleicht diplomatisch war, vielleicht auch nicht. »Aber ich weiß nicht, ob ich es sagen darf . . .«
Ritterlich kam ihr Phineas zu Hilfe. »Es gibt nichts, was Sie mir nicht sagen dürfen.«
»Nein, mein Freund, so einfach ist das auch nicht. Vergessen Sie nicht, daß wir uns in England befinden. Es gibt hier eine heilige Übereinkunft – oder nennen wir es eine unheilige Konvention –, daß man über gewisse Dinge einfach nicht reden darf. Warum das so ist, weiß der Teufel. Jedenfalls gibt es dafür keine vernünftigen Gründe.«
Wieder legte Madame Goesler eine kleine Pause ein. Phineas hatte nicht die geringste Ahnung, welches Thema sie nun mit ihm besprechen wollte. Wollte sie ihm etwa unumwunden ihre Zuneigung erklären? Nun gehörte es jedoch zu den besten Zügen seines Charakters, daß er frei von aller Eitelkeit war, obwohl es nur zu oft Anlässe gab, die gerade *sein* Herz mit fast schon berechtigter Eitelkeit hätten erfüllen können. Der Gedanke schoß durch sein Hirn, daß sie ihm vielleicht ihre Liebe gestehen wollte. Und er haßte sich – eben weil er diesen Gedanken gehabt hatte.
»Sie können mir alles anvertrauen, Madame Goesler«, versicherte er nochmals. »Man kann in England mindestens so frei reden wie in Wien.«

»Aber ich kann es nicht auf englisch sagen«, erklärte sie. »Ich will es lieber auf französisch tun.« Und dann errötete sie und lachte und geriet ins Stottern, obwohl sie sonst immer so selbstsicher war. Sie erzählte ihm, wie sie durch reinen Zufall schwerreich geworden war. Geld sei eine betäubende Droge für sie. Ja, sie wisse natürlich, daß man Geld für alle möglichen Dinge benötige, vielleicht sogar auch, um bei einer Parlamentswahl die nun wirklich wahlberechtigten Wähler, die Leute mit Grundbesitz, für sich zu gewinnen. Sie hoffte, er würde sie verstehen und wissen, daß er an ihr eine wirkliche Freundin habe, eine echte Freundin, die immer bereit sei, ihm zu helfen.

Er hatte bisher ihre Hand in seiner Hand gehalten. Nun führte er sie an seine Lippen und küßte sie. »Ich weiß, wie großzügig Ihr Angebot ist – und wie ehrenvoll für mich. Und doch wäre es ein Zeichen niedriger Gesinnung, wenn ich mir mit Ihrem Geld die Wählergunst erkaufen würde, nachdem ich vom Anbeginn meiner politischen Tätigkeit gegen die Käuflichkeit von Wahlstimmen gekämpft habe. Mag sein, daß meine parlamentarische Karriere nun zu Ende geht. Aber wir werden uns bestimmt wiedersehen, bestimmt noch vor Ende des Jahres.«

Ehe er Matching verließ, verabschiedete sich Phineas auch noch von Violet. Aber sie sprachen nur Belangloses. »Natürlich werden wir uns in London wiedertreffen«, sagte Violet. »Und machen Sie sich keine Sorgen, Sie werden bestimmt wieder einen Sitz im Parlament haben.«

Violet bewährte sich als Prophetin. Auf alle Fälle blieb das Glück auch weiterhin unserem Phineas Finn treu. Die Reformbill hatte viel reformiert. Aber das Auge des Gesetzes hatte auch mancherlei übersehen, zum Beispiel den winzig kleinen irischen Wahlflecken Loughshane, als dessen Abgeordneter Phineas Finn zum erstenmal die politische Bühne in Westminster betreten hatte. Lord Tulla, Patient und Freund von Doktor Finn in Killaloe, hatte, wie wir wissen, das Wahlfleckchen Loughshane zunächst an Phineas »verschenkt«, ihm dann aber dieses Geschenk nach der Versöhnung mit seinem Bruder George wieder abgenommen, damit seine eigene Familie Sitz und Stimme in Westminster habe.

Nun war Bruder George gestorben, Loughshane war wieder frei. So konnte der alte Dr. Finn ziemlich mühelos den alten Lord Tulla bewegen, seinen Sohn Phineas wieder als Kandidaten für den Wahlkreis Loughshane einzusetzen. Und wenn auch Lord Tullas Stimme nicht Gottes Stimme war, so genügte sie doch, um einen leichten Wahlsieg für unseren Phineas Finn zu garantieren.

Unwillkürlich mußte Phineas an Geschichten denken, die er in der Schulzeit gehört hatte, glückliche Geschichten von großen Feldherren, die Frau

Fortuna an die Räder ihrer Streitwagen gekettet hatten. Aber wahrscheinlich hatte die Göttin des Glücks nie einem Feldherrn so redlich gedient wie ihm, als er fast schon am allzu frühen Ende seiner parlamentarischen Laufbahn stand. Die Göttin des Glücks hatte ihm zugelächelt. War es nun nicht an der Zeit, daß ihn auch Miß Violet Effingham mit einem ähnlichen Lächeln beglückte? Konnte er nach seinem Wahlsieg nicht auch mit Fug und Recht erwarten, daß Violet ihm ihre Hand fürs Leben reichen würde? Er geriet in eine ganz unparlamentarische Schwärmerei, wie sie sich im Grunde nur für ganz unparlamentarische Poeten ziemte. Er dachte überhaupt nur noch in Ausrufezeichen. Geliebte Violet! Geliebteste Violet!! Aber ehe er noch in Gedanken das dritte Ausrufezeichen setzen konnte, stieg aus dem Urgrund seiner Seele – oder vielleicht anatomisch richtiger: aus seinem Herzen – ein böses und krummes Fragezeichen auf. Er befand sich jetzt auf heimischem Boden. Er war nach Irland gereist, um sich seinen Wählern in Loughshane *persönlich* zu zeigen. Er hatte bei dieser günstigen und sogar glücklichen Gelegenheit seine Familie in Killaloe besucht und . . ., da war es, das Fragezeichen. Nach einer Ewigkeit in London sollte er nun am Abend nach seiner Wahl Miß Flood Jones treffen, die kleine liebe Mary Flood Jones, das *sweatheart* seiner Jugend. Was sollte er ihr sagen? Seine Schwester Barbara hatte ihm zugeflüstert, wenn er wolle, könne er Mary abends im Haus eines Nachbarn treffen. Das Fragezeichen verschwand, und er sagte, wie sehr er sich darauf freue, Mary wiederzusehen.

»Wenn es je einen Engel auf Erden gegeben hat, dann kann es nur Mary gewesen sein«, meinte Barbara, und das sollte gewiß keine Übertreibung sein.

»Ich weiß«, sagte Phineas, »sie ist lauter wie Gold.«

Barbara warnte: »Alles an ihr ist Gold, auch ihre Treue. Sie hängt an dir. Sie war es, die mich bat, diese Begegnung zu arrangieren. Vielleicht solltest du vorsichtig sein, wenn du dich nicht binden willst. Bitte, Phineas, glaub nicht, daß ich mich in Dinge einmischen will, die mich nichts angehen! Aber ich denke immer nur an dich, an deine Interessen. Wenn Mary mich nach dir fragte, hab' ich tausend Ausflüchte gemacht, weshalb du nichts von dir hast hören lassen. Ich habe dann von deiner Arbeit gesprochen, die dich voll in Anspruch nimmt und von all den offiziellen und privaten Dingen, die das Leben in einer Weltstadt wie London mit sich bringt . . .«

Ehe der Abend kam, bemühte sich Barbara noch mehrfach, die Unterhaltung mit ihrem Bruder fortzuführen. Aber Phineas ging das Gespräch mit ihr auf die Nerven. Er hatte es nicht gern, wenn man seinetwegen Entschuldigungen vorbrachte, auch wenn sie noch so gut gemeint waren. Und wieder stand das Fragezeichen vor ihm. Was hatte er denn schließlich getan? Welche Verpflichtungen hatte er? Ja, er hatte Mary Flood Jones einen Kuß gegeben. Einen heimlichen Kuß hinter der Tür.

»Wie schön, dich wiederzusehen, Mary«, sagte er und rückte seinen Stuhl dicht an sie heran. Man hatte ihn gewarnt, Barbara hatte ihn gewarnt, ein wenig zurückhaltend zu sein, wenn er sich nicht fürs Leben binden wollte. Aber der Stuhl neben ihr war frei. Man hatte ihn freigelassen, als ob man von ihm erwarte, daß er sich an ihre Seite setzte. Und nun hatte er den Stuhl sogar dichter an sie herangerückt.

»Als Sie voriges Jahr in Killaloe waren, haben wir uns leider nicht getroffen. Oder doch? Ich kann mich nicht mehr so recht erinnern, Mr. Finn.«

»Bitte, Mary, laß diesen feierlichen Ton! Bitte nenn mich doch nicht Mr. Finn!«

»Aber du bist doch jetzt ein so großer Mann. Und so berühmt.«

»Unsinn, Mary! Wenn du eine Ahnung hättest, was für kleine Pinscher wir in London sind, würdest du kein Wort mehr mit mir reden.«

»Aber du hast es doch zu was gebracht. Du bist doch jetzt . . . ich hab' deinen Titel vergessen. Irgendwas mit Staat oder von Staats wegen . . . Stimmt das nicht?«

»Na ja, so nennt man mich schon: Unterstaatssekretär. Aber so nennen mich nur die anderen Abgeordneten, wenn sie von mir im Unterhaus etwas über die Kolonien erfahren wollen. So nennt man mich nur, wenn man mir Vorwürfe macht, weil ich dies getan und jenes unterlassen habe. Wenn's aber um Lob geht, dann ist es ein anderer, der das Lob einsteckt.«

»Aber es ist doch wunderbar, Mitglied des Parlaments zu sein. Und sogar Mitglied der Regierung.«

»Ja, Mary, es ist ein gutes Gefühl, ein festes Gehalt zu haben, auch wenn man es vielleicht nur für ein oder zwei Jahre bezieht. Und ich will auch nicht leugnen, daß es schön ist, Erfolg zu haben.«

»Und es ist auch schön für uns. Wir sind so stolz auf dich, auf dich und deine Karriere.«

Diese Worte waren so aufrichtig gemeint, sie klangen so herzlich. Und doch war es gerade diese Herzlichkeit, die Phineas mit Unruhe erfüllte. Er befand sich in der gefährlichsten Lage, in der sich ein anständiger Mensch befinden kann – oder sagen wir lieber: ein anständiger Mann. Er wurde von einem Mädchen geliebt, das er selbst nur beinahe liebte. Natürlich war er in Violet Effingham verliebt. Aber es ist Unsinn, wenn die Neunmalklugen erklären, kein Mann oder keine Frau könne zwei Personen gleichzeitig lieben. Phineas verging nicht vor Liebe zu Mary Flood Jones, was aber keineswegs ausschloß, daß er sie gern umarmt und geküßt hätte. Er war auch bereit, sich gegebenenfalls für ihre Küsse dankbar zu erweisen und die routinemä-

ßig-heilige Erklärung abzugeben, daß sie ihm mehr bedeute als alles auf der Welt. Er hätte gern mit ihr geflirtet. Ja, zu eben dieser Stunde hielt er es sogar für möglich, eine Doppelexistenz zu führen – in London und in Killaloe. »Liebste Mary«, sagte er, als er an jenem Abend ihre Hand drückte, »mit der Zeit wird sich wohl alles zum Guten wenden.« Das waren dunkle Worte. Er verhielt sich Mary gegenüber sehr gemein, nur war er sich seiner Unredlichkeit nicht bewußt.
Am nächsten Tag ritt er nach Floodborough, um Marys Mutter zu besuchen. Zu seiner großen Überraschung wurde er von Mrs. Flood Jones mit äußerster Kühle aufgenommen. Mary selbst ließ sich nicht blicken. Sie hatte mit ihrer Mutter über ihre Zukunft gesprochen. »Ich liebe ihn, Mama. Das ist nun mal so, ich kann es nicht ändern. Sollte er jemals kommen, um mich heimzuführen . . ., ich bin bereit. Und wenn er nicht kommt, werde ich mich in mein Schicksal fügen. Ich kann nur ihn lieben – auch wenn es eine Liebe ohne Hoffnung ist.«
Phineas reiste nach London zurück. Er hatte seine ministerielle Tätigkeit im Schatzamt begonnen. Nun war er Unterstaatssekretär im Kolonialministerium und hatte ein Arbeitszimmer, das – zumindest im verkleinerten Maßstab – der unendlichen Größe des großbritannischen Weltreichs entsprach. In diesem Prunkbüro saß Phineas nun, als er eines Tages folgenden Brief von Lady Laura Kennedy erhielt:

Loughlinter, 28. Dezember

Mein lieber Freund,

Violet Effingham ist zu Besuch bei uns, und Oswald ist gerade abgereist. Vielleicht werden Sie meinen Bruder in London treffen, wo er sich auf der Durchreise kurz aufzuhalten gedenkt. Jedenfalls möchte ich Ihnen unverzüglich die Mitteilung machen, daß Violet endlich meinem Bruder ihr Jawort gegeben hat. Sollte Ihnen diese Nachricht sehr nahegehen, so habe ich tiefstes Verständnis dafür. Sie können jedoch nicht erwarten, daß ich nicht hocherfreut über eine Entwicklung bin, die mir seit je am Herzen lag – schon längst, ehe wir beide uns kannten. Ich muß allerdings gestehen, daß ich in jüngster Zeit von widerstreitenden Gefühlen hin und her gerissen wurde. Sie wissen schon, was ich damit zum Ausdruck bringen will, und so muß ich mich wohl nicht deutlicher fassen. Nur dies möchte ich noch hinzufügen: Ich werde Sie in meine Gebete einschließen und Gott bitten, Ihnen alles zu gewähren, wodurch Sie Glück und Ehre und die allgemeine Achtung ihrer Mitmenschen erringen können.
In aufrichtiger Freundschaft

Laura Kennedy

Phineas las den Brief immer wieder. Er starrte auf den Satz: ». . . möchte ich Ihnen unverzüglich die Mitteilung machen, daß Violet endlich meinem Bruder ihr Jawort gegeben hat.« Nun war alles vorbei. Das Spiel war ausgespielt, der Traum war ausgeträumt. Was galten da all die Erfolge in seiner politischen Laufbahn? Über eine Stunde saß er grübelnd an seinem Schreibtisch. Er hatte Schriftstücke zu unterzeichnen, gewisse Entscheidungen mußten getroffen werden. Aber er empfing niemand. Und was die Kolonien betraf, so war es ihm gleichgültig, ob sie zusammen innerhalb der nächsten vierundzwanzig Stunden rebellierten. Von Herzen gern hätte er auf jede Kolonie im britischen Weltreich verzichtet, wenn er dafür das Herz von Violet Effingham hätte eintauschen können. Er war bereit, einen heiligen Eid zu schwören – und er tat es in Gedanken auch –, daß er nie eine andere Frau geliebt habe als Violet Effingham.
Nachdem er diesen Eid mehrfach gestammelt hatte, bisweilen so laut, daß man ihn vielleicht sogar in den abgelegensten Kolonien vernehmen konnte, in Australien und Kapland, auf den Fidschi-Inseln und in den Straits Settlements, verließ er das Ministerium. Zu Hause saß er dann noch eine Stunde grübelnd vor dem Kamin. Schließlich war es Zeit zum Umziehen.
Madame Max Goesler hatte ihn zum Dinner eingeladen.

13

Die gnädige Frau ist nicht zu Hause – Jeder ließ sich photographieren – Sie gurrte wie eine Taube und ringelte sich wie eine Schlange – Aha, der Herzog von Omnium hat eine neue Mätresse – Schließlich kam die Stunde der Entscheidung – Man soll nicht mit dem Feuer spielen

Das Frühjahr hatte gerade begonnen, als der Herzog von Omnium zum erstenmal an die Haustüre von Madame Max Goesler klopfte. Ein Diener teilte ihm mit, die gnädige Frau sei nicht zu Hause. Seine Gnaden waren sehr ungnädig. Madame hatte ihm doch gesagt, sie sei jeden Donnerstag zwischen vier und sechs daheim. Er hatte sich dazu herabgelassen, diese Information seinem erlauchten Gedächtnis einzuprägen. Und nun war sie nicht daheim! Sie war nicht daheim, obwohl er an einem Donnerstag gekommen war und genau zu der von ihr angegebenen Stunde. Das hätte genügt, um jeden normalen Herzog in Rage zu bringen, aber der Herzog von Omnium war ganz besonders pikiert. Nein, er würde jede künftige Wallfahrt zu dem Häuschen in der Park Lane unterlassen. Und doch . . ., und doch saß Madame Max Goesler seelenruhig in ihrem Salon, als der Herzog bei ihr vorsprach und nichts hinterließ als seine Visitenkarte.

Am nächsten Tag erhielten Seine Gnaden ein Brieflein aus dem Haus in der Park Lane, ein ganz besonders nettes Brieflein! Jedes Wort stand sozusagen im Büßerhemdchen auf dem Papier, jedes Wort trug ein Bündel von Enttäuschung auf seinem Rücken. Dem Herzog wurde weh und weher zumut. Schon beim Lesen des Briefleins hatte er ihr alles verziehen.

Mein lieber Herzog!

Ich weiß nicht, wie ich mich bei Ihnen entschuldigen kann. Ja, ich sagte Ihnen, daß ich am Donnerstag immer zu Hause bin. Ich war auch gestern zu Hause, als Sie Ihre Visite machten, aber ich fühlte mich nicht wohl. So hatte ich meinen Bedienten angewiesen, keinen Besuch vorzulassen. Und ich ahnte nicht, was ich mir durch diesen dummen Befehl entgehen ließ. Ach, selbst die schwersten Kopfschmerzen hätten mich nicht davon abhalten können, Euer Gnaden zu empfangen, hätte ich gewußt, wer es war, der mich mit seinem Besuch ehren und zugleich beglücken wollte.
Völlig zerknirscht

Ihre Marie M. G.

Auch das Briefpapier gefiel dem Herzog. Es war ganz leicht parfümiert, sein Duft war so süß, so geheimnisvoll. Das Monogramm war auffallend klein. Die Anfangsbuchstaben waren auf eine Art verschlungen, wie sie der Herzog noch nie gesehen hatte. Ihm gefiel die Handschrift, ihn entzückte die Unterschrift. So sandte er ihr sofort ein kurzes Billet:

Verehrte Madame Max Goesler!

Ich werde am nächsten Donnerstag wieder vorsprechen. Falls verhindert, werde ich es Sie rechtzeitig wissen lassen.
Ihr sehr ergebener

O.

Am nächsten Donnerstag hielt der grüne Brougham des Herzogs von Omnium vor dem kleinen Haus in der Park Lane. Madame Goesler war daheim. Sie hatte keine Kopfschmerzen.
Sie war jetzt auch nicht mehr reuig zerknirscht. Wahrscheinlich hatte sie sich inzwischen eingehend mit dem Problem der Schuldgefühle und Selbstanklagen befaßt. Dabei war sie offenbar zu der tiefen Erkenntnis gelangt: Reumütigkeit ist ja ganz schön und gut, aber sie nimmt sich zweifellos auf leicht duftendem Briefpapier schöner und besser aus als in der Praxis. Mit anderen Worten: Abstrakte Reue findet den Weg zum

Herzen, konkrete Reue führt bestenfalls zur Einkehr ins eigne Herz. So empfing Madame ihren hohen Gast mit charmanter Ungezwungenheit. Sie entschuldigte sich nochmals, daß sie Seine Gnaden am vorigen Donnerstag nicht habe empfangen können: »Ich war zu elend, um jemanden zu sehen – erst recht, um von Ihnen gesehen zu werden. Ich hatte auch nicht gedacht, daß Sie nach London kommen würden, ehe sich die scheußlichen Märzwinde ausgeblasen hätten.«
»Vor diesen Märzwinden gibt es auf unserer Insel keinen Schutz, Madame Goesler. Man kann ihnen nicht entkommen. Vielleicht ist das anders, wenn man jung ist, dann pustet man gegen den Wind. Mir geht dabei die Puste aus. Eines Tages werden mich diese Winde noch aus meiner Heimat vertreiben. Ja, ich möchte sogar bezweifeln, ob ein alter Mann wie ich überhaupt in England leben sollte.«
Gewiß war der Herzog nicht mehr der Jüngste. Er hatte die Siebzig überschritten. Es wäre auch übertrieben, wenn man ihn als Verkörperung der Rüstigkeit bezeichnen wollte. Seine Bewegungen waren langsam, schon längst hatten seine Gelenke ihre Beweglichkeit verloren. Und doch war seine Haltung voll Würde, alles an ihm war irgendwie majestätisch. Der aufrechte Gang verscheuchte sofort den Eindruck des Alters, wenn man dem Herzog von Omnium begegnete. Er war schlank und groß und schritt langsam, doch ungebeugt einher, jeder Zoll ein Herzog. Mag sein, daß dabei auch sein Schneider mit seinem Zollstab nachgeholfen hatte. Jedenfalls war dies der Eindruck, den Madame Goesler schon nach wenigen Minuten hatte, als ihr der Herzog gegenübersaß. Er machte eine Anspielung auf sein eigenes Alter und das von Madame und wies galant auf den großen Unterschied hin.
Sie plauderten eine Weile. Dann geschah das Unvermeidbare: Seine Gnaden griffen in die Seitentasche des Jackettts, aus der er nun sein Ebenbild hervorzauberte, sein photographisches Konterfei. Das hatte nun aber nichts mit Eitelkeit zu tun, sondern vor allem mit einem Mr. Archer. Dieser Mann hatte die Photographie nicht erfunden, aber er hatte als erster plane Gläser mit Kollodium überzogen, das aufgelöste Jod- und Bromsalze enthielt. Dann hatte er auf recht komplizierte Art treffliche Bilder entwikkelt – und nun war die Photographie auf einmal der letzte Schrei. Nun floß die Pyrogallussäure, die Mr. Archer bei seinem Verfahren benutzte, in Strömen. Jeder ließ sich photographieren. Jedermann begann, die Photographien seiner Freunde und Bekannten zu sammeln. Überall wurden Abzüge ausgetauscht und nicht nur mit dem nötigen Rahmen, sondern auch mit dem nötigen Rahmengespräch versehen. Oft waren diese Gespräche recht töricht. »Ja«, hieß es dann, »ein wirklich schönes Porträt, sehr schön. Nur finde ich, daß Sie ein wenig zu alt darauf aussehen.« Madame

Goesler sagte jedoch nichts dergleichen, als ihr der Herzog sein Ebenbild auf Glanzpapier überreichte. Sie beteuerte, daß dieses photographische Konterfei des Herzogs für sie größeren Wert besitze als alle anderen Bilder, die man mit Kollodium und Jodsilber hergestellt habe. Der Herzog erhielt nun seinerseits ein Bild von Madame Max Goesler und erklärte, er werde es in unmittelbarer Nähe seines Herzens tragen. Ja, er äußerte sich sogar noch etwas präziser – oder unpräziser: Er sagte, er werde das Bild »ewig und immer« am Herzen tragen. Dann ergriff er ihre Hand und drückte sie innig, wobei ein gewisser Stolz unverkennbar war, daß er es als Siebziger noch immer recht gut verstand, seinen Gefühlen einen »handlichen« Ausdruck zu geben.

Als sich Seine Gnaden dann endlich zum Gehen anschickten, fragte Madame Max Goesler, ob er eine Einladung zum Dinner in ihrem Hause annehmen würde.

»Ich speise niemals außerhalb«, erwiderte der Herzog.

»Genau deshalb möchte ich, daß Sie bei mir dinieren.«

Schließlich gab der Herzog nach. »Wenn ich muß . . .«

»Sie müssen . . .«

Bei diesen Worten hatten die Augen von Madame Max Goesler einen verführerischen Glanz, den sie sich vielleicht gerade für diesen Augenblick und für diesen Zweck von Madame Potiphar ausgeliehen hatte.

Als dann jedoch der große Tag des Dinners mit dem Herzog kam, verzichtete die Gastgeberin weise auf alle offenkundigen Verführungskünste. Sie verhielt sich sehr ruhig und überließ die Konversation hauptsächlich ihren Gästen. Das Essen war vorzüglich, die Blumen waren wunderschön arrangiert, auch die Weine waren kenntnisreich ausgewählt. Alles war so ruhig, so verhalten vornehm, daß der Herzog sich wohl fühlte. »Und nun müssen Sie *mich* besuchen und bei *mir* dinieren«, sagte er beim Abschied. »Das ist ein Befehl«, flüsterte Madame Goesler, »und ein Befehl, dem ich bestimmt gehorchen werde.«

Auch die Pallisers hatten an diesem Dinner teilgenommen. Am nächsten Morgen sagte Lady Glencora zu ihrem Mann: »Mir scheint, der Herzog hofiert die gute Dame ein bißchen zu sehr.«

»Ach Gott«, bemerkte Mr. Palliser lächelnd, »Frauen haben ihm immer den Kopf verdreht – und so wird's auch bleiben bis an sein seliges Ende, Amen.«

»Aber diese Madame Max Goesler ist sehr gerissen.«

»Ja, das sagt man. Bisher war ich der Ansicht, daß mein Onkel ausschließlich für junge Damen schwärmt, wenn sie ein süßes Strohköpfchen haben.«

Lady Glencora belehrte ihren Mann: »Nein, Plantagenet, jeder Mann bevorzugt die gescheite Frau – vorausgesetzt, daß sie so gescheit ist, von ihrer Gescheitheit den richtigen Gebrauch zu machen.«

»Diese kleine Liaison wird ihn sicher amüsieren«, meinte Mr. Palliser unschuldig. »Und das ist doch alles, was er noch vom Leben will.«

»Nehmen wir einmal an«, sagte Lady Glencora, »man teilt dir eines Tages mit, daß dein lieber Onkel zu heiraten gedenkt ...«

»Wie kommst du darauf, an eine Heirat zu denken?«

»Andere haben auch schon daran gedacht. Warum sollte es dein Onkel nicht? Ist man dagegen etwa als Herzog immun?«

»Und wen? Etwa Madame Goesler?«

»Wenn er jemals heiratet, wird er eine Frau ihres Typs heiraten.«

»Im Vereinigten Königreich von Großbritannien gibt es niemand, der mehr auf seine Position innerhalb der englischen Aristokratie bedacht ist, als mein Onkel«, sagte Mr. Palliser voll Stolz – und zugleich mit einem Anflug von Ärger.

»Das ist ja alles ganz schön und gut, Plantagenet. Aber ein Kind wird alles hergeben, was es besitzt, wenn es sich den obersten Ziegelstein eines Schornsteins wünscht. Alte Männer ... nun, ich will nicht sagen, daß sie immer kindisch werden. Aber oft benehmen sie sich wie Kinder. Gewiß möchtest du nicht eines schönen Morgens die Heilsbotschaft hören, daß dein Onkel jetzt einen direkten männlichen Erben hat, einen kleinen Lord Silverbridge.« Lady Glencora spielte damit auf den Titel an, den der älteste Sohn des jeweiligen Herzogs von Omnium seit eh und je geführt hatte – versteht sich, wenn ein ältester Sohn vorhanden war –, und der gegenwärtige Herzog war kinderlos, wenigstens bisher. Bei diesen Worten seiner »weisen« Frau, die diesmal wirklich sehr sorgenvoll in die Zukunft zu blicken schien, erbleichte Mr. Palliser. Glencora hatte sich in ein kleines zoologisches Wundertier verwandelt: Sie gurrte wie eine Taube und ringelte sich wie eine Schlange. Vielleicht hatte Glencora mit ihren Befürchtungen recht. Trotzdem begnügte sich Plantagenet mit der Bemerkung: »Du solltest unseren lieben Onkel wachsam im Auge behalten!«

»Und du Madame Goesler«, gab ihm Lady Glencora heraus.

Sie hatte auch allen Grund zum »Herausgeben«, da sie selbst eines Tages Herzogin von Omnium sein wollte. Diesem edlen Wunsch stand nichts im Wege, es sei denn, daß etwas völlig Unerwartetes eintraf. Und Lady Glencora dachte in edelster Weise nicht nur an sich selbst. Sie dachte an ihren kleinen, blonden Jungen, der eines fernen Tages Earl of Silverbridge werden sollte – dann, wenn Plantagenet den Titel seines Onkels geerbt haben wird. Aber nun erschaute sie in ihrer lebhaften Phantasie die fürchterlichsten Greuel. Was würde geschehen, wenn urplötzlich ein Knirps zur Welt käme mit fahler Haut, halb Affe, halb Mensch, und es

hieße dann, dieses kleine Ungeheuer sei vom Schicksal und Madame Goesler dazu auserlesen, Erbe des Herzogs von Omnium zu werden? Würde sie selbst diesen Schlag überleben können? Und England? Würde das britische Weltreich nicht zusammenbrechen, wenn es tatsächlich zu einer solchen Mißheirat mit anschließender Mißgeburt kommen sollte?
Plantagenet Palliser hatte keine Angstvorstellungen dieser Art. »Wenn der alte Herr unbedingt heiraten will, können wir es nicht ändern«, sagte er, als sei ihm der von Lady Glencora befürchtete Untergang des britischen Weltreichs ziemlich gleichgültig. Das war jedoch nicht der Fall. In eben dieser Minute dachte er an den Haushaltsplan, den er noch am gleichen Tag dem Unterhaus vorzulegen hatte. Ja, in Wahrheit war er in diesem Augenblick viel besorgter wegen seines Budgets als wegen der Frage, ob er selbst einmal der Herzog von Omnium sein werde.
Glencora hatte keine Sorgen wegen des Haushaltsplans. So ließ sie nicht locker. »Wir müssen es verhindern«, sagte sie, »und ich werde es auch, selbst wenn ich mich an seinen Rockzipfel hängen müßte!«

Es war inzwischen Mai geworden, Ende Mai. Der Hydepark gegenüber dem kleinen Haus in der Park Lane, in dem Madame Max Goesler wohnte, stand in voller Blüte.
Der Herzog saß im Salon, eine kleine Wegstrecke von Madame entfernt, die wohlweislich eine gewisse Distanz zu wahren suchte, da Seine Gnaden die Gewohnheit hatten, ihre Hand liebevoll zu tätscheln, was sie aber höchstens für ein paar Sekunden gestattete. War diese kurze Zeitspanne überschritten, so zeigte sie keinerlei Unmut, nur nachsichtige Vorsicht – und zog sich diskret auf die Abwehrstellung eines entfernter gelegenen Sessels zurück.
»Marie«, sagte der Herzog, »wenn der Frühling vorüber ist, werden Sie wohl ins Ausland reisen?« Da er schon ein alter Mann war, glaubte er das Privileg zu haben, sie beim Vornamen zu nennen. Zumindest gegen diese sprachliche Intimität hatte sie sich nie gesträubt.
»Ja«, erwiderte sie, »wahrscheinlich fahre ich nach Wien. Wie Sie wissen, habe ich dort Grundbesitz, und von Zeit zu Zeit muß ich mal nach dem Rechten sehen.«
»Verzichten Sie dies Jahr auf Wien! Reisen Sie mit mir nach Italien!«
»Hab' ich Sie recht verstanden, Herzog? Sie wollen im Sommer nach Italien?«
»Man kann sich nichts Schöneres denken als die Lombardei im August. Ich besitze eine Villa am Comer See, die leersteht. Wenn Sie den Comer See nicht kennen und auch nicht den Luganer See, den See von Varese und den Lago Maggiore, würde ich gern Ihren Fremdenführer spielen.«

»Ich kenne diese Gegend gut. Als junges Mädchen habe ich nahezu allein am Lago Maggiore gelebt. Irgendwann einmal werde ich Ihnen erzählen, was ich damals gemacht habe.«
»Sie werden es mir am Lago Maggiore erzählen.«
»Ich fürchte, Herzog, dazu wird es keine Gelegenheit geben. Ich selbst besitze nämlich keine Villa am Comer See.«
»Darf ich Ihnen meine Villa anbieten? Sie können sie während ihres Aufenthalts als Ihr eigenes Heim betrachten.«
»Als mein eigenes Heim? Und, wenn ich will, sogar dem Eigentümer den Eintritt verwehren?«
»Das steht ganz bei Ihnen.«
»Es würde mir aber keinen Spaß machen. Ich würde nur in eine unmögliche Position geraten. Nein, Herzog, es ist schon besser und richtiger, daß ich mich nur in meinen eigenen Häusern aufhalte. Man kennt mich zu wenig. Laden Sie lieber Frauen ein, über die man ganz genau Bescheid weiß!«
»Marie, Sie würden mein einziger Gast sein.«
»Es geht nicht, Herzog.«
»Und warum nicht?«
»Warum nicht? Wollen Sie mich durch Beantwortung einer solchen Frage zum Erröten bringen? Alle Welt würde sagen: ›Aha, der Herzog von Omnium hat eine neue Mätresse ... pst, es ist ein großes Geheimnis. Die Dame, wenn sie eine Dame ist, heißt ... pst ... heißt Madame Goesler.‹ Nein, Herzog, ich bin nicht der Typ einer Mätresse. Ich könnte es nicht einmal Ihnen zuliebe sein. Für ein paar Wochen Sonne und Freundschaft an einem italienischen See müßte ich den Ruf opfern, den ich mir in Jahren geschaffen habe. Nein, das wäre meiner unwürdig, selbst dann, wenn ich mir dadurch die Herzoginnenwürde erobern könnte!«
Wie Seine Gnaden auf diese schroffe Ablehnung reagiert hätten, falls er mit »seiner« Marie allein geblieben wäre, entzieht sich der Kenntnis des gewissenhaften Chronisten, denn er blieb nicht allein. Die Tür öffnete sich. Ein Diener meldete die Ankunft von Lady Glencora Palliser.
Glencora erfaßte die Sachlage, aber Madame Goesler stand auf der Höhe der Situation. »Wie herrlich, daß Sie gerade in einem Augenblick kommen, wo Seine Gnaden geruhten, mir einen Besuch abzustatten!«
»Ich sah vor der Pforte den Wagen meines Onkels, seinen grünen Brougham, und da wußte ich natürlich Bescheid.«
»Dann gilt *ihm* die Gunst Ihres Besuches«, sagte Madame Goesler und lächelte wissend und ironisch.
»Nein, nein!« erklärte nun Lady Glencora ein wenig zu überstürzt, »ich kam nur Ihretwegen, meine Liebe. Und wenn Sie's nicht glauben, muß ich darauf bestehen, daß man meinen Kutscher ruft. Schon in der Grosvenor

Street sagte ich zu ihm, unser nächstes Ziel sei die Park Lane. Hab' ich das nicht gesagt, Planty?« Diese Frage richtete sie an ihr Bübchen, den zukünftigen Lord Silverbridge, der sich inzwischen auf den erlauchten Schoß seines Großonkels gesetzt hatte.
»Du hast gesagt, Mamachen, zum kleinen Haus in der Park Lane«, sagte der Junge.
»Stimmt – und das sagte ich, weil ich die Hausnummer vergessen hatte.«
»Ja, es ist nicht nur ein kleines Haus«, erklärte nun Madame Goesler edel, hilfreich und gut, »es ist sogar das kleinste Haus in der Park Lane.«
Lady Glencora war nur ihres Onkels wegen an diesem reichhaltigen Beweismaterial interessiert. Unter keinen Umständen sollte der Herzog glauben, daß sie ihm und »seiner« Marie nachspionierte.
»Wie geht es Plantagenet?« fragte der Herzog.
Glencora wandte sich an ihr Bübchen. »Planty, nun sag, wie's deinem Papi geht!«
»Es geht ihm gut . . ., aber Papi kommt fast nie nach Hause.«
»Er rackert sich ab . . . für das Wohl seiner Nation«, erklärte der Herzog, doch Klein Planty verstand ihn nicht. Alles, was mit dem Wohl der Nation zusammenhängt, ist ja sogar für Erwachsene meist unverständlich, sofern sie nicht die Politik zu ihrem Gewerbe gemacht haben. Seine Gnaden bemühten sich daher um eine einfachere Formulierung: »Dein Papa, Planty, ist ein vielbeschäftigter Mann, und er hat nicht die Zeit, mit einem kleinen Jungen zu spielen, so wie ich es kann.«
»Aber Papi ist kein Herzog!«
»Er wird es einmal sein, warte nur ab, mein Junge. Und sehr lang wird's wohl auch nicht dauern. Dann wird dein Papi ein Herzog sein . . .« Er wandte sich nun an Glencora: »Im Augenblick scheint er ja im Unterhaus sehr glücklich zu sein. Er würde es gewiß bedauern, wenn er das Unterhaus verlassen müßte, weil ihn mein Tod und sein Schicksal zum Herzog bestimmt haben. Ich weiß, er hat es nicht mit der Eile. Niemand in England hat mehr Zeit als Plantagenet.«
Lady Glencora nickte zustimmend.
Madame Goesler sagte: »Das finde ich aber sehr sympathisch.«
Der kleine Planty ließ sich ebenfalls vernehmen: »Mami, ich hab's auch nicht mit der Eile, wirklich nicht.«
»Du bist ein ganz böses kleines Äffchen«, sagte sein Großonkel und küßte den Kleinen. In diesem Augenblick fühlte Glencora, wie wichtig es war, daß alles ordnungsgemäß ablief – und damit meinte sie, daß alles in der Familie blieb, sie meinte natürlich ihre eigene Familie mit Plantagenet und Planty und nicht etwa eine Familie, zu der »Herzogin Marie« sich selbst und unter Umständen sogar einen neuen männlichen Erben beisteuern konnte.

Lady Glencora ließ es sich jedoch nicht anmerken, welche schwerwiegenden erbrechtlichen Erwägungen sie gerade in so sinniger Weise angestellt hatte. Sie verabschiedete sich als erste. Schließlich wollte sie nicht den Eindruck erwecken, als wolle sie dem Herzog das Pläsierchen rauben, allein und traulich mit Madame Max Goesler beisammen zu sein. Wenn der Herzog sich unbedingt selbst zum Narren machen wollte, konnte sie es auch nicht verhindern. Und doch war sie davon überzeugt, daß ihr Überraschungsbesuch möglicherweise recht nützlich gewesen war, um gewisse Gefühle des Herzogs abzukühlen und damit unerwünschte Wünsche zu vereiteln. So verschaffte sie sich nun mit all ihrem Charme einen guten Abgang.

Der Herzog folgte ihr. Er hielt den kleinen Planty an der Hand. Für Madame Goesler bot sich keine weitere Gelegenheit, ein paar trostreiche Worte mit ihrem erlauchten Besucher zu wechseln.

Zwei Tage später hielt der grüne Brougham des Herzogs von Omnium wieder vor dem kleinsten Haus in der Park Lane.

Natürlich war Madame Goesler zu Hause. Aber auch jetzt war sie noch nicht zu einem festen Entschluß gelangt, wie sie sich verhalten sollte. Wohl flimmerte das herzogliche Wappen vor ihren Augen, wohl lockte der Titel einer Herzogin. Aber in der harten Schule des Lebens hatte Madame Geduld gelernt, nein, noch mehr: wie man seine Ungeduld zügeln muß.

Lachend begrüßte sie den Herzog: »Neulich liefen Sie davon, weil Sie dem Charme des kleinen Planty nicht widerstehen konnten.«

»Ein lieber Junge, der kleine Planty, aber deswegen bin ich nicht davongerannt«, erklärte der Herzog.

»Weswegen sonst? Ihre Nichte kam, sah und siegte. Ein Wirbel, und in weniger als einer halben Minute hatten Sie sich in Luft aufgelöst und waren verschwunden.«

»Ich dachte gerade über etwas nach. Da erschien Glencora auf der Bildfläche und störte mich.«

»So tief sollte man seinen Gedanken niemals nachhängen, es lohnt sich nicht«, meinte Madame Goesler. Auf dem Tisch neben ihr stand eine Schale mit Weintrauben. Sie aß ein paar Trauben – und der Herzog dachte: »Ich habe noch nie eine Frau gesehen, die so elegant und reizvoll und zugleich so natürlich ist.«

»Haben Sie schon über die Reise zum Comer See nachgedacht?« fragte der Herzog.

»Ich denke doch nie nach«, parierte Madame.

»Aber ich habe einen Vorschlag gemacht und möchte Ihre Entscheidung wissen.«

»Und ich dachte, Euer Gnaden, daß ich diese Frage bereits beantwortet

habe.« Sie gab ihrem Stuhl eine ganz leichte Drehung, so daß sie ihm nun mit abgewandtem Gesicht gegenübersaß.
»Aber eine Lady kann man doch zweimal fragen.«
»Natürlich kann man das. Und ich bin Ihnen so dankbar, daß Ihnen nichts ferner liegt, als mich zu verletzen. Ich schäme mich auch, daß ich ein wenig erregt war, als Sie mir vor zwei Tagen die gleiche Frage stellten. Aber es gibt da nur eine Antwort: Gewisse Wonnen muß sich eine Frau versagen, auch wenn sie noch so wonnig sein könnten.«
»Ich dachte mir . . .«, begann der Herzog. Dann ließ er seine Gedanken unausgesprochen in der Luft hängen.
»Euer Gnaden sagten eben, Sie dachten sich . . .«
»Marie . . . ein Mann meines Alters . . . verstehen Sie nicht? . . . Ein Mann meines Alters wird nicht gern abgewiesen.«
»Aber was hat das alles mit dem Alter zu tun? Es gibt keinen Mann, ob Jüngling oder Greis, der es gern hat, wenn ihm eine Frau etwas verweigert. Wenn eine Frau einmal ›nein‹ sagt, heißt es sofort, sie sei grausam, auch wenn sie ihrem ganzen Wesen nach ›ja‹ sagen konnte.« Sie sah ihm jetzt voll ins Gesicht und hatte sich auf ihrem Stuhl so vorgebeugt, daß er sie streicheln konnte, wenn er nur die Hand ausstreckte. Er ließ sich diesen Wink nicht entgehen. »Marie« sagte er, »werden Sie mir einen Wunsch verweigern, wenn ich Sie darum bitte?«
»Wie soll ich diese Frage beantworten, Herzog. Es gibt viele kleine Dinge, die ich Ihnen abschlagen würde und viele große Dinge, die ich Ihnen bereitwilligst geben würde.«
»Und das größte Geschenk?«
»Herzog, Sie sollten sich schon etwas klarer ausdrücken. Ich glaube, es gibt wohl keine Frau, die im Rätselraten so schlecht ist wie ich.«
»So will ich meine Frage ganz einfach formulieren. Marie, könnten Sie es ertragen, fast schon in ländlicher Ruhe an den Ufern des Comer Sees zu leben . . . zusammenzuleben mit einem alten Mann?«
»Nein, Herzog, das könnte ich nicht! Aber auch nicht mit einem jungen Mann. Ländliche Ruhe ist nicht ganz mein Fall, und das Alter spielt dabei überhaupt keine Rolle.«
Und nun erhob sich der Herzog und machte seinen Antrag in aller Form. »Marie, Sie wissen, daß ich Sie liebe. Ja, ich kann es nicht verstehen, daß ich bei meinen Jahren alle Schmerzen der Liebe noch mit solcher Heftigkeit empfinde. Es wird bestimmt mein Herz brechen, wenn Sie mir meinen Wunsch verweigern. Marie, ich bitte Sie, meine Frau zu werden.«
»Wer hätte das vom Herzog von Omnium erwartet!«
»Marie, meine Adelskrone liegt zu Ihren Füßen. Darf ich sie aufheben und sie Ihnen auf die Stirn setzen?«

Nach dieser Krönung seiner Rede entfernte sich Madame Max Goesler ein paar Schritte von ihrem erlauchten Freier. Der Herzog folgte ihr. Er legte seinen Arm auf ihre Schulter. »Marie, werde ich eine Antwort auf meine Frage bekommen?«
»Haben Sie ernsthaft gedacht, daß ich diese Frage beantworten kann?«
»Ich habe oft und lang darüber nachgedacht.«
»Und Ihre Freunde?«
»Marie, es geht hier wirklich nur um mein eigenes Glück, nicht um meine Freunde. Werden Sie mir antworten?«
»Ganz bestimmt nicht ohne gründliche Überlegung. Denken Sie doch nur daran, wie groß, ja, ich möchte sagen, wie erhaben die Stellung ist, die Sie mir anbieten und welche ungeheuerliche Veränderung das alles für mich bedeuten würde. Bitte, gewähren Sie mir eine Frist von zwei Tagen. Ich bin jetzt so verwirrt, daß ich nicht weitersprechen kann ... Verzeihung, Herzog, wenn ich mich entferne ...«
Der Herzog ergriff ihre Hand und küßte ihre Stirn. Dann ging er zur Tür, um sie für Madame Max Goesler zu öffnen.

Am folgenden Tag besuchte Mr. Palliser seinen Onkel. Die Stunde des Besuchs war vorher genau festgelegt worden. Es gab allerlei geschäftliche Dinge, die der Herzog von Omnium mit seinem Neffen besprechen wollte. Da Palliser die Verabredung mit Mr. Fothergill, dem Verwalter seines Onkels, getroffen hatte, war er überrascht, dieses Geschäftsfaktotum seines Onkels nicht anzutreffen. Der Herzog sagte, man habe in allerletzter Minute die Besprechung der geschäftlichen Angelegenheiten verschieben müssen. Palliser fragte nun, aber ganz nebenbei, nach den Gründen, die zu dieser Vertagung Anlaß gegeben hätten. Er tat es, wie gesagt, ohne sich viel dabei zu denken. Der Herzog dagegen dachte sich allerlei, als er nach einem Augenblick des Zögerns erwiderte, es bestände die Möglichkeit, daß er heiraten werde, und dann würde die vorher von ihm erwogene Regelung der geschäftlichen Angelegenheiten seinen neuen Plänen nicht mehr entsprechen.
»Wollen Sie sich tatsächlich verheiraten?« fragte sein Neffe erstaunt.
»Tatsächlich ist vielleicht etwas übertrieben, aber möglich ist es schon. Nachdem ich zum erstenmal die eventuelle Heirat Mr. Fothergill gegenüber erwähnte, hab' ich über alles intensiv nachgedacht. Ich habe meine ursprünglichen finanziellen Pläne aufgegeben. So, wie ich mir die Sache jetzt denke, wird sich für dich, Plantagenet, nichts ändern. Davon abgesehen: Du bist ja viel reicher als ich.«
»Ich habe nicht ans Geld gedacht, Herzog«, sagte Plantagenet Palliser.
»Und woran hast du dann gedacht?«

»Nur an das, was Sie gesagt haben. Ich habe auch nicht die geringste Absicht, mich in Ihr Privatleben einzumischen.«
»Das hoffe ich auch, mein Junge.«
»Aber Sie müssen schon verstehen, daß mich diese Mitteilung immerhin etwas überrascht hat. Auch Glencora wird überrascht sein. Auf alle Fälle wünsche ich Ihnen alles Gute. Viel Glück – gleich wie Ihre Entscheidung ausfällt.«

Am nächsten Sonntag, etwa gegen zwei Uhr nachmittags, ließ sich Phineas Finn bei Madame Max Goesler melden. Er besuchte sie damals recht häufig. Zu jener Zeit wollte er immer wieder einmal Violet Effingham lebendig in seinem Gedächtnis begraben, und dann wieder flackerte ein Fünkchen Hoffnung in ihm auf, daß sie ihm vielleicht doch noch vor dem Ende aller Nächte ihr Jawort geben würde. Inzwischen hatte er auch gehört, aus zuverlässiger Quelle sogar, daß es zwischen Violet und Lord Chiltern einen Mordskrach gegeben hatte. Wie sollte er nun reagieren? Madame Max Goesler war seine Freundin, militärisch gesehen sein Generalstabschef *honoris causa* in allen Fragen, bei denen es um die technische Seite der Belagerung von Violet Effingham ging. Aber diesmal erwähnte Phineas die junge Dame nicht; jedenfalls fing er das Gespräch nicht gleich mit ihr an. Und diese »Violet-Pause«, wie ich es nennen möchte, war eben der fruchtbare Augenblick, in dem Madame Max Goesler den bisher wichtigsten Entschluß ihres Lebens faßte. Nein, sagte sie sich, sie wolle nicht länger mehr mit den gezackten Kronen und Krönchen des Herzogs von Omnium spielen. Sicher sei dieser Edelstein reichlich überbezahlt. Für den gleichen Preis müsse man doch etwas Besseres finden können, wenn . . . na ja, wenn zufällig etwas Besseres auf dem Markt sein sollte. Sie schickte also Phineas Finn bald nach Hause, doch nicht ganz ohne Trost und Rat. O nein! Sie gab ihm den guten Rat, ein schönes Sonett auf die schönen Augenbrauen von Violet Effingham zu dichten. »Man weiß nie, wie so was wirkt«, meinte sie ironisch, »aber in der Literatur sind einige Erfolgsfälle beschrieben.«
Aber als Phineas seines Weges ging, regten sich in Madame Max Goesler wieder einige Zweifel. Schließlich wird einem ja nicht jeden Tag eine solche Metamorphose geboten, die schmerzlose Umwandlung von einer Bürgerlichen in eine Herzogin. Noch wog sie das Für und Wider auf der Goldwaage ihres Verstandes ab, als sie wiederum Besuch erhielt. Diesmal war es Lady Glencora.
»Ich freue mich ja so, daß ich Sie zu Hause antreffe.«
»Und ich freue mich auch«, sagte Madame Goesler mit einem Lächeln, dem man nicht unbedingt die Freude ansah.

»Wie ich annehmen möchte«, begann Glencora zartfühlend und diskret, »hat Sie mein Onkel wohl wieder besucht, seit ich das letztemal bei Ihnen war.«

»O ja, sogar ein paarmal, wenn ich mich recht entsinne. Jedenfalls war er gestern hier.«

»Er besucht Sie also häufig?«

»Nicht so oft, wie es mir lieb wäre, Lady Glencora. Immerhin ist der Herzog einer meiner besten Freunde.«

»Und dabei sind Sie doch noch gar nicht so lang befreundet?«

»Ja, es ging alles sehr rasch, es war wohl Freundschaft auf den ersten Blick«, sagte Madame Goesler. Dann herrschte Stille im Raum. Madame Goesler war fest entschlossen, dieses Schweigen nicht zu brechen. Sie war sich längst darüber klar, weswegen Lady Glencora gekommen war. Sie dachte im stillen, wenn es ihr schon gelungen war, den Gott selbst im vollsten Strahlenkranz seines Ruhmes anzuschauen, ohne Schaden an Leib und Seele zu nehmen, warum sollte sie dann befürchten, daß sie etwa der reflektierte Glanz des Gottes in der irdischen Gestalt seiner Nichte versengen könnte? Sie wußte nur zu gut, daß kein Wort aus dem zierlich-schnippischen Mund von Lady Glencora sie aus der Fassung bringen konnte. Aber sie wollte der Nichte des Herzogs nicht vorgreifen. Und also schwieg sie – und es war ein sehr beredtes Schweigen.

So mußte Glencora das Eis brechen, wie man so schön zu sagen pflegt. Es war eine Kunst, auf die sie sich gut verstand. »Ich meine, Madame Goesler«, begann sie mit ihrer kleinen unsichtbaren Spitzhacke, »wir sollten sofort auf den springenden Punkt kommen . . .« Doch ehe sie diesen Punkt erreichte, der ihr immer wieder zu entspringen schien, verfärbten sich ihre Wangen. Sie wurde verlegen, doch dauerte diese ungewollte Verlegenheitspause nur einen Augenblick, dann hatte sie sich wieder gefaßt. »Es versteht sich leider von selbst«, sagte sie nun, »daß ich Ihnen etwas sagen muß, was Ihnen nicht gerade angenehm sein wird. Meine Worte werden Sie sogar verletzen. Und doch ist das nicht meine Absicht.«

»Dann wird mich auch nichts kränken oder beleidigen können, was Sie sagen.«

»Sie haben neulich meinen kleinen Jungen gesehen.«

»Ein bezauberndes Bürschlein.«

»Er ist der Erbe des Herzogs.«

»Ja, das hat man mir gesagt.«

»Ich selbst will nichts erben, das schwöre ich Ihnen bei allem, was mir heilig ist. Ich bin selbst vermögend, ich besitze alles, was die Welt mir geben kann. Auch für meinen Mann wünsche ich mir in dieser Beziehung nichts. Er wird seine Karriere auch ohne finanzielle Beihilfe machen. Ja, selbst der Herzogtitel dürfte ihm nicht bei seiner Karriere helfen.«

»Warum erzählen Sie mir das alles, Lady Glencora? Was habe ich damit zu tun, ob Ihr Gatte irgendwelche Titel erbt oder nicht?«

»Sehr viel. Ich meine, falls es wahr sein sollte, daß Sie an eine Ehe mit dem Herzog von Omnium denken.«

»Pah!« sagte Madame Goesler mit all dem Zorn in ihrer Stimme, den sie bei allen Gelegenheiten meisterhaft aufzubringen vermochte.

»Dann stimmt es also nicht?« fragte Lady Glencora.

»Nein! Es stimmt nicht. Oder vielleicht stimmt es doch. Zumindest ist der Gedanke an eine solche Ehe vorhanden.«

»Und Sie sind mit ihm verlobt?«

»Nein. Ich bin nicht mit ihm verlobt.«

»Hat er um Ihre Hand angehalten?«

»Lady Glencora, ich muß wirklich sagen, daß ich ein solches Kreuzverhör, gelinde gesagt, für etwas unüblich halte. Ich habe Ihnen versprochen, daß ich mich durch nichts verletzt fühlen würde, was Sie sagen, es sei denn, Sie haben die Absicht, mich zu kränken. Aber treiben Sie die Sache nicht zu weit!«

»Madame Goesler, wenn Sie mir sagen, daß ich mich irre, werde ich Sie sofort um Verzeihung bitten. Ich werde Ihnen dann meine Freundschaft anbieten, die engste, aufrichtigste Freundschaft, die es von Frau zu Frau überhaupt geben kann.«

»Lady Glencora, leider kann ich Ihnen das nicht sagen, was Sie so gern von mir hören möchten.«

»Dann stimmt es also! Und Sie glauben, daß Sie dabei etwas gewinnen werden?«

»Ja, ich habe daran gedacht, was ich gewinnen könnte. Aber ich könnte auch etwas verlieren. Glauben Sie nicht?«

»Sie sind reich. Sie haben Geld.«

»Allerdings; für meine eigenen bescheidenen Ansprüche reicht es.«

»Und für Ihre gesellschaftliche Stellung wohl auch?«

»Na ja, für die gesellschaftliche Stellung, die mir entspricht, reicht es schon. Für eine Stellung, wie Sie sie haben, Lady Glencora, würde es wohl nicht genug sein. Eine Frau, die ohne Vermögen zur Welt kommt, kann sich selbst kein Vermögen schaffen, sie kann nur durch Heirat reich werden.«

»Sie sind in allem so unabhängig, so frei wie ein Vogel, der sich in die Lüfte schwingt. Sie können tun und lassen, was Sie wollen.«

»Hin und wieder habe ich möglicherweise sogar zu viel Freiheit«, sagte Madame Goesler.

»Und was gewinnen Sie eigentlich, wenn Sie Ihre Freiheit, Ihre Ungebundenheit für einen Titel eintauschen?«

»Aber bedenken Sie, Lady Glencora, um was für einen Titel es dabei geht! Vielleicht gilt es Ihnen nicht viel, Herzogin von Omnium zu sein. Aber stellen Sie sich mal vor, was das für mich bedeuten muß!«

»Und wegen dieses Titels, den Sie haben möchten, sind Sie bereit, ihn aller seiner Freunde zu berauben, sein künftiges Leben zu verbittern und ihn in den Augen seiner Pairs herabzusetzen . . .«

»Herabzusetzen! Wer wagt es zu sagen, daß er sich durch eine Ehe mit mir degradiert? Er wird mich erheben. Er wird mich erhöhen, aber ich werde ihn nicht herabsetzen. Sie sollten vorsichtiger in Ihrer Ausdrucksweise sein, Lady Glencora.«

»Fragen Sie doch, wen Sie wollen. Ich verachte Sie nicht, das können Sie mir glauben. Wenn ich's täte, hätte ich Ihnen nicht meine Freundschaft angeboten. Aber ein alter Mann, der schon über siebzig ist, der die Würde des höchsten Adelstitels trägt, würde sich in den Augen seiner Mitmenschen – und nicht nur seiner Pairs – herabsetzen, wenn er eine junge Frau heiratet, eine junge Frau, die nicht zur Hocharistokratie gehört. Dabei spielt es keine Rolle, ob sie noch so gescheit ist, keine Rolle, ob sie noch so schön ist. Ein Herzog von Omnium kann nicht tun, was er will. Er kann nicht handeln wie jeder gewöhnliche Sterbliche.«

»Das mag schon stimmen, Lady Glencora. Es mag für andere Herzöge gelten, für die Töchter und Erben und Cousins anderer Herzöge. Wenn Sie wollen, können wir uns stundenlang über alle Variationen dieses Themas unterhalten. Aber ich werde nicht dulden, daß man sagt, ich würde irgendeinen Mann um seinen Ruf bringen, nur weil er mich heiratet. Ich habe meinen eigenen Ruf – und er ist genau so gut wie Ihr Ruf, Lady Glencora.«

»So habe ich es nicht gemeint.«

»Nichts liegt mir ferner, als einen Mann wie den Herzog wissentlich zu kränken. Wer möchte schon einen Freund verletzen? Und wenn Sie es genau wissen wollen, Lady Glencora: Ich habe bei der Sache so wenig zu gewinnen, daß die Versuchung, Ihrem Onkel Schaden zuzufügen, nur äußerst gering ist. Und was Ihren kleinen Jungen betrifft, so glaube ich, daß Ihre Sorgen reichlich verfrüht sind.« Bei diesen Worten blitzte ein Lächeln in den Augen von Madame Max Goesler auf, die bisher die stoische Ruhe eines graubärtigen griechischen Philosophen bewahrt hatte. Ja, es war nicht nur ein Lächeln. Nur mit äußerster Mühe – und nur mit Hilfe der unsichtbaren Stoiker in ihrem Gemüt – konnte sie ein helles Auflachen in letzter Sekunde verhindern. »Wenn ich ganz ehrlich sein soll, Lady Glencora, muß ich Ihnen sagen, daß Ihre schönsten Argumente fast den

Sieg über meine schönsten Argumente errungen haben – ganz gegen meinen Willen. Sie sagten, ich würde Schimpf und Schande über das ganze uralte Geschlecht der Herzöge von Omnium bringen. Eigentlich hätte ich nun die Pflicht, Sie vom Gegenteil zu überzeugen. Aber ich glaube, das ist eine Angelegenheit, die ich am besten ganz allein mit mir selber abmache, im eigenen Busen, wie es so schön und treffend in der Sprache der Dichter heißt.«

Kurze Zeit später verabschiedete sich Lady Glencora, um diese heikle Frage im eigenen Busen zu klären. Genau betrachtet, blieb ihr auch keine andere Möglichkeit.

Schließlich kam die Stunde der Entscheidung für Madame Goesler. Sie kam, wie das so oft bei wichtigen Entscheidungen in der Weltgeschichte der Fall war, unmittelbar nach dem Frühstück. Madame setzte sich hin und schrieb ihren Brief an Seine Gnaden:

Park Lane. Montag

Mein lieber Herzog von Omnium!

Ich finde es so schwer, Ihnen schriftlich das zu sagen, was ich Ihnen sagen möchte und sagen muß. Seit wir uns das letzte Mal gesehen haben, wünsche ich mir, ich wäre weniger nervös, weniger von Zweifeln geplagt und weniger töricht gewesen, als ich die hohe Ehre hatte, mit Ihnen in meiner Wohnung zu sprechen. Sicher hätte ich dann in einem Wort zum Ausdruck bringen können, was ich jetzt auf plumpe Art und mit vielen Worten zu erklären versuchen muß.

Ich weiß die Ehre zu schätzen, die Ihr Antrag für mich bedeutet. Ich weiß die Gabe und auch die Gnade zu schätzen, die Sie mir dadurch erwiesen haben. Und doch kann ich Ihre Werbung nicht annehmen. Ich kann nicht die Frau des Herzogs von Omnium werden. Eigentlich wußte ich das schon, als wir uns vor zwei Tagen verabschiedeten. Aber alles war für mich so überraschend gekommen. Die Überraschung hatte meine Urteilskraft gelähmt. Ich konnte Ihnen nicht antworten, wie ich es hätte tun sollen. Euer Gnaden müssen mir glauben, daß ich die reine Wahrheit sage, wenn ich nun erkläre: Ich bin nicht die passende Frau für einen Herzog von Omnium. Unsere Ehe könnte für Sie nur von Nachteil sein. Natürlich würde ich meine eigene gesellschaftliche Stellung durch diese Heirat erhöhen. Aber ich würde mich vor mir selbst erniedrigen, es wäre ein Makel auf meinem Charakter. Glauben Sie nun aber nicht, ich wollte damit sagen, daß ich nicht gut genug bin, die Frau eines guten und anständigen Mannes zu sein.

Es gibt nichts in meinem Leben, was ich Ihnen nicht frei und offen mitteilen könnte, nichts, was ich vor der Welt verschweigen müßte. Ja, Euer Gnaden, es gibt nichts, womit ich mein Nein begründen könnte als die schon erwähnte Tatsache, daß ich durch Geburt und auch aufgrund meiner gesellschaftlichen Stellung nicht geeignet bin, die Gattin des Herzogs von Omnium zu werden. Sie müßten sich hin und wieder meiner schämen. Und das ist etwas, was ich unbedingt vermeiden will.
Ich will offen zugeben, daß ich ehrgeizig war, sicher sogar *zu* ehrgeizig. Es hat mir größtes Vergnügen gemacht, ja, mehr als das, es hat meiner Eitelkeit geschmeichelt, daß ein Mann wie Sie, der so hoch über seinen Mitmenschen steht, meine Gesellschaft als angenehm und reizvoll empfunden hat. Ich will unumwunden zugeben, daß es mir Freude machte, wenn alle Welt sehen konnte, daß der Herzog von Omnium mit mir befreundet war. Ich will mich nicht besser machen, als ich bin. Ich bin halt wie alle anderen Motten, die um das Licht kreisen. Und ich bin wie eine Motte, der schließlich die Flügel versengt werden. Aber in gewisser Hinsicht bin ich wohl doch gescheiter als die meisten Frauen – und Motten. Wenn ich mir die Flügel versengt habe, weiß ich, daß ich mich in einiger Entfernung vom Licht zu halten habe. Sie werden gewiß annehmen, Euer Gnaden, daß eine Frau, wie ich es nun einmal bin, nicht so ohne weiteres darauf verzichtet, in einer Karosse oder Kutsche zu fahren, die mit dem herzoglichen Wappen geschmückt ist. Ich bin kein Philosoph. Ich behaupte nicht, daß ich die Annehmlichkeiten dieser Welt verachte. Ich bin der Ansicht, jede Frau sollte den Ehrgeiz haben, Herzogin von Omnium zu werden. Aber . . . und dieses »Aber« ist wichtig, sie sollte dann auch die Fähigkeit besitzen, ihre Krone mit Grazie und selbstverständlicher Würde zu tragen.
Als Madame Goesler kann ich mich frei bewegen, unter meinesgleichen und auch unter Leuten, die gesellschaftlich über mir stehen. Diese Ungezwungenheit hätte ich nicht mehr, wenn ich einwilligte, Euer Gnaden zu heiraten. Und ach, auch Euer Gnaden würden sich dann im Umgang mit ihren Mitmenschen gehemmter fühlen.
Vielleicht sind Sie der Ansicht, mein Brief sei herzlos. Vielleicht glauben Sie, daß ich allzuviel über Ihren Rang schreibe und nicht genug über die Zuneigung, die Sie mir entgegenbrachten oder über die Zuneigung, die ich möglicherweise Ihnen gegenüber empfinde. Ich bin aber der Ansicht: Wenn sich bei Männlein und Weiblein der erste Rausch der Leidenschaft gelegt hat, sollte man sich bemühen, seine Liebesgefühle vernünftig zu regulieren. Ich könnte Euer Gnaden herzlich lieben, so lieben, wie eine Frau ihren Mann lieben sollte, wenn ich der Ansicht wäre, daß Euer Gnaden und ich Mann und Frau sein sollten. Da ich indessen der Meinung bin, daß eine

solche Liebe uns beiden schlecht anstehen würde, will ich meine Gefühle unterdrücken. Vergessen wir die Liebe – und bleiben wir in Freundschaft verbunden. Und wenn ich Freundschaft sage, meine ich damit Freundschaft der reinsten Art.

Ehe ich diesen Brief beschließe, noch ein Wort des Dankes. Als Witwe habe ich bisher ein Leben geführt, in dem echte Kameradschaft selten war. Es war gewiß nicht leicht, mir die Achtung der Menschen zu erwerben, die meinen Weg kreuzten und an denen mir etwas gelegen war. Ich will Ihnen jetzt ganz offen gestehen, daß mein Leben nicht immer leicht gewesen ist. Überall in der Welt wird eine alleinstehende Frau mit Mißtrauen angesehen, und in England ist alles noch schlimmer. Hier bin ich eine Frau, eine alleinstehende Frau, die obendrein noch einen ausländischen Namen hat. Das bedeutet: Man weiß nicht recht, woher sie kommt, man kennt ihr Vorleben nicht. Und eine alleinstehende Frau aus der Fremde ohne Vorleben ist doppelt verdächtig. Ich habe mich damit abgefunden. Ja, mir scheint sogar: mit Erfolg. Aber in meinen kühnsten Träumen habe ich nie von einem solchen Erfolg zu träumen gewagt, daß der Herzog von Omnium mich für die würdigste aller würdigen Frauen halten sollte. Glauben Sie mir, ich bin kein undankbares Geschöpf. Ich werde nie meine Dankbarkeit Ihnen gegenüber vergessen. Und ich hoffe zuversichtlich, daß es mich auch in Ihren Augen nicht herabsetzen wird, wenn ich so entschieden habe, wie ich mich bei der hohen Stellung entscheiden mußte, die Euer Gnaden in der Welt einnehmen.

Ich verbleibe, verehrter Herzog,
Ihre ergebenste und treueste Dienerin

Marie Max Goesler

Dieser Brief an den Herzog war mit gebührender Demut geschrieben. Das galt nicht für den Brief, den sie nun an die Mutter von Klein Planty schrieb:

Liebe Lady Glencora!

Rasch ein paar Zeilen, damit Sie Ihre Seelenruhe wiederfinden. Als Sie die Güte hatten, mich gestern zu besuchen, hatte ich den Eindruck, daß Sie sich in einem recht trübseligen Zustand befanden. Ich möchte Ihnen also hiermit die Mitteilung machen, daß Ihr kleiner Junge nichts von mir zu befürchten hat. Gleiches gilt notabene für Sie selbst und Ihren Gatten – und, wie Sie die Dinge sehen, auch für Ihren Onkel, den ich aufrichtig liebe. Sie verlangten von mir eine eindeutige Antwort, aber ich war nicht gewillt, sie Ihnen zu eben dieser Stunde zu geben. Die Antwort war noch nicht fällig, wenigstens nicht was Ihre Person betrifft. Mittlerweile habe ich diese

Antwort gegeben. Da ich Sie viel zu gern habe, um Sie weiterhin im Zustand quälender Ungewißheit zu lassen, teile ich Ihnen nunmehr mit, daß ich Ihnen beziehungsweise Ihrem Jungen niemals im Wege stehen werde.
Und nun, verehrte Lady Glencora, noch ein paar weitere Worte. Sollte es sich für Sie jemals wieder als notwendig erweisen, mit allem Ihnen zu Gebote stehenden Eifer schützend vor Ihren Gatten oder Ihren Jungen zu treten, um eine Frau davon abzubringen, eine eheliche Verbindung einzugehen, dann würde ich Ihnen dringend raten, nicht zu erklären, daß diese Verbindung für eine bestimmte Familie oder einen bestimmten Mann degradierend sein könnte. Wenn Sie mich unbedingt dazu bringen wollten, genau das zu tun, was Sie nicht wünschten, hätten Sie gewiß kein besseres Argument vorbringen können. Aber ich sagte mir: Mein eigenes Wohlbefinden und das Glück einer anderen Person, um die ich fast besorgter bin als um mein eigenes Glück, sind zu wichtig, um kleinlichen Rachegefühlen geopfert zu werden. Ich begnüge mich also damit, Ihnen brieflich mitzuteilen, daß ich besser, vernünftiger und gescheiter bin, als Sie anzunehmen geruhten.
Sollten Sie nach allem, was vorgefallen ist, den Wunsch verspüren, weiter mit mir auf gutem Fuß zu stehen, so würde ich mich glücklich schätzen, Ihre Freundin zu sein. Ich würde dann darauf verzichten, irgendwelche Rachegefühle für die mir angetane Beleidigung zu nehmen. Was diese Beleidigung betrifft, habe ich Anspruch auf eine kleine Entschuldigung Ihrerseits. Ob Sie nun entsprechend handeln oder nicht, es wird mich nicht davon abhalten, Ihrem süßen kleinen Jungen für die Zukunft alles Gute zu wünschen. Von Zeit zu Zeit werde ich mich diskret erkundigen, ob seine Chancen, künftiger Erbe des Herzogs von Omnium zu werden, an keiner weiblichen Klippe gescheitert sind. Es gibt eben mehr Klippen in der Welt, auch weibliche, als Sie anzunehmen belieben. Es gibt mehr als nur eine einzige *femme fatale*. Sollte mal wieder eine so gefährliche Frau wie ich aus der Versenkung auftauchen, so schlage ich vor, daß Sie mich rufen lassen, damit wir dann gemeinsam beraten, was unter obwaltenden Umständen zu machen ist. Und damit, liebe Lady Glencora, verbleibe ich
in alter Herzlichkeit

Ihre Marie M.G.

Unberechtigter Stolz gehörte gewiß nicht zu den hervorstechenden Charakterzügen von Lady Glencora, vielleicht hatte sie sogar etwas zuwenig Stolz. Sie war bereit gewesen, dieses »Weibsstück«, Madame Max Goesler, zu hassen und zu bekämpfen, solang eine Gefahr vorhanden war. Aber nun, da die Gefahr gebannt war, hatte sie nicht das geringste Bedenken, die alte Freundschaft wiederaufleben zu lassen. Sollte sie sich entschuldigen? Gewiß! Marie M.G. konnte wieder ihre Freundin sein, nur würde sie sich hüten, Madame und den Herzog von Omnium gemeinsam nach Matching einzuladen. Man weiß ja nie, wie seltsam die Wege und Abwege der Liebe sein können. Im übrigen behielt sie Madame Goeslers Brief schön für sich. Sie zeigte ihn nicht einmal ihrem Gatten. Ja, sie erwähnte nicht einmal gesprächsweise, wie sie dieser Brief von einem Alpdrücken befreit hatte. Warum sollte sie auch mit Plantagenet darüber sprechen? Er hatte sich nie um die drohende Gefahr gekümmert. Ihm war sein Haushaltsplan wichtiger als alle Heiratspläne seines Onkels. Er war restlos zufrieden, wenn keine weiteren Gerüchte über eine eventuelle Heirat seines Onkels an sein Ohr gelangten.

Am nächsten Donnerstag gab Lady Glencora ihrem Kutscher den Auftrag, zum »kleinsten Haus in der Park Lane« zu fahren. Diesmal nahm sie ihren Jungen nicht mit. Es bestand ja immerhin die Möglichkeit, daß Madame Goesler bei einem Wortgefecht mit sanfter Artillerie ein paar kleine Schüsse abfeuerte, die Planty treffen konnten. So war es wohl besser, daß sie sich allein dem Bombardement aussetzte.

Die Konversation begann steif und formell. Noch im Stehen sagte Lady Glencora: »Ich kam, um Ihnen für Ihren Brief zu danken, Madame Goesler.«

»Nehmen Sie doch bitte Platz«, sagte die Dame des Hauses, »jedenfalls kommen Sie um des lieben Friedens willen.«

»Und in völligem Seelenfrieden und mit größter Bewunderung für Sie, mehr noch: mit Freundschaft und Liebe, falls Sie gesonnen sind, meine Freundschaft wieder zu akzeptieren.«

»Ja, ich bin dazu bereit – und sei es auch nur um des Herzogs willen.«

»Ich muß mich entschuldigen.«

»Ich habe Ihnen schon vergeben, als Ihre Kutsche vor meiner Tür hielt, sozusagen mit freundlichen Rädern. Natürlich verstehe ich alles. Ich kann mir vorstellen, wie schrecklich das alles für Sie sein mußte – selbst dann, wenn sich der kleine Plantagenet überhaupt nicht in irgendeiner Gefahr befand. Man stelle sich das bloß vor: Ich hätte die Karriere eines Plantagenet behindert! Ich bin viel zu sehr in der Geschichte bewandert, um nicht zu wissen, was für ein nationales Unglück ich damit angerichtet hätte!«

»Ich benutzte ein bestimmtes Wort. Es tut mir leid. Ich hätte so was nie sagen dürfen.«

»Vergessen wir das Wort. Schließlich stimmte es ja. Ich gebe das jetzt ganz offen vor mir selber zu. Und doch gestatte ich es keiner Frau, versteht sich, auch keinem Mann, dieses Wort jemals auf mich anzuwenden. Ja, ich hätte den Herzog degradiert und ihm Schande bereitet!« Madame Goesler hatte

jetzt den scherzenden Ton aufgegeben, in dem sie bisher gesprochen hatte. »Ich habe nichts zu verbergen, nichts, dessen ich mich schämen müßte. Aber ich bin am falschen Ort von den falschen Eltern geboren worden, um die standesgemäße Gemahlin des Herzogs von Omnium zu werden. In einer derart prekären Situation hätte ich mich nie und nimmer glücklich gefühlt.«
»Es fehlt Ihnen doch nichts, liebe Madame Goesler. Sie haben alles, was die Gesellschaft zu geben vermag.«
»Ich bin mir da nicht ganz so sicher. Gewiß, die Gesellschaft hat mir viel gegeben – damit meine ich die High-Society. Und doch gibt es viele Dinge, die ich in meinem Leben vermisse. Wie glücklich wäre ich, wenn ich einen kleinen Buben hätte! Warum haben Sie den süßen kleinen Plantagenet nicht mitgebracht?«
»Ich kam im Büßerhemd. In dieser Tracht kommt man am besten allein.«
Sie trennten sich in bester Freundschaft. Dennoch blieb Lady Glencora der Ansicht, es sei wohl besser, Madame und den Herzog nicht gemeinsam nach Matching einzuladen. Sie dachte: Man soll nicht mit dem Feuer spielen, vor allem nicht mit dem Feuer der Liebe.

14 Reise nach Irland – Viel Gram im Herzen – Ein Mann kann nicht so handeln, wie er handeln möchte – Ja, Madame Goesler war zu Hause – Heimreise in die Vergangenheit – 1000 Pfund Sterling im Jahr!

Phineas Finn gehörte nicht zu jenen Politikern, die sich mit Phrasen aufplustern und vor Eitelkeit kaum noch laufen können. Er war aber stolz darauf, daß ihn der Handelsminister Joshua Monk eingeladen hatte, ihn auf einer Dienstreise nach Irland zu begleiten. Monk war Mitglied der Radikalen Partei, die es sich zur Aufgabe gesetzt hatte, die Konsequenzen liberaler Denkungsart rücksichtslos zur Geltung zu bringen. Wahrscheinlich war es übrigens der »Kirchenvater« des modernen Liberalismus, Charles J. Fox, gewesen, der das Wort »Radikalismus« nach dem Ausbruch der Französischen Revolution in das politische Wörterbuch einfügte, als er anno 1797 von der Notwendigkeit einer »radikalen Reform« sprach.
Die Reise nach Irland war, wie wir schon der Ordnung halber erwähnten, eine Dienstreise. Aber es gab auch ein außerdienstliches Programm. So hatte es der Handelsminister eingerichtet, daß er eine Woche in Killaloe zubringen konnte. Von dort sollte es dann nach Limerick weitergehen. Nächstes Reiseziel war Dublin. In beiden Städten waren öffentliche Bankette geplant, bei denen Monk über die sogenannte »Landfrage« reden

sollte. Darunter verstand man die Unzufriedenheit der einheimischen Pächter mit den englischen Grundherren. Das waren sehr heikle Dinge. Der Handelsminister war sogar der Ansicht, es könne Phineas Finn nur schaden, wenn er an diesen beiden politischen Versammlungen teilnehmen würde. Er hatte ihm also geraten, in Killaloe zu bleiben. Aber Phineas hatte es abgelehnt, bei seiner politischen Karriere auf Nummer Sicher zu gehen. Er war mit dem Minister befreundet, daher wollte er auch bei dieser Reise private Freud und politisches Leid mit ihm teilen. »Sicher wird man mich überhaupt nicht auffordern, eine Rede zu halten«, sagte er. »Und tut man's doch, brauche ich ja nur ein paar passende Worte zu sagen. Und wenn ich mehr sage . . . ich meine, wenn ich frei von der Leber weg spreche, wird die Welt ja auch nicht untergehen.«
»Mag schon sein«, erwiderte Monk, »aber es könnte für Sie doch unangenehme Folgen haben, wenn Sie nach London zurückkehren.«
»Ich muß es halt riskieren. Ich habe nicht die Absicht, mein ganzes Leben Unterstaatssekretär im Kolonialministerium zu bleiben.«
Monk brachte nochmals alle nur denkbaren Argumente vor, um die politische Zukunft seines jungen Freundes nicht zu gefährden. Umsonst, Phineas blieb bei seinem Entschluß, den Minister nach Limerick und Dublin zu begleiten.
Während seines Aufenthalts in Killaloe war Phineas auch mit Mary Flood Jones zusammengekommen, aber nie unter vier Augen. Das geschah erst am Abend vor der Abreise mit Mr. Monk. Immer, wenn sie sich trafen, hatte Mary mit großem Geschick und entsprechendem Erfolg jedes Alleinsein mit Phineas vermieden. Sie bildete sich sogar schon etwas auf die Kunst ein, mit der sie es immer verstanden hatte, Distanz zu wahren. Aber sie war nicht glücklich über ihren Erfolg, im Gegenteil, er stimmte sie traurig. Sie hatte den Eindruck – und mußte ihn haben –, daß sich Phineas nichts mehr aus ihr machte. Sie ging ihm also aus dem Weg, soweit es möglich war – und gerade dieses ständige Ausweichen ließ sie erkennen, wie trübselig und einsam sie sich fühlte.
Phineas ahnte nichts von ihrem Kummer. Er war nur verwundert, daß sie sich ihm gegenüber so kühl und ablehnend verhielt. Dabei befand er sich in der gleichen Gemütsverfassung wie Mary – und er bedurfte des Trostes. Er wußte jetzt, daß er sich »in Sachen Violet Effingham« keine Hoffnungen mehr machen konnte. Sie würde nie seine Frau werden, selbst dann nicht, wenn sich die geplante Ehe mit Lord Chiltern zerschlagen sollte. Er trug also bei seinem Besuch in Killaloe viel Gram im Busen. Wäre er ein Dichter gewesen, hätte er jetzt unentwegt in seinem erbärmlichen Zustand erbärmliche Elegien geschrieben. Da er kein Dichter war, brauchte er zumindest einen realen und realistischen Trost, wie ihn ein sehr liebes-

kranker Mann nur von weiblicher Hand empfangen konnte. Aber ach! Mary sah ihn nur aus der Ferne, aus der selbstgewählten Distanz, und so konnte sie keinen näheren Einblick in sein blutendes Herz gewinnen. Doch es gibt eine Paradoxie der Liebe. Weil Mary Flood Jones mit ihrem eigenen Liebeskummer gleichsam immer nur in der Ferne schwebte, auch wenn sie mit Phineas im gleichen Zimmer weilte, empfand Phineas seine Liebe zu Mary stärker als je zuvor: Es war die Ferne, die sie ihm näherbrachte.
Ganz nah, auch körperlich nah, kamen sie sich erst, wie wir bereits erwähnten, am Abend vor der Abreise aus Killaloe. Wahrscheinlich hatte Barbara, die Schwester von Phineas, ein wenig nachgeholfen. Auf alle Fälle waren sie nun für ein paar Minuten allein.
»Mary, seit ich daheim bin, hast du mich immer geschnitten«, begann Phineas. »Hattest du irgendeinen Grund dafür?«
»Nein«, sagte Mary.
»Wir waren doch immer gute Freunde.«
»Ja, Phineas. Aber damals warst du noch kein großer Mann. Nun muß natürlich alles ganz anders sein. Nun kennst du so viele Leute, Menschen aller Art. Da ist es doch selbstverständlich, daß ich im Hintergrund verschwinde.«
»Wenn du so redest, Mary, weiß ich, daß du dich über mich lustig machst.«
»Nein, Phineas, das stimmt nicht.«
Er schwieg einen Augenblick. Dann sagte er: »Ich glaube, auf der ganzen Welt gibt es keinen Menschen, an dessen Freundschaft mir mehr gelegen ist als an deiner. Ich denke so oft an dich.« Dann streckte er die Hand aus – und sie konnte nicht anders, sie mußte seine Hand ergreifen. »Natürlich gibt es Leute, die Unsinn schwatzen«, sagte er. »Dagegen ist kein Kraut gewachsen. Aber von dir will ich solchen Unsinn nicht hören.«
»Ich wollte dich ja nicht kränken, Phineas!« Ehe sie weiterreden konnte, trat jemand auf die beiden zu. Das Gespräch mußte abgebrochen werden. Aber er hörte immer noch den Klang seiner eigenen Stimme. Er vernahm immer noch die Worte: »Auf der ganzen Welt gibt es keinen Menschen, an dessen Freundschaft mir mehr gelegen ist als an deiner.«
Phineas reiste dann mit Mr. Monk nach Limerick, von dort nach Dublin. In beiden Städten wurde er wie ein Volkstribun gefeiert, der an Popularität gleich hinter Mr. Monk kam. Wie nicht anders zu erwarten war, gab es nur ein Thema: Was konnte geschehen, um Leute mit genügend Kapital dahin zu bringen, dieses Kapital in die irische Landwirtschaft zu investieren? Niemand hegte auch nur den geringsten Zweifel an der Fruchtbarkeit der irischen Erde, auch andere wichtige Voraussetzungen stimmten: Es fehlte nicht an guten Beförderungsmitteln, zum Beispiel an Eisenbahnen. Es

fehlte nicht an Arbeitskräften. Ja, es gab nur eine einzige Schwierigkeit: Wie konnte man eine Garantie dafür schaffen, daß die Männer, die durch schwere Arbeit den Reichtum des Landes schufen, nicht späterhin um den Ertrag ihrer Arbeit geprellt wurden? In England und auch in anderen Ländern gab es solche Garantien. Warum ließ sich eine entsprechende Gesetzgebung nicht auch auf der grünen Insel einführen? Das war die Frage, mit der sich Mr. Monk in seinen Reden zu befassen hatte. Er versprach seiner Zuhörerschaft, er werde in der nächsten Sitzungsperiode des englischen Parlaments alles tun, um den irischen Pächtern zu helfen. Auch Phineas Finn äußerte sich in diesem Sinn. Vor allem bei der Versammlung in Dublin erklärte er, daß er sich mit allem Nachdruck für einen Gesetzentwurf zur Verbesserung der Rechtslage irischer Pächter einsetzen werde. »Es tut mir leid«, sagte Mr. Monk, »daß Sie eine derart positive Erklärung abgegeben haben.« Als sie dann am Pier in Kingstown standen, wo sich Mr. Monk einschiffte, um allein nach England zurückzukehren, fragte Phineas: »Ich verstehe nicht recht, warum Sie es bedauern, daß ich mich wie Sie für die irischen Pächter eingesetzt habe.«
»Weil ich mir alles genau überlegt habe«, antwortete der Handelsminister. »Ich glaube nicht, daß Sie bei Ihrer spontanen Erklärung an alle Konsequenzen dachten. Ich habe die Absicht, morgen meine Demission einzureichen. Sie sollten jedoch im Amt bleiben, mein lieber Finn. Es wäre töricht, wenn Sie die Politik aufgeben wollten. Es ist eine Tätigkeit, die Ihnen liegt. Und mehr als das: eine Tätigkeit, die Ihnen die innere Befriedigung gibt, die man zum Leben braucht.«
Es war September, als Phineas nach Killaloe zurückkehrte. Erst im November wurde er wieder in seinem Büro im Kolonialministerium erwartet. Natürlich mußte er sich auch während seiner Abwesenheit von London mit Amtsgeschäften befassen. Täglich wurden ihm Akten zur Bearbeitung zugeschickt. Eingehend befaßte er sich auch mit den Statistiken, die sich auf das neue Reformgesetz zum Schutz der irischen Pächter bezogen.
In dieser Zeit kam er nur selten mit Mary zusammen, er war zu sehr in seine Arbeit vertieft. Sie versuchte noch immer, dem Mann aus dem Wege zu gehen, den sie so innig liebte.
Eines Tages sprach er jedoch über seine persönlichen Verhältnisse mit einer Offenheit zu ihr, die ihn selbst überraschte. Er erinnerte sie an das letzte Gespräch, bei dem sie ihm versprochen hatte, die alte Freundschaft wiederaufleben zu lassen.
»Nein, Phineas, das war kein Versprechen«, sagte sie.
»Sind wir denn nicht mehr die alten Freunde wie früher?«
»Ich habe ja nur gesagt, daß ich kein besonderes Versprechen abgegeben habe. Wir sind immer Freunde gewesen.«

»Wie würdest du dich dazu stellen, Mary, wenn du plötzlich erfährst, daß ich meinen Posten im Ministerium und auch meinen Sitz im Parlament aufgegeben habe?«
Natürlich war Mary über diese Frage erstaunt, mehr als das, sie war erschrocken. Dann erzählte er ihr alles. Er brauchte dazu geraume Zeit. Er mußte ihr ja erklären, wie das parlamentarische System funktioniert und warum es schier unmöglich ist, daß ein Mitglied der Regierung eine Meinung hat, die sozusagen seine Privatmeinung ist, aber nicht der Kollektivansicht der Regierung entspricht.
»Und heißt das nun, daß du damit auch dein Gehalt verlieren wirst?« wollte Mary wissen.
»Allerdings.«
»Und wäre das nicht entsetzlich?«
Er lachte, als er ihr bestätigte, daß das tatsächlich ein schwerer Schlag für ihn sein würde. »Ja, Mary, du hast recht, es wäre entsetzlich. Aber was kann ich tun? Soll ich etwa sagen, daß schwarz gar nicht schwarz ist, sondern weiß? Würdest du mir dazu raten?«
»Nein, Phineas, bestimmt nicht.«
»Du siehst, Mary, es ist sehr schön, ein hohes Tier zu sein und ein hohes Gehalt zu beziehen. Es ist auch ein angenehmes Gefühl, von Freund und Feind beneidet zu werden. Aber die Sache hat einen Haken, sogar mehrere. Und in unserem Fall hat sie einen ganz besonderen Haken.«
»Und was für einen?«
»Ein Mann kann nicht so handeln, wie er gern handeln möchte. Wie kann ein Mann heiraten, wenn er sich in solchen Umständen befindet wie ich?«
Sie zögerte einen Augenblick, ehe sie ihm antwortete.
»Ein Mann muß nicht unbedingt heiraten, um glücklich zu sein.«
Das war eine Bemerkung, wie sie Phineas nicht erwartet hatte. Sie verschlug ihm zunächst die Sprache, obwohl er im Lauf der Zeit ein gewandter Debattierer geworden war. Als er sich wieder gefaßt hatte, fragte er: »Mary, würdest du mich anhören, wenn ich dir eine Geschichte erzähle?« Natürlich wollte sie. Und nun erzählte er ihr die Geschichte von seiner Liebe zu Violet Effingham.
»Und sie hat Geld? Eigenes Geld?« wollte Mary wissen.
»Ja. Sie ist reich, sehr reich sogar.«
»In diesem Fall mußt du dir eine Frau suchen, die genauso reich ist.«
»Mary, wie kannst du nur so was sagen! Ist das dein Ernst? Glaubst du wirklich, ich liebte Miß Violet Effingham nur, weil sie vermögend ist?«
»Aber du hast mir doch selbst gesagt, du könntest nur eine reiche Frau lieben.«

»Habe ich nie gesagt. Wenn man verliebt ist, läßt man sich nie von Vernunftgründen leiten. Und ich liebte Violet mit aller Leidenschaft.«
»Ohne Gegenliebe?«
»Ja, Mary, man kann auch lieben, ohne selbst geliebt zu werden. Man kann auch neu zu lieben beginnen, wenn eine alte Liebe erloschen ist.«
»Ich weiß nicht so recht, ob das stimmt«, sagte Mary. Sie war jetzt sehr verlegen. Sie wußte nicht, was er mit seinen Worten meinte.
Phineas wurde deutlicher. »Meine alte Liebe ist erloschen«, sagte er. »Ich habe neu zu lieben begonnen. Aber ich konnte nicht von meiner neuen Leidenschaft sprechen, ehe ich dir die Geschichte meiner Liebe zu Violet Effingham erzählt hatte. Jetzt habe ich dir alles gebeichtet. Kein Geheimnis liegt zwischen uns. Und nun will ich dich fragen, Mary: Kannst auch du den Versuch machen, mich neu zu lieben – nach allem, was vorgefallen ist?«
Mary versuchte zu sprechen, es gelang ihr nicht. Wie lange hatte sie auf diese Stunde gewartet, auf diese Frage! Sie weinte nicht, aber ihre Kehle war wie zugeschnürt. Sie war selig wie im Paradies, nur wußte sie nicht, wie sie ihre Glückseligkeit zum Ausdruck bringen konnte. Und doch wollte sie ihm etwas sagen. Er sollte wissen, wie dankbar sie ihm war. Er saß ihr schweigend gegenüber und schaute ihr tief in die Augen. Ganz langsam griff er nach ihrer Hand. »Mary«, sagte er, »willst du meine Frau werden, meine Frau?«
Wahrscheinlich wußte er selbst nicht, warum er die Worte »meine Frau« wiederholte. Mary schwieg. Es war nicht nötig, daß sie ihre Antwort in Worten ausdrückte. Nach einiger Zeit sagte sie: »Handle so, wie du es für richtig hältst. Wenn du morgen zu mir kämst und sagtest, du hättest kein Geld, wär' es mir auch egal. Ich habe dich lieb – und diese Liebe bedeutet für mich alles. Sie ist für mich der Unterschied zwischen Elend und Glücklichkeit. Und doch, Phineas, würde ich dich lieber aufgeben, als dir ein Klotz am Bein sein.«
Er umarmte sie und gab ihr einen Kuß.
»Phineas, ich liebe dich! Ich gehöre dir. Ich bin deine, deine Frau!«
Glückselig wiederholte er die Worte: »Meine, meine Frau.«
Ehe Phineas nach London zurückkehrte, war seine Verlobung mit Mary Flood Jones der ganzen Familie bekannt. Jeder in Killaloe wußte davon. Aber daß er bereit war, aus Gewissensgründen als Unterstaatssekretär zu demissionieren, wußte niemand, niemand außer Mary Flood Jones.

In London hatte sich während seiner Abwesenheit manches geändert – nicht nur politisch. Seine alte Freundin Lady Laura Kennedy hatte sich von ihrem Mann getrennt. Sie war jetzt häufiger mit ihrem Bruder, Lord

Chiltern, zusammen. Der Vater der beiden, Lord Brentford, hatte sich mit seinem wilden Sprößling ausgesöhnt. Aber das bedeutete nun nicht, daß sein Privatleben frei von allen Aufregungen und Ärgernissen war.
Eines Tages erhielt er einen Brief von einer Anwaltsfirma, die seinen Schwiegersohn Robert Kennedy vertrat. Da hieß es nun: » . . . und richten wir hiermit an Sie das Ersuchen, auf Ihre Tochter, Lady Laura, Ehefrau unseres Mandanten Robert Kennedy, dahingehend einzuwirken, daß sie fürderhin nicht mehr die Herstellung der ehelichen Lebensgemeinschaft verweigert, da wir uns ansonsten gezwungen sehen würden . . . usw.« Lady Laura war nicht gewillt, zu ihrem Gatten zurückzukehren. Es ergab sich also das Problem, ob es nicht gut wäre, wenn Lady Laura nach einem dem richterlichen Arm unerreichbaren Ort entweichen würde, was von den Juristen als *malitiosa desertio* (böswilliges Verlassen) bezeichnet wurde – auch dann, wenn eigentlich der zurückgebliebene Ehepartner als böswillig anzusehen war. Auf alle Fälle geriet der sonst so liberale Lord Brentford über diesen Brief der Anwaltsfirma in einen fast schon heiligen Zorn, während sich sein Sohn, der ewig jähzornige Lord Chiltern, auf eine weniger heilige Art vernehmen ließ und erklärte, es dürfte wohl die beste Lösung sein, wenn er, Lord Chiltern, diesen Mr. Kennedy einmal aufsuchen würde. Bisher war das gottlob nicht geschehen. Lord Brentford und Lady Laura hatten auch einen diplomatischeren Vermittler zur Verfügung, Phineas Finn, der in letzter Zeit wieder häufig mit Lady Laura zusammenkam.
Man beratschlagte nun, wie man auf den Brief der Anwaltsfirma reagieren sollte.
»Wahrscheinlich wird mir nichts übrigbleiben, als nach Dresden zu ziehen«, meinte Lady Laura. »Während der Parlamentsferien kann mich mein Papa dann im Elbflorenz besuchen.«
»Das Leben in Dresden wird recht langweilig sein.«
»Langweilig? Was macht das schon, wenn man sich in meiner Lage befindet? Nur für glückliche Menschen sind unausgefüllte Stunden schwer zu ertragen, für unglückliche Kreaturen wie mich ist Langeweile fast schon eine Erlösung.«
Phineas hörte das nicht gern. »Es ist so hart, daß Sie das Schicksal in die Fremde treibt.« Lady Laura schwieg, während Phineas an sein eigenes Schicksal dachte. War es nicht hart, daß auch er nun wahrscheinlich in die »heimatliche Fremde« getrieben wurde, von London nach Killaloe oder Dublin? »Ist es nicht seltsam«, sagte er, »daß wir nun London zur gleichen Zeit verlassen . . . verlassen müssen?«
»Aber bleiben Sie denn nicht hier?«
»Ich glaube kaum. Ich habe mir alles sehr gründlich überlegt. Ich werde

meinen Posten im Ministerium aufgeben, auch meinen Sitz im Parlament. Ich habe die politische Karriere gewählt, weil ich hoffte, ich könnte mir auf diese Weise meinen Lebensunterhalt verdienen. Nun habe ich den Posten. Aber wovon soll ich leben, wenn ich ihn aufgebe?«

»Und wollen Sie nicht trotzdem in London bleiben?«

»Ich glaube nicht, daß ich hier glücklich sein könnte, jedenfalls nicht nach allem, was vorgefallen ist. Im übrigen dürfte das Leben in Dublin auch billiger sein. Im Augenblick stelle ich mir die Sache so vor, daß ich mich als Anwalt in Dublin niederlasse. Es wird gewiß nicht leicht sein. Ich muß wieder von vorn beginnen. Prozesse und Klienten wachsen nicht wild auf den Bäumen.«

»Und alles scheint so unnötig zu sein.«

»Ach, Lady Laura«, sagte Phineas mit einem unpathetischen Stoßseufzer, »wenn es sich vermeiden ließe, wäre ich der glücklichste Mensch von der Welt.«

»Ach«, sagte auch Lady Laura, »wie schön könnte das Leben für uns sein, wenn man uns beiden eine zweite Chance gewährte! Wenn ich doch nur nicht geheiratet hätte! Ich meine, einen Mann, den ich nicht liebte. Wie anders wäre mein Leben dann verlaufen. Nun ist es zu spät, diesen unglückseligen Schritt zu bedauern. Vielleicht kam alles so, wie es kommen mußte.«

»Und das gilt auch für mich.«

»Nein, Mr. Finn. Ihre Situation liegt völlig anders.«

»Wieso?«

»Selbst wenn Sie Ihren Posten als Unterstaatssekretär aufgeben, brauchen Sie ihren Sitz im Parlament nicht aufzugeben.«

»Und wie sollte ich mich dann in London durchschlagen? Wie sollte ich mein Brot verdienen?«

Lady Laura schwieg einen Augenblick, um auf dem Sofa etwas näher an den Sessel zu rücken, auf dem Phineas ihr gegenüber saß. Dann sagte sie: »Darf ich ganz offen mit Ihnen sprechen?«

»Versteht sich doch von selbst.«

»Und über jedes Thema?«

»Ja. Über jedes Thema.«

»Ich möchte annehmen, daß Sie alle Gedanken an Violet Effingham aus Ihrer Erinnerung verscheucht haben.«

»Gewiß nicht alle, Lady Laura.«

»Und hoffen Sie immer noch?«

»Nein. Ich habe schon längst alle Hoffnung aufgegeben.«

»Auch alle geheimen Wünsche, die in Ihrem Inneren schlummern?«

»Sie schlummern nicht mehr. Ich habe unter diese Geschichte das Wört-

chen *finis* geschrieben. Wenn Ihr Bruder zugreifen will – und zugreifen kann . . . von mir aus, bitte.«
»Nun, dazu kann ich mich nicht äußern. Ich weiß nur, daß es zwischen Violet und meinem Bruder zu einer Entfremdung kam. Sie kennen ja sein ungestümes Wesen, seinen Jähzorn. Aber eines weiß ich gewiß: Wenn Sie meinen Bruder nicht heiratet, wird sie überhaupt nicht heiraten. Aber ich spreche jetzt nicht als meines Bruders Hüter oder als eine Art Geschäftsführer ohne Auftrag zu Ihnen, Phineas. Mein Bruder muß jetzt für sich selber kämpfen.«
»Und ich werde mich in diese Kämpfe nicht einmischen, Lady Laura.«
»Wenn das so ist, weiß ich nicht recht, warum Sie keinen Ausweg für Ihre eigene Notlage finden. Ich denke an eine Heirat, an eine gute Partie. Das müßte sich doch arrangieren lassen, wie ich Sie kenne.« Instinktiv griff Phineas bei diesen Worten in die Innentasche seines Jacketts. Ja, da steckte sorgsam zusammengefaltet der Brief, den er von Mary erst vor ein paar Stunden erhalten hatte. Nein, so einfach, wie sich Lady Laura die Verbesserung seiner Lage vorstellte, ging es nun doch nicht. Aber da er Lady Laura immer wieder von seiner »ewigen« Liebe zu Violet Effingham erzählt hatte, sogar noch in letzter Zeit, konnte er ihr doch unmöglich gestehen, daß er schon wieder in Liebespein verging. Er begnügte sich also mit einem Kopfschütteln, das jedoch auf Lady Laura keinen Eindruck machte. »Und doch habe ich recht«, sagte sie.
Phineas schüttelte abermals den Kopf.
»Fragen Sie Madame Goesler. Sie wird Ihnen dasselbe sagen wie ich.«
»Madame Goesler würde mich auslachen.«
»Pah! Das glauben Sie doch nicht im Ernst, mein lieber Phineas. Und sind Sie nicht Manns genug, um ein solches Gelächter auszuhalten?«
Wieder verzögerte Phineas seine Antwort. Vielleicht hätte er zum drittenmal den Kopf schütteln können. Er tat es nicht. Dafür stellte er mit seltsam veränderter Stimme nach kurzer Pause die Frage: »Was sagten Sie eben über sich selbst?«
»Über mich selbst?«
»Sagten Sie nicht, wie sehr Sie es bedauern, einen Mann geheiratet zu haben, den Sie nicht lieben?«
Lady Laura ließ sich nicht ablenken. »Warum sollten Sie die Frau nicht lieben, mit der Sie aus dem einen oder anderen nützlichen Grund eine Ehe eingehen? Bei einem Mann ist doch alles ganz anders. Eine Frau ist trostlos unglücklich, wenn sie den Herrn Gemahl nicht lieben kann. Ich möchte wetten, bei den meisten Männern ist das nicht der Fall. Eine Frau hat eben leider weder die Kraft noch die Macht, ihren Mann zu unterdrücken. Sie kann nicht erwarten, daß ihr Mann sich selbst entwurzelt, damit etwas

Gemeinsames emporwächst. Ich jedenfalls bin nicht mit Mr. Kennedy ›emporgewachsen‹!«
»Ich glaube nicht, daß Madame Goesler meine Werbung annehmen würde – vorausgesetzt natürlich, daß ich mich auf Freiersfüßen zu ihr begebe.«
»Es kommt auf den Versuch an«, sagte Lady Laura.
»Versuche dieser Art kosten nichts – oder bitter wenig, wobei der Ton bisweilen auf bitter und bisweilen auf wenig liegt. Wir beide wissen da genau Bescheid.«
Phineas lächelte. »Sie wollen mich in Versuchung führen.«
»Das ist aber gar nicht nett, so was zu sagen. Sie sind ein undankbarer Mensch. Ich bin bereit, alles für Sie zu tun.«
»Und doch spielen Sie die Schlange, die mich in Versuchung führen will.«
»Ich weiß eben, wie alles hätte kommen sollen«, sagte sie mit leiser Stimme. »Ich hätte mich frei halten sollen bis zu dem Augenblick, wo wir beide uns zum erstenmal begegneten. Dann hätte unser Leben einen anderen Verlauf genommen. Alles wäre Glück und eitel Sonnenschein gewesen.«
»Ich weiß nicht, wie das hätte geschehen können«, sagte Phineas mit heiserer Stimme.
»Sie wissen es nicht. Ich weiß es. Ich weiß, wie Sie mit tausend Dolchen mein Herz zum Bluten brachten, wenn Sie mir von Ihrer Liebe zu Violet erzählten. Sie sind grausam gewesen, unnötig grausam. Aber Männer sind nun mal so. Ich hätte Sie an mich fesseln können, wenn Sie nur früher zu mir gesprochen hätten, vor meiner Ehe mit Kennedy. Stimmt das?«
»Natürlich stimmt es. Ich hätte dann nie an Violet gedacht.«
»Das ist das erste herzliche Wort, Phineas, das ich seit einer Ewigkeit von Ihnen gehört habe. Hin und wieder träume ich, es wäre alles gekommen, wie ich es mir wünschte ...«
»Und doch geben Sie mir nun den Rat, eine andere Frau zu heiraten ..., nur deswegen, weil sie reich ist?«
»Ja, das tu ich. Ihre Liebesträume sind zerstoben. Nun müssen Sie sich mit der Realität abfinden, die erheblich unromantischer ist. Es gibt nur einen Grund, warum ich Ihnen diesen Rat gebe: Weil ich es gut mit Ihnen meine. Mir kann es gleich sein, ob Sie durch Heirat ein reicher Mann werden. Ich werde nicht einmal hier sein, um mich am Anblick dieses Reichtums zu erfreuen. Nur aus der Ferne, aus dem Exil, werde ich davon hören. Und doch will ich Ihnen ganz offen gestehen – und Sie dürfen mich nicht mißverstehen –, ich habe Sie noch immer gern ... und weil ich Sie gern habe, möchte ich nicht, daß Sie jetzt Schiffbruch erleiden. Ich habe immer zu Ihnen gehalten. Selbst damals, als ich den Eindruck hatte, daß Sie

meinen Bruder bei Violet ausstechen würden. Ich hielt zu Ihnen und blieb Ihnen treu, und nun muß ich mich irgendwo im Ausland verborgen halten. Aber auch in der Ferne werde ich Ihnen die Treue halten.«

»Ach, Laura, liebste Laura!« rief Phineas gerührt.

Sie hatte den Eindruck, daß er sie nun umarmen wollte. Mag sein, daß Phineas tatsächlich diese Absicht hatte. Aber sie wehrte ihn ab, ehe er überhaupt den Versuch einer Liebkosung unternehmen konnte. »Nein!« sagte sie, »so war es nicht gemeint. Wir müssen jetzt die Vergangenheit begraben, obwohl sie nie lebendig war. Es darf keine Zärtlichkeit zwischen uns geben, nicht einmal in Worten. Alles, was ich Ihnen jetzt sagte, Phineas, sollte Ihnen nur beweisen, daß Sie eine gute Freundin an mir haben.«

Am nächsten Tag unterhielt sich Lady Laura mit Violet Effingham. »Wie ist nun dein Verhältnis zu meinem Bruder?«

»Soll ich dir die Wahrheit sagen?« fragte Violet. Es war nur eine rhetorische Frage. Ohne Zwischenpause fuhr sie fort: »Wir sind uns zu ähnlich. Gewiß, gewiß . . ., wir lieben uns. Aber die Natur hat uns nicht dazu geschaffen, ein gutes Paar zu bilden. Wir sind beide jähzornig. Er ist eigensinnig, ich bin es auch. Jeder von uns will den Ton angeben.«

»Aber du bist doch schließlich eine Frau und solltest dich fügen«, meinte Lady Laura.

»Vielleicht sollte ich's. Aber wir handeln nicht immer, wie wir sollten.«

»Ich weiß nur zu gut, daß man niemandem raten kann. Wie habe ich mein eigenes Leben ruiniert!«

»Sag das nicht, meine Liebe! Oder sag es doch. Wir sind beide schön in die Bredouille geraten. Es gibt da nur einen Unterschied: Du hast dir keine Vorwürfe zu machen.«

»Doch, Violet! Ich bin keineswegs schuldlos. Gewiß habe ich in der Ehe kaum etwas begangen, was ich mir nun vorwerfen müßte. Meine Schuld besteht darin, daß ich Kennedy überhaupt geheiratet habe.«

»Und dann hat er seine Rache genommen.«

»Laß uns nicht von Rache reden! Sicher hat ihn unsere Ehe nicht glücklich gemacht. Von mir weiß ich bestimmt, daß es nicht der Fall war. Und ich bin an allem schuld, ich habe die falsche Wahl getroffen.«

»Und verstehst du mich nun, Laura? Ich will keinen Mann unglücklich machen . . .«

»Du hast dich also gegen meinen Bruder entschieden?«

»Ja, das meinte ich. Und ich meine sogar noch mehr. Deinem Bruder Oswald würde die Ehe mit mir nicht bekommen. Aber das gilt auch für andere Männer, die so leichtfertig wären, mich heiraten zu wollen.«

»Wie steht es mit Lord Fawn?«
»Ja, das ist ein braver Mann, ein guter Liberaler, ein wackerer Unterstaatssekretär. Aber wir passen nicht zusammen.«
»Und Phineas Finn?«
»Ja, Phineas . . . Weißt du, Laura, es hat in meinem Leben nur zwei Männer gegeben, bei denen ich an die Möglichkeit einer Ehe dachte . . . deinen Bruder . . . und dann Phineas Finn.«
»Und jetzt?«
»Jetzt ist natürlich alles vorbei.«
»Wirklich?«
»Ehrenwort, Laura! Sag mal, wird er denn nicht Madame Goesler in den berühmten oder berüchtigten Hafen der Ehe führen? Sicher ist das alles schon arrangiert. Hoffen wir, daß sie gut zu ihm sein wird, lieb und liebenswürdig. Beten wir zu Gott, daß sie ihm Tee und Pantoffeln bringt, wenn er müde nach Hause kommt. Ich meine das gar nicht so scherzhaft, wie es wohl klingt. Weißt du, ich habe noch immer was für Phineas übrig. Ich möchte nicht, daß er in die Hände eines spießigen Frauchens gerät.«
»Ich glaube nicht, daß er Madame Goesler heiraten wird.«
»Und warum nicht?«
»Schwer zu sagen. Ich glaube nicht, daß er es tun wird. Und du . . ., du hast ihn früher geliebt, Violet?«
»So ist das nun auch nicht. Für mich ist es schwierig, jemanden zu lieben. Bei den meisten Mädchen ist es wohl umgekehrt. Ihnen fällt es schwer, nicht zu lieben. Aber bleiben wir bei Mr. Finn, obwohl ich nicht bei ihm geblieben bin. Ich habe ihn im Geist mit meinem Zollstock gemessen – und siehe, er war keineswegs zu klein. Aber er war auch nicht groß genug. Ihm fehlt nur ein einziger Zoll, um das Gardemaß zu erreichen. Oder wählen wir lieber einen anderen Maßstab: Er hat nicht genügend Persönlichkeit, er ist aller Leute Freund. Ein Allerweltsfreund – und alle Welt ist eben doch nicht groß genug.«
»Soll ich dir ein Geheimnis verraten, Violet?«
»Verrat ist immer gut. Nur fürchte ich, daß ich dieses Geheimnis schon kenne.«
»Phineas ist der einzige Mann, den ich jemals wirklich geliebt habe.«
»Aber als dir diese Liebe bewußt wurde, da war's wohl schon zu spät?« fragte Violet.
»Es war zu spät. Ich wollte, ich hätte Mr. Kennedy nie getroffen. Als ich ihn traf, wußte ich genau, daß wir nicht füreinander geschaffen waren. Aber damals gab es in unserer Familie gewisse Schwierigkeiten, und ich selbst besaß keinen roten Heller. Ich war arm – und Mr. Kennedy war reich. Unsere Ehe hatte nur einen Vorteil: Sie war ›solvent‹!«

Ja, Madame Goesler war zu Hause. Es war die Kammerzofe der gnädigen Frau, die diesmal die Tür öffnete. Mit einem Lächeln, das als Entschuldigung gedacht war, erklärte sie Mr. Finn, das übrige Personal sei in die Kirche gegangen. Im Lauf der Zeit hatte sich zwischen Phineas und der Zofe ein freundlicher Kontakt entwickelt. So erlaubte er sich jetzt eine harmlos-familiäre Bemerkung, wie unpassend doch eigentlich sein Besuch gerade zu dieser Stunde des Kirchgangs sei. Die Zofe, die übrigens eine Deutsche war, erwiderte lachend, doch gewiß nicht zweideutig: »Das wird Madame wohl kaum davon abhalten, Sie jetzt zu empfangen.«

»Und ist sie allein?« fragte Phineas.

»Allein? Ja, natürlich ist sie allein. Wer sollte denn sonst um diese Zeit bei ihr sein?« Dann führte sie ihn in den Salon. Madame Goesler war nicht da.

»Einen Moment, bitte«, sagte die Zofe. »Die gnädige Frau wird gleich kommen. Ich brauche ihr nur zu melden, wer zu Besuch gekommen ist.«

Madame Goesler erschien. Sie hatte den Eindruck, daß Phineas sorgenvoll aussah. Als sie ihn fragte, ob etwas Besonderes vorgefallen sei, erzählte er ihr von seinem Entschluß, sein Amt als Unterstaatssekretär im Kolonialministerium aufzugeben.

»Was dann?« fragte Madame Goesler. »Was planen Sie für die Zukunft?«

»Ich weiß nicht, ob es überhaupt noch eine Zukunft für mich geben kann. Bestimmt nicht im öffentlichen Leben.«

»Unsinn«, sagte Madame Goesler. »Hier liegt das Tätigkeitsfeld, für das Sie geschaffen sind.«

»Wenn ich im Amt bliebe, würde ich mir selbst untreu werden. Aber ich will Ihnen alles ganz offen erzählen. Meinen Sitz im Parlament werde ich noch bis zum Ende der gegenwärtigen Sitzungsperiode beibehalten, dann werde ich auch das Unterhaus verlassen.«

»Sie wollen auch als Abgeordneter demissionieren?«

Er erklärte ihr nun, daß ein Rücktritt als Abgeordneter nach der ungeschriebenen englischen Verfassung nicht möglich sei, daß man aber einen Ausweg gefunden habe, um schließlich doch zum gleichen Resultat zu gelangen – zum Rücktritt.

»Aber das wird in meinem Fall gar nicht nötig sein«, erklärte Phineas. »Ich rechne mit einer baldigen Auflösung des Parlaments.«

»Und wenn es Neuwahlen gibt«, meinte Madame Goesler, »könnten Sie sich doch wieder als Kandidat für das Parlament aufstellen lassen.«

»Theoretisch ja . . ., nur kann ich mir die Ausgaben für einen Wahlkampf nicht leisten.«

»Ach was! Dabei handelt es sich doch nur um ein paar hundert Pfund Sterling!«

»Es gibt hier auch noch eine andere Erwägung. Wenn ich in meinem alten Beruf als Anwalt vorwärtskommen will, muß ich die Politik aufgeben. Beides läßt sich schwer vereinen. Ich muß jetzt als Jurist wieder von vorn anfangen. Mit anderen Worten: Ich muß mich hundertprozentig auf meine professionelle Tätigkeit konzentrieren. Schließlich fange ich ja wieder von vorn an, ganz unten.«
»Und wo wollen Sie leben?«
»Wahrscheinlich in Dublin.«
»Und was wollen Sie als Jurist tun?«
»Ich will versuchen, mir mein Brot als Anwalt zu verdienen, als Strafverteidiger.«
»Sie wollen sich also schützend vor alle Gauner stellen und den Nachweis erbringen, daß Mörder grundsätzlich nicht morden, Räuber grundsätzlich nicht rauben und Diebe niemals stehlen?«
Phineas lächelte: »Mag sein, daß es dahin kommen wird.«
Madame Goesler lächelte nicht. »Sie dürfen einfach nicht so handeln, wie Sie es jetzt vorhaben. Man kann klein anfangen und dann Großes erreichen. Das ist eine Laufbahn, bei der es keine Rückfahrkarte gibt. Ihr Platz, mein lieber Mr. Finn, ist im Parlament und in den Korridoren der Macht. Wissen Sie, daß ich jetzt als Freund zu Ihnen spreche?«
»Ich weiß es.«
»Können Sie mir bitte sagen, warum Sie nun die Flinte ins Korn werfen wollen? Warum geben Sie alles auf, sogar London? Wovor haben Sie eigentlich Angst? Sie haben keine Frau, keine Kinder . . .«
Phineas fühlte, daß er ihr jetzt von der Verlobung mit Mary Flood Jones erzählen mußte. Doch ehe er noch die richtigen Worte fand, kam die Frage von Madame Goesler: »Ist es wirklich nur das leidige Geld, das Ihnen Sorge bereitet?«
»Wenn ich meine Demission einreiche, habe ich kein sonstiges Einkommen.«
»Und habe ich Ihnen nicht Geld angeboten?«
»Aber Sie würden mich verachten, wenn ich Ihr freundliches Angebot annehmen würde.«
»Nein, das ist nicht wahr!« Madame Goesler sprach diese Worte nicht mit erhobener Stimme, doch mit starkem Nachdruck. Sie stand auf und näherte sich ihm. Auf einmal spürte Phineas die robuste physische Kraft, die von ihr ausging. »Was Sie da sagen, stimmt nicht!« erklärte sie. »Geld ist weder Gott noch Teufel. Es ist nur ein Zufall, wenn man gerade bei einem Goldregen spazierenging. Es ist nichts dabei, wenn ich Sie zum Essen einlade und für die Suppe zahle, für den Braten und das Dessert. Es ist nichts dabei, wenn ich Ihnen Blumen aus meinem Garten schicke. Es ist nichts

dabei, wenn ich Ihnen meine Freundschaft schenke. Alles in Ordnung. Aber wehe, dreimal wehe, wenn ich Ihnen etwas Geld gebe. Pfui, so was macht man doch nicht! Sie sind doch ein gescheiter Mann, Phineas. Können Sie mir dieses Phänomen erklären? Wenn ich Ihnen jetzt in dieser Minute 1000 Pfund Sterling überreiche und Sie nehmen das Geld, dann sind Sie ein Halunke. Aber wenn ich Ihnen den gleichen Betrag in meinem Testament vermache und zu gelegener Stunde sterbe, dann kassieren Sie mein Vermächtnis – und sind kein Halunke. Ein wenig paradox, nicht wahr?«

»Nicht ganz so paradox, wie Sie glauben«, sagte Phineas. »Sie haben einen wichtigen Punkt nicht erwähnt.«

»Bitte, dann erwähnen Sie diesen Punkt! Erklären Sie mir in wohlgesetzter Rede, warum Sie kein Geld von mir annehmen können.«

»Weil Sie eine Frau sind. Weil Sie jung und schön sind!«

»Ach so«, sagte Madame Goesler in einem Tonfall, der auch die von Logik triefenden Argumente aller gelernten Philosophen *ad absurdum* geführt hätte. »Wenn ich also ein Mann wäre, könnten Sie das Geld nehmen – selbst dann, wenn ich jung wäre und schön wie ein Traum oder sogar schön wie die Nacht?«

»Nein, Geldgeschenke sind immer von Übel. Sie belasten das Gemüt und zerstören jede herzliche Beziehung.«

»Natürlich vor allem, wenn diese Geldgeschenke von einem weiblichen Wesen gemacht werden?«

»Das ist wenigstens meine Ansicht. Aber ich wäre Ihnen dankbar, wenn wir jetzt dieses Thema fallenlassen könnten.«

»Sie wollen also kein Geld aus meiner Hand annehmen?«

»Nein, Madame Goesler, ich kann es nicht.«

»Dann nehmen Sie doch erst die Hand und dann das Geld.« Sie stand jetzt unmittelbar vor ihm und hielt ihm ihre ausgestreckte Hand entgegen.

»Sie sind die beste Freundin, die man sich wünschen kann«, sagte Phineas, indem er ihre Hand berührte und an seine Lippen preßte.

»Nennen Sie mich nicht mehr ›Freundin‹. Nennen Sie mich von nun an bei meinem Vornamen. Einfach Marie. Ich bin jetzt Ihre Marie . . .«

»Es geht nicht«, stammelte Phineas.

Sie entzog ihm ihre Hand und wiederholte seine Worte »Es geht nicht!« Er wollte ihr alles erklären, aber sie ließ ihm keine Zeit. »Wenn Sie erlauben, Mr. Finn, werde ich mich jetzt entfernen.«

Ohne ihn nochmals anzuschauen, verließ sie den Salon.

Phineas wußte später selber nicht, wie es ihm gelungen war, seinen Weg aus dem Haus auf die Straße zu finden. Ziellos kreuzte er die Park Lane, ziellos wanderte er durch den Hydepark. Über Piccadilly führte ihn sein Weg zum Green Park. Endlich fand er ein stilles Plätzchen abseits von der sonntäglichen Menge, die sich auf harmlose Art verlustierte. Er warf sich auf den Rasen. Sein erstes Gefühl war bitterste Enttäuschung. Auch der Gedanke an Mary Flood Jones gewährte ihm keinen Trost. Der Himmel hatte sich ihm geöffnet. Alle Wege zum Erfolg standen ihm offen, und alle Wege waren mit Gold gepflastert. Und dann hatte er das Himmelstor zugeschlagen. Mit einem mächtigen Peng. Jetzt lag er auf dem Rasen im Green Park, eine gescheiterte Existenz. Und dann dachte er an Mary. Hätte er anders handeln können, als er es getan hatte? Nur zu gut wußte er die Antwort auf diese Frage. Er hatte sich keine Vorwürfe zu machen. Und doch gewährte es ihm keinen Trost, daß er sich rechtschaffen benommen hatte. Er war ein Mann von Charakter, aber es war gerade der Charakter, der ihn so unglücklich stimmte, als er nun auf dem weichen Rasen lag – abseits der Menge und im Zwiespalt mit sich selbst.

Ja, er hatte der Versuchung widerstanden wie einst die Heiligen in der Frühzeit des Christentums. Aber er war nicht stolz auf diesen Sieg. Madame Max Goesler war gewiß kein Teufel in Menschengestalt. Und war sie es, so war an dieser Gestalt nichts auszusetzen. Alles wäre leichter gewesen, wenn es sich bei Madame um eine häßliche Teufelin gehandelt hätte, um einen Ausbund an Dummheit, um ein abstoßend widerliches Geschöpf. Aber ach, sie war eine der schönsten Frauen, die er je gesehen hatte. Sie war geistvoll und charmant. Es schmeichelte seiner Eitelkeit, daß ihm diese schönste und witzigste und charmanteste Frau die Hand fürs Leben hatte reichen wollen – und es schmeichelte seiner Eitelkeit nicht, daß er nun unbefleckt auf dem Rasen lag, ein Muster männlicher Lauterkeit. Gewiß, gewiß, gewiß . . ., er hatte der Versuchung widerstanden, er hatte Mary Flood Jones die Treue gehalten. Oh, welch ein Triumph! Und er lag da – und bedauerte seinen Sieg. Aber er hatte nun mal der lieben, kleinen Mary die Ehe versprochen. Tausendmal hatte er sich gesagt, daß ihr der Geist von Lady Laura fehle, die Anmut von Violet Effingham und die Schönheit von Madame Goesler.

Aber auch Mary hatte ihren eigenen Charme. Sie hatte ihm immer vertraut und war ihm treu geblieben. Keine der drei anderen Frauen liebte ihn mit einer so selbstlosen Ergebenheit, die fast schon an Demut grenzte, wie seine kleine Mary. Und doch schmerzte es ihn, daß er nun Abschied nehmen mußte von London und vom Parlament, von den Clubs und von Downing Street. Seine Phantasie gaukelte ihm Wunschbilder vor. Er sah sich in einer Kutsche. Langsam fuhr er durch den Park. Würdige Männer grüßten ihn. Und ihm war traurig zumute, als er nun im Grase lag, allein mit seinen Gedanken, allein mit sich . . .

Es ging ans Abschiednehmen. Er hatte sich eine lange Liste von all den Leuten gemacht, die er besuchen mußte. Oben auf der Liste stand natürlich die Familie von Lord Brentford. Schon vor seiner Abschiedsvisite hatte er erfahren, daß sich Miß Effingham und Lord Chiltern wieder versöhnt hatten. Es lag ihm viel daran, beiden zu gratulieren. Vor allem aber wollte er Lady Laura sehen. Er schrieb ihr ein Kärtchen. Sie ließ ihn wissen, wann sie seinen Besuch erwartete. Er hatte gehofft, sie allein anzutreffen, aber der Zufall wollte es, daß Violet und Lord Chiltern gerade gekommen waren. Seltsamerweise war er mit dem neuvereinten Liebespaar nie zuvor gemeinsam im gleichen Raum zusammengewesen.

»Ich höre, daß Sie London für immer verlassen wollen«, sagte Violet. »Ist das wahr?«

»Ja«, erwiderte Phineas. »Ich werde sogar alle Klubs aufgeben. Mit einer Ausnahme: Brooks's.«

»Verdammt blöd, alter Junge!«, bemerkte Lord Chiltern auf seine berüchtigt sanfte Art.

»Gewiß werden Sie sehr glücklich sein«, meinte Violet. »Eines Morgens werden Sie aufwachen, und dann hat Sie der liebe Gott oder der Premierminister zum Lordkanzler ernannt. Aber Sie bleiben doch noch ein wenig hier?«

»Am nächsten Sonntag geht's los.«

»Sie müssen aber bald zurückkommen. Bei unserer Hochzeit müssen Sie dabeisein. Wie soll ich denn ohne Sie heiraten?«

Auch Phineas hatte sich diese Frage früher schon oft gestellt. Ja, wie konnte Violet ohne ihn heiraten? Nun mußte er ihr erklären, er könne nicht mal als Gast bei der Hochzeitsfeier anwesend sein. Dann hielt er eine kleine Abschiedsrede.

Er war inzwischen ein guter parlamentarischer Redner geworden. Jetzt stotterte er wie jemand, der noch nie eine Ansprache an sein Volk gehalten hatte. In seiner Rede erwähnte er, daß er am Hochzeitstag an Violet denken und für ihre Glückseligkeit in der Ehe beten werde. Natürlich werde er ihr vor seiner Abreise noch ein kleines Hochzeitsgeschenk schicken, ein kleines Schmuckstück, das sie zur Erinnerung an ihre alte Freundschaft tragen solle.

»Ich habe keinen Schimmer, was sie da tragen soll«, sagte Lord Chiltern auf seine sanfte Art, die noch sanfter geworden war. »Aber wenn sie das verfluchte Ding nicht tragen will, muß sie mir Rede und Antwort stehen.«

»Halt den Mund, du Brummbär aus dem Urwald!« sagte Violet, die inzwischen auch ganz sanft geworden war. »Natürlich werde ich's tragen, und natürlich werde ich dabei an den edlen Spender denken. Ich werde

todsicher einen ganzen Haufen Geschenke erhalten, aber nichts, was mir so viel bedeuten wird.«
Und dann verließ Phineas das Zimmer. Er war innerlich so aufgewühlt, daß er kein Wort mehr hervorbringen konnte.
»Er vergeht noch immer vor Liebesschmerz bei deinem Anblick«, sagte der bevorzugte Liebhaber, als sein Rivale außer Hörweite war.
»Nein, das ist es nicht«, sagte Violet, »er vergeht nicht vor Liebesschmerz meinetwegen. Er hat tausend Sorgen und kommt sich wie ein Pechvogel vor. Armer Phineas! Ich weiß, ich spüre es, wie erbärmlich ihm zumute ist. Kaum hatte er entdeckt, daß es neben der kleinen irischen Welt noch eine große Welt gibt, da ist diese große Welt auch schon mit einem großen Knall zusammengekracht. Ach, ich wollte, er hätte sich dazu aufraffen können, diese deutsche Frau zu heiraten, du weißt schon, wen ich meine. Diese Frau in der Park Lane mit all dem Geld.« Der gewissenhafte Chronist muß hier allerdings vermerken, daß Phineas immer diskret gewesen war. Niemand hatte von ihm erfahren, daß ihm »die deutsche Frau in der Park Lane« einen Antrag gemacht hatte.
Am Sonntagvormittag, ehe er London verließ, sah er Lady Laura. Er hatte sie darum gebeten, ihr seinen letzten Besuch machen zu dürfen. Nach ihr wollte er niemanden mehr in London sehen. Er ließ sich melden. Sie war allein, als er den Salon betrat. Er sah es ihren Augen an, daß sie geweint hatte. Es war noch keine sechs Jahre her, daß er zum ersten Mal ihren Salon betreten durfte. Wie hatte sich ihr Aussehen verändert! Damals war sie dreiundzwanzig Jahre alt, nun sah sie aus, als ob sie fast schon die Vierzig erreicht hätte. Die Sorgen hatten ihren Geist verdüstert und ihr die Lebendigkeit der Jugend geraubt. Sie erhob sich bei seinem Eintreten. »Wie nett von Ihnen, daß Sie gekommen sind, mir Lebwohl zu sagen.«
»Ja, Lady Laura, nun heißt es Abschied nehmen. Nicht für ewig, hoffe ich.«
»Nein, nicht für ewig.« Und dann schwieg Lady Laura einen Augenblick, während sie nervös ihren Hut in den Händen drehte. Ihr Blick war zu Boden gerichtet. »Wissen Sie, Mr. Finn, daß ich mir oft Ihretwegen große Vorwürfe gemacht habe?«
»Doch nur, weil Sie zu gütig zu mir waren.«
»Nein, nein. Ich habe zu viel getan, was Sie verletzen konnte . . . verletzen mußte. Das geschah schon gleich am ersten Tag. Erinnern Sie sich noch? Wir saßen hier, es war in diesem Salon. Im Parlament hatten gerade die Debatten über die Reformbill begonnen. Damals wünschte ich mir, Sie würden sich uns anschließen . . .«
»Ich habe für die liberale Sache gekämpft, soweit es in meinen Kräften stand.«

»Und nun ist der Kampf zu Ende. Zu Ende für Sie.«
»Wer kann heute sagen, wie sich alles noch entwickeln wird? Zum Guten oder Bösen? Niemand weiß es. Aber eines ist gewiß: Ich werde nie die Güte vergessen, die Sie mir erwiesen haben. Ich werde Ihnen ewig dankbar sein.«
Und dann schwieg sie wieder.
Sie wußte nicht, was sie eigentlich von ihm erwartet hatte. Auf alle Fälle mehr, als nur einen Ausdruck seiner Dankbarkeit. Hätte er von Liebe zu ihr gesprochen, von einer Liebe, die noch immer nicht erloschen sei, so hätte sie diese Worte als eine Art persönliche Kränkung empfunden. Natürlich wußte sie, daß ihm nichts ferner lag, als sie zu kränken, aber sie befand sich in einer so morbiden, melancholischen Gemütsverfassung, daß sie ein stärkeres Reizmittel – oder sagen wir lieber: Beruhigungsmittel – brauchte, als nur eine Erklärung aufrichtiger Dankbarkeit.
Nach einer Weile sagte sie: »Sie haben doch sicher gehört, was ich nun machen werde?«
»Ihr Vater sagte mir, Sie wollten sich in Dresden niederlassen.«
»Ja. Mein Vater wird mich sogar begleiten. Natürlich wird er zu den Tagungen des Parlaments nach London zurückkehren. Ist es nicht ein Jammer, wie unser Familienleben zerstört ist? Aber unser Anwalt meint, es könnte zu sehr unerfreulichen Versuchen meines Mannes kommen, die eheliche Gemeinschaft wieder herzustellen. Seltsam, daß er immer noch nicht ahnt, wie sehr wir uns auseinandergelebt haben.«
»Er glaubt, seine Pflicht zu tun«, meinte Phineas, »seine Pflicht als Christ, der an die Heiligkeit der Ehe glaubt.«
»Ja, das mag schon sein. Aber mit jedem Tag wird das Zusammenleben mit ihm noch schwieriger. Und das gilt für alle, die das Unglück haben, in seiner Umgebung leben zu müssen, auch für seine Mitarbeiter. Warum sollte ich also in England bleiben? Was hält mich hier? Als verheiratete Frau, die getrennt von ihrem Mann lebt, kann ich an all den Dingen nicht mehr teilhaben, die mich früher so erfreuten. Ich habe das Gefühl, als sei alles zusammengebrochen – und doch habe ich nichts Böses getan.«
Phineas stimmte ihr zu, aber nur durch ein Kopfnicken. Er wollte sie nicht unterbrechen, er wollte alte Wunden nicht aufreißen.
»Ich komme mir vor, als stände ich jetzt nackt und bloß in der Welt, ein Niemand«, fuhr Lady Laura fort.
Phineas versuchte, sie zu trösten, und bemerkte lachend: »Auch ich werde von nun an ein Niemand sein.«
»Aber Sie sind ein Mann, da ist alles ganz anders, viel leichter. Sie haben noch unzählige Jahre vor sich, ehe Sie alt und klapprig werden. Ich komme mir schon jetzt so alt vor – und das ist keine Einbildung. Ich weiß es, ich sehe es, wenn ich in den Spiegel schaue.«

»Auch wir Männer haben nicht eine unbeschränkte Zahl von Jahren zur Verfügung«, sagte Phineas – teils, weil ihm philosophisch zumute war, und teils, weil er es für seine Pflicht hielt, Lady Laura zu trösten.
»Und doch hat es ein Mann tausendmal leichter. Er kann immer wieder von vorn anfangen.« Sie schwieg einen Augenblick. Dann sagte sie ganz leise, kaum hörbar: »Ich hätte gedacht, Mr. Finn, daß Sie unter diesen Umständen ans Heiraten denken würden.«
»Sie kennen ja alle meine Hoffnungen, alle meine Enttäuschungen.«
»Nein, ich dachte, Sie würden Madame Goesler heiraten.«
»Wie kamen Sie auf diesen Gedanken, Lady Laura?«
»Weil ich sah, daß Ihnen Madame Goesler gefiel. Davon abgesehen, hätte eine solche Heirat ja auch gewisse Vorteile, oder nicht? Sie hat alles, was Ihnen fehlt. Ich meine, sie hat Geld, viel Geld. Kennen Sie die letzten Gerüchte über Madame Goesler? Man munkelt ... ja, man will es sogar genau wissen, daß ihr der Herzog von Omnium einen Heiratsantrag gemacht hat und daß sie diesen Antrag ablehnte – Ihretwegen.«
»Ach, es gibt nichts, worüber unsere lieben Mitmenschen nicht klatschen und tratschen werden«, sagte Phineas. Dann erhob er sich und nahm Abschied. Auch er hatte sich diese Abschiedsszene anders vorgestellt, anders gewünscht, viel herzlicher. Aber er konnte die richtigen Worte nicht finden. Er hätte ihr auch gern die Geschichte von Mary Flood Jones erzählt, aber es hatte sich keine Gelegenheit ergeben.
Er verließ Lady Laura, ohne den Namen seiner Braut auf der grünen Insel erwähnt zu haben. »Vielleicht ist es auch besser so«, sagte er zu sich selbst. »Mein Leben in Irland wird und muß ein neues Leben sein. Welchen Sinn hätte es schon, zwei Welten zu vermischen, die sich nicht vermischen lassen?«
Er hatte die Absicht, das Abendessen in seiner Wohnung einzunehmen. Alles war schon gepackt, ehe er Lady Laura besucht hatte. Es war nicht viel, was ihn in seiner Wohnung erwartete. Ja, es war nur ein einziges Hammelkotelett, das sich auf dem Teller vielleicht genauso einsam vorkam wie er selbst.
Als er sich jedoch zu Tisch setzte, entdeckte er neben dem Teller einen Briefumschlag, auf dem sein Name mit rosaroter Tinte geschrieben war. Er erkannte die Handschrift. Einen Augenblick zögerte er, dann riß er den Umschlag auf. Er schob den Teller mit dem einsamen Hammelkotelett beiseite und las:

Ich erfahre, daß Sie heute abreisen. Es wäre mir lieb, wenn Sie diese Zeilen noch vorher erhalten. Ich möchte Ihnen nur folgendes mitteilen: Als ich neulich das Zimmer verließ, bebte ich vor Zorn. Aber ich war nicht

verärgert über Sie. Der Zorn galt mir. Hiermit wünsche ich Ihnen alles Gute in jeder Beziehung, auch in finanzieller. Ich weiß, daß Sie eine erfolgreiche Karriere verdienen.
In vorzüglicher Hochachtung

M. M. G.

Madame Goesler hatte diesen Brief erst vor ein paar Stunden geschrieben. Sollte Phineas vor seiner Abreise noch rasch bei ihr vorsprechen und sie bitten, daß sie doch auch in Zukunft gute Freunde sein sollten? Kaum hatte er sich diese Frage gestellt, beantwortete er sie sich auch schon: Natürlich würde er nicht gehen. Wenn er ginge, gäbe es ja doch nur ein einziges Wort, das er ihr sagen könnte – und gerade dieses Wort würde gewiß nicht ausgesprochen werden. Er schrieb also rasch ein paar Zeilen.

Vielen Dank, verehrte Freundin. Ich hege auch nicht den geringsten Zweifel, daß jeder von uns beiden größtes Verständnis für den anderen aufbringt und sich bewußt ist, daß alles, was geschehen ist, in bester Absicht geschah.
Ihr sehr ergebener

P. F.

P. S. Unmittelbar vor meiner Abreise geschrieben.

Am gleichen Abend begann für Phineas die Heimreise in seine Vergangenheit und die Fahrt in eine neue ungewisse Zukunft. Verständlicherweise machte er sich bei der Ankunft in Dublin Sorgen, wie er sich und Mary Flood Jones auf noch so bescheidene Art ernähren sollte. Da geschah es nach acht Wochen, daß ihm zu seiner größten Überraschung ein Brief von seinem früheren Chef im Kolonialministerium überreicht wurde. Lord Cantrip schrieb ihm:

Downing Street, 4. August

Mein lieber Mr. Finn!

Ich sprach gestern mit dem Premierminister. Wir waren beide der Ansicht, daß es doch möglich sein müßte, Ihnen einen Dauerposten anzubieten. Wir würden uns freuen, wenn Sie auf diese Weise Ihrer Heimat von Nutzen sein könnten. Zur Zeit ist der Posten des Leiters der Zentralbehörde für Armenpflege in Irland vakant, dessen Amtssitz sich in der Hauptstadt der Grafschaft Cork befindet. Das Gehalt beläuft sich auf 1000 Pfund Sterling im Jahr. Sollten Sie gewillt sein, obigen Posten anzunehmen, würde sich der Premierminister glücklich schätzen, die Ernennungsurkunde umgehend ausfertigen zu lassen. Ihrer geschätzten Antwort entgegensehend, verbleibe ich herzlich

Ihr Cantrip

Drei Stunden nach Erhalt dieses Briefes war Phineas bereits unterwegs nach Killaloe. Natürlich würde er diesen Posten annehmen, doch bestimmt nicht, ehe er mit Mary darüber gesprochen hatte. Er wußte, daß er Jahre brauchen würde, um sich als Anwalt durchzusetzen. Es war schwer, sich eine Klientel aufzubauen. Deswegen hatte er Mary zunächst auch noch bei ihrer Mutter gelassen. Wenigstens am Anfang wollte er den harten Existenzkampf allein führen. Er befand sich jetzt seit zwei Monaten in Dublin. Bisher hatte er nur *einen* Prozeß geführt. Sein Gesamteinkommen in diesen zwei Monaten belief sich auf ein Pfund Sterling.

Und nun war das Wunder geschehen.

»1000 Pfund im Jahr!« jubelte Mary, als er ihr von dem Brief erzählte, den er von Lord Cantrip im Auftrage des Premierministers Ihrer Majestät erhalten hatte.

Phineas betrachtete das Wunder etwas nüchterner. »Auf die Dauer ist das keine allzu große Summe«, sagte er. »Jedes kleine bißchen hilft«, erwiderte Mary und jubelte unentwegt: »1000 Pfund im Jahr, 1000 Pfund . . .«

»Auf alle Fälle ist mir der Posten sicher – und so haben wir die Möglichkeit zu heiraten. Wenn du willst, können wir schon morgen damit anfangen.«

»Welche Enttäuschung«, rief Mary, »ich hatte mich ja schon damit abgefunden, Jahre und Jahre zu warten.«

»Ja, das verstehe ich«, sagte Phineas. »Nun mußt du dich eben umstellen. Es kommt eben alles anders, als man denkt . . .«

»Ja, als man vor der Ehe denkt«, sagte Mary und strahlte vor Glück.

»Und vielleicht auch anders, als man in der Ehe denkt«, fügte Phineas hinzu. Auch er strahlte vor Glück. Er war kein reicher Mann, aber immerhin – Leiter der Zentralbehörde für Armenpflege in Irland.

15 Lizzie weinte bittere Tränen – Vedi Napoli e poi muori! – Ein Halsband aus den herrlichsten Brillanten – Auf Nichtfreiersfüßen – Wenn die Mäuslein kreißen, wird kein Berg geboren – Portray Castle – Anbei die Dokumente – Wer tut das nicht?

Als Admiral Greystock sein Ende nahen fühlte, rief er seine einzige Tochter Elizabeth, meist nur Lizzie genannt, an sein Sterbebett. Unmittelbar vor seinem Ableben wollte er ihr noch die unerfreuliche Mitteilung machen:

»Armes Kind, mein gesamter Nachlaß wird nur aus Schulden bestehen.« Und dann versank der Admiral, wie mittlerweile die meisten Schiffe versunken oder abgewrackt waren, die er im Lauf seines Lebens mit sicherer Hand über alle Weltmeere navigiert hatte.
Lizzie weinte bittere Tränen. Was sollte sie jetzt mit ihrem Leben anfangen? *Eine* Möglichkeit war, daß sie sich unter den Schutz ihres Onkels stellte. Als Superintendent der anglikanischen Kirche führte er ein Gott wohlgefälliges Leben in Bobsborough. Aber Lizzie wollte höher hinaus, der Himmel über Bobsborough genügte ihr nicht. Ein Leben in der tugendsamen Enge eines Pfarrhauses hatte keine Reize für sie. So faßte sie den heroischen Entschluß, zu ihrer Tante Lady Linlithgow zu ziehen, obwohl ihr die alte Dame verhaßt war. Aber nun hatte sie wenigstens ein hochherrschaftliches Dach über dem Kopf. Mehr hatte sie nicht. Sie besaß kein Geld, nur Juwelen, die sie beim Tode ihrer Mutter geerbt hatte. Mit diesem Schmuck ging sie zu der angesehenen Juwelierfirma Harter & Benjamin, die ein Geschäft in Old Bond Street und eine Filiale in der City hatte. Dort versetzte sie den Schmuck. Acht Monate später gelang es ihr, diesen Schmuck von Harter & Benjamin bargeldlos einzulösen. Und nicht nur das: Lizzie erhielt von diesen Juwelieren obendrein noch ein Darlehen, nachdem sie den beiden Inhabern der Firma die kreditwürdige Mitteilung gemacht hatte, daß sie unmittelbar vor einem Verlöbnis mit dem schwerreichen Sir Florian Eustace stehe.
Das war eine glatte Lüge. Wahr ist vielmehr, wie die Juristen zu sagen belieben, daß sie weder verlobt war, noch als Minderjährige – sie war erst neunzehn Jahre alt – ein rechtlich bindendes Eheversprechen abgeben konnte. Nun gibt es jedoch gute und böse Lügen. Das Wunder der guten Lüge besteht darin, daß sie sich durch eine gar wunderliche Metamorphose auf einmal – abrakadabra – in reinste Wahrheit verwandelt. Mit anderen und weniger poetischen Worten: Lizzie heiratete tatsächlich schon bald ihren Sir Florian. Aber ach, Sir Florian, damals achtundzwanzig, wußte, daß er nur noch ein einziges Jahr zu leben hatte. Wenigstens dieses eine Jahr wollte er mit seiner Lizzie in vollen Zügen genießen. Er hatte bei Abschluß der Ehe ein schlechtes Gewissen, daß er ein so junges Ding wie Lizzie reichlich verfrüht zur Witwe machen würde. Er war schließlich ein guter Mensch, was er auch dadurch bewies, daß er sie in seinem Testament großzügig bedachte.
Doch noch war es nicht soweit. Sir Florian und Lizzie genossen ihre Flitterwochen im Familienschloß Portray Castle in der Grafschaft Ayrshire, die der Dichter Robert Burns in vielen Liedern besungen hat, weswegen man Ayrshire auch als *Land of Burns* zu bezeichnen pflegt.
Noch waren die Flitterwochen nicht vergangen, da erhielt Sir Florian

beunruhigende Nachrichten aus London. Sie kamen nicht von seinen Ärzten, sondern von verschiedenen Leuten, denen seine liebe Lizzie größere Summen schuldete. Schließlich kam auch eine Rechnung von Harter & Benjamin in Höhe von 400 Pfund Sterling. Natürlich hatte Lizzie ihrem jungen und todgeweihten Gemahl nichts von dieser Schuldenlast erzählt, die sie gleichsam als Mitgift in die Ehe gebracht hatte.

Sir Florian war nicht erfreut, aber er zahlte.

Das junge Paar begab sich dann von Portray Castle nach Neapel, was vielleicht ein schwerer Fehler war, denn ein italienisches Sprichwort sagt: *Vedi Napoli e poi muori.* Neapel sehen und sterben! Da sich dieser alte Spruch leider auch im Falle von Sir Florian bewahrheitete, kehrte Lizzie nun als verwitwete Lady Elizabeth Eustace nach England zurück. Hier wurde sie nach Ablauf einer entsprechenden Zeit von einem gesunden Knaben entbunden. Damit hatte Sir Florian wenigstens noch posthum den gewünschten Erben erhalten.

Der gewissenhafte Chronist muß noch am Rande erwähnen, daß es damals viele Leute gab, die Lady Elizabeth, sprich Lizzie, für die gescheiteste und schönste Frau im Vereinigten Königreich von Großbritannien hielten. Erwähnt sei auch, daß sich Lizzie zur Entbindung in das Pfarrhaus ihres Onkels in Bobsborough begeben hatte, weil sich dort gerade ihre Jugendfreundin Lucy Morris aufhielt, ehe sie eine Stellung als Gouvernante im Haus der Familie von Lord Fawn anzutreten gedachte. Diese Lucy war ein besonders hübsches Mädchen. So war es eine sehr irdische und nicht eine göttliche Fügung, daß sich der Sohn des Hauses, Frank Greystock, in Lucy verliebte. Frank war Anwalt und zugleich konservativer Abgeordneter. Als Lucy dann ihre Stelle antrat, war Lady Fawn keineswegs begeistert davon, daß eine Gouvernante auch ein Liebesleben hatte. Sie bat Frank daher, von weiteren Besuchen in ihrem Hause Abstand zu nehmen. Auch Franks eigene Mutter war gegen eine Ehe ihres Sohnes mit Lucy Morris. Sie meinte, Frank könne nur dann in seiner politischen Karriere erfolgreich sein, wenn er eine finanziell gute Partie machte – und Lucy hatte halt das Unglück, bitterarm zu sein.

Auch der Schwager von Lizzie, John Eustace, der jüngere Bruder des verstorbenen Sir Florian, war dieser Ansicht. Eines Tages unterhielt er sich mit seinem Freunde Frank Greystock. John, der übrigens wie die meisten aristokratischen zweiten Söhne ebenfalls Abgeordneter war, begann das Gespräch behutsam: »Hör mal, Frank, du könntest mir einen großen Gefallen erweisen.«

»Nichts lieber als das.«

»Es ist nur eine Kleinigkeit. Würdest du meine Schwägerin, deine Cousine heiraten?«

»Meinst du Lizzie, die Witwe deines Bruders? Mit dem größten Vergnügen, wenn ich die Chance hätte!«
»Warum denn nicht? Sie wird nicht ewig Witwe bleiben. Bei ihrem Alter! Bei ihrer Jugend! Sie ist erst Anfang zwanzig. Wenn du sie heiratest, hättest du unser volles Vertrauen. Ich meine ..., unsere Familie hätte Vertrauen in dich, was Kind und Erbschaft betrifft. Wie sich die Dinge leider entwickelt haben, gibt es nur Probleme ...«
»Aber bester Freund ...«
»Ich weiß, daß sie dich gern hat. Du warst doch am vorigen Sonntag mit ihr zusammen.«
»Ich war nicht der einzige Gast. Auch Lord Fawn war zum Dinner eingeladen. Das ist der passende Mann für Lizzie. Warte nur ab, er wird sie schon heimführen. Beim Abendessen hat er sich sehr bemüht, ihr den Kopf zu verdrehen.«
»Unsinn! Sie wird niemals Lady Fawn werden«, sagte Eustace. »Und wenn ich ganz ehrlich sein soll, möchte ich von mir aus nicht gern etwas mit Lord Fawn zu tun haben. Er würde uns alle möglichen Knüppel und Knüppelchen in den Weg werfen. Und irgendwie bin ich nun doch mal für die Angelegenheiten meines verstorbenen Bruders verantwortlich und für seine Witwe auch. Meine Schwägerin hat immerhin auf Lebenszeit eine Rente in Höhe von 5000 Pfund Sterling geerbt. Davon abgesehen dürfte sie noch andere Reize haben ...«
»Mein Freund, ich habe nie ein schöneres Frauenzimmer gesehen als deine Schwägerin«, sagte Greystock.
»Ja, das ist alles ganz schön und gut – und sie ist auch sehr schön. Aber sie braucht Überwachung, verstehst du: männlichen Schutz. Unser Anwalt, Mr. Camperdown, macht sich ihretwegen die größten Sorgen. Er meint, sie wisse nicht recht, worin der Unterschied zwischen vernünftigem und unvernünftigem Handeln besteht. Du könntest ihr diesen kleinen Unterschied erklären.«
»Vorsicht, Vorsicht!« sagte Frank Greystock lachend. »Wenn ich dann ihre Partei ergreife, könnte ich mich mit Camperdowns überwerfen, und das wäre schade. Als Prozeßanwalt bin ich auf die soliden Büroanwälte vom Schlage Camperdowns angewiesen. Bisher hat er mir alle Fälle geschickt, die bei den Gerichten anhängig wurden.«
»Mein Lieber«, meinte Eustace, »du würdest mit Camperdown alles Nötige in Sachen Lizzie mühelos erledigen.«
Frank Greystock war anderer Ansicht: »Nach wie vor halte ich eine Ehe mit Lord Fawn für die beste Lösung.«
Als dieses Gespräch stattfand, war Mr. Camperdown mit Recht besorgt. Ja, er wollte sogar unverzüglich gegen Lizzie einschreiten. Es ging dabei um

ein herrliches Halsband aus kostbarsten Brillanten, das sich zur Zeit im Gewahrsam von Lady Elizabeth Eustace, sprich Lizzie, befand. Sie verwahrte den Schmuck in einer schweren Eisenschatulle in ihrem Schlafzimmer. War sie dazu berechtigt? Sie selbst erklärte, das Halsband gehöre ihr, der verstorbene Sir Florian habe es ihr kurz vor seinem Tod geschenkt. Mr. Camperdown behauptete dagegen, es sei ein Erbstück, das der Familie zustehe. Sir Florian sei überhaupt nicht berechtigt gewesen, über dieses Familienerbstück zu verfügen. Auch über Portray Castle gab es Differenzen zwischen der Witwe Lizzie und dem Anwalt, der die Interessen der Familie wahrnahm. Lizzie stellte sich auf den Standpunkt, das Schloß gehöre ihr mit allem Drum und Dran. Mr. Camperdown war dagegen der Ansicht, daß ihr das Schloß nach dem Testament von Sir Florian nur auf Lebenszeit überlassen sei.

Als sich Frank Greystock von seinem Freunde John Eustace verabschiedet hatte, waren die Worte gefallen: »Nach wie vor halte ich Lord Fawn für die beste Lösung.« Nun hatte sich Greystock eines Besseren besonnen – vielleicht auch eines Schlechteren. Jedenfalls war er auf dem Sprung, sofern man bei solchen Gelegenheiten springt, der schönen Lizzie den gewünschten Heiratsantrag zu machen. Er war mit Lizzie allein in ihrer Londoner Wohnung. Die muntere Witwe hatte ihre Gesellschafterin Julia Macnulty, eine arme Verwandte, diskret aus dem Zimmer geschickt.

Frank Greystock war so hingerissen von Lizzies Schönheit, die überdies durch ihren Reichtum einen verklärten Glanz erhielt, daß er gerade mit seinem Antrag loslegen wollte, aber . . .

. . . aber in diesem Augenblick erschien Lady Linlithgow. Die einmalige, nie wiederkehrende Gelegenheit war verpaßt. Frank Greystock verabschiedete sich und zog enttäuscht von dannen – auf »Nichtfreiersfüßen«. Dafür hatte Lizzie nun im Wege der ausgleichenden Gerechtigkeit eine unerfreuliche Unterredung mit ihrer Tante, die sie zur Rückgabe des umstrittenen Halsbandes überreden wollte, um – wie sie behauptete – »durch diese freiwillige Geste einen öffentlichen Skandal zu vermeiden.« Natürlich hatte Lady Linlithgow keinen Erfolg.

Frank Greystock war um seinen Heiratsantrag gekommen. Aber hinter ihm stand schon der nächste Bewerber, Lord Fawn, der weise erkannt hatte, wie nützlich ihm Lizzies Schönheit und Reichtum bei der Beschleunigung seiner politischen Karriere sein konnte. Er war jedoch nicht gerade das, was Lizzie unter einem romantischen Idealhelden verstand. Bedauerlicherweise ähnelte er nicht dem geheimnisvollen Banditen, dem edlen und schrecklichen Seeräuber Konrad, den Byron, ihr Lieblingspoet, in seinem »Korsar« besungen hatte. Lord Fawn war auch kein mit irdischen Gütern überreich gesegnetes Mitglied der englischen Hocharistokratie, was er ihr offen gestand. Da Lizzie aber, wie wir schon erwähnten, einen Zug ins Romantische hatte, hielt sie wenigstens den Titel »Lord« für romantisch. Sie versprach sich allerlei von seiner gesellschaftlichen Position, nur wußte sie nicht was, und noch mehr von seiner politischen Würde als Unterstaatssekretär für Indien, wobei sie irrigerweise annahm, daß mit diesem Amt eines Junior-Ministers auch ein Sitz im Kabinett verbunden sei. Jedenfalls nahm sie seine Bewerbung an.

In der Familie Fawn nahm man die Nachricht von dieser Verlobung mit gemischten Gefühlen auf. Da war zum Beispiel Clara, Lord Fawns Schwester. Sie war mit Orlando Hittaway verheiratet, dem Präsidenten am Appellationsgericht für Zivilsachen. Orlando war gut informiert, vor allem über die Affären der begüterten Kreise wußte er dienstlich und außerdienstlich gut Bescheid. So sprachen sich Clara und ihr Mann, Mr. Hittaway, mit aller Entschiedenheit gegen die geplante Ehe zwischen Lord Fawn und Lizzie aus. Das hielt indessen die Mutter des Bräutigams, Lady Fawn, nicht davon ab, Lizzie Eustace nach Fawn Court, den Landsitz der Familie, einzuladen.

Während Lizzie nun in Fawn Court weilte, erhielt Frank Greystock eine Einladung, die Fawns auf ihrem Gutshof zu besuchen. Früher hatte ihm die Dame des Hauses klipp und klar zu verstehen gegeben, sie sähe es nicht gern, wenn er nach Fawn Court käme, um Lucy Morris, die mittellose Gouvernante, mit seinem Besuch zu beehren. Aber gegen einen Besuch, der in erster Linie der reichen Lizzie galt, bestanden selbstverständlich keinerlei Bedenken, vor allem da Frank Greystock angeblich nur kommen wollte, um dem Brautpaar zu gratulieren.

Zum Glück für Frank Greystock war Lady Fawn nicht allgegenwärtig. So konnte Frank bei dieser Gelegenheit auch mit seiner Lucy zusammen sein. Gemeinsam machten sie einen Spaziergang und bevorzugten wohlweislich jenen Teil des Parks, in dem man durch struppiges Gebüsch diskret vor neugierigen Augen geschützt war. Natürlich kamen sie schon bald auf das Thema des Tages zu sprechen.

»Na, Lucy«, fragte Frank Greystock, »was hältst du von der Sache?«

»Wovon?«

»Du weißt schon, was ich meine . . . die geplante Heirat zwischen Lord Fawn und Lizzie.«

»Was soll ich von dieser Verlobung halten? Ich hab' die beiden noch nie beisammen gesehen. Ich glaube, Lord Fawn ist nicht reich. Sie ist es. Und im übrigen ist sie phantastisch schön. Findest du nicht auch?«

»Bisweilen ist sie von exquisiter Lieblichkeit«, erwiderte Frank – und es klang sehr fein, wie das abschließende Urteil eines *connaisseurs*, der die Hohe Schule in Paris besucht hatte.

»Ja, das sagen alle. Wird wohl auch stimmen. Aber weißt du . . . ganz gewiß wirst du mich jetzt für neidisch halten . . .«
»Wenn ich glaubte, du wärst auf Lizzie neidisch, würde ich sogar noch einen Schritt weitergehen und dich für töricht halten.«
»Ich weiß nicht recht, was du damit sagen willst.« Sie wußte es natürlich genau. »Aber bisweilen finde ich ihren Anblick einfach entsetzlich!«
»Wieso?«
»Ach, wie soll ich's nur erklären? Sie sieht wie ein schönes Raubtier aus, das man nicht zu streicheln wagt, weil man Angst hat, gebissen zu werden. Ja, sie sieht wie ein Tier aus, das man als schön bezeichnen könnte, wenn es nicht so unruhige Augen hätte, so scharfe und weiße Zähne.«
»Wie seltsam!«
»Was ist daran seltsam, Mr. Greystock?« Unwillkürlich war sie in einen etwas formelleren Ton verfallen.
»Seltsam ist nur dies: Mir geht es genauso. Ich empfinde wie du. Nur hab' ich keine Angst, daß sie mich beißen wird. Und was das Streicheln des Tiers betrifft, so scheint sie dafür geschaffen zu sein. Oft hab' ich das Gefühl, daß sie eine Katze ist.«
»Nicht ganz so zahm wie eine Katze«, sagte Lucy, ohne zu bedenken, daß es Katzen gibt, die »wilder« sind als andere Katzen.
»Auf alle Fälle ist sie wunderschön. Klug ist sie auch. Manchmal denk' ich mir: Sie ist die schönste Frau der Welt, jedenfalls die schönste, die ich je gesehen habe.«
»Wirklich?«
»Als Lady Fawn wird sie sich vor Verehrern nicht retten können. Mir ist noch nie eine Frau begegnet, die so vielen Personen so viele Komplimente zur gleichen Zeit machen kann.«
»Wenn man dich reden hört, ist sie ein Ausbund an Tugend und die verkörperte Vollkommenheit!«
»Und wenn du noch 5000 Pfund Sterling pro Jahr dazulegst, mußt du schon zugeben, Lucy, daß Lord Fawn keine schlechte Partie ins Haus steht.«
»Ich hab' ja nicht das Gegenteil behauptet.«
»5000 Pfund, das ist ein Betrag, den man nicht unterschätzen soll.«
Eine Zeitlang schwieg Lucy. Sie hatte beschlossen, sich nicht weiter zu diesem Thema zu äußern. Aber sie hatte nicht immer genügend »Charakter«, um ihre Resolutionen auch eisern durchzuführen. »Mich wundert es eigentlich, daß du dich nicht bemüht hast, diesen ›Schatz‹ für dich selbst sicherzustellen. Sie ist deine Cousine, ja, das weiß ich. Aber es ist schon mal vorgekommen, daß der Vetter die Base heimführte.«
Er hatte auch mit dem Gedanken gespielt, sich um Lizzie zu bewerben. Und

ohne das Auftauchen von Lady Linlithgow als *Dea ex machina* wäre es ja auch geschehen. Jetzt wollte er Lucy keine Lügen auftischen. »Unser verwandtschaftliches Verhältnis hat nichts damit zu tun«, sagte er.
»Aber möglicherweise hast du die Eventualität einer Heirat erwogen?«
»Ja, Lucy, erwogen hab' ich's. Aber Gott sei Dank ist es bei dieser Erwägung geblieben.« Als er diese Beichte ablegte, sah sie ihm voll ins Gesicht und klatschte vor Freude in die Hände. Nie wird ein Mann von einer Frau so geliebt, als wenn er ihr das Geständnis macht, daß er drauf und dran war, ein gar fürchterliches Verbrechen zu begehen, und daß er sich noch in allerletzter Minute zusammenreißen konnte und das Verbrechen nicht beging. »Ja, ich habe daran gedacht. Das heißt aber nicht, daß sie mich auch genommen hätte. Ich habe keinen Grund zu dieser Annahme.«
»O doch! Sie hätte dich bestimmt genommen«, meinte Lucy, die keine Ahnung hatte, was sie eigentlich sagte.
»Ich spielte mit diesem Gedanken nur wegen ihres Geldes, nur wegen ihrer Schönheit. Aber nicht etwa, weil ich sie liebte.«
Nun verfiel Lucy in einen belehrenden Gouvernanten-Ton. »Mr. Greystock«, sagte sie, »ich rate Ihnen ... Nein, Frank, ich rate dir, bitte nie ein Mädchen, nur dich, nur dich als Heiratskandidaten zu akzeptieren, wenn du sie überhaupt nicht liebst ...«
»Wenn das so ist, Miß Morris«, erwiderte er, »Verzeihung, wenn das so ist, Lucy, dann gibt es ja nur ein einziges Mädel, um dessen Hand ich anhalten könnte.«
Dazu konnte sie natürlich nichts sagen. Wenn er sich nicht deutlicher aussprechen wollte, bestand für sie keine Veranlassung, so zu tun, als habe sie seine Worte verstanden. Aber würde er deutlicher werden? Sie fühlte, es würde sie unendlich glücklich machen, wenn er jetzt seine Liebe zu ihr erklären würde – selbst dann, wenn er gleich darauf hinzufügte, er könne sie leider nicht heiraten.
Frank Greystock fragte nun: »Weißt du, Lucy, von wem ich gesprochen habe?«
»Nein, weiß ich nicht«, sagte sie und schüttelte den Kopf.
»Ich liebe dich so sehr, Lucy, daß ich nie einen anderen Menschen lieben könnte. Ich habe mir hin und wieder eingeredet, ich könnte des Geldes wegen heiraten ... Verstehst du, um in der Welt vorwärtszukommen. Aber wenn ich dann wieder etwas nüchterner träumte, gab es in diesen Träumen nur eine Heldin. Strahlend stand sie auf den Zinnen meines Wolkenkuckucksheims. Und diese Heldin – das warst du!«
»Ich war also deine Traumprinzessin?«
»Immer!« – und bei diesem Bekenntnis seiner geträumten Liebe schlug er sich stolz auf die Brust. »Kein Mann ist je beständiger gewesen als ich.

Obwohl ich von mir als Mann nicht viel halte, weiß ich doch, was ich von einer Frau zu halten habe, wenn ich sie sehe.«
Aber . . .
. . . aber er fragte nicht, ob sie seine Frau werden wollte. Er reiste ab, ehe die allgegenwärtige Lady Fawn wieder nach Fawn Court zurückgekehrt war.
Einige Tage später, es war ein Sonnabend, trafen sich Frank Greystock und John Eustace zufällig in einem Klub, dem sie beide angehörten. Sie beschlossen, gemeinsam im Klub zu essen.
»Schade, daß du dir Lizzie hast entgehen lassen«, meinte John, als der Butler die Suppe serviert hatte.
»Ich hab's dir doch immer gesagt: Lord Fawn wird das Rennen machen.«
»Stimmt! Aber andersrum wär's mir lieber gewesen.«
»Warum? Fawn ist doch ein recht ordentlicher Mann.«
»Recht ordentlich? Ich will nicht sagen, daß er ein schlechter Kerl ist. Aber ordentlich? Nein. Wie könnte er's auch sein, wenn er Lizzie nur des Geldes wegen heiratet?«
»Und genau das hast du mir geraten!«
»Weil ich annahm, daß du sie wirklich liebst. Und dann . . . dieser Fawn wird immer eine Heidenangst vor ihr haben. Aber nur vor ihr, nicht vor uns, nicht vor der Familie. Wir werden uns mit ihm herumstreiten müssen. Mit Lizzie wird er bestimmt nicht streiten.«
»Ist mir alles unklar. Warum wird man sich denn überhaupt streiten müssen?«
Eustace sah zunächst nachdenklich auf seinen Teller, auf den der Kellner zwei saftige Scheiben Hammelrücken gelegt hatte. Dann sagte er: »Sie ist schwierig. Verdammt schwierig!«
»Lizzie?«
»Ja, mein Lieber. Allmählich dämmert es mir, daß sie uns noch viel zu schaffen machen wird. Ich sprach heute mit unserem Anwalt, du weißt schon, mit Camperdown. Es müßte mit dem Teufel zugehen, wenn sie nicht bereits den größten Teil des Holzbestandes von Portray Castle abgeholzt hat. Und dazu ist sie nicht berechtigt. Sie hat nur ein Recht, eine Pflicht: Sie muß für die Instandhaltung von Portray Castle sorgen.«
»Und wenn sie noch fünfzig Jahre lebt, darf sie dann auch nichts abholzen lassen?« wollte Greystock wissen.
»Doch, aber nur mit unserem Einverständnis. Wir sind nicht gegen eine regelmäßige Durchforstung zur Pflege des Waldes. Aber jetzt will dieses junge Ding auch an unsere alten Eichen heran, und die haben einen verdammt hohen Wert. Wenn ich nur wüßte, wozu sie das Geld braucht.«
»Fawn wird schon alles in Ordnung bringen.«

»Muß er auch«, sagte Eustace. »Aber ich sehe da schwarz. Seit einer Ewigkeit hat sie keinen Brief unserer Anwaltsfirma beantwortet. Aber nach ihrer letzten Unterredung mit Lady Linlithgow schrieb sie einen scharfen Brief an Camperdown: Lord Fawn habe keinerlei Verfügungsgewalt über ihr Eigentum, um so weniger, als sie noch nicht verheiratet seien. Im übrigen werde sie jetzt durch die Anwaltsfirma Mowbray & Mopus vertreten.«

»Keine Angst, Lord Fawn wird schon alles in Ordnung bringen.«

»Camperdown ist nicht dieser Ansicht. Seit der Verlobung ist er zweimal mit Lizzie und Lord Fawn zusammengekommen. Fawn hat sich dabei mächtig aufgespielt. Man erwähnte das Halsband ...«

»Heißt das, daß sie sich diesen alten Familienschmuck aneignen will?«

»Das wissen wir noch nicht. Aber Fawn machte Camperdown gegenüber kein Angebot, mit dem Halsband herauszurücken. Ich war bei diesem Gespräch nicht dabei, aber Camperdown sagt, der edle Lord werde in Lizzies Gegenwart zu einem Mäuschen.«

»Wundert mich nicht«, sagte Frank.

»Ich weiß genau, daß es noch viel Ärger mit ihr geben wird, und Fawn wird uns dabei nicht helfen, verlaß dich drauf! Wenn die Mäuslein kreißen, wird kein Berg geboren. Lizzie ist eine verdammt gerissene Person. Camperdown ist zwar optimistisch, er versichert immer wieder, er werde schon mit ihr fertig werden, aber ich habe da meine Zweifel.«

»Und deswegen sollte ich Lizzie heiraten?«

»Ich möchte es noch immer. Du wirst sie bändigen können, und daran sind wir interessiert. Schließlich stammt ihr Erbteil aus dem Vermögen unserer Familie. Mir wär's tausendmal lieber, wenn dir dieses Geld zukäme, als daß es von einem waschlappigen Liberalen wie Fawn eingesteckt wird. Zum Teufel mit den Liberalen!«

Franks Parole lautete: »Hände weg von gerissenen Weibsbildern!«

»Als Gelegenheitskauf ist Lizzie gar nicht so übel, wie du anzunehmen beliebst«, meinte Eustace. »Sie ist jung. Mein verstorbener Bruder hat ihr in großzügiger Weise eine hohe Witwenleibrente ausgesetzt. Sie kann also im Überfluß leben – und zu all diesem Überfluß ist sie auch noch verdammt appetitlich anzuschauen. Das Luder ist viel zu schön für einen lausigen Liberalen wie Fawn.«

Wir wissen nicht, wieweit diese letzte Äußerung der gemeinsamen Ansicht der konservativen Opposition entsprach. Es ist jedoch erwiesen, daß sich Frank Greystock nach diesem Gespräch mit John Eustace, das er in seinem Klub geführt hatte, trotz der späten Stunde in seine Kanzlei begab. Er setzte sich hin und schrieb einen Brief an Lucy, in dem er zugleich – formell und herzlich – um ihre Hand anhielt. Sein Antrag wurde angenommen.

Es kam alles anders, als es sich John Eustace bei seinem Dinner im Klub vorgestellt hatte. Wohl hätte es sein Freund Greystock vorgezogen, wenn man die leidige Halsbandaffäre durch ein außergerichtliches Vergleichsverfahren aus der Welt geschafft hätte. Da jedoch eine solche friedliche Beilegung des Konflikts kaum möglich war, stellte er sich als Jurist auf den Standpunkt, der Erblasser, also Sir Florian, habe vor seinem Ableben das Halsband seiner Ehefrau Lady Elizabeth Eustace geschenkt. Es handle sich um eine Schenkung unter Lebenden, die durch Übergabe des Halsbandes vom Schenker an die Beschenkte vollzogen worden sei.

Ja, Frank Greystock vertrat sogar den Standpunkt, das Halsband sei auch dann als Eigentum der Witwe des Erblassers anzusehen, wenn man die Schenkungsabsicht des verstorbenen Sir Florian nicht anerkennen wolle. Letztwillig habe der Erblasser seiner Witwe Portray Castle überlassen, und zwar das Schloß samt aller beweglichen Habe, wozu auch das umstrittene Halsband gezählt werden müsse, das man von alters her im besagten Schloß aufbewahrt habe.

Wir wollen jetzt nicht lang und breit untersuchen, wieweit diese Rechtsauffassung unter den gegebenen Umständen tatsächlich Gültigkeit hatte. Hier mag es genügen, zu erwähnen, daß Lizzie natürlich von dieser juristischen Begründung ihres Anspruchs hell begeistert war. Sie betrachtete nun Frank Greystock als ihren privaten Ritter Sankt Georg, zumindest als ihren Beschützer. Wohl konnte er sich als rechtschaffener Mann nicht mit dem Banditen Konrad messen, dem ihr Lieblingsdichter Byron im »Korsar« ein so schön gereimtes Denkmal gesetzt hatte; aber Held ist Held, dachte Lizzie. In dieser Hinsicht machte sie keinen Unterschied zwischen einem berufsmäßig unsoliden Piraten und einem berufsmäßig soliden Prozeßanwalt wie Frank Greystock.

Eines Tages lud sie sogar ihren juristischen Privatritter ein, im August an einer Jagdgesellschaft in Portray Castle teilzunehmen. Lord Fawn hatte von dieser Einladung eines »Konkurrenzritters« zunächst keine Ahnung. Ja, er erfuhr davon erst, als er Lizzie besuchte und sie in Gesellschaft von Frank Greystock antraf; der zog sich dann allerdings diskret zurück.

Der edle Lord war über diesen Besuch sichtlich verärgert. Ihm mißfiel es, daß sich seine Braut auf eine anscheinend so enge Freundschaft mit ihrem Vetter eingelassen hatte, der überdies noch im gegnerischen politischen Lager stand. Etwas unwirsch fragte Lord Fawn: »Wird sich dieser Mr. Greystock nun direkt nach Portray Castle begeben?« Er traute ihm nicht so recht. Vielleicht würde Greystock die günstige Gelegenheit einer Jagdgesellschaft wahrnehmen, um das Halsband zu »entführen«. Aber das sagte er nicht. Noch hielt er es für ratsam, das Halsband überhaupt nicht zu erwähnen.

Lizzie war nicht minder gereizt als ihr Verlobter. »Ich habe keine Ahnung«, sagte sie, »ob sich Mr. Greystock direkt oder indirekt nach Portray Castle begibt. Was mich betrifft, bin ich jedenfalls nicht in der Stimmung, meine Gäste in Portray Castle zu unterhalten, auch wenn es sich dabei um einen so lieben Gast wie meinen Vetter Frank Greystock handelt. Wie Sie wissen, Lord Fawn, sind die Wälder rings um das Schloß recht ausgedehnt. Ich werde mich still und friedlich in eine Jagdhütte zurückziehen, die abseits vom Schloß und abseits vom Trubel liegt.«
»Ach so«, sagte Lord Fawn. Das war zweifellos die weiseste Bemerkung, die er unter den obwaltenden Umständen machen konnte. Insgeheim dachte er allerdings, es wäre gewiß sehr ratsam, wenn er sich in eigener Person und sofort nach Portray Castle begeben würde, um möglichst noch vor dem Eintreffen von Mr. Greystock die berühmt-berüchtigten Diamanten sicherzustellen, über die er bereits allerlei Unerfreuliches vernommen hatte und von denen er annahm, irrigerweise annahm, daß sie sich in Portray Castle befanden.
Lizzie und Lord Fawn waren verlobt – und doch hatten sie noch immer nicht jene sprachliche Intimität erreicht, in der sich Mann und Frau, in diesem Fall Braut und Bräutigam, »nackt und bloß«, das heißt ohne Titel, gegenüberstehen.
»Vielleicht, Mylord«, sagte Lizzie, »können Sie es einrichten, auch nach Portray Castle zu kommen.«
»Leider nicht«, sagte Lord Fawn. Kurze Pause. Nun wurde er seinerseits sehr formell. »Lady Eustace, die Position, in der wir uns beide gegenwärtig befinden, scheint mir nicht frei von gewissen Schwierigkeiten zu sein.« Das war vielleicht nicht sehr diplomatisch formuliert, wohl aber im besten parlamentarischen Stil, wie er im Haus der Lords seit alters gepflegt wurde, möglicherweise bereits seit anno 1265.
Lizzie lächelte. »Wenn es Schwierigkeiten gibt, liegt es gewiß nicht an mir. Sie haben mich einst um das gebeten, was Männer als zartes Entgegenkommen zu bezeichnen pflegen. Ich bin Ihnen zärtlich entgegengekommen, vielleicht zu zärtlich.«
»Ich weiß, wie tief ich in Ihrer Schuld stehe, Lady Eustace.« Dann hielt Lord Fawn inne. Vielleicht hätte er noch geraume Zeit die Annehmlichkeiten seines Schweigens genossen, aber Lizzie zwang ihn zum Reden. Dazu genügten zwei Worte und ein Ausrufungszeichen. Sie sagte: »Lord Fawn!«
Der Lord geriet ins Stottern. »Darf ich Ihnen versichern, daß mir nichts ferner lag ... liegen wird ..., als Ihnen durch mein Verhalten zur Last zu fallen ...«
»Aber genau das tun Sie, Mylord«, sagte Lizzie, die keinen Widerstand

duldete, nicht einmal von einem Unterstaatssekretär für Indien in der Regierung Ihrer Majestät von Großbritannien. Im gleichen scharfen Ton fügte sie hinzu: »Ich ärgere mich über Sie!«
Mylord parierte: »Und ich mich über Sie!« Dann rückte er mit einer Anklage heraus, zu der mehr Mut gehörte, als er sich selbst zugetraut hatte. »Wie ich höre, halten Sie gewisse Diamanten . . . ich glaube, ein Brillantenhalsband . . . in Ihrem Gewahrsam. Ich kann es nicht zulassen, daß sich dieser Schmuck im Besitz meiner Frau befindet.«
»Ich bin nicht Ihre Frau, Lord Fawn!« sagte Lizzie. Sie erhob sich und stand ihm drohend gegenüber.
»Schon richtig«, erwiderte Lord Fawn, »aber Sie haben Ihr Jawort gegeben.«
»Reden Sie bitte weiter, mein Herr.«
Mit einer so ätzenden Ironie hatte Lord Fawn nicht gerechnet. Nur mit Mühe konnte er Haltung bewahren. »Ich war überglücklich, als Sie sich zur Ehe mit mir entschlossen. Aber dann erfuhr ich von dieser dummen Geschichte mit den Diamanten . . .«
»Was gehen Sie meine Diamanten an?«
»Sind es wirklich Ihre? Man hat mir gesagt, Sie hätten keinerlei Anspruch auf diesen Schmuck.«
»Wer hat Ihnen das gesagt?«
»Verschiedene zuverlässige Leute. Darunter Mr. Camperdown.«
»Mylord, wenn Sie einem Anwalt, einem Bratenwender des Gesetzes, mehr trauen als mir – und das in einer Angelegenheit, bei der nur ich allein die näheren Umstände kenne, . . . dann . . . dann sind Sie nicht der richtige Mann für mich. Die Diamanten gehören mir. Sollten wir doch noch heiraten, müßte mein Eigentumsrecht an diesem Schmuck durch einen besonderen Ehevertrag festgelegt werden. Solang es mir paßt, dieses Halsband in meinem ›Gewahrsam‹ zu halten, werde ich es tun. Wenn dann eines Tages mein Junge heiratet, wird es mir ein besonderes Vergnügen sein, diesen kostbaren Schmuck seiner Braut am Hochzeitstag um den Hals zu legen.« Sie hielt diese kleine Ansprache, bei der sie weit in die Zukunft schaute, mit viel Würde.
Lord Fawn erwiderte kühl: »Ich sehe mich zu meinem Leidwesen gezwungen, unsere Verlobung aufzulösen, . . . es sei denn . . . es sei denn, daß Sie die Diamanten an Mr. Camperdown aushändigen.«
»Kommt nicht in Frage.«
»Dann . . . dann . . .«
»Dann werde ich Ihnen sagen, Lord Fawn, daß Sie sich nicht wie ein Ehrenmann benehmen. Ich werde jetzt die Angelegenheit mit dem Halsband in die Hände meines Vetters, Frank Greystock, legen.«

Und ohne ein Wort des Abschieds rauschte sie aus dem Zimmer. Es war gleichgültig, auf welche Weise Lord Fawn seinen Rückzug antrat. Er blieb noch etwa fünf Minuten unschlüssig stehen und drehte seinen Hut hin und her. Dann stieg er die Treppen hinab. Mylord öffnete das Haustor mit eigener Hand.
Warum?
Weil er das Bedürfnis verspürte, ins Freie zu gelangen.

Lizzie reiste nach Schottland. Man sah es ihr an, daß sie eine große Dame war. In ihrem Gefolge befanden sich: ihre Gesellschafterin, Miß Macnulty, ihre Zofe, Patience Crabstick und ein baumlanger Bedienter namens Thomas. Die schwere Eisenschatulle mit dem Halsband wurde als Handgepäck mitgeführt. Lizzie befürchtete, wenn sie den Schmuck bei einem Juwelier oder Notar deponieren würde, könnte er vielleicht doch trotz aller Vorsichtsmaßnahmen in die Hände von Mr. Camperdown fallen. Tatsächlich – gerade als sie sich in die Kutsche gesetzt hatte, um zum Bahnhof zu fahren, erschien Mr. Camperdown auf der Bildfläche. Er wollte wissen, wo sich die Diamanten befänden.
Zu spät, Lizzie gab dem Kutscher Befehl: »Losfahren!«
Aber damit war Mr. Camperdown nur leiblich abgeschüttelt. Er wandte sich an einen der gelehrtesten Advokaten des Landes, einen berühmten *Queen's Counsel*, der wegen seiner besonderen Fähigkeiten als Prozeßanwalt einen seidenen Talar tragen durfte und nur vor den höheren Gerichten plädierte, was natürlich auch mit höheren Honoraren verbunden war. Dieser *Queen's Counsel* hieß Mr. Dove. Auf Ersuchen von Mr. Camperdown erstellte er ein Gutachten, das aber für den Rechtsberater der Familie Eustace enttäuschend ausfiel. Der gelehrte Advokat mit dem seidenen Talar stellte sich nämlich auf den Standpunkt, daß ein Halsband zwar beweglich, doch keine »bewegliche Habe« oder »Fahrnis« sei, die wegen ihres Zusammenhanges mit Immobilien als »Grundstückszubehör« angesehen werden müsse.
Auf Umwegen erfuhr Mr. Greystock von diesem Gutachten, das sein gelehrter Kollege erteilt hatte. Es bestärkte ihn selbstverständlich in seiner Ansicht, daß Lizzie einen rechtmäßigen Anspruch auf die Juwelen besaß und daß sich die Eustace-Familie und auch Lord Fawn ihr gegenüber unfair benommen hatten. Da es nun wegen dieser Angelegenheit zwischen ihm und Lord Fawn zu einem Meinungswechsel gekommen war, bei dem leider keiner der beiden seine Meinung gewechselt hatte, gab es für Mr. Greystock keine Gelegenheit mehr, seine Lucy zu besuchen, die nach wie vor als Gouvernante im Fawn-Court tätig war – tätig, bis es seinetwegen zu einer kleinen Szene kam.

Eines Tages wollte Lord Fawn vor der ganzen Familie sein Herz ausschütten. Dabei kam man auch auf die leidige Halsbandaffäre zu sprechen. Bei dieser Gelegenheit erwähnte Lord Fawn so nebenbei, daß sich Frank Greystock nicht wie ein Gentleman benommen habe. Das war zuviel für Lucy. Sie stand auf und sagte: »Das ist nicht wahr!« Nun war die Hölle los. Alle waren schrecklich aufgeregt. Am Ende blieb Lucy keine andere Wahl, als das Haus zu verlassen, in dem man ihren Verlobten nicht als Gentleman ansah. Da es nun der Zufall so wollte, daß Lady Linlithgow für sechs Monate eine Gesellschafterin brauchte, nahm Lucy diese Stellung an.

Damit waren ihre Sorgen allerdings noch längst nicht vorüber. Lady Fawns Tochter Clara, die mit Orlando Hittaway, dem Präsidenten des Appellationsgerichts für Zivilsachen, verheiratet war, wollte, wie bereits erwähnt, unter allen Umständen eine Ehe zwischen Lizzie und ihrem Bruder, Lord Fawn, verhindern. So verbreitete sie nun die unheilvolle Kunde, ein Bedienter der Eustace-Familie habe auf Schloß Portray beobachtet, wie sich Lizzie und Frank innig geküßt und liebevoll gestreichelt hätten, woraus Mrs. Hittaway dann die für unsere Lucy nicht minder unheilvolle Folgerung zog, daß Lizzie und Frank Greystock zu heiraten gedächten.

Inzwischen kamen und gingen die Gäste in Portray Castle. Es war bereits Ende Oktober, als Mrs. Carbuncle und ihre Nichte Lucinda Roanoke auf dem Schloß eintrafen, zugleich mit Lord George de Bruce Carruthers sowie Sir Griffin Tewett. Für ein paar Tage kam auch John Eustace nach Portray Castle. In einem herzbewegenden Brief hatte ihn Lizzie gebeten, sie doch, wenn irgend möglich, in Schottland zu besuchen. Als John dann auf Portray Castle eintraf, war sie ehrlich erfreut. Weniger erfreut war der Anwalt der Familie, Mr. Camperdown, dem John Eustace in unmißverständlicher Weise erklärt hatte, er wolle keinen Streit mit der Witwe seines Bruders haben. Wenn es zum Prozeß käme, sei das Sache des Anwalts.

Noch nie zuvor hatte Lizzie die Rolle einer Gastgeberin so großartig und mit solchem Aufwand gespielt wie jetzt. In London kannte sie nur ein paar Leute, mit denen sie ausgehen konnte, nur ganz selten hatte sie ein paar Gäste in ihrem Haus empfangen. Sicher war ihr ungeselliges Leben in London zum Teil auf ihre junge Witwenschaft zurückzuführen. Aber auch auf Schloß Portray hatte sie anfangs nur einige ihrer engeren Freunde eingeladen, zum Beispiel Frank Greystock. Nun waren jedoch seit Franks Rückkehr nach London schon wieder viele Wochen vergangen, und trotz all der Gäste, die noch geblieben waren, fühlte sie sich einsam. So schrieb sie eines Tages an Frank:

Ich wäre so glücklich, wenn Du herkommen könntest, und sei es auch nur für eine Woche. Ich fühle mich so verlassen. Komm zu mir und sei mein Bruder! Ich rechne so auf Dich. Du könntest so viel für mich tun!

Darauf antwortete Frank, er werde in der ersten Novemberwoche kommen.
Inzwischen trafen weitere Gäste ein, unter anderem auch der hochwürdige Pastor Joseph Emilius, von dem es hieß, er sei eigentlich ein ungarischer Jude und sein richtiger Name sei Mealyus. Zur Zeit galt er als einer der besten Kanzelredner in London. Viele Leute hielten ihn sogar für den besten Prediger, den sie je in ihrem Leben gehört hatten. Aber die Bischöfe standen ihm etwas kühler gegenüber als die Schäfchen seiner Gemeinde. Auch waren allerlei Gerüchte über diesen Gottesmann im Umlauf. Man hätte gern gewußt, ob es eine Frau Emilius gab oder nicht. Manche sagten ja, andere sagten nein. Lizzie war nie fromm oder frömmlich gewesen. Aber nachdem Pastor Emilius die Religion zum letzten Modeschrei gemacht hatte, war der Kirchgang für sie zu einer angenehmen Unterhaltung geworden. Sie fühlte sich wohl und geborgen in der Gegenwart Gottes – sofern der Seelenfänger Emilius auf der Kanzel stand.
Auch die anderen Gäste auf Portray Castle fielen aus dem üblichen gesellschaftlichen Rahmen. Nehmen wir zum Beispiel Mrs. Carbuncle. Eine wunderbare Frau. Sie war mit einem nahezu unsichtbaren Mann verheiratet. Nur ganz wenige hatten ihn gesehen, niemand kannte ihn. Es hieß, daß er irgendwo irgendwie in der Londoner City tätig war, in der die Millionen der ganzen Welt in den Tresoren der *Bank of England,* der großen Privatbanken und der großen Versicherungsgesellschaften lagen. Aber ach, der unsichtbare Mr. Carbuncle hatte es nie zu etwas gebracht, jedenfalls nicht zu Geld. Und trotzdem sah man seine »mittellose« Ehefrau überall. Es gab keine glanzvolle Party, bei der sie nicht auftauchte, nicht gerade wie Aphrodite aus dem Meer bei Paphos, aber immerhin. Ihr Vater war irgendwann einmal nach New York ausgewandert und hatte dort bankrott gemacht. Das war alles, was man über ihre Herkunft wußte. Sie besaß ein winziges kleines Haus in einer der engen Nebenstraßen von Mayfair. Dorthin lud sie von Zeit zu Zeit ein paar Freunde zum *five o'clock tea* ein. Ihre Kleidung war apart und exzentrisch. Bei ihren Spazierritten im Hydepark trug sie ein schwarzgelbes Reitkostüm. Bei Premieren in der Oper bevorzugte sie ein weißes Samtkleid, uni, wie die Pariser Damenschneider sagten, und völlig ohne Verzierungen. Obwohl sie schon über dreißig und nahe den Vierzigern war, trug sie ihr tiefschwarzes Haar nicht in einer modernen Frisur, sondern ließ es offen herabfallen. Wenn es Sommer wurde, kutschierte sie mit einem Strohhut auf dem Kopf durch London. Trotz dieser Absonderlichkeiten wurde allgemein anerkannt, daß sie gut angezogen war. Und dann stellte man sich die Frage: Wer bezahlt die Rechnungen?
Ihre Nichte, Miß Lucinda Roanoke, war mehr oder minder der gleiche Typ.

Auch sie war auf ihre Art schön. Sie sah wie vierundzwanzig aus, war aber in Wirklichkeit erst achtzehn. Neben ihrer Tante wirkte sie wie eine »halbe junonische Portion«. Und doch war auch Lucinda von beachtlicher Größe. Alles an ihr war beachtlich, ja, sogar imposant.
Und nun noch rasch ein paar Worte über einen anderen Gast: Lord George de Bruce Carruthers. Es erschien etwas mysteriös, wie sich dieser junge Mann an die beiden eben erwähnten Damen geklettet hatte, aber schließlich war alles an ihm etwas geheimnisvoll und rätselhaft. Dieser »junge Mann« war ein Mittvierziger, der noch nie in seinem Leben das getan hatte, was die überwältigende Mehrheit seiner Mitmenschen als Arbeit bezeichnen würde. Er lebte nur seinem eigenen Vergnügen. Wie er lebte und wovon er lebte, wußte niemand. Er hatte eine gute Figur: Alles an ihm war lang, die Beine, der ganze Körper, auch das Gesicht. Er pflegte einen etwas ungepflegten Backenbart auf seiner Oberlippe, aber sein Kinn war glatt rasiert. Seine Augen sahen aus, als hätten sie sich etwas zu tief in den Kopf hineingebohrt. Seine Wangen waren hohl und bläßlich, dennoch wirkte er sehr männlich, kräftig und gesund. Er hatte große Hände, die nur aus Knochen zu bestehen schienen. Zweifellos war sein Nacken etwas zu gestreckt ausgefallen, aber möglicherweise war das eine optische Täuschung, da er sein Hemd immer so zu tragen pflegte, daß ein großer Teil des Halses entblößt war. Offensichtlich hatte er es gern, schöne Frauen um sich zu haben. Trotzdem hielt es niemand für wahrscheinlich, daß er jemals heiraten würde. In den letzten zwei oder drei Jahren war er eng mit Mrs. Carbuncle befreundet gewesen.
Während der letzten Londoner Saison hatte es den Anschein, als ob sich eine fast schon intime Beziehung zwischen ihm und unserer Lizzie entwickelt hätte. Vielleicht war Lizzie der Ansicht, daß er nun endlich der leibhaftige Korsar sei, den Byron gefunden hatte, auf den sie selbst aber noch wartete.
Ja, und dann war da noch Sir Griffin Tewett, den Lord George de Bruce Carruthers damals in die große Gesellschaft einzuführen versuchte. Er war nicht gerade das, was man als liebenswürdigen Jüngling bezeichnen konnte. Auch seine finanziellen Verhältnisse waren nicht dazu angetan, ihn in den Augen der begüterten Mitwelt einigermaßen liebenswert zu machen. Theoretisch war er nicht nur der Erbe eines großen Vermögens, sondern sogar dessen Besitzer. Aber er konnte an sein Kapital nicht heran. Auch die Erträgnisse, vor allem die Zinsen, waren ihm zum großen Teil durch juristische Klauseln vorenthalten. Sein Vater hatte sein gewaltiges Vermögen auf so unvernünftige Weise verwaltet, daß sich bei seinem Ableben alle Welt um den Nachlaß raufte. Prozeß folgte auf Prozeß. Das Herrenhaus der Familie, Tewett Hall, war schon seit Jahren so verfallen,

daß man es eigentlich als Ruine bezeichnen konnte. Man hatte das alte Herrenhaus jetzt für einen geradezu lächerlichen Betrag vermietet. Sir Griffin war im übrigen kein Adonis, auch sein Körper wirkte bereits ein wenig gebrechlich und verfallen wie Tewett Hall. Er hatte einen schwachen Mund, womit auf höfliche Weise und zu Nutz und Frommen aller Physiognomen zum Ausdruck gebracht werden soll, daß sein Mund nicht unbedingt auf besondere Charakterstärke schließen ließ. Er war dem Alkohol nicht abgeneigt, wohl aber empfand er eine starke Abneigung gegen alle Zeitgenossen, die etwa bei Spiel oder Wette eine Fünfpfundnote von ihm gewonnen hatten. Vor allem haßte er geldgierige Lieferanten, die es wagten, ihm eine Rechnung zu präsentieren. Es gab eigentlich nur einen Umstand, der Sir Griffin in einem helleren Licht zeigte, und das war seine tiefe Überzeugung, daß Miß Lucinda Roanoke die schönste Frau sei, die er je gesehen hatte, weswegen er auch den begreiflichen Wunsch verspürte, diese jugendliche Juno zu heiraten. Er hielt also um ihre Hand an. Nach längerem Zögern und nach sanftem Druck, den ihre Tante, Mrs. Carbuncle, ausübte, akzeptierte Lucinda den jungen Sir Griffin, obwohl sie häufig eine starke Aversion gegen ihn empfunden hatte.
Natürlich wußte Mrs. Carbuncle von dieser Abneigung. Sie hatte sich darüber sogar oft mit Lizzie unterhalten, mit der sie nun auf vertrautestem Fuße stand. Vielleicht war es indiskret von der reifen Juno, daß sie diese Aversion nicht behutsam mit dem schon etwas verschlissenen Mantel der Nächstenliebe zudeckte. Aber vergessen wir nicht, daß die jüngere Juno so wenig Hehl aus ihrer Abneigung gegen Sir Griffin machte, daß man kein Staatsgeheimnis und kein Liebesgeheimnis verriet, wenn man diese Aversion zum Gesprächsthema machte. Dabei vertrat Mrs. Carbuncle den Standpunkt: »Das liegt nun mal in ihrem Wesen. Lucinda würde jedem anderen jungen Mann gegenüber das gleiche empfinden.«
»Ja, das mag schon sein«, meinte Lizzie und stellte dabei tiefsinnige Betrachtungen über das ewige Rätsel des weiblichen Charakters an, wobei sie mit Mrs. Carbuncle übereinstimmte, daß Lucinda jeden Mann hassen würde – auch wenn man ihr den idealen Gatten auf einer goldenen oder zumindest vergoldeten Schüssel präsentieren würde. Sie stimmte aber auch noch in einem anderen Punkt mit ihrer Freundin überein: daß alles getan werden müsse, um eine Ehe zwischen Lucinda und Sir Griffin zu fördern.
»Irgendwann wird sie ja sowieso heiraten müssen«, sagte Mrs. Carbuncle, wobei sie vielleicht an ihren unsichtbaren Mr. Carbuncle dachte.
»Natürlich«, pflichtete ihr Lizzie bei.
»Wenn man so hübsch und stattlich aussieht wie Lucinda, ist eine Ehe unvermeidlich.«

Auch in diesem Punkt dachte Lizzie wie ihre Freundin.
»Was könnte Lucinda auch Besseres tun, als bald zu heiraten?« fuhr Mrs. Carbuncle fort. »Sie hat ein so störrisches Wesen. Unter uns, meine liebe Lizzie, ich hab' jetzt genug davon. Du weißt, das Mädel war einige Zeit in einem Pensionat in der Nähe von Paris, auch dort konnte man nichts mit ihr anfangen. Sie war wie ein Fohlen, das sich nicht einreiten ließ!«
»Nun«, meinte Lizzie lachend, »da hab' ich keine Angst. Wenn man überhaupt ein Fohlen einreiten kann, so wird dieser Dressurakt Sir Griffin schon gelingen.«
»Auf alle Fälle«, meinte Mrs. Carbuncle, »wird man bei Lucinda tüchtig nachhelfen müssen. Bei so störrischen Geschöpfen darf man es nie an Beharrlichkeit fehlen lassen.«
Lizzie nickte zustimmend, obwohl ihr das künftige Eheglück der Juno junior ziemlich gleichgültig war. Sie dachte viel lieber an ihr eigenes Glück, an die verschiedenen Möglichkeiten, die sie hatte. Da war Lord George. Sollte ihre Wahl auf ihn fallen? Er war gewiß ein »Korsar«, und er hatte ihr allerlei schöne Dinge gesagt, die à la Korsar klangen. Inzwischen hatte sie jedoch gewisse und ungewisse Gerüchte vernommen, daß sich Frank Greystock von dem kleinen Fratz getrennt hatte, der als Gesellschafterin bei Lady Linlithgow in Stellung war. Zumindest habe er die Absicht, so hieß es in den Gerüchten, diesem kleinen Mädel den Laufpaß zu geben. Es hatte auf alle Fälle, wie sie von ihrer eigenen Gesellschafterin, Miß Macnulty, hörte, einen Krach zwischen Miß Lucy Morris und Mr. Frank Greystock gegeben. Sie selbst erhielt häufig Briefe von Frank, in denen Lucy aber nie erwähnt wurde. Sollte es also ein Zerwürfnis zwischen Frank und Lucy gegeben haben, argumentierte Lizzie, dann würde doch Frank gewiß den Weg zu ihr finden, und er würde ihr dann in den Stürmen des Lebens sicher einen solideren Schutz gewähren als der »Korsar«.
Gerade jetzt begannen die Stürme neu zu toben. Die Post brachte ihr ein ganzes Bündel abscheulicher Schriftstücke aus London. Mr. Camperdown hatte beim Obergericht, beim *High Court of Justice,* mit Vollmacht der Treuhänder des Eustace-Nachlasses Klage gegen sie erhoben. Sein Schriftsatz wurde ihr in Abschrift vom Gericht übermittelt mit dem Ersuchen, innerhalb einer Frist von acht Tagen zu den einzelnen Punkten der Klageschrift Stellung zu nehmen und die Gründe namhaft zu machen, warum die Beklagte, also unsere Lizzie, ihrer Ansicht nach nicht zur Herausgabe des Halsbandes verpflichtet sei.
Sie hatte schon seit geraumer Zeit irgendeine juristische Ungeheuerlichkeit dieser Art befürchtet und daher vorsorglich bei Frank angefragt, ob sie ihm alle diesbezüglichen Schriftstücke zuschicken dürfe. Er hatte ihr geschrieben, das dürfe sie nach englischem Recht nicht, da er als Prozeßan-

walt nicht direkt mit dem Klienten in Verbindung stehen dürfe. Sie müsse daher alle Unterlagen an die Anwaltsfirma Mowbray & Mopus senden. Bei diesen Juristen handle es sich um Büroanwälte, um *solicitors*, die sie beraten könnten, bis ein Verhandlungstermin vom Gericht anberaumt werde. Selbstverständlich befolgte Lizzie diesen Rat. Sie sandte also alle ihr bisher zugestellten Schriftstücke an Mowbray & Mopus: »Anbei die Dokumente, die ich wegen eines in meinem Eigentum befindlichen Halsbandes erhalten habe. Ferner erkläre ich hiermit, daß ich besagtes Halsband als Geschenk von meinem verstorbenen Ehemann erhalten habe. Veranlassen Sie bitte alles Nötige in dieser Angelegenheit, und sorgen Sie dafür, daß Mr. Camperdown für die Kosten des Verfahrens aufkommen muß, das die Eustace-Familie gegen mich, die Endunterzeichnete, Lady Elizabeth Eustace, angestrengt hat.«

Man hatte Lord George de Bruce Carruthers einiges über das Halsband mitgeteilt. Das war auch nötig, da er die Absicht hatte, mit Lizzie und ihren weiblichen Gästen von Portray nach London zu reisen. Natürlich hatte er schon von diesen Diamanten gehört. Wer hatte das nicht? So war die frohe Kunde auch zu ihm gelangt, daß Lord Fawn seine Verlobung wegen dieser Edelsteine auf abrupte Art gelöst hatte. Aber erst durch Mrs. Carbuncle erfuhr er, daß sich die Diamanten innerhalb der vier Wände des Schlosses befänden, und daß es seine Aufgabe sein sollte, bei der Rückreise für ihren sicheren Transport zu sorgen.
»10 000 Pfund sind sie wert!« sagte Mrs. Carbuncle, wobei sie fast vor Ehrfurcht verstummte, als sie eine so majestätische Summe überhaupt in den Mund nahm.
»Sicher arg übertrieben«, meinte Lord George, dessen Phantasie weit unter der Höchstgrenze von 10 000 Pfund Sterling lag.
»Aber Lizzie hat's mir doch selbst erzählt. Sie hat die Brillanten schätzen lassen. Das ist der genaue Wert, den man ihr genannt hat.«
Lord George mußte sich aber nun eingestehen, daß es sich schon lohnen würde, dieses Halsband zu besitzen – und natürlich auch Portray Castle samt allen Einkünften aus den umliegenden Wäldern und Ländereien, auch wenn die Nutzungsdauer auf die Lebenszeit von Lizzie beschränkt war. Bisher war er in seinem recht abenteuerlichen Leben allen Ehemöglichkeiten behutsam aus dem Weg gegangen. Es schien ihm nicht sonderlich verlockend, nur aus praktischen Gründen eine wohlhabende Frau zu heiraten. Er stellte es sich schrecklich vor, seine künftigen Tage und Nächte unter dem goldenen Pantoffel eines obendrein vielleicht noch zänkischen Eheweibes beschließen zu müssen. Aber ganz heimlich – in jenen unbewachten Augenblicken, in denen man sich selbst kaum kennt – hatte auch

er natürlich mit dem Gedanken gespielt, seine Vergangenheit zu begraben und sich seine Zukunft durch eine gute Partie zu vergolden. Aber er hatte nichts in dieser Hinsicht unternommen. Nun machte er sich klar, daß es doch sehr angenehm, erholend und beruhigend sein könnte, zwei oder drei Monate des Jahres ohne Langeweile auf Portray Castle zu verbringen. Sollte er Lizzie heimführen, würde er die Möglichkeit haben, an allen kostspieligen Vergnügungen des Lebens in gleicher Weise teilnehmen zu können, wie seine von Frau Fortuna mehr begünstigten aristokratischen Zeitgenossen. Da er jedoch diese Gedanken nur sehr diskret erwog, kann ihn niemand einer schnöden Gewinnsucht zeihen. Keine lebende Seele wußte, daß er bereits die Segel gesetzt hatte, um sich vom Glückswind treiben zu lassen und schließlich in den Hafen der Ehe einzulaufen. Alles in allem müssen wir zugeben, daß er zu dieser vorbeugenden Maßnahme berechtigt war. Nur zu oft hatte ihn Lizzie verheißungsvoll und verführerisch angelächelt. Von Tag zu Tag entdeckte sie in ihm neue Charakterzüge ihres Korsaren à la Byron. Bei vielen Gelegenheiten hatte sie ihn in ihr Vertrauen gezogen. Aber dann fragte sich Lord George wieder: Wieweit konnte man ihr trauen? Er wußte, daß sie ein kleines verlogenes Luder war. Ein Menschenkenner wie Lord George ließ sich nichts vormachen.
»Ja«, gab auch Mrs. Carbuncle zu, »bisweilen lügt sie. Aber wer tut das nicht?«

16

Der leibhaftige Korsar – Zwei Stunden nach Mitternacht – Ein verwegener Gedanke – Wie so ein Polizeigehirn funktioniert – Lizzieaner und Anti-Lizzieaner – Pallisers Münzreform – Doch kaum war ihr das Wort entfahren ... – Man weiß ja nie – Die abhanden gekommene Miß Crabstick – Ein Keller in Minto Lane

Man hatte die Fahrt nach London so geplant, daß man in Carlisle übernachten konnte. Die Reisegesellschaft bestand aus Lord George, den drei Damen – also aus Lizzie, Mrs. Carbuncle und ihrer Nichte – sowie aus dem baumlangen Diener Thomas. Auch Lord George reiste immer in Begleitung eines Dieners. Ferner wurden zwei Zofen mitgenommen. Dagegen war beschlossen worden, daß Miß Macnulty mit dem »Erben« samt Amme und Kinderfrau noch einige Zeit auf Portray Castle bleiben sollte. Die schwere Eisenschatulle mit dem Halsband wurde vorsichtig ins Eisenbahnabteil getragen und diente Lizzie als Fußstütze.
Während der Zug über die Schienen ratterte, gewann Lizzie mehr und mehr den Eindruck, daß Lord George der leibhaftige »Korsar« war, wie sie

ihn in ihrer romantischen Mädchenzeit zuerst bei der Lektüre Byrons »erschaut« hatte. Er hatte eine Art sich zu geben, die starken Eindruck auf sie machte. Er stand über den Dingen, zeigte, daß er der Herr und Meister war, doch ohne Überheblichkeit und mit viel Takt und Zartgefühl für die weibliche Person, die ihm zur Zeit am nächsten stand – und gerade das wußte Lizzie zu schätzen.
Bei der Ankunft in der hübschen Beamtenstadt Carlisle, in deren Kastell Maria Stuart nach ihrer Flucht aus Schottland eine Zeitlang gefangen war, machte Lord George noch einen abendlichen Spaziergang. Das war natürlich eine günstige Gelegenheit für die Damen, hinter seinem lustwandelnden Rücken über ihren ritterlichen Beschützer zu plaudern. Mrs. Carbuncle erklärte, er sei ein Ehrenmann vom Scheitel bis zur Sohle. Was ihre eigene Beziehung zu ihm beträfe, so habe sie nie einen treueren Freund als Lord George gehabt. Natürlich sei alles immer nur Freundschaft gewesen, nicht mehr. Wie sollte es auch? Sie war ja eine verheiratete Frau. Wäre das nicht der Fall gewesen, hätte sie sicher Lord George auch ihre Liebe schenken können. Lucinda erklärte, sie habe Lord George immer als einen »zusätzlichen Vater« angesehen.
»Ich möchte annehmen«, meinte Lizzie, »er ist nur ein oder zwei Jahre älter als Sir Griffin.«
Da war die arme Juno junior sehr traurig. »Warum erwähnen Sie das, Lady Eustace?« fragte sie. »Wollen Sie mich unglücklich machen?«
Darauf erklärte nun Mrs. Carbuncle, Sir Griffin sei noch nicht dreißig, während Lord George die Vierzig bereits überschritten habe.
Dazu bemerkte Lady Eustace, sprich Lizzie, mit unverhohlener Schwärmerei für ihren Korsaren à la Byron: »Man sieht es ihm nicht an.«
Mrs. Carbuncle, die sich mit sichtbaren und unsichtbaren Männern auskannte, meinte, Lord George sei ein Typ, der nie altern könne.
Nach einer Weile kehrte der »edle Ritter« von seinem Spaziergang zurück. Sicher hätte er unterwegs auch Maria Stuart aus dem Kastell befreit, sofern das historisch möglich gewesen wäre. Man saß noch einige Zeit im trauten Gespräch zusammen, dann schlug die Uhr zehn. Die Damen begaben sich in ihre »Kemenaten«.
Selbstverständlich hatte Lizzies Zofe, Miß Patience Crabstick, schon alles fürs Schlafengehen vorbereitet. Es gehörte nun mal zur Religion einer Frau wie Lizzie, daß sie weder zu Bett gehen, sich umkleiden oder morgens aufstehen konnte ohne die tatkräftige Hilfe einer gut gedrillten Kammerzofe. Sie konnte keinen Handgriff allein tun, oder zumindest vermied sie alles, was eine andere Hand für sie erledigen konnte. Und doch kam es häufig vor, daß sie nur den einen Wunsch hatte, allein im Zimmer zu sein – ohne ihre Zofe. Das war vor dem Abendessen der Fall gewesen, und auch

jetzt hätte sie gern auf die hilfreiche Anwesenheit von Miß Patience Crabstick verzichtet. Lizzie liebte es nämlich, immer von Geheimnissen umwittert zu sein. Wenn es keine gab, schuf sie sich diese Geheimnisse selber. In jedem Koffer, in jedem Beutel, in jeder Reisetasche hatte sie ein kleines Versteck, in dem sie dies und das aufbewahrte, was Miß Patience Crabstick aus tausendundeinem Grund nicht entdecken sollte. Nie ließ sie ihre Briefe offen herumliegen. Ganz besonders vorsichtig war sie natürlich mit der Schatulle, in der sie das Halsband verschlossen hielt! Miß Crabstick hatte noch nie das Innere dieser Eisenkassette gesehen.
Nun wollen wir aber doch noch ein kleines Wörtchen zur Ehrenrettung von Lizzie einfügen. Natürlich war sie imstande, sich selbst anzukleiden. Wo ein Wille ist, da ist auch ein Kleid. Natürlich war sie imstande, sich selbst zu frisieren. Wo ein Wille ist, da ist auch eine Frisur. Natürlich war sie imstande, sich selbst auszuziehen. Wo ein Wille ist, da ist auch ein entblößter Körper. Sie war also keineswegs von Natur oder aufgrund mangelnder Erziehung ein junges Frauenzimmer, das ohne fremde Hilfe nicht auskommen konnte. Aber sie wußte, was sie ihrer Ehre und ihrer gesellschaftlichen Stellung schuldig war. Und doch hätte sie fast lieber auf Miß Patience Crabstick verzichtet, als ständig den Schnüffeleien ihrer Zofe ausgesetzt zu sein. Jedenfalls gab es allerlei, was Miß Crabstick wußte – und allerlei, was sie nicht wußte.
An diesem Abend im Hotel in Carlisle wurde die Zofe frühzeitig aus dem Zimmer geschickt, da Lizzie noch das Bedürfnis verspürte, die Schatulle zu öffnen. Und dann legte sie sich ins Bett. Bald war sie eingeschlafen.
Es war etwa zwei Stunden nach Mitternacht, als ein in seinem Spezialfach besonders geschickter Mann außen an der Zimmertür von Lady Eustace niederkniete. In der Hand hielt er ein kleines Präzisionsinstrument, eine Sägefeile. Mit ihrer Hilfe – wahrscheinlich auch mit einigen anderen Werkzeugen – schnitt er aus der Tür den Teil heraus, an dem sich auf der Innenseite der Riegel befand. Zweifellos verfügte er über gute Ortskenntnisse. Von außen konnte man nicht erkennen, wo der Riegel angebracht war, dennoch traf er haargenau die richtige Stelle. Nachdem er nun den gewünschten Teil der Tür mit bewundernswerter innerer und äußerer Ruhe entfernt hatte, gab es kein Hindernis mehr, um das Zimmer mit lautlosen Schritten zu betreten. Dann kniete er abermals nieder, o Wunder, just an der Stelle, an der auch Lizzie kurz vorher zum Nachtgebet gekniet hatte. Der Mann mit der Sägefeile war aber nicht zum Beten in das Schlafzimmer einer jungen Dame eingedrungen, ihm ging es ausschließlich um die Schatulle. Behutsam und in kniender Stellung hob er sie vom Boden auf. Dann verließ er das Zimmer, natürlich mit der Eisenkassette in beiden Händen, ohne Lizzie aus dem Schlaf geweckt zu haben. Mäuschen-

still und buchstäblich auf leisen Sohlen stieg er die Treppe hinab, die zum Frühstückszimmer führte. Hier öffnete er ein Fenster, durch das er einem Diebsgenossen die Schatulle zuwarf. Rasch zog er noch ein Paar Stiefel an. Als geschulter Einbrecher hatte er in Strümpfen gearbeitet.

Es war eine pechschwarze, regnerische Nacht. So hatten der Einbrecher und sein Helfershelfer keinerlei Schwierigkeit, ungesehen mit ihrer Beute zu entkommen. Als gute Routiniers nahmen sie davon Abstand, die Schatulle, die immerhin ein *Tresor en miniature* war, sofort aufzubrechen. Damit konnten sie ja warten, bis sie ihre »Werkstatt« erreicht hatten.

Inzwischen schlief Lizzie noch ein paar Stunden den Schlaf des Gerechten. Sie erwachte allerdings früher als sonst. Sie rieb sich die Augen. Was war denn los? Im Zimmer standen Miß Crabstick, eine Magd und die Frau des Hoteldirektors. Nun erfuhr sie alles. Man hatte bei ihr eingebrochen.

Ursprünglich hatte die kleine Reisegesellschaft in aller Ruhe frühstücken wollen, um dann so gegen Mittag den Zug von Carlisle nach London zu nehmen. Mit der Ruhe war es nun vorbei – und mit dem Frühstück auch. Lady Eustace hatte kaum Zeit, sich in ihren Morgenrock hüllen zu lassen und ihre zerknitterte Nachthaube eigenhändig abzustreifen, da erschienen auch schon der Hoteldirektor, Lord George und der baumlange Bediente namens Thomas. Alle waren sich darüber im klaren, daß die Schatulle mit dem Halsband verschwunden war. Einige Sekunden später betrat auch der Polizeihauptmann von Carlisle den Tatort. Ihm folgte auf obrigkeitlichem Fuße der Polizeichef der Grafschaft Cumberland.

Lizzie war anfangs wie vom Schlag gerührt, als sie die traurige Nachricht erfuhr, und zwar von einem »inneren Schlag«, den sie nach außen kaum erkennen ließ.

»Hier war kein Feld-, Wald- und Wiesendieb am Werk«, meinte Lord George. »Hier handelt es sich um ein gutgeplantes Verbrechen.«

Der Polizeichef mit dem schönen Titel *Chief Constable of Cumberland* nickte zustimmend.

»Oder auch nicht«, sagte der Polizeihauptmann von Carlisle, der nicht gewillt war, seine tiefsten kriminalistischen Gedanken irgend jemandem anzuvertrauen oder gar irgendeine lebende Person vom Verdacht der Täterschaft auszuschließen.

Der Hoteldirektor war sehr verärgert. Er konnte seine Wut zunächst nicht bezähmen. War es denn nicht jedermann bekannt, daß mitgebrachte Wertsachen dem Gastwirt zur sicheren Aufbewahrung übergeben werden mußten? Wie konnte man sonst von ihm irgendwelche Haftung verlangen? Man hatte fast den Eindruck, daß er der Ansicht war, Lady Eustace habe den Einbruchsdiebstahl eigenhändig durchgeführt – nur um das Renommee seines Hauses zu schädigen.

Lord George beruhigte ihn: »Verehrter Herr, niemand macht Sie für dieses Verbrechen verantwortlich ...«
»Nein, Mylord«, stammelte der Direktor.
»Lady Eustace macht Ihnen keine Vorwürfe. Hören Sie also gefälligst auf, andere für diese Tat verantwortlich zu machen. Es ist jetzt Sache der Polizei, den Fall zu untersuchen.«
Allmählich beruhigten sich alle Gemüter wieder, soweit das unter den gegebenen Umständen möglich war. Lizzie war total erschöpft und bat darum, man möge sie doch noch für ein Stündchen allein lassen, damit sie sich von ihrem Schreck erhole.
Ehe sie sich aufs Bett legte, hob sie das Kopfkissen auf. Darunter lag ein Beutel. Sie öffnete ihn. Im Beutel befand sich das Halsband.
Die Diamanten funkelten sie freundlich an.
Ja, die beiden unternehmungslustigen Verbrecher, der Meister mit der Sägefeile und sein Geselle, hatten tatsächlich nur die eiserne Schatulle gestohlen – und das war alles.
Nun darf aber der Leser unter keinen Umständen annehmen, daß Lizzie an diesem Verbrechen mitschuldig war oder auch nur als schlafende Teilhaberin dem Einbrecher Beihilfe geleistet hatte. Das nicht. Es war ein echter Einbruchsdiebstahl, wie er im Buche steht, nämlich im Strafgesetzbuch. Alles war gut vorbereitet, auch die Ausführung der Tat war nicht zu kritisieren. Hier war ein Könner am Werk gewesen, aber das änderte nichts daran, daß der Dieb und sein Gehilfe mit vollen Händen abgezogen waren und mit leeren Händen in ihrer »Werkstatt« standen.
Lizzie hatte diskret geschwiegen, als man ihr den Diebstahl der Schatulle mitteilte. Sie hätte sagen können: »Ist ja alles nur halb so schlimm, das Halsband war unter meinem Kissen – und hier ist es!« Sie sagte nichts dergleichen. Sie schwieg, wenn auch ohne Täuschungsabsicht. Sie schämte sich einfach, ehrlich zuzugeben, daß die eiserne Kassette schon beim Verlassen von Portray Castle leer gewesen war, weil sie befürchtet hatte, irgend jemand könne ihr das Halsband bei der Fahrt nach London entwenden. Sie wollte auch nicht zugeben, daß sie das Halsband auf der Fahrt nach Carlisle am eigenen Körper getragen hatte, nicht am Hals, wohl aber in einem Beutel auf der Brust. Aus all diesen recht törichten Gründen hatte sie geschwiegen. Doch nun ...
Plötzlich kam ihr ein verwegener Gedanke.
Wäre es nicht das beste, wenn Mr. Camperdown annehmen würde, der Schmuck sei tatsächlich gestohlen worden?
Und so schwieg sie.
Sie hatte auch in keiner Weise zur Klärung des Sachverhalts beigetragen, als sich Lord George, Mrs. Carbuncle und ihre Nichte an den Frühstücks-

tisch setzten, um nach all den Aufregungen der letzten Stunden die erste und beste Mahlzeit des Tages einzunehmen. Diese kleine Gruppe saß noch bei Tisch, als die leere Schatulle hereingetragen wurde. Lizzie befand sich nicht im Frühstückszimmer. Aber sofort eilte Miß Crabstick zu ihr, um sie von diesem Fund der Polizei in Kenntnis zu setzen. Zugleich brachte sie ihr auch eine schöne Portion Fasan sowie ein paar Scheiben knusprigen Toast.

Man hatte die Schatulle, natürlich leer, in einem Gewölbe unter einem Eisenbahnviadukt gefunden. Der Mann von der Polizei, der sie ins Hotel brachte, war des Lobes voll. Eine so gute Arbeit hatte er noch nie gesehen, versicherte er. Zum Öffnen mußte man Werkzeuge aus allerfeinstem Stahl benutzt haben, die man eigens für solche Zwecke hergestellt hatte. So gut war die Arbeit, meinte er, daß sie gewiß nicht von Einheimischen ausgeführt war, von mickrigen Provinzganoven. Eine solche verbrecherische Wertarbeit mußte seiner Ansicht nach das Werk eines führenden Spezialisten der Londoner Unterwelt sein. Zweifellos hatte man bei dieser Tat keine Mühe gescheut. Man hatte wohl alle Mitglieder der kleinen Reisegesellschaft ständig beobachtet; wahrscheinlich war sogar ein Spießgeselle des zuständigen Bandenführers im gleichen Zug mit Lady Eustace und ihrem Gefolge gereist. Gewiß hatte ein anderer Komplize vorher die Tür zum Schlafzimmer von Lady Eustace genau untersucht und abgemessen, damit man später nicht mit der Tür ins Zimmer fallen mußte, sondern sich damit begnügen konnte, heimlich still und leise einen kleinen Ausschnitt, aber genau den mit dem vorgeschobenen Riegel, zu entfernen.

Die Bewunderung des Schutzmannes übertraf sogar alle polizeilich erlaubten Grenzen. Dagegen war sein Vorgesetzter, der Polizeihauptmann von Carlisle, weniger enthusiastisch. Obwohl Lord George mehrfach mit ihm sprach, wahrte er die amtlich bevorzugte Schweigsamkeit. Er sprach wenig und sagte nichts. Auch dieses Wenig kam nur so andeutungsweise aus seinem Mund, daß man seine Anspielungen auf die verschiedenste Art deuten konnte. Für ihn stand es keineswegs fest, daß nicht etwa Lord George de Bruce Carruthers eine heimliche Vorliebe für Diamanten besaß. Natürlich behielt er diesen Verdacht eines Verdachts still bei sich. Er begnügte sich mit dem kategorischen Vorschlag, daß er es begrüßen würde, wenn ein auch noch so untergeordnetes Mitglied der Reisegesellschaft in Carlisle zurückbliebe. Falls Lady Eustace auf die Dienste des baumlangen Thomas verzichten könnte, wäre ihm das sehr angenehm. Es wurde also beschlossen, daß Thomas bis auf weiteres in Carlisle bleiben sollte, um der Polizei zur Verfügung zu stehen. Es versteht sich von selbst, daß dieses Arrangement ohne Mitwissen von Thomas getroffen wurde. Es versteht sich gleichfalls von selbst, daß alle Mitglieder der Reisegesellschaft, ein-

schließlich Lady Eustace und Miß Crabstick, vor ihrer Weiterreise nach London als Zeugen vor dem Magistratsgericht in Carlisle erscheinen mußten.
Lizzie war eine gute Zeugin. Sie hatte auch gut reden, da sich das entwendete Halsband gut versteckt in ihrem Hotelzimmer befand. Ja, erklärte sie auf Befragen, der Wert dieses Schmuckstücks belaufe sich auf 10 000 Pfund. Sie wies von sich aus darauf hin, daß wegen dieses Halsbandes ein Rechtsstreit anhängig sei. Es bestehe jedoch nicht der geringste Zweifel, daß es sich bei den Diamanten um ihr persönliches Eigentum handle.
Gerade im Hinblick auf das schwebende Rechtsverfahren habe sie bei Verwahrung des Halsbandes größte Sorgfalt walten lassen. Nur weil sie befürchtete, der gegnerische Anwalt, ein gewisser Mr. Camperdown, könnte den Versuch unternehmen, dieses Streitobjekt an sich zu reißen, habe sie die schwere Eisenkassette anfertigen lassen. Wann sie das Halsband zuletzt gesehen habe? Am Abend vor der Abreise von Portray Castle. Damals befand es sich noch in der Schatulle. Sie habe alsdann die besagte Schatulle abgeschlossen. Mit eindrucksvoller Geste zeigte sie den Magistratsrichtern den Schlüssel. Die drei Laienrichter drehten den Schlüssel hin und her, natürlich nicht im Schloß, aber sie prüften ihn genau, denn sie fungierten ja als Untersuchungsrichter. Von ihnen hing es ab, ob dieser Fall »in Sachen gegen Unbekannt« an das zuständige höhere Gericht zu verweisen war – oder ob es ratsamer sei, das Verfahren einzustellen.
Nach Lizzie kam Miß Patience Crabstick an die Reihe. Sie machte ihre Aussage mit einer gewissen Zurückhaltung, die manches ungewiß erscheinen ließ, doch bestätigte sie im großen und ganzen die Angaben ihrer Herrin. Gewiß habe sie die Diamanten gesehen, aber nur einen Augenblick.
Miß Crabstick hatte nur wenig zu sagen, dennoch war der Polizeihauptmann von Carlisle, für den die ganze Welt nur aus Verdachtspersonen bestand, fest davon überzeugt, daß sie mehr wußte, als sie zu sagen beliebte. Auch Mrs. Carbuncle und Lord George hatten die Diamanten in Schloß Portray gesehen. Es könne keinerlei Zweifel darüber geben, daß sie sich in der Kassette befunden hatten. Lord George wies darauf hin, daß dieses Halsband eine unliebsame Publizität erlangt habe, vor allem durch den angedrohten und nun schwebenden Prozeß. So sei es durchaus möglich, ja sogar wahrscheinlich, daß man auch in den besseren Londoner Verbrecherkreisen mehr oder minder genaue Kenntnis vom Wert dieses Schmuckstücks gehabt habe. Der baumlange Thomas wurde nicht vernommen. Auf Antrag der Polizei beschloß das Magistratsgericht, ihn in Untersuchungshaft zu halten.

Endlich war es soweit, daß unsere kleine Reisegesellschaft Carlisle verlassen konnte. Man hatte im Zug nach London ein Abteil erster Klasse reserviert.
Als sich die Lokomotive mit viel Dampf in Bewegung setzte, sagte Lord George: »Dieser Polizeihauptmann glaubt doch ganz gewiß, daß ich der Täter bin!« Mrs. Carbuncle lachte. Lizzie erklärte, das sei ja geradezu absurd. Lucinda meinte, so was Komisches habe sie schon seit einer halben Ewigkeit nicht mehr gehört. »Und doch ist es eine Tatsache«, fuhr Lord George fort, »ich hab's dem Burschen angesehen. Offen gesagt, ich habe diese Verdächtigung als Kompliment aufgefaßt. Ich kann mich noch daran erinnern, wie vor ein paar Jahren in der Kathedrale von Barchester der Hostienteller, der Kelch und auch die silbernen Leuchter gestohlen wurden. Damals kam ein übergescheiter Bursche von der Polizei auf den genialen Einfall, es müsse wohl der Bischof gewesen sein, der diese Silbersachen geklaut habe!«
»Wirklich?« fragte Lizzie.
»Ja. Das liegt nun mal an der Art und Weise, wie so ein Polizeigehirn funktioniert. Ich möchte wetten, liebe Lizzie, daß schon jetzt irgendeiner dieser Büttel den Verdacht hat, Sie hätten Ihre eigenen Diamanten gestohlen, um dem Anwalt der Gegenseite ein Schnippchen zu schlagen.«
»Was könnte ich mit den Brillanten denn anfangen, wenn ich sie noch hätte?« fragte Lizzie.
»Na, ist doch klar, meine Liebe. Sie könnten das Halsband verkaufen. Für Gegenstände dieser Art findet sich immer ein Käufer.«
»Und wer würde gerade diesen bestimmten Gegenstand kaufen?«
»Verehrteste, falls Sie die Diamanten noch haben, lassen Sie den Verkauf meine Sorge sein. Natürlich müßte man dabei einen gewissen geographischen Abstand wahren. Das würde nicht ganz billig sein. Man könnte die Diamanten zum Beispiel in Wien verscheuern.«
»Also, dann machen wir's auf diese Weise«, sagte Lizzie. »Mein lieber Lord, ich erteile Ihnen hiermit den unehrenvollen Auftrag, nach Wien zu reisen.«
Alle lachten und hielten Lizzie für ein ausstellungsreifes Muster an Tapferkeit und Selbstbeherrschung, weil sie ihren schweren Verlust so leicht zu tragen wußte. »An sich hätte ich mir aus dieser Einbruchsgeschichte überhaupt nichts gemacht«, sagte Lizzie, »wenn ich das Halsband nicht gerade von meinem lieben verstorbenen Florian als Geschenk erhalten hätte. Ich hab' schon so viel Ärger mit diesen Steinen gehabt, daß mir ihr Verlust wie eine Erlösung vorkommt.«
Es war schon spät am Abend, zwischen zehn und elf Uhr, als der Zug in London ankam. Man begab sich zunächst in das Haus von Mrs. Carbuncle

in der Hertford Street. Aber schon am Bahnhof Euston Square, der übrigens nur dreimal so viel wie das Halsband gekostet hatte, hatte Lizzie ein paar Zeilen an ihren Vetter Frank Greystock gekritzelt, die sie durch Eilboten übermitteln ließ. Ja, vorsichtshalber hatte sie die gleiche kurze Mitteilung sogar an zwei Adressen geschickt: ans Unterhaus und an das Grosvenor Hotel, in dem sich Frank oft aufzuhalten pflegte. Die Mitteilung lautete: »Halsband gestohlen. Besuch mich morgen ganz früh! Wohne bei Mrs. Carbuncle in der Hertford Street.«

Frank erschien. Lizzie lag noch im Bett. Miß Crabstick teilte ihrer Herrin mit, daß sich Mr. Greystock seit kurz nach neun im Salon befände. Lizzie zog sich in aller Eile an, aber doch so, daß sie bei ihrem Wiedersehen mit Frank ihre äußeren Reize wunschgemäß spielen lassen konnte.

»Was ist also mit den Diamanten los?« fragte Frank, als sie ins Zimmer trat. Sie war ihm gleichsam entgegengeflogen und hing nun in seinen Armen, als wäre der Flug ihres Körpers und ihrer Seele eine spontane Äußerung, die sie nicht hatte verhindern können. »Du meinst doch nicht im Ernst, daß die Diamanten gestohlen sind?«

»Doch, Frank!«

»Auf der Reise?«

»Ja. In Carlisle. Im Hotel.«

»Die Schatulle und alles, was drin war?«

Sie erzählte ihm nun die ganze Geschichte, natürlich nicht die wahre, sondern nur die Version der Wahrheit, die bisher durchgesickert war.

»Und man hat die aufgebrochene Schatulle gefunden? Irgendwo auf der Straße?«

»In einem Gewölbe unter einem Eisenbahn-Viadukt.«

»Was meint die Polizei?«

»Weiß ich nicht. Lord George meint, daß man ihn für den Täter hält.«

»Immerhin wußte er ja von der Existenz des Halsbandes«, sagte Frank, als halte er die Vermutung der Polizei nicht für völlig abwegig.

»Natürlich wußte er Bescheid«, sagte Lizzie.

»Und nun? Was soll nun geschehen?«

»Das möchte ich ja von dir wissen.«

Frank erklärte, man müsse Mr. Camperdown sofort informieren. Er werde den Anwalt selbst aufsuchen, um ihm diese Mitteilung zu machen. Auch den Londoner Polizeipräsidenten werde er persönlich aufsuchen, obwohl er davon überzeugt sei, daß man bei Scotland Yard schon alle Einzelheiten auf dem Dienstwege erfahren habe. Trotzdem sei es wohl der Mühe wert, mit einem so hohen Polizeibeamten zu sprechen.

Lizzie war mit all diesen Vorschlägen einverstanden. So begab sich Frank zuerst in die Kanzlei von Mr. Camperdown. »Wenn *ich* 10000 Pfund

Sterling verloren hätte«, meinte der Anwalt, »hätte es mir das Herz gebrochen.« Und da sagt man immer, daß Juristen herzlos sind. Im übrigen wußte er auch nicht, daß das Herz von Lady Eustace keinen triftigen Grund zum Zerbrechen hatte.

Ehe der Januar vorüber war, hatte jedermann in London von dem Juwelen-Diebstahl in Carlisle gehört. Die meisten hatten überdies noch einige delikate Einzelheiten vernommen: Es sei kein gewöhnlicher Einbruch gewesen. Gerüchte schwirrten umher, man brauchte sie nur zu greifen. Allgemein war inzwischen bekanntgeworden, daß wegen dieser Juwelen ein Rechtsstreit anhängig war oder anhängig gemacht werden sollte, und zwar zwischen den Treuhändern des Eustace-Nachlasses als Klägern und Lady Eustace als Beklagter. Es gehörte auch zur Allgemeinbildung, daß jedermann wußte, daß Lord Fawn ursprünglich die »Halsband-Witwe« heiraten wollte, daß er sich dann aber diskret zurückgezogen habe, als er von den juristischen Streitigkeiten erfuhr.
In den Kreisen der High-Society bildeten sich sogar zwei Gruppen, die man als »Lizzieaner« und »Anti-Lizzieaner« bezeichnen konnte. Die »Lizzieaner« waren der Ansicht, man spiele der armen Lady Eustace, sprich Lizzie, übel mit. Die Diamanten seien wahrscheinlich ihr Eigentum gewesen. Lord Fawn hätte jedenfalls keinen Grund gehabt, von der geplanten Eheschließung Abstand zu nehmen. Interessanterweise standen alle »Lizzieaner« politisch im konservativen Lager. So war es auch nicht weiter verwunderlich, daß man bei den Konservativen den Standpunkt vertrat, ein junger Aristokrat wie Unterstaatssekretär Lord Fawn habe sich unschicklich benommen – was man ja leider Gottes von einem liberalen Junior-Minister erwarten mußte. Diese Haltung spiegelte sich auch in der Presse wider. Alle konservativen Zeitungen brachten Leitartikel, in denen Lord Fawn wegen seines Privatlebens angegriffen wurde. Dagegen stand die Regierung als geschlossene Phalanx auf seiten der »Anti-Lizzieaner«. Jeder Liberale war felsenfest davon überzeugt, daß es nichts auf Gottes weiter Welt gab, was so arglistig, böse, ehrvergessen, heimtückisch, hinterlistig, lügenhaft, ränkevoll, ruchlos und verlogen sei, daß man es Lady Eustace nicht zutrauen könnte.
Eine Zeitlang war Lady Glencora Palliser wohl die einzige Dame im liberalen Lager, die sich bemühte, die vielgeschmähte Lizzie zu verteidigen. Sie tat das mehr aus großzügiger Gesinnung als aus genauer Kenntnis der Fakten. Vielleicht auch noch aus einem anderen Grund: Instinktiv fühlte sie sich jeder Frau verbunden, die etwas tat, was aus dem Rahmen fiel. Aber schließlich mußte auch Lady Glencora klein beigeben. Im Interesse der liberalen Partei, die immerhin Regierungspartei war, mußte

sie nun einen Meinungswechsel vornehmen und überall erklären, daß es sich bei Lady Eustace wohl um ein unredliches Geschöpf handle.
Zum großen Teil basierten die Argumente der »Anti-Lizzieaner« natürlich auf der Geschichte mit den Juwelen. Aber es war Lizzie schon vorher gelungen, sich auf die eine oder andere Weise einen schlechten Ruf zu schaffen. Und so traute man ihr eben alles zu – in London und auch in Matching Priory, dem Landhaus der Pallisers, wo sich wieder einmal eine kleine, aber erlesene Gesellschaft versammelt hatte.
Lady Glencora hatte deswegen nur wenige Gäste nach Matching gebeten, weil der Herzog von Omnium ihre Einladung angenommen hatte. Der Erbonkel ihres Mannes war schon ein sehr alter Herr. Alle größeren gesellschaftlichen Veranstaltungen waren ihm verhaßt.
Zu den wenigen Gästen gehörte Lord Chiltern, der nun endlich die schöne Violet Effingham heimgeführt hatte. Da waren ferner Mr. Grey und seine Frau Alice, geborene Vavasor. Auch Madame Max Goesler war eingeladen, obwohl sich Lady Glencora ursprünglich geschworen hatte, alles zu tun, damit der Herzog und Madame nicht unter einem Dache weilten, zumindest nicht unter ihrem eigenen Dach in Matching Priory. Zu erwähnen wäre auch noch das Ehepaar Bonteen, das man wohl nur aus Gründen politischer Zweckmäßigkeit eingeladen hatte. Mr. Palliser war inzwischen Schatzkanzler geworden. Er hatte den wahrhaft revolutionären Plan, die Dezimalwährung in England einzuführen. Fortan sollte der englische Shilling nur noch zehn Pennies haben – und nicht zwölf wie bisher. Man hoffte erstens: Durch Einführung des Dezimalsystems ließe sich die Arithmetik der ganzen Welt vereinfachen. Man hoffte zweitens (und das war eine opportunistische Hoffnung aller liberalen Politiker, die gern an der Macht bleiben wollten): Von nun an würden alle Schuljungen, Kontoristen, Ladeninhaber und Börsenmakler den Namen Palliser mit gebührender Verehrung aussprechen. Aber das Unterfangen war schwierig: Das Duodezimalsystem, auf dem wahrscheinlich schon die ältesten Münzordnungen beruhten, war nicht so leicht durch das von der übrigen Welt bevorzugte Dezimalsystem zu ersetzen.
Mit dem Projekt dieser Münzreform hatte sich Palliser eine Arbeitslast aufgebürdet, unter der er fast zusammenbrach. Über dodekadischen und dekadischen Sorgen war sein Haar grau geworden. Sicher wäre es noch grauer geworden, wenn er sich nicht den betriebsamen Mr. Bonteen und zwei Privatsekretäre vom Schatzamt mit nach Matching Priory genommen hätte, die ihm bei seiner Arbeit halfen.
Die größte Schwierigkeit bei dieser geplanten Münzreform bildete übrigens die kleinste Münze, der *farthing*, die nur der vierte Teil eines Pennies war. Bis vor kurzem hatte man ihn aus Kupfer geprägt, dann hatte man das

Kupfer durch Bronze ersetzt. Dieser Ersatz war unauffällig in der Versenkung verschwunden. Nun aber wollte Palliser aus einem Viertelpenny im Rahmen seiner Münzreform einen Fünftelpenny machen. Dabei schien es unmöglich zu sein, dem Shilling seinen bisherigen Wert zu lassen, da er nunmehr statt aus 48 *farthings* aus 50 *farthings* bestehen sollte. Der arme Mr. Bonteen stöhnte, wenn er mit Parteifreunden ein traulich-vertrauliches Münzgespräch führte: »Diese zwei Extrafarthings werden mich noch ins Grab bringen.«
Und nun muß nach den Extrafarthings auch noch ein Extragast erwähnt werden: Lord Fawn. Auf ausdrücklichen Wunsch liberaler Politiker hatte Lady Glencora ihn eingeladen, da man im Regierungsviertel in Whitehall der Ansicht war, der edle und nun halsbandlose Lord bedürfe ihrer tröstenden Gastlichkeit in besonderem Maße wegen seiner »seelischen« Schwierigkeiten.
Im Gegensatz zu seinen Parteifreunden war Plantagenet Palliser viel zu sehr in die großen wirtschaftlichen Probleme seiner Zeit und in seine Münzreform vertieft, um sich für die Halsband-Affäre zu interessieren. Alle anderen Gäste hatten jedoch nur *ein* Gesprächsthema: die Juwelen von Lizzie, von denen man annahm, daß sie – so oder so – nicht mehr ihre Juwelen waren. Besonders der alte Herzog von Omnium wollte sofort über jede kleinste neue Entwicklung in dieser Affäre informiert werden. Gott sei Dank war er dabei nicht auf die gewöhnliche Briefpost angewiesen. Unter den Gästen gab es auch einige, die sich alle Halsband-Neuigkeiten durch Depeschen von London nach Matching übermitteln ließen. Zwischen dem Schatzamt und dem Landsitz des Schatzkanzlers wurden natürlich ständig telegraphische Meldungen und Memoranden ausgetauscht, und zwar so viele, daß Lord Fawns privates Interesse an der Halsband-Affäre erst mit einiger Verspätung hätte befriedigt werden können. Aber Lady Glencora hatte dafür gesorgt, daß die »Halsband-Depeschen« Vorrang vor allen anderen Telegrammen hatten – auch vor jenen, die sich auf das Schicksal der zwei Extrafarthings bezogen.
Eines schönen Tages traf nun in Matching Priory eine sensationelle Depesche ein: Die Polizei hatte Lady Eustace und Lord George um Erlaubnis gebeten, eine Hausdurchsuchung in den von ihnen bewohnten Räumlichkeiten vorzunehmen. In beiden Fällen war die Genehmigung verweigert worden.
Diese Nachricht stammte aus einer Quelle, von der es in den Tageszeitungen heißen würde: »Wie wir von gut unterrichteter Seite erfahren ...«
Auf die Depesche folgte ein langer Brief mit allen Einzelheiten. Absender war Barrington Erle, ein Minister-Kollege von Mr. Palliser. Der Brief war an Lady Glencora gerichtet. Da hieß es nun: Lord George habe dem

Polizeibeamten, der zur Durchsuchung bei ihm erschien, in sehr deutlicher Weise erklärt, niemand dürfe in seiner Wohnung auch nur den geringfügigsten Gegenstand anrühren, ohne daß die Durchsuchung von der zuständigen Behörde angeordnet sei. Wörtlich habe sich Lord George wie folgt geäußert: »Sollte ein Magistratsrichter so verwegen sein, einen derartigen Durchsuchungsbefehl auszustellen, dann ist das seine Sache. In diesem Fall handelt der betreffende Richter nach eigenem Ermessen, doch auf eigene Gefahr.« Inwieweit diese letzten Worte eine Drohung darstellten, war nach Ansicht von Barrington Erle eine Frage, die man den Juristen überlassen müsse. In dem Brief an Lady Glencora hieß es dann weiter: »Nach den mir zugegangenen Berichten soll sich Lord George wie ein Wahnsinniger benommen haben, dem vor Entrüstung der Kragen platzt.« Hingegen sei die arme Lizzie sofort in Ohnmacht gefallen, als man sie höflich darum bat, sich mal ein wenig in den von ihr bewohnten Räumen umschauen zu dürfen. Kaum sei sie wieder zu Bewußtsein gelangt, habe man abermals das Ersuchen an sie gestellt, eine Durchsuchung vorzunehmen. Sie habe dann erklärt, der Polizeibeamte habe nichts in ihren Räumen herumzuschnüffeln, wobei sie hinzufügte, diesen Rat habe ihr Mr. Frank Greystock gegeben, ihr Vetter, der ein hohes Tier sei, erstens als Unterhausabgeordneter und zweitens als Prozeßanwalt. Barrington Erle bemerkte dann noch abschließend, offensichtlich habe die Polizei unverantwortlich gehandelt. Eine Durchsuchung sei nur zulässig bei denjenigen Personen, die als Täter, Teilnehmer, Begünstigende oder Hehler verdächtig seien. Die Anordnung einer Durchsuchung stehe aber nicht der Polizei zu, sondern in aller Regel nur einem Richter. Aufgrund der bisher vorliegenden Untersuchungsergebnisse würde indessen wohl kein Magistratsrichter einen Durchsuchungsbefehl erlassen.

Nun muß allerdings zur Ehrenrettung der Polizei erwähnt werden, daß der Beamte, der bei Lord George erschien, überhaupt nicht das Ansuchen gestellt hatte, dessen Wohnung und die ihm gehörigen Sachen zu durchsuchen. Mr. Bunfit, so hieß der Mann von Scotland Yard, hatte jedoch Lord George de Bruce Carruthers mehrfach mit seinem Besuch beehrt. Das hatte Lord George mißfallen. Er hatte daher zu Mr. Bunfit gesagt: »Wenn Sie die Güte haben, mir mitzuteilen, was Sie hier eigentlich im doppelten Sinn des Wortes zu suchen haben, wäre ich Ihnen sehr verbunden.«

Darauf Bunfit: »Was wir suchen, Mylord, sind die Diamanten!«

»Glauben Sie, daß ich sie habe?«

»Ein Mann in meiner Position glaubt nichts. Grundsätze muß der Mensch haben. Ich gebe mich nur mit Verdachtsgründen ab, mit der Ergreifung des Verdächtigen, mit der Auffindung von Beweismitteln.«

»Sie vermuten also, daß ich die Diamanten gestohlen habe?«

»Nein, Mylord! Das hab' ich nicht gesagt. Aber es passieren schon tolle Dinge. Wir leben in einer verrückten Zeit. Hab' ich recht?«

Der Besuch von Mr. Bunfit hatte also nichts mit einer Durchsuchung im technisch-juristischen Sinn zu tun. Er wollte nur »ermitteln«, ob Seine Lordschaft gleich am Tag nach der Ankunft in London die Juwelierfirma Harter & Benjamin aufgesucht habe. Das war eine sehr angesehene Firma, nur nicht in den Augen der Polizei, die auch in diesem Fall vermutete, daß sich Harter & Benjamin kein profitbringendes Geschäft entgehen ließen und aus Geschäftsprinzip keine verfänglichen Fragen über die Herkunft der ihnen zum Verkauf angebotenen Wertsachen stellten.

Lord George war ein harter Brocken für einen mittleren Beamten von Scotland Yard. Die arme Lizzie war weniger hart. Das zeigte sich, als sie am Dienstag, den 30. Januar, im Hause von Mrs. Carbuncle den Besuch von Mr. Bunfit erhielt. Sie war schon mehrfach von verschiedenen Polizeibeamten verhört worden, aber bisher war es immer nur um die Frage gegangen, ob sie das Halsband nicht etwa verlegt hätte. Nun war alles anders. Als Mr. Bunfit zum fünften oder sechsten Mal bei ihr erschien, schlug er vor, sie möge ihm doch gestatten, mit Hilfe einer von Scotland Yard eigens für diesen Zweck engagierten Dame alle Schubladen, Schachteln, Kleiderschränke und Wäscheschränke, ferner alle verschlossenen Behälter und so weiter und so weiter zu durchsuchen. Er begründete diesen Vorschlag so: »Vielleicht haben Ihre Ladyschaft, man weiß ja nie, diese Steine verlegt, und man weiß nicht wo . . .«

Lady Eustace und Mrs. Carbuncle saßen an jenem Dienstag gemeinsam im Salon, als Mr. Bunfit seine etwas ungewöhnliche Erklärung abgab. Mrs. Carbuncle war die erste, die Protest erhob. Wenn Mr. Bunfit etwa glaube, er könne in ihrem Haus herumschnüffeln, sagte sie eisig, dann sei er auf dem Holzweg. Niemand wisse, was sie, Mrs. Carbuncle, wegen dieses Halsbandes habe mitmachen müssen. Das müsse nun endlich aufhören. Ihrer Meinung nach hätte die Polizei jeden einzelnen Diamanten schon längst finden müssen, aber auf die heutige Polizei sei ja kein Verlaß. Auf alle Fälle sei dieses Haus in Mayfair ihr eigenes Haus. Sehr deutlich gab sie Mr. Bunfit zu verstehen, daß weitere Besuche von ihm unerwünscht seien. Aber Mr. Bunfit zeigte sich nicht gekränkt, als Mrs. Carbuncle all ihren Unmut über ihn als kummergewohnte Obrigkeitsperson ausschüttete. Mit aller Ruhe machte er den Kompromißvorschlag, vielleicht habe die gnädige Frau nichts dagegen, wenn er die Durchsuchung ausschließlich auf die von Lady Eustace bewohnten Räume beschränke. Dazu gab Mrs. Carbuncle ihre Einwilligung.

Doch kaum war ihr das Wort entfahren, möcht' sie's im Busen gern bewahren. Bisher war Lizzie sehr tapfer gewesen. Oft hatte sie fast schon die Grenze ihrer Standhaftigkeit erreicht, oft hatte ihr Herz fast schon stillgestanden. Aber sie hatte nicht nachgegeben und hatte schweigend alles über sich ergehen lassen. Sie stand – und das war das Schlimmste – in all ihrem Elend allein. Es gab keinen Ausweg. Man könnte mit einem völlig verfehlten Bild sagen, daß ihr die Edelsteine wie ein Mühlstein um den Hals hingen. Und doch war sie beharrlich geblieben und hatte nichts enthüllt. Aber nun, als Mrs. Carbuncle ihre Zustimmung gab, war sie der Verzweiflung nahe. Sie wollte etwas sagen, aber ihr Hals war wie zugeschnürt, vielleicht wegen des Mühlsteins. Sie hatte das Gefühl, ihr Herz könne jeden Augenblick in tausend Scherben zerspringen. Sie streckte ihre Hände aus und war unfähig, sie wieder in ihre ursprüngliche Stellung zurückzubringen. Sie wußte, daß sie sich durch ihre Schwäche selbst verriet. Sie hörte, wie dieser Mann, dieser Mr. Bunfit, sagte, das Ganze sei ja eine bloße Formsache, man wolle doch nur feststellen, ob es sich hier nicht um einen Irrtum handle, wie er ja so oft . . .

Bei den Worten: »wie er ja so oft . . .« fiel Lizzie in Ohnmacht. Sie preßte eine Hand an ihr Herz. Sie rang nach Atem. Dann sank sie auf dem Sofa nieder, das ihr bisher nur als Sitzfläche gedient hatte.

Vielleicht hätte sie überhaupt nichts Besseres tun können. Die Ohnmacht war nicht vorgetäuscht. Und wäre sie es gewesen, hätte Lizzie eine erstaunliche Fähigkeit zum Simulieren offenbart. Nein, die Ohnmacht war echt, so echt, wie die Steine, nach denen Mr. Bunfit fahndete.

»Ich glaube, es ist das beste, wenn Sie sich jetzt entfernen«, sagte Mrs. Carbuncle. Dabei hatte auch ihre Stimme ein so junonisches Volumen, daß sie von Mayfair bis Scotland Yard vernehmbar war.

»Ich bleib noch ein bißchen«, sagte der unerschütterliche Mr. Bunfit, um dann im besten Polizeistil fortzufahren: »und werde ich ihr kein Leid antun.«

Eine kurze Pause obrigkeitlichen Nachdenkens, dann fuhr Mr. Bunfit fort: »Passiert schon oft, kann man ja auch verstehen, daß unsere geschätzten Kunden schon zusammenbrechen, wenn sie uns nur sehen. Ja, ja, damit muß man sich abfinden, wenn man in unserer Branche tätig ist. Etwas mehr Luft würde der Lady bestimmt nicht schaden, meine ich gehorsamst sagen zu dürfen. Auch ein wenig Wasser, nur ein paar Tropfen, nicht kübelweise! Sonst muß sich ja das arme Geschöpf vor lauter Nässe gleich nach der Ohnmacht umziehen. Ist ja nicht nötig!«

Bunfits Ratschläge basierten gewiß auf langjähriger Erfahrung. Allmählich kam Lizzie wieder zu Bewußtsein. Sie öffnete die Augen. Instinktiv faßte sie sich an die Brust. Ob wohl der Schlüssel noch da war? Er war da. Aber ebenso instinktiv wußte sie, daß sie sich verraten hatte. Mrs. Carbuncle war nichts aufgefallen, aber dem geschulten Auge von Bunfit

war dieser Griff an die Brust nicht entgangen. Zwar dachte er nicht gleich daran, daß sie die Diamanten in einem Schubfach ihres Schreibtisches verborgen hatte, aber irgendwas stimmte nicht, irgendwas hatte sie verborgen. Sicher hatte sie ein Geheimnis in ihrem Busen verschlossen. Aber auf dem Busen war noch etwas, was seinen Verdacht erregte. Vielleicht war es ein Dokument, das ihn auf die richtige Spur bringen konnte. Was sollte er tun? Zu einer Durchsuchung war er nicht berechtigt, vor allem nicht zu einer Durchsuchung der Person. »Ihre Ladyschaft wird sich bald besser fühlen«, sagte er so liebenswürdig, wie man es von einem gewiegten Menschenkenner der Kriminalpolizei erwarten konnte. Das waren prophetische Worte. Lizzie versuchte, diese wohlgemeinte Prophezeiung mit einem dankbaren Lächeln zu quittieren.
Mrs. Carbuncle lächelte nicht. »Wäre es nicht an der Zeit, Mr. Bunfit, daß Sie sich verabschieden?«
Lizzie schloß sich ihrer Vorrednerin an: »Ja, ich brauche jetzt Ruhe.«
»Wir wollen Ihre Ladyschaft nicht belästigen«, sagte Mr. Bunfit, »nein, wollen wir nicht. Es genügt, wenn Sie uns jetzt Ihre Schlüssel geben. Ihr Fräulein Zofe kann bei uns bleiben. Und Sie können sich ausruhen. Nichts wird verschoben, nichts verlegt. Ich sag's ja immer: Auf die englische Polizei kann man sich verlassen, Bobby bleibt Bobby!«
Lizzie war noch immer todübel zumute. Sie hatte ein Gefühl, als müsse sie sich jeden Augenblick übergeben. Aber sie verspürte keine Veranlassung, ihre Schlüssel dem Mann von Scotland Yard zu übergeben. Schon hatte sie sich einen guten Grund ausgedacht, warum sie es nicht tun wollte; aber sie sagte noch nichts. Mr. Bunfit kam ihr zuvor. »Ich verlange es ja nicht, Lady Eustace, nein, tue ich nicht, aber ich würde Ihrer Ladyschaft doch dazu raten, würde ich.«
»Bedaure sehr«, sagte Lizzie, »aber ohne vorherige Konsultierung meines Vetters, Mr. Greystock, kann ich nichts erlauben oder verbieten.« Nachdem ihr diese brauchbare Ausrede eingefallen war, blieb sie auch dabei. Der Mann von Scotland Yard brachte viele Gründe vor, warum sie ihm doch die Schlüssel oder den Schlüssel aushändigen sollte. Es könne ihr doch nicht schaden. Dagegen könne die Verweigerung seiner Bitte allerlei bedauerlichen Verdacht erregen – und nicht nur bei ihm. Aber Lizzie wußte jetzt ihre Antwort. Sie war kein Rotkäppchen und wich nicht vom Wege ab, den sie sich nun einmal vorgenommen hatte. Sie habe ihren Vetter immer um Rat gefragt, sie habe auch immer seinen Rat befolgt. Er habe sie stets davor gewarnt, voreilige Schritte zu unternehmen, ehe sie mit ihm gesprochen habe. Auch diesmal werde sie nichts ohne seine Zustimmung tun. Wenn Mr. Bunfit sich die Mühe machen würde, Mr. Greystock aufzusuchen, und wenn Mr. Greystock dann zu ihr kommen würde mit dem Rat, sie solle

doch dem Ersuchen von Mr. Bunfit stattgeben, dann werde sie's auch tun.
Als sie diese kleine Ansprache an den würdigen Vertreter von Scotland Yard hielt, fühlte sie sich nicht wohl. Dieses Unwohlsein hatte jedoch den Fluß ihrer Rede in keiner Weise gehemmt und sie auch nicht nachgiebiger gestimmt. So mußte Mr. Bunfit das Haus von Mrs. Carbuncle unverrichteterdinge verlassen. Lizzie hatte ihm auch nicht den kleinen Finger gereicht, jenen kleinen Finger, von dem er wußte, daß er mehr an ihrem Körper berührt hatte, als die neugierigen Herren in Scotland Yard erfahren sollten.
Und doch war Mr. Bunfit mit dem Erfolg seiner Arbeit an diesem Vormittag offensichtlich zufrieden. Er hatte nicht damit gerechnet, daß er bei Lady Eustace den großen Fang seines Lebens machen würde. Als sie in Ohnmacht fiel, hatte er gewußt, daß sie ihm die Durchsuchung der von ihr bewohnten Räume nicht gestatten würde. Nun hatte er jedoch auch nicht den geringsten Zweifel, daß die gnädige Frau sich schuldig fühlte. Er war überzeugt, daß sie mehr wußte, als sie zu wissen vorgab.
Im übrigen hatte die Untersuchung nichts Konkretes ergeben. Der baumlange Diener Thomas, den man in Carlisle zurückgelassen hatte, war bereits aus der Haft entlassen worden. Man hatte nichts aus ihm herausholen können, obwohl die Untersuchung ergab, daß er mit übelbeleumundeten Individuen in näherem Umgang stand. Nun forderte der freche Lümmel sogar Entschädigung für unschuldig erlittene Untersuchungshaft. Bunfit war der Ansicht, daß sich das Diamanten-Halsband entweder in den Händen von Lord George befand oder in einem Geldschrank von Harter & Benjamin. Er glaubte ferner, daß Lady Eustace das Halsband an Lord George weitergegeben habe, um es auf diese Weise vor dem Zugriff der Anwaltsfirma von Mr. Camperdown oder vor dem Zugriff des Gerichts zu sichern. Vor allem war er fest davon überzeugt, daß eine Liebesbeziehung zwischen Lord George und der Lady bestand.
Aber leider stand Bunfit mit seiner Ansicht nahezu allein. Es gab in Scotland Yard einige Detektive – auf die man große Stücke hielt und die auch in der Hierarchie über ihm standen –, denen diese »Lösung« des Falls nicht so recht einleuchten wollte. Sie stellten sich auf den Standpunkt, mit einer an Sicherheit grenzenden Wahrscheinlichkeit seien zwei äußerst erfahrene und in Verbrecherkreisen bekannte Einbruchsspezialisten am Werk gewesen. Einer davon sei sicher ein Mann namens Smiler, ein Gentleman, von dem man in den zuständigen Dezernaten von Scotland Yard nur in den höchsten Tönen der Bewunderung sprach. Der andere sei sicher Billy Cann, ein ganz kleiner Dieb, klein aber nur im körperlichen Sinn, im übrigen einer der besten Fachleute, die es je in der Londoner

Unterwelt gegeben hatte – zumindest seit den dunklen Tagen von Jonathan Wild, gehängt anno 1725.
Inzwischen war die Geschichte mit dem Halsband zu einer Haupt- und Staatsaktion geworden, mit der sich die großen Londoner Zeitungen ausführlich befaßten. Anfangs wurde nur angedeutet, dann aber wurden die Vorwürfe von Tag zu Tag unverhüllter: Ganz offen wurde nun erklärt, da sähe man doch wieder einmal, wie inkompetent die Polizei sei und wie schwerfällig sie arbeite.
Man wußte in London auch recht genau über die Klage Bescheid, die von der Anwaltsfirma Camperdown eingereicht worden war. Einige Zeitgenossen bewunderten den Eifer und den juristischen Scharfsinn, mit dem Mr. Camperdown namens und im Auftrag der Eustace-Treuhänder die Rückgabe des Halsbandes zu erreichen suchte. Andere Zeitgenossen bewunderten den Mut, die Energie und die Beharrlichkeit, mit der Lady Eustace bisher die Herausgabe des Halsbandes verhindert hatte. Es versteht sich von selbst, daß ihr damals ihr Vetter Frank Greystock mit Rat und Tat zur Seite stand. Dabei handelte er gutgläubig. Er hegte auch nicht den geringsten Argwohn, daß ihn Lizzie etwa getäuscht habe. Für ihn stand einwandfrei fest, daß es sich bei dem Einbruchdiebstahl um ein Verbrechen handelte, das sozusagen *bona fide* begangen worden war. Er glaubte fest daran, daß Lizzie tatsächlich ihren Schmuck verloren hatte. Allmählich hatte er sich zu der Überzeugung durchgerungen, daß der von Mr. Camperdown erhobene Anspruch unberechtigt sei. Er fand auch, daß sich Lord Fawn in dieser Angelegenheit schmählich benommen habe. Als er nun hörte, daß man seine Cousine Lizzie mehr oder minder vage und zugleich mehr oder minder deutlich verdächtigte, als er nun hörte, daß Lord Fawn diesen Verdacht nicht nur in seinem Busen genährt, sondern ihn bei jeder Gelegenheit anderweitig unterstützt hatte, geriet er in einen Zorn, wie er sonst eigentlich nur bei den homerischen Helden gang und gäbe war. Er machte nun Äußerungen über Lord Fawn, die hart an der Grenze der Beleidigung lagen. Ihm erschien es als Gipfel der Gemeinheit, daß man es wagte, seine arme Cousine Lizzie nur deswegen zu verdächtigen, weil ihr einige Halunken der Londoner Unterwelt das Halsband gestohlen hatten. Kaum jemand ging in seinen Vorwürfen gegen Scotland Yard so weit wie Frank Greystock. Was ihn dabei am meisten ärgerte, war der Umstand, daß man nun behauptete – wahrscheinlich stammte diese »Information« von Scotland Yard –, man habe das Halsband überhaupt nicht gestohlen. Er befaßte sich so eingehend wie möglich mit diesem Fall, der drauf und dran war, sich zu einer *cause célèbre* auszuwachsen. Er ging sogar so weit, John Eustace, den Schwager von Lizzie, zu fragen, was er nun zu tun gedenke.
»Mein lieber Frank«, sagte John Eustace, »wenn dir dieses Halsband

genauso zum Halse heraushängen würde wie mir, würdest du diese verdammten Brillanten überhaupt nicht mehr erwähnen.«
Greystock erwiderte, er könne diese Haltung durchaus verstehen. Dennoch fühle er sich moralisch verpflichtet, seine arme Cousine Lizzie nach besten Kräften zu verteidigen.
»Was mich betrifft«, unterbrach ihn John, »brauchst du sie überhaupt nicht zu verteidigen, denn ich habe sie niemals angegriffen. Ich habe nie etwas gegen sie gesagt. Als sie mich sprechen wollte, habe ich sie in Portray Castle aufgesucht. Von mir aus kann sie das Halsband tragen, sooft sie will – vorausgesetzt, daß sie es zurückerhält. Ich will mich in diese Geschichte nicht einmischen, weder *für* sie, noch *gegen* sie.«
Nach diesem vertrauten Gespräch begab sich Frank Greystock zu Mr. Camperdown. Aber die Aussprache mit dem Anwalt verlief unbefriedigend. Mr. Camperdown erklärte lediglich, er handle im Auftrage seiner Mandanten. Als Jurist habe er ihre Interessen zu vertreten. Über den Diebstahl des Halsbandes wolle er sich nicht äußern. Das sei eine Angelegenheit, mit der sich nur die Polizei zu befassen habe.
Bei seiner Rückkehr nach Scotland Yard hatte Mr. Bunfit eine Unterredung mit Major Mackintosh, einem der allerhöchsten Beamten der Londoner Kriminalpolizei.
»Na, Bunfit, da haben Sie also nun die Lady aufgesucht?«
»Jawohl, Sir, das habe ich getan.«
»Und mit welchem Ergebnis?«
»Sie fiel in Ohnmacht, Sir. Tun die Weibsbilder ja immer.«
»Ich nehme an, Sie haben keine Durchsuchung vorgenommen?«
»Nein, Sir. Keine Durchsuchung. Die Lady wollte nichts davon wissen.«
»Hab' ich mir gleich gedacht.«
»Ich hab' auch nicht gedacht, daß sie mir eine Durchsuchung erlauben würde. Aber ich will Ihnen etwas sagen, Herr Major. Das Frauenzimmer weiß alles. Die Lady ist genau im Bilde.«
»Sie glauben, Bunfit, daß die Lady Bescheid weiß, was mit den Diamanten geschehen ist?«
»Und ob sie das weiß, Sir. Da hat sie doch was irgendwo in diesem Haus verschlossen. Da bin ich mir ganz sicher. Und das sind erschwerende Umstände ... Ich meine: ein erschwerendes Rätsel. Irgendwas stimmt da nicht. Wenn wir bloß eine Chance hätten, Sir, ihr etwas näher ...«
»Was meinen Sie, Bunfit?«
»Ich meine, wenn wir ihr doch etwas näher auf den Leib rücken könnten. Ich meine das ganz wörtlich, Sir. Ich will nicht Bunfit heißen, wenn sich die Lady nicht irgendwas um den Leib gebunden hat ... irgendwas ... Man weiß ja nie ...«

»Ja«, sagte Major Mackintosh, »in diesem Punkt sind wir absolut einer Meinung, Bunfit. Man weiß ja nie ... Und davon leben wir. Wir alle bei Scotland Yard. Sie, mein lieber Bunfit – und ich auch.«

»Man weiß ja nie«, dachte auch Lucinda Roanoke, die junge Juno, als sie sich schließlich doch mit Sir Griffin Tewett verlobte, der nun ihretwegen hin und wieder im Haus von Mrs. Carbuncle in der Hertford Street auftauchte. Man hatte auch schon ein Datum für die Hochzeit festgelegt. Aber immer wieder kam es bei dem Liebespaar zu weniger liebevollen Zänkereien. Alles begann mit einem harmlosen Wortwechsel. Schließlich knallte Sir Griffin die Tür hinter sich zu, um seine unwiderstehliche und unausstehliche Männlichkeit zu beweisen. Dann erschien Lord George als Friedensrichter. Sir Griffin hatte sich wieder gefaßt und nuschelte ein paar entschuldigende Worte. Mrs. Carbuncle verhielt sich bei diesen Auftritten erstaunlich ruhig, vor allem wenn man bedenkt, daß damals auch ohne das zänkische Liebespaar ihr Leben nicht eitel Wonne war. Selbst Lizzie vermied jede Einmischung. Sie hatte das Gefühl, unter den gegebenen Umständen auch nicht auf eine einzige befreundete Seele verzichten zu können. Nur zu oft war es das »gestohlene« Halsband, das den Anstoß zu den Streitigkeiten zwischen Sir Griffin und Lucinda gab. Ihm paßte die ganze Geschichte nicht. Mehr als einmal hatte er Mrs. Carbuncle zu verstehen gegeben, daß ihr Gast, Lady Eustace, von der Polizei verdächtigt werde. Weswegen, das erwähnte er nicht weiter. Er sagte nur, unter diesen Umständen wäre es das beste, wenn Lady Eustace das Haus so rasch wie möglich verließe.

Aber Mrs. Carbuncle war nicht dafür, daß Lizzie ausziehen sollte. Auch Lord George de Bruce Carruthers war dagegen.

Sir Griffin ließ nicht locker: »Die Leute behaupten tolle Dinge«.

»Allerdings«, sagte Mrs. Carbuncle. »Mir ist es unverständlich, daß man derartige Behauptungen ungestraft aussprechen darf. Wie ich höre, tuschelt man sogar, Lord George habe die Diamanten gestohlen.«

»Glatter Unsinn!«

»Gewiß, Sir Griffin. Aber auch die andere Behauptung ist Unsinn. Ich meine, daß Lady Eustace ihre eigenen Diamanten gestohlen hat.«

»Und doch sehe ich nicht ein, was es für einen Sinn hat, Lady Eustace weiter in Ihrem Haus wohnen zu lassen. In meiner besonderen Stellung habe ich ein Recht, gegen ein weiteres Verbleiben von Lady Eustace in diesem Haus zu protestieren.«

»In meiner besonderen Stellung«, wiederholte Lucinda und äffte dabei den Ton ihres Verlobten nach. »Wie das klingt!«

»Es klingt, wie es klingen soll. Wenn ich dich heirate ... als künftiger

Ehemann kann es mir nicht gleichgültig sein, mit was für Leuten du zusammenlebst!«
Lucinda: »Immerhin hast *du* mit Lady Eustace auf Schloß Portray sehr nett ›zusammengelebt‹ – als ihr Gast!«
Sir Griffin spielte nun den Kavalier: »Ich bin nur deinetwegen nach Portray Castle gegangen.«
Lucinda: »Ich wollte, du wärst nicht gekommen!«
In diesem Augenblick betrat Lord George den Salon. Lucinda sprach weiter. Lord George sollte hören, wie rüpelhaft sich sein Schützling aufführte. »Sir Griffin hat eben gesagt, meine Tante müsse Lady Eustace aus dem Haus werfen.«
»Nein, so war das nicht gemeint«, erklärte Sir Griffin und bemühte sich zu lachen. Der Versuch mißlang.
»Stimmt!« sagte Lucinda und wandte sich an Lord George. »Ich will nicht behaupten, daß er selbst die arme Lady Eustace verdächtigt. Aber er meint, die Freunde meiner Tante müßten wie Caesars Weib sein: erhaben über jeden Verdacht.«
Sir Griffin: »Wenn du dich um Dinge kümmern würdest, die dich was angehen, wär's besser für uns alle. Mich wundert nur, daß dich Mrs. Carbuncle nicht vor die Tür setzt. Ich hätte es garantiert getan, wenn dies mein Zimmer wäre.«
Lucinda: »Ich nehme an, daß ich mit Mrs. Carbuncle reden kann, wie mir der Schnabel gewachsen ist. Oder irre ich mich da? Jedenfalls wird dich Miß Lucinda Roanoke nicht heiraten!«
Sir Griffin: »Ich glaube, daß Miß Lucinda Roanoke niemanden heiraten wird, jedenfalls nicht zum gegenwärtigen Zeitpunkt!«
Und mit diesen Worten verließ Sir Griffin den Raum und zermalmte noch einige Silben verbittert zwischen den Zähnen.
Unmittelbar nach seinem stürmischen Abgang trat Lizzie ins Zimmer, mit langsamen Bewegungen, lautlos wie ein Geist. Ihre Wangen waren blaß, ihr Haar sah zerrauft aus. Sie machte, wie eigentlich immer in letzter Zeit, den Eindruck einer Kranken. Mit krampfhaftem Lächeln, das vor Schwäche auf den Lippen fast zerbrach, begrüßte sie Lord George. Dann ließ sie sich auf dem Sofa nieder und kuschelte sich in eine Ecke. Sie fragte Lord George, ob er schon die Geschichte von der beabsichtigten Hausdurchsuchung gehört habe. Dann bat sie Mrs. Carbuncle, diese Geschichte mit allen Einzelheiten zu erzählen.
»Wenn das so weitergeht«, sagte Lizzie, »werd' ich's nicht überleben.«
»Gegen mich hat das gleiche Kesseltreiben begonnen«, tröstete sie Lord George. »Ich möchte wetten, vor dem Haus wartet schon ein Mann von der Polizei, um festzustellen, wann ich das Haus verlasse. Möglicherweise

beobachtet er mich schon von einem Fenster auf der anderen Straßenseite aus. Zum Teufel auch! Ich kann überhaupt nur noch an diese verdammten Diamanten denken. Ich wollte, ich hätte sie wenigstens in meinem Besitz. Wäre immerhin eine kleine Entschädigung für alles, was ich jetzt durchmachen muß.«

»Ich wollte auch, es wären Ihre Diamanten, nicht meine«, sagte Lizzie.

»Und wenn sie mir gehörten, was dann? Keine Ahnung, was ich mit einem Halsband anfangen könnte. Auch darüber mach' ich mir ständig Gedanken. Ich überlege mir, was ich mit diesem gottverfluchten Halsband täte, wenn ich es gestohlen hätte. Sicher würd' ich das verdammte Zeug über die nächste Brücke in den nächsten Fluß werfen, von mir aus in die Themse. Nur fürchte ich, daß mich das Auge des Gesetzes auch dabei beobachten würde. Nein, meine Liebe, ich befinde mich auch nicht in einer beneidenswerten Lage. Wenn ich diese Diamanten tatsächlich hätte, würde mich schon ihr schieres Gewicht zu Boden drücken. Und der Umstand, daß ich Lord bin, macht die verdammte Angelegenheit noch verdammter. Wie gern würde man hören, daß es ein Lord war, der das Halsband geklaut hat!«

Lizzie lauschte diesem durch ein paar Flüche gelockerten Wutausbruch mit zunehmender Verwunderung. Da war ein großer starker Mann, ein Freibeuter, Byrons »Korsar« in Fleisch und Blut übersetzt, und ein bloßer Verdacht hatte ihn total erledigt. Hatte sie nicht tausendmal mehr Gründe, nun zerschmettert am Boden zu liegen? Die Edelsteine ruhten oben in einem Fach ihres Sekretärs. Auch bei ihr war die Polizei erschienen. Sicher wurde sie immer noch beschattet, auf Schritt und Tritt. Spione ringsum! Sie saß grübelnd in der Sofaecke.

Mrs. Carbuncle verließ das Zimmer. Lucinda folgte ihr.

Sie sah es, wagte es aber nicht, sich ihnen anzuschließen. Sie hatte das Gefühl, als wären ihre Beine gelähmt.

Nun war sie mit ihrem Korsar allein im Salon.

Er ging auf sie zu und beugte sich über sie: »Und nun möchte ich von Ihnen alles erfahren, alles, was Sie wissen ...« Er sagte diese Worte mit seiner tiefen, männlichen, leicht schleppenden Stimme, die sie schon bei ihrer ersten Begegnung auf so seltsame Art berührt, eingelullt und zugleich mit ehrfürchtiger Scheu erfüllt hatte.

Er wartete auf ihre Antwort, vielleicht eine Minute lang. Er sah sie mahnend an, ehe er seine Aufforderung wiederholte. Auch ihr erschien diese Minute des Schweigens wie eine Ewigkeit. Mit jeder Sekunde spürte sie, wie ihre letzte Kraft unter seinem bohrenden Blick zerbröckelte. Allmählich zog ein grimmiges Lächeln über sein Gesicht. Kein Zweifel, daß er ihre innersten Gedanken zu lesen vermochte. Und auf einmal nannte er sie bei ihrem Vornamen, was er noch nie getan hatte.

»Hör mal, Lizzie«, sagte er, »wie wär's, wenn du mir alles erzähltest? Alles! Du weißt ja Bescheid.«

»Bescheid? Worüber?«

Er verstand diese beiden Worte, obwohl sie fast unhörbar geflüstert waren.

»Bescheid über das verdammte Halsband. Was ist da vorgegangen? Wo ist es jetzt? Und wie hast du das alles bloß angestellt?«

»Ich habe nichts angestellt.«

»Aber du weißt, wo die Brillanten nun sind?« Er machte abermals eine kleine Pause und starrte sie an mit diesem unheilvollen grimmigen Lächeln. Ihr schien es, als zeigte sich in seinen Zügen wieder jene ungezügelte Wildheit, die sie früher gefürchtet und – bewundert hatte. Wenn er sich gegen mich wendet, was dann? Wenn er gemeinsame Sache mit der Polizei macht, was dann?

Schließlich brach er das Schweigen. »Du weißt, wo die Diamanten sind. Raus mit der Sprache! Wenn du *mir* nicht alles erzählst, mußt du es einem anderen erzählen. Also, zier dich nicht! Es wird schon viel zuviel bei dieser vermaledeiten Sache herumgeredet.«

»Und wirst du mich auch nicht verraten?«

»Bestimmt nicht, wenn du frei und offen mit mir sprichst.«

»Ich will's ja. Alles war Zufall, alles ist zufällig geschehen. Als ich die Diamanten aus der Schatulle nahm, tat ich es nur der Sicherheit wegen.«

»Du hast sie also aus der Schatulle genommen?«

Sie nickte.

»Und du hast sie noch immer?«

Sie nickte.

»Und wo sind sie? Wenn man so unternehmungslustig ist wie du, meine liebe Lizzie, muß man auch den Mund aufmachen können. Befindet sich der Schmuck bei Harter & Benjamin?«

»Nein.«

»Und bei den Juwelieren in Bond Street weiß man nichts von dem Halsband? Selbst der alte Mr. Benjamin weiß nichts?«

»Nein.«

»Dann habe ich diesem Abkömmling des noch älteren Abraham Unrecht getan.«

»Niemand weiß etwas«, sagte Lizzie.

»Nicht mal Lucinda?«

»Sie hat keine Ahnung.«

»Alle Hochachtung! Dann hast du dein Geheimnis großartig zu wahren gewußt. Und wo sind die Diamanten jetzt?«

»Oben.«

»Wo? In deinem Schlafzimmer?«
»Nein, in meinem kleinen Salon im Sekretär in einer Schublade.«
»Gott sei uns gnädig!« rief Lord George. »Da liegen sie nun friedlich bei dir oben, und die gesamte Polizei jagt hinter ihnen her, vom Polizeipräsidenten bis zum kleinsten Schutzmann. Jeder besser renommierte Dieb in London wird von seinen Kollegen beneidet, weil sie annehmen, er habe da seine Hand im Spiel gehabt. Ich werde verdächtigt. Die Juweliere in Bond Street werden verdächtigt. Man verdächtigt Sir Griffin. Man glaubt, jeder zweite Juwelier in London oder Paris habe die Steine. Alle Welt spricht über diese Geschichte. Eheleute zanken sich mehr als sonst, weil sie für oder gegen dich sind. Am liebsten möchten sie sich gegenseitig abmurksen. Und die ganze Zeit über hast du das Halsband in deinem Besitz! In einer Schublade deines Schreibtischs! Menschenskind, wie hast du das nur geschafft, die Eisenkassette aufzubrechen und sie dann aus deinem Hotelzimmer in Carlisle herauszuschleppen?«
Und dann erzählte sie ihm mit allen Einzelheiten, wie sich alles zugetragen hatte.
»Ich habe mich dumm benommen, sehr dumm sogar«, sagte Lizzie, als sie ihre Erzählung beendet hatte. »Wirst du mich nun verlassen?«
»Teufel noch mal!« Ich hab' keine Ahnung, was ich tun soll.«
»Willst du die Juwelen haben? Wenigstens vorübergehend?«
»Gewiß nicht!«
»Sie haben einen großen Wert. 10 000 Pfund Sterling! Und sie gehören mir. Ich kann damit machen, was ich will.«
»Sehr nett von dir. Aber was soll ich mit dem Zeug anfangen?«
»Du kannst sie verkaufen!«
»Wer wird sie schon kaufen? Ein paar Tage nach dem Verkauf würde ich im Kittchen sitzen. Ein paar Monate später würde ich als Angeklagter vor dem Strafgericht Old Bailey stehen. Da verlangst du wohl doch etwas zu viel von mir. Meinst du nicht auch?«
»Wirst du mir helfen? Du bist mein Freund!«
Für Lord George de Bruce Carruthers hatte das Diamantenhalsband keinen besonderen Reiz, wohl aber Portray Castle und das Einkommen, das mit dem Schloß verbunden war. Lizzie hatte die Nutzung auf Lebenszeit. Sie war noch jung: um so länger die Nutzung. Sie war appetitlich anzuschauen. Auch dafür hatte Lord George den richtigen Kennerblick. Nur fühlte er sich schon etwas zu alt, um sich allzu viel aus einer schönen Puppe zu machen. Spiele dieser Art lagen nun schon Jahre zurück. Aber etwas mußte er unternehmen, schon deshalb, weil er nun genau unterrichtet war. Er konnte nicht einfach davonlaufen, ohne noch ein weiteres Wort in dieser Angelegenheit zu verlieren. Er konnte sie nicht denunzieren.

»Du kannst mich nicht verlassen!« sagte sie. Dabei hielt sie seine Hand umklammert und küßte sie demütig wie ein Bittsteller.
Er legte seinen Arm um ihre Taille, nicht wie ein Liebhaber, sondern wie ein Onkel, der ein Kind trösten will. Nie zuvor in seinem Leben hatte er sich in einer derart heiklen Situation befunden. Sie reagierte auf seine Umarmung, indem sie ihren Kopf auf seine Schulter fallen ließ. Wenn er ihr doch nur seine Liebe gestehen würde! Dann wäre er an sie gebunden. Dann müßte er mit ihr die Bürde dieser Diamanten teilen. Er müßte ihr die Treue wahren durch dick und dünn. »George . . . .«, schluchzte sie und heulte dann wie ein Kind. Er versprach ihr, er werde ihr Geheimnis nie preisgeben. Sie bat ihn, er möchte doch das schreckliche Päckchen aus dem Hause tragen und nach freiem Ermessen damit tun, was er für richtig halte. Aber er lehnte dieses Ansinnen ab. Er müsse erst einmal alles überschlafen, ehe er einen Entschluß fassen könne.
Beim Abschied sagte Lizzie: »Und du wirst zu mir halten, nicht wahr?« Er versprach es ihr. »O George«, schluchzte sie, »ich habe keinen Freund außer dir. Willst du für mich sorgen?« Er nahm sie in seine Arme und küßte sie. Er gab ihr das Versprechen, für sie zu sorgen. Was konnte er auch anders tun? Als er gegangen war, hatte Lizzie das Gefühl, endlich, endlich den Helden ihrer jugendlichen Träume gefunden zu haben – den »Korsar«.
Nachdem sich Lord George entfernt hatte, blieb die Haustür unverschlossen. Sie blieb es eigentlich immer, das war ein alter Brauch von Mrs. Carbuncle, an dem sich auch jetzt nichts geändert hatte, obwohl es neuerdings allerlei Scherereien mit der Außenwelt gab, um es ganz harmlos auszudrücken.
Als Mrs. Carbuncle und Lucinda nun wieder in den Salon zurückkehren wollten, sahen sie, daß die Haustür offen war. Im Vestibül standen zwei Polizisten.
»Gnädige Frau«, sagte einer von ihnen, wahrscheinlich der dienstältere, »wir kommen wegen dem Einbruchsdiebstahl in Ihrem Haus.«
»In meinem Haus?« fragte Mrs. Carbuncle ungläubig.
»Jawohl, gnädige Frau. Wir waren gerade oben. Verstehen Sie, oben im ersten Stock. Die Diebe haben alles aufgebrochen. Überall haben diese Kerle herumgeschnüffelt. Auch im Sekretär haben sie alle Fächer gewaltsam geöffnet.«
Bei diesen Worten entfuhr Lizzie unbewußt ein leiser Aufschrei. Der Polizist wandte sich nun an sie: »Ja, so ist das nun mal. Was diese Strolche mit ihren klebrigen Fingern entwendet haben, werden Sie ja selber feststellen, wenn Sie sich nach oben begeben. Soweit wir feststellen konnten, ist Ihre Zofe abwesend. Vielleicht ist sie mit den Sachen durchgegangen.«

Inzwischen hatte sich das Personal im Vestibül versammelt. Die Köchin machte sich zur Sprecherin für alle. Sie selber, das Hausmädchen und die Zofe von Mrs. Carbuncle hätten das Haus einen Moment verlassen, einen Moment und nur, um ein wenig frische Luft zu schnappen. Sie hätten Miß Crabstick als Stallwache zurückgelassen. Als sie zurückkehrten, war das Haustor von innen versperrt. Sie hätten mehrfach geklopft. Keine Antwort. Zufällig seien zwei Polizisten vorbeigekommen. Sie hätten um Hilfe gebeten. Ein Bobby sei dann durch ein offenes Fenster ins Haus eingedrungen. Ein paar Minuten später habe er ihnen die Haustür geöffnet. Beim Klettern durchs Fenster im ersten Stock habe der Polizist entdeckt, daß hier Einbrecher am Werk gewesen seien. Soweit die Köchin.
Später stellte sich heraus, daß diese Köchin und ihre Begleiterinnen an einer kleinen »Teegesellschaft« in einer benachbarten Kneipe teilgenommen hatten. Dagegen stimmte es, daß man Miß Crabstick als Stallwache zurückgelassen hatte. Bei der Rückkehr nach dem Luftschnappen oder Kneipentee hatte sich Miß Crabstick auf mysteriöse Art verflüchtigt. Der Toilettentisch im Schlafzimmer von Lady Eustace war aufgebrochen. Alle Schubladen waren aufgerissen, auch am Mahagonisekretär im Salon waren alle Fächer geöffnet.
»Hat diese Miß Patience Crabstick nicht allein gemacht«, sagte der wortführende Polizist und wandte sich wieder Mrs. Carbuncle zu. »Kommt gar nicht in Frage. Sieht man ja gleich an der Art, wie alles aufgebrochen ist.«
Und so war das schöne und schön teure Halsband nun wirklich gestohlen. Als sich die Polizisten entfernten, als man die Haustür »wirklich« versperrte, ging Lizzie in ihr Schlafzimmer. Sie verzichtete auf jede fremde Hilfe als Ersatz für die abhanden gekommene Miß Crabstick.
Vorher hatte sie noch in Gegenwart von Mrs. Carbuncle und Lucinda sowie in Gegenwart der beiden Polizisten ihren Mahagonisekretär gesehen, dessen Unterteil durch Türen und dessen Oberteil durch eine Platte verschließbar war, die man dann als Unterlage zum Schreiben herunterklappen konnte. Aber die beiden Schlösser für unten und oben hatten nicht gehalten, was sich Lizzie wohl ursprünglich von ihnen versprochen hatte. Der Sekretär war weit offen – und die Schachtel fehlte: die Schachtel mit dem Halsband. Auch das Bargeld war nicht mehr da. Kein Grund zur Sorge, im Gegenteil. Lizzie war fast froh, daß der unbekannte Täter auch das Geld genommen hatte. Hätte er es nicht getan, sähe es so aus, als hätte er es nur auf einen ganz bestimmten Gegenstand abgesehen gehabt: auf das Halsband, dessen Besitz sie ja bisher erfolgreich geleugnet hatte. Beim Geld war alles klar. Sie hatte genau Buch geführt. Konnte es also einen besseren Beweis dafür geben, daß hier tatsächlich ein gewöhnlicher Einbruchsdiebstahl vorlag, begangen durch »Erbrechen von Behältnissen«? Gewiß,

gewiß, das war nur ein schwacher Trost. Das kostbare Halsband mit all den funkelnden Brillanten war weg. Falls es je wieder mit Hilfe der Polizei auftauchen sollte, war die Sache noch schlimmer. Dann war sie entlarvt. Dann wußte alle Welt, daß sie nach dem Einbruch in Carlisle das Halsband noch besessen hatte. Gegenüber Lord George hatte sie erklärt, sie hätte nur einen Wunsch, diese Juwelen loszuwerden. Ernsthaft hatte sie daran gedacht, die Schachtel mit den Diamanten ins Meer zu werfen – dort, wo es am tiefsten ist. Nun war das Halsband auch ohne Meer verschwunden. 10 000 Pfund Sterling waren verloren! Wie hatte sie um dieses Halsband gekämpft! Was hatte sie nicht alles wegen dieser Diamanten mitgemacht! Das Halsband war zum Mittelpunkt ihres Lebens geworden, und nun war es fort, vielleicht auf Nimmerwiedersehen. Und doch war es nicht der Verlust an sich, der sie zu dem leisen Aufschrei im Salon veranlaßt hatte, als der Polizist von dem aufgebrochenen Sekretär berichtete. In jenem Augenblick hatte sie sich ja noch nicht selbst davon überzeugt, ob etwas gestohlen war oder nicht.
Nein! Es war nicht der Verlust, der sie innerlich aufwühlte, es war das Gefühl der Schande. Wie hatte sie sich so vergessen? Und sie war auch nicht mehr die einzige, die um ihr Geheimnis wußte. Sie hatte einen Mitwisser, der ihr sogar schonend erklärt hatte, ihre eidliche Aussage vor dem Magistratsgericht sei strafrechtlich als Meineid aufzufassen und könne mit einer Zuchthausstrafe von fünf Jahren geahndet werden. Sicher hatte auch Patience Crabstick um ihr Geheimnis gewußt. Und nun wußten es auch noch andere. Die Strolche, die mit oder ohne Beihilfe von Miß Crabstick den Einbruch durchgeführt hatten, wußten Bescheid. Natürlich würde die Polizei alles aufdecken – und das war dann das Ende, das Ende für sie. Alle Welt würde sie verachten. Vielleicht waren die Diamanten schon in eben dieser Sekunde in den ewig zum Nehmen ausgestreckten Händen der Anwaltsfirma Camperdown. Und der »Korsar«? Wie würde er sich verhalten?
In der Nacht, die diesem Einbruchsdiebstahl folgte, faßte sie einen Entschluß. Unter keinen Umständen würde sie sich wieder vor den Kadi zerren lassen wie in Carlisle. Sollten die Herren vom Gericht zu ihr kommen! Sie würde nicht vor dem Magistratsgericht erscheinen, wozu auch? Etwa um einen neuen Meineid zu leisten?
Am nächsten Morgen erklärte Lizzie, sie sei krank. Sie blieb im Bett. Schon früh waren Kriminalbeamte erschienen. Sie wußte es, nahm aber von ihrer Anwesenheit keine Notiz.
Mrs. Carbuncle und Lucinda kamen in ihr Schlafzimmer. Beide hatten vor Aufregung nicht schlafen können und waren besonders früh aufgestanden.

Lizzie blieb im Bett. Sollte es sich als nötig erweisen, könnten die Polizisten ja in ihre Kemenate kommen. Ihr Herz klopfte in flatternder Hast. Nein, an Aufstehen war nicht zu denken. Wenn man eine Aussage von ihr wünschte, könnte sie ja auch vom Bett aus sagen, was zu sagen war. Tatsächlich erschien auch schon bald ein Herr vom zuständigen Magistratsgericht. Er kam in seiner Eigenschaft als Untersuchungsrichter. Ob sie im einzelnen angeben könne, was man ihr gestohlen habe? Sie erwähnte das Geld. Sie hätte 43 Pfund Sterling in einem Fach ihres Sekretärs gehabt. Das betreffende Fach sei nun leer. Sie erwähnte auch einige Juwelen, die man entwendet habe. Man forderte sie auf, die Juwelen im einzelnen zu beschreiben. Sie tat es. Ob sie sonst noch irgendwelche Gegenstände vermisse? Antwort: Soweit sie bisher habe feststellen können, nein. Als sie das Wörtchen »nein« sagte, sah sie der Untersuchungsrichter so durchdringend an, als wollte er sie durchschauen. Und damit, mit diesem winzigen Wörtchen »nein«, hatte sie abermals »eine dem wirklichen Sachverhalt widersprechende Tatsache« behauptet. Dabei gab es für sie nur einen Trost, wenn es überhaupt ein Trost war: Lord George war nicht anwesend, als sie ihre feierliche Beteuerung der Wahrheit in der vom Gesetz vorgeschriebenen Form abgab.

Wohl hielt sich besagter Lord George den ganzen Tag über im Haus von Mrs. Carbuncle auf, dennoch sprach er nicht die Bitte aus, Lizzie in ihrem Schlafzimmer besuchen zu dürfen – und sie bat nicht um seinen Besuch.

Spät am Nachmittag kam Frank Greystock. Er begab sich sofort zu seiner Cousine. Kaum sah sie Frank, brach sie in Tränen aus. »Mein armes Kind«, sagte er, »was hat das alles zu bedeuten?«

»Ich weiß es nicht. Ich habe das Gefühl, man will mich umbringen. Wie soll ich das alles nur ertragen? Gestern abend hat man hier eingebrochen. Der Untersuchungsrichter war hier, auch Kriminalbeamte, dazu Leute, die ich kaum kannte.«

Es folgte ein hysterischer Weinkrampf. Die Hysterie war nicht gespielt.

Noch immer hegte Frank Greystock keinerlei Verdacht gegen seine Cousine. Er glaubte steif und fest, man habe sie nur wegen des allgemein bekannten hohen Wertes ihrer Diamanten zum zweitenmal als brauchbares Opfer ausgewählt. In bezug auf den Einbruchdiebstahl in Carlisle hatte er seine eigene Theorie, die sich nun allerdings schwer in den reichlich dunklen Rahmen der allerneuesten Ereignisse einfügen ließ. Er war sehr zärtlich und blieb über eine Stunde bei Lizzie.

»O Frank, sag mir, was ich nun machen soll?«

»Ich würde London verlassen.«

»Ja, du hast recht, das ist gewiß das beste.«

»Ich hoffe, du hast keine Angst vor der Kälte in Schottland . . .«

»Ach, du meine Güte, davor hab' ich keine Angst. Nur dort fürchte ich mich, wo diese grauslichen Gesellen von der Polizei plötzlich aus der Versenkung auftauchen. O Frank . . .«
Sie bebte am ganzen Körper. Wieder heulte sie hysterisch; und auch diesmal war die Hysterie nicht gespielt. Sie dachte an grausliche Untersuchungsrichter, an grausliche Detektive von Scotland Yard, die sich in schlechtsitzenden Anzügen präsentierten, an grausliche Polizisten in Uniform. Sie heulte und heulte . . . Wahrscheinlich würde sie nun diesen grauslichen Kreaturen noch oft begegnen.
»Geh nach Schottland«, sagte Frank. »Dort ist dein kleiner Junge. Bleib in Portray Castle, bis alles vorüber ist!«
Während dieses Gespräch stattfand, wurden die Eustace-Diamanten in einem Tresor verschlossen, der sich an der Rückwand eines kleinen Kellers im Londoner Bankenviertel befand, und zwar unmittelbar unter dem Juwelierladen von Harter & Benjamin in Minto Lane. Die Hauptniederlassung von Harter & Benjamin befand sich, wie wir schon oft erwähnten, im Londoner Westend, in Old Bond Street. Aber die Firma hatte auch eine kleine Filiale in der City, die keineswegs nur die kleineren Geschäfte abwickelte.
Und nun sei als Postskriptum diesem Kapitel noch eine persönliche Bemerkung hinzugefügt: Der Chronist dieser Geschichte erwähnt diese Einlagerung der Diamanten schon jetzt, weil er unter keinen Umständen dem Leser eine Tatsache vorenthalten möchte, die ihm selbst bekannt ist.

17

Major Mackintosh von Scotland Yard – Falls Sie etwas Strafbares begangen haben . . . – Brautjungfern ohne Braut – In der Kanzlei von Mr. Camperdown – Qu'est-ce que c'est que la propriété? – Ein melodisch tönender Advokat – Das Tribunal wird zur Szene – Zwölfjährige Tätigkeit in der Einbruchsbranche – Ausnahmsweise

Als Major Mackintosh von Scotland Yard eintrat, saß Lizzie allein im Salon, blaß, abgehärmt, zitternd vor innerer Erregung. Der Major war ein großer, hagerer Mann, etwa vierzig Jahre alt, mit so gutmütigen Augen, daß sie auch den erfahrensten Kriminalisten über seinen Beruf getäuscht hätten. Aber Lizzie bemerkte diese zumindest »optische Gemütlichkeit« erst, als das Gespräch schon einige Zeit gedauert hatte. Anfangs wagte sie es nicht, einem so hohen Polizeioffizier frei ins Gesicht zu blicken.
»Verzeihen Sie die Störung«, begann Major Mackintosh, »aber ich hielt es

für richtig, mal persönlich bei Ihnen vorzusprechen. Sie wissen ja, wegen der beiden Einbrüche, erst in Carlisle, dann hier.«
»Sie ahnen nicht, wie mich das alles mitgenommen hat. Ich habe das Gefühl, daß mich diese Aufregungen noch umbringen.«
»Mir scheint, Lady Eustace, daß wir jetzt auf der rechten Spur sind.«
»Und warum hat alles so schrecklich lange gedauert?«
»Wir haben es halt mit sehr gewiegten Verbrechern zu tun, Lady Eustace. Ich fürchte sogar, wir werden das Diebesgut nie wieder zurückbekommen.«
»Ach, das ist auch noch nicht das Schlimmste. Das sage ich, obwohl es sich bei diesem Diebesgut um mein Eigentum handelt. Nur *ich* habe etwas verloren, nur ich. Warum läßt man daher nicht alles auf sich beruhen? Mir ist es egal, ob ich die gestohlenen Gegenstände zurückerhalte oder nicht. Mir ist es gleich, wer der Täter ist. Von mir aus kann er sich seiner Beute erfreuen.«
Major Mackintosh sah sie mit seinen gutmütigen Augen an: »Ja . . . das ist sehr edel von Ihnen gedacht. Aber es ist unsere Pflicht, unsere Schuldigkeit, unser Beruf, den Dingen auf den Grund zu gehen – und ich möchte annehmen, daß wir jetzt den Grund erreicht haben. Etwas spät, meinen Sie. Ja, gewiß. Vielleicht hätten wir schon viel früher bei unseren Ermittlungen Erfolg haben sollen. Bös Ding will Weile haben . . .« Er lachte über diese kleine Variante eines uralten Sprichworts.
Auch Lizzie hatte es jetzt nicht mehr so eilig. »Früher oder später, was macht das schon?«
Major Mackintosh widersprach, natürlich sehr gutmütig. »Immerhin geht es hier um unser täglich Brot.« Dann änderte er seinen Ton. Seine Stimme hatte etwas von ihrer ursprünglichen Gutmütigkeit verloren. »Wir haben jetzt zwei Personen in Haft genommen, beide werden vor Gericht erscheinen. Leider, Lady Eustace, wird man auch Sie nochmals vernehmen müssen. Natürlich sind Sie nicht verpflichtet, etwas zu sagen, wenn Sie keine Aussage machen wollen. Ich möchte nochmals betonen, daß Sie zu keiner Aussage gezwungen werden können, durch die Sie sich selbst belasten.«
»Ich verstehe nicht recht, was Sie damit sagen wollen.«
»Falls Sie etwas Strafbares begangen haben, so müssen Sie mir nicht unbedingt ein Geständnis ablegen.«
»Man hat mir meine Diamanten gestohlen. Halten Sie es schon für strafbar, daß man Diamanten besitzt?«
Auf diese »soziale Frage« ging Major Mackintosh nicht näher ein. »Ich möchte mich jetzt ganz konkret ausdrücken«, sagte er. »Wir können es wohl als wahr unterstellen, daß sich Ihr Halsband hier im Hause befand, als

die Einbrecher ihren Mahagonisekretär aufbrachen und sich das Bargeld aneigneten, das in einem der Fächer lag. Irre ich mich da?«
Lizzie holte so tief Atem, daß sie kaum ein Wort hervorbringen konnte. Der Mann, der ihr gegenübersaß, hatte eine so freundliche Stimme. Er war gewiß nicht ihr Feind. Aber wie konnte sie seine Frage beantworten? Es war die Frage aller Fragen, soweit es um ihre eigene Person ging.
»Dieses Frauenzimmer, das in Ihren Diensten stand . . . hieß sie nicht Miß Crabstick? . . . Ja richtig, Miß Patience Crabstick. Diese Person hat erklärt, sie könne unter Eid aussagen, das Halsband hier in der Hertford Street gesehen zu haben, und zwar in Ihren Händen, Lady Eustace. Außerdem behauptet diese Person, sie habe beobachtet, wie Sie, Lady Eustace, das Halsband in Ihrem Sekretär verschlossen haben. Dann sei sie zu Mr. Benjamin von der Juwelierfirma Harter & Benjamin gegangen und habe besagtem Mr. Benjamin alles erzählt. Sie hatte ihn übrigens auch schon informiert, Lady Eustace, als Sie Ihre Reise von Schottland nach London antraten. Durch Mr. Benjamin wurde besagte Miß Crabstick daraufhin mit den zwei Individuen bekannt gemacht, denen sie Zugang zu Ihren Wohnräumen im Haus von Mrs. Carbuncle gewährte. Miß Crabstick war auch anwesend, als das Halsband hier aus einem Fach Ihres Sekretärs entfernt wurde. Der Mann, der den Sekretär aufbrach, war übrigens das gleiche Individuum, das in Ihr Schlafzimmer in Carlisle eindrang. Auch dieser Mann wird vor Gericht erscheinen, als Angeklagter natürlich. Auch Mr. Benjamin wird sich vor dem Strafgericht wegen Hehlerei verteidigen müssen. Ich habe Ihnen nun alles so erzählt, wie ich es von Miß Crabstick erfahren habe. Mag sein, daß Sie mir nun den wahren Sachverhalt anders schildern wollen.«
Lizzie saß da, den Blick zu Boden gesenkt. Sie schwieg, weil sie nicht wußte, was sie sagen sollte.
Und wieder vernahm sie die freundlich-gutmütige Stimme von Major Mackintosh: »Wenn Sie mir gestatten, Lady Eustace, daß ich Ihnen einen Rat gebe . . . einen persönlichen Rat . . .«
»Bitte, tun Sie es.«
»Wenn sich alles tatsächlich so abgespielt hat, wie ich es soeben schilderte, täten Sie gut daran, die Wahrheit zu bekennen.«
»Die Diamanten waren mein Eigentum«, sagte Lizzie im Flüsterton.
»Oder wenigstens nahmen Sie das an, daran kann kein Zweifel sein. Niemand hegt auch nur den leisesten Verdacht, daß Sie selbst den Einbruch in Carlisle arrangiert hatten.«
»Nein! Ich hatte nichts damit zu tun.«
»Aber Sie hatten das Halsband aus der Schatulle genommen, ehe Sie sich in Carlisle zum Schlafen niederlegten?«

»Nein! Dann nicht.«
»Aber Sie hatten das Halsband aus der Schatulle genommen?«
»Das tat ich schon am Vormittag, als wir in Schottland abfuhren. Man hatte mich so eingeschüchtert. Meine Freunde glaubten, man würde mich unterwegs berauben.«
»Bei der Ankunft in London haben Sie das Halsband dann in ein Fach Ihres Sekretärs gelegt?«
»Ja. Das hab' ich getan.«
»Ich muß Ihnen gestehen, Lady Eustace, genau so hab' ich mir die Sache schon vor unserem Gespräch gedacht. Zunächst war es nur eine Vermutung. Nun haben jedoch zwei der am Verschwinden der Diamanten unmittelbar Beteiligten eine entsprechende Aussage gemacht, damit ist meine Vermutung zur Gewißheit geworden. Wir werden das Individuum, das bei beiden Einbrüchen als Haupttäter in Erscheinung trat, sagen wir genauer: ungesehen in Erscheinung trat, vor Gericht bringen. Auch Mr. Benjamin wird sich wegen Hehlerei vor Gericht verantworten müssen. Und das betrifft Sie persönlich, Lady Eustace: Auch Sie werden in dieser Strafsache erscheinen müssen, natürlich nur als Zeugin.«
»Und was wird man mir antun, Major Mackintosh?«
Erst bei dieser Frage sah Lizzie dem hohen Beamten von Scotland Yard voll ins Gesicht. Erst jetzt bemerkte sie seinen freundlich-gutmütigen Blick. War es etwa möglich, daß er ihr schützender Engel sein könnte, ihre feste Burg, ihre Zuflucht? Er sprach nicht wie ein Feind zu ihr. Sicher wußte er besser Bescheid als irgendein Mensch auf Gottes viel zu weiter Welt, wie sie sich aus der Klemme befreien konnte, in die sie durch eigenes Verschulden geraten war.
»Man wird Sie auffordern, die Wahrheit zu sagen, die reine Wahrheit, nichts als die Wahrheit.«
»Natürlich werde ich mich an die Wahrheit halten«, sagte Lizzie, ohne sich darüber klar zu sein, wie schwer es nach all ihren Flunkereien sein würde, mit der Wahrheit herauszurücken.
»Wahrscheinlich wird man Sie vor Gericht auch ersuchen, die eine oder andere Aussage zu wiederholen, eine frühere Formulierung abzuschwächen – oder vielleicht auch zu verstärken, je nachdem. Leider haben Sie in Carlisle und auch jetzt in London Erklärungen abgegeben, die sich widersprechen.«
»Ja, ich weiß. Aber schließlich ist das Halsband doch mein Eigentum! Ich habe doch nichts Unrechtes getan! Oder doch, Major Mackintosh? Beim Verhör in Carlisle war ich so verwirrt. Ich wußte nicht, was ich sagte. So gab ich eine falsche Version. Dann hatte ich mich derart in meine Lügen verstrickt, daß ich keinen Ausweg mehr sah.«

Major Mackintosh kannte Lizzie nur flüchtig. So sagte er voll Mitleid: »Ja, das kann ich gut verstehen.«
Dann erklärte er ihr ausführlich und mit viel Geduld, wie sie sich verhalten sollte. Wenn man sie als Zeugin vorlade, sei wohl kaum damit zu rechnen, daß man sie wegen ihrer früheren falschen Aussagen anklagen würde, obwohl sie sich zweifellos schuldig gemacht habe. Wahrscheinlich würde man ihr schon vor ihrer Zeugenvernehmung eine diesbezügliche Zusicherung geben. Natürlich könne er nicht mit absoluter Sicherheit voraussagen, daß sich alles so abspielen würde. Und nun wolle er ihr noch einen Rat geben. Es sei doch wichtig, daß alles glatt und reibungslos ablaufe. Er würde ihr daher empfehlen, Mr. Camperdown aufzusuchen und dem Anwalt reinen Wein einzuschenken. Und dann sagte Major Mackintosh noch, es wäre ratsam, daß die gesamte Eustace-Familie über alle Vorgänge genau unterrichtet werde. Das könne am besten auf dem Weg über Mr. Camperdown, den Rechtsberater der Familie, geschehen. Als Lizzie noch mit ihrer Antwort zögerte, fügte Major Mackintosh hinzu, die Angelegenheit könne ja doch nicht mehr vertuscht werden. Man würde ihre Zeugenaussage gewiß in der Presse in großer Aufmachung publizieren. Er würde vorschlagen, daß sie den Besuch bei Mr. Camperdown nicht verschiebe. Wie wär's, wenn sie schon morgen hinginge?
Nun konnte Lizzie trotz der freundlich-gutmütigen Augen des Majors von Scotland Yard ihren Unwillen nicht unterdrücken. »Was? Schon morgen?« rief sie. Dann sprach sie auch von Lucindas Hochzeit, die für nächsten Montag angesetzt war. Vielleicht würde Sir Griffin vorher desertieren, wenn er noch vor der Hochzeit erfahren sollte, was eine enge Freundin seiner künftigen Gemahlin alles angestellt hatte?
Major Mackintosh mit den freundlich-gutmütigen Augen dachte an ein Sprichwort, das ihm unter den obwaltenden Umständen besonders passend schien: »Geduld ist stärker denn Diamant.« So meinte er nun, auf einen Tag mehr oder weniger komme es nicht an. »Also gut, dann gehen Sie am Tag nach der Hochzeit zu Mr. Camperdown. Es würde mich allerdings nicht wundern, wenn Sir Griffin alles schon vorher erfährt.«
Beim Abschied sagte Lizzie: »Noch eine Frage: Man kann mir doch nicht wegnehmen, was mir gehört? Oder kann man es doch?«
Da hielt es Major Mackintosh für geraten, zum Rückzug zu blasen. »Ich glaube kaum, daß man das kann«, sagte er schon zwischen Tür und Angel.
Es war kein Rückzug – es war eine Flucht.

Am Morgen der Hochzeit klopfte Mrs. Carbuncle an die Tür ihrer Nichte. Lucinda wußte sofort, wer der Klopfgeist war, der sich hinter diesem

Klopfton verbarg. »Komm nur herein, liebe Tante«, rief sie. Lucinda war schon auf. Sie war bereits angezogen, aber nicht so, wie man normalerweise bei einer Hochzeit zu erscheinen pflegt, vor allem, wenn man selbst die Braut ist: Sie trug ein gewöhnliches Hauskleid, ihre Frisur war bereits mit Hilfe von Haarnadeln in eine haltbare Form gebracht, als hätte sie die Absicht, eine längere Reise anzutreten. Aber Mrs. Carbuncle war über das Verhalten der Braut noch erstaunter als über ihre Kleidung und die Frisur. Lucinda saß am Tisch, vor sich ein Buch. Später stellte sich heraus, daß es sich um die Bibel handelte. Beim Eintreten der Tante wandte Lucinda nicht einmal ihren Kopf.
»Schon auf und angezogen?« fragte Mrs. Carbuncle.
»Du siehst ja, daß ich aufgestanden bin, angezogen bin ich auch. Ich bin schon lange auf. Wie hätte ich auch an einem solchen Tag länger im Bett liegen können? Ich möchte dich übrigens, liebe Tante, schon jetzt darauf aufmerksam machen, daß mich niemand dazu bewegen wird, dieses Zimmer heute irgendwann zu verlassen.«
»Red keinen Unsinn, Lucinda!«
»Schön, dann ist es eben Unsinn! Aber du kannst mir trotzdem glauben, daß ich mein Vorhaben ausführen werde. Ich wäre dir dankbar, wenn du Pastor Emilius verständigen würdest. Auch die Brautjungfern und natürlich auch den Bräutigam. Ach, ich hätte ihn fast vergessen. Bitte sag auch Lord George Bescheid, er möchte dann die andern verständigen.«
Anderthalb Stunden blieb die unglückliche Mrs. Carbuncle, die Frau mit dem unsichtbaren Ehemann, bei ihrer Nichte. Sie beschwor sie, sie flehte sie an, zwischendurch keifte sie in den höchsten Tönen. Als die Dienstmädchen ins Zimmer wollten, wahrscheinlich um Lucinda bei den Vorbereitungen zur Trauung zu helfen, wurde ihnen der Eintritt schroff verwehrt. Noch hatte Mrs. Carbuncle nicht alle Hoffnung aufgegeben. Aber Lucinda war durch nichts zu bewegen, das Thema Trauung zu erörtern. Sie saß an ihrem Tisch und schaute unverwandt in das Buch, das vor ihr lag. Nur ganz selten gab sie eine Antwort, mit keinem Wort verteidigte sie ihr eigenes Verhalten. Von Zeit zu Zeit wiederholte sie nur ihre Erklärung, daß nichts sie bewegen könne, ihr Zimmer innerhalb der nächsten vierundzwanzig Stunden zu verlassen.
»Willst du mich zugrunde richten?« fragte Mrs. Carbuncle.
»Du hast mich zugrunde gerichtet«, parierte Lucinda.
Um halb neun klopfte Lizzie an die Tür. Sie durfte das »Heiligtum« betreten, Mrs. Carbuncle brauchte Unterstützung. »Irgendwas los?« fragte Lizzie.
»Alles ist los«, sagte Mrs. Carbuncle. »Sie erklärt, daß sie ... daß sie ... nicht heiraten wird!«

»Aber Lucinda!«
»Ach, liebste Lizzie, wenn du das Mädel doch nur zur Vernunft bringen könntest! Es wird schon spät. Lucinda sollte schon längst mit ihrer Garderobe fertig sein. Natürlich braucht sie Hilfe beim Ankleiden.«
»Ich bin angezogen.«
»Aber, liebste Lucinda, alle werden auf dich warten müssen«, sagte Lizzie.
»Sie können warten, bis sie schwarz werden. Wenn meine Tante niemanden losschickt, um die Leute zu verständigen, ist es nicht meine Schuld, daß alle warten müssen. Ich bleibe in meinem Zimmer. Den ganzen Tag bleib' ich hier, es sei denn, daß man mich gewaltsam hinausschleppt. Worauf wartest du, liebe Tante? Etwa auf die erfreuliche Mitteilung, daß ich meinen Bräutigam umgebracht habe?«
Eines der Dienstmädchen brachte Lucinda das Frühstück. Die Tante und Lizzie taten alles, sie dahin zu bringen, eine Tasse Tee zu trinken und eine Scheibe Toast zu essen, möglichst mit Butter und Marmelade. Lucinda sagte, sie würde den Tee trinken, wenn man die Hochzeitsgäste und so weiter verständigt habe. Mrs. Carbuncle fügte sich diesem Ultimatum. Ihrerseits stellte sie nun die ultimative Forderung, Lucinda solle dann einen anderen Tag für die Hochzeit angeben. Vielleicht könne sie am nächsten oder übernächsten Tag stattfinden. Bei dieser Zumutung geriet Lucinda in einen Zorn, der fast schon majestätisch war. Nein, sie werde nicht morgen heiraten! Nein, sie werde nicht übermorgen heiraten! Nein, sie werde diese Promenadenmischung aus Tropf und Schurke überhaupt nicht heiraten! Auch dann nicht, wenn sich alle Teufel und Teufelinnen, einschließlich ihrer lieben Tante, verschwören sollten, sie unbedingt mit Sir Griffin zu verkuppeln!
Mrs. Carbuncle zu Lizzie: »Sie muß es tun. Sie muß ihn heiraten.«
Lucinda zu Mrs. Carbuncle: »Du wirst schon sehen, ob ich muß!« Dabei saß sie nach wie vor an ihrem Tisch und starrte in das Buch.
Dann kam eines der Dienstmädchen und teilte mit, die Brautjungfern seien schon da und warteten im Salon. Bei dieser schrecklichen Nachricht brach Mrs. Carbuncle zusammen. Sie warf sich auf Lucindas Bett, weinte und winselte, stöhnte und jammerte. »Ach, Lady Eustace, was machen wir bloß? Lucinda, du hast mir den Todesstoß versetzt, und das nach allem, was ich für dich getan habe!«
Lucindas Antwort: »Und was hat man mir angetan?«
Irgend etwas mußte geschehen. Schon wußte die gesamte Dienerschaft, daß es mit der Hochzeit nichts sei. Selbst den Brautjungfern dämmerte es allmählich, daß sie nun Jungfern waren, denen nichts als die Braut fehlte.
»Was machen wir bloß?« fragte Mrs. Carbuncle nochmals mit einem

Stoßseufzer, der in einen Tränenerguß überging. Sie erhob sich von Lucindas Bett, das ihr wie eine Lagerstatt aus Dornen erschienen war.
»Ich meine«, sagte Lizzie, »man sollte tatsächlich so rasch wie nur irgend möglich Pastor Emilius verständigen. Auch Lord George sollte benachrichtigt werden.«
»Und was soll ich ausrichten lassen? Und wen soll ich schicken? Ich wollte, mich träfe der Schlag – und zwar auf der Stelle! Lizzie, hättest du vielleicht die Güte, den Brautjungfern schonend mitzuteilen, daß wir ihrer Dienste nicht mehr bedürfen?«
»Sollte man nicht auch den Diener Ihres Mannes zur Kirche schicken?« schlug Lizzie vor.
»Ja, jeder soll zu jedem gehen, von mir aus auch keiner zu keinem. Ich weiß nicht mehr, was ich rede. Ich bin völlig durchgedreht...«
In diesem Zustand des Durchgedrehtseins drehte sich Mrs. Carbuncle ein klein wenig in Richtung Lucinda: »Das ist das Gemeinste, was mir je ein Mensch angetan hat!« schrie sie. »Nie werde ich es wieder wagen können, erhobenen Hauptes einherzuwandeln.«
Mrs. Carbuncle war wirklich nicht mehr ganz bei Troste. Sonst hätte sie sich wohl auch kaum so geschwollen ausgedrückt. Erhobenen Hauptes...
Im Gegensatz zu ihr war Lizzie jetzt die verkörperte Haltung. Sie sah aus, als könnte sie sich durch nichts aus der Ruhe bringen lassen. Major Mackintosh hätte sie gewiß nicht wiedererkannt. Auch Lucinda schien über den Dingen zu schweben, sitzend zu schweben, und zwar am Tisch mit dem großen Buch, in das sie auch weiterhin starrte. Sie sprach kein Wort, sie brachte nichts vor, um ihr Verhalten vor Gott und Mrs. Carbuncle zu rechtfertigen.
Nach einer Weile ging Lady Eustace in den Salon, um den erstaunten Brautjungfern die Hiobsbotschaft mitzuteilen. Sie sorgte auch dafür, daß jedes der kleinen Mädchen wohlbehütet nach Hause gebracht wurde. Zur gleichen Zeit begab sich der Privatdiener von Mr. Carbuncle, der bereits allzu vorsorglich seine neue und schmucke Livree angezogen hatte, zu Pastor Emilius, um ihm die betrübliche Nachricht zu übermitteln, daß er seine Hochzeitspredigt vergessen könne. Dann zog er weiter zur Albemarle Street, wo der von Lady Eustace so schwärmerisch verehrte Lord Byron oft seinen Verleger John Murray besucht hatte. Aber der Privatdiener von Mr. Carbuncle hatte gewiß trotz seiner neuen Livree noch nie etwas vom Dichter des »Korsar« und des »Childe Harold« gehört. Er suchte auch keinen Verleger, sondern ein vornehmes Etablissement in dieser vornehmen Straße, in dem sich vornehme Leute einen vornehm ausgestatteten Saal für Hochzeitsempfänge mieten konnten. Der Oberkellner dieses Etablissements war nicht sonderlich überrascht. »Hab's mir gleich ge-

dacht«, sagte er und blähte sich als Menschenkenner so auf, daß er – zumindest in den Augen des Privatdieners von Mr. Carbuncle, der nur an kleinere Maßstäbe gewöhnt war – fast schon überlebensgroß wirkte. »Man merkte sofort«, dozierte er, »daß es sich hier um Leute handelte, die nicht mehr alle Tassen im Schrank haben. Und nun sind also auch die letzten Tassen zerbrochen. Na ja, da müssen die Leutchen halt für die Scherben blechen. Von mir aus. Scherben bringen Glück. Fragt sich nur wem . . .«
Ehe er eine halbwegs befriedigende Antwort auf diese philosophische Frage erhalten konnte, war der emsige Diener schon wieder abgezogen. Als er jedoch in das Haus von Mrs. Carbuncle in der Hertford Street zurückkehrte, hatte er nicht das Gefühl, daß es seine Herrschaft war, die von Frau Fortuna eine Glücksentschädigung für all die Scherben erhalten hatte.
Wie trüb und traurig sah es nun in diesem Hause aus!
Der Abend kam. Er hätte unter keinen Umständen trostloser verlaufen können. Am nächsten Tag war es fast noch schlimmer. Keine der drei Frauen wagte es, die Zukunft »in den Mund zu nehmen«. Lucinda hüllte sich in Schweigen, Mrs. Carbuncle war stumm wie ein junonischer Fisch, Lizzie war in Gedanken versunken, nur wußte man nicht, in welche.
Und es kam der Tag, für den sich Lady Eustace bei Mr. Camperdown angemeldet hatte. Natürlich sah Lizzie dieser Unterredung mit dem Anwalt mit gemischten Gefühlen entgegen. Aber selbst ein Gespräch mit Mr. Camperdown konnte nicht trübseliger sein als die Stimmung im Haus von Mrs. Carbuncle, die sonst immer so heiter, so tapfer und vor allem so lebenstüchtig war. Auch Lucinda war nur noch ein Schatten ihres einstigen Selbst – und bestimmt kein lebhafter und heiterer Schatten. Ja, Lizzie hatte den Eindruck, als ob man auch bei dem armen Kind im Oberstübchen eingebrochen und – statt Diamanten gestohlen – einen Strohsack hineingezwängt hätte. Lucinda blieb all die Tage auf ihrem Zimmer. Unentwegt saß sie vor dem Tisch mit der Bibel. Bei jedem Klopfen an der Tür drehte sie sich erschrocken um. Einmal flüsterte sie sogar Lizzie ins Ohr, wenn »er« sich hier nochmals blicken ließe, würde sie ihn mit einem Kuß »verhexen«.
Kein Wunder, daß sich Lizzie nun im Haus ihrer Freundin Mrs. Carbuncle wie in der Hölle vorkam, mit deren Topographie wir ja dank Dante so gut vertraut sind. Es war daher eine Erlösung für sie, als ein paar Stunden vor dem Gespräch mit Mr. Camperdown ihr Vetter Frank Greystock erschien. Sie nahm an, Frank wisse nichts von ihrem Gespräch mit Major Mackintosh. Daher bemühte sie sich, ihn so zu empfangen, als gäbe es keine Sorgen, die ihr Gemüt bedrückten.
»Ach, Frank«, sagte sie, »hast du schon von unserem Unglück gehört?«
»Ich hab' schon so viel darüber gehört, daß ich überhaupt nicht mehr weiß, was ich glauben kann – und was nicht.«

»Ich meine, hast du schon alles über die Hochzeit von Miß Roanoke erfahren?«
»Alles! Oder jedenfalls genug. Wie ich höre, ist die Trauung ins Wasser gefallen. Aber ich bin nicht zu dir gekommen, Lizzie, um über Miß Roanoke und Sir Griffin zu plaudern. Ich habe mit dir etwas Geschäftliches zu besprechen.«
Bei dem Wort »Geschäftliches« horchte Lizzie auf. Sie sah ihren Vetter erstaunt an. Dabei wollte sie den Anschein erwecken, als sei sie stark genug, allen Gefahren und allen »geschäftlichen Teufeln« zu trotzen. Es gelang ihr nicht. Sie begann zu zittern. Dann aber raffte sie sich zusammen. Sie mußte sich mit ihm aussprechen. Die Frage war nur: Hatte sie noch genug Courage, um ihm alles zu sagen, alles zu beichten? Auf seine ritterliche Art war Frank so töricht und arglos gewesen, ihr alle Lügengeschichten abzunehmen. Er glaubte noch an den Diebstahl der Diamanten, als alle Welt bereits stutzig geworden war.
»Ich möchte mich nicht in deine Privatsphäre einmischen«, sagte Frank. »Ich möchte mich nicht um Dinge kümmern, die du gern für dich behalten willst.«
Sie wollte ihm schon entgegnen, daß sie alles, aber auch alles, mit größter Offenheit bekennen würde, da fiel ihr ein, daß es ja doch *ein* Geheimnis gäbe, das sie unbedingt auch vor ihm wahren mußte. »Frank«, sagte sie, »das ist aber gar nicht nett, so mit mir zu sprechen.«
»Ich meine es ernst. Ich will nicht, daß du mir Dinge enthüllst, die du mir lieber verschweigen möchtest. Aber ich habe Gerüchte gehört . . ., und sie hatten zumindest den Anschein der Glaubwürdigkeit. Natürlich hätte ich mich aus der Sache heraushalten können . . .«
»Frank, ich bitte dich, laß uns Freunde bleiben, was auch immer geschieht! Du darfst dich nicht von mir fernhalten! An wen soll ich mich wenden? Wer kann mich beraten, wenn du nicht da bist?«
»Das ist alles ganz schön und gut, Lizzie.«
»Ach, Frank, du darfst mich nicht verlassen! Wenn du es tust, bin ich verloren.«
»Es stimmt also, daß kürzlich die Polizei bei dir war?«
»Major Mackintosh hat mich Ende voriger Woche aufgesucht. Was für ein netter Mann! Wirklich ein Gentleman! Ich habe mich aufrichtig gefreut, ihn kennenzulernen.«
»Und weswegen kam er?«
»Weswegen?« Was sollte sie auf diese Frage antworten! Wie sollte sie ihm ihre Geschichte erzählen? »Ach, weißt du, er kam wegen des gestohlenen Schmucks. Scotland Yard hat jetzt alles aufgedeckt. Der Juwelier Benjamin steckt dahinter. Wer hätte das gedacht? Und dieses furchtbare Geschöpf,

meine frühere Zofe, du weißt schon . . . diese Patience Crabstick, dieses gemeine Luder, hat ihn über alles genau informiert. Auch zwei gewerbsmäßige Einbrecher waren beteiligt. Endlich weiß man über alles Bescheid.«

»Ja, das hab' ich auch gehört.«

»Und Major Mackintosh besuchte mich, um mir diese erfreuliche Mitteilung zu machen.«

»Aber die Diamanten hat man nicht gefunden?«

»Ja, sie sind weg. Hoffentlich für immer. Du weißt ja, Frank, daß sie mir gehörten. Genauso, wie dir dein Jackett gehört. Und doch bin ich heilfroh, daß sie weg sind. Ich bin so glücklich, daß die Polizei sie nicht gefunden hat. Diese Steine haben mich gefoltert. Ich haßte sie, hasse sie noch immer. Erinnerst du dich noch, wie ich dir sagte, ich würde sie am liebsten ins Meer werfen?«

»Ja, ich weiß. Aber das war wohl nur ein Scherz.«

»Nein, Frank. Es war mir bitter ernst damit.«

»Ich möchte nur eines wissen: Wo hat man sie dir gestohlen?«

Das war die Frage, die Lizzie bisher durch eine falsche Wiedergabe der Fakten beantwortet hatte. Nun mußte sie die Wahrheit sagen. Sie wollte sich zusammenreißen, es gelang ihr nicht. Sie wollte tapfer sein, es gelang ihr nicht. Plötzlich brach sie in Tränen aus. »O Frank . . .!« schluchzte sie.

»Ich habe immer angenommen, daß sie dir in Carlisle entwendet wurden«, sagte Frank. Lizzie fiel auf die Knie. Sie lag ihm zu Füßen und heulte. War das nicht schon ein Geständnis? Mußte sie diese Beichte noch in Worte fassen? Natürlich wußte er schon längst, wann und wo man ihre Diamanten gestohlen hatte. Wenn er zartfühlend wäre, dachte sie, müßte er diese peinliche Frage nun auf sich beruhen lassen. Sie hatte ja bereits alles gestanden, alles gesagt. Ohne Worte.

»Ich verstehe die Sache einfach nicht«, sagte Frank und legte seine Hand auf ihre Schulter. »Ich habe mich dazu verleiten lassen, so viele Erklärungen in dieser Angelegenheit abzugeben. Nun hat es ganz den Anschein, daß nichts von alledem stimmte. Man hat dir also in Carlisle nur die Schatulle gestohlen?«

»Nur die Schatulle!« Das war immerhin eine Frage, die sie noch beantworten konnte.

»Aber die Einbrecher vermuteten, daß sich die Diamanten in dieser Schatulle befanden?«

»Ja, das möchte ich schon annehmen. Aber bitte, Frank, bitte, nimm mich jetzt nicht in ein Kreuzverhör. Wenn du wüßtest, was ich durchgemacht habe, würdest du mich nicht weiter dafür büßen lassen. Man hat mich dazu

gebracht, zu Mr. Camperdown zu gehen. Stell dir das nur vor! Zu Mr. Camperdown! Ich bin schon für heute mit ihm verabredet. Wenn du nicht nett zu mir bist, Frank, werde ich nicht die Kraft haben, mit ihm auf ruhige und vernünftige Art zu sprechen. Bitte, Frank, sei nett zu mir!«
Und er war nett zu ihr.
Er hob sie vom Boden auf und trug sie zum Sofa. Er stellte keine weiteren Fragen mehr wegen des Halsbandes. Natürlich hatte sie ihn angelogen und nicht nur ihn: Sie hatte alle Welt belogen. Seit er ihr zum erstenmal in seinem Leben begegnet war, kannte er ihre Verlogenheit. Er wußte, daß man aus ihrem Munde, so wahr ihr der Teufel helfe, nur reine Lügen und nichts als Lügen erwarten konnte. Gewiß, ihre letzte Lüge war groß und fett. Sie war der Anlaß zu unzähligen Verwirrungen gewesen. Vor allem war es eine völlig überflüssige Lüge. Sie hatte anderen Leuten Unannehmlichkeiten bereitet, doch den Hauptschaden hatte Lizzie selber tragen müssen. Auch er hatte sich durch diese Lüge zu Äußerungen und Handlungen verleiten lassen, die er sonst nicht getan hätte. Schlimmer war, daß sich Lizzie durch die Vorspiegelung falscher Tatsachen für immer ruiniert hatte.
Beim Abschied gab er ihr den Rat, unmittelbar nach ihrer neuerlichen Vernehmung vor dem Magistratsgericht um eine Unterredung mit Major Mackintosh oder einem anderen leitenden Beamten von Scotland Yard zu bitten. Sie schlug ihm vor, er möchte ihr doch beim Weg zum Gericht das Händchen halten. Das Parlament hatte sich über Ostern vertagt. So konnte er sie schwerlich mit der Ausrede abweisen, er habe keine Zeit.
»Frank, du mußt mich begleiten! Du weißt doch, in welcher Lage ich mich befinde!«
Er lehnte ihre Bitte nicht ab, aber ...
Er drückte ihr die Hand, ohne etwas zu versprechen.

Für den Gang zu Mr. Camperdown hatte sie sich einen Wagen bestellt. Nun zog sie sich für den Besuch im Büro des feindlichen Anwalts mit großer Sorgfalt an. Sie wollte nicht im Büßergewand, in Sack und Asche, vor ihm erscheinen. Jedenfalls sollte er es ihr nicht gleich ansehen, wie sehr sie sich schämte.
Ehe sie das Haus verließ, sprach sie noch ein paar Worte mit Mrs. Carbuncle. »Ich werde wohl am Sonnabend nach Schottland fahren«, sagte sie, um ihre Freundin rechtzeitig zu warnen.
»Das heißt, wenn man dich gehen läßt«, meinte Mrs. Carbuncle.
»Was soll das heißen? Wer wird mich daran hindern?«
»Die Polizei. Ich weiß alles über diese Geschichte. Du mußt nicht so tun, als ob ich eine Unschuld vom Lande wäre. Lord George hat mir gesagt, man

werde dich wahrscheinlich ins Kittchen bringen, vielleicht heute, vielleicht morgen.«
»Lord George ist ein Quatschkopf. Im übrigen glaube ich nicht, daß er so was jemals gesagt hat. Und wenn ja, hat er keinen blassen Schimmer, wie die Dinge wirklich liegen.«
»Eigentlich sollte er aber Bescheid wissen. Er hat deinetwegen so viel auszustehen gehabt, daß er schon einen Anspruch darauf hätte, informiert zu sein. Ich muß ehrlich bekennen, die ganze Sache geht über meinen Horizont. Da lag das Halsband die ganze Zeit über in deiner eigenen Schatulle. Die Leute glaubten, Lord George habe die Diamanten entwendet – oder sagen wir höflicher: an sich genommen. Du hast nichts getan, meine liebe Lizzie, um diesen unsinnigen Behauptungen das Lebenslicht auszublasen, wenn man es so formulieren kann. Mir ist es auch unverständlich, wie du all den Leuten noch ins Gesicht schauen kannst, mit denen du in Carlisle zusammen warst! Ich möchte annehmen, es versteht sich wohl von selbst, daß du nicht länger bei mir wohnen kannst. Ich meine, nach allem, was vorgefallen ist.«
Nun wurde der Ton zwischen den beiden Freundinnen ganz formell.
»Ich werde bleiben, solang es mir paßt, Mrs. Carbuncle.«
»Und solang es der Polizei paßt. Ja, es ist das beste, wenn Sie jetzt nach Schottland fahren. Hier kann ich Sie sowieso nicht länger behalten. Bis Freitagabend ginge es noch, aber dann würde ich es schon für das richtige halten, wenn Sie Ihre eigenen Räume nicht verlassen und auch Ihre Mahlzeiten dort einnehmen.«
»Wie können Sie es nur wagen, so mit mir zu reden?« kreischte Lizzie.
»Wenn eine Frau einen Meineid geleistet hat«, sagte Mrs. Carbuncle und erhob ihre Hände in einer Geste, die zugleich Abscheu und tiefste Trauer ausdrücken sollte, »wenn jemand so tief gesunken ist, dann gibt es nichts, was man einer solchen Person nicht sagen kann und sagen darf. Sie haben die heiligen Gesetze unseres Landes mißachtet. Ich bin fest davon überzeugt, daß man Sie bei Wasser und Brot einkerkern kann, für Monate und Monate, ja, sogar für viele Jahre.« Nachdem sie dieses gar fürchterliche Urteil ausgesprochen hatte, und zwar mit würdeloser Würde, stampfte sie in all ihrer junonischen Majestät aus dem Zimmer. Sie schlug die Tür zu, öffnete sie aber wieder einen Moment, um ihrer alten Freundin durch den Türschlitz noch die trostreichen Worte zuzurufen: »Und natürlich kann der Gerichtsvollzieher kommen und Ihr gesamtes Eigentum pfänden, damit man die Gläubiger befriedigen kann.«
Nachdem sie diese Äußerung auf so dramatische Art von sich gegeben hatte, war auch Mrs. Carbuncle befriedigt.
Inzwischen war der Wagen vorgefahren. Die Auseinandersetzung mit

Mrs. Carbuncle hatte Lizzie fast um ihre letzte Kraft gebracht. Nur mit Mühe hatte sie ihre Tränen zurückhalten können. Und doch war alles falsch gewesen, was diese Mrs. Carbuncle behauptet hatte. Aber Lizzie hatte keine Zeit mehr, darüber zu sinnieren, wie traurig es doch eigentlich sei, daß es so viele Lügner auf der Welt gäbe – und Lügnerinnen. Nach dem Verschwinden von Patience Crabstick hatte sie eine neue Zofe engagiert, von der sie sich nun auf ihrem Weg zu Mr. Camperdown begleiten ließ. Als sie durch die Vorhalle schritt, um in den Wagen zu steigen, hatte sie sich wieder voll in der Gewalt. Im Vestibül hatte sich die gesamte Dienerschaft von Mrs. Carbuncle versammelt, alle diese kleinen schadenfrohen Kreaturen. Lizzie strafte sie mit Verachtung. Sie rauschte an ihnen vorbei und stieg in den Wagen. Die Fahrt nach Canossa konnte beginnen. Auf dieser Reise war die Anwaltskanzlei von Mr. Camperdown die erste Etappe.

Mr. Camperdown empfing sie in seinem Privatbüro. Zu ihrer Überraschung traf sie dort ihren Schwager. »Ach, John«, sagte sie, »ich hatte nicht damit gerechnet, dich hier bei Mr. Camperdown wiederzusehen.«

»Ich hielt es für das beste, auch hier zu sein – als Freund«, sagte John Eustace.

»Das macht mir alles natürlich viel leichter«, sagte Lizzie. »Ich bin mir nicht ganz so sicher, ob es mir Mr. Camperdown gestatten würde, ihn auch als meinen Freund anzusehen.«

»Sie haben nie irgendwelchen Anlaß gehabt, mich als Ihren Feind zu betrachten«, erklärte Mr. Camperdown. »Wollen Sie nicht Platz nehmen? Wenn ich Sie recht verstehe, wollen Sie mir jetzt die näheren Umstände erklären, wieso das Familienerbstück der Eustace-Familie gestohlen wurde, während Sie selbst diese fremde bewegliche Sache in Ihrem Gewahrsam hatten?«

»Sie irren sich, Mr. Camperdown. Bei dieser fremden beweglichen Sache handelt es sich immerhin um mein Eigentum.«

»Gnädige Frau, das ist eine Behauptung, der ich widersprechen muß.«

»Spielt das wirklich noch eine Rolle?« warf John Eustace ein. »Diese elenden Diamanten sind ja nun doch den Weg aller Steine gegangen. Was weg ist, ist weg. Und da ist es doch ziemlich gleichgültig, wer einen Anspruch auf sie hat. Gleichgültig, ob sie das Eigentum meiner Schwägerin oder ihres Sohnes sind.« Mr. Camperdown schüttelte verärgert den Kopf. Es bereitete seinem juristischen Herzen einen geradezu physischen Schmerz, daß sich jemand auf die Seite dieses bösen, betrügerischen Weibsbildes stellen konnte, das ihm schon so viel Mühen bereitet hatte, von den dadurch verdienten Honoraren ganz zu schweigen, was Mr. Camperdown auch tat. Lizzie erkannte sofort ihre Chance. Sie war kühner denn je zuvor: »Nie und nimmer werden Sie mich dahin bringen, daß ich mir das

Eigentumsrecht an diesen Diamanten bestreiten lasse, nur weil es Ihnen so paßt. Mir paßt es nicht. Ich habe dieses Halsband von meinem seligen Mann erhalten. Ich weiß, daß es mir gehört, es ist mein Eigentum.«
»Eigentum kann auch Diebstahl sein«, meinte der Anwalt trocken und dachte an Proudhons »Qu'est-ce que c'est que la propriété?« Dann fügte er hinzu: »Jedenfalls hat man das Halsband gestohlen.«
»Stimmt, Mr. Camperdown, man hat mir mein Halsband gestohlen.«
»Und nun wollen Sie die Güte haben, uns zu erzählen, wie sich dieser Diebstahl, wenn es ein Diebstahl war, zugetragen hat?«
Lizzie sah ihren Schwager an und seufzte. Nie zuvor hatte sie die näheren Umstände dieser Geschichte gleichsam in voller Nacktheit dargestellt, obwohl man ihr schon drei- oder viermal ein Geständnis entlockt hatte. Sie schwieg und hoffte, man würde ihr nun Fragen stellen, auf die sie eine einsilbige Antwort geben könnte. Aber nichts dergleichen geschah. Schließlich sagte sie: »Warum soll die ganze Geschichte nochmals aufgewärmt werden? Sie wissen ja sowieso schon alles.«
»O nein, nicht alles. Doch repetieren wir einmal den Sachverhalt. Die Diamanten wurden nicht in Carlisle gestohlen. Das steht fest. Sie wurden jedoch später gestohlen. Haben Sie der Polizei oder dem Magistratsrichter nach dem Einbruch in Hertford Street genau mitgeteilt, welche beweglichen Sachen man Ihnen weggenommen hatte?«
»Ja, das hab' ich getan. Es handelte sich dabei um etwas Geld, um ein paar Ringe und einige andere Schmuckstücke.«
»Haben Sie bei dieser Gelegenheit zu Protokoll gegeben, daß Ihnen das Halsband gestohlen wurde?«
»Man hat mich nie danach gefragt, Mr. Camperdown.«
»Sehen Sie, John, alles ist sonnenklar«, sagte der Anwalt.
»Ja, ziemlich klar, würde ich sagen«, erwiderte John Eustace.
»Und ich möchte sagen, daß für mich jetzt wohl der passende Augenblick gekommen ist, mich zu entfernen«, sagte Lizzie und erhob sich.
Es gab keinen vernünftigen Grund, warum sie länger bleiben sollte. Ja, nachdem nun die Unterredung zu Ende war, bestand kein vernünftiger Grund, warum sie überhaupt stattgefunden hatte. Mr. Camperdown und auch ihr Schwager John Eustace hatten im Verlauf dieses Gesprächs einige Informationen erhalten, doch nichts erfahren, was ihnen nicht schon längst bekannt war.
Das große Rätsel war gelöst. Der große Schwindel war aufgedeckt, bei dem Lizzie Eustace die Hauptrolle gespielt hatte. Aber selbst Mr. Camperdown mußte zugeben, daß man ihr nichts anhaben konnte. Er hatte es nie für tunlich erachtet, ein Meineidsverfahren gegen sie anzustrengen. Zu seinem Bedauern konnte man sie auch nicht außergerichtlich dafür belangen,

daß sie durch Starrsinn und Unredlichkeit so viel Ärger über eine ihr immer gutgesinnte Familie gebracht hatte.
»Ich habe nicht die Absicht, Lady Eustace, Sie noch länger aufzuhalten«, sagte der Anwalt. »Und wenn ich mit Engelszungen bis in alle Ewigkeit reden würde, könnte ich Sie wahrscheinlich doch nicht davon überzeugen, was für einen Schaden Sie angerichtet haben. Als Ihr verehrter Gatte starb, haben wir Sie alle, wie mir scheint, in uneigennütziger Weise beraten. Sie haben unseren Rat nicht annehmen wollen. Nun sehen Sie, was dabei herausgekommen ist.«
»Es gibt nichts, wessen ich mich zu schämen hätte«, sagte Lizzie.
»Wahrscheinlich nicht«, nuschelte Mr. Camperdown lakonisch.
»Leb wohl, John.« Lizzie drückte ihrem Schwager die Hand.
»Leb wohl, Lizzie.«
»Mr. Camperdown, ich habe die Ehre, Ihnen einen guten Morgen zu wünschen.« Dabei machte Lizzie einen kleinen Hofknicks vor dem Anwalt. Dann ließ sie sich von einem Kanzleiangestellten zum Wagen geleiten. Zweifellos hatte sie diese Unterredung überstanden, ohne neue Wunden zu erleiden.
Als die Tür zum Privatkontor von Mr. Camperdown wieder geschlossen war, sagte der Anwalt zu John Eustace: »Mir tut der arme Advokat leid, der sie in Old Bailey einem Kreuzverhör wird unterziehen müssen. Es gibt nichts, wozu eine schöne Frau nicht imstande ist, wenn sie alle Scham über Bord geworfen hat.«
»Ja«, sagte John Eustace, sie ist gewiß keine alltägliche Frau. Man sollte sie nie unterschätzen. Wären Frauen als Advokaten zugelassen, hätte sie bestimmt eine große Karriere vor Gericht gemacht.«
Inzwischen kehrte Lizzie Eustace triumphierend in die Hertford Street zurück, in das Haus von Mrs. Carbuncle.
Das Triumphgefühl war nur von kurzer Dauer. Für den übernächsten Tag war eine Verhandlung vor dem Polizeigericht angesetzt, bei der außer dem Juwelier Benjamin auch noch zwei hartgesottene Berufsverbrecher namens Smiler und Cann auf der Anklagebank saßen.
Nach dem Aufruf der Sache ergriff zunächst der Vertreter der Anklagebehörde das Wort, der mit vorbildlicher Knappheit und Präzision den Sachverhalt schilderte, der zur Erhebung der Anklage geführt hatte. Als erste Zeugin benannte er Lizzie, »die Dame, die bei Ausführung des Diebstahls im Besitz des Halsbandes gewesen war«.
Lizzie hatte zunächst außerhalb des Gerichtssaals warten müssen. Nun wurde sie von Frank Greystock hineingeführt und von einem Gerichtsdiener zu einem Stuhl geleitet. Man sagte ihr, sie dürfe sich hinsetzen. In sehr höflicher Weise wurde sie ersucht, den Schleier zu entfernen, der ihr

Gesicht verdeckte, als hätte man sie vor den Kadi in einem Märchenprozeß aus Tausendundeiner Nacht geladen. Dann reichte man ihr eine Bibel. Sie küßte das Buch und sprach die Eidesformel nach.
Es folgte die erste Frage. Sie war sehr einfach: Ob sie sich noch an die Nacht im Hotel in Carlisle erinnern könne? Würde sie bitte dem Gericht erzählen, was sich in jener Nacht abgespielt habe? Befand sich das Halsband in der Schatulle, als letztere gestohlen wurde? Nein, aus Sicherheitsgründen hätte sie das Schmuckstück entfernt und unter ihrem Kissen verborgen gehalten.
Dann kam die erste Klippe. Sie mußte zugeben, daß sie vor dem Magistratsgericht in Carlisle eine falsche Aussage gemacht hatte. Aber selbst diese Klippe wurde noch einigermaßen sicher umschifft. Der Gerichtsvorsitzende unterbrach den Vertreter der Anklagebehörde, um von sich aus eine Frage an die Zeugin zu richten: »Soll das heißen, Lady Eustace, daß Sie vor dem Gericht in Carlisle eine bewußt falsche Aussage machten?«
Bei dieser Frage brach Lizzie in Tränen aus: »Durch den erlittenen Schock war ich in einem solchen Zustand, daß ich überhaupt nicht wußte, was ich sagte.«
Von diesem Augenblick an stand der Richter auf ihrer Seite – und die Zuhörer taten es auch.
Es folgte nun die Befragung durch den Prozeßanwalt, dem der Juwelier Benjamin Vollmacht zu seiner Verteidigung erteilt hatte. Er faßte Lady Eustace mit Glacéhandschuhen an, die er aber wohl kurz vor dem Kreuzverhör in eine ätzende Flüssigkeit getaucht hatte. Dieser Advokat, ein sehr gelehrter Mann mit einem glatten Gesicht, das Paragraphen und Präzedenzfälle widerspiegelte, schien über eine Stimme zu verfügen, wie man sie sich melodischer und einschmeichelnder nicht denken konnte. Er wandte sich an die Zeugin mit so sanften Worten, als wage er es kaum, eine durch Reichtum, gesellschaftliche Stellung und Schönheit derart ausgezeichnete Dame überhaupt anzusprechen. Dieser Respekt, der ehrfürchtig aus den oberen Registern seiner forensischen Stimme aufstieg, hielt ihn aber nicht davon ab, in den Tiefenlagen seiner Beredsamkeit einige gefährliche Untertöne aufklingen zu lassen.
»Darf ich es als wahr unterstellen oder nicht, daß die Zeugin aus freien Stücken eine Aussage vor dem Magistratsgericht in Carlisle machte, um der Polizei die Möglichkeit zu geben, gewisse Personen zu verhaften, die gewisse Diamanten gestohlen haben sollten, obwohl die Zeugin wußte, daß diese gewissen Diamanten die ganze Zeit über in ihrem ungewissen Besitz waren?«
Eine etwas längliche Frage. Aber jede einzelne Silbe klang so schön, daß Lizzie zunächst nicht begreifen konnte, wie man einen so bitteren Kern in

eine so süße Schale zu kleiden vermochte. Sie brauchte daher einige Zeit, um diese Frage überhaupt zu verstehen. Der Advokat wiederholte sie dreimal. Bei jeder Wiederholung gewann seine Stimme neuen Schmelz.

»Ja«, sagte Lizzie schließlich.

»Ja?« fragte er.

»Ja«, sagte Lizzie.

»Ihre Ladyschaft hat also die Polizei der Grafschaft Cumberland losgeschickt, um angebliche Juwelendiebe dingfest zu machen, während sich die Juwelen bei Abgabe dieser beschworenen Aussage in den Händen Ihrer Ladyschaft befanden?«

»Ja«, sagte Lizzie.

»Und Ihre Ladyschaft wußte, daß sie damit eine dem wirklichen Sachverhalt widersprechende Tatsache behauptete?«

»Ja«, sagte Lizzie.

»Und die arme Polizei hat diesen angeblichen Juwelendieben wochenlang nachgespürt?«

»Ja«, sagte Lizzie.

»Und Ihre Ladyschaft störte sich nicht daran, daß sogar der ehrenwerte Lord George de Bruce Carruthers durch die üble Nachrede gewisser Elemente in den Verdacht einer Mittäterschaft geriet?«

Er ging noch einen sanften Schritt weiter. Nahezu flüsternd, nur mit leicht hingehauchter Stimme und mit einem Honiglächeln fragte er Ihre Ladyschaft, ob sie nicht mit Lord George verlobt sei und ihn demnächst zu heiraten gedenke. Als Lizzie diese Frage verneinte, machte er behutsam die deutliche Anspielung, daß eine solche »intime Verbindung« wohl von der Zeugin und von Lord George erwogen werde.

Hier kam es nun zu einem kleinen Zwischenfall. Frank Greystock, der immerhin selbst als Prozeßanwalt zugelassen war, richtete von der Zuhörertribüne aus die Aufforderung an das Gericht, Lady Eustace vor einer derart provozierenden und vulgären Befragung zu schützen. Es gab nun allerlei Aufregung im Gerichtssaal. Das Tribunal wurde sozusagen zur Szene. Lizzie war das unerwartete Eingreifen ihres ritterlichen Vetters recht peinlich. Und doch tat der Zwischenruf seine Wirkung, vor allem dadurch, daß er das Interesse der Zuhörer von Lizzie auf die beiden sich streitenden Advokaten ablenkte. Natürlich wurde diesem Divertissement (oder sollten wir lieber von einem Divertimento sprechen?) sofort von dem »dirigierenden« Richter Einhalt geboten.

Lady Eustace wurde nun vorläufig als Zeugin entlassen. Während der anschließenden Vernehmung ihrer früheren Zofe Patience Crabstick und auch während der Vernehmung von Billy Cann, einem angesehenen Verbrecher der Londoner Unterwelt, durfte sie sich in einem Warteraum

aufhalten, der in undemokratischer Weise nur für hohe Herrschaften bestimmt war.
Miß Crabstick war eine schwierige Zeugin. Verständlicherweise war sie zu keinem Wörtchen bereit, das sie im geringsten hätte belasten können. Alles in allem machte sie einen unsympathischen Eindruck. Dagegen war Billy Cann charmant in seinem Wesen. Er war höflich, mitteilsam und präzis in seiner Aussage. Gemeinsam mit seinem »Kollegen« namens Smiler stand Billy im Verdacht, an den beiden Einbrüchen in Carlisle und im Haus von Mrs. Carbuncle teilgenommen zu haben. Er war zwar nur von kleiner Statur, doch unerschütterlich. Auch der Advokat mit der melodischen Stimme bemühte sich vergeblich, ihn durch seine einschmeichelnden Fragen in die Enge zu treiben. Für Billy Cann gab es keine Enge. Man fragte ihn, ob er sich tatsächlich schon seit zehn Jahren als professioneller Dieb betätige. Nein, sagte er, das stimme nicht, diese Behauptung sei stark untertrieben. In Wahrheit könne er schon auf eine zwölfjährige Tätigkeit in der Einbruchsbranche zurückblicken. Man fragte ihn, ob er glaube, daß irgendein Schwurgericht etwas auf seinen Schwur geben würde? Nein, antwortete Billy. Man würde ihm nur glauben, wenn er seinen Meineid durch sonstige falsche Angaben erhärten könnte. Allgemeines Gelächter. Als er seine Beteiligung an den beiden Einbrüchen abstritt, fragte ihn unser forensischer Melodiker mit einem herrlichen Tremolo in der Stimme, ob er es wagen würde, einem Mann ins Gesicht zu schauen, der sein Verbrechen offen eingestanden habe – und damit meinte der Advokat jenen alten Gauner namens Smiler. Da erwiderte Billy: »O ja, dem kann ich nicht nur ins Gesicht schauen, sondern auch auf die Finger. Er hat nämlich besonders lange Finger!« Und wieder allgemeines Gelächter.
Das Verfahren gegen Smiler und Genossen wurde nun vom Magistratsgericht an die zuständige höhere Instanz verwiesen.
Lady Eustace wurde erneut aufgerufen. Ihr wurde die Verpflichtung auferlegt, sich zu eventuellen weiteren Vernehmungen zur Verfügung zu halten.
»Gott sei Dank«, sagte Frank Greystock, als er sich vor dem Haus von Mrs. Carbuncle von Lizzie verabschiedete. »Gott sei Dank, daß nun zunächst mal alles vorüber ist!«
»O Frank, liebster Frank, wo wäre ich, wenn ich dich nicht hätte?«
Lizzie wußte, daß diese Frage auch schon die Antwort enthielt.
Eine Antwort, die nicht den Tatsachen widersprach.
Ausnahmsweise.

18 Ebensogut könnte er sich ja erschießen! – Mit Rückfahrkarte nach Schottland – Erste Trauung: in der Kathedrale von Bobsborough – Lady Eustace glänzt durch Abwesenheit – Zweite Trauung: in der Auld Kirk in Ayr

Alle Freunde hatten Frank Greystock gewarnt: »Du bist wohl nicht ganz bei Trost! Denkst du ernsthaft daran, Miß Lucy Morris zu heiraten?« Und seine Freunde standen im Ruf, sehr gute Menschen zu sein, die obendrein noch die Weisheit mit Löffeln gegessen hatten. Sein Vater, der hochwürdige Superintendent Greystock, war gegen diese »potentielle« Schwiegertochter, seine Mutter ebenfalls. Die alte Lady Linlithgow erklärte jedem, der es hören wollte, eine solche Ehe käme nicht in Frage. Der Bischof von Bobsborough schüttelte sein in göttlichen Ehren ergrautes Haupt und meinte, es sei doch jammerschade, daß ein so netter und gescheiter Junge wie Frank keine bessere Partie machen könne. Selbst die liebe alte Lady Fawn, die viel für Lucy übrig hatte, hielt es für eine »absolute Unmöglichkeit«, daß Frank sie heiraten könnte. Jeder fühlte sich bemüßigt, in dieser Sache ein Wörtchen mitzureden, meist sogar mehrere Wörtchen. Auch Lady Glencora unterhielt sich mit ihrer Freundin Madame Max Goesler über dieses so hinreißend aktuelle Thema. »Wie kann er nur!« sagte die allseitig geschätzte Gattin des Schatzkanzlers, »ebensogut könnte er sich ja erschießen!«
Die eine oder andere dieser Äußerungen hatte man Lucy über die klatschknarrende Hintertreppe zugetragen. Aber weit schlimmer als dieses mit Klassenvorurteilen imprägnierte Getratsche traf es sie, daß sie von Frank eine Ewigkeit nichts gehört hatte. Sie setzte sich hin und schrieb ihm einen langen Brief. »Du hast mir die Ehe versprochen. Ich entbinde dich hiermit von diesem Versprechen.« Aber sie schickte den Brief nicht ab, obwohl sie keinen Augenblick daran zweifelte, daß nun alles endgültig vorüber sei. Nein, es war besser, den Brief nicht abzuschicken. Vielleicht sollte sie die ganze Sache auf sich beruhen lassen – ohne Korrespondenz. Sie würde ihm nie Vorwürfe machen, das wußte sie. Aber das änderte nichts an der Tatsache, daß er in ihren Augen nun ein treuloser Geselle war. Er hatte sie schmählich verraten. Hätte sie nicht seinetwegen alles erduldet? Hätte sie nicht bereitwilligst gehungert, wenn sie ihm damit hätte helfen können? Und er? Er hatte seinen Sinn nur auf die materiellen Güter dieser Welt gerichtet. Er wollte es rasch zu Reichtum bringen, zu einer gehobenen Stellung in der Gesellschaft. Wenigstens stellte sich Lucy das so vor. Sie dachte an Lady Eustace. Sicher würde Frank die reiche Lady heiraten, jenes infame Frauenzimmer! Wohl hatte Frank seine Lucy treulos im Stich gelassen, aber er war für sie immer noch der beste, schönste, klügste Mann, den es auf Erden gab. Und diesen besten, schönsten, klügsten Mann würde

nun Lady Eustace zerstören. Sie würde ihn in einen Abgrund stoßen. Bei diesem Sturz würde er sich alle Knochen brechen, auch die Knochen seines Charakters.
Ehe sich die arme wartende Lucy in ihrer Einsamkeit versah, brach die Sturmflut der Ereignisse los. Zuerst erschien eine kleine Notiz in einem Londoner Abendblatt, das in allen fashionablen Kreisen gelesen wurde. Es folgten spaltenlange Gerichtsreportagen über den Zwischenfall vor dem Magistratsgericht. Dann hieß es in einer anderen Pressenachricht, Lady Eustace werde sich demnächst nach Schottland begeben, und zwar in Begleitung ihres Cousins Frank Greystock, des konservativen Abgeordneten für den Wahlkreis Bobsborough.
Lucy war noch immer Gesellschaftsdame bei Lady Linlithgow, die natürlich in den Gazetten alles über Frank gelesen hatte. »Sie hat ein beträchtliches Einkommen, diese Lady Eustace«, sagte die alte Dame, »aber weiß Gott: Sie sitzt auf ihrem Geld!«
Lucy machte keinen Kommentar zu dieser Äußerung. Sie biß die Lippen zusammen, bis sie zu bluten begannen. Schon waren ihre sechs Monate als Gesellschaftsdame bei Lady Linlithgow fast zu Ende. Dann würde sie sich wieder einige Zeit bei ihren alten Freunden in Fawn Court aufhalten. Aber auch dort würde sie nicht über Frank und Lady Eustace sprechen. Sie würde es höchstens zulassen, daß dieses Thema *einmal* erörtert werde, ein einziges Mal. Dann dürfte man in ihrer Gegenwart den Namen Frank nie wieder erwähnen.
Als Lucy diesen Vorsatz faßte, der wahrscheinlich wie alle guten Vorsätze unausführbar war, genau in diesem historischen Augenblick wartete Frank Greystock mit einem großen Aufgebot von Droschken vor dem Haus von Lady Carbuncle in der Hertford Street. Lizzie hatte beschlossen, den allerersten Zug nach Schottland zu nehmen, der bereits um acht Uhr früh vom Euston Square Bahnhof abging. Auf diese Weise war es möglich, die Reise in einem Tag zu schaffen. Sie selbst – und auch ihr Vetter Frank – hielten es für opportun, diesmal nicht in Carlisle zu übernachten, wo es nur ein einziges gutes Hotel gab – und gerade dieses »beste Etablissement am Platze« konnte nur unangenehme Erinnerungen wachrufen. Ganz abgesehen davon, sprach man doch sicher jetzt in diesem Hotel viel über Lady Eustace, da ja alle Zeitungen – auch in der Provinz – gerade in letzter Zeit im Zusammenhang mit der Londoner Gerichtsverhandlung viel über die »Halsband-Affäre« berichtet hatten.
Der Zug fuhr auf die Minute pünktlich vom Euston Square Bahnhof ab. Ja, das waren noch Zeiten! Ohne Zwischenstation war es eine lange und anstrengende Reise.
Frank und Lizzie saßen allein im Abteil.

»Du wirst doch noch ein paar Tage bleiben«, sagte Lizzie. »Bitte, versprich mir, daß du mindestens eine Woche bleibst!«
»Morgen bleib' ich bestimmt noch.«
»Nur einen Tag?«
»Ich muß mir mein Geld verdienen, und im Augenblick hab' ich's besonders nötig.«
»Geld ist mir verhaßt.«
»Du hast gut reden.«
»Geld ist mir verhaßt. Und willst du wissen, warum? Es ist das einzige, was man nicht mit Menschen teilen kann, die man wirklich liebt. Bitte mich um irgend etwas, und ich geb's dir mit Freuden, auch wenn es 1000 Pfund Sterling wert ist.«
»Bitte, Lizzie, nichts ist mir verhaßter als milde Gaben. Es ist mir schon immer peinlich gewesen, Geschenke anzunehmen.«
Lizzie machte noch einen Versuch. »Frank, du weißt genau, was ich meine. Ich bin freigebig von Natur. Es ist deine Schuld, wenn ich mich in dich verliebt habe. Willst du alles haben, was ich dir bieten kann?«
Sie beugte sich vor und rückte näher an ihn heran. Dabei bemerkte er, wie unordentlich sie frisiert war. Bei einer so langen Reise hätte sie schon etwas mehr Sorgfalt auf ihr Äußeres legen können.
»Weißt du nicht«, fragte er, »daß ich mit Lucy Morris verlobt bin?«
»Nein! Das weiß ich nicht!«
»Ich hab's dir aber schon oft gesagt.«
»Und kannst du es dir wirklich leisten, eine solche Bettelprinzessin zu heiraten wie diese Lucy Morris?«
»Vielleicht nicht. Aber ich werd's tun, ohne es mir leisten zu können.«
Lizzie hatte den Namen ihrer Rivalin in jenem verächtlichen Ton ausgesprochen, den sie mit so souveräner Meisterschaft beherrschte.
»Ich bitte dich, Lizzie, sag nichts gegen Miß Morris. Ich kann das einfach nicht dulden. Wenn du in dieser Tonart weitersprichst, verlaß' ich dich schon auf dem Bahnhof in Troon.«
Lizzie ließ sich mit einem plötzlichen Ruck in ihren Ecksitz zurückfallen. Beide sprachen kein Wort mehr. Auf dem Bahnhof half er ihr beim Aussteigen aus dem Coupé. Er half ihr beim Einsteigen in ihren eigenen Wagen, der am Bahnhof bereitstand. Er kümmerte sich um das Gepäck. Noch immer sprachen Lizzie und er kein Wort.
Frank hatte versprochen, den folgenden Tag auf Schloß Portray zu bleiben. Nun wollte er sein Wort nicht brechen, obwohl er es nur zu gern getan hätte.
Am nächsten Tag sah und hörte er nichts von Lizzie. Erst um vier Uhr nachmittags ließ sie ihm mitteilen, sie sei noch immer von der Reise so

erschöpft, daß sie niemanden sehen könne – höchstens ein paar Minuten ihren kleinen Jungen. Sie gab der Hoffnung Ausdruck, ihr Vetter habe es sich inzwischen so bequem wie möglich gemacht. Wahrscheinlich werde sie ihn morgen beim Frühstück sehen. Frank hatte jedoch bereits beschlossen, Portray Castle am nächsten Morgen frühzeitig zu verlassen. Er schrieb also ein paar Zeilen an seine Cousine. Sie solle sich doch nicht seinetwegen inkommodieren lassen. Er werde in aller Herrgottsfrühe aufbrechen, längst bevor sie aufgestanden sei. Er möchte sie nur nochmals daran erinnern, daß sie unter allen Umständen nach London kommen müsse, sobald sie eine Vorladung als Zeugin in der Strafsache gegen Benjamin und Genossen erhalte. Frank hatte nämlich den Eindruck gewonnen, daß Lizzie irrigerweise annahm, diese leidige Affäre sei für sie nun abgeschlossen – abgeschlossen bis ans Ende aller juristischen Tage. So schrieb er nun: ». . . und unter Umständen kann sich die Verhandlung lange hinziehen. Falls Du Wert darauf legst, bin ich nach wie vor bereit, Dich auf dem Weg nach Old Bailey zu begleiten.«
Nachdem Lizzie dieses Billett erhalten hatte, hielt sie es doch für richtig, nach unten zu kommen, um mit Frank noch vor seiner Abreise zu sprechen. Das Gespräch fand in ihrem eigenen kleinen Boudoir statt und dauerte eine Viertelstunde. Sie hatte einen bestimmten Plan, den sie ihm nun sofort mitteilen wollte. Er könne es ihr doch ansehen, wie elend sie sich nach der langen Reise von London nach Schottland fühle. Sei es zumutbar, daß sie nun abermals eine so lange und für ihre Gesundheit so schädliche Reise unternehmen müsse, nur damit sie als Zeugin Fragen beantworte, die sie schon hundertmal beantwortet habe? Frank erwiderte, man könne sie zur Aussage zwingen, gleichviel ob die Reise zumutbar sei oder nicht. Man werde unter allen Umständen auf ihrer Vernehmung bestehen. Lizzie brachte dann noch allerlei Argumente vor, warum man sie doch nun in Ruhe lassen müßte, aber alle wurden von Frank als nicht stichhaltig abgetan. Schließlich sagte Lizzie: »Also gut, dann werde ich auch noch andere Juristen um ihre Ansicht bitten müssen. Vielleicht können mir deine Kollegen besser helfen als du.«
Frank nahm diese boshafte Bemerkung ruhig hin: »Frag, wen du willst. Auf alle Fälle liegt es in deinem ureigensten Interesse, daß du bei der Verhandlung dabei bist.«
»Also gut«, sagte Lizzie kühl. »Ich bin zu müde, um unser Gespräch fortzusetzen. Ich will dir also schon jetzt adieu sagen. Es war nett, daß du mich nach Portray Castle begleitet hast. Leb wohl!«
Und so trennten sie sich. Wie versprochen, war Frank Greystock einen Tag in Portray Castle geblieben. Er hatte es eilig. Trotzdem unterbrach er die Reise in Carlisle. Warum auch nicht?

Lucy Morris war von Lady Linlithgow nur für ein halbes Jahr als Aushilfe engagiert worden. Nun war die Zeit abgelaufen. »Wie schade, mein liebes Kind, daß wir uns trennen müssen«, sagte die alte Dame. »War ich nett zu Ihnen? Sicher nicht. Ich bin niemals nett. Man war immer hart zu mir, so bin ich's auch geworden. Aber Sie, mein Kind, hab' ich wirklich gern.«
Und dann nahm Lucy Abschied. Im Wagen von Lady Linlithgow wurde sie nach Richmond gefahren zu Lady Fawn, bei der sie nun erst einmal einige Zeit bleiben wollte – als Gouvernante »honoris causa« für die jüngeren Töchter. Sie hatte sich fest vorgenommen, es sollte nur ein einziges Mal über die Verlobung gesprochen werden, die keine Verlobung mehr war. Dann wollte sie Lady Fawn bitten, dafür zu sorgen, daß dieses Thema nun ein für allemal erledigt war. Auch Lady Fawn hatte von sich aus einen ähnlichen Entschluß gefaßt. Ja, es war mehr als nur ein Entschluß. Es war ein richtiger Generalstabsplan *en miniature* darüber, wie alles im einzelnen durchzuführen war. Gleich nach dem Frühstück wollte sie Lucy und ihre jüngeren Töchter in denjenigen Raum von Fawn Court schicken, der früher als Schulzimmer gedient hatte. Dort sollten Lucy und die Mädchen Gelegenheit haben, sich über all das zu unterhalten, was man in den vergangenen sechs Monaten erlebt hatte.
Um die Mittagszeit machte Lady Fawn eine Spazierfahrt mit ihren drei ältesten Töchtern, während Lucy mit dem jungen Gemüse zurückblieb. Sie sahen sich Bücher und Landkarten an, natürlich nur solche Bücher, deren Inhalt mit den Anforderungen der Ehrbarkeit und Keuschheit im Einklange stand. Lucy erklärte den Kindern, was zu erklären war. Aber all das geschah spielerisch. Sie vermied es an diesem ersten Tag, den sie wieder in Fawn Court verbrachte, die Gouvernante zu spielen. Man lachte und gickelte über Gott und die Welt und über die lieben Mitmenschen, die diese Welt bevölkerten.
Da erschien plötzlich eines der Kammermädchen. Sie machte ein langes Gesicht und sagte mit Grabesstimme, die vor sehr lebhafter moralischer Entrüstung zitterte, im Salon warte ein Gentleman auf Miß Morris.
Lucy wurde kreidebleich.
»Wer ist denn dieser Gentleman?« fragte Diana, die älteste der mit Lucy zurückgebliebenen Töchter.
Das Kammermädchen hielt es für angebracht, die gewünschte Erläuterung von sich aus zu geben: »Es ist derselbe Herr, der schon früher Miß Morris besucht hat.«
Lucy hatte sich inzwischen von ihrem ersten Schreck erholt. »Ach«, sagte sie mit größter Selbstverständlichkeit, »es ist der Unterhausabgeordnete Mr. Greystock. Ich will ihn nicht warten lassen.« Dann zum Kammermädchen: »Bestellen Sie ihm bitte, ich käme gleich.«

Das Kammermädchen mit der Grabesstimme zog ab.
Eines der kleinen Fawn-Mädchen flüsterte Lucy ins Ohr: »Sie hätten doch das andere Kleid anziehen sollen!«
Lucy war indessen nicht gesinnt, ihre herzigen krausen Stirnlöckchen noch herziger zu legen oder gar ihr Kleid zu wechseln – nur für einen Herrn, der zufällig des Weges kam. Zufällig? Sie wußte es nicht. Aber sie wußte etwas – und das war tausendmal wichtiger: Der Mann, der sie geliebt hatte, der Mann, der sie dann treulos verlassen hatte, war im Haus!
Sie öffnete die Tür zum Salon. Ganz leise trat sie ins Zimmer, ganz langsam. Doch ehe sie noch richtig wußte, daß sie sich im Salon befand, hatte Frank Greystock sie umarmt. Er küßte ihre Stirn, ihre Augen, ihre Lippen. Als sie sich später auf dieses Wiedersehen in Fawn Court besinnen wollte, konnte sie sich auch nicht an ein einziges Wort erinnern, das er damals gesprochen hatte. Sicher hatte sie zuerst etwas gesagt. Sicher hatte sie ihn gebeten, er möge sie doch aus der allzu festen Umklammerung loslassen. Aber immer hatte sie die Worte im Ohr, noch Jahre später, die einzigen Worte, die sich ihrem Gedächtnis eingeprägt hatten: »Liebste Lucy, kannst du mir vergeben?« Nur mit Tränen konnte sie auf diese Frage antworten. Sie ergriff seine Hand und küßte sie.
Im Pfarrhaus in Bobsborough hatte man sich eine andere Schwiegertochter gewünscht. Aber als Lucy nun als Braut zu den Greystocks zurückkehrte, wurde sie von Franks Mutter mit liebevoller Zärtlichkeit aufgenommen. Man hatte ja nie etwas gegen sie persönlich gehabt. Man hatte sich nur eine vermögende Schwiegertochter gewünscht. Nun hatte Frank gehandelt. Der Fall war erledigt – jedenfalls in Bobsborough.
Lucy blieb fünfzehn Monate im Pfarrhaus. Dann fand die Hochzeit statt, bei der die jüngeren Töchter von Lady Fawn die Brautjungfern waren.
Und nun müssen wir den Leser noch um Nachsicht bitten, daß es uns wie dem armen Tausendfüßler erging, der beim Marschieren plötzlich mit einem seiner Beinchen aus dem Schritt kam. Aber ach, selbst der gewissenhafteste Chronist kann es nicht verhindern, daß seine Beinchen beim Erzählen einer Geschichte bisweilen den Ereignissen vorauseilen und ihnen bisweilen nachhinken. So müssen wir schon jetzt mit einer kleinen Anleihe bei der Zukunft folgendes erwähnen: Ursprünglich war es Pastor Emilius, der populärste Kanzelredner Londons, der diese Trauung hätte vollziehen sollen. Da die Hochzeit jedoch erst nach Beendigung der Londoner Saison stattfand, hatte sich dieser fashionable Diener Gottes – ebenso wie die meisten seiner Schäfchen – bereits aus der nunmehr verödeten Steinwüste der englischen Metropole entfernt. So hielt Franks Vater die Trauung, der würdige Superintendent Greystock, der zugleich Domherr an der Kathedrale von Bobsborough war.

Und nun muß sich der Chronist mit einem weniger erfreulichen Ereignis befassen, das sich abspielte, noch ehe es zu der Trauung in der Kathedrale von Bobsborough kam. Es handelt sich dabei um den Prozeß im Strafgericht Old Bailey gegen Benjamin und Genossen.
Allgemein hatte sich die immer neugierige, immer sensationshungrige Öffentlichkeit, die kurioserweise fast immer im verborgenen blüht, weil es sich dort besser munkeln läßt, schon seit geraumer Zeit darauf gefreut, daß man bei dieser Hauptverhandlung auch Lady Eustace leibhaftig vor Augen haben werde. Aber ach, die böse Lizzie hatte alle Sensationshascher enttäuscht. Wohl glänzte sie auch diesmal in Old Bailey, aber nur durch ihre Abwesenheit. Trotzdem waren alle Zuschauerbänke im Gerichtssaal überfüllt. Man hatte ja allgemein damit gerechnet, daß der gelehrte *sergeant at law*, den sich der angeklagte Juwelier Benjamin als Hauptverteidiger engagiert hatte, die arme Lady Eustace im Kreuzverhör peinigen und zerfetzen würde, natürlich in umgekehrter Reihenfolge. Auch dieser Sergeant trug einen Seidentalar, wie ihn nur die Auserwählten unter den Prozeßanwälten tragen dürfen. Ja, er war ein so großer Advokat, daß er nicht allein vor Gericht auftreten konnte, das verbot schon seine Standesehre. Er mußte einen Gehilfen haben, einen Junior, auch wenn dieser Junior viel älter war als er selbst. Mit anderen Worten: Neben und hinter ihm mußte noch ein Prozeßanwalt ohne Seide plädieren, der im juristischen Ansehen erheblich niedriger stand als sein berühmter Kollege und daher auch erheblich niedriger honoriert wurde als der Advokat mit dem seidenen Talar. Aber diesmal hatte der *sergeant at law* einen Junior, der zumindest über eine Seidenstimme verfügte, nämlich jenen melodisch tönenden Prozeßanwalt, dem wir schon damals beim Magistratsgericht begegnet sind und der schon der armen Lady Eustace das Leben vor Gericht durch seine bittersüßen Fragen erschwert hatte.
Irgendwie, jedenfalls auf mysteriöse Weise, hatte sich in den Hinterhöfen der Justiz, bei denen es nie eine Berufung an den nächsthöheren Hinterhof zu geben scheint, sondern nur eine Berufung auf Gerüchte, die frohe Kunde verbreitet, der berühmte *sergeant at law* werde auf Freispruch seines Klienten plädieren. Dies aus folgenden Gründen:

Erstens: Das Halsband wurde von Lady Eustace widerrechtlich in Gewahrsam gehalten.

Zweitens: Alles von der Anklagebehörde vorgebrachte Beweismaterial ist ohne Beweiskraft, da Lady Eustace einen Meineid geleistet hat.

Drittens: Es ist zugunsten der Verteidigung zu bewerten, daß sich die Hauptzeugin, Lady Eustace, auf obstinate Art geweigert hat, vor dem Strafgerichtshof zu erscheinen.

Allgemein galt unser *sergeant at law* als einer der gefährlichsten Kreuzverhörer. Gnade Gott allen jenen armen Teufeln, die ihm vor Gericht ausgeliefert waren! Auch diesmal wurde das geschätzte Publikum auf den Zuhörerbänken nicht enttäuscht. Der berühmte Advokat, der immer wie ein Messias aller Querulanten durch die Korridore der Justiz zu schreiten pflegte, kokettierte auch in dieser Hauptverhandlung mit seinem bewährten forensischen Talent. Und doch . . .

. . . und doch wurde der angeklagte Juwelier Benjamin von den Geschworenen für schuldig befunden und vom Richter zu einer Zuchthausstrafe von fünfzehn Jahren verurteilt. Der gelernte Einbrecher namens Smiler, der sich keinen so berühmten Advokaten wie den *sergeant at law* hatte leisten können, wurde deswegen nicht milder behandelt. Auch er erhielt seine fünfzehn Jahre Zuchthaus.

Diese Hauptverhandlung, bei der Lady Eustace fehlte und die dadurch ein wenig an einen Hamlet ohne den Prinzen von Dänemark erinnerte, fand an einem Montag statt. An diesem Tag reiste Pastor Emilius von London nach Kilmarnock in Schottland. Mit weisem Vorbedacht hatte er für seine Reise einen Montag gewählt, so hatte er nahezu eine Woche Zeit, ehe er sich wieder seiner Londoner Gemeinde auf der Kanzel zeigen mußte. Er hatte den Zug in Kilmarnock verlassen, um von dort – möglichst unbeobachtet – nach Portray Castle weiterzufahren. Natürlich wußte Gott, warum der Pastor diesen Umweg machte und warum er überhaupt nach Schottland fuhr. Aber es war ein Geheimnis, das Gott – wohl oder übel – mit Lady Eustace teilen mußte.

Da saß sie nun auf ihrem Schloß, einsam und allein. Wie reich war ihr junges Leben an »männlichen« Enttäuschungen gewesen! Da war der liebe Sir Florian, ihr seliger Mann, den ihr das Schicksal in der Blüte seiner Jahre entrissen hatte. Lord Fawn hatte sie abscheulich behandelt. Auch der »Korsar« hatte sich als richtiger Freibeuter erwiesen. Und auch ihr Vetter Frank durfte in dieser Liste nicht fehlen. Sie alle waren dahingeschmolzen wie der Schnee vom vergangenen Jahr . . .

Und nun Pastor Emilius?

Gewiß hätte sie ihn nie und nimmer auserkoren, ihr männlicher Schutz zu sein, wenn der liebe Gott ihr alle männlichen Wesen seit Erschaffung der Welt auf einer silbernen Schüssel präsentiert hätte, auf einer besonders großen Schüssel natürlich. Aber in der Not frißt der Teufel auch Pastoren. Im übrigen war Pastor Emilius so ganz anders als die Seelenhirten, denen sie bisher bei ihren Kirchenbesuchen begegnet war. Wir dürfen hier allerdings nicht verschweigen, daß es auch Leute gab, die an diesem populären Gottesmann allerlei auszusetzen hatten. Aber Lizzie teilte diese negativen Beurteilungen nicht. Sie fand, daß er recht männlich wirkte und gut aussah, wenn man von einem kleinen Defekt in seinem linken Auge absah. Sie bewunderte sein pechschwarzes, pomadig glänzendes Haar, auch seine Hakennase gefiel ihr. Dagegen hielt sie nicht viel von der altadligen Abstammung, derer er sich rühmte. Sie glaubte auch nicht, daß er es beim Erklimmen der Gottesleiter jemals zum Bischof bringen würde. Aber, wie gesagt, er war populär. Mit einer reichen und überdies adligen Ehefrau an der Seite bestand kein Grund, warum er nicht noch mehr an Popularität gewinnen sollte.

Pastor Emilius und Lady Eustace . . . Ja, das würde nicht übel klingen.

Pastor Emilius und Lady Eustace . . . Ja, das würde beiden einen raschen Aufstieg zu den höchsten Höhen der High-Society sichern.

Pastor Emilius und Lady Eustace . . . Ja, warum sollte dieser Mann keinen Erfolg haben? Er war von einem gierigen Ehrgeiz besessen. Er hatte die göttliche Fähigkeit, sich auf den Flügeln seiner Rhetorik von Kanzel zu Kanzel bis in die irdischen Außenbezirke des Himmels emporzupredigen. Und dann . . .

. . . dann gab es noch einen anderen Grund, warum Lizzie gleichsam über Nacht mit dem Gedanken spielte, den Pastor Emilius zu heiraten – wenn es nur ein Spiel war: Er war der Typ Mann, den sie um ihren kleinen Finger wickeln konnte. So nahm sie wenigstens an. Alle Abmachungen, die das eheliche Vermögensrecht betrafen, konnten ausschließlich von ihr diktiert werden, und zwar so, daß nahezu ihr gesamtes Vermögen ihr Vorbehaltsgut blieb, das sie auch weiterhin frei verwalten und nutzen konnte, ohne dem Pastor Rechenschaft über die Nutzung zu schulden. Eine solche Regelung wäre mit Lord Fawn, Lord George, ja sogar mit ihrem Vetter Frank Greystock verdammt schwierig gewesen.

Der Pastor traf in Portray Castle ein. Er war von Menschenliebe erfüllt, das war ja sein Beruf. Mit dieser Menschenliebe verband sich ein rein irdisches Liebesfeuer, das von der Schloßherrin angefacht wurde. Julius Caesar hätte das vielleicht so formuliert: Er kam, sah, wurde gesehen – und Lizzie siegte.

Bereits Anfang Juni fand die Trauung statt. In der Auld Kirk von Ayr, der Hauptstadt der Grafschaft Ayrshire, weit entfernt von den neugierigen Augen der Freunde und Feinde in London.

Wie Lizzie erwartet hatte, ließ es sich ohne Mühe so einrichten, daß Pastor Emilius auf alles einging, was sie in einem notariell abgeschlossenen Ehevertrag vorgesehen hatte, »um das eheliche Zusammenleben in bestimmter Weise finanziell auszugestalten«. Da es sich um die Ehe zwischen einem unvermögenden Mann und einer reichen Frau handelte, hatte Lizzie einen Gütertrennungsvertrag vorgezogen. Von dieser Trennung der Güter abgesehen, blieb der Pastor ein Hirte, der nun auch Lizzie zu seinen

Schäfchen zählte. Nur war sie ein Schäfchen im Wolfspelz. Aber das ahnte der große Kanzelredner nicht. Schließlich hatte man ihn höheren Orts nicht auch noch nebenberuflich als Propheten eingesetzt.
Auch Lizzie vermochte nicht um die Ecke in die fernen Schlupfwinkel und Höhlen der Zukunft zu schauen. So ahnte sie nicht, daß es auch eine harte Milde und eine brutale Sanftmut gab. Sie ahnte nicht, daß man keinem Menschen trauen konnte, auch nicht dem angetrauten Gemahl, der bei all seinen Versicherungen und Beteuerungen die Hand auf das Herz legte – aber immer nur auf das eigene Herz, nicht auf das Herz seiner Frau.

19

Hinter verschlossenen Türen – Was hatte Phineas erreicht? – Nach wie vor der beste Klub Europas – Appell an die christliche Nächstenliebe – Dresden im Winter – Im Wäldchen auf dem Königstein – Zur Parforcejagd gehören Pferde – Madame Max Goesler strahlt ihr charmantestes Lächeln aus – Quintus Slide von der »Volkstribüne« – Im Hotel Macpherson bei Mr. Kennedy

Kein liberaler Politiker hatte sich mit größerem Eifer für die Grundsätze seiner Partei geschlagen als Phineas Finn, der Mann aus Irland. Noch vor zwei Jahren hatte er ein höheres Staatsamt zur allgemeinen Befriedigung seiner ministeriellen Kollegen versehen. Dann hatte er aus Gewissensgründen demissioniert, da er sich – abweichend von der Parteilinie – für Sofortmaßnahmen einsetzte, die den Pächtern in Irland helfen sollten. Aber diese Sofortmaßnahmen waren damals noch verfrüht, wenn auch nicht für die notleidenden Pächter jener grünen Insel, die »grün« nur für die reichen englischen Grundbesitzer war. Nach seinem Rücktritt hatte sich jedoch der politische Wind gedreht. Alte Parteifreunde, die noch vor kurzem die radikalen Ansichten von Phineas Finn energisch ablehnten, waren nun zu der Überzeugung gelangt, man müsse den irischen Pächtern unverzüglich helfen – und auch dem Phineas Finn, den man wohl doch etwas schäbig behandelt hatte. Gewiß, er war dem offiziellen Parteidenken um gute oder schlechte zwölf Monate vorausgeeilt. Das war ein schweres politisches Verbrechen, doch immerhin eine jener strafbaren politischen Handlungen, bei denen eine Wiedergutmachung im Rahmen des Möglichen lag. Als daher eines Tages die aktivsten Mitglieder der Partei eine interne Konferenz abhielten, sehr verschwiegen hinter symbolisch verschlossenen Türen, und als man bei dieser Gelegenheit die verschiedensten Namen auf die politische Goldwaage legte, um ihren Wert oder Unwert zu bestimmen, da wurde auch der Name von Phineas Finn mehrfach genannt.

Barrington Erle, der zum innersten Kern der Partei gehörte, sagte: »Phineas Finn ist der beste Irländer, den wir je in unseren Reihen hatten, einige Anwesende natürlich ausgenommen.«
Sein Kollege Bonteen widersprach. Er hatte Finn niemals leiden können: »Dem Burschen ist nicht zu trauen!«
»Auf alle Fälle sollten wir es nochmals mit ihm versuchen«, meinte Barrington Erle. Er machte sich eine entsprechende Notiz auf einen Zettel.
Und so wurde tatsächlich ein neuer Versuch mit Finn gemacht.
Ihm war es inzwischen in der »irischen Wüste« schlecht ergangen. Das Schicksal hatte ihm noch übler mitgespielt, als es seine Kollegen im Parlament getan hatten. Seine Frau war im Kindbett gestorben, die liebe kleine Mary Flood Jones, die schon das *sweetheart* seiner Jugend gewesen war. Wieder stand er allein in der Welt. Sein Vater war in der Zwischenzeit ebenfalls gestorben. Er hatte geerbt, nicht viel, nur etwa 4000 Pfund Sterling. Phineas war nun schon weit über Dreißig.
Was hatte er erreicht?
Ja, er war Leiter der Zentralbehörde für Armenpflege in Irland. Ein schöner Titel und ein halbwegs einträglicher Job, der ihn davon abhielt, sein Hungertuch ins Pfandamt tragen zu müssen. Aber er hatte London nicht vergessen.
Immer noch wurde ihm wehmütig zumute, wenn er an Westminster dachte, an Glanz und Elend einer politischen Karriere, die ihn einst gelockt hatte und die nun endgültig abgeschlossen war, seit er in das heimatliche Exil zurückgekehrt war.
Da brachte ihm nun eines Morgens der Briefträger ein Schreiben aus London. Absender war sein Freund Barrington Erle. Noch ehe er den Umschlag öffnete, kam er sich bereits wieder wie ein altes Schlachtroß vor. Er wieherte, natürlich nur innerlich, als er den Klang der Trompeten vernahm, die ihn an alte Kämpfe gemahnten, an erbitterte Scharmützel auf den verschiedenen Schlachtfeldern des Parlaments. Langsam entfernte er das Siegel. Und dann las er:

London, den 9. Juli

Mein lieber Finn!

Obwohl Sie im Augenblick nicht unmittelbar mit den Bagatellen des politischen Alltags zu tun haben, dürften Sie bereits erfahren haben, daß wir alle nun wieder in unsere Wahlkreise zurückkehren müssen, und daß wohl Ende September neue Parlamentswahlen stattfinden. Wir hoffen zuversichtlich, daß wir diesmal eine größere Majorität erlangen werden als je zuvor. Wir wollen jedoch unsere Position so stark wie nur irgend möglich

machen, und wollen wir uns daher aller guten Leute bedienen, die uns zur Verfügung stehen könnten.
Ich frage Sie daher: Hätten Sie Lust, es nochmals zu versuchen? Immerhin gibt es ja nichts, was einem eine solche Befriedigung gewährt wie die Mitgliedschaft im Unterhaus, das nach wie vor der beste Klub Europas ist.
Vielleicht denken Sie in diesem Zusammenhang an irgendeinen irischen Wahlkreis, der für Sie absolut sicher wäre. Ich muß zu meiner Schande gestehen, daß ich mich bei den irischen Wahlkreisen nicht so recht auskenne. Sollte es keinen sicheren Sitz in Ihrer irischen Heimat geben, würde ich Tankerville in der Grafschaft Durham empfehlen. Natürlich wird es dort außer Ihnen auch noch andere Kandidaten geben, Sie werden daher zweifellos etwas Geld opfern müssen, um die Gunst der Wähler zu gewinnen. Aber ich glaube, daß es sich dabei nur um einen kleinen Betrag handeln kann.
Darf ich Ihnen bei dieser Gelegenheit mein tiefstes Beileid zum Verlust Ihrer Gattin zum Ausdruck bringen – in meinem Namen und auch im Namen von Lady Laura, die sich, wie Ihnen vielleicht bekannt sein wird, noch immer mit ihrem Vater im Ausland aufhält. Wir haben oft an Sie gedacht und glauben, daß die Einsamkeit Ihres gegenwärtigen Lebens Sie vielleicht bewegen kann, wieder zu uns nach London zurückzukehren.
Ihr sehr ergebener

Barrington Erle

Der Wahlkreis Tankerville gefiel ihm nicht, und doch legte er sein Amt in Irland nieder. Er war fest entschlossen, noch einmal in die politische Arena zu steigen . . . das heißt, sofern ihn die Wähler steigen ließen. Sie taten es nicht. Ihm fehlten nur sieben Stimmen. Aber er war über seine Niederlage nicht deprimiert. Nur zu gut wußte er, daß es bei der Wahl in Tankerville nicht mit rechten Dingen zugegangen war. Mit größter Wahrscheinlichkeit würde eine Nachprüfung dieses Wahlresultats zu seinen Gunsten ausfallen.
Auf alle Fälle kehrte er zunächst einmal nach London zurück. Er wollte seine alten Freunde wiedersehen, alte Kontakte erneuern. Er besuchte die Klubs, in denen er früher verkehrt hatte. Seine Zukunft war ungewiß, aber er genoß auch diese Ungewißheit mit einem gewissen Behagen.
Er hielt sich noch in London auf – inzwischen war es Mitte November geworden, seit seiner Niederlage in Tankerville waren schon ein paar Wochen vergangen –, da erhielt er einen Brief von Lady Laura Kennedy aus Dresden.

Mein lieber Mr. Finn!

Ich habe durch meine »Spione« erfahren, daß Sie sich wieder in London aufhalten. Ich mußte dabei, wieso weiß ich eigentlich nicht, an den weisen und gelehrten Dr. Samuel Johnson denken, der einmal schrieb: »Wer einer Stadt wie London überdrüssig wird, ist des Lebens überdrüssig, denn hier ist alles zu finden, was das Leben zu bieten vermag.« Nun, vielleicht hat sich der gute Doktor etwas anders ausgedrückt, ich zitierte aus dem Gedächtnis. Aber mir scheint, daß dieser Ausspruch auch für Sie Geltung haben dürfte. Beim besten Willen kann ich mir Ihr Leben nicht ohne Parlament vorstellen, ohne Downing Street, ohne die Klubs.
Und wie es mir geht? Mein Vater und ich führen hier in der sächsischen Einöde ein trauriges, eintöniges und einsames Leben. Wir wohnen in einem großen Haus. Es liegt außerhalb der Stadt. Unser Garten ist schön und unsere einzige Freude. Was mein Vater tut? Im Grunde nichts. Er liest die englischen Zeitungen. Wenn er spricht, spricht er nur über englische Politik. Täglich macht er eine Spazierfahrt. Er nimmt sein Dinner ein. Nach dem Dinner geht er schlafen.
Seltsam, daß ich nichts über Mr. Kennedy weiß. Ich habe niemand, den ich bitten könnte, mir doch ab und zu Nachricht über ihn zukommen zu lassen. Allerdings erhalte ich hin und wieder mal ein paar Zeilen von ihm, in denen er mich beschwört, ich sollte doch zu ihm zurückkehren, um meinen ehelichen Pflichten, wie es sich gebühre, unter seinem Dach nachzukommen.
Er stützt sein Begehren nicht etwa darauf, daß er Liebe oder Zuneigung zu mir empfindet. Auch von einem eventuellen glücklichen Zusammenleben ist in seinen Briefen nicht die Rede. Er bietet mir keinen Trost. Ja, er versucht nicht einmal, mir irgendwelche Versprechungen im Hinblick auf meine finanzielle Zukunft zu machen. O nein, er will, daß ich zurückkomme, nur weil es die Heilige Schrift verlangt und weil ich mich sonst einer schweren Sünde schuldig machen würde.
Sagen Sie, mein lieber Mr. Finn, wäre es nicht möglich, daß Sie uns hier besuchen? Ich habe mit meinem Papa darüber gesprochen. Er war von meinem Vorschlag begeistert. Ich kann Ihnen gar nicht zum Ausdruck bringen, was es für mich bedeuten würde, wieder einmal mit einem Menschen sprechen zu können, der mein bisheriges Leben und vielleicht auch mein inneres Wesen so gut versteht wie Sie. Dresden ist im Winter schrecklich kalt. Aber ich hoffe, daß Sie das nicht weiter stören wird. Also kommen Sie, wenn Sie es nur irgendwie einrichten können.
In alter Herzlichkeit

Ihre Laura Kennedy

Als Phineas Finn diesen Brief seiner alten Freundin erhielt, faßte er den Entschluß, Weihnachten mit Lord Brentford und Lady Laura Kennedy in Dresden zu verbringen. Er hatte bereits den Tag seiner Ankunft in der Residenzstadt des Königreichs Sachsen festgelegt. Aber dann hatte er diesen Termin verschieben müssen. Zu seiner größten Überraschung brachte die Post eine andere Einladung, die er unter keinen Umständen ablehnen konnte. Sie war in einem Brief enthalten, der aus Loughlinter kam, datiert vom 9. November:

Sehr geehrter Herr!

Wie ich brieflich erfahren habe, befinden Sie sich zur Zeit in London und haben die Absicht, einige Tage im Haus des Earl of Brentford in Dresden zu verbringen. Selbstverständlich wird es bei dieser Gelegenheit unvermeidbar sein, daß Sie wieder mit meiner Ehefrau, Lady Kennedy, zusammen sein werden.

Seitdem mich meine Frau verlassen hat, fehlt es mir an der Möglichkeit, durch die guten Dienste eines gemeinsamen Freundes mit ihr in Verbindung zu treten. Da ich nun von Ihrer Absicht erfuhr, nach Dresden zu reisen, wäre es mir ganz besonders lieb, wenn ich auf diese Weise die Möglichkeit haben würde, meiner Frau eine persönliche Mitteilung zukommen zu lassen. Sie werden nun mit Recht den Einwand erheben, warum ich denn nicht selber nach Dresden fahre. Ich hätte es getan, doch ist es aus Gründen meiner Gesundheit unmöglich. Auch wäre es bei der Art, wie ich mein Leben nun einzurichten gezwungen bin, schier unmöglich, eine solche Reise anzutreten. Ich wende mich daher nun mit der Bitte an Sie – und ich appelliere dabei an Ihre christliche Nächstenliebe –, mich hier in Loughlinter zu besuchen. Ich weiß, daß Sie katholisch sind. Daher ist für Sie das eheliche Band unlösbar. Jedenfalls können Sie nicht der Ansicht sein, daß dieses Band einfach deswegen gelöst werden könne, weil es eine launische und hysterische Ehefrau von sich aus zu lösen wünscht.

Ich werde vielerlei wichtige Dinge mit Ihnen besprechen müssen. Ich hoffe daher, daß Sie meine Einladung annehmen. Selbstverständlich erwarte ich nicht von Ihnen, daß Sie sich längere Zeit in Loughlinter aufhalten, da ich Ihnen nichts zu Ihrer Unterhaltung bieten könnte.

Ihr sehr ergebener

Robert Kennedy

Phineas Finn hielt es für seine Pflicht, diese Einladung anzunehmen. Während er nach Loughlinter reiste, dachte er zurück an seinen ersten Besuch auf diesem Landsitz. Ja, auch damals war er nicht Gast von Lady

Laura. Sie war noch nicht mit Kennedy verheiratet, noch nicht einmal verlobt. Ihr zukünftiger Mann hatte ihn eingeladen. Er liebte sie von der ersten Minute an. In Loughlinter hatte er um ihre Hand angehalten. Hier in Loughlinter hatte sie ihm gesagt, sie werde Robert Kennedy heiraten. Wie bestürzt war er damals gewesen, als sie ihm diese Antwort gab. Wann war das gewesen? Ihm schien es, als habe sich alles erst gestern abgespielt. Sie hatte ihm einen Korb gegeben. Und doch waren sie Freunde geblieben. Als er sich in eine andere Frau verliebte, in eine Freundin von Lady Laura, da war sie eifersüchtig. Er wußte nun, daß sie ihn immer noch liebte, immer noch, obwohl sie inzwischen Kennedy geheiratet hatte.

Er dachte auch an jenen nächtlichen Überfall zurück, als er Mr. Kennedy aus den Händen einer Bande befreit hatte, die gerade dabei war, den Kanzler des Herzogtums Lancaster zu garrottieren. Damals war er der Freund von Kennedy geworden. Und dann hatte die Eifersucht seines neugewonnenen Freundes keine Grenzen mehr gekannt. Man hätte sich keine schlechtere Ehe denken können als die Ehe zwischen einem religiösen Eiferer und Mucker wie Robert Kennedy und einer so freisinnigen Frau wie Lady Laura. Es war dann auch alles so gekommen, wie es kommen mußte. Die Ehe war zerrüttet – und schließlich konnte es Lady Laura nicht mehr aushalten.

Jahre waren vergangen, seit Phineas Finn den Mann nicht mehr gesehen hatte, der ihm sein Leben und dem Lady Laura ihr Unglück verdankte. Als er ihn jetzt wiedersah, erkannte er ihn kaum wieder. Er wußte, wie alt Kennedy etwa war, bestimmt noch nicht einmal fünfzig. Er sah jetzt aus wie ein alter Mann von siebzig. Schon immer war Kennedy hager gewesen, nun war auch das letzte Stückchen Fleisch von ihm abgefallen. Sein Haar war grau geworden, er konnte sich nur noch in gebückter Haltung bewegen. »Ja, da können Sie sehen, wie ich mich verändert habe«, sagte er. Die Veränderung in seinem Aussehen und in seiner Haltung ließ sich tatsächlich nicht leugnen. So murmelte Phineas einige Worte, in denen er seinem Bedauern Ausdruck gab, daß sich sein Gastgeber bei so schlechter Gesundheit befände. »Nein, nein«, unterbrach ihn Kennedy, »es ist nicht der Körper, der schwach ist. Ich habe keine körperlichen Gebrechen. Nur mein Geist ist verdüstert, Mr. Finn. Nur mein Geist! Und das ist die Schuld meines Weibes. Was habe ich getan? Welchen Grund habe ich ihr gegeben, mich zu verlassen? Habe ich sie geprügelt? Habe ich sie mit anderen Frauen betrogen?« Es hatte ganz den Anschein, als ob sich der verdüsterte Geist von Mr. Kennedy mit jeder neuen Frage noch mehr verdüsterte. Er starrte auf den Boden, er starrte zur Decke, er starrte seinen Besucher an. Dann sagte er: »Ich habe fast den Eindruck, daß sie in der Ehe mit mir nicht glücklich war.«

Man hatte das Gefühl, daß er jetzt tief zu grübeln begann, vielleicht darüber, ob die höchste Vollendung des Lebens in einem Zustand vollkommener Glückseligkeit zu suchen sei. »Welches Recht hatte sie, Glück und Seligkeit in der Ehe zu erwarten? Leben wir denn auf Erden, um hier schon glücklich zu sein? Lehrt uns die Religion nicht, daß es kein Glücksstreben auf der Erde geben darf und daß die ewige Seligkeit nur im Himmel zu finden ist?«

Um diese tiefsinnige Bemerkung noch anschaulicher zu unterstreichen, wies er mit seiner linken Hand zur Decke, über der sich wahrscheinlich der Himmel und ganz bestimmt die himmlische Glückseligkeit befanden. »Nein, Mr. Finn,« sagte er dann, »ich habe auch von meiner Frau nicht verlangt, daß sie mich glücklich mache. Ich habe kein Glück von ihr verlangt, nur die Erfüllung ihrer Pflichten. Aber Sie ... irre ich mich, Mr. Finn? ... aber Sie haben sich sofort in Laura verliebt?«

»Ja«, erwiderte Phineas. »Ich hatte mich sofort in Lady Laura Standish verliebt.«

»Ja, ja, das war natürlich ganz harmlos. Aber wenn man sich verliebt hat, und wenn sich dann die Wege trennen, dann ... dann, Mr. Finn, sollte man alles tun, damit sich diese Wege nicht wieder kreuzen. Doch ich bin nie eifersüchtig auf Sie gewesen.«

»Das möchte ich auch hoffen.«

»Aber es will mir nicht in den Sinn, warum Sie jetzt diese lange und beschwerliche Reise nach Dresden unternehmen. Was soll das? Mir scheint, Sie täten gut daran, Mr. Finn, auf dieses Abenteuer zu verzichten. Es ziemt sich nicht für einen jungen unverheirateten Mann, durch halb Europa zu kutschieren, um sich mit einer Frau zu treffen, die getrennt von ihrem Gatten lebt – und die er früher einmal geliebt hat. Das ist etwas sehr Böses. Ich muß Sie daher bitten, Mr. Finn, diesen ruchlosen Plan aufzugeben!«

Phineas hatte das Gefühl, unter Vorspiegelung falscher Tatsachen nach Loughlinter gelockt worden zu sein. Man hatte ihn eingeladen, um die persönliche Botschaft eines Ehemannes an seine Frau zu übermitteln. Nun wollte Kennedy diese günstige Gelegenheit benutzen, um ihm aus krankhafter Eifersucht die Reise zu verbieten.

Aber so einfach war das nicht.

»Selbstverständlich fahre ich nach Dresden«, sagte Phineas. »Falls ich etwas ausrichten soll, lassen Sie es mich wissen.«

»Wenn Sie Ihren ruchlosen Plan nicht aufgeben, muß ich Sie an die Bibelworte erinnern: ›Wer die Ehe bricht mit jemandes Weibe, der soll des Todes sterben, beide, Ehebrecher und Ehebrecherin.‹« Es folgte der Nachsatz: »Einem Ehebrecher kann ich keine Botschaft anvertrauen.«

Phineas verließ Loughlinter, ohne noch ein weiteres Wort mit Mr. Kennedy gesprochen zu haben.
Er hielt sich noch zwei Tage in London auf, dann begann er seine Reise nach Sachsen; sie verlief ohne Zwischenfälle. Lord Brentford bewohnte in Dresden, wie Lady Laura geschrieben hatte, eine stattliche Villa außerhalb der eigentlichen Stadt. Kaum hatte Phineas seinen Fuß über die Schwelle gesetzt, da wurde er auch schon mit stürmischer Herzlichkeit von Lady Laura begrüßt. Sie lief ihm entgegen und preßte ihre Wange an seine Lippen. »Mein guter, lieber Freund!« sagte sie. »Wie wunderbar, daß Sie nun bei uns sind!« Dann führte sie ihn in ein großes Zimmer. Alles war zum Frühstück gerichtet. »Sie sind doch sicher ausgehungert«, rief Lady Laura lachend.
Man setzte sich zu Tisch, aber es gab kein Abwarten und Teetrinken. Tausend Fragen schwirrten über den Toast. Kaum hatte Phineas knapp die Hälfte beantwortet, da erschien der Butler. Seine Lordschaft, der Earl of Brentford, halte sich nebenan zur Begrüßung von Mr. Finn bereit.
»Sie werden meinen Vater sehr verändert finden«, sagte Lady Laura. »Er hat sich noch mehr verändert als ich.«
Und der Kavalier Phineas Finn bemerkte pflichtschuldigst: »Sie haben sich überhaupt nicht verändert!«
»O doch! Ich bin jetzt eine Frau mittleren Alters, wie man so sagt, eine gesetzte Dame. Da hat man gewisse Privilegien. Ich nutze sie auch aus. Aber mein Vater ist kaum noch wiederzuerkennen. Er ist jetzt wirklich ein alter Herr, nicht so sehr körperlich, aber sein ganzes Wesen hat sich verändert. Sie werden es ja selbst gleich feststellen. Jedenfalls freut er sich schon, Sie zu sehen.«
Im Nebenzimmer saß der Graf in einem mächtigen Sessel in der Nähe des Kamins, in Pelze gehüllt. Er stand auf, um seinen Gast zu begrüßen. Sofort wußte Phineas, was Lady Laura gemeint hatte, als sie die Veränderung im Wesen ihres Vaters erwähnte. Er hatte Lord Brentford zwei Jahre nicht mehr gesehen. In dieser Zeit, die er im Exil verbracht hatte, war der Graf nicht nur ältlich, sondern senil geworden. Er taumelte fast, als er auf seinen Gast zuging, und bot ein Bild des Jammers und der Gebrechlichkeit. Natürlich mußte Phineas dem Grafen lang und breit alles erzählen, was er selbst kaum wußte: über die hohe Politik, über die niedrigen Intrigen, über das Parlament und über die Klubs. Nach einer Weile unterbrach Lady Laura ihren Vater: »Weißt du, Papa, daß Mr. Finn auch Mr. Kennedy besucht hat? Er war bei ihm in Loughlinter.«
»Ach wirklich?«
»Mr. Finn ist der Ansicht, es wäre unvernünftig von mir, sogar sehr unvernünftig, wieder zu meinem Mann zurückzukehren.«

»Ja, ja«, sagte Lord Brentford, »es geht hier um schwierige Entscheidungen.«
Phineas sekundierte Lady Laura: »Für Ihre Tochter gibt es kein Zurück zu ihrem Gatten. Ich will nicht behaupten, daß Mr. Kennedy wahnsinnig ist. Aber er befindet sich zweifellos in einem Geisteszustand, der für Lady Laura auch mit physischen Gefahren verbunden sein könnte. Vor allem hat er es jetzt mit der Religion. Ich möchte sagen: Er hat einen religiösen Rappel.«
»Ach du lieber Gott«, sagte Lord Brentford.
»Die Stimmung in Loughlinter ist unerträglich«, fuhr Phineas fort. »Mr. Kennedy verlangt die Rückkehr von Lady Laura auch nicht, damit er mit ihr nun glücklich und in Frieden bis ans Ende seiner Tage leben kann.«
»Was will er dann?«
Lady Laura: »Er will, daß wir beide unglücklich sind.«
Phineas: »Ja, er ist gegen alles irdische Glück. Das ist auch eine seiner religiösen Marotten. Lady Laura soll zu ihm zurückkehren, weil die Heilige Schrift gebietet, daß Eheleute zusammenleben sollen.«
»Na ja, da ist schon was dran«, bemerkte Lord Brentford, der sich selbst noch auf seine alten Tage eine »liberale« Denkweise bewahrt hatte.
»Nein, Papa, das gilt nicht, kann nicht gelten, wenn dieses Zusammenleben für uns beide die Hölle auf Erden bedeuten muß. Mr. Finn ist fest davon überzeugt, daß er sofort wieder die alte Beschuldigung gegen mich erheben würde. Noch hat mir Mr. Finn nicht alles erzählt, aber ich werde unter keinen Umständen nach Loughlinter zurückkehren.«
»Ja, mein Kind, dann eben nicht.«
Am Nachmittag ging Phineas allein aus, um die Sehenswürdigkeiten von Dresden zu besichtigen. Am nächsten Tag begleitete ihn Lady Laura. Gemeinsam sahen sie sich die berühmten Galerien an, sie wanderten durch die Altstadt und bewunderten die erst vor ein paar Jahren vollendete Marienbrücke. Sie besuchten die Frauenkirche am Neumarkt und standen mit ironischer Ehrfurcht vor dem königlichen Schloß, in dem einst August der Starke zu allen Tages- und Nachtzeiten, vorzugsweise nachts, seine Stärke bewiesen hatte.
Von nun an waren sie jeden Tag zusammen. Phineas hatte versprochen, einen Monat zu bleiben. In dieser Zeit wurde er so verwöhnt wie noch nie in seinem Leben. Ja, Lady Laura wollte mit ihm sogar einen Ausflug in die Sächsische Schweiz unternehmen, obwohl es ein besonders strenger Winter war und obwohl Lord Brentford von einem so gefährlichen Unterfangen abriet. Aber Phineas erklärte, er fühle sich im »Elbflorenz« so wohl, daß er gar keine rechte Lust zu Ausflügen habe. Das hinderte jedoch Lady Laura nicht, ihren Gast geradezu gewaltsam zur Festung Königstein zu »schlei-

fen«. Als sie dieses altberühmte Sperrfort erreicht hatten, die einzige Festung Sachsens, haderte Phineas nicht mehr mit seinem Schicksal, das ihn aus dem besser geheizten Dresden entfernt hatte. Mit Begeisterung und Interesse schaute er sich mit Lady Laura oben auf dem Königstein um. Da waren Kasematten aus der guten alten Zeit, die noch längst nicht vorüber war. Ja, es gab sogar ein Wäldchen, wie man es auf einem so schroffen Felsen nicht erwartet hatte. Bei der Wanderung durch dieses Wäldchen führten sie nun ein Gespräch, das Phineas nie vergessen sollte – und das er auch nie hätte vergessen können.

»Phineas«, sagte Lady Laura, »es war nicht meine Verlobung, auch nicht meine Ehe mit Robert Kennedy, die mein Leben so unerträglich machten. Es war ... es war etwas anderes, ... und Sie wissen es.«

»Es war wohl doch Ihre Ehe«, sagte Phineas. Seine Stimme klang vielleicht etwas schroffer, als er beabsichtigt hatte.

»Nein, Phineas, es war meine Liebe zu Ihnen, die ich nicht bändigen konnte. Wie war es da möglich, zärtlich zu einem Mann zu sein, zärtlich zu meinem Ehemann, wenn meine Gedanken immer bei Ihnen waren? Nun, mein Lieber, alte Liebe läßt sich nicht aufwärmen wie Haferschleim. Vergessen wir, was für uns beide wohl ewig eine Erinnerung bleiben wird. Aber beachten Sie eines, Phineas – und das dürfen Sie nie vergessen: Sie müssen mich von nun an als das nehmen, was ich für Sie wirklich bin. Ich bin Ihre beste Freundin, Ihre Schwester, Ihre Mutter. Auch wenn mein Mann nicht mehr lebte, selbst dann würde sich an unserer neuen Beziehung nichts ändern. Bestimmt werde ich niemals wieder heiraten. Die Zeit liegt hinter mir, wo ich verlangen konnte, als Frau geliebt zu werden. Das heißt jedoch nicht, daß die Zeit schon hinter mir liegt, in der ich selbst noch lieben kann ...«

Er hielt ihre Hand fest in seiner eigenen; seine Augen waren feucht. »Als ich noch jung war«, fuhr Lady Laura fort, »hätte ich nie geahnt, daß soviel Leidenschaft in mir steckt. Ich sagte mir damals immer: Liebe soll der Diener deiner Gefühle sein und nicht ihr Gebieter. Als ich Kennedy heiratete, hatte ich die redliche Absicht, ihm gegenüber alle meine Pflichten zu erfüllen. Und nun sieht man, wohin das geführt hat.«

Es kam nicht wieder zu einer so leidenschaftlichen Beichte ihrer Leidenschaft, wie sie sie hier im Wäldchen hoch oben auf dem Königstein abgelegt hatte. Aber die Beziehung zwischen Lady Laura und Phineas war von nun an auf den neuen Ton herzlicher Kameradschaft gestimmt. Sie behandelte den Freund, den sie einst so sehr geliebt hatte, als wäre sie seine ältere Schwester. Phineas fügte sich in diese für ihn ebenfalls neue »brüderliche« Rolle mit einem Gefühl der Dankbarkeit, das er nicht in Worte zu fassen vermochte. Er begnügte sich daher mit der vernünftigen Absicht, künftig nichts mehr zu tun, ohne vorher alles mit seiner »älteren Schwester« zu besprechen und ihr in allen Dingen behilflich zu sein, sollte sie nach seiner Rückkehr die tatkräftige Unterstützung eines Freundes in London brauchen.

Während sich Phineas in Dresden aufhielt, war das parlamentarische Wahlprüfungsgericht an der Arbeit gewesen. Auf seinen Antrag hin hatte man die Gültigkeit der Wahl in Tankerville geprüft. Einwandfrei hatte dieses Prüfungsverfahren ergeben, daß der siegreiche gegnerische Kandidat unter Anwendung unlauterer Mittel sein Wahlglück korrigiert hatte. Da eine nachträgliche Neuzählung der Stimmen eine Majorität für den liberalen Kandidaten ergab, wurde nun vom Wahlprüfungsgericht entschieden, daß Mr. Phineas Finn als der vom Volk gewählte Abgeordnete des Wahlkreises Tankerville anzusehen sei.
Phineas erfuhr von dem Erfolg seiner Wahlanfechtung erst, als er nach London zurückkehrte. Sofort eilte er zum nächsten Telegraphenamt, um Lady Laura zu verständigen. Die Siegesdepesche lautete: »Bin Abgeordneter für Tankerville.«
Phineas war glücklich.
Endlich gehörte er wieder dem Parlament an, nach dem er sich im irischen Exil so gesehnt hatte. Nach all den Fehlschlägen und Enttäuschungen konnte er nun sein Leben neu beginnen. Mit neuem Schwung und neuen Hoffnungen.
Noch war das neugewählte Unterhaus nicht zusammengetreten, als Barrington Erle einen Brief von Lady Laura erhielt, in dem sie diesen allgemein geschätzten und einflußreichen Politiker bat, sein Bestes zu tun, um dem »ehrenwerten Abgeordneten für Tankerville« beim Start seiner neuen politischen Karriere zu helfen. Zugleich schrieb Lady Laura auch an ihre Schwägerin, Lady Chiltern, der wir in dieser Chronik schon oft unter ihrem Mädchennamen Violet Effingham begegnet sind. Sie bat Violet, ihrem gemeinsamen Freund Phineas dabei behilflich zu sein, den gesellschaftlichen Anschluß zu finden, den er durch seine lange Abwesenheit von London verloren hatte.
An sich hätte sich Lady Laura diesen Brief an ihre Schwägerin sparen können. Zwar hatte sich Lady Chiltern nicht in gleicher Weise wie ihre Freundin für das berufliche und persönliche Wohlergehen von Mr. Finn interessiert – sie lebte ja jetzt mit dem wilden Lord Chiltern in glücklicher Ehe, viel glücklicher, als es alle mittelbar und unmittelbar Beteiligten je für möglich gehalten hatten –, aber . . .
Lady Chiltern, geborene Violet Effingham, hatte den jungen Mann aus Irland nicht vergessen, der sie einst so heiß und ohne Gegenliebe ins Herz

geschlossen hatte. Sie beschloß also, alles für Phineas Finn zu tun, was sie überhaupt zu tun vermochte. Sie dachte tief nach und kramte in allen Ecken ihres Gedächtnisses. War Phineas nicht immer besonders scharf auf Parforcejagden gewesen? Er war es nicht. Aber der Mensch kann sich irren. Sie hatte Phineas eingeladen, sie und ihren Mann auf dem Landsitz der Familie, in Harrington Hall, zu besuchen. Zur Parforcejagd gehörten Pferde. Sie reservierte also ein paar muntere Rösser für den Parforcereiter, der sich nichts aus Parforceritten machte.
Und sie grübelte weiter. Ja, richtig! Phineas war ein Witwer. Hatte er nicht immer eine besondere Vorliebe für schöne Frauen gehabt? Vielleicht dachte sie in diesem Zusammenhang auch an sich selbst.
Dann schweiften ihre Gedanken vom Ideellen zum Materiellen. Als gescheite Frau wußte Violet, jetzt Lady Chiltern, daß Phineas mit einer an Sicherheit grenzenden Wahrscheinlichkeit bald Geld brauchen würde. Darum hatte sie nun den genialen Einfall, auch Madame Max Goesler für zwei Wochen nach Harrington Hall einzuladen . . ., zusammen mit Phineas. Sie erinnerte sich, daß Madame diesen neuen Schützling von früher her kannte. Wie gut sie ihn kannte, ahnte sie allerdings nicht, als sie nicht ohne Absicht ihr Einladungskärtchen abschickte.
Sie sollte es bald erfahren. An sich war Lady Chiltern gut bewandert im Umgang mit Menschen, sie verstand sich auf alle Regeln des Anstands und der Geselligkeit. Aber diesmal beging sie vielleicht, wir wissen es noch nicht, einen kleinen taktischen Fehler. Wahrscheinlich weil sie eine möglicherweise peinliche Situation vermeiden wollte, hielt sie es für richtig, bei der ersten Begegnung von Mr. Finn und Madame Max Goesler dabeizusein.
Ort der Handlung: der große Salon in Harrington Hall.
Lady Chiltern zu Madame: »Ich nehme an, daß Sie sich noch an Mr. Finn erinnern?«
»Sehr gut sogar«, erwiderte Madame Max Goesler und streckte dem verlegenen Phineas ihre Hand entgegen. Dabei strahlte sie ihn mit ihrem charmantesten Lächeln an: »Ich hoffe nur, daß auch Mr. Finn mich nicht vergessen hat.«
Er hatte es nicht. Gerade deswegen hatte er das Gefühl, die armseligste Kreatur auf Gottes weiter Welt, einschließlich Harrington Hall, zu sein. Nur mit Mühe konnte er sich zusammenreißen. Mit verkrampfter Höflichkeit stammelte er: »Wie könnte ich Sie je vergessen!« Und dann stand er da, als hätte er den Leidenskelch bis zur Neige geleert. Sein blutendes, gebrochenes, zerrissenes Herz pochte in seiner Brust.
»Ich freue mich«, sagte Madame Max Goesler, »daß Sie wieder einen Sitz im Unterhaus haben.«

»Ja . . . nach allerlei Schwierigkeiten. Und wohnen Sie noch immer in der Park Lane?«
»Immer noch im kleinsten Haus der Park Lane. Sie kennen es ja. Ich würde mich freuen, Sie dort schon bald empfangen zu dürfen.«

Der Aufenthalt in Harrington Hall verlief so angenehm wie möglich. *Par force* nahm Phineas auch an Parforceritten teil. Lord Chiltern, Violet und Madame Max Goesler nahmen ihn mit einer Herzlichkeit auf, als hätte es nie eine Trennung über Raum und Zeit gegeben.
In London hatte sich Phineas inzwischen eine bescheidene möblierte Wohnung gemietet, in der er aber Besucher nur empfing, soweit es sich nicht vermeiden ließ. An einem Sonntagvormittag erschien jedoch ein Mann in seinem Logis. Das Mädchen, welches die Tür öffnete, hatte ihn nicht abweisen können. »Bestellen Sie Mr. Finn, daß ihn Quintus Slide in einer dringlichen Angelegenheit sprechen muß.«
Dieser Quintus Slide war ein Journalist, Herausgeber eines Revolverblatts mit dem schönen Namen »Volkstribüne«.
Phineas ließ ihn eintreten.
Nach ein paar formellen Begrüßungsworten rückte Mr. Slide mit seinem Anliegen heraus. Er wollte wissen, ob Mr. Finn zufällig den ehrenwerten Mr. Robert Kennedy kenne, jenen liberalen Abgeordneten für den Wahlkreis Dunrosshire.
»Allerdings«, erwiderte Phineas.
»Kennen Sie auch seine Frau, Lady Laura Kennedy?«
»Gewiß.«
»Das hab' ich mir gleich gedacht«, sagte Slide. »Und kennen Sie auch Lord Brentford, den Vater der betreffenden Dame?«
»Ja, ich kenne ihn auch.«
»Also gut. Ich mußte diese Fragen stellen, um meinen Besuch in Ihrer Wohnung zu rechtfertigen. Soweit mir bekannt ist, hat man Mr. Kennedy schweres Unrecht zugefügt.«
»Ich bin nicht gewillt, mich mit Ihnen über die Angelegenheiten von Mr. Kennedy zu unterhalten«, sagte Phineas abweisend.
Aber Mr. Slide hatte seinen Revolverjournalismus von der Pike auf gelernt. Er verstand sich auf sein Handwerk. »Es mag schon sein«, sagte er, »daß Sie über diese Dinge nicht sprechen wollen. Aber Kennedy will darüber sprechen. Man hat ihm übel mitgespielt. Deswegen hat er sich an die ›Volkstribüne‹ gewandt. Wir möchten ihm doch helfen, hat er uns geschrieben. Würden Sie vielleicht die Güte haben, diesen Brief zu lesen?«
Quintus Slide überreichte Phineas einen Bürstenabzug, etwa anderthalb

Spalten der »Volkstribüne«. Es handelte sich dabei anscheinend um einen Notschrei, den Robert Kennedy aus Loughlinter an den Chefredakteur gerichtet hatte. Noch ehe Phineas den Brief las, sagte er: »Es kann doch nicht ernsthaft Ihre Absicht sein, dieses Zeug zu drucken?«
»Und warum nicht?«
»Der Mann ist wahnsinnig!«
»Nichts ist leichter als jemanden für wahnsinnig zu erklären, vor allem dann, wenn man seine Argumente nicht entkräften kann.«
Phineas las jetzt den Bürstenabzug, den ihm Quintus Slide gegeben hatte. Da stand es schwarz auf weiß, was der arme Kennedy durch seine Frau hatte erleiden müssen. Und dann: An allem sei Mr. Finn schuld, der einen »ungebührlichen Einfluß« auf Lady Laura Kennedy ausgeübt habe. Dann schilderte der Briefschreiber, wie er ursprünglich mit diesem Mr. Finn befreundet gewesen sei, der ihm übrigens auch das Leben gerettet habe. Späterhin habe besagter Mr. Finn jedoch sein Vertrauen in schmählicher Weise getäuscht. Auch Lord Brentford, Vater von Lady Laura und damit sein Schwiegervater, habe in lästerlicher Weise gegen die heiligsten Gebote des Christentums verstoßen, und zwar dadurch, daß er seiner Tochter Obdach gewährte, wohingegen sie doch aufgrund ihres Ehegelübdes an der Seite ihres Gatten in Loughlinter hätte leben müssen. Schließlich erklärte Kennedy seine Bereitwilligkeit, das sündige Weib wieder »an seinem Busen« aufzunehmen. Es folgte ein letzter Absatz, in dem sich Kennedy mit seinem »Notschrei« an die Öffentlichkeit wandte. Es gäbe, Gott sei es geklagt, eine Lücke im Gesetz. Wegen dieser Lücke sei er außerstande, von der Kgl. Sächsischen Regierung die Auslieferung seiner im Zuständigkeitsbereich der obigen Regierung lebenden Ehefrau zu erwirken. So bleibe ihm nun keine andere Wahl als ein Appell an das öffentliche Gewissen. Vielleicht werde man Lord Brentford auf diese Weise zwingen können, seine sündige Tochter wieder ihrem kirchlich angetrauten Ehemann zuzuführen.
Als Phineas den Brief gelesen hatte, sagte er nochmals: »Aber Sie können diesen Wisch doch unmöglich drucken!«
»Warum nicht?« fragte Slide. Diese Frage war nicht mehr ganz neu.
»Es handelt sich hier um eine rein private Angelegenheit, um den Streit zwischen einem Ehemann und seiner Ehefrau. Zum Teufel noch mal! Das geht doch die Öffentlichkeit einen Dreck an.«
»Was Sie nicht sagen! Privatstreitigkeiten zwischen vornehmen Herren und Damen sind schon immer öffentliche Angelegenheiten gewesen. Das wissen Sie ebensogut wie ich.«
Phineas wußte es. Er wußte jedoch auch, daß er dieses elende Geschreibsel eines armen Irren Punkt für Punkt beantworten konnte, ohne sich oder gar

Lady Laura zu belasten. Und das wäre dann das Ende der Geschichte. Aber seine nächste Reaktion war: Damit war Lady Laura nicht geholfen. Er mußte die Publikation dieses Briefes unter allen Umständen verhindern. Er ließ es sich daher gefallen, daß ihn dieser korrupte Heini von der »Volkstribüne« einfach Finn nannte, nicht Mr. Finn, wie es sich gehört hätte.
»Dieser Brief, Finn, wird morgen erscheinen – es sei denn, daß ein kleines Wunder geschieht. Die Welt ändert sich ja von Tag zu Tag.«
»Jedes Wort in diesem Brief ist unwahr«, sagte Phineas.
»Wundert mich gar nicht, daß Sie so reagieren. Genau so hab' ich's erwartet.«
»Ich bin jederzeit bereit, eine entsprechende eidliche Erklärung abzugeben. Es handelt sich hier um eine Verleumdung der übelsten Sorte. Falls Sie den Brief publizieren, werde ich gegen Sie und Mr. Kennedy Strafantrag wegen Beleidigung stellen. Lord Brentford wird sich bestimmt meinem Antrag anschließen.«
»Na, wenn schon! Grüßen Sie den Herrn Staatsanwalt bestens von mir. Mr. Kennedy hat bestimmt nichts gegen eine Publikation. Hätte er mir sonst diese schöne Epistel zugeschickt? Und ich? Na, sehen Sie, Finn, nichts liegt mir ferner, als Ihnen etwa meine Mißachtung zum Ausdruck zu bringen. So was tut man doch nicht. Wäre ich sonst zu Ihnen gekommen, um Ihnen diesen Brief zu zeigen?«
»Was wollen Sie also, Mr. Slide?«
»Mir geht es um die öffentliche Moral, um nichts anderes. Verstehen Sie das, Finn? Trotzdem bin ich bereit, die Veröffentlichung des Briefes zu verschieben, falls sich die betreffende Lady verpflichtet, zu ihrem Gatten zurückzukehren.«
»Ich kann nicht über die Lady verfügen.«
»Was Sie nicht sagen, Finn! Sie steht doch unter Ihrem Einfluß. Erst vor ein paar Wochen waren Sie mit ihr in Dresden zusammen. Stimmt's? Wenn Sie also der Lady sagen: ›Liebchen, du mußt zu deinem Gatten zurück!‹, wird sie sofort gehorchen.«
»Ich verbitte mir diesen Ton.«
»Wollen Sie nicht wenigstens den Versuch machen, mit Lady Laura in diesem Sinn zu sprechen?«
»Nein!«
»Vielleicht genügt schon ein kleiner Brief, ein Brieflein an Lady Laura und Lord Brentford. Teilen Sie den Herrschaften mit, unser Brief würde nicht publiziert, wenn die Lady binnen einer Frist von vier Wochen zu ihrem Gatten heimkehrt. Wollen Sie das tun, Finn?«
»Nein! Ich werde nichts in dieser Angelegenheit unternehmen, ehe ich nicht mit Mr. Kennedy persönlich gesprochen habe.«

Quintus Slide zögerte einen Augenblick. Dann sagte er: »Von mir aus können Sie mit Kennedy reden, Sie brauchen nicht mal nach Schottland zu reisen. Mensch, haben Sie einen Dusel. Vor ein paar Tagen traf Mr. Kennedy in London ein. Soll ich Ihnen seine Adresse geben? Hotel Macpherson in der Judd Street. Ist nur ein kleines Hotel, aber Sie werden's schon finden. Viel Glück!«

Ohne weiteren Aufschub begab sich Phineas in das Hotel. Es befand sich in einer Seitenstraße der Euston Road.

Er wurde von einem Hausdiener in das Zimmer von Mr. Kennedy geführt. Bei seinem Eintreten erhob sich der Gutsherr von Loughlinter langsam von seinem Stuhl. Er legte die Bibel aus der Hand, in der er anscheinend gerade gelesen hatte.

»Ich hätte nicht an einem Tag zu Ihnen kommen sollen, der so viel für Sie bedeutet. Verzeihen Sie die Störung!«

»Es ist kein Tag, an dem man sich mit weltlichen Dingen befaßt.«

»Bestimmt hätte ich Sie nicht aus Ihrer Sabbatruhe aufgescheucht, wenn es sich nicht um eine dringliche Angelegenheit handelte, dringlich für mich – und auch für Sie. Sie kennen doch sicher einen Mann namens Slide?«

Kennedy schüttelte den Kopf.

»Ich meine den Redakteur der ›Volkstribüne‹ . . . Quintus Slide.«

Kennedy schüttelte abermals den Kopf.

»Jedenfalls haben Sie einen Brief an diesen Mann geschrieben, den Sie nicht kennen.«

»Muß ich Sie etwa um Erlaubnis fragen, ehe ich einen Brief schreibe?«

»Gewiß nicht. Aber dieser Quintus Slide kam eben zu mir. Er zeigte mir Ihren Brief.«

»Interessiert mich nicht.«

»Ich wiederhole: Der Redakteur der ›Volkstribüne‹ kam eben zu mir. Er zeigte mir im Bürstenabzug einen Brief von Ihnen, der . . . ich muß schon sagen . . . der äußerst beleidigend ist.«

»Beleidigend? Also schön, ich übernehme dafür die Verantwortung.«

»Es kann doch nicht Ihr Wille sein, eine unwahre, ehrenrührige Tatsache über mich wider besseres Wissen zu behaupten?«

»Wider besseres Wissen? Wie können Sie es wagen, mich als einen Ehrabschneider zu bezeichnen! Wider besseres Wissen? Entspricht es der Wahrheit oder nicht, daß mein Weib mich verlassen hat? Entspricht es der Wahrheit, daß mein Weib mich nicht verlassen kann, ohne ihr Ehegelübde zu brechen, das sie vor Gott und den Menschen abgelegt hat?«

»In Ihrem Brief haben Sie auch meinen Namen erwähnt.«

»Weil Sie der Liebhaber meines Weibes sind! Ich weiß alles. Sie sind eine Schlange, die ich an meinem Busen genährt habe. Waren Sie jetzt nicht bei

ihr in Dresden? Haben Sie nicht mit ihr unter einem Dach geschlafen? In einem fremden Haus?«
Kennedy ballte die Fäuste.
»Wer hat Ihnen das Recht gegeben, sich zwischen mich und mein Eheweib zu stellen?«
Trotz aller Provokationen bewahrte Phineas seine Ruhe.
»Ich habe Ihnen nichts angetan, weder durch Taten noch durch Worte. Ich kam zu Ihnen, weil man mir einen Brief zeigte, der eine schwere Verleumdung gegen mich enthält.«
»Ist der Brief schon gedruckt?« fragte Kennedy hastig.
»Ja, er ist gedruckt, schon morgen soll er in diesem Erpresserblatt erscheinen. Aber es ist gar nicht nötig, daß dieser Wisch auch noch publiziert wird. So oder so handelt es sich bei diesem Schreiben um eine schwere Verleumdung. Mir bleibt keine Wahl, ich muß den Leiter der Anklagebehörde bitten, ein Strafverfahren gegen Sie anhängig zu machen. Eine Zivilklage genügt mir nicht. Und Lady Laura? Glauben Sie wirklich, daß sie nun unverzüglich zu Ihnen zurückkehrt, nur weil Sie in aller Öffentlichkeit falsche Anschuldigungen gegen sie erheben?«
»Keine falschen Anschuldigungen! Alles ist wahr. Für jedes Wort meines Briefes kann ich den Wahrheitsbeweis erbringen. Meine Frau ist auf der Flucht vor dem Gesetz. Und Sie . . . Sie haben ihr bei diesem sündigen Verhalten Vorschub geleistet! Und doch ist mein Herz von christlicher Nächstenliebe erfüllt. Ich sinne nicht auf Rache. Wenn Sie dafür sorgen, Mr. Finn, daß mein Eheweib zu mir zurückkehrt, werde ich meinerseits dafür sorgen, daß der Brief nicht veröffentlicht wird. Ich werde dann dem Redakteur der ›Volkstribüne‹ alle Unkosten ersetzen.«
»Ich kann Ihnen Ihre Frau nicht zurückbringen.«
»Sie wird kommen, wenn Sie es von ihr verlangen. Auf alle Fälle können Sie es versuchen.«
»Ich werde keine Versuche dieser Art unternehmen. Wie komme ich dazu, Lady Laura dazu aufzufordern, sich selbst ins Unglück und ins Elend zu stürzen?«
»Ins Unglück? Ins Elend? In was für ein Elend? Warum sollte sie in der Ehe mit mir unglücklich sein? Ist es schon ein Elend, wenn eine Ehefrau mit ihrem Ehemann zusammenlebt?«
»Ich habe kein Recht, mich in Ihr Privatleben einzumischen.«
»Dann werde ich Sie strafen, wie man einen Ehebrecher strafen muß«, schrie Kennedy. Er machte eine rasche Wendung und ergriff einen Gegenstand, der neben ihm auf einem Regal lag. Phineas sah, daß Kennedy eine Pistole in der Hand hielt. Phineas hatte bisher gesessen, nun sprang er auf. In diesem Augenblick drückte Kennedy ab, aber in seinem Wahnsinn

verstand er sich nicht auf den einfachen Mechanismus seiner Waffe. Er fuchtelte mit der Pistole herum. Vor Wut und Haß stand ihm der Schaum vor dem Mund. Langsam machte Phineas einige Schritte nach rückwärts zur Tür. Er behielt dabei Kennedy scharf im Auge. Auf einmal knallte ein Schuß. Kennedy war es nun doch gelungen, vielleicht durch Zufall, den Abzug seiner Pistole richtig nach hinten zu ziehen. Der Schuß ging unmittelbar an Phineas' Kopf vorbei. Normalerweise hätte Kennedy jetzt weiterfeuern können. Aber er zitterte am ganzen Leib. Seine eigene Tat hatte ihn in Furcht und Schrecken versetzt. So hatte Phineas Zeit zur Flucht; er rannte zur Tür und sprang die Treppen hinunter, immer drei oder vier Stufen auf einmal.

In der Halle stand Mrs. Macpherson an der Bar.

»Haben Sie den Schuß gehört?« fragte Phineas.

Mrs. Macpherson war so erschrocken, daß sie nicht antworten konnte.

»Ich glaube nicht, daß dieser Wahnsinnige da oben noch weitere Schüsse abgeben wird«, sagte Phineas. »Er wird seine Pistole nicht mehr anrühren, es sei denn, daß er sich selbst erschießen will.«

Man schickte eines der Zimmermädchen zur Schottischen Kirche, um Mr. Macpherson zu holen. Nach kurzer Beratung kam man überein, die Polizei vorläufig noch nicht zu verständigen. Allem Anschein nach waren Herr und Frau Macpherson über die näheren Familienumstände ihres Gastes gut informiert. Sie wußten, daß er nur mit einem einzigen Verwandten, einem Vetter, näheren Umgang hatte. Dieser Vetter sollte sofort gerufen werden. Man konnte ihm dann alle weiteren Entscheidungen überlassen.

Phineas verließ das Hotel, nachdem er seine Adresse zurückgelassen hatte – für den Fall, daß der Vetter ihn zu sprechen wünschte, vielleicht auch für den Fall, daß die Polizei eine genaue Darstellung des Sachverhalts von ihm verlangen sollte.

20 Kranke sind hellhörig – Der Arzt hat alle Besuche streng untersagt – Und so blieb Lady Hartletop auf dem Sofa liegen – Am neunten Tage starb der Herzog – Kleiner Ring mit schwarzem Diamanten – Jeder nimmt, was ihm testamentarisch vermacht wird

Überall in London ging das Gerücht um, der Herzog von Omnium liege im Sterben. Das Gerücht hatte jedoch Seine Gnaden nicht davon abgehalten, sich ankleiden und in sein Wohnzimmer führen zu lassen, als ihn Madame Goesler besuchte.

»Ich wußte, daß sie kommen wird«, sagte der alte Mann zu Lady Glencora,

als er sich in einem großen Lehnstuhl niedergelassen hatte. »Ich wußte, daß sie bis zu meinem Ende gut zu mir sein wird.« Bei diesen Worten wendete er seinen Kopf ganz langsam, als suchten seine Augen die Dame seines Herzens. Er legte seine welke Hand auf die Lehne – in der Hoffnung, daß Madame Goesler, »seine Marie«, sie ergreifen und streicheln würde.
Madame erfüllte seinen Wunsch. Sie stand dicht neben seinem Sessel und legte ihren linken Arm sanft auf seine Schulter. Das war alles, was sie tun konnte. Er hatte sie bitten lassen, nach Matching Priory zu kommen, wo er sein Leben beschließen wollte. Natürlich hatte Madame Goesler die Reise sofort unternommen.
»Es geht ihm jetzt schon etwas besser als heute früh«, flüsterte ihr Lady Glencora zu.
Vielleicht hatte der Herzog diese Worte gehört.
»Wie lieb, daß Sie gekommen sind, Marie«, sagte er. »Bald wird alles vorüber sein. Setzen Sie sich doch, Marie! Hat man Ihnen eine Erfrischung nach der Reise angeboten?«
»Ich wollte sofort zu Ihnen, Herzog.«
»Ich werde ihr Tee machen«, sagte Lady Glencora. Und zu Madame Goesler: »Ja, ich werde ihn selbst zubereiten. Ich weiß, er möchte gern mit Ihnen allein sein.« Auch diese Worte waren im Flüsterton gesprochen.
Aber Kranke sind hellhörig. »Ja, meine Liebe«, sagte der Herzog, »ja, ich möchte mit Ihnen ein wenig allein sein, Marie.« Er nannte sie jetzt beim Vornamen. »Sag mir, Marie, liebst du mich?«
Es war eine törichte Frage, wenn man bedenkt, daß sie von einem sterbenden alten Mann an eine junge Frau gerichtet war. Aber vielleicht war die Frage auch nicht so töricht. Er hatte sie in fiebernder Hast, Wort um Wort, mühsam hervorgestoßen, als könnte er sterben, ehe er eine Antwort erhielt.
»Aber das wissen Sie doch, Herzog«, erwiderte Madame Goesler. »Stände ich sonst neben Ihnen?«
»Wie schade, mein Kind, daß du die Herzogskrone verweigert hast, als ich sie dir zu Füßen legte . . .«
»Hätte ich's getan, Herzog, hätten Sie jetzt nicht Glencora *und* mich.«
»Ich wollte nur dich.«
»Und ich hätte es mir nie verzeihen können, wenn ich Sie von den Ihrigen getrennt hätte. Sind wir nicht auch so immer Freunde geblieben? Gute Freunde?«
»Ja, gute Freunde. Aber . . .« Und dann schloß er seine Augen. Er bedeckte sein Gesicht mit den knochigen Fingern seiner linken Hand. Lautlos sank er tiefer in den Lehnstuhl zurück, wobei er »seine Marie« noch immer mit der Rechten umklammert hielt.

Plötzlich sagte er: »Küß mich, Marie!«
Sie beugte sich über ihn und küßte seine Stirn.
»Ich würde dir die Krone auch jetzt noch anbieten, ... ich würde es tun ... würde es tun, wenn es dir nützen könnte.«
Sie schüttelte den Kopf und drückte seine Hand fester und inniger.
»Ich würde meine Krone nehmen, Marie ...«, sagte er mit schwacher Stimme.
»Nein, Herzog, es geht nicht. Ich würde so was niemals tun. Niemals!«
Sie hatte sich jetzt neben ihn gesetzt. Beide schwiegen. Nach einer Weile erschien Lady Glencora mit einer Tasse Tee und einer Scheibe Toast. Madame Goesler nahm die Tasse und den Teller mit dem gerösteten Brot und dachte sich: Wie wäre wohl alles, wenn ich die Herzogskrone angenommen hätte. Dann wäre ich jetzt Herzogin. Sie trank einen Schluck Tee – und mit dem Tee kam der Trost: Aber gewiß hätte mir dann keine künftige Herzogin den Tee serviert!
Auch Plantagenet Palliser kam für drei Tage nach Matching. Zweimal täglich besuchte er seinen Onkel. Bei diesen Visiten wurde außer den üblichen Begrüßungsworten kaum ein Wort gesprochen. Den größten Teil des Tages verbrachte Palliser mit seinem Privatsekretär. Dabei wurden gewaltige Summen – zumindest auf dem Papier – von einem Etat zum anderen verschoben.
Natürlich befaßte sich Plantagenet auch mit seinem Lieblingsprojekt, der Umstellung der englischen Währung auf das Dezimalsystem. Für ihn würde der Tod des Onkels ein schwerer Schlag sein, vielleicht sogar das Ende seiner politischen Karriere, ohne daß es ihm gelungen war, den *penny* in fünf *farthings* aufzuspalten. Als Herzog mußte er ins Haus der Lords »umziehen«. Schon seit geraumer Zeit war es unmöglich, daß ein Schatzkanzler nicht dem Unterhaus angehörte. Jeder Schatzkanzler mußte bereit sein, jedem gewählten Volksvertreter Rede und Antwort zu stehen. Im Grunde war Plantagenet lieber Schatzkanzler als Herzog von Omnium. Und Lady Glencora? Ihr war es ziemlich gleich, ob sie nun Lady Glencora oder Herzogin von Omnium war, obwohl sie es natürlich vorzog, daß ihr ältester Sohn als Lord Silverbridge nach Eaton gehen würde, denn Silverbridge war der Titel, der nur dem ältesten Sohn eines Herzogs von Omnium zustand.
Das Befinden des Herzogs verschlimmerte sich von Tag zu Tag. Er wurde immer gereizter. Außer »seiner Marie« und Lady Glencora wollte er niemanden sehen.
Da geschah es nun, daß Lady Hartletop unerwartet nach Matching kam. Sie war eine korpulente Dame, etwa siebzig Jahre alt. Früher einmal hatte sie zu den engsten Freunden des Herzogs gehört.

Lady Glencora begrüßte die alte Dame: »Es tut mir so leid, daß Sie sich all die Mühe machten, nach Matching zu kommen.«
»Ich muß ihn noch einmal sehen«, sagte Lady Hartletop.
»Das geht nicht«, erwiderte Glencora. »Der Arzt hat alle Besuche streng untersagt.«
»Mein Besuch wird ihm nur guttun«, meinte die standhafte Lady Hartletop.
»Ja, gewiß«, erwiderte die nicht minder standhafte Lady Glencora, »aber die Freude an Ihrem Besuch würde ihn aufregen. Ich sagte ja schon, der Arzt hat angeordnet, daß alle Aufregungen unbedingt zu vermeiden sind. Ich wage es daher nicht, ihm auch nur mitzuteilen, daß Sie hier sind.«
Da warf sich nun Lady Hartletop in all ihrer Trauer und mit all ihrem Gewicht auf das Sofa und weinte gar bitterlich. »Ich hab' ihn über vierzig Jahre gekannt«, schluchzte sie. Lady Glencora wurde immer weicher ums Herz. Sie versuchte, die alte Dame zu beruhigen, aber sie gab nicht nach. Sie hatte wirklich nicht die Unwahrheit gesagt, als sie erklärte, der Herzog wolle niemanden mehr sehen, niemanden außer Plantagenet, Glencora und »seiner Marie«.
Und so blieb Lady Hartletop auf dem Sofa liegen.
Sie schluchzte weiter, mal unterdrückt, dann wieder lauter. Sie schluchzte viele Stunden. Schließlich sah sie die Vergeblichkeit ihres Besuches ein. Sie bestellte einen Wagen, in dem sie dann – noch immer schluchzend – zum Bahnhof von Matching fuhr.

Am neunten Tage nach der Ankunft von Madame Goesler starb der Herzog. Lady Glencora Palliser war nun Herzogin von Omnium, aber für Plantagenet war der Wechsel des Rangs und Namens von größerer Bedeutung als für seine Frau. Was den Rang betraf, so war er plötzlich aus einem gewöhnlichen Bürger einer der höchsten Aristokraten des Landes geworden. Er verfügte jetzt über ein nahezu unermeßliches Vermögen. Mit dem Herzogstitel hatte er auch einen ganzen Rattenschwanz anderer Ehrenämter und Würden geerbt. Aber persönlich schien ihn diese Metamorphose kaum zu berühren. Nach außen wirkte er jetzt wie ein Gott, der sich nichts daraus machte, mit göttlichen Ehren überhäuft zu werden, weil ihm alles Göttliche ja schon längst vertraut war. Sein Onkel war gestorben. Nun, wir müssen alle sterben. Sein Onkel war ein alter Mann gewesen, so hielt sich Plantagenets Trauer in normalen Grenzen. Sobald man die sterblichen Überreste seines Onkels in der Familiengruft von Gatherum Castle beigesetzt hatte – von diesem Augenblick an würde man ihn »Herzog von Omnium« nennen. Und das war dann das traurige Ende seiner Tätigkeit als Schatzkanzler. Für seinen Onkel hatte es nichts Höheres gegeben, als

Herzog von Omnium zu sein. Für Plantagenet Palliser bedeutete der Titel weniger als nichts. Sein ganzes Leben hatte er mit Leuten zusammengelebt, die zur Hocharistokratie gehörten und die ihn als ihresgleichen betrachteten, obwohl er als zweiter Sohn einer uralten Adelsfamilie nach den ewigen Gesetzen der Primogenitur-Ordnung selbst keinen Titel führte.

»Nun wirst du ja wohl als Schatzkanzler zurücktreten müssen«, sagte Glencora.

Er schüttelte den Kopf, ohne daß er damit positiv oder negativ auf ihre Bemerkung reagieren wollte. Er wußte nicht, was er sagen wollte. Selbst Glencora gegenüber war er außerstande, seinen Gefühlen freien Lauf zu lassen.

Auch Glencora tat es irgendwie leid, daß sie nun ihren Namen ändern mußte. Jeder kannte sie als Lady Glencora Palliser. Sie hatte immer so gehandelt, wie es ihr gerade in den Sinn kam. Die Welt, in der sie sich bewegte, hatte sich ihren Launen gefügt oder sich ihnen zumindest angepaßt. Nun war es wohl vorbei mit ihrem exzentrischen Benehmen. Für eine Herzogin schickte sich das nicht. Nun hatte sie sich so aufzuführen, wie es in den besseren Kreisen der besseren Herzoginnen gang und gäbe war.

Nach der Beisetzung in der Familiengruft von Gatherum Castle wurde Plantagenet in der großen Halle des Schlosses feierlich zum Herzog von Omnium ausgerufen. Am nächsten Tag erhielt Lady Glencora, wie wir sie jetzt zum letzten Mal nennen wollen, einen Brief, der sie in große Aufregung versetzte. Sie befand sich in ihrem Privatsalon, als man ihr eine schriftliche Mitteilung von Plantagenet überreichte. Noch nach einer Stunde wußte sie nicht, wie sie sich Madame Goesler gegenüber verhalten sollte. Der Absatz des Briefes, der sie so erregt hatte, lautete: »Meine liebe Glencora, ich könnte Dir alles auch mündlich mitteilen, und da ich Dein Mann bin, wäre es vielleicht richtiger gewesen, ich hätte es getan. Aber ich möchte annehmen, daß es Dir leichter sein wird, diese für Dich möglicherweise unerfreuliche Mitteilung ruhiger hinzunehmen, wenn ich Dir alles schriftlich auseinandersetze. Mein verstorbener Onkel hat Madame Goesler 20 000 Pfund Sterling und seinen gesamten Schmuck vermacht. Was das Geld betrifft, so dürfte ja wohl alles in Ordnung sein. Dagegen bin ich der Ansicht, daß er über seine Schmucksachen letztwillig hätte anders verfügen sollen. Du wirst verstehen, daß ich mir persönlich natürlich nichts aus all diesen Juwelen mache. Es tut mir nur Deinetwegen leid, nicht nur wegen der Juwelen, sondern auch weil die Leute gewiß darüber klatschen werden, warum mein Onkel diesen Schmuck nicht Dir vermacht hat, sondern Madame Max Goesler. Natürlich werden sich die Anwälte schon bald mit ihr in Verbindung setzen. Ich hielt es jedoch für besser, Dich vorher über diesen Teil des Testaments zu informieren. Nach Ansicht der Juristen stellen die Juwelen einen großen Wert dar. Das mag stimmen, es kann auch falsch sein. Ich habe es schon längst gelernt, daß man sich auf Erklärungen und Angaben nur verlassen kann, wenn man sie selbst überprüft hat. Die Juwelen befinden sich alle hier in Gatherum Castle. Sicher wird man jemanden beauftragen müssen, sie sachgemäß zu verpakken. Es ist übrigens ein genaues Inventar all dieser Schmuckstücke vorhanden. Man wird davon eine Kopie anfertigen und sie dann Madame Goesler baldmöglichst per Post zuschicken.«

Madame Max Goesler war inzwischen Glencoras beste Freundin geworden. Diese enge Freundschaft schloß aber nicht aus, daß Glencora die kostbare Sammlung von Perlen und Edelsteinen nur zu gern selbst geerbt hätte.

Es war um die Mittagszeit, als sich die beiden Freundinnen trafen. »Meine Liebe«, sagte Glencora, »ich will Ihnen sofort eine frohe Botschaft bringen. Lesen Sie diesen Brief. Sie brauchen nicht alles zu lesen, nur diese Stelle hier. Plantagenet irrt sich übrigens, wenn er meint, daß ich dieses Vermächtnis bedauern würde. Wenn ich irgendeinen Ring oder eine Brosche haben möchte, kann ich mir ja alles selber kaufen. Im Grunde hab' ich mir nie viel aus diesen Dingen gemacht. Und das Geld gönne ich Ihnen erst recht.«

Madame Goesler las die Stelle in Plantagenets Brief, die ihr Glencora zum Lesen gegeben hatte. Das Blut schoß ihr in die Wangen. Sie las alles sehr langsam, Wort für Wort. Als sie die Lektüre beendet hatte, wußte sie einen Augenblick nicht, was sie sagen sollte. Glencora half ihr und bemerkte: »Es dürfte wohl das beste sein, wenn Sie all diese Schmuckstücke von einer angesehenen Juwelierfirma schätzen ließen. Ich würde vorschlagen, Sie wenden sich an Garnett, das ist wohl die zuverlässigste Firma in London.«

»Das dürfte kaum nötig sein«, sagte Madame Goesler.

»Meine liebe Marie, Sie sollten nicht so leichtsinnig sein. Niemand weiß, was für einen Wert diese Sammlung hat. Der alte Herzog hat sein halbes Vermögen in diese Sammlung gesteckt.« Obwohl sich Glencora zusammennahm und sich so tapfer gab, wie sie nur konnte, war es doch unverkennbar, wie sehr sie den Verlust dieser Juwelensammlung bedauerte.

Madame Goesler ging auf sie zu und streichelte ihren Arm ganz sanft, ganz zärtlich. »Erinnern Sie sich, Glencora, daß er einen kleinen Ring mit einem schwarzen Diamanten besaß? Ich glaube, es war ein Diamant. Diesen Ring hat er immer getragen.«

»Natürlich erinnere ich mich an diesen Ring.«
»Wie gern hätte ich diesen Ring!« sagte Madame Goesler.
»Aber Ihnen gehört doch alles, jeder Ring und jede Kette, jede Brosche.«
»Diesen Ring möchte ich haben, meine liebe Lady Glen. Zur Erinnerung an die Hand, die diesen Ring getragen hat. Und das ist alles. Sonst begehre ich nichts von dem, was dem Herzog gehörte.«
»Nichts von der ganzen Sammlung?«
»Keine Gemme, keinen Edelstein, keinen Shilling.«
»Aber das geht doch nicht. Er hat Ihnen doch alles vermacht.«
»Es gibt kein Vermächtnis, das man nicht ausschlagen kann«, sagte Madame Goesler lachend. »Nun setzen Sie sich hin, meine liebe Glencora. Schreiben Sie einen schönen Brief an Mr. Palliser, Verzeihung, ich meine an den ›neuen‹ Herzog. Teilen Sie ihm mit, die dumme Marie hat beschlossen, auf alles zu verzichten, was ihr der ›alte‹ Herzog zugedacht hat.«
»Das werde ich bestimmt nicht tun.«
»Dann muß ich eben selber schreiben. Ich habe so viele glückliche Erinnerungen an den Verstorbenen. Soweit es in meinen Kräften stand, habe ich mich bemüht, gut zu ihm zu sein. Ich habe mir nichts vorzuwerfen. Ich habe nie etwas von ihm haben wollen. Glauben Sie, Glencora, daß ich so reden könnte, wenn ich sein Geld und seine Schmuckstücke . . . oder sagen wir lieber: Ihr Geld und Ihre Schmuckstücke annehmen würde?«
»Jeder nimmt, was ihm testamentarisch vermacht wird.«
»Dann bin ich eben die berühmte Ausnahme, die diese Regel nicht bestätigt. Sollte mir Ihre Freundschaft, Glencora, nicht tausendmal mehr wert sein als alle Diamanten, die es in London gibt?«
»Sie sollen aber beides haben, Wertsachen und Freundschaft«, sagte die Herzogin. Es war sogar ein ernstgemeintes Versprechen. Madame Goesler war überrascht. Glencora fuhr fort: »Wozu macht man denn Vermächtnisse, wenn dann der andere oder die andere nichts vermacht haben will? Wollen wir wetten, daß sogar die Königin die Juwelen nehmen würde, wenn man sie ihr hinterlassen hätte?«
»Ich heiße Marie – und nicht Victoria. Ich bin auch nicht die Königin. Ich muß in allem, was ich tue oder unterlasse, weit vorsichtiger sein als irgendeine Königin. Ich will nichts aus dem Nachlaß des Herzogs haben. Nichts – mit Ausnahme des Ringes, den ich schon erwähnte. Und auch diesen Ring nur dann, wenn ich ihn vom Erben des Herzogs als Geschenk erhalte. Ich werde ihn dann bis an mein Lebensende tragen. Und nun sind Sie wohl doch bereit, an Mr. Palliser zu schreiben?«
»Nein, ich kann es einfach nicht«, sagte die Herzogin.
»Dann werde ich eben schreiben.«
Und Madame Goesler schrieb diesen Brief. Von all den Reichtümern, die

ihr der Herzog hinterlassen hatte, nahm sie nichts als den kleinen Ring, den der Herzog von Omnium immer getragen hatte – ihr Herzog, der sie zu seiner Herzogin machen wollte.

21

Ein journalistisches Problem – Mischung aus Drachenblut und Zyankali – Alles kommt an die Öffentlichkeit – Alle Abwege führen nach Dublin – Der innere Kreis der liberalen Partei – Kein Silberstreifen am Horizont – Im Brustton edelster moralischer Überzeugung – Das Unternehmen: Rettet Phineas! – Glencora hat ihre Schlacht gewonnen

Am Montag um zwölf Uhr mittags wurde dem Redakteur Quintus Slide eine gerichtliche Verfügung zugestellt. Er las den Wortlaut der Verfügung mehrmals. Die juristische Bedeutung der Urkunde verstand er natürlich sofort. Er wußte, daß er ihr nicht zuwiderhandeln durfte. Fraglich war nur, wie er die im Brief von Mr. Kennedy enthaltenen Informationen benutzen konnte, um Mr. Finn, Lady Laura und Lord Brentford zu schaden, ohne das Schreiben von Kennedy in der »Volkstribüne« zu veröffentlichen. Noch hatte er keine ersprießliche Lösung dieses journalistischen Problems gefunden, als man ihm eine kleine Notiz auf seinen Schreibtisch legte, die in einer Londoner Morgenzeitung erschienen war und die sich zweifellos auf Phineas Finn und Robert Kennedy bezog:
»Wie uns berichtet wurde, soll gestern nachmittag ein Abgeordneter des Unterhauses einen Minister der früheren liberalen Regierung in seinem Hotel aufgesucht haben, wobei ersterer von letzterem angeschossen wurde. Wir betonen, daß es sich hierbei um eine noch unbestätigte Meldung aus gewöhnlich zuverlässiger Quelle handelt und unterlassen es daher, die Namen der beteiligten Personen anzugeben. Nach dem uns vorliegenden Bericht soll sich der Gentleman, der den Schuß abgefeuert hat, in einem Zustand der Geistesgestörtheit befunden haben. Die Kugel verfehlte ihr Ziel.«
Quintus Slide war natürlich über diese »diskret-indiskrete« Verlautbarung tief betrübt. Ein Konkurrenzblatt war ihm zuvorgekommen und hatte die »Volkstribüne« um eine gut verkäufliche Sensation gebracht. Zum Teufel auch, daß die Kugel ihr Ziel verfehlt hatte! Slide war ein Revolverjournalist, der aber bei besonderen Gelegenheiten einen alten Flitzbogen mit vergifteten Pfeilen bevorzugte. Er tat es auch diesmal. Er hatte jetzt den Entschluß gefaßt, die politische Karriere von Phineas Finn ein für allemal zu vernichten. Er griff in seinen Köcher und holte einen Giftpfeil heraus, den er dann auf seinen Druckbogen spannte.

Dieser Artikel erschien am folgenden Morgen. Phineas las ihn beim Frühstück. Er hatte das Gefühl, als hätte man eine Mischung aus Drachenblut und Zyankali in seinen Tee geschüttet. Der Zucker war mit Strychnin durchsetzt, Skorpione krochen über seinen Toast. Ihm war, als würde er am Pranger stehen. Jede Silbe eines jeden Wortes war auf ihn gemünzt – und dazu auch noch falschgemünzt. Er war über die schamlos geschickte Art verärgert, mit der es der Artikelschreiber verstanden hatte, die einstweilige Verfügung eines hohen Gerichts zu umgehen. Noch mehr brachte es ihn in Zorn, daß sich die »Volkstribüne« auch eingehend mit seiner eigenen prekären Finanzlage befaßte. Wen ging das etwas an? Gewiß, er lebte gerade in schlechten Verhältnissen, er war ein armer Schlucker, der sich sein täglich Brot durch Arbeit verdienen mußte. Es ließ sich nicht leugnen, daß er es darauf abgesehen hatte, wieder ein Regierungsamt zu ergattern. Schließlich brauchte er das Gehalt, das mit einem Ministerposten verbunden war. Aber er beanspruchte kein Geld aus öffentlichen Mitteln ohne entsprechende Gegenleistung von seiner Seite. Er sah auch nicht ein, warum es weniger ehrenhaft sein sollte, sich im Staatsdienst sein Geld zu verdienen als durch irgendeine andere Tätigkeit, sei es als Advokat oder Medizinmann, als Schornsteinfeger oder Tintenkleckser.
Phineas war noch immer wütend, als er sich in seinen Klub begab. Zu seinem Erstaunen schien niemand die gegen ihn erhobenen Anschuldigungen ernst zu nehmen. Alle gratulierten ihm dazu, daß er bei Kennedys Angriff mit heiler Haut davongekommen war.
Lord Cantrip, sein früherer Chef als Kolonialminister, meinte: »Ein armer Teufel, dieser Kennedy! Er scheint einen Klaps zu haben.«
»Zweifellos ist er nicht mehr ganz bei Sinnen.«
»Ich verstehe einfach nicht, warum Sie nicht zur Polizei gingen.«
»Ich hatte gehofft, die Sache würde nicht an die Öffentlichkeit kommen.«
»Alles kommt an die Öffentlichkeit, jede Geschichte dieser Art. Davon lebt die Öffentlichkeit. Ja, ohne Klatsch würde es überhaupt keine Öffentlichkeit geben.« Nach dieser mehr allgemeinen Betrachtung fügte Lord Cantrip hinzu: »Mir tut die arme Lady Laura leid.«
»Ja, das ist das Schlimmste«, meinte auch Phineas.
»Wenn ich ihr Vater wäre, würde ich sie nach England zurückbringen. Ich würde auf dem Rechtswege eine Aufhebung der ehelichen Gemeinschaft beantragen. Nur auf diese Weise kann Lady Laura meines Erachtens ihren guten Ruf wiederherstellen. Gewiß, die schnöden Anschuldigungen wurden von einem Geistesgestörten und von einem Zeitungsschmierfinken der übelsten Sorte erhoben. Aber Sie wissen ja, Finn, immer bleibt was hängen, *semper aliquid haeret.*«
»Haben Sie den Artikel gelesen?«

»Ja, vor ein paar Minuten.«
»Ich brauche Ihnen wohl nicht zu versichern, daß die gegen Lady Laura erhobenen Anschuldigungen jeder sachlichen Grundlage entbehren.«
»Davon bin ich überzeugt. Aber gerade deswegen will ich Ihnen meine Meinung ganz offen sagen. Ich bin unbedingt der Ansicht, daß Lord Brentford seine Tochter nach England bringen muß, damit dann alles vor Gericht in aller Öffentlichkeit geklärt werden kann. Wie das geschehen soll? Nun, entweder durch einen Antrag auf Aufhebung der ehelichen Gemeinschaft oder durch einen Beleidigungsprozeß gegen den verantwortlichen Redakteur der ›Volkstribüne‹. Ich kenne Lord Brentford persönlich nicht gut genug, um ihm in dieser Angelegenheit meinen Standpunkt brieflich darzulegen. Ich habe aber nichts dagegen, wenn man ihn über meine Ansicht informiert. Brentford und ich und auch der arme Teufel von Kennedy gehörten jahrelang als Minister der gleichen Regierung an. Ich könnte mir daher vorstellen, daß Lord Brentford an der Aufrichtigkeit meiner Ratschläge keinen Zweifel hegt.«
Phineas dankte seinem früheren Chef. »Ja«, sagte er, »ich werde Lord Brentford Ihre Ansicht unterbreiten.«
Man sprach nicht nur in den Londoner Klubs über diese Affäre. Und doch wurde »amtlicherseits« nichts unternommen. Mr. Kennedy reiste unbehindert nach Schottland zurück, betreut von seinem Vetter. Allem ewig trügenden Anschein nach war die Sache damit erledigt. Von Zeit zu Zeit befaßte sich Quintus Slide von der »Volkstribüne« noch mit diesem Fall. Er richtete dann seine Angriffe entweder gegen den Abgeordneten Phineas Finn oder gegen die Polizei. Aber die Attacken verpufften wirkungslos. Oder doch nicht? Jedenfalls wurde niemand verhaftet, niemand wurde unter Anklage gestellt, niemand wurde als Zeuge vernommen. Aber die Sticheleien von Quintus Slide trafen ins Schwarze, wobei das Opfer, in diesem Fall Phineas Finn, wunschgemäß angeschwärzt wurde. Jedermann wußte nun, daß es einen Mordskrach um die Frau von Mr. Kennedy gegeben hatte. Jedermann wußte, daß man Phineas Finn angeschossen hatte. Viele dachten: An der Sache muß schon was dran sein, sonst hätte ein Mann wie Kennedy nie von einer Schußwaffe Gebrauch gemacht.
In einem Klub erzählte man sich, der ehrenwerte Abgeordnete für Tankerville habe den größten Teil der beiden letzten Jahre in Dresden zugebracht – und nicht etwa um den sächsischen Dialekt zu erlernen. In einem anderen Klub hieß es, Finn habe Mr. Kennedy zweimal aufgesucht, zuerst in Schottland, dann im Hotel Macpherson in der Judd Street. In beiden Fällen habe der Abgeordnete für Tankerville den Versuch unternommen, Mr. Kennedy dahin zu bringen, in eine Scheidung einzuwilligen. Auch eine romantische Version war im Umlauf: Lady Laura und Phineas Finn

hätten sich inniglich geliebt, ja, sie seien bereits verlobt gewesen. Da habe sich dann Lord Brentford eingemischt, er habe als Papa ein Machtwort gesprochen, weil er für seine Tochter einen Ehemann mit größerem Vermögen suchte beziehungsweise brauchte.
Alle diese Geschichten wurden mit schönen Schnörkeln ausgeschmückt, oft auch mit »Tatsachen«, die einwandfrei alles bestätigten, was professionelle Skeptiker sonst vielleicht nur als »böswilliges Gerücht« hingenommen hätten. War es nicht allgemein bekannt, daß der Earl of Brentford besagten Phineas Finn nur dadurch als künftigen Schwiegersohn ausschalten konnte, daß er ihm den im Familienbesitz befindlichen Wahlkreis Loughton auf einer silbernen Schüssel präsentiert habe? War es nicht allgemein bekannt, daß sich Lord Chiltern, der Bruder von Lady Laura, mit diesem Phineas Finn habe duellieren müssen? War es nicht allgemein bekannt, daß Mr. Kennedy zum Schweigen verurteilt war, weil ihn besagter Phineas Finn aus den Händen der Garrottierer befreit hatte, und er daher aus Dankbarkeit nichts gegen den »Ehebrecher« vorbringen konnte?
Selbst Finns Freunde waren verzweifelt.
Barrington Erle sagte zu ihm: »Herr im Himmel! So was wie Sie hab' ich noch nicht erlebt! Was Sie auch anpacken, immer landen Sie in Teufels Küche!«
Phineas: »Niemand sollte besser wissen als Sie, wie grundlos all diese Anschuldigungen sind. Sie kennen Lady Laura gut genug, immerhin sind Sie ja ihr Vetter.«
Barrington Erle: »Natürlich weiß ich, daß es sich hier um Verleumdungen handelt. Aber Sie hatten von Kennedys Verdächtigungen schon früher gehört, warum haben Sie sich dann leichtsinnig in die Höhle des Löwen begeben?«
Mr. Bonteen, einer der lieben parlamentarischen Kollegen von Phineas, nahm die Angelegenheit erheblich ernster als Barrington Erle. »Ich habe diesen Burschen von Anfang an nicht ausstehen können«, sagte er. »Ich wußte, daß er auf Abwege geraten muß. Das ist nun mal irische Art: Alle Abwege führen nach Dublin.«
Nicht minder unfreundlich äußerte sich Lord Fawn. Er hatte kürzlich geheiratet und hatte besonders strenge Auffassungen von der Heiligkeit der Ehe. Obwohl er zu den führenden Mitgliedern der liberalen Partei gehörte, vertrat er den Standpunkt, daß alle Personen als Kapitalverbrecher bestraft werden sollten, die durch ihr Verhalten das Glück einer Ehe beeinträchtigten.
Einige dieser Äußerungen hörte Phineas durch Dritte. Das meiste, was über ihn geredet wurde, erfuhr er nie. Selbstverständlich vermied er von

sich aus alle Gespräche über dieses leidige Thema. Es war jedoch unvermeidlich, daß er Lady Laura in einem längeren Brief über den seltsamen Zwischenfall im Hotel Macpherson berichtete. Sein Brief nach Dresden war dreieinhalb Wochen unterwegs. Postwendend antwortete Lady Laura:

Mein lieber Freund!

Endlich haben wir den Entschluß gefaßt, nach England zurückzukehren, und zwar schon in allernächster Zukunft. Alles hat sich so rasch entwickelt, daß ich Ihnen kaum erklären kann, wie es dazu kam. Es möge vorläufig genügen, wenn ich Ihnen mitteile, daß es mein Vater war, der diesen Entschluß gefaßt hat. Sein Anwalt, ein Mr. Forster, hat ihm mitgeteilt, es wäre das beste, möglichst bald nach England zu kommen. Ja, der Anwalt hat sogar erklärt, diese Rückkehr sei meinetwegen unbedingt notwendig. Ich will ganz offen mit Ihnen sein, Phineas, und Ihnen nicht verschweigen, daß die Hauptsorge meines Vaters finanzieller Natur ist. Ich finde es erstaunlich, daß ein Mann wie mein Vater, der sein ganzes Leben lang in allen Dingen so liberal dachte, auf seine alten Tage nur noch ans Geld denken kann. Dabei muß ich allerdings gleich betonen: Er handelt nicht in selbstsüchtiger Absicht. Alles soll in meinem Interesse geschehen. Mein Vater ist empört, daß mir Mr. Kennedy mein eigenes Vermögen vorenthält, da ich nichts »Ehewidriges« begangen habe, wie er es formulierte. Ich habe ihm daraufhin, lieber Phineas, Ihren Brief gezeigt. Er neigt nun zu der Ansicht: Wenn mein Ehemann tatsächlich geistesgestört ist, wie aus Ihrem Brief hervorgeht, dann müßte doch eine Ehetrennung ohne sonderliche Schwierigkeiten durchzusetzen sein, und zwar mit dem Ergebnis, daß das von mir in die Ehe eingebrachte Gut wieder herauszugeben sei. Dementsprechend hat mein Vater nun Mr. Forster beauftragt, den Anwalt von Mr. Kennedy zu verständigen, daß wir in Bälde in London eintreffen werden. Inzwischen solle Mr. Forster ausfindig machen, ob von der Familie meines Mannes bereits die Entmündigung von Mr. Kennedy wegen Geisteskrankheit beantragt wurde und ob man ihn bereits unter vorläufige Vormundschaft gestellt habe. Ja, dann sollte ich auch noch einen anderen Punkt erwähnen. Unser Anwalt kann es einfach nicht verstehen, wieso Sie nicht sofort Anzeige bei der Polizei erstatteten, nachdem Mr. Kennedy auf Sie geschossen hatte. Ich selbst verstehe Ihre Motive nur zu gut.
Ihre liebevolle Freundin L. K.

Als Phineas diesen Brief las, war es wenigstens ein Trost für ihn, daß Lady Laura verstand, warum er nach der Begegnung mit Kennedy so gehandelt

hatte, wie er glaubte, in ihrem Interesse handeln zu müssen. Wenn er sich durch sein Verhalten selbst geopfert hatte, mußte er die Folgen seiner Handlungsweise wie ein Mann tragen. Mittlerweile war ihm klargeworden, daß es dann allerlei zu tragen geben würde.
Während er diese privaten Sorgen und Ärgernisse hatte, befaßte sich der »innere Kreis« der liberalen Partei mit der heiklen Frage, wie und mit wem man demnächst die ministeriellen Posten besetzen sollte. Die Partei hatte bei den Wahlen gesiegt. Es bestand also kein Zweifel, daß Ihre Majestät schon bald den Führer der Partei, Mr. Gresham, mit der Regierungsbildung betrauen würde. Bei diesen internen Vorberatungen wurde der Name von Phineas Finn nur selten genannt, es wurde auch kein Ministerium für Phineas reserviert. Allgemein war man der Ansicht, er sei für die Partei nicht tragbar – wegen der Kennedy-Affäre.
Selbst der ihm so wohlgesonnene Lord Cantrip hatte kein Wort geäußert, aus dem mit einiger Wahrscheinlichkeit zu schließen war, daß man Phineas bei der Besetzung der Ministerposten nicht ganz vergessen werde.
Seine Freunde verhielten sich passiv, um so aktiver waren seine Feinde, zum Beispiel Bonteen und sein Anhang, den er als die »Rotte Bonteen« bezeichnete. Auch die boshaften Angriffe in der »Volkstribüne« hörten nicht auf. Man kann es also verstehen, daß Phineas keinen Silberstreifen am Horizont erblickte, wie er sonst zum Hoffnungsinventar aller Berufspolitiker gehört. Nur wenn er an Lady Laura dachte, wurde ihm etwas wohler zumute. Er war ihr zutiefst dankbar. Nur zu gern würde er alles für sie tun, was in seiner Macht stand. In seiner Macht? Er hatte sich noch nie so ohnmächtig gefühlt wie gerade jetzt. Was konnte er schon für Lady Laura tun? Man hatte ihn im Zusammenhang mit ihr in schändlicher Weise verleumdet, doch immer so, daß die Verleumdung hart an der Grenze der Glaubwürdigkeit lag. So hatten es die Ehrabschneider leicht, auch die unglaublichsten Schmähreden gegen ihn zu halten – hinter seinem Rücken versteht sich und immer im Brustton edelster moralischer Entrüstung. Aber natürlich konnte Lady Laura auf seine Hilfe rechnen. Er würde ihr voll zur Verfügung stehen als Freund und Berater, als jüngerer Bruder.
Kaum hatte er diesen löblichen Vorsatz gefaßt, da war er sich auch schon darüber klar: Man würde alles gegen ihn ausspielen, was er »in Sachen Lady Laura« unternahm. Man würde sagen: »Ha! Da haben wir den Beweis, wie eng er mit dieser Dame liiert ist!«
Tag und Nacht gingen ihm diese trüben Gedanken durch den Kopf, auch jetzt, als er über das weiche Gras im Hydepark schritt, um Madame Max Goesler im »kleinsten Haus der Park Lane« zu besuchen, wie er es ihr versprochen hatte.
Er klagte ihr sein Leid. Madame wußte, daß er nicht an Verfolgungswahn

litt. »Ich will Ihnen ein Geheimnis anvertrauen«, sagte sie. »Aber Sie müssen mir strengste Diskretion versprechen.«
»Bin ich nicht immer diskret?« fragte Phineas.
»Sie kennen Ihre Gegner. Bonteen hetzt gegen Sie, wo er nur kann.«
»Ich weiß.«
»Aber Sie wissen nicht, wer Ihre Freunde sind. Sie wissen nicht, daß Lady Glencora diesen Bonteen nicht ausstehen kann. Und nun kommt das Geheimnis: Ihre herzogliche Gnaden werden für Sie kämpfen – und sei es gegen alle Teufel.«
»Wie kann ich das nur von ihr verlangen? Ich will nicht, daß sie sich meinetwegen Unannehmlichkeiten schafft.«
»Sie werden sich hübsch still verhalten. Sie wissen ja nichts. Glencora und ich haben uns hingesetzt und fest nachgedacht, Sie ahnen ja gar nicht wie fest, mein lieber Mr. Finn. Und plötzlich traf uns der Blitzstrahl der Erkenntnis. Das klingt aufregend, nicht wahr? Also, . . . aber es muß ganz geheim bleiben . . . also, Mr. Palliser, ich meine, der neue Herzog von Omnium wird sich an Mr. Gresham wenden. Er wird mit ihm reden. Worüber? Nicht über das Wetter, nicht über das Dezimalsystem, sondern über einen gewissen Mr. Phineas Finn. Und dann wird Mr. Gresham gebeten werden, irgendein passendes Pöstchen für diesen Mr. Phineas Finn zu finden.«
Phineas war außer sich. Keine Rolle war seinem Wesen so zuwider wie die Rolle eines Protektionskindes.
Madame Goesler beruhigte ihn. Zu diesem Zweck streichelte sie sein Gewissen: »Nur keine Aufregung, mein Lieber. Es ist zu spät. Alles ist schon gelaufen. Wenn Sie Feinde haben, die Ihnen liebend gern in den Rücken fallen, müssen Sie auch Freunde haben, die Ihnen liebend gern das Rückgrat stärken. Übrigens wird auch Lady Cantrip ein ernstes Wörtchen mit ihrem Gatten reden – und auch nicht über das Wetter.«
»Um Himmels willen, auch das noch!« Phineas fühlte sich vor soviel angebotener Hilfe völlig hilflos.
»Es ist alles schon in der Tüte«, sagte Madame Goesler lachend. »Man wird Sie von nun an das ›Schoßhündchen der Damenwelt‹ nennen. Machen Sie sich nichts draus! Lady Laura wird wieder in London sein, bevor wir das Unternehmen ›Rettet Phineas‹ durchgeführt haben. Sie wird dann mit ihrem Vetter Barrington Erle sprechen können.«
»Sie hätten mir all das nicht sagen sollen.«
»Vielleicht nicht, Mr. Finn. Aber ich hielt es halt für besser. Schließlich müssen Sie wissen, daß Ihre Feinde nicht müßig dasitzen und Däumchen drehen. Wir glauben . . . genauer: Die Herzogin glaubt, daß man abscheuliche Dinge von Lady Laura behauptet hat – und auch von Ihnen. Sie ist

daher fest entschlossen, für die Wahrheit auf die Barrikaden zu gehen. Irgendein parlamentarisches Klatschmaul hat Mr. Gresham gegenüber behauptet – ganz vertraulich versteht sich – Sie seien schuld, mein lieber Finn, daß sowohl Lord Brentford als auch Mr. Kennedy ihren Verstand verloren haben. Beide gehörten immerhin dem bisherigen Kabinett von Mr. Gresham an. Man muß ihn also davon überzeugen, daß es sich um eine ganz gemeine Verleumdung handelt. Sie dürfen sich unserer Rettungsaktion nicht widersetzen, schon wegen Lady Laura nicht.«

»Lord Brentford und ich sind die besten Freunde.«

»Und Mr. Kennedy ist ein Verrückter, der in die Gummizelle gehört. Deshalb sahen sich seine Freunde gezwungen, ihn in ihre Obhut zu nehmen. Jeder weiß das. Und doch ist etwas Tolles geschehen: Man hat die Verleumdungsgeschichte dieses armen Irren für bare Münze genommen.«

»Und Sie glauben nicht, daß sich die Aktion ›Rettet Phineas‹ auf ewig zu meinem Nachteil auswirken muß?«

Madame Goesler dachte einen Augenblick über dieses Problem nach. Dann sagte sie mit aller Entschiedenheit: »Überhaupt nicht! Warum auch? Wir kampflustigen Weiber handeln ja nicht, damit ein professioneller Nichtskönner auf einen Posten geschoben wird, den er sonst nie erreichen würde. Und noch etwas, mein lieber Finn: Wenn man den Kampf gegen Sie auf unlautere Weise führt, können Sie Ihre geschätzten Feinde nicht mit der Lauterkeit Ihres Parzivalherzens zur Strecke bringen.«

Madame Goesler hatte nicht übertrieben, das war übrigens nie ihre Art. Tatsächlich hatte sich eine kleine Bande von »Blusenträgerinnen« zusammengeschlossen. Die erste Anregung zu diesem Komplott war von Madame Goesler ausgegangen, dann aber hatte die neue Herzogin von Omnium den Schutz-und-Trutz-Plan für Phineas aufgegriffen. Die streitbaren Damen wollten den kommenden Premierminister nicht umbringen, doch sollte er – so oder so – einen annehmbaren Posten für Phineas Finn in seiner neuen Regierung finden. Ja, es war ein richtiges Komplott. Die Verschwörerinnen waren zu allem bereit.

Sogar zur Anwendung sanfter Gewalt.

Es grenzt schon an ein Wunder, daß es nach Tausenden von klatschsüchtigen Jahren immer noch so viele Geheimnisse auf dieser Welt gibt. Aber das Wundersamste dürfte wohl doch der Umstand sein, wie manche dieser Geheimnisse urplötzlich ihre geheimnisvolle Magie verlieren und zum Allgemeingut werden, so daß jeder dann mit dem armen Geheimnis in aller Öffentlichkeit machen kann, was er will. Schon bald wußten alle politischen Plaudertaschen in Westminster genau Bescheid. Sogar die Spatzen pfiffen es vom Dach des Unterhauses und vom Dach des Oberhauses. Man wußte, daß die ehrgeizigen Pläne von Mr. Bonteen über Nacht gescheitert waren. Er hatte sich schon als Schatzkanzler gefühlt und »präministeriell« benommen. Ganz schnell waren all seine politischen Träume zerstoben, und zwar, wie man allgemein mit Flüsterstimme ausposaunte, wegen der geheimen Abneigung der Herzogin von Omnium gegen ihn. Ebenso wußte jeder Mr. Brown und jede Mrs. Smith, daß sich Bonteen diese geheime Abneigung der Herzogin selbst zugezogen hatte, weil er seinerseits eine geheime Abneigung gegen den ehrenwerten Abgeordneten für Tankerville hegte.

Die Regierung Gresham war knapp eine Woche im Amt, da schwirrten auch schon die wildesten Gerüchte von einer Ecke des Landes zur andern und bisweilen sogar um die Ecken herum. Alle diese Gerüchte waren in gewisser Weise ein botanisches Phänomen: In der falschen Schale verbarg sich ein wahrer Kern.

Man tuschelte:

Das hat die Herzogin von Omnium geschoben! Psst! Die Herzogin ist eine Busenfreundin von Lady Laura. Psst! Lady Laura ist die Geliebte von Phineas Finn.

Man tuschelte:

Eines Tages ging die Herzogin von Omnium zum Premierminister Mr. Gresham. Nein, sie ging nicht. Psst! Sie rutschte auf den Knien. Flehentlich bat sie ihn um einen Posten für Mr. Finn. Aber Mr. Gresham war ein Mann. Ein Ehrenmann. Psst! Er widerstand ihrem Flehen.

Man tuschelte:

Da war die Herzogin von Omnium bitterböse. Erst fauchte sie im stillen. Dann wurde ihr Fauchen so laut, daß sich ein Halbdutzend Minister in spe um sie scharte, darunter ihr eigener Gatte. Dieses Halbdutzend stellte dem standhaften Mr. Gresham ein Ultimatum: »Und sind wir nicht gewillt, als Minister unter Ihnen zu dienen, wenn ...« Als die Minister in spe dieses Wörtchen »Wenn« ausgesprochen hatten, wurde Mr. Gresham weich in den Knien. Er schien zu wanken. Mit ihm wankte die neue Regierung, und so gab er nach, und so wurde der arme Mr. Bonteen von dem armen Mr. Gresham geopfert. Er wurde nicht Schatzkanzler, wie er gehofft hatte, als Plantagenet Palliser ins Oberhaus aufrückte.

Phineas Finn waren diese Gerüchte zuwider. Er sagte zu Madame Goesler: »Das dürfte mein Ende sein, mein politischer Schwanengesang.«

»Ihr politisches Schwanengeflüster«, korrigierte ihn Madame. Und dann fragte sie mit verständlicher Neugier: »Wieso?«

»Man würde mir ewig nachtragen, wie ich meinen Posten erlangt habe.«

»Wollen Sie denn ewig ein kleiner Junior-Minister bleiben?«

»Wie soll ich Ihre Frage beantworten? Wahrscheinlich ist mir auch an einem Posten als Unterstaatssekretär mehr gelegen als anderen, die sich ein Amt erhofften. Selbst dieser Bonteen hat Privatvermögen. Auch wenn er nicht Schatzkanzler wird, liegt er noch nicht auf der Straße. Ich besitze nichts. Wegen der Politik habe ich alles aufgegeben.«
»Alles?«
»Ja, alles. Aber das ist meine Schuld. Ich war immer viel zu optimistisch. Und nun? Ich fühle mich jedenfalls nicht mehr wohl in meiner Haut.«
»Und was wollen Sie nun von mir hören?«
»Die Wahrheit.«
»Ich weiß, daß Sie unglücklich sind. Aber Sie sind es ohne Grund.«
»Sie meinen, mein Verlust sei zu unbedeutend, um sich darüber aufzuregen.«
»Ja, das meinte ich.«
»Aber Sie sind reich, Madame Goesler. Würden Sie nicht auch anders denken, wenn Sie alles verlieren sollten? Ich hatte den Ehrgeiz, in London zu leben. Ich wollte mein Leben der Politik widmen. Nun weiß ich: Ohne eigene Mittel geht es nicht.«
»Und was wollen Sie tun?«
»Auch Lady Laura hat mir vor ein paar Tagen diese Frage gestellt.«
»Lady Laura? Ist sie denn schon wieder in London?«
»Ja, sie wohnt mit ihrem Vater am Portman Square.«
»Ich weiß, Lady Laura und Sie sind gute Freunde. Aber es ist eine Freundschaft, die Ihnen arg geschadet hat.«
»Nein!« rief Phineas, »nein, das stimmt nicht. Ohne Lady Laura wäre ich jetzt nicht hier. Ohne sie hätte ich nie einen Sitz im Unterhaus erhalten.«
»Und wäre das nicht besser gewesen?«
»Kein Mann kann sich eine bessere Freundin wünschen als Lady Laura. Üble Verleumdungen haben jetzt Ihren Namen und meinen in niederträchtiger Weise verknüpft, aber das war nicht ihre Schuld. Äußere Umstände haben uns zusammengebracht. Wir wurden Freunde. Ich bin auch mit ihrem Vater und ihrem Bruder befreundet. Zufällig bot sich mir die Gelegenheit, ihren Mann in einer gefährlichen Situation zu retten. Wir gehören zur gleichen politischen Partei. Sie hat Pech in ihrer Ehe gehabt – und nun sind alle Pharisäer über sie hergefallen.«
»Wie schade, daß Mr. Kennedy nicht stirbt«, sagte Madame Goesler, und es war nicht so bös gemeint, wie es wohl klang. »Wenn Sie dann Witwe wäre . . .«
»Was dann?«
»Dann wäre die Art und Weise gerechtfertigt, wie Sie sich jetzt für Lady Laura einsetzen. Sie könnten sie dann heiraten . . .« Sie schwieg. Als

Phineas auf ihre Bemerkung nicht reagierte, sagte sie: »Es stimmt doch, daß Sie Lady Laura lieben?«
»Nein, das stimmt nicht!«
»Aber Mr. Finn!«
»Ja, ich muß Ihnen die Wahrheit sagen. Ich bin nicht in Lady Laura verliebt. Sie ist nicht mehr für mich als eine Schwester. Auch wenn sie völlig frei wäre, würde ich sie nicht bitten, meine Frau zu werden . . . Ist es denn nicht möglich, daß Mann und Frau eng befreundet sind, ohne einander bis zur Raserei zu lieben?«
»Ich wünschte, Sie hätten recht«, sagte Madame Goesler. Phineas verfügte nicht über die seit Jahrtausenden bewährte Scharfsichtigkeit eines Luchses, sonst wäre es ihm nicht entgangen, daß Madame errötet war. Ihre Wangen erglühten noch mehr, als sie die bedeutungsvollen acht Worte sprach: »Sie und ich, Phineas, wir sind auch Freunde.«
»Ja, das sind wir«, sagte Phineas, als er ihre Hand ergriff – und sich verabschiedete.
Vom kleinsten Haus in der Park Lane begab sich Phineas in seinen Klub. Dort erwartete ihn eine Überraschung, die er nach dem Gespräch mit Madame Goesler nicht erwartet hatte.
»Wissen Sie schon das Neueste?« begrüßte ihn Barrington Erle. »Soeben hat Gresham seine Ministerliste bekanntgegeben. Und wer ist Schatzkanzler?«
Phineas hatte keine Ahnung. Er wußte nur, daß Bonteen als Favorit gegolten hatte – das heißt vor der Verschwörung der Frauen.
Barrington Erle ließ Phineas nicht lang im Zweifel. »Es ist nicht Bonteen«, sagte er. »Die Herzogin von Omnium hat ihre Schlacht gewonnen. Bonteen ist nur Handelsminister – ohne Sitz im Kabinett.«

22

Wie es dem Herrgott gefällt – Urfrau Emilius in Prag? – Ein Prinz aus königlichem Geblüt – Bonteen ermordet – Die mit christlicher Nächstenliebe imprägnierten Beamten von Scotland Yard – Wie sich Verdachtsgründe einzustellen pflegen – Phineas Finn auf der Anklagebank – Totschläger gehen wie warme Semmeln – Die Vermieterin hielt den Pastor für schuldig – Mr. Chaffanbrass, Q.C.

Pastor Emilius hatte Lady Eustace, sprich Lizzie, geheiratet und führte mit ihr ein glückliches Leben. Anfangs war alles eitel Sonnenschein. Ihr Eheglück wurde auch nicht dadurch beeinträchtigt, daß sich der bekannte Londoner Modeprediger bemüßigt fühlte, seiner jungen Frau gegenüber die männliche Autorität zu wahren. »Liebste Lizzie«, pflegte er salbungsvoll zu sagen, »bald wirst du mich besser verstehen. Dann wird sich alles in unserer Ehe so abspielen, wie es dem Herrgott gefällt.« Bevor dieses »Wie« jedoch handfeste irdische Realität werden konnte, hob Emilius größere und immer größere Beträge vom Bankkonto seines lieben Eheweibes ab. Warum er einen so dringenden, himmelhohen und himmelschreienden Bedarf an Bargeld hatte, blieb ein Geheimnis, das er wacker in seinem Busen wahrte. Ja, möglicherweise teilte der Pastor dieses Geheimnis nicht einmal mit Gott, weil ihm auf finanziellem Gebiet alle Teilungen zuwider waren.

Dieser einträgliche Zustand währte so an die zwölf Monate. Als der dreizehnte Monat begann, der auch den frömmsten Seelen Unglück bringen kann, lief Lady Eustace ihrem Gatten davon. Pastor Emilius gab sich nun eine volle Stunde der Beschauung des Göttlichen im Hohlspiegel des eigenen Innern hin. Dabei gelangte er zu der Erkenntnis, die Trennung von seiner Frau habe ihn um die Hälfte seines Glücks gebracht. Demzufolge stellte er die Forderung, sein davongelaufenes Eheweib solle ihm zum Trost die Hälfte ihres Einkommens übertragen.

Niemand hielt eine solche Regelung für vernünftig. Lady Eustace erklärte jedoch mit aller Leidenschaft, die ihr zu Gebote stand, jedes finanzielle Opfer sei einem weiteren Zusammenleben mit Pastor Emilius vorzuziehen.

Nun kursierte schon seit einiger Zeit ein Gerücht in London – ja, man munkelte darüber schon vor ihrer Ehe –, daß irgendwo im fernen Böhmen eine »Originalehefrau« des Pastors lebte. Zunächst hatte der innere und äußere Freundeskreis von Lady Eustace derlei »aufklärende« Berichte aus Prag als völlig unbegründet und böswillig bezeichnet. Je höher indessen die Geldforderungen von Pastor Emilius wurden, desto mehr neigten die engeren Freunde von Lizzie dazu, die böhmische Kunde von einer pastoralen Bigamie etwas ernster zu nehmen. Wenn sich nämlich der Nachweis erbringen ließe, daß es irgendwo im böhmischen Land eine »Urfrau« Emilius mit Prioritätsrechten gab, so ließe sich natürlich eine für Lady Eustace erheblich günstigere Vermögensabfindung mit dem bigamistischen Gottesmann treffen, da Lizzie ja dann nicht seine bessere Hälfte, sondern höchstens sein besseres Drittel war.

Wie es der Zufall wollte, war Lady Eustace schon bald nach ihrer Eheschließung mit Mr. Bonteen und seiner Gattin bekannt geworden. Es dauerte nicht lang, bis sich eine enge Freundschaft zwischen Lizzie und der Familie des liberalen Politikers entwickelte, der so gern Pallisers Nachfolger als Schatzkanzler geworden wäre. Mr. Bonteen hatte die ehrenhafte Absicht, Lizzie zu helfen. So wollte er den Nachweis erbringen, die zwischen ihr und

Pastor Emilius geschlossene Ehe sei nichtig, da ein bestehendes Eheband (in Prag) ein trennendes und indispensables Ehehindernis für eine neue Eheschließung mit Lady Eustace darstellen mußte. Mit der bei ihm allgemein gerühmten Energie, die auch von seinen politischen Gegnern anerkannt wurde, selbst von Phineas Finn, hatte Mr. Bonteen nun die Rolle eines ehrenamtlichen Schutzengels für Lady Eustace übernommen. Während der kurzen Weihnachtsferien war er nach Böhmen gereist, das aber nicht mehr am Meer lag wie zu Shakespeares Zeiten. In Prag hatte er einige »Privataugen« mit den nötigen Recherchen betraut. Noch vor seiner Abreise aus der Hauptstadt Böhmens meinte er, den Schleier des Geheimnisses nahezu gänzlich gelüftet zu haben. Er hatte jedenfalls eine Frau aufgestöbert, von der er annahm, sie sei die »Originalfrau« des Pastors Emilius. Sie lebte jetzt unter einem anderen Namen. Auf Befragen gab sie zu, in ihrer Jugend mit einem gewissen Yosef Mealyus befreundet gewesen zu sein. Dieser junge Mann war damals Gehilfe im Laden eines jüdischen Geldleihers in der Altstadt von Prag. »Ich war aber nicht mit diesem Yosef Mealyus verheiratet«, behauptete sie. Außerdem erwähnte sie noch, daß Yosef jüdischer Abstammung war. Sein Vater hatte als Händler einen guten Namen. Das war alles, was Bonteen in der kurzen Zeit in Erfahrung bringen konnte.

Er kehrte also ein wenig enttäuscht nach London zurück. Hier mußte er sich sofort um andere Dinge kümmern, die für ihn wichtiger waren als die Befreiung von Lady Eustace aus den Krallen eines Ehemannes, der möglicherweise überhaupt nicht ihr Ehemann war.

Pastor Emilius traf anfangs keinerlei Anstalten, die Rückkehr seines Weibes an den häuslichen Herd zu bewirken. Dafür machte er neue Kompromißvorschläge für die endgültige Regelung der von ihm verlangten finanziellen Abfindung. Ursprünglich hatte er 2000 Pfund Sterling pro Jahr gefordert, nun wollte er sich mit der bescheideneren Summe von 1500 Pfund zufriedengeben.

Mr. Bonteen führte namens und im Auftrag von Lady Eustace die Verhandlungen mit dem Pastor. Zunächst verhielt sich der Gottesmann recht sanftmütig. Er berief sich auf die Heilige Schrift. Er appellierte an die Herzensgüte seiner ihm entlaufenen Ehefrau und an die tiefe menschliche Einsicht von Mr. Bonteen. Als ihn sein Verhandlungspartner jedoch darauf aufmerksam machte, daß eine Doppelehe wohl doch etwas anders zu beurteilen sei als nur ein »fortgesetzter Ehebruch«, der in Form einer zweiten Ehe begangen sei, da fuhr der Herr Pastor in die Höhe. Als er wieder festen Boden unter sich spürte, leistete er einen heiligen Eid: Bei Nichterfüllung seiner bescheidenen Forderung – es handle sich doch nur um 1500 Pfund Sterling! – werde er von Gottes Wegen abweichen und den

Gerichtsweg beschreiten, um die Rückkehr von Lady Eustace an den häuslichen Herd, das heißt an seinen eigenen Herd, zu erzwingen.
Und so kam es zu einem Prozeß. Leider konnte Mr. Bonteen bei der Verhandlung nicht genügend handfeste Beweise dafür erbringen, daß der Kläger tatsächlich eine neue Ehe eingegangen sei, ohne daß man seine vermutete frühere Ehe in Prag aufgelöst oder für nichtig erklärt habe. Somit blieb Pastor Emilius zumindest juristisch monogam, was ihn immerhin vor einer längeren Freiheitsstrafe wegen Bigamie bewahrte, die sich entsprechend den einschlägigen Gefängnisregeln sehr »nullogam« abgespielt hätte.
Über das Verhalten von Mr. Bonteen in dieser Angelegenheit gingen die Ansichten auseinander. Man erinnerte sich daran, daß er und seine Frau längere Zeit Gäste auf Schloß Portray gewesen waren. Dabei, so bemerkten die böswilligen Zungen, habe er sogleich erfaßt, wie günstig die Beziehung zu einer so reichen Dame für seine eigenen politischen Zwecke sein könne. Nach Ansicht dieser böswilligen Zungen mußte sich eine solche Beziehung noch segensreicher für Mr. Bonteen auswirken, wenn er konkurrenzlos dastände, das heißt ohne einen Rivalen wie Pastor Emilius. Bei der Verhandlung kamen noch allerlei unwesentliche Dinge an die Öffentlichkeit. So hatte sich Mrs. Bonteen einen unbedeutenden Betrag von Lady Eustace geliehen, nur fünfundzwanzig Pfund Sterling! Sie hatte diese kleine Anleihe ohne Wissen ihres Mannes gemacht. Im übrigen war der Betrag schon vor der Prager Reise zurückbezahlt worden. Bei seiner Zeugenaussage vor Gericht hatte Mr. Bonteen auch nicht abstreiten können, daß er seine Reisekosten nicht aus eigener Tasche gedeckt habe; Lady Eustace habe ihm die Spesen vergütet. Welch ein Triumph für die Gegner von Mr. Bonteen! Aus voller und edler und edelentrüsteter Männerbrust erklärten sie: »So was tut man doch nicht! Wie kann sich ein feiner Mann, der obendrein Handelsminister ist, die Auslagen für eine Reise von einer Dame bezahlen lassen!« Andere wieder, und zwar die böswilligen Zungen mit einem Sinn für Romantik, stellten die Behauptung auf, Lady Eustace habe mit ihren schönen und unentwegt strahlenden Augen den Drachen Bonteen gezähmt, der sonst nur Zahlen zu verschlingen pflege – immer auf eine nüchtern-geschäftsmäßige Art, frei von jeglicher Romantik.
Nun, wir wollen diese verschiedenen Klatschversionen nicht auf ihren Wahrheitsgehalt untersuchen. Es steht jedoch einwandfrei fest, daß der bitterlich enttäuschte Mr. Bonteen, dem gerade jetzt das Schatzkanzleramt durch die blauen Lappen gegangen war, Lady Eustace am liebsten aus seinem derzeitigen Leben und zumindest aus seinem Hause verbannt hätte.
Aber wie?

Genau das war die Frage, auf die Mr. Bonteen eine Antwort suchte.
Er fand sie nicht.
Es gab auch viele Fragen, auf die Phineas Finn vergeblich eine Antwort suchte.
Eines Tages hatte er sich mit Barrington Erle verabredet, um gemeinsam mit ihm den »Universum-Klub« zu besuchen. Als sie die Treppen zum Konversationszimmer hinaufstiegen, vernahmen sie lautes Stimmengewirr. Beim Näherkommen hob sich eine Stimme von den anderen ab. Sie betraten den Saal. Da hörten sie Bonteens Worte: »Dieser Finn oder jemand seines Schlages würde sich sofort über sie hermachen.«
Bei Nennung seines Namens wußte Phineas einen Augenblick nicht, wie er sich verhalten sollte. Bonteen hatte nicht gewußt, daß er sich im Konversationszimmer befand. Vielleicht war es seine Pflicht als Gentleman, so zu tun, als habe er nichts gehört. Aber schließlich hatte Bonteen mit großer Lautstärke gesprochen, überdies in einem Raum, der nicht als »Privatsphäre« gelten konnte. Wer ihn hören wollte, hatte ihn also hören können. Phineas konnte sich nicht den Anschein geben, als ob Bonteens Worte ungehört von ihm abgeprallt wären. Er ging auf Bonteen zu und fragte mit erhobener Stimme: »Was würde dieser Phineas Finn tun? Über wen würde er sich hermachen?«
Bonteen hatte mit Freunden zu Abend gegessen. Er war gewiß kein Säufer, aber jetzt hatte er zu tief ins Glas geguckt. Seine Wangen waren vom Burgunder gerötet, vom Brandy erhitzt. Er gehörte zu jener Spezies von Männern, bei denen sich leider nicht die *veritas* im Wein offenbart, sondern eine Art magenbittere Arroganz in unverdünnter Form. Mr. Bonteen warf also einen verachtungsvollen und feuchttraurigen Blick auf Phineas, dann sagte er mit halber Stentorstimme: »Wie ich sehe, haben Sie sich hier bei uns eingeschlichen.«
»Wie meinen Sie das?« fragte Phineas. »Ich habe den Raum auf die gleiche Art und durch die gleiche Tür betreten wie alle anderen.«
Bonteen überhörte diese Bemerkung. Er zitierte ein schon abgenutztes Sprichwort: »Der Lauscher an der Wand ...«
»Ich bin kein Lauscher«, unterbrach ihn Phineas. »Wen meinten Sie mit den Worten, ich würde mich über sie hermachen?«
Das große Konversationszimmer war gesteckt voll. Natürlich wußten alle Anwesenden, daß Bonteen Lady Eustace gemeint hatte. Die Lady war ja zur Zeit das allgemeine Gesprächsthema.
Barrington Erle nahm seinen Freund am Arm: »Kommen Sie, Finn, es hat keinen Zweck, eine Streiterei heraufzubeschwören.«
Der »Universum-Klub« gehörte immerhin zu den exklusivsten Klubs in London. Da verkehrten Botschafter und Premierminister, abgetakelte

Exzellenzen und kirchliche Würdenträger vom Bischof aufwärts. Gerade jetzt erwartete man ein Mitglied der königlichen Familie, das sich bereit erklärt hatte, ein paar passende Worte an die versammelten Gentlemen zu richten. Da ging es doch wirklich nicht, daß die erlauchte Harmonie einer derart erlaucht-denkwürdigen Gelegenheit durch die beschwipste Unverschämtheit Bonteens oder durch den völlig deplacierten Zorn eines Phineas Finn gestört wurde.

»Viel Lärm um nichts«, sagte Bonteen. »Ich sprach über eine besonders hübsche Frau. Ich sagte, da werde sich schon bald ein junger Mann finden, der hinter schönen Frauen herläuft, ... und dieser junge Mann, sagte ich ... würde sich auch über diese schöne Frau hermachen, sagte ich ... Wenn diese Äußerung Ihr sittliches Empfinden verletzt hat, verehrter Mr. Finn, müssen Sie in letzter Zeit sehr prüde geworden sein!«

Diese Erklärung Bonteens war vielleicht nicht übermäßig taktvoll formuliert, aber doch so, daß man eigentlich nichts an ihr aussetzen konnte. Jedenfalls war das die Ansicht der Personen, die sich in der Nähe von Phineas befanden. Er selbst wußte natürlich, daß Bonteen etwas ganz anderes im Sinn gehabt hatte. Bonteen meinte, es werde sich schon jemand finden, der es auf das Geld von Lady Eustace abgesehen habe, nicht auf ihre Schönheit. Aber Phineas wußte, daß es ratsam war, auf diesen feinen Unterschied nicht näher einzugehen. Er sagte daher: »Ich habe Gründe, derentwegen ich es lebhaft begrüßen würde, wenn Sie meinen Namen nicht in aller Öffentlichkeit erwähnen würden. Solche angeblich scherzhaften Bemerkungen sollten Sie für Ihren engeren Freundeskreis reservieren und nicht vor Leuten zum besten geben, die man, gelinde gesagt, nicht als Ihre Freunde bezeichnen kann.«

Und dann erschien der Prinz aus königlichem Geblüt, den man in erlauchter Ungeduld erwartet hatte. Alle Klubmitglieder sprangen von ihren Klubsesseln auf, soweit sie noch springen konnten. Einen flüchtigen Augenblick lang konnte man sich der optischen Täuschung hingeben, Königliche Hoheit sei auch nur ein Mensch, ein Gentleman, der sich höflich und allgemein interessiert mit Freunden unterhielt. Einige Klubmitglieder mit besonders ausgeprägten monarchischen Neigungen hatten sich aus dem Hintergrund an Königliche Hoheit herangepirscht, um den Prinzen zum strahlenden Mittelpunkt eines kleinen Kreises zu machen.

Im übrigen ging die Unterhaltung weiter wie bisher. Man sprach über die gleichen Themen, die man schon mehr oder minder tiefsinnig erörtert hatte, als Phineas das Konversationszimmer betrat. Aber sein Streit mit Bonteen lag jetzt irgendwo plattgedrückt auf dem Teppich. Hoheitsvoll war der Prinz mit seinen erlauchten Füßen über diesen kleinen Skandal hinweggeschritten.

Königliche Hoheit zündeten sich eine Zigarre an.
Königliche Hoheit streiften die Asche ab. Sie pafften. Königliche Hoheit rauchten die Zigarre zu Ende.
Und dann war das Gastspiel vorüber.
Kurze Zeit später leerte sich das Konversationszimmer. Auch Phineas erhob sich. Als er die Treppe hinunterstieg, holte ihn Barrington Erle ein, der sich in Begleitung des liberalen Abgeordneten Laurence Fitzgibbon befand. Eine Zeitlang standen die drei noch vor der Eingangshalle.
»Wie würdevoll hat sich Königliche Hoheit benommen!« meinte Barrington Erle.
»Was ist schon Großes dabei, wenn sich die Großen genauso würdevoll benehmen wie wir kleinen Pinscher?« erwiderte Phineas unbeeindruckt.
»Aber einer der Pinscher hat sich nun doch verdammt danebenbenommen«, sagte Fitzgibbon. »Hab' ich nicht recht, mein lieber Finn?«
»Dieser spezielle Pinscher benimmt sich halt wie ein Hund«, erwiderte Finn.
Barrington Erle: »Machen Sie sich deswegen keine Sorgen.«
Phineas: »Ich will kein Blatt vor den Mund nehmen. Von Natur bin ich nicht rachsüchtig, aber mit diesem Bonteen werde ich eines Tages abrechnen, worauf Sie sich verlassen können. Sie wissen genau, was dieser Bursche mir angetan hat. Sie wissen auch, ob ich eine solche Behandlung verdient habe oder nicht. Dieser elende Kerl! Fast wäre es ihm geglückt, mich für immer zu ruinieren. Und alles aus Niedertracht, aus Eifersucht.«
Fitzgibbon versuchte, Phineas zu beruhigen. »Alter Junge, red' keinen Stuß!«
Auch Barrington mahnte zur Vorsicht.
»Ach was, Vorsicht!« sagte Phineas. »Die Unverschämtheit dieses Burschen geht mir so auf die Nerven, daß ich beim besten Willen kein Blatt vor den Mund nehmen kann. Wenn er genug Mut hätte, sich mit mir anzulegen, würde ich ihn glatt niederknallen.«
»Da hätten wir dann ein zweites Blankenberghe!« sagte Fitzgibbon lachend und spielte auf das mittlerweile bekannt gewordene Duell zwischen Phineas und Lord Chiltern an.
Phineas war noch immer erbost. Der Zwischenfall im Konversationszimmer hatte ihm die Galle ins Blut getrieben. »Ein Jammer, daß Duelle verboten sind! Was kann man heute schon tun, wenn man sich für einen angetanen Schimpf Genugtuung verschaffen will.«
Als sie noch so sprachen, trat Bonteen aus der Eingangshalle des Klubs auf die Straße. Er war allein. »Gute Nacht, Erle«, sagte er. Und dann: »Gute Nacht, Fitzgibbon.« Die beiden erwiderten seinen Gruß. Bonteen ging

seines Weges. Es war etwa ein Uhr nachts. »Zum Teufel auch«, sagte Phineas, als sich der Handelsminister entfernt hatte. »Niemand weiß, wie ich diesen Saukerl hasse!« Bei diesen Worten zog er lachend einen Totschläger aus seiner Tasche und machte damit eine Geste, als ob er jemandem einen Schlag über den Kopf versetze. Es war übrigens keineswegs ungewöhnlich, daß Phineas einen Totschläger bei sich trug. Damals waren die Londoner Straßen recht unsicher, vor allem bei Nacht. Das war die Zeit, während die Garrottierer am Werk waren. Durch eine übergeworfene Schlinge machten sie ihr Opfer bewußtlos, um es dann in aller Ruhe auszuplündern. Alle Zeitungen warnten ihre Leser davor, nachts ohne einen kräftigen Stock auszugehen, den sie notfalls als Waffe benutzen könnten. Phineas war besonders vorsichtig, da er ja schon früher einmal mit Garrottierern zu tun gehabt hatte – damals, als er Robert Kennedy das Leben rettete. Seither trug er immer einen Schlagring bei sich, wenn er wußte, daß er erst bei Dunkelheit nach Hause kommen würde.
Phineas steckte seinen Totschläger wieder in die Tasche. Dann verabschiedete er sich von Erle und Fitzgibbon. Er entfernte sich in der gleichen Richtung, die Bonteen gewählt hatte. Wahrscheinlich war ihm der Minister nur ein paar hundert Schritte voraus. Aber das war nur eine Schätzung. Es war eine besonders dunkle Nacht.
»Hoffentlich kommt es zu keiner Schlägerei«, sagte Erle.
»Ausgeschlossen«, meinte Fitzgibbon. »Finn wird sich nicht mit ihm anlegen. Auch Bonteen wird keine Lust haben, sich mit Finn auf einen Wortwechsel einzulassen. Schade! Bonteen hätte eine tüchtige Abreibung verdient!«
Am nächsten Morgen um sieben Uhr früh ließ sich ein hoher Polizeioffizier bei Mr. Gresham melden. Er teilte dem Premierminister mit, Bonteen sei nachts ermordet worden.
Seit vier Uhr früh hatte sich der Polizeiinspektor bereits mit der Aufklärung dieses Verbrechens befaßt. Er hatte sowohl mit Lady Eustace als auch mit Mrs. Bonteen gesprochen. Beide Frauen befanden sich durch den Schock in einer solchen Aufregung, daß sie kaum imstande waren, irgendwelche Informationen zu geben, die dem Inspektor von Nutzen sein konnten. Unzusammenhängend berichteten sie von der Feindschaft zwischen ihren Ehemännern. Der Inspektor, der bisher noch nichts von dem Zusammenstoß zwischen Bonteen und Phineas Finn gehört hatte, hielt Pastor Emilius für den Täter, auch der Premierminister neigte dieser Ansicht zu. Er fragte, ob man den populären Prediger schon verhaftet habe. Der Inspektor erwiderte: »Sir, das ist sicher bereits geschehen.«
Um elf Uhr vormittags hielt Mr. Gresham eine Besprechung in seinem Privatbüro ab. Zugegen waren: zwei Polizeibeamte, alle Kabinettsmini-

ster, Lord Cantrip und der Herzog von Omnium (früher Plantagenet Palliser), sowie drei jüngere Minister, die keinen Kabinettsrang hatten, nämlich Lord Fawn, Barrington Erle und Laurence Fitzgibbon. Auch Major Mackintosh von Scotland Yard war anwesend.
Natürlich gehörte es nicht zu den Obliegenheiten eines Premierministers, die Untersuchung in einer Mordsache zu führen. Es gab in diesem Fall jedoch allerlei Aspekte, die unmittelbare Bedeutung für die Regierung haben mußten. Mr. Gresham konnte daher nicht umhin, sich persönlich mit dieser Angelegenheit zu befassen.
Bei der Sitzung machten die beiden Polizeibeamten zunächst Angaben zur Person des Yosef Mealyus. Er war tatsächlich bereits in Haft. Man hatte ihn in seinem Logis im Bett vorgefunden, so zwischen sieben und acht Uhr morgens. Selbstverständlich hatte er seiner Verhaftung keinen Widerstand entgegengesetzt. Er war, so berichteten die Beamten von Scotland Yard, ganz benommen, als er vom Mord an Mr. Bonteen erfuhr. Trotzdem brachte er gleich darauf seine Freude über den Tod dieses Mannes unverhohlen zum Ausdruck, worüber die mit christlicher Nächstenliebe imprägnierten Beamten von Scotland Yard recht erstaunt waren. »Er wollte mich ruinieren«, sagte Pastor Emilius (alias Yosef Mealyus), »und er hat mir viel Leid angetan. Warum soll ich also über seinen Tod besonders trauern?«
Dennoch ließ sich nichts feststellen, was *prima facie* einen Beweis seiner Täterschaft ergeben hätte. Die Wirtin des Pastors erklärte, ihr Mieter sei kurz vor elf Uhr abends zu Bett gegangen, sie habe mit eigenen Augen gesehen, wie er in sein Schlafzimmer ging. Selbstverständlich habe er das Haus nachts nicht verlassen.
Soweit der amtliche Bericht. Nun äußerten sich die übrigen Anwesenden, soweit sie in den Fall so oder so hineingezogen waren. Der Herzog von Omnium und Barrington Erle hatten gemeinsam mit Phineas Finn bei Madame Goesler diniert. Der Herzog sagte, es hätte für ihn kein Zweifel daran bestanden, daß Finn und Bonteen sich nicht ausstehen konnten. Dann schilderte Erle den Zwischenfall im »Universum«. Er erwähnte auch, wie zornig sich Finn äußerte, als der Minister den Klub verließ. Dabei kam natürlich auch die scherzhafte Drohung mit dem Totschläger zur Sprache. Dennoch erklärten Erle und Fitzgibbon, ihrer Meinung nach sei es völlig ausgeschlossen, daß Finn diese Mordtat begangen habe. Erle meinte, Finns Unschuld werde auch durch seine Drohungen gegen Bonteen erhärtet. Selbstverständlich hätte er derlei Drohungen für sich behalten, wenn er den Vorsatz gehabt hätte, Bonteen umzubringen.
Nun ergriff Lord Fawn das Wort. Er schien Finn schwer zu belasten. Auch er war im »Universum« gewesen, aber er hatte den Klub kurz vor Finn, Erle und Fitzgibbon verlassen. So konnte er sich über die Unterhaltung der drei

Herren vor dem Klubeingang nicht äußern. Er selbst sei sehr langsam seines Weges gegangen, erst durch die Curzon Street und Bolton Row, dann durch Clarges Street nach Piccadilly. Er habe Bonteen auf seinem Nachhauseweg nicht gesehen. Aber gerade als er Clarges Street überquerte, habe ihn ein Mann überholt, der es besonders eilig zu haben schien. Dieser Mann trug einen schweren Mantel. Er, Lord Fawn, habe diesen Mann nicht sogleich als eine ihm bekannte Person identifiziert. Nun möchte er aber mit Sicherheit behaupten, daß es sich bei dieser Person um Phineas Finn gehandelt habe. Lord Fawn schilderte auch umständlich, daß er beim Verlassen des Klubs gesehen habe, rein zufällig natürlich, wie Finn sich seinen Mantel anzog. Dabei sei ihm die Farbe dieses Kleidungsstücks besonders aufgefallen; ein Grau, das eine ganz eigenartige Tönung hatte. Der Mann, der ihn in Clarges Street überholte, trug einen ähnlichen Mantel, nur war der Kragen hochgestülpt. Auch an Größe und Statur habe dieser »Überholer« eine große Ähnlichkeit mit Mr. Finn gehabt. Er selbst sei übrigens mit Finn recht gut bekannt, daher erlaube er sich auch noch den Hinweis, daß dieser Mann in Clarges Street so ging, wie er, Lord Fawn, es oft bei Finn beobachtet habe.
Major Mackintosh meinte, das höre sich leider sehr belastend für Mr. Finn an.
Fitzgibbon sagte zu Erle: »Dieser Idiot von Fawn wird den armen Finn noch an den Galgen bringen. Und doch glaube ich kein Wort von dem, was uns Seine Lordschaft eben verzapft hat.«
Barrington Erle war skeptischer: »Fawn würde so was nie behaupten, nur um Finn am Galgen baumeln zu sehen.«
Fitzgibbon: »Nein! Sicher ist Fawn nicht verlogen. Aber er ist so durchgedreht und überspannt, daß er sich die tollsten Dinge einbilden kann. Er übertreibt immer, das ist bei ihm ein innerer Zwang. Nur so kann er sich seiner eigenen ›Größe‹ bewußt werden.«
Premierminister Gresham verhielt sich bei dieser Besprechung neutral. Er sagte nichts, nur am Schluß erklärte er, es werde sich wohl nicht umgehen lassen, daß er eine kleine Rede im Unterhaus zum Tod von Mr. Bonteen halte. Selbstverständlich werde er mit keinem Wort erwähnen, wer möglicherweise als Täter in Frage käme. Das liege außerhalb seiner Kompetenz.
Bisher hatte sich niemand um Phineas Finn gekümmert, auch die Polizei nicht. Allgemein rechnete man damit, daß er gegen vier Uhr nachmittags seinen Sitz im Unterhaus einnehmen werde. Major Mackintosh war der Ansicht, man solle ihn schon vorher von einem Magistratsrichter vernehmen lassen, um eine Verhaftung innerhalb des Parlamentsgebäudes zu vermeiden. Daraufhin wurde beschlossen: Lord Fawn, Fitzgibbon und Erle

sollten einen der Polizeibeamten zum Revier in die Bow Street begleiten, wo sich auch das zuständige Magistratsgericht befand. Dort sollte man dann einen richterlichen Haftbefehl gegen Finn beantragen.
Major Mackintosh vertrat den Standpunkt, es sei zwar mehr als unwahrscheinlich, daß Yosef Mealyus und Mr. Finn die Tat gemeinsam begangen hätten. Aber Vorsicht sei »polizeilicherseits« besser als Nachsicht. Er sei also unbedingt dafür, beide zu verhaften, den Pastor und den Abgeordneten. Jedenfalls läge bei beiden ein dringender Tatverdacht vor. Wäre Mealyus tatsächlich schuldig, so sei bei ihm der für einen Haftbefehl erforderliche Fluchtverdacht nicht auszuschließen. Lasse man ihn unbehelligt, würde man später größte Schwierigkeiten mit seiner Festnahme haben. Er müsse allerdings zugeben, daß es mit den Beweisen bei Mealyus recht kümmerlich bestellt sei, aber aus seiner langjährigen polizeilichen Erfahrung wisse er, daß sich Verdachtsgründe immer einzustellen pflegen, wenn man sich ernsthaft mit der Sichtung und Überprüfung des Untersuchungsmaterials befasse. Auch seinem Charakter nach, fügte Major Mackintosh hinzu, käme Mealyus durchaus als Täter in Frage. Immerhin habe er ein sehr plausibles Tatmotiv. »Was nun den anderen mutmaßlichen Täter betrifft«, sagte Major Mackintosh, »so ist kaum anzunehmen, daß er die Tötung vorsätzlich und mit Überlegung ausgeführt hat. Ich halte es für viel wahrscheinlicher, daß es zwischen Mr. Finn und Mr. Bonteen zu einer Schlägerei kam, die dann bedauerlicherweise mit der Vernichtung eines Menschenlebens endete.«
Der Magistratsrichter in der Bow Street gab dem Antrag auf Erlaß eines Haftbefehls statt, und so wurde Phineas Finn als Untersuchungsgefangener in das altberühmte und altberüchtigte Gefängnis von Newgate eingeliefert.
Die Kunde von der Verhaftung Finns verbreitete sich rasch.
Lady Laura saß mit ihrer Freundin Violet in ihrer Wohnung am Portman Square, als ihr Bruder, Lord Chiltern, erschien. Er war sehr aufgeregt und begrüßte weder seine Frau noch seine Schwester. »Habt ihr schon das Neueste gehört?« fragte er, noch ehe er Platz nahm.
Violet stellte die logische Gegenfrage: »Und was ist das Neueste?«
»Ihr wißt also nichts. Nichts von dem Mord?«
»Von welchem Mord?« fragte Lady Laura und sprang von ihrem Sessel auf. »Wen hat man ermordet? Doch nicht etwa Robert Kennedy?«
Lord Chiltern schüttelte den Kopf.
»Doch nicht, . . . man hat doch nicht Mr. Finn ermordet?«
Wieder schüttelte Lord Chiltern den Kopf. Lady Laura fiel in ihren Sessel zurück, als hätten diese Fragen sie völlig erschöpft.
»Wer ist es also?« fragte Violet ihren Mann. »Jemand, den wir kennen?«

»Ich glaube, Laura kannte ihn: Mr. Bonteen! Man hat ihn gestern nacht ermordet!«
»Ach, Mr. Bonteen«, sagte Laura erleichtert. Es klang, als könnte ihr nichts gleichgültiger sein als der Tod von zwanzig Bonteens.
»Ja, Bonteen. Der Mann, den du, Laura, immer als deinen Erzfeind bezeichnet hast.«
»Und wer hat ihn ermordet?« Lady Laura hatte sich abermals aus ihrem Sessel erhoben. Sie stand jetzt unmittelbar neben ihrem Bruder.
»Wer war der Mörder?« fragte auch Violet ihren Mann.
»Man hat zwei Leute verhaftet«, erwiderte Lord Chiltern.
»Doch nicht etwa Phineas?« schrie Lady Laura plötzlich.
»Doch! Phineas! Ich war zufällig in seiner Wohnung, als er verhaftet wurde.«
Er konnte nicht weitersprechen. Lady Laura war zu Boden gesunken. Sie war nicht ohnmächtig geworden. Bei einem großen Schock werden Frauen niemals ohnmächtig. Sie war auch nicht zu Boden gefallen, nur gesunken, als könnte sie diese Nachricht nicht stehend ertragen. Sie stieß einen lauten Schrei aus, dann bedeckte sie ihr Gesicht mit den Händen und schluchzte. Ihr Bruder und Violet versuchten, sie wieder aufzurichten, aber sie sträubte sich. Lord Chiltern wollte sie beruhigen: »Laura, willst du denn nicht, daß ich dir die ganze Geschichte erzähle?«
Lady Laura schien die Stimme ihres Bruders nicht zu hören.
Violet fragte: »Glaubst du, daß er schuldig ist?«
»Nein! Er hat's nicht getan. Ich bin fest davon überzeugt.«
Auch diese Worte waren kein Trost für Lady Laura. Sie hatte überhaupt noch nicht an die Schuldfrage gedacht. Sie wußte nur: Man hatte Phineas verhaftet, verhaftet wegen Mordverdachts. »Alle haben sich gegen ihn verschworen«, sagte sie schließlich.
»Nein, Laura, das ist nicht der Fall«, suchte sie ihr Bruder zu beschwichtigen. »Niemand hat sich gegen ihn verschworen. Niemand wird für schuldig befunden, ehe man alles genau untersucht hat.«
Lady Laura rührte sich nicht, wie leblos lag sie auf dem Boden. »Du kannst doch nicht ewig hier liegen bleiben«, sagte Lord Chiltern. »Reiß dich zusammen!«
»Ich kann es nicht ... kann es nicht!« schrie Lady Laura. »Phineas verhaftet! Mir ist es gleich, was nun mit mir geschieht. Mein Leben ist verpfuscht ... Phineas verhaftet ...«
Schon bald gab es eine neue Aufregung für Lady Laura. Anfang Mai besuchte sie der Anwalt ihres Vaters. Er kam, um ihr den Tod ihres Mannes mitzuteilen.
»Er hat Ihnen auf Lebenszeit die Nutznießung von Loughlinter vermacht«,

sagte Mr. Forster, ein gutmütiger älterer Herr, der so aussah, als sei er zwischen Akten aufgewachsen, was ja auch der Fall war.
Lady Laura konnte es nicht fassen.
»Ja«, sagte der Anwalt, »das Testament stammt aus dem ersten Jahr Ihrer Ehe mit Robert Kennedy. Er hat es später nie abgeändert.«
»Und was soll ich mit diesem riesigen Steinbaukasten anfangen? Ich werde das Haus an die Kennedy-Familie zurückgeben.« Nun erklärte ihr Mr. Forster, es handle sich ja nicht nur um das Haus, sondern um den gesamten Gutsbesitz, der als die Domäne Loughlinter bekannt sei. Es bestehe keinerlei Grund, auf dieses Nutznießungsrecht zu verzichten. An wen hätte dieses Recht denn sonst fallen können? Der Verstorbene hatte nur einen Angehörigen, der ihm nahestand, einen Vetter. »Es war also das einzig Richtige, wenn der Erblasser seiner Witwe den *usus fructus* . . . ich meine den Nießbrauch an der Domäne Loughlinter zu Versorgungszwekken vermachte. Sie sind also jetzt zur Bewirtschaftung von Loughlinter berechtigt. Die Erträge dieses Besitzes sind natürlich Ihr volles Eigentum. Allerdings sind Sie verpflichtet, mit dem Gutsbesitz bei Ausübung Ihrer Rechte sorglich und schonend zu verfahren.«
Wahrscheinlich verstand Lady Laura diese juristischen Ausführungen Mr. Forsters nicht, vor allem nicht in dem seelischen Zustand, in dem sie sich seit der Verhaftung von Phineas befand.
Der Anwalt brachte auch noch ein weiteres Argument vor, warum sie unter keinen Umständen die Erbschaft ausschlagen dürfe. »Wenn Sie's täten, Lady Laura, würde alle Welt daraus den Schluß ziehen, daß Sie sich zu diesem Schritt von einem Schuldgefühl gegenüber dem Verstorbenen veranlaßt gesehen hätten.«
»Schuldgefühl? Wieso?« fragte Lady Laura.
»Nein . . . nein«, sagte Mr. Forster mit einem so gütigen Lächeln, wie es in keinem Gesetzbuch der Welt vorgeschrieben war. »Lassen wir diese alten Geschichten endlich auf sich beruhen! Sie behalten Loughlinter. Und damit ist alles aufs beste geregelt.«
Auf Wunsch von Lady Laura begab man sich dann in das Zimmer, in dem sich ihr Vater, Lord Brentford, aufhielt. Während der Anwalt dem Herrn alles wiederholte und noch einen längeren Exkurs über den Nießbrauch im allgemeinen und im besonderen hinzufügte, dachte Lady Laura daran, daß sie nun – nach all den Enttäuschungen und finanziellen Sorgen der letzten Zeit – eine reiche Gutsherrin war. Sollte ihr Leben vielleicht doch noch eine glückliche Wendung nehmen? Sollte es möglich sein, daß sie auf ihrem neuen Schloß mit dem Mann leben könnte, den sie seit der ersten Stunde ihrer Begegnung geliebt hatte? Sie dachte an Loughlinter – und an Phineas Finn.

Am Mittwoch, dem 19. Mai, nur zwei Wochen nach der Ermordung von Bonteen, fand die Hauptverhandlung statt. Phineas Finn saß auf der Anklagebank. Und er saß dort allein, ohne Pastor Emilius, alias Yosef Mealyus.

Während der zwei Wochen, die nach der Tat vergangen waren, hatte die Polizei nicht viel Neues festgestellt. Man hatte sich emsig bemüht, belastendes Material gegen den Pastor zu finden. Vergeblich. Bisweilen schläft Homer, bisweilen brauchen auch die homerischen Helden von Scotland Yard etwas Schlaf.

Nach wie vor wußte man, daß der getaufte Jude aus Prag nicht gerade zu den lautersten Zeitgenossen gehörte, obwohl er sich bisher auf seine besonders engen Beziehungen zum lieben Gott viel zugute getan hatte. Man wußte auch, daß er heilfroh darüber war, wie sein Gegner Bonteen das Zeitliche gesegnet hatte – oder, wie man in diesem Fall wohl sagen müßte, wie Bonteen das Zeitliche gesegnet worden war. Man hatte den Pastor kurz nach Erlaß eines Haftbefehls wieder auf freien Fuß gesetzt. Wäre er schuldig gewesen, hätte er sich bestimmt einer weiteren Verhaftung durch die Flucht entzogen. Er hatte es nicht getan, zumindest nicht gleich. Er hielt sich noch etwa zehn Tage nach seiner Freilassung in London auf, ehe er eine »Erholungsreise« nach Polen antrat. Und wer kann es ihm verargen, daß er sich nach all diesen Aufregungen erholen wollte, ja erholen mußte? Vorher hatte man ihn gründlich vernommen. Nach wie vor erklärte er auch bei diesen Vernehmungen, daß sich Bonteen ihm gegenüber schändlich benommen habe. Bonteen sei es gewesen, der seine ach so glückliche Ehe mit der schönsten, liebsten, gescheitesten aller Frauen zerstört habe – und mit dieser Idealfrau meinte er natürlich Lady Eustace. Er war wütend darüber, daß ihn »dieser Verleumder Bonteen« der Bigamie geziehen habe. Wie konnte er nur? Im übrigen habe es Gott in seiner unendlichen Gnade, Güte und Weisheit so gefügt, daß er über ein lückenloses Alibi verfüge. Als die Tat begangen wurde, habe er sich nicht am Tatort befunden, dafür könne er jederzeit den Beweis erbringen. Zur fraglichen Stunde habe er in seinem Hause den Schlaf des Gerechten geschlafen. Aber selbst wenn man annehmen wollte, er habe das Haus heimlich verlassen, so müßte man sich doch fragen, wie er das Haus wieder betreten habe. Er hätte es bestimmt nicht gekonnt, ohne einen Mitbewohner zu bitten, ihm die Haustür zu öffnen. Von diesem Alibi abgesehen, konnte sich Yosef Mealyus auch darauf berufen, daß es der Anklagebehörde an allen Beweismitteln gegen ihn fehlte. Er hatte nie einen grauen Mantel besessen. Er war auch, wie er angab, erheblich kleiner als der »größere Unbekannte«, den Lord Fawn beim Überqueren Clarges Street gesehen hatte. Außerdem hatte man keine Waffe bei ihm gefunden, mit der er die Mordtat hätte ausführen können. In den zwei Wochen zwischen der Tat und dem Beginn der Hauptverhandlung gegen Finn hatte die immer emsige Polizei eingehende Recherchen darüber angestellt, wer sich etwa vor dem Tatgeschehen einen kleinen Schlagring zugelegt habe. Im Zuge dieser Recherchen hatte man den Pastor in mindestens ein Halbdutzend von Geschäften geführt, in denen Handwaffen dieser Art verkauft wurden. Aber gerade in jüngster Zeit waren Totschläger ein Massenkonsumartikel geworden. Das lag zum Teil an der Presse, die ihre Leser täglich vor Straßenräubern warnte. In einem Laden erklärte man dem Kriminalbeamten: »Seit Wochen schon sind bei uns Totschläger wie warme Semmeln gegangen. Wie sollen wir uns da an die Gesichter der Käufer erinnern?« Tatsächlich erinnerte sich auch niemand in diesen Spezialgeschäften für Totschläger an einen Mann, der ungefähr so wie Pastor Emilius aussah. Wohl oder übel mußte man ihn also schließlich laufenlassen. »Aus der Tiefe meines Herzens vergebe ich meinen Feinden«, sagte der Pastor mit seiner salbungsvollsten Predigerstimme, »aber Gott der Allmächtige wird ihnen vergelten, was sie mir angetan haben!«

In der Zwischenzeit, das heißt, ehe es zur Verhandlung kam, wurde Phineas im Gefängnis Newgate mit all der Verehrung und Neugier behandelt, die normalerweise nur einem »Staatsgefangenen« zuteil wird, der dem Gefängnis einen »Staatsbesuch« abstattet. Hier handelte es sich ja auch nicht um einen Feld-, Wald- und Wiesenmord. So war es auch nicht nur der Abschaum Londons, der sich für dieses Verbrechen und für diesen Untersuchungsgefangenen interessierte. Nicht nur die Halunken der Londoner Unterwelt sprachen über diesen Fall, nein, auch die »Oberwelt« schien kein anderes Gesprächsthema zu haben. Jeder sprach über Phineas. Die Herzöge des Landes und die edlen Lords mit den Grafenkronen taten es, die Mitglieder des Kabinetts, alle großen Staatsmänner, alle kleinen Staatsmänner, alle Richter, alle Bischöfe, alle Strafverteidiger, die einen seidenen Talar tragen durften. Auch das schöne Geschlecht kannte kein schöneres Thema. Die Hebammen und Ammen sprachen über Phineas, die Gouvernanten und die Kammerkätzchen. Die Damen von Welt taten es – und die Damen ohne Welt folgten ihrem Beispiel.

Am Tage, an dem man endgültig den Beschluß faßte, Mordanklage gegen den Abgeordneten Phineas Finn zu erheben, erhielt der konservative Politiker Mr. Low einen Brief der Herzogin von Omnium. Glencora hatte ihm aber nicht aus politischen Gründen geschrieben, sondern einzig und allein deswegen, weil Mr. Low zu den führenden Juristen des Landes gehörte. Er war ein *Queen's Counsel*, ein Q.C., also ein Prozeßanwalt, der in einem seidenen Talar vor die Schranken des Gerichts trat. Die Herzogin schrieb ihm, er möchte sie doch in ihrem Haus in Carlton Terrace aufsuchen. Sie habe gehört, daß sich Mr. Low bei jeder Gelegenheit mit größtem Eifer für Mr. Finn eingesetzt habe. Da sie nun mit einer Dame der Gesellschaft bekannt sei, die ihrerseits alles nur Menschenmögliche für Mr. Finn tun wolle, so sei ihr sehr daran gelegen, jene Dame mit Mr. Low bekannt zu machen.

Natürlich folgte der berühmte Jurist diesem ehrenvollen Ruf. Hier müssen wir nun der Ordnung halber noch rasch erwähnen, daß der Gedanke, den berühmten Q.C. einzuladen, nicht von Glencora ausging, sondern von Madame Goesler, die auch zugegen war, als man – etwa gegen fünf Uhr nachmittags – Mr. Low in den Privatsalon der Herzogin von Omnium führte. Sofort wurde Tee bestellt. Glencora war in einer solchen Jubelstimmung, daß sie dem berühmten Juristen fast um den Hals gefallen wäre. Sie stellte ihm Madame Max Goesler vor. Bisher schien Mr. Low diesen Namen noch nie gehört zu haben, oder wenigstens tat er so. »Wir wissen genau«, sagte die Herzogin, »wie sehr auch Ihnen das Schicksal von Mr. Finn am Herzen liegt. Darum wollten wir jetzt mit Ihnen sprechen. Wir sind bereit, alle Kosten zu übernehmen, die sich bei der Verteidigung von Mr. Finn als notwendig erweisen sollten.«

»Ich bin fest davon überzeugt, daß die beiden Verteidiger von Mr. Finn nichts aus finanziellen Gründen unterlassen werden.«

»Mit Geld läßt sich viel erreichen«, bemerkte Madame Goesler, die es ja wissen mußte.

»Nicht bei Gericht«, bemerkte Mr. Low, der es ebenfalls wissen mußte.

»So hab' ich's auch nicht gemeint«, sagte Madame Goesler nun. »Aber wenn genügend Mittel zur Verfügung stehen, kann man die ganze Welt durchkämmen, um Beweismaterial gegen diesen üblen Burschen zu finden, ... Sie wissen schon, wen ich meine, ... den angeheirateten Seelenhirten von Lady Eustace.«

Mr. Low war skeptisch, wie es sein Beruf verlangte. »Und was kann dabei herauskommen?« fragte er.

»Eine ganze Menge«, meinte Madame Goesler. »Zunächst ist dieser Bursche ja nicht davongelaufen. Er hat sich, wie ich hörte, ausgiebig vom Untersuchungsgericht vernehmen lassen. Aber als man ihn schließlich auf freien Fuß setzte, hat er sich Hals über Kopf aus dem Staube gemacht. Meines Wissens befindet er sich zur Zeit in Polen. Vielleicht hat er die Mordwaffe noch immer in seinem Besitz, vielleicht hat er sie mitgenommen.«

Der berühmte Jurist schüttelte den Kopf, aber nicht verneinend, sondern eher schon aus dem philosophischen Gefühl, wie bedauerlich doch eigentlich die Unwissenheit des Menschen sei – im allgemeinen und in diesem Fall besonders. »Ja, wir tappen im dunkeln«, sagte er. »Sie haben recht, gnädige

Frau, es wäre ein Jammer, und ein viel zu billiger Jammer obendrein, wenn man irgend etwas in dieser Sache unterließe, nur weil man ein paar Pfund Sterling sparen möchte!«
Jetzt offenbarte die Herzogin ihren kriminalistischen Scharfblick: »Wie steht's denn mit seinem Alibi? Er kann das Haus doch auch durchs Fenster verlassen haben und auf dem gleichen Weg wieder ins Haus gelangt sein.«
Der berühmte Jurist hielt nicht viel von dieser Fenstertheorie. Glencora ließ sich aber nicht beirren: »Wenn man sich nur richtig bemüht, kommt man den ausgefallensten Dingen auf die Spur.« Kurze Pause. Und dann: »Aber Bemühung heißt Geld. Hab' ich recht?«
Der berühmte Jurist nickte.
»Es kommt uns nicht darauf an«, fuhr die Herzogin fort, »ein paar tausend Pfund Sterling springen zu lassen.« Glencora wandte sich an Madame Goesler, mit der sie jetzt so eng befreundet war, daß man sich nur noch beim Vornamen nannte. »Glaubst du nicht auch, Marie?«
Ehe Madame Goesler antworten konnte, erklärte der berühmte Jurist: »Ich bin nicht ganz so sicher, ob in diesem Fall ein paar tausend Pfund Sterling unseren Phineas Finn retten können.«
»Aber etwas muß doch geschehen. Sie wollen doch nicht etwa sagen, Mr. Low, man wird Finn nur deswegen hängen, weil dieser Trottel von Lord Fawn behauptet, er habe gesehen, wie ein Mann mit einem grauen Mantel über die Straße lief?«
»Gewiß nicht.«
»Fawn steht mit seiner Aussage doch allein.«
»Wenn ihn sonst nichts belastet, wird man Finn auch freisprechen müssen.«
»Sie sind also der Ansicht«, sagte Madame Goesler, »es habe keinen Sinn nachzuforschen, was dieser Mealyus tat, nachdem er vor ein paar Tagen England verließ. Nehmen wir einmal an, er hat sich vor der Tat einen grauen Mantel gekauft, den er bisher sicher versteckt hielt und den er nun irgendwo weggeworfen hat, vielleicht schon bei der Überfahrt, vielleicht in Polen.«
Der berühmte Anwalt hörte sich alles geduldig an. Er bemerkte nur: »Wenn sich der Nachweis erbringen ließe, daß dieser Mealyus tatsächlich einen grauen Mantel besaß, ich meine zu dem Zeitpunkt besaß, als das Verbrechen begangen wurde, ja dann . . . gewiß, gnädige Frau, ja dann würde dieser Umstand gewiß die Wirkung schwächen, die Mr. Finns grauer Mantel sonst auf die Geschworenen ausüben muß.«
»Und außer dem Mantel spielt da ja auch noch ein Totschläger eine wichtige Rolle, nicht wahr? Wenn man nun den Beweis erbringen könnte, daß sich

dieser Mealyus vor der Tat einen Totschläger gekauft hat, so müßte wohl auch das die Wirkung abschwächen, die Mr. Finns Totschläger auf die Geschworenen ausüben muß, nicht wahr? Und wenn man beweisen könnte, daß er sich Stricke für eine Strickleiter gekauft hat, so würde man damit wohl beweisen können, daß er sein Haus auch durchs Fenster verlassen und wieder betreten konnte. Sie sehen, Mr. Low, die Herzogin und ich haben uns alles genau überlegt. Wir sind fast schon zu einer Filiale von Scotland Yard geworden. Aber schließlich geht es bei Mr. Finn ja um Kopf und Kragen. Da sollte man nichts außer acht lassen, auch wenn es noch so teuer kommt . . .«
»Ich werde Ihre Anregungen an die beiden Kollegen weiterleiten, die mit der Verteidigung von Mr. Finn betraut sind.«

Genau einen Tag, nachdem man die Anklage wegen Mordes gegen Phineas Finn erhoben hatte, stieg eine elegante Dame an der Ecke der Northumberland Street und Marylebone Road aus einer Droschke. Es war eine traurige Gegend, der auch ein Übermaß an Philanthropie keinen aufheiternden Glanz zu verleihen vermochte. Hier befand sich ein Heim für verkrüppelte Mädchen, vor allem aber das Arbeitshaus des Stadtteils Marylebone, das seine gewiß sehr segensreiche Tätigkeit bereits anno 1775 aufgenommen hatte und einen entsprechend abgearbeiteten Eindruck machte. In dieser trostlosen Gegend, unmittelbar gegenüber dem Arbeitshaus, in einem schäbigen kleinen Haus, das nie bessere Tage gesehen hatte, lebten zwei Frauen, eine Mrs. Meager und eine Miß Meager, die hier für wenig Geld und mit noch weniger Komfort ein kleines *boarding house* unterhielten.
In diesem schäbigen kleinen Haus hatte Pastor Emilius als Untermieter Zuflucht gefunden, als sein auf Rosen gebettetes Leben mit Lady Eustace zu einem abrupten und auch in finanzieller Hinsicht *unhappy end* gelangt war.
Miß Amelia Meager war von der Unschuld des Pastors fest überzeugt. Sie war es auch dann noch, als man ihn nach der Ermordung von Bonteen festgenommen und eine Woche in Untersuchungshaft gehalten hatte. Aber Mrs. Meager war es nicht, sie glaubte fest an die unendliche Weisheit der Behörden. Würde man den Pastor denn sonst verhaftet haben? Hätte der liebe Gott denn sonst die Verhaftung zugelassen?
Nein! Mrs. Meager hielt den Pastor für schuldig.
Anfangs hatte sie sein Zimmer leerstehen lassen. Aber sie war kein caritatives Unternehmen wie das Haus für verkrüppelte Mädchen und wie das Arbeitshaus. Sie konnte es sich nicht leisten, daß ihre »gute Stube« nicht vermietet war. So packte sie kurzerhand die irdische Habe von Pastor Emilius in zwei Kisten zusammen. Beide Kisten wurden in einem Ver-

schlag unter der Treppe aufgestellt. Als dann ihr Untermieter aus der Untersuchungshaft zurückkam, tobte er vor Wut. Er schleuderte der armen Mrs. Meager die unchristlichsten Flüche entgegen. Wie hatte sie es nur wagen können, sein Zimmer auszuräumen! Dann ließ er sich eine Droschke kommen. Die beiden Kisten wurden verstaut, der Kutscher knallte mit der Peitsche, der müde Gaul warf einen scheuen Blick auf das Arbeitshaus und setzte sich langsam in Bewegung. Die Droschke rollte davon. Seitdem hatten Mrs. Meager und ihre Tochter Amelia ihren früheren Untermieter nicht mehr gesehen.

Dafür sahen sie nun die eleganteste Dame, die ihre an Glanzlosigkeit gewöhnten Augen jemals erblickt hatten. Es war Madame Goesler, die ihren Wagen an der Ecke der Northumberland Street und Marylebone Road verlassen hatte, um Mrs. Meager und Miß Meager zu besuchen. Ja, es war sogar nicht einmal ihr erster Besuch. In den letzten Tagen hatte sie die beiden Damen schon zweimal mit ihrem Besuch beehrt. Sie war sehr freundlich gewesen, und da ihr Besuch die immer geschäftige Mrs. Meager viel Zeit kostete, hatte Madame jedesmal ein kleines Beutelchen mit klingender Münze zurückgelassen. Dabei machte sich Madame Goesler, bewußt oder unbewußt, keinerlei Gedanken darüber, daß sie einer Person Geld auszahlte, die vielleicht später im Strafprozeß gegen Phineas Finn vernommen werden könnte. Sie ließ die Goldstücke in dem Beutelchen klingen, Mrs. Meager nahm sie gern. Aus Dankbarkeit war sie bereit, alles für Madame zu tun. Schon beim zweiten Besuch war Mrs. Meager bereit, ihr Scherflein dazu beizutragen, ihren früheren Untermieter an den Galgen zu bringen.

»Ja, gnä' Frau«, sagte Mrs. Meager. »Da ist auch noch die Sache mit dem Schlüssel, die ich Ihnen erzählen muß. Also . . ., da ist doch dieser Mann . . . ich meine, dieser Pastor, da ist doch dieser Mann neulich mal verreist. Weg war er für einige Zeit. Und auch einer von unseren Schlüsseln war weg. Meine Amelia hat alle Hausschlüssel gezählt. Einer fehlte. Wir haben uns dabei nichts gedacht . . . haben wir nicht. Aber nun muß man ja an alles denken. Hab' ich recht, gnä' Frau?«

Diese Bemerkung von Mrs. Meager bezog sich auf einen Abstecher nach Prag, den Emilius alias Mealyus plötzlich unternommen hatte, als er erfuhr, daß Bonteen im fernen Böhmen recherchierte, um einen »leibhaftigen« Bigamiebeweis gegen ihn aufzustöbern.

Madame Goesler spitzte die Ohren. Aha, dachte sie, da hat dieser Emilius also den Drücker für das Schnappschloß an der Haustür von Mrs. Meager nach Prag mitgenommen. Und warum? Doch sicher, um sich in Prag ein paar Nachschlüssel machen zu lassen. Und warum in Prag? Doch sicher, damit man bei Scotland Yard nie etwas davon erfahren sollte!

Madame Goesler kam sich schon wie ein gelernter Engel der heiligen *Hermandad* vor, dem nichts Unmenschlich-Allzuunmenschliches verborgen bleiben konnte. Aber ach, sie wurde arg enttäuscht, als sie einen der beiden Juristen aufsuchte, die man mit der Wahrnehmung der Interessen von Phineas Finn beauftragt hatte.
Es war ein Mr. Wickerby, der ihre schönsten und wildesten Detektivträume zum Platzen brachte. »Nein, gnädige Frau«, sagte er mit dem überlegenen Lächeln, das der liebe Gott für Fachleute reserviert hat, »das scheint mir doch an den Haaren herbeigezogen zu sein. Nein, nein . . . da können Sie sich schon auf meine Erfahrung verlassen . . .« Und wieder das überlegene Lächeln: »Nein, nein . . ., mit dieser Schlüsselgeschichte kommen wir auch nicht weiter . . .«
Enttäuscht verließ Madame Max Goesler das Anwaltsbüro. Am Nachmittag besuchte sie ihre Freundin Glencora und erzählte ihr ausführlich von den Besuchen bei Mrs. Meager und bei Mr. Wickerby.
Als sie ihren Bericht beendet hatte, fragte die Herzogin von Omnium: »Sag mal, Marie, das meinst du doch nicht im Ernst, daß du nun selbst nach Prag fahren willst?«
»Allerdings.«
»Da mußt du aber sehr verliebt sein oder total verrückt, oder beides.«
»Du würdest genauso handeln wie ich, Glencora, wenn du so frei von allen Bindungen wärst wie ich. Nein, Glencora, ich handle nicht, weil ich vor Liebe übergeschnappt bin. Ich handle aus reinem Enthusiasmus. Sagen wir: aus einem weiblichen Enthusiasmus. Ich kämpfe für eine Sache, die ich zu meiner eigenen gemacht habe.«
»Ich bin genauso enthusiastisch wie du. Und doch würde ich nicht nach Prag fahren, jedenfalls nicht im Juni.«
»Ich würde selbst im Januar nach Sibirien reisen, wenn ich dadurch feststellen könnte, wer den abscheulichen Mord wirklich begangen hat.«
»Und wer wird dich begleiten?«
»Ich nehme mir eine ganze Schar auf die Reise mit: erstens einen Detektiv von Scotland Yard, zweitens einen Dolmetscher, der deutsch und tschechisch versteht, um der Polizei helfen zu können, drittens den Bürovorsteher eines Anwalts, viertens meine Zofe.«
»Einfach wunderbar! So wird alle Welt genau wissen, was du vorhast, noch ehe du losziehst.«
»So dumm, meine liebe Glencora, bin ich nun auch wieder nicht. Der Polizist und der Dolmetscher reisen gemeinsam. Ich fahre mit meiner Zofe. Unser Wahlspruch: Getrennt reisen – vereint schlagen!«
»Und wo bleibt der arme Bürovorsteher? Wird er von euch geschlagen oder nur getrennt?«

Madame Goesler lachte. »Ja, der arme Teufel wird allein reisen müssen, aber er kann sich ja Akten mitnehmen, um sie unterwegs zu studieren.«
Und so machte sich Madame Goesler auf die Reise nach Prag. Wenn irgend möglich, wollte sie vor Prozeßbeginn wieder in London sein. Für die Hauptverhandlung hatte man einen Tag in der letzten Juniwoche angesetzt. Allgemein glaubte man, der Prozeß in Old Bailey würde längere Zeit dauern.
Als Hauptverteidiger für Phineas Finn hatte man einen alten Routinier ausgesucht, alt auch den Jahren nach. Er hieß Chaffanbrass. Der Volksmund behauptete von ihm: Kein noch so lebendiger und noch so toter Verteidiger hat jemals so viele Angeklagte in so vielen Prozessen mit so vielen Worten vor so vielen Jahren Zuchthaus oder gar vor dem Galgen bewahrt, wie dieser Chaffanbrass, Q.C., der mit tatsachengesättigter Phantasie bei jeder Beweisaufnahme das Fehlende ergänzte, der aus den Fragmenten des Gegebenen ein Ganzes machte und von jedem Gebiet des Lebens ein Reliefgemälde entwarf.
Sicher war Phineas bei ihm in guten Händen.
Es war Chaffanbrass, so hieß es allgemein, dem nie eine Metamorphose mißlang: Aus den Verfolgern machte er Kujone und Blutsauger.
Und aus den Angeklagten?
Märtyrer und Helden.

23

Handelsminister: Der Herzog von Omnium – Eierkuchen mit dem unaussprechlichen Namen Palatschinken – Anschrift: Gefängnis Newgate – Der Richter hielt ein Stück Papier in der Hand – Jawohl, my lud! – Depesche aus Prag – Madame Goesler und ihre Schlüsselfigur – Pariser Wertarbeit

Sicher wäre es übertrieben, wollte man behaupten, daß Großbritannien ohne den ermordeten Bonteen nicht zu regieren war. Aber das Handelsministerium war verwaist. Man mußte einen Ersatz für Bonteen finden. Seltsamerweise stieß man dabei auf allerlei Schwierigkeiten. Als man endlich den Nachfolger gefunden hatte, war das ganze Land über die Neubesetzung des Ministeriums sehr erstaunt. Das hing nun aber nicht mit dem erstaunlichen oder gar unersetzlichen Bonteen zusammen, sondern mit dem Herzog von Omnium. Als Plantagenet Palliser die Erbschaft seines Onkels antrat, mußte er nach uraltem Verfassungsbrauch ein parlamentarisches Stockwerk höher ziehen, vom Unterhaus ins Oberhaus. So hatte man den herzlich unbedeutenden Bonteen zu seinem »Währungs-Statthalter« im Unterhaus ernannt, damit er sich hier, neben seinen anderen Amtsgeschäften, auch für das edle herzogliche Steckenpferd einsetzen konnte – für die Einführung der Dezimalwährung. Noch immer suchte der Herzog bei Tag und Nacht trotz seines schier unermeßlichen Reichtums nach dem Geheimrezept, wie man aus einem *penny* fünf *farthings* machen konnte, ohne dem *farthing* seine tiefe innere Bedeutung als Viertelpenny zu rauben. Bisher war der Handelsminister also im Grunde nur der verlängerte parlamentarische Arm des Herzogs von Omnium gewesen. Nun hatte sich der Herzog jedoch bereit erklärt, das Handelsministerium zu übernehmen. Wie konnte er nur?

Überall wurde diese Frage diskutiert. Schließlich hatte der Herzog schon, als er noch der schlichte Plantagenet Palliser war, das erheblich höhere Amt des Schatzkanzlers bekleidet. Wie konnte er nun ein geringeres Amt übernehmen? Und dann: Wie konnte es der Herzog mit seinem politischen Ansehen und seiner Würde vereinbaren, Nachfolger eines Mannes zu werden, den man allgemein für eine politische Null gehalten hatte?

Doch der Herzog hatte es sich in den Kopf gesetzt, diese politische Selbsterniedrigung zu tragen, ohne mit der Wimper zu zucken. Aber ach, er zuckte doch. Er wußte sofort, daß er falsch gehandelt hatte, gab es jedoch nicht zu, weder vor sich selbst noch vor Glencora, die ihm durch ihre sarkastischen Bemerkungen die selbstlose Übernahme eines kleineren Ministerpostens nicht erleichterte.

»Man sagt, der arme Lord Fawn ist in letzter Zeit noch verrückter geworden, als er es schon immer war«, sagte die Herzogin eines Tages zu ihrem Mann.

»Nicht, daß ich wüßte«, erwiderte Plantagenet.

»Erinnerst du dich nicht? Früher war er mit Lady Eustace verlobt. Nun heißt es, er wolle in aller Öffentlichkeit erklären, warum er sie nicht geheiratet hat. Er will es tun, wenn diese Bigamie-Affäre vor Gericht kommt, diese Sache mit einem gewissen Pastor Emilius, der dann Lady Eustace zu seiner Frau machte, vielleicht sogar zu seiner zweiten. Und dann der Mordprozeß gegen Finn! Lord Fawn, so behauptet man, will eine Gestalt in einem grauen Mantel à la Phineas gesehen haben. Hoffentlich wird man den armen Teufel nicht zum Rücktritt zwingen. Das fehlte dir dann auch noch!«

»Was hab' ich denn mit der Sache zu tun?«

»Na ja, wahrscheinlich müßtest du dann seinen Posten als Unterstaatssekretär übernehmen.«

Der Hieb saß – und ging doch daneben. Der Herzog von Omnium lächelte und bemerkte nur, er hoffe, daß er in diesem Fall den Anforderungen seines neuen Amtes gewachsen wäre.

Als Bonteen ermordet wurde, lebte Lady Eustace als Gast im Hause dieses

neuen Beschützers. Mrs. Bonteen war inzwischen eine ihrer besten Freundinnen geworden.
Wer hatte das furchtbare Verbrechen begangen?
Mrs. Bonteen war fest davon überzeugt, daß Phineas Finn der Täter war, er und kein anderer. Lizzie schwieg. Sie wollte ihre Freundin nicht durch eine erhitzte kriminalistische Debatte noch weiter aufregen. Aber sie kannte den Mann, der den Anspruch erhob, ihr angetrauter Herr Gemahl zu sein. Weil sie ihn kannte, glaubte sie nicht an die Schuld von Phineas Finn. Nein, dachte Lizzie, nur »ihr« Yosef Mealyus, wie sie ihren Mann seit der Trennung zu bezeichnen pflegte, nur ihr Yosef konnte der Mörder sein.
Mit Bonteen hatte Lizzie ihren treuesten und einflußreichsten Berater verloren, aber nicht ihren einzigen. Da war nämlich noch Mr. Camperdown, der Anwalt, der ihr früher in der Halsbandgeschichte so zugesetzt hatte. Aber Mr. Camperdown war immer ein verläßlicher Freund der Eustace-Familie gewesen. Und nun gehörte auch Lizzie zur Familie. Camperdown hatte seit der Trennung von Emilius alles getan, was sich juristisch tun ließ, um ihre Rechte und auch die Rechte ihres Sohnes zu sichern, ja, er war dabei sogar bis ins ferne Prag gegangen, zwar nicht persönlich, doch hatte er in regelmäßigen Abständen Angestellte seines Büros nach Böhmen geschickt, um dort »in Sachen Emilius alias Mealyus« zu recherchieren. Das war gewiß keine leichte Aufgabe, auch keine ungefährliche. Einer der Kanzlisten von Camperdown kehrte mit einem schweren Magenleiden nach London zurück. Hatte man ihn in Prag vergiften wollen? Durchaus möglich, meinten viele; aber die verstanden nichts von der Prager Küche. Kulinarische Fachleute waren da etwas skeptisch. Sie schoben die Schuld an dem Magenleiden der böhmischen Kochkunst zu, vor allem den gefüllten Eierkuchen mit dem unaussprechlichen Namen Palatschinken. Aber auch Powidl wurde in diesem Zusammenhang als mögliche Gefahrenquelle erwähnt. Übrigens wurden alle diese Camperdownschen Expeditionen vor der Prager Reise von Madame Max Goesler durchgeführt.
Nun ließ sich Mr. Camperdown überraschend bei Mrs. Bonteen melden. Sein Besuch galt allerdings Lady Eustace.
Kaum hatte der Anwalt den Salon betreten, da ließ er auch schon die Katze aus dem Sack. »Wir wissen jetzt alles«, sagte er. »Alles ist aufgedeckt ...«
Lady Eustace war etwas schwer von Begriff: »Was haben Sie aufgedeckt?«
»Wir haben ... wir haben die Madame Mealyus nach England gebracht!«
»Nein wirklich«, rief Mrs. Bonteen und sah aus, als ob sie die Mutter Gottes

für einen Raubvogel hielt. Lizzie saß schweigend da, ihr Mund war weit aufgerissen.

»Ja, wir haben jetzt alles. Im Heiratsregister der Synagoge von Krakau ist die Ehe von Yosef Mealyus registriert. Wir haben die Eintragung fotografieren lassen. Weder die Unterschrift noch die Handschrift dieses Mealyus hat sich geändert. Wir hätten also den Nachweis der Bigamie auch mit diesen Dokumenten führen können. Aber sicher ist sicher. Und so haben wir Madame Mealyus nun nach London geschafft.«

»Wo befindet sie sich?« fragte Lizzie, die sie gern kennengelernt hätte.

»Sie ist in Sicherheit, Lady Eustace. Natürlich nicht in sicherem Gewahrsam. War ja auch nicht nötig. Die gute Frau spricht kein Wort Englisch, auch nicht Französisch. So hielten wir es für besser, sie privat unterzubringen. Und das kostet schon eine Kleinigkeit. Ja, billig ist die Sache nicht.«

»Wird sie unter Eid erklären, daß sie mit diesem Mann verheiratet ist?« wollte Mrs. Bonteen wissen.

»Ja natürlich, das ist weiter kein Problem. Aber vielleicht wird ihr Eid nicht genügen.«

»Aber das muß doch genügen,« meinte Lizzie, die sich auf Eide verstand.

»Ja, das sagen Sie so«, erklärte der Anwalt. »Aber für das Geld, das wir zahlen mußten, hätten wir wahrscheinlich ein ganzes Dutzend böhmischer Damen finden können, die zum Schwur bereit sind, mit diesem Yosef Mealyus in der Synagoge von Krakau getraut worden zu sein. Nein, Lady Eustace, es dürfte wohl vor allem auf die urkundlichen Beweise ankommen. Aber ich hoffe, wir haben nun auch alle Dokumente.«

Lizzie klatschte begeistert in die Hände. »Und dann hab' ich meine Freiheit wieder!«

»Natürlich werden wir beantragen, daß Ihre Ehe für nichtig erklärt wird. Aber so ein Prozeß ist langwierig, langwierig und teuer.«

Lizzie dachte nicht ans Geld. »Mr. Camperdown«, sagte sie, »es gibt keine Frau in der Welt, die sich so wenig aus Geld macht wie ich. Ich bin jetzt wieder frei, frei von diesem Ungeheuer. Wissen Sie, Mr. Camperdown, daß dieser Yosef wieder im Lande ist? Vielleicht war er sogar immer hier. Vielleicht war seine Reise nach Polen nur ein Gerücht, das er selbst verbreitet hatte. Erst gestern erhielt ich einen Brief von ihm mit der Adresse Jellybag Street in der Nähe der Edgware Road ...«

»Ja, ich weiß, daß er dort haust«, unterbrach sie Mr. Camperdown. »Oder sagen wir exakter: Er hat da gehaust. Man hat ihn verhaftet. Seine neue Anschrift: Gefängnis Newgate.«

Auch Phineas Finn hatte diese Adresse, bis die Hauptverhandlung in Old Bailey begann und er täglich von einer der dortigen Zellen für Untersu-

chungsgefangene zum Gerichtssaal gebracht und dann wieder in die gleiche Zelle zurückgeführt wurde.
Zunächst verlief die Verhandlung nach dem üblichen gerichtlichen Zeremoniell: Zeugen wurden vernommen, der Vertreter der Anklage stellte Fragen, die beiden Verteidiger stellten Fragen, hin und wieder warf auch der Richter eine Frage ein. Da geschah es nun am sechsten Tage des Prozesses, daß der Hauptverteidiger von Phineas Finn, Mr. Chaffanbrass, den Gerichtssaal mit so energisch ausholenden Schritten betrat, wie man sie von einem immerhin schon älteren Herrn nicht erwartet hätte. Der Richter erschien eine halbe Stunde später als üblich. Auffällig war, daß ihm der Herzog von Omnium auf dem Fuß folgte. Noch ehe der Richter seinen Platz einnehmen konnte, hatte sich Mr. Chaffanbrass bereits erhoben. Aber der Richter ergriff als erster das Wort. Er hielt ein Stück Papier in der Hand. Aufmerksamen Beobachtern fiel es auf, daß auch Mr. Chaffanbrass ein ähnliches Stück Papier bei sich hatte, dessen Inhalt er für sein Leben gern – und vermutlich auch für das Leben seines Klienten brennend gern – sofort verlesen hätte. Der Richter kam ihm entgegen: »Wie ich höre, Mr. Chaffanbrass«, sagte er, »möchten Sie dem Gericht eine wichtige Mitteilung machen. Ich erteile Ihnen hiermit das Wort.«
»Jawohl, my lud«, begann der berühmte Verteidiger mit der im Gerichtssaal üblichen Verstümmelung für my Lord, »jawohl, ich habe eine wichtige Erklärung abzugeben. Wie ich die Dinge jetzt beurteile, my lud, gibt es nur zwei Möglichkeiten: Entweder Sie verschieben Ihre Rechtsbelehrung an die Geschworenen um ein paar Tage, was natürlich bedeuten würde, daß man in der Zwischenzeit die Geschworenen von jedem näheren Umgang mit der Außenwelt abschirmt. Oder aber ...« Mr. Chaffanbrass machte eine bedeutungsvolle Pause. »Oder aber Sie teilen den Geschworenen mit, es gäbe unter obwaltenden Umständen keine andere Entscheidung, als den Angeklagten für unschuldig zu erklären, worauf das Gericht dann den Freispruch des Angeklagten verkünden würde. Und warum ich diese Erklärung abgebe, my lud? Weil es kein Schwurgericht gibt, das den Angeklagten verurteilen könnte, verurteilen würde, nachdem ich die Depesche verlesen habe, die mich heute früh erreichte. Ich zitiere:

MEALYUS HAT SICH NACHSCHLUESSEL FUER MRS MEAGERS EINGANGSTUER IN PRAG ANFERTIGEN LASSEN STOP GUSSFORM ALS BEWEISMATERIAL IN MEINEM BESITZ STOP BRINGE ANFERTIGER DES SCHLUESSELS NACH LONDON

Mit dieser Information, my lud, mit dieser Information, meine Herren Geschworenen, bricht die Anklage wie ein Kartenhaus zusammen. Zumindest für dieses Kartenhaus brauchen wir nun weder Schlüssel noch Nachschlüssel. Bisher hatten alle polizeilichen Untersuchungen gegen Mealyus oder Emilius zu nichts geführt. Wie hätte dieser edle und fromme Mann, dieser Yosef, der sich immer besser dünkte als seine Brüder, wie hätte er nach begangener Tat das Haus von Mrs. Meager unbemerkt wieder betreten können? Doch nur, wenn er sich die Tür selbst öffnete. Aber wie konnte er das? Er hätte an die Tür klopfen müssen, um Mrs. Meager aus dem Schlaf zu rütteln. Sie hätte ihm dann die Haustür aufgeschlossen. Aber der edle und fromme Mann hat nicht geklopft. Er hat seine Logiswirtin nicht aus dem Schlaf gerüttelt. Warum auch? Er brauchte ja nur in seine Tasche zu greifen. Da steckte der Nachschlüssel, den er sich vorsorglich in Prag hatte machen lassen. Ein Griff in die Tasche, ein Druck mit dem Drücker, die Tür sprang auf. Und damit hatte die liebe Seele Ruh und konnte bis zum Morgen schlafen. Und die liebe Seele hatte noch mehr: ein Alibi, an dem nicht zu rütteln war, jedenfalls nicht bis zu der Stunde, da wir die eben zitierte Depesche aus Prag erhielten.«

Nach Verlesung dieser Depesche herrschte eine begreifliche Aufregung im Gerichtssaal. Wie sich nun herausstellte, waren insgesamt 4 (in Worten vier) Telegramme in London eingetroffen.

Depesche Nr. 1 war von Madame Max Goesler an ihre Freundin Glencora gerichtet – und das erklärte das Erscheinen des Herzogs von Omnium im Gerichtssaal. Dies war die Depesche, die dem Richter vorlag.

Depesche Nr. 2 stammte von dem Bürovorsteher, der Madame Goesler nach Prag begleitet hatte. Sie war an den Direktor des Newgate-Gefängnisses gerichtet.

Depesche Nr. 3 und Depesche Nr. 4 stammten ebenfalls von diesem Bürovorsteher. Adressaten waren der Anwalt Mr. Wickerby, den Phineas Finn neben dem berühmten Mr. Chaffanbrass mit der Wahrnehmung seiner Interessen betraut hatte, sowie der Zweite Kronanwalt, der in diesem Prozeß als Vertreter der Anklagebehörde fungierte.

Nach umständlicher Beratung wurde eine Vertagung bis zu dem Zeitpunkt beschlossen, an dem Madame Goesler mit ihrem Prager Schlossermeister zurückkehren würde. Selbstverständlich war dieser Aufschub den Geschworenen recht unangenehm, da sie nun für einige Tage in einer Art klösterlicher Abgeschiedenheit leben mußten, um vor allen prozeßschädlichen Einflüssen der Außenwelt abgeschirmt zu sein und zu bleiben. Aber die Geschworenen hatten Glück im Unglück.

Madame Goesler hatte es eilig. Für ihre Rückreise aus Böhmen brauchte sie nur ein paar Tage. In ihrer Begleitung befanden sich der Bürovorsteher sowie der Schlosser, der den Nachschlüssel für Mealyus angefertigt hatte. Verständlicherweise war ihm bei der langen Eisenbahnfahrt durch Europa nicht ganz geheuer zumute. Während der Zug mit einschläfernder Monotonie über die Schienen ratterte, fielen ihm immer wieder die schönen

Worte ein, die er für seine Meisterprüfung in Prag auswendig gelernt hatte:
»Schlosser, welche ohne obrigkeitliche Anweisung oder ohne Genehmigung des Inhabers einer Wohnung Schlüssel zur Wohnung, zu Zimmern oder Behältnissen in den letztern anfertigen oder Schlösser an denselben öffnen, ohne Genehmigung des Hausbesitzers oder seines Stellvertreters einen Hausschlüssel anfertigen oder ohne Erlaubnis der Polizeibehörde Nachschlüssel oder Dietriche verabfolgen, werden mit Haft bis zu vier Wochen bestraft.«
Sein einziger Trost war, daß es sich im Fall Mealyus »nur« um einen Mord und nicht etwa um einen Diebstahl handelte, denn sonst hätte ihm Zuchthaus geblüht, wie er ebenfalls aus der Zeit seiner Meisterprüfung wußte:
»Wenn ein Diebstahl dadurch bewirkt wird, daß zur Eröffnung eines Gebäudes oder der Zugänge eines umschlossenen Raumes oder zur Eröffnung der im Innern befindlichen Türen oder Behältnisse falsche Schlüssel oder andere zur ordnungsmäßigen Eröffnung nicht bestimmte Werkzeuge angewendet werden, so ist auf Zuchthaus bis zu zehn Jahren zu erkennen.«
Unmittelbar nach Ankunft von Madame Goesler und ihrer »Schlüsselfigur« im Prozeß gegen Phineas Finn wurde die Frage des »Nachdrückers« eingehend geprüft. Dabei waren der Zweite Kronanwalt als Vertreter der Anklagebehörde sowie Major Mackintosh von Scotland Yard anwesend. Das einwandfreie Ergebnis dieser Untersuchung war: Mealyus hatte sich in Prag einen Nachschlüssel anfertigen lassen, um das Fallenschloß an der Haustür von Mrs. und Miß Meager jederzeit öffnen zu können. Es war ein ganz gewöhnliches Schloß. Durch den Fallverschluß rastete es beim Zudrücken der Tür von selbst ein. Diesen Verschluß konnte nun jeder, der die Tür von außen wieder aufmachen wollte, mittels einer Nuß öffnen, die im Drehpunkt der Falle angebracht war und nach außen einen Ansatz zur Aufnahme eines Steckschlüssels bot. Nach der aus Prag mitgebrachten Gußform wurde nun in London ein neuer Schlüssel hergestellt. Man probierte ihn am Hause von Mrs. Meager aus, wobei die müßigen Insassen des gegenüberliegenden Arbeitshauses interessiert zuschauten. Und siehe, der Drücker tat seine Pflicht. Ohne daß man erst die Zauberformel »Sesam öffne dich!« sagen mußte, sprang die Tür auf.
Und das genügte.
Nun hielt es der Zweite Kronanwalt für seine staatsanwaltliche Pflicht, die Einstellung des Verfahrens gegen Phineas Finn zu beantragen. Damit wäre dann der Fall ein für allemal erledigt gewesen. Aber ein Kronanwalt denkt – und der Zufall lenkt. Ehe der Vertreter der Anklagebehörde die juristische

Begründung seines Antrages abhaspeln konnte, wurde er mitten in seinen mit Präzedenzfällen gespickten Ausführungen unterbrochen. Schon der Prager Nachschlüssel war eine Sensation gewesen, wie sie niemand bei Prozeßbeginn erwartet hatte. Nun geschah ein neues Wunder: Wiederum erhob sich Mr. Chaffanbrass. Der Zweite Kronanwalt begann zu stottern. Dann brach er ab, ehe er seinen Satz vollendet hatte, der allerdings so lang war, daß man die Anfangsworte bereits vergessen hatte. Blitzschnell wandte sich Mr. Chaffanbrass an den Richter und an die Geschworenen. »My lud«, sagte er, »ich habe abermals eine Mitteilung von größter Bedeutung zu machen.«
Der Richter nickte Zustimmung.
Nun erhob sich der alte Verteidiger zu seiner vollen und fast schon antiken Größe. Er sprach davon, daß es für das wahre Wunder kein geographisches Monopol geben könne. Hin und wieder könne auch mal außerhalb Prags ein *miraculum* geschehen, eine außerordentliche Begebenheit, die dem normalen prozeßrechtlichen Verlauf der Dinge widerspreche. Es sei einfach nicht wahr, wenn weltfremde Philosophen behaupteten, Wunder müßten immer in der Ferne geschehen, wenn man sie für wahr halten solle. »Nein, meine Herren Geschworenen, nein, my lud, das Wunder kann auch gleich um die Ecke liegen, sogar in Gehweite des Strafgerichts Old Bailey. Aber es will mir fast scheinen, daß sich unsere sonst so löbliche Polizei noch nicht . . . noch nicht zu dieser Erkenntnis durchgerungen hat. Was tut ein angeblich guter Detektiv? Er achtet immer auf das Fernstliegende, nie auf das Nächstliegende.«
Nach diesem Eröffnungszuge war Mr. Chaffanbrass in seinem Element. Wie ein Stegreifkomödiant voller Spiellust stürzte er sich auf den letzten Akt des Gerichtsstückes, das gerade in Old Bailey gespielt wurde. Er bewies, daß er die Hauptfähigkeit des großen Verteidigers besaß: den kühnen Geist, der immer bis zum Kernpunkt der Dinge vordringt, ohne unterwegs ein Komma zu machen. Diesmal war der Kernpunkt allerdings ganz klein: ein kleiner Junge, der beim Spiel nicht einen bunten Kieselstein, nicht eine blaue Blume und nicht eine etruskische Goldmünze gefunden hatte, sondern nur – nur einen Totschläger. Das Kindermädchen, das bei ihm war, hatte diesem Fund keine Bedeutung beigemessen. Aber als unser kleiner Junge, der nach seinem Titel ein großer Lord war, nach Hause kam, zeigte er seine Beute voller Stolz dem Gesinde, vor allem den beiden Gärtnern des Hauses und dem Kutscher. Er führte sie zu der Stelle, wo er diesen kurzen bleigefüllten Knüppel gefunden hatte.
Knapp eine Stunde später stand der kleine Lord vor seinem großen Vater, in dessen Herrenzimmer sich auch zwei Polizisten befanden. Abermals und mit Entdeckerstolz erzählte er ihnen die Geschichte seines Fundes.

Sofort setzte sich der Papa des kleinen Lords mit der zuständigen Abteilung bei Scotland Yard in Verbindung. Nun wurde der Totschläger von Sachverständigen genau untersucht. »Nein«, erklärten sie, »diese Waffe ist nicht englischen Ursprungs. Hier handelt es sich zweifellos um ein ausländisches Fabrikat. Dafür spricht«, so meinten sie übereinstimmend, »die moderne Lederarbeit, mit der man den Metallkern dieser Waffe überzogen hatte. Wahrscheinlich war dieser Totschläger *made in France*, gute Pariser Wertarbeit.«
Die Waffe wurde nun Mealyus gezeigt, und zwar in Gegenwart des bei allen Kriminalfällen allgegenwärtigen Major Mackintosh. Man berichtete dem Untersuchungsgefangenen Mealyus, daß ein kleiner Lord dieses Mordinstrument rein zufällig beim Spiel gefunden habe. Fast schon instinktiv, jedenfalls mit gut gespielter Neugier nahm Mealyus den Totschläger in die Hand. Er ließ ihn durch seine Finger gleiten. Möglicherweise hatte er sich auf eine Szene dieser Art geistig vorbereitet, gleichsam in innerer Schau, aber selbst eine solche Vorbereitung konnte es nicht verhindern, daß ihm nun das Blut ins Gesicht schoß.
»Sie können uns wohl nichts über diese kleine Hiebwaffe erzählen?« fragte einer der Polizeibeamten, wobei er Mealyus scharf fixierte. »Natürlich brauchen Sie nichts zu sagen, wodurch Sie sich selbst belasten könnten.«
»Was erwarten Sie von mir? Was soll ich über diesen Totschläger wissen? Ich sehe das Ding zum erstenmal. Ich hab' so was nie besessen. Soweit ich mich erinnern kann, habe ich eine solche Waffe auch noch nie gesehen.« Er spielte seine Rolle nicht übel, und doch konnte er es nicht verhindern, daß sein Gesicht rot anlief. Für die Polizisten bestand auch nicht der geringste Zweifel, daß er den Mord begangen hatte. Aber was konnten sie tun?

24 Schon nach einer halben Minute erklärten die Geschworenen . . . – Zweite Frauen liegen gewissermaßen auf der Straße – Lizzie träumt von einem fernen Elysium – Natürlich ließ Phineas den Premierminister nicht warten – Die menschliche Natur – Auf dem Sofa saßen ein Mann und eine Frau – Was gehen dich die Botokuden an?

Inzwischen hatte man die Verhandlung gegen Phineas Finn wieder aufgenommen. Wie üblich wurde er zu seinem Platz auf der Anklagebank geführt. Mr. Chaffanbrass hatte noch einige Zeugen geladen, die nun zunächst von ihm vernommen wurden. Da war zum Beispiel der bekannte radikale Politiker Joshua Monk, den Finn auf seiner für ihn so folgenschweren Reise nach Irland begleitet hatte. Er war nur als Leumundszeuge erschienen, da er mit dem Angeklagten und dessen Lebensgang genauer bekannt war. »Für die Glaubwürdigkeit meines Mandanten mag diese eine Zeugenaussage genügen«, erklärte Mr. Chaffanbrass. »Dagegen wird sich der nächste von mir geladene Zeuge ausschließlich zur Sache äußern. Er wird uns genau darüber berichten, was ihm von dem Gegenstand seiner Vernehmung bekannt ist. Bei meinem nächsten Zeugen handelt es sich um einen böhmischen Schmied und Schlosser. Er heißt Praska, Peter Praska. Natürlich ist er der englischen Sprache nicht mächtig, leider kann er sich auch nicht auf deutsch verständlich machen. Aber das ist nicht weiter schlimm, wir können uns ja eines Dolmetschers bedienen. Mit seiner Hilfe werden wir jetzt erfahren, was uns dieser Peter Praska zu berichten hat.«

Nun wurde Mealyus in den Sitzungssaal geführt, rechts und links von einem Polizisten flankiert. Unter Eid erklärte der Schlosser aus Böhmen, er erkenne diesen Mann. Von ihm habe er den Auftrag zur Anfertigung eines Nachschlüssels erhalten. Diesen Schlüssel habe er mit Hilfe einer Form gegossen, die er von seinem Auftraggeber erhalten habe. Mr. Chaffanbrass hatte auch Mrs. Meager als Zeugin geladen. Jawohl, sagte sie, mit diesem Drücker könne man ihre Haustüre öffnen. Allgemeines Gelächter brach aus, als sie dann wörtlich fortfuhr: »Der Schlüssel paßt wie angegossen.«

Dazu meinte Pastor Emilius alias Mealyus: »Ich verstehe die ganze Aufregung nicht. Es ist doch schon mal vorgekommen, daß jemand seinen Hausschlüssel verloren hat. Ich bin ein vorsichtiger Mensch. So ließ ich mir durch Peter Praska in Prag einen Ersatzschlüssel machen.«

Mr. Chaffanbrass war nicht beeindruckt. Wieder erhob er sich zu voller forensischer Größe. »My lud«, sagte er, »es steht mir nicht an, ein anderes Individuum des Mordes an Bonteen zu beschuldigen. Es ist nicht meine Aufgabe, Ihnen, meine Herren Geschworenen, zu sagen, ob genügend Verdachtsmomente vorliegen, um gegen eine andere Person Anklage wegen vorsätzlicher Tötung zu erheben. Aber es ist meine Pflicht als Staatsbürger, als Wahrer des Rechts, als Strafverteidiger, ergebenst darauf hinzuweisen, daß es eine Reihe von Umständen gibt, durch die eine andere Person, deren Namen ich nicht nennen will, so schwer belastet wird ... so schwer, my lud, daß es nunmehr als unmöglich angesehen werden muß, die Anklage gegen meinen Klienten weiterhin aufrechtzuerhalten. Ich bin der Ansicht, meine Herren Geschworenen, hier im Sitzungssaal gibt es auch nicht eine einzige Seele – oder sagen wir schlichter, denn die Sprache des Rechts muß schlicht sein, schlicht und allgemeinverständlich –, hier im Sitzungssaal von Old Bailey gibt es auch nicht einen einzigen Menschen, der nicht von der Unschuld meines Klienten überzeugt ist. Und so erkläre ich, meine Herren Geschworenen, daß ich voll auf Ihre Einsicht vertraue. Sie werden einen Wahrspruch abgeben, wie er dem Eid entspricht, den Sie

vor Gott dem Allmächtigen geleistet haben. Sie werden Ihre Entscheidung fällen nach bestem Wissen und Gewissen – zugunsten meines Klienten.«
Als sich Mr. Chaffanbrass wieder setzte, gab der Zweite Kronanwalt als Vertreter der Anklage durch eine Handbewegung zu erkennen, daß er seinerseits auf alle weiteren Ausführungen verzichte.
Nun folgte die sogenannte Rechtsbelehrung. Abermals erinnerte der Richter die Geschworenen an ihre Pflichten, um dann die wesentlichen Ergebnisse der Verhandlung in gedrängter Darstellung zusammenzufassen. Er führte die für und wider den Angeklagten sprechenden Beweise auf, freilich ohne Preisgabe seiner eigenen Meinung, die nur dadurch zu erkennen war, daß er die Beweise für die Unschuld von Phineas Finn ausführlicher behandelte, als die mehr oder minder zerschmetterten Beweise, die ursprünglich den Angeklagten belastet hatten.
»Meine Herren Geschworenen!« schloß der Richter seine Ausführungen, »ich weiß, daß Sie nach Prüfung aller Umstände zu keinem anderen Spruch gelangen können als zu einem einstimmigen Nichtschuldig.«
Der Obmann der Geschworenen sah seine elf Kollegen an: ein paar geflüsterte Worte, nickende Köpfe. Schon nach einer halben Minute erklärten sich die Geschworenen, ohne daß sie sich ins Beratungszimmer zurückgezogen hatten, einstimmig für die Unschuld des Angeklagten. Dann fügte der Obmann noch hinzu: »Abschließend möchten wir noch die Erklärung abgeben, daß aufgrund derart fadenscheiniger Beweise niemals eine Anklage gegen Mr. Finn hätte erhoben werden dürfen.«
Das war eine Protesterklärung, wie sie den Geschworenen nicht zustand. Aber der Richter überhörte sie. Er wandte sich nun an den Angeklagten. »Mr. Finn«, sagte er, »ich spreche Sie hiermit von der gegen Sie erhobenen Anklage frei, einen Menschen vorsätzlich und mit Überlegung getötet zu haben. Die Kosten des Verfahrens fallen der Staatskasse zur Last. Ich glaube nicht nur im Namen aller zu sprechen, die dieser Verhandlung beiwohnten, sondern im Namen der gesamten Nation, wenn ich Ihnen hiermit zum Ausdruck bringe, daß Sie diesen Saal ohne den geringsten Makel an Ihrem Charakter, ohne die geringste Beeinträchtigung Ihres Rufes verlassen.«
Und so wurde Phineas Finn freigesprochen.
In den ersten Tagen nach seinem Freispruch wagte Phineas nicht, bei Tage auszugehen. Erst bei Dunkelheit traute er sich zu einem kurzen Spaziergang aus dem Haus. Nur ein paar seiner engsten Freunde durften ihn in seiner Wohnung besuchen. Die Herzogin von Omnium hatte ihm mehrfach geschrieben. Sie fragte an, wann er zu ihr kommen würde, und ob sie etwas für ihn tun könnte. Sie würde ihn gern zum Abendessen einladen. Wann es ihm recht sei? Wäre es nicht nett, wenn er für ein paar Tage nach

Matching Priory käme? Er könnte sich in ihrem Landhaus von den Aufregungen des Prozesses erholen, September sei doch gewiß die ideale Zeit für einen Besuch in Matching. Der Herzog würde sich besonders freuen, ihn als Gast begrüßen zu können, im übrigen sei dann doch die Zeit der Fasanenjagd.
Natürlich würde sie auch ein paar seiner engeren Freunde einladen, zum Beispiel Madame Goesler. Aber Phineas ließ diese Einladung eine volle Woche lang unbeantwortet auf seinem Schreibtisch liegen. Auch Lady Laura hatte ihm zwei oder drei Briefe geschrieben: Er solle doch ehrlich sein; wenn er sich außerstande fühle, das Haus zu verlassen, so werde sie zu ihm kommen. Seine Antwort: Selbstverständlich werde er ihr seinen ersten Besuch abstatten.
Auch an Madame Goesler hatte er geschrieben. Der Brief war ihm nicht leicht gefallen: »Ich weiß, wie viel ich Ihnen zu danken habe, doch weiß ich nicht, wie ich meinen Dank in Worte fassen soll. Ja, ich weiß, es würde sich gehören, Ihnen meinen Dank persönlich abzustatten. Aber ich will und muß Ihnen ein Geständnis machen. Die Ereignisse der letzten Zeit haben mich seelisch gar zu sehr erschüttert. Ich bin einfach unfähig, mich mit Ihnen vernünftig zu unterhalten. Ich würde in Ihrer Gegenwart wie ein kleiner Schulbub heulen. Diesen Anblick möchte ich Ihnen ersparen. Sie würden mich auch wegen eines so unmännlichen Benehmens verachten – und mit vollem Recht.«
Prompt kam die Antwort von Madame Goesler:

Park Lane, Sonntag

Mein lieber Mr. Finn!

Ich verstehe nur zu gut, daß Sie eine Zeitlang keine Menschenseele um sich haben möchten. Vergessen Sie aber nicht, daß Sie es Ihren Freunden und sich selbst schuldig sind, nicht zu einem Eremiten oder gar Säulenheiligen zu werden. Es geht einfach nicht, daß Sie sich von der Welt abschließen.
Schreiben Sie mir bitte ein paar Zeilen, wann Sie mich besuchen wollen. Ich werde es dann so einrichten, daß ich daheim bin. Meine Reise nach Prag war wirklich keine große Sache. Ich bin ans Reisen gewöhnt. Schließlich fahre ich ja ständig nach Wien, um mich dort um meinen Besitz zu kümmern. Na ja ..., und Prag liegt auch nicht am Ende der Welt, obwohl man es manchmal annehmen möchte. Es ist nur ein paar Stunden von Wien entfernt.
Herzlichen Gruß,

Ihre M. M. G.

Einer seiner alten Freunde, der ihn oft besuchte, war der Unterhausabgeordnete Joshua Monk. Genau zehn Tage nach seinem Freispruch erklärte Phineas ihm: »Ich hatte jetzt viel Zeit zum Grübeln.«
»Und was ist dabei herausgekommen?« fragte Monk.
»Ich werde meinen Sitz im Parlament aufgeben.«
»Unsinn! Dazu besteht doch nicht der geringste Anlaß.«
»Und doch werde ich es tun. In meinem Wahlkreis Tankerville gibt es sicher noch eine ganze Menge von Leuten, die mich für schuldig halten. Mord ist etwas so Abscheuliches, daß man schon degradiert wird, wenn man überhaupt jemals unter Mordanklage gestanden hat.«
Vier Tage nach diesem Gespräch hatte Phineas Finn tatsächlich seinen Sitz im Parlament aufgegeben, aber er hatte dadurch nicht an Popularität verloren, im Gegenteil, er war jetzt populärer denn je zuvor.
Endlich raffte er sich auf, Lady Laura und ihren Vater, Lord Brentford, am Portman Square zu besuchen. Er hatte sich nicht vorher angemeldet, aber Lady Laura war zu Hause. Sie war es eigentlich immer. Sie hatte sich von jedem gesellschaftlichen Leben zurückgezogen und das Haus ihres Vaters nicht mehr verlassen, seit ihr Mann gestorben war. Phineas wurde in den Salon geführt. Lady Laura war allein – wie immer. »Ach, Phineas, wie freue ich mich, Sie wiederzusehen.«
»Ich hatte versprochen, Sie zu besuchen. Hier bin ich. Aber, wie Sie vielleicht schon gehört haben, ich habe meinen Sitz im Unterhaus aufgegeben.«
»Barrington Erle hat uns neulich besucht. Er meinte, Sie würden bestimmt wiedergewählt werden.«
»Abwarten! Auf eines können Sie sich jedoch verlassen, Lady Laura, ich selbst werde mich nie an die Wähler wenden. Ich werde nie um ihre Stimmen betteln. Bei mir hat sich inzwischen allerlei geändert. Früher lag mir so viel daran, Abgeordneter zu sein. Und heute? Im Grunde langweilt mich das parlamentarische Leben. Was für einen Unterschied macht es schon, ob *ich* im Unterhaus sitze oder ein anderer?«
»Und was wollen Sie jetzt machen?« fragte Lady Laura.
»Ich weiß es nicht. Und Sie?«
»Ich weiß es auch nicht. Mein Bruder Lord Chiltern und Violet sind der Ansicht, ich sollte in Loughlinter leben. Aber wie könnte ich es in diesem Steinbaukasten aushalten, den ich von meinem Mann geerbt habe? Allein kann ich da bestimmt nicht leben.«
Deutlicher hätte sich Lady Laura wohl kaum ausdrücken können. Phineas verstand den Wink und hielt es für ratsam, nach ein paar formellen Worten seinen Abschied zu nehmen. Er kehrte nach Hause zurück. Als er gegangen war, saß Lady Laura weinend im Salon, allein wie immer.

Ehe der Sommer vorbei war, stand Pastor Emilius alias Mealyus vor Gericht, aber nicht wegen Mordes, sondern »nur« wegen Bigamie. Wegen dieses Verbrechens wurde der Pastor zu fünf Jahren Zuchthaus verurteilt. Lizzie Eustace war wieder frei – und ihr Yosef war es nicht. Dabei hatte sich ein sehr gelehrter Strafverteidiger, der mit allen juristischen Wassern gewaschen war, für ihn eingesetzt. Lang und breit, bisweilen sogar mehr breit als lang, hatte er den Geschworenen auseinandergesetzt, daß sein armer Klient nicht nur seine Frau verliere, was vielleicht noch zu ertragen sei, sondern daß man ihn nur deswegen unerträglich hart als Bigamisten bestrafen wolle, weil man es nicht zuwege gebracht habe, genügend Beweismaterial zusammenzubringen, um ihn wegen Mordes anzuklagen. Das war alles mit großem forensischen Pathos vorgebracht worden, mit jenem Pathos, an das sich die geduldigen Wände im Strafgerichtsgebäude Old Bailey im Laufe der Jahrhunderte gewöhnt hatten. Und doch enthielt diese Behauptung des Verteidigers ein Körnchen Wahrheit. Aber ach, die Herren der Justiz entdeckten dieses Körnchen nicht. Und so wurde Pastor Emilius mit gleicher Geschwindigkeit verurteilt, mit der man Phineas Finn freigesprochen hatte. Ich will mich nicht darüber auslassen, ob fünf Jahre Zuchthaus zu lang waren, um darüber nachzudenken – in der enthaltsamen Stille einer Gefängniszelle nachzudenken –, ob die Bigamie oder sogar die Polygamie als überall vorhandene Wirklichkeit anzusehen sei, deren Regulierung jedoch dem sündigen Menschen oblag. Aber all das geschah, während man bei Scotland Yard unbezahlte Überstunden machte, um die näheren Umstände zu ermitteln, unter denen eine »unbekannte Person« den Totschläger *made in France* käuflich erworben hatte. Die Polizei suchte, ausgewählte Detektive wurden nach Paris geschickt. Niemand weiß, was sie dort fanden. Jedenfalls entdeckten sie keinen Laden, in dem man sich an den Verkauf dieses ganz speziellen Totschlägers erinnern konnte. Und so kam es, daß man den Pastor Emilius alias Mealyus nicht wegen des Mordes an Handelsminister Bonteen belangen konnte. Es fehlten eben die Beweise. Bei Bigamie sind die Beweise natürlich erheblich leichter zu finden, zweite Frauen »liegen gewissermaßen auf der Straße.« Jeder vorübergehende Polizist kann sie aufheben – auch ohne besondere Erfahrung auf diesem Gebiet.
Und nun wollen wir Pastor Emilius seinem Schicksal überlassen. Nur das weitere Schicksal von Lizzie Eustace sei noch kurz erwähnt. Sie nahm sich eine neue Wohnung in der Half Moon Street, einer kleinen Straße im Londoner Westend, in der sehr achtbare Leute wohnten und eigentlich immer gewohnt hatten, wie zum Beispiel die tugendsame Madame d'Arblay, die über alle Untugenden ihrer Zeitgenossen informiert war. Wieder einmal stand Lady Eustace mutterseelenallein in der Welt. Sie hatte nur

ihren Jungen, den Sohn ihres ersten und nunmehr einzigen Ehemannes. Viele angesehene und vermögende Leute taten alles, was sie nur konnten, um dem künftigen Erben des großen Eustace-Vermögens eine angenehme Jugendzeit zu verschaffen, aber um seine Mutter kümmerte sich niemand. Lizzie hatte es nie verstanden, mit den Mitgliedern des mächtigen Eustace-Clans auf freundschaftlichem Fuß zu stehen. Sie verstand es eigentlich nie, warum so viele ihrer männlichen und weiblichen Zeitgenossen sie so gar nicht mochten. Sie war sich keiner besonderen Sünde bewußt. Ja, sie hielt sich für ein besonders gutmütiges Geschöpf. Wenn sie sich selbst beurteilte, kam sie immer zu dem Ergebnis, daß sie nur einen Fehler hatte: Sie vertraute ihren Mitmenschen zu sehr. Nur zu oft hatte man sie in ihrer Vertrauensseligkeit grausam enttäuscht, und nun stand sie allein in der Welt. Wenn sie weinte, waren es einsame Tränen. Sie floß dann über vor lauter Mitleid, Mitleid mit sich selbst. Nie kam sie auf den Gedanken, daß vielleicht alles anders würde, wenn sie selbst sich ändern würde. Noch immer hing sie ihren romantischen Träumen nach. Sie träumte von den Inseln der Seligen, von jenem fernen Elysium, das leider mehr als nur ein paar Schritte von der Half Moon Street und Piccadilly entfernt war.

In der letzten Juniwoche kam es zu einer neuen Wahl in Tankerville. Da die Sitzungsperiode des Parlaments bis zum 10. August andauerte, hatte Phineas Finn reichlich Zeit, sich seiner Wählerschaft zu präsentieren und seinen Eid als Abgeordneter zu leisten, ehe das Parlament in die Ferien ging. Anfangs hatte er sich alles weit schwieriger vorgestellt, wenn er seine politische Zukunft mit Freunden und ihm wohlgesinnten Kollegen besprach. Er hatte gehofft, daß er seine Tätigkeit als Abgeordneter erst im nächsten Jahr wieder aufnehmen würde. Aber vielleicht hätte es den Eindruck von Feigheit erweckt, wenn er unnötig lange dem Parlament ferngeblieben wäre. Es war ein seltsames Gefühl, als er sich nach so langer Abwesenheit wieder in den Palast von Westminster begab. Sein alter Freund, der radikale Abgeordnete Joshua Monk, begleitete ihn. Phineas riß sich zusammen, um nur ja nicht unsicher und verlegen zu wirken. Als ihn der Türhüter mit freundlichen Worten begrüßte, vermochte er nur ein paar unpersönliche Worte zu stottern. Er ließ Monk vorangehen. Hinter ihm betrat er die politische Arena, in der er selbst so oft mit Leidenschaft und Überzeugung gekämpft hatte – keineswegs immer mit Erfolg. Er schritt durch den langen Gang, der traditionsgemäß die beiden großen Parteien voneinander trennte. Es war alles wie im Traum. Er sah nicht, daß die Bänke, auf denen die Abgeordneten zu sitzen pflegen, nahezu leer waren. Nur ein paar Volksvertreter saßen herum, um durch ihre bloße Anwesenheit das abwesende Volk zu vertreten. Der Sprecher, dessen

Aufgabe es war, die Präsidialgeschäfte des Unterhauses zu führen, hatte seinen Sitz noch nicht eingenommen. Phineas Finn, der ehrenwerte Abgeordnete für Tankerville, mußte sich einige Zeit gedulden, bis er seinen Abgeordneteneid leisten konnte, dann war auch diese Zeremonie vorüber. Er suchte sich nun einen Platz auf den hinteren Bänken. Allmählich füllte sich der Saal, aber bisher hatte noch niemand zu ihm gesprochen. Einige Abgeordnete, die er von früher mehr oder minder gut kannte, saßen in seiner Nähe, sie ignorierten ihn. Ein paar seiner sogenannten Parteifreunde drückten ihm die Hand, das war alles. Keiner sprach mit ihm, keiner erwähnte den Prozeß. Die Sitzung nahm den üblichen Verlauf. Bald hatte Phineas seine Scheu verloren.

Von nun an besuchte er das Parlament ziemlich regelmäßig, obwohl der Sommer besonders heiß war. Als der August zu Ende ging, rüstete er sich für die Reise nach Matching. Die Herzogin ließ ihn vom Bahnhof mit einem zweisitzigen verdeckten Wagen, einem Brougham, abholen, der auch genügend Raum für sein Gepäck bot. Glencora empfing ihren Gast in der Eingangshalle ihres Landhauses. Madame Goesler war bei ihr, hielt sich aber absichtlich im Hintergrund, allerdings wohl kaum aus Bescheidenheit. Sie tat so, als sei sie über die Ankunft von Phineas überrascht. Dagegen war er, wie ihm auch ein Blinder anmerken konnte, über die Begegnung mit Madame Goesler noch erfreuter als über das Wiedersehen mit der Herzogin von Omnium, obwohl er genau wußte, wie sehr sich Glencora für ihn eingesetzt hatte. Aber die Herzogin hatte ihm geholfen, weil sie sich mit sprühend-launischer Begeisterungsfähigkeit immer für etwas einsetzen mußte, für die Versorgung der Eskimos mit Lebertran oder für einen Abgeordneten aus Irland, während Madame sich nur durch ihr Gefühl leiten ließ – und in diesem besonderen Fall durch ihre freundschaftliche Gesinnung für Phineas.

»Und hier ist nun Madame«, sagte Glencora lachend, nachdem sie ihren Gast zuerst herzlich in Matching willkommen geheißen hatte. »Hier ist unser Mauerblümchen, unser Veilchen, das nur im verborgenen blüht. Aber in dieser Verborgenheit, Mr. Finn, hat sie sich als Ihre beste Freundin erwiesen. Sie haben allen Grund, ihr dankbar zu sein.«

Phineas sprach kein Wort. Er ging auf das große Fenster der Eingangshalle zu, an das sich Madame Goesler in einer Haltung gelehnt hatte, als erwarte sie jeden Augenblick den von ihr engagierten Porträtmaler Signor Botticelli. Phineas schien keinen Sinn für die »Positur« zu haben. Er ergriff ihre rechte Hand und drückte sie herzlich. Zwei Sekunden später umarmte er das »Modell«.

Und dann? Kaum wagt es der gewissenhafte und von Natur so prüde Chronist niederzuschreiben – und dann küßte er sie stürmisch auf beide

Wangen. Madame errötete, was ihr der Chronist gar nicht hoch genug anrechnen kann. Aber . . .
. . . aber sie wehrte sich nicht. Sie machte auch nicht den Versuch eines Versuches, sich aus seiner Umarmung zu lösen.
Phineas hatte sich diese »effektvolle Szene« nicht vorher ausgedacht, auch die Küsse auf ihre Wangen waren nicht von langer Hand oder von langem Mund vorbereitet.
»Das haben Sie aber großartig gemacht!« jubelte die Herzogin. Sie lachte noch immer, doch war es ein unhörbares, verschmitzt-freundliches Gelächter, kein Hohnlachen der Hölle, aus der es für Verliebte kein Entrinnen gibt, kein rauschendes Freudengelächter, wie es bei den homerischen Helden so beliebt war.
Als Phineas etwa eine Woche in Matching war, erhielt er einen Brief aus London. Im Grunde war es nur ein Handschreiben, aber der Absender war immerhin der Premierminister. Mr. Gresham bat um seinen »baldmöglichsten« Besuch. Am gleichen Tag hatte Phineas Gelegenheit, mit dem Herzog von Omnium über den tieferen Sinn dieser Aufforderung zu sprechen. »Der Premier hat auch an mich geschrieben«, sagte der Herzog. »Ich hoffe, wir können Ihnen schon bald gratulieren.«
Natürlich ließ Phineas den Premierminister nicht warten. Er kehrte sofort nach London zurück. Mr. Gresham empfing ihn mit ausgesuchter Höflichkeit. Zunächst sprach der liberale Parteiführer ein paar Worte über Bonteen. Das war unvermeidlich. Dann pries er die würdige Haltung, die Phineas während der ganzen Prozeßdauer gewahrt habe. Er gab seiner Freude darüber Ausdruck, daß man ihn in Tankerville wiedergewählt habe, das spreche für Phineas und zugleich auch für die Wählerschaft. Schließlich rückte der Premier mit seinem Vorschlag heraus: Lord Fawn habe um seine Demission gebeten, damit sei nun ein Junior-Ministerposten frei, übrigens das gleiche Amt, das Mr. Finn früher bereits zur allgemeinen Zufriedenheit unter Lord Cantrip innehatte, nämlich der Posten des Unterstaatssekretärs im Kolonialministerium.
»Ich würde mich freuen«, sagte der Premier, »wenn Sie an Ihren alten Schreibtisch zurückkehren würden.« Der Ton, in dem er diese Worte sprach, ließ keinen Zweifel darüber, daß er eine positive Sofortantwort auf sein freundliches Angebot erwartete.
Phineas hatte sich vorher genau überlegt, wie er sich zu verhalten habe. Ohne Zögern sagte er daher: »Ich hoffe, Mr. Gresham, daß Sie mir ein paar Stunden Bedenkzeit geben.«
Der Premier war überrascht. Er hatte fest damit gerechnet, daß Phineas diese neue alte Chance mit Freuden ergreifen würde.
Der Premier war enttäuscht. Ein paar Stunden später lehnte Phineas den

Posten eines Unterstaatssekretärs im Kolonialministerium ab, in aller Form, natürlich auf höflichste Weise.

Nachdem die Entscheidung gefallen war, fuhr Phineas nach Matching zurück. Als er dort ankam, wußte man bereits, wahrscheinlich durch eine Depesche des Premiers an den Herzog von Omnium, daß Phineas das freundliche Angebot von Mr. Gresham ausgeschlagen hatte. »Es tut mir leid«, sagte der Herzog, »daß alles so gekommen ist.« Mehr sagte er nicht, aber es tat ihm wirklich leid. Phineas war ihm sympathisch.

Unter den Gästen in Matching Priory befand sich auch sein früherer Chef, der wieder sein neuer Chef hätte werden sollen, Lord Cantrip. »Sie sind noch jung«, sagte er zu Phineas, »in Ihrer weiteren politischen Laufbahn werden Sie gewiß noch andere Angebote erhalten. Trotzdem hätte ich mich gefreut, persönlich gefreut, wenn Sie Ihre alte Arbeit in meinem Ministerium wiederaufgenommen hätten.«

Am Abend nach seiner Rückkehr aus London sprach Phineas auch mit Madame Goesler. »Sie haben sich also für die Freiheit entschieden?« fragte sie.

»Ja«, erwiderte er, »man kann es auch so formulieren.«

»Ich habe gegen Ihre Entscheidung nichts einzuwenden. Sicher hat Ihr Instinkt Sie richtig geleitet.«

»Gerade das weiß ich nicht. Nun sind die Würfel gefallen. Ich habe fast das Gefühl, ich hätte anders handeln sollen.«

Weltweise und daher leicht banal bemerkte Madame Goesler: »Das liegt nun mal in der menschlichen Natur.«

Leicht banal und daher weltweise erwiderte Phineas: »Ja . . . ja . . . die menschliche Natur . . . Wer kennt sich da aus? Aber wenn Sie mich nun fragen würden, warum ich so und nicht anders gehandelt habe, könnte ich Ihnen keine Antwort geben. Alle Leute, die es gut mit mir meinen, erklären, ich hätte mich töricht benommen. Vielleicht war ich wirklich ein Narr. Man bot mir einen guten Job an. Aber warum? Weil man mich für den besten Mann für diesen bestimmten Posten hielt? Nein! Man tat es, weil ich durch meinen Prozeß, durch die Nähe des Galgens und durch die wundersame Rettung in der Stunde höchster Not zu einer Art Fabeltier geworden bin . . .«

Damit war das Gespräch zwischen ihm und Madame Goesler beendet. Absichtlich hatte er es an diesem Abend vermieden, eine persönlichere Frage anzuschneiden. Er hatte nur diskret gefragt, ob sie sich morgen vor dem Lunch wieder im Privatsalon aufhalten werde. Mit diesem Privatsalon hatte es übrigens seine eigene Bewandtnis: Es handelte sich dabei um einen kleineren Raum, in dem sie sich zu Leb- und Liebeszeiten des alten Herzogs von Omnium mit Vorliebe aufgehalten hatte und der nun aus Pietät ausschließlich für sie reserviert war. Madame hatte die Frage von Phineas bejaht. Und so kam es, daß er am nächsten Tag um die Mittagszeit an die Tür des Privatsalons klopfte.

»Herein!« Madame Goesler war nicht erstaunt, als Phineas eintrat.

»Ich bin jetzt hier ...«, stammelte er verlegen.

»Und ich weiß genau, warum.«

»Da bin ich mir nun doch nicht so sicher. Ich bin hier, um Ihnen zu sagen ... zu sagen, daß ich Sie liebe!«

»O Phineas! Endlich! Endlich!« Eine Sekunde später lag sie in seinen Armen.

Von diesem Augenblick an schien es Phineas so, als ob alle diesbezüglichen Erklärungen nur von ihr abgegeben wurden. Nur sie sprach, nur sie schien überhaupt noch über einen Kopf zu verfügen. Nach dem ersten Sturmangriff benützte er seine Augen als Spione, um nun das Terrain zu sondieren. Und was entdeckten diese Spione? Auf dem Sofa saßen ein Mann und eine Frau. Und was taten sie? Sie hielten sich eng umschlungen. Der Mann war ein gewisser Phineas Finn, die Frau eine gewisse Madame Max Goesler.

Und dann sprach der Mann: »Ich weiß nicht, ob ich recht gehandelt habe.«

Die Frau: »Und warum nicht?«

Der Mann: »Weil Sie reich sind! Wer bin ich schon? Ein armer Schlucker.«

Die Frau: »Wenn Sie das noch einmal sagen, werde ich Sie prügeln!« Drohend schwang sie ihre kleine Faust, die sie dann ohne zuzuschlagen auf seiner Schulter ruhen ließ. »Hören Sie, Phineas, ich rede jetzt ganz ernst. Dieses Thema darf zwischen uns nicht mehr erwähnt werden. Wir sind gute Kameraden. So müssen wir auch in Kameradschaft zusammenleben. Natürlich werden Sie ... nein, Phineas ... von nun an wirst du sehen, was für Sorgen man hat, richtige Rothschildsorgen, wenn man seinen Besitz verwalten muß. Da gibt es Rechnungen und komplizierte Abrechnungen. Man muß sich um jedes kleinste Detail kümmern. Nun wirst du auch oft nach Wien reisen müssen, damit der Schornstein raucht, wie man in meiner Heimat sagt. Wir werden beide genug zum Leben haben – und sogar noch ein ganz klein wenig mehr.«

»Aber, Marie, du darfst nicht glauben, daß ich deswegen kam.«

»Glaubst du ernsthaft, Phineas, daß ich so denke? Glaubst du wirklich, ich hätte eine so geringe Meinung von meinen ›sonstigen Attraktionen‹, daß ich annehme, ich sei nur wegen meines Reichtums liebenswert? Ich weiß, wie du mich liebst, Phineas. Aber etwas wußte ich nicht: Ich wußte nicht, ob du jemals den Mut haben würdest, mir zu sagen, daß du mich liebst. Und ich? Ach Gott, wenn ich an meine Gefühle denke ...«

Um 12 Uhr 30 wurde die Tür zum Privatsalon von Madame Goesler geöffnet. Die Herzogin trat ein. »O du meine Güte«, sagte Glencora, »ich scheine aber sehr zu stören. Vielleicht werden hier süße Geheimnisse ausgetauscht.«
»Nein, Herzogin!«
»Soll ich mich diskret zurückziehen? Ich tu das gern, wenn hier etwas vorgeht . . .«
»Zu spät, meine Liebe!« sagte Madame Goesler, »viel zu spät. Alles ist schon vorgegangen, alles ist bereits zu Ende und beginnt jetzt.«
Madame erhob sich vom Sofa.
»Ja wirklich, Glencora, es gibt hier nicht viel zu berichten. Nur eine Kleinigkeit: Mr. Finn hat mich gebeten, seine Frau zu werden.«
»Und?«
»Na ja, da konnte ich halt eine so kleine Bitte nicht abschlagen.«
»Sicher nicht, Marie! Nein, das konntest du nicht! Nach all den Mühen, die du dir gemacht hast. Ich denke da an den böhmischen Schlosser. Hast du dir auch gleich einen Nachschlüssel zum Herzen von Mr. Finn machen lassen? Ein kleiner Ersatzdrücker ist ja immer gut.« Dann wandte sich die Herzogin an Mr. Finn: »Meine allerherzlichste Gratulation!«
»Vielen Dank, Herzogin.«
Noch ehe man sich an diesem denkwürdigen Tag im großen Speisesaal von Matching Priory zum Dinner hinsetzte, war alles mehr oder minder offiziell »verlautbart« worden. Der Mann, der nicht Unterstaatssekretär hatte werden wollen, war nun in das »Kabinett« einer der reichsten Frauen Europas eingetreten.
Phineas und Marie reisten gemeinsam nach London zurück. Unterwegs sagte Madame Goesler: »Ich bin ja so froh, daß du den kleinen Regierungsposten nicht angenommen hast. Nun kannst du warten, bis sich eine günstigere Gelegenheit bietet. Kommt Zeit, kommt . . . Ja, was kommt dann eigentlich? Bestimmt etwas Besseres als Unterstaatssekretär im Kolonialministerium Ihrer Majestät, oder? Was gehen dich die Botokuden an?«
Und darauf wußte Phineas keine Antwort. Er wußte nicht einmal, ob die Botokuden zum britischen Weltreich und damit zur Zuständigkeit des Kolonialministeriums gehörten. Auch ein paar Wochen später hatte er die Antwort auf diese Frage nicht gefunden, als er im Oktober Madame Goesler zum Altar führte.
Auf die Hochzeit folgten Flittermonate, die das nicht mehr ganz so junge Paar im Ausland verbrachte. Der Sprecher des Unterhauses hatte dem Abgeordneten Phineas Finn eine parlamentarische Schonzeit gewährt, auch die Wähler von Tankerville hatten nichts dagegen, daß sie für ein paar

Monate keine Vertretung im Unterhaus hatten. Alle waren sich darüber einig: Nach allem, was er durchgemacht hatte, brauchte der ehrenwerte Abgeordnete für Tankerville eine Periode der Entspannung. Er und Marie Goesler fanden ihr *dolce far niente* in Wien und dann in Italien. Selbst für ihre besten Freunde galten sie als verschollen. Erst im April des nächsten Jahres kehrten sie nach London zurück. Das kleinste Haus in der Park Lane öffnete sein Tor wieder für die Großen dieser Welt, soweit sie groß genug waren, um zur High-Society zu gehören. Allgemein galt Phineas als Glücksvogel, der ein goldenes Nest mit vorgewärmten goldenen Eiern gefunden hatte: Aber war er wirklich glücklich?
Ja, er war es. Wohl fehlte ihm eine Tätigkeit, die seinen Fähigkeiten entsprach, aber er wußte, über kurz oder lang mußte sich auch eine neue und bessere politische Chance für ihn ergeben.
Von Lady Laura ist nicht mehr viel zu berichten. Sie lebte, nahezu von der Welt abgeschlossen, auf dem Landsitz der Familie in Saulsby. Ihr Vater, der Earl of Brentford, war noch am Leben, aber sozusagen »inkognito«. Er spielte schon längst keine Rolle mehr in der liberalen Partei, zu deren weisesten Männern er einst gehört hatte. Dagegen galt der Herzog von Omnium, geborener Plantagenet Palliser, als der kommende Mann. Alle Welt, auch außerhalb des Britischen Imperiums, erwartete Großes von ihm, nicht zuletzt eine englische Dezimalwährung, bei der sich das Pfund Sterling durch zehn teilen ließ und bei der jeder Penny durch fünf teilbar war und doch nur ein Viertel von einem richtigen alten Penny darstellte, von einem Penny, wie ihn König Offa anno 735 in England eingeführt hatte – damals, als auch die Kupfermünzen noch aus Silber waren.

25 Jüngling aus der Fremde – Nur ein Gefälligkeitswechsel – Dinner im Progress-Klub – »Wenn ich schon einen Schwiegersohn haben muß ...« – Audienz bei Königin Viktoria – Premierminister einer Koalitionsregierung – Auch Ferdinand war nicht unzufrieden

Wir müssen uns jetzt mit einem jungen Mann befassen, den wir bisher nicht erwähnten, teils, weil er selbst nichts Erwähnenswertes geleistet hatte, um unsere besondere Aufmerksamkeit zu verdienen, teils, weil es ihm bisher nicht gelungen war, den Lebensweg der in dieser Chronik erwähnten Hauptpersonen zu kreuzen. Zu dem Zeitpunkt, da wir nun diesen jungen Mann für die Leser aus der Versenkung holen, hatte er allerdings bereits den ersten Glanz taufrischer Jugend verloren. Aber noch immer zählte er sein Alter nach Lenzen und brachte es dabei auf die nicht

unbeträchtliche Zahl von dreiunddreißig Frühlingen. Er hieß Ferdinand Lopez. Trotzdem war er weder in absteigender noch in aufsteigender Linie mit dem Präsidenten von Paraguay, Francisco Solano Lopez, verwandt, der kürzlich im Krieg gegen Brasilien, Argentinien und Uruguay in einem Gefecht am Aquidabán gefallen war.
Unser Ferdinand Lopez war nicht gefallen. Im Gegenteil: Er gefiel noch immer, und zwar den Frauen, auf die er den ewig verführerischen Reiz des »Jünglings aus der Fremde« ausübte. Dabei war er gar nicht so fremdländisch, wie man hätte meinen können. Er hatte eine gute englische Internatsschule besucht, eine jener *public schools*, die so wenig »öffentlich« sind, daß man sie nur besuchen kann, wenn die Eltern über das nötige »private« Kleingeld verfügen. Anschließend hatte Ferdinand einige Semester an einer deutschen Universität studiert, nur wußte man nicht, welche Universität es war und was er studiert hatte. Aber das war auch nicht so wichtig. Jedenfalls tauchte unser Ferdinand Lopez auf einmal in der Londoner City auf, im Büro eines Börsenmaklers. Dort galt er als hoffnungsvoller und sprachenkundiger Jüngling, der sich schon bald nicht nur seine Sporen verdiente, sondern auch seine Wertpapiere – als er sich nämlich selbständig gemacht hatte und auf eigene Rechnung spekulierte. Er war eben nicht dazu geboren, für andere zu arbeiten, vor allem nicht als kleiner Angestellter mit entsprechend kleinem Gehalt. Im Handumdrehen war unser Ferdinand ein reicher Mann. In einer weiteren Umdrehung der gleichen Hand hatte er jedoch alles wieder verloren. Aber darüber wußte niemand Bescheid. Sein Bankier wußte es nicht, sein Anwalt wußte es nicht, ja, nicht einmal die alte Putzfrau wußte es, die seine Hemden zu waschen pflegte.
Rein äußerlich war Lopez zweifellos ein gutaussehender Mann, allerdings von jener Sorte, die von Männern nie als »schön« empfunden werden, wohl aber von Frauen, die schon beim bloßen Anblick eines solchen Adonis in einen Zustand der Verzückung geraten. Auf alle Fälle hatte Ferdinand Lopez eine gute Figur. Alles an ihm wirkte dunkel. Weniger symbolisch formuliert: Alles an ihm war schwarz im Sinn von Schwarz. Das galt für sein Haar, abgeschwächt auch für seine umnachteten Augen. Seine Haut hatte ebenfalls eine leicht matte Tönung. Ferdinands Züge waren regelmäßig, erheblich regelmäßiger als seine Lebensweise. Ja, und sein Schnurrbart . . . Er trug keinen Bart, nur einen Moustache, der in seinem Gesicht fast schon die Rolle eines permanenten Kernschattens übernommen hatte. Seine Zähne waren wohlgeformt und blendend weiß. Wir erwähnen das nur nebenbei, weil man Zähne im allgemeinen nicht im Katalog männlicher Schönheitsmerkmale zu registrieren pflegt.
Es war so um Ostern – die meisten besseren Leute waren noch in Ferien –,

als Ferdinand Lopez ein kleines Büro in einer der engen Seitengassen der Londoner City betrat. Hier saß ein etwas verknautschter Mann an einem großen Tisch, etwa vierzig Jahre alt. Er hieß Sextus Parker, wurde allgemein aber nur Sexty Parker genannt. Er hatte so manches Auf und Ab in seinem Leben gekannt. Im Augenblick war er wieder »oben« und an der Börse geachtet. Offensichtlich war er über den Besuch erfreut. »Na, Lopez«, sagte er, »nett, dich mal wiederzusehen. Was kann ich für dich tun?«

»Nicht viel. Ich brauche nur deine Unterschrift. Hier auf diesem Wechsel. Das ist alles.«

Sexty Parker riß Mund und Augen auf. Dann nahm er die Tratte in die Hand, die ihm Lopez gereicht hatte. Es war ein Wechsel auf 750 Pfund Sterling, zahlbar dann und dann, vor allem zahlbar von Sexty Parker, falls Lopez den Wechsel nicht zum angegebenen Zahlungstermin einlösen sollte. Mit anderen Worten: Lopez wollte ihn um 750 Pfund Sterling anpumpen.

»Nur ein Gefälligkeitswechsel«, fügte Lopez hinzu.

Sexty Parker nahm das Wort auf. »Nur ein Gefälligkeitswechsel... Menschenskind, bist du denn so knapp bei Kasse?«

»Hör mal, Sexty, ich will dir jetzt keinen langen Vortrag über meine Finanzlage halten. Ich bitte dich hiermit nochmals um deine geschätzte Unterschrift. Du kannst dir wohl vorstellen, daß ich mir einen solchen Bagatellbetrag auch anderweitig beschaffen kann. Hast du etwa Angst, diese Tratte zu indossieren?«

»Nein, hab' ich nicht«, sagte Sexty. Er griff zur Feder und setzte seinen Namen auf den Wechsel. Die Tinte war noch nicht trocken, da tat ihm seine reichlich überstürzte Kreditbereitschaft bereits leid. Aber nun war es zu spät. Lopez hatte das Stückchen Papier mit dem wertvollen »Autogramm« rasch an sich genommen und ein höfliches Danke gemurmelt. Ehe Sexty noch bis drei oder gar bis siebenhundertfünfzig zählen konnte, war Lopez verschwunden.

Vom Büro in der City begab sich Ferdinand in einen Klub, der damals gerade in Mode war. Dort hatte er sich mit seinem Freund Everett Wharton zum Dinner verabredet. Der Klub führte den schönen Namen »Progress«, was zumindest ein »fortschrittliches Menü« erwarten ließ.

Everett hatte bereits einen Tisch im Speisesaal reservieren lassen. Auch der junge Wharton war ein gutaussehender Gentleman. Er wirkte sehr männlich, hatte breite Schultern und blondes Haar. Dazu kam ein buschiger Bart, der ihn älter erscheinen ließ. Alles in allem machte Everett einen seriösen Eindruck. Trotzdem mußte man nicht unbedingt ein gelernter Physiognom sein, um an seinem Mienenspiel und an seinen Bewegungen sofort zu erkennen, daß es ihm an der vor allem von Schulmeistern so geschätzten Beständigkeit des Charakters gebrach. Das hinderte aber seinen Vater nicht, fast schon eine Affenliebe für seinen Sprößling zu empfinden, vielleicht gerade deswegen, weil er selbst charakterlich genau das Gegenteil von Everett war. Abel Wharton, Q.C., war ein allgemein geachteter Jurist, dessen Beständigkeit und Rechtschaffenheit (bei Juristen sehr selten) allgemein geschätzt wurde. Dieser Abel Wharton war schon seit einiger Zeit verwitwet.

Außer Everett hatte er auch noch eine Tochter, die Emily hieß, vielleicht nach der »Little Emily« in dem Roman »David Copperfield« von Dickens, der etwa um die Zeit ihrer Geburt erschienen war. Auch zwischen Vater und Tochter bestand eine enge Beziehung, ebenso zwischen den Geschwistern untereinander.

Diese innige Beziehung zwischen Everett und Emily war es, die unserem Ferdinand Lopez so wichtig war. Er hatte nämlich den kühnen Plan gefaßt, diese Emily heimzuführen und dabei auch ihre Mitgift in Höhe von rund 60 000 Pfund Sterling einzukassieren. Was Emily selbst betraf, so wußte Ferdinand bereits, daß sie seinen Absichten wohlwollend gegenüberstand. Aber was den alten Herrn anging, der nur aus Zuverlässigkeit und Berufsethos zu bestehen schien, so hatte Ferdinand keine Ahnung, wie sich sein potentieller Schwiegerpapa zu diesem Projekt stellte.

»Wenn ich dir einen Rat geben darf«, sagte Everett, als er mit Lopez im »Progress-Klub« speiste, »würde ich mich an deiner Stelle sofort mit meinem alten Herrn in Verbindung setzen. Emily mag dir sehr gewogen sein, aber sie wird dir keine Annäherung gestatten, ehe du mit unserm Papa alles besprochen hast. Wie ich meine Schwester kenne, wird sie sich dir gegenüber spröde und sogar ein wenig geziert benehmen, ich meine vorher . . . ich meine, bis unser Papa zu dieser Verbindung seinen Segen gegeben hat. Gehört sich ja auch so, will ich meinen, wenn ein junges Frauenzimmer wie Emily es mit einem Mann zu tun hat, der sie schließlich mal heiraten möchte . . .«

Sicher war das ein guter Rat. Allgemein wußte man, daß Abel Wharton sehr vermögend war. Zum Teil hatte er sich sein Geld durch seine Anwaltspraxis verdient. Auch er gehörte zu der Spitzengruppe jener Prozeßanwälte, die zum Tragen eines seidenen Talars befugt waren und entsprechend hohe Honorare verlangen durften. Aber er hatte auch ganz schön geerbt. Hinzu kam die Mitgift seiner verstorbenen Frau. Durch geschickte Investitionen hatte er sein Kapital so vermehrt, daß man ihn als reichen Mann bezeichnete. Wie reich er allerdings in Wirklichkeit war, wußte niemand. Auch Ferdinand Lopez wußte es nicht, als er sich gleich am Tag nach seinem Dinner mit Everett Wharton im »Progress-Klub« bei

Emilys Vater melden ließ. Ohne daß er warten mußte, führte man ihn in das Arbeitszimmer des Anwalts.
»Verzeihen Sie, wenn ich störe«, sagte Lopez, als er eintrat. »Ich möchte gern mit Ihnen über Ihre Tochter reden.«
»Über meine Tochter?« Mr. Wharton war erstaunt. Sein Erstaunen war echt.
»Ja, Sir, ich weiß, wie anmaßend mein Verhalten ist. Ich weiß auch, daß ich mir keine Hoffnungen machen kann. Aber ich habe jetzt einen Zustand erreicht, wo ich nur glücklich sein kann, solang ich noch zu hoffen wage. Und da sagte ich mir: In dieser Lage gibt es nur *eine* vernünftige Entscheidung. Ich mußte Sie aufsuchen. Ich muß alles mit Ihnen besprechen.«
»Weiß meine Tochter Bescheid?«
»Sie meinen, ob Sie über diesen Besuch informiert ist? Nein! Sie sehen, Mr. Wharton, daß ich mich wie ein Gentleman verhalten habe. Sie werden das alles noch besser verstehen, wenn Sie erfahren, was ich getan und was ich nicht getan habe. Ich habe mich bemüht, Ihrer Tochter zu gefallen. Aber ich habe dabei nie das Wort ›Liebe‹ erwähnt.«
»Und mein Sohn Everett? Wie weit ist er informiert?«
»Er weiß genau, was ich für Emily empfinde.«
»Und wie hat er reagiert? Hat er Sie ermutigt, seiner Schwester auch weiterhin den Hof zu machen?«
»Er hat mich nicht ermutigt, und er hat mir nicht abgeraten. Darf ich noch hinzufügen, Mr. Wharton, daß Everett und ich aufs engste befreundet sind?«
Lopez hatte diese rhetorische Frage mit einer Selbstsicherheit gestellt, die ihre Wirkung auf den alten Juristen nicht verfehlte. Dennoch sagte er: »Sie müssen mir schon verzeihen, Mr. Lopez, wenn ich Ihnen klipp und klar erklären muß, daß wir so gut wie nichts über Sie wissen. Ich habe keine Ahnung, wer Ihr Vater war. Ich weiß nicht, ob er die englische Staatsbürgerschaft besaß, ob er der christlichen Religion angehörte, ob er Protestant war. Ja, ich weiß nicht einmal, ob er das war, was man hierzulande als Gentleman zu bezeichnen pflegt. Ich erwähne das alles nur, weil ich nicht möchte, daß meine Tochter einen Mann heiratet, der nicht der Sohn eines englischen Gentlemans ist. Gewiß ... gewiß ..., das mag ein Vorurteil sein. Aber ich wollte Ihnen nicht verschweigen, wie ich in dieser Frage denke.«
»Nun, Mr. Wharton, mein Vater war bestimmt kein englischer Gentleman. Er war Portugiese. Meine Mutter war allerdings eine englische Lady. Aber das dürfte in Ihren Augen wohl kaum genügen. Leider habe ich weder meinen Vater noch meine Mutter gekannt. Ehe ich überhaupt begreifen konnte, was Eltern bedeuten, war ich bereits Waise.«

Bei einer so traurigen Mitteilung war es für einen Gentleman wie Mr. Wharton natürlich unmöglich, im einzelnen zu begründen, warum er seine Tochter nur dem Sohn eines englischen Gentlemans überlassen wollte. Und doch war er mit sich zufrieden. Er hatte jetzt einen guten, glaubwürdigen und durch nichts zu erschütternden Grund gefunden, auf den er die kategorische Ablehnung einer Ehe stützen konnte, die ihm zutiefst zuwider war.
Im Augenblick blieb ihm aber keine andere Wahl, als das Gespräch fortzuführen. So wiederholte er den bereits geäußerten Einwand: »Wenn ich schon einen Schwiegersohn haben muß, dann soll es auch ein englischer Schwiegersohn sein. Ja, ich weiß nichts von Ihnen, nicht einmal, ob Sie einen Beruf ausüben und, wenn ja, was für einen.«
»Ich vermittle Auslandsanleihen.«
»Ein sehr riskantes Unterfangen, eine Art Glücksspiel, oder irre ich mich da?«
»Durch solche Geschäfte mit ausländischen Valuten haben viele der größten Bankhäuser in der City ihr Vermögen gemacht . . .«
»Jawohl, und wieder verloren. Ich erwähnte übrigens vorhin die Religion. An sich frage ich sonst nie danach. Was geht es mich an, ob jemand beim Bart des Propheten schwört! Von mir aus kann er auch Heide sein, ja sogar Atheist. Wenn ich aber einen Ehemann für meine Tochter suche . . .«
»Ich habe immer der anglikanischen Kirche angehört.«
»Auf alle Fälle ist Lopez kein guter Name, um sich in einer protestantischen Kirche trauen zu lassen. Ich will nicht, daß meine Tochter diesen Namen trägt. Im übrigen erwähnten Sie, daß Sie bisher noch nicht mit meiner Tochter gesprochen haben. Ich habe vollstes Vertrauen, daß Emily nicht zu den Frauen gehört, die sich dem ersten besten Mann an den Hals werfen. Sie sehen, Mr. Lopez, ich habe mich deutlich genug ausgedrückt. Ich bin gegen diese Verbindung. Damit ist der Fall für mich erledigt.«
Ehe sich Lopez zum Fortgehen anschickte, sagte er noch: »Ich hoffe, Mr. Wharton, daß ich Ihnen alles noch einmal unterbreiten darf. Ich bin fest davon überzeugt, daß Sie dann die Dinge in einem anderen Licht sehen und Ihren Standpunkt ändern werden.«
»Möglich . . . möglich . . .«, sagte Wharton, »aber ich halte es nicht für wahrscheinlich. Und damit wünsche ich Ihnen einen guten Morgen. Sollte ich irgend etwas gesagt haben, was Ihnen unfreundlich erschien, so geschah das nur, weil ich begreiflicherweise um die Zukunft meiner Tochter besorgt bin.«
Nachdem Lopez das Arbeitszimmer von Mr. Wharton verlassen hatte, ging der englische Gentleman, der sich keinen unenglischen Schwiegersohn wünschte, noch eine Weile im Zimmer auf und ab, wie es einst die

Peripatetiker getan hatten, die Schüler und Anhänger des Aristoteles, für die selbst die gelehrtesten Altphilologen noch nicht den Nachweis erbracht haben, daß auch sie englische Gentlemen waren. Mr. Wharton hatte bei diesem Auf- und Abschreiten das Gefühl, er sei vielleicht etwas zu grob gewesen – und dann auch wieder in seiner Haltung nicht entschieden genug. Er hatte diesem Mann nicht deutlich genug zu verstehen gegeben, wie ungeheuerlich schon der bloße Gedanke daran war, daß seine Tochter, ein Mädchen aus einer der ältesten Familien Englands, einen Portugiesen heiraten könnte, der wahrscheinlich – wie die meisten Ausländer – überhaupt keinen Stammbaum besaß. Bei einigen weiteren Schritten in seinem Arbeitszimmer dachte er auch daran, daß seine Tochter immerhin eine Mitgift in Höhe von 60 000 Pfund Sterling bekam. Vielleicht wäre es ganz gut, diese Summe ein ganz klein wenig ins Gespräch zu bringen, damit sich geeignete Bewerber für die Hand seiner Tochter finden ließen, jedenfalls Männer, die besser für sie paßten als diese dunkle Erscheinung mit dem unpassenden Namen Lopez.
Emily Wharton war übrigens auch ohne Mitgift eine gute Partie. Sie war hochgewachsen, ihr Haar war blond. Mag sein, daß sie vielleicht etwas größer und etwas stattlicher war als die meisten anderen Mädchen, aber niemand konnte umhin, sie als hübsch zu bezeichnen. Im übrigen hatte sie auch noch einige andere Eigenschaften, die vielleicht sogar, zumindest in ihrem Fall, höher zu bewerten waren als Schönheit im landläufigen Sinn. Zu diesen Eigenschaften gehörte die Art und Weise, wie sie sich gab. Dazu gehörte auch der Wohlklang ihrer Stimme. Vor allem aber verband sie einen scharfen Intellekt mit weiblicher Anmut. Wie alle anderen jungen Mädchen aus gutem Haus war auch sie in dem Glauben aufgewachsen, es sei die heilige Aufgabe und hehre Pflicht jeder Frau, zu heiraten und Kinder zu gebären. Wie alle anderen Mädchen aus gutem Haus hatte sie über dieses ihr vom Schicksal auferlegte Los tief nachgedacht. Wie tief, zeigte sich in einem längeren Gespräch, das sie nach dem Besuch des »potentiellen Freiers« mit ihrem Vater führte.
Mr. Wharton hatte es sich in einem großen Lehnstuhl bequem gemacht, während Emily an einem kleinen Tisch saß und mit einer Stickerei beschäftigt war.
»Emily, mein Liebling«, begann Mr. Wharton, »ich möchte gern etwas mit dir besprechen.«
Sofort ließ die brave Tochter ihre Stickerei liegen und setzte sich auf einen kleinen Hocker, der neben dem Lehnstuhl ihres Vaters stand. Gütig und väterlich verliebt sah der alte Herr sie an, und dann fragte er: »Hast du eine Ahnung, Liebling, worüber ich mit dir sprechen will?«
»Ich glaub' schon, Papa, sicher über Mr. Lopez.«

»Ja, über Mr. Lopez. Er hat mich heute aufgesucht. Ich muß schon sagen, sein Besuch hat mich etwas überrascht. Schließlich kenne ich ihn so gut wie überhaupt nicht. Aber lassen wir das! Er besuchte mich also und bat mich um Erlaubnis ... ja, wie soll ich nur sagen? ... um die Erlaubnis, sich an dich wenden zu dürfen.« Emily war bei diesem Eröffnungszug ihres Vaters ganz ruhig geblieben. Sie sah ihn ernsthaft an, aber sie schwieg. »Natürlich habe ich ihm diese Erlaubnis nicht erteilt.«

»Wieso natürlich, Papa?«

»Weil er ein Ausländer ist! Hätte ich in deinem Sinn gehandelt, wenn ich ihm gestattet hätte, ganz offiziell um deine Hand anzuhalten?«

»Ja, Papa, das hättest du!«

Der alte Herr fiel ein wenig in seinem Lehnstuhl zurück, als sie dieses freie Geständnis ablegte. Mit sanfter Rebellion fuhr Emily fort: »Warum denn nicht? Ich bin ja alt genug, um mir da selbst mein Urteil bilden zu können.«

»Aber hättest du seinen Heiratsantrag angenommen?«

»Sicher hätte ich vorher mit dir darüber gesprochen. Aber an sich hätte ich den Antrag gern angenommen. Du mußt wissen, Papa, daß ich Ferdinand liebe. Das ist ein Geständnis, das ich bisher noch niemandem gemacht habe. Ich hätte auch jetzt nichts gesagt. Nein, bestimmt nicht, wenn du nicht in dieser Weise über Mr. Lopez gesprochen hättest.«

»Emily, siehst du denn nicht, daß es unmöglich ist? Es geht einfach nicht.«

»Und warum nicht, Papa? Wenn du erklärst, es geht nicht, werde ich mich fügen. Ich werde handeln, wie du es willst.« Bei diesen Worten streichelte Mr. Wharton das Haar seiner Tochter. Vielleicht hatte er mit dem Streicheln zu früh begonnen. »Aber ich bin der Ansicht, Papa, du solltest mir schon erklären, warum es nicht geht. Vor allem, da ich dir ja schon gestanden habe, daß ich ihn liebe.«

»Er ist Ausländer.«

»Wirklich? Und warum sollte ein Ausländer nicht genauso gut wie ein Engländer sein? Gewiß, er hat einen ausländischen Namen. Aber er spricht englisch ohne die Spur eines Akzents. Im übrigen ist seine Lebensweise so englisch wie möglich.«

»Er ist Ausländer. Soll ich dir sagen, mein Kind, was das bedeutet? In seinem Fall bedeutet es: Er hat keine Angehörigen, keine Familie, kein Vermögen. Um es ganz schlicht zu sagen: Er ist das, was wir hierzulande einen Abenteurer nennen. Die Ehe ist jedoch etwas sehr Ernstes. Da muß man sich alles genau vorher überlegen.«

»Ja, das weiß ich, Papa.«

»Man kann da gar nicht vorsichtig genug sein. Wie kann ich dich einem Mann ausliefern, von dem ich absolut nichts weiß? Einem Mann, den ich für einen Abenteurer halte?«

»Und hältst du ihn auch für einen bösen Menschen, Papa?«
»Schwer zu sagen. Er könnte der größte Gauner unter der Sonne sein. Woher weiß man, ob jemand gut oder böse ist, wenn man keinerlei Informationen über ihn hat? Der langen Rede kurzer Sinn: Ich lege größten Wert darauf, daß du nie wieder mit diesem Burschen zusammenkommst.«
»Wenn du willst, daß ich ihn nicht sehen soll, dann werde ich ihn auch nicht sehen. Aber ich werde unglücklich sein. Ich liebe ihn, und ich werde bestimmt nie wieder einen Mann so lieben wie ihn.«
»Unsinn, Emily! Da ist zum Beispiel Arthur Fletcher, ein besonders netter junger Mann.«
»Ich weiß genau, lieber Papa, daß du mich niemals zwingen wirst, einen Mann zu heiraten, den ich nicht liebe. Ich kann dir schon heute sagen, daß ich diesen netten Arthur Fletcher niemals lieben werde. Aber ich weiß auch, daß du mich nicht unglücklich machen willst. Tu mir einen Gefallen, lieber Papa, und denke noch einmal über alles nach, ehe du eine endgültige Entscheidung triffst.«
»Gut, Emily, ich verspreche dir's.«
Dann wünschte Mr. Wharton seiner Tochter gute Nacht. Noch ehe sie die Tür zugemacht hatte, um in ihr Schlafzimmer zu gehen, begann der alte Herr mit der zweiten Auflage seiner Gedanken. Dabei wurde er sich mehr und mehr darüber klar, daß er wohl nicht über den eisernen Willen verfügte, den sanften Widerstand seiner Tochter zu brechen.

Liebesgeschichten sind bisweilen ein integrierender Bestandteil der Weltgeschichte. Aber nicht immer. Es gibt Liebe ohne Geschichte. Es gibt auch Geschichte ohne Liebe – und gerade diese mehr abstrakte Form des Weltgeschehens ist es, die von Fachhistorikern bevorzugt wird. Aber selbst dann, wenn es sich um Geschichte ohne Liebe handelt, die übrigens niemals unparteiisch ist wie der Spiegel, der nur den Gegenstand selbst zurückstrahlt, kann man sicher sein, daß fast ausnahmslos eine Frau dahintersteckt.
In diesem konkreten Fall stand die Herzogin von Omnium dahinter. Davor stand der Herzog.
»Und was will man jetzt mit dir anstellen?« fragte Glencora ihren Mann leicht schnippisch.
Sehr ernst erwiderte Plantagenet: »Ich habe soeben von Ihrer Majestät die Aufforderung erhalten, sofort nach Windsor zu kommen. Ich muß mich beeilen, in einer halben Stunde will ich losfahren.«
Erst gegen neun Uhr abends kehrte der Herzog von Omnium von seiner Audienz bei Königin Viktoria zurück. Er war hungrig. Glencora hatte ein

einfaches Abendessen für ihn vorbereitet, das er im Frühstückszimmer einnahm. Dabei gab es kein großes Zeremoniell, ja, es gab nicht einmal eine Vorspeise. Der Herzog begnügte sich mit einem Steak und einer Kartoffel, dazu trank er ein Gläschen Sherry und Mineralwasser. Er aß allein und trank auch allein. Glencora saß neben ihm, doch nur, um ihm Gesellschaft zu leisten. Da es sich wahrscheinlich um ein Staatsgeheimnis handelte, hatte Glencora alle Diener fortgeschickt. Nicht einmal der Butler war zugegen, als sie sich vom Herzog von dem Besuch bei der Königin berichten ließ.

Plantagenet nippte an seinem Sherry. Dann sagte er: »Ich habe Ihrer Majestät versprochen, alles zu tun, was in meinen Kräften steht.«

»Dann bist du also der neue Premierminister.«

»Noch nicht. Ich habe Ihrer Majestät nur die Zusage gegeben, eine Koalitionsregierung zu bilden, wenn mir dies mit Hilfe meiner Freunde wünschenswert und praktisch durchführbar erscheinen sollte. Noch nie in meinem Leben hatte ich das Gefühl, so stark von anderen abhängig zu sein.«

Der Herzog von Omnium neigte nicht zu Übertreibungen. Er brauchte tatsächlich geraume Zeit, ehe er seine Ministerliste abgeschlossen hatte.

»Wie steht es mit Phineas Finn?« fragte Glencora. »Wird er irgendeinen Posten in deiner Regierung haben?«

»Ja, er wird Staatssekretär für Irland. Damit gehört er zur Regierung, ohne Mitglied des Kabinetts zu sein.«

»Ist es nicht üblich, daß der Staatssekretär für Irland zugleich Geheimsiegelbewahrer und auch Mitglied des Kabinetts ist?«

»Die Mitgliedschaft im Kabinett stellt eine Beförderung dar. Was nicht ist, kann also noch werden. Armer Phineas! Ich hoffe, sie bringen ihn nicht um. Das ist ja eine Spezialität dieser Iren.«

»Aber Phineas ist doch selbst ein Irländer.«

»Gerade das ist es ja, was seine Position so gefährlich macht. Der arme Teufel wird sich damit abfinden müssen, auf einem Pulverfaß zu sitzen.«

»Oder auf einem Vulkan zu tanzen«, meinte Glencora, die schon jetzt an die großen Gesellschaften und Empfänge dachte, die sie als Frau eines Premierministers zu geben hatte.

Durch geschickte Manipulation hatte es auch Ferdinand Lopez geschafft, daß er zu den offiziellen Gästen bei einem dieser Empfänge gehörte. Einigen Firmen in der Londoner City war nämlich daran gelegen, Japan und seine noch unerschlossenen Märkte für den britischen Handel zu gewinnen, und zwar durch einen von der Regierung Ihrer Majestät subventionierten regelmäßigen Paketdienst via San Francisco in das eben erst aus dem Dornröschenschlaf der Jahrtausende erwachte Kaiserreich in Ostasien. Nun hatte die City eine Deputation zum Premierminister geschickt. Bei dieser Gelegenheit war Lopez dem Herzog von Omnium aufgefallen. Sie hatten ein paar freundliche Worte gewechselt. Und so hatte der Herzog beschlossen, unseren Ferdinand auf seine Einladungsliste zu setzen, obwohl er kein englischer Gentleman war – ein Schicksal, das er allerdings mit vielen ausländischen Botschaftern teilte. Bei seinem dritten Besuch im Hause des Premierministers sprach Lopez auch mit der Dame des Hauses. »Ich bin ganz berauscht«, sagte er zu der Herzogin. »Ich habe das Gefühl, als sei ich in einer Märchenwelt.«

»Für eine Märchenwelt braucht man auch Märchenprinzen«, sagte Glencora. »Hätten Sie Lust, einmal in unserer Märchenwelt einen exotischen Märchenprinzen zu spielen?«

Das war eine sehr vage Einladung. Kein bestimmter Tag war genannt. Aber in Märchenwelten geht ja wohl alles etwas zeitlos zu. Ferdinand Lopez hatte das Gefühl, als hätten sich ihm plötzlich die Tore des Himmels geöffnet, die Tore zu einer Märchenwelt, in der sich möglicherweise auch märchenhafte Geschäfte machen ließen. Und gerade auf solche Geschäfte kam es Lopez im gegenwärtigen Zeitpunkt besonders an – und nicht nur ihm, sondern auch seinem Freund in der City, Sexty Parker, der schon wochenlang vergeblich darauf wartete, daß Lopez seine Wechselschuld in Höhe von 750 Pfund Sterling begleichen würde. Aber ach! Lopez ließ nichts von sich hören. Um so erstaunter war Sexty Parker daher, als sein »Gefälligkeitsschuldner« eines schönen Tages in völlig neuer Kluft und mit einem Zylinder nach der neuesten Mode in seinem Büro auftauchte. Der düstere Raum erhellte sich sofort. Gewiß hing dieser Beleuchtungseffekt mit dem strahlenden Lächeln zusammen, das Lopez für diesen Besuch bei Sexty besonders reserviert zu haben schien. Zweifellos, dachte der »Gefälligkeitsgläubiger«, kommt Lopez jetzt nicht als armer Schlucker zu mir, dem ich wieder aus der Klemme helfen soll.

Und Sexty hatte sich nicht geirrt: Lopez zog die Tratte aus der Tasche. »Ich hab' das Geld überhaupt nicht gebraucht«, sagte er. Dabei sah er stolz wie ein Spanier aus, der gerade die portugiesische Staatsbürgerschaft erworben hatte. »Ich wollte nur auf Nummer Sicher gehen.« Dann zerriß er die Tratte, ritsch-ratsch, und nochmals ritsch-ratsch. Vorher hatte er den Wechsel jedoch noch rasch seinem Freunde Sexty gezeigt, damit er sich von der Echtheit dieses »Papierchens« überzeugen konnte. Als Lopez die Tratte zerriß, atmete Sexty erleichtert auf.

Und dann zog Lopez wieder ab. Das düstere Büro war wieder düster, aber unser Ferdinand strahlte noch immer, diesmal auch innerlich. Er hatte nämlich gerade den löblichen Entschluß gefaßt, Millionär zu werden.

Im unmittelbaren Zusammenhang mit diesem löblichen Entschluß begab

sich Lopez abermals in das Büro von Mr. Wharton. Es war etwa eine Woche vor dem Zeitpunkt, da sich die Wharton-Familie auf ihr Landgut in Herefordshire begab. Der Anwalt hatte daher besonders viel zu tun. Einige wichtige Akten mußten noch unbedingt vor Beginn der Gerichtsferien erledigt werden. Mr. Wharton verspürte auch nicht die geringste Lust, sich durch einen Mann wie Lopez bei seiner Arbeit stören zu lassen. Aber was kann man schon machen, wenn ein ungebetener Besucher plötzlich in der offenen Türe steht?
Mr. Wharton ergab sich also in sein Schicksal. Unfreundlich fragte er: »Was kann ich für Sie tun?«
»Es gibt nur eines, was Sie für mich tun könnten ...«
Mr. Whartons Stimme klang jetzt noch unfreundlicher. »Und gerade das kann ich nicht tun. Werter Herr, Ihr Besuch ist reinste Zeitverschwendung für Sie und für mich. Habe ich mich bei unserem letzten Gespräch nicht deutlich genug ausgedrückt?«
»Sir, damals konnte ich mich Ihnen nicht voll anvertrauen. Jetzt kann ich Ihnen die erfreuliche Mitteilung machen, daß Emily und ich uns innig lieben. Sie hat mir ihre Liebe gestanden. Als ihr Vater wissen Sie, daß Emily nie etwas sagt, nie etwas sagen könnte, was nicht der Wahrheit entspricht.«
»Wieweit die Behauptung stimmt, daß meine Emily Sie innig liebt, vermag ich nicht zu beurteilen. Aber selbst wenn sie stimmt, ändert das nichts an meiner Haltung. Ich werde ihr jedenfalls nicht die Einwilligung geben, Sie zu heiraten.«
»Auch dann nicht, wenn Emily durch die Heirat mit mir keinerlei Einbuße erfahren wird, was ihre finanzielle und gesellschaftliche Stellung betrifft? Mrs. Lopez wird nicht schlechter gestellt sein als Miß Wharton.«
»Geld interessiert mich nicht«, sagte Mr. Wharton schroff und meinte es auch. Geld interessiert ja immer nur die armen Teufel, die es nicht haben. »Und was die gesellschaftliche Stellung betrifft, so gehen unsere Ansichten da vielleicht auseinander. Mehr habe ich Ihnen im Augenblick nicht zu sagen. Ich nehme auch nicht an, daß Sie mir noch irgendwas mitzuteilen hätten, was für mich von Belang wäre.«
Nach dieser kleinen Ansprache erhob sich Mr. Wharton. Er machte eine Geste, die nur *eine* Deutung zuließ, nämlich die Aufforderung, das Büro »gehenden Fußes« zu verlassen.
Aber so leicht war Lopez nicht abzuwimmeln.
»Sir, ich halte es für meine Pflicht als Ehrenmann, Ihnen hiermit die Erklärung abzugeben, daß ich, Ferdinand Lopez, mich als Verlobten Ihrer Tochter betrachte und daß ich, Ferdinand Lopez, dieses Verlöbnis als unwiderruflich ansehe. Das heißt nun nicht, daß Ihre Tochter mir gegen-

über ein bindendes Eheversprechen abgegeben hat. Aber . . . auch sie fühlt sich gebunden, ohne daß . . .«

». . . ohne daß Sie den geringsten Anspruch auf ihre Hand haben«, fuhr ihm der Anwalt über den Mund.

»Ich pfeife auf alle juristischen Ansprüche. Ich bin weit anspruchsvoller, Sir, als Sie vermuten. Mir geht es nur um mein Glück. Aber mein Glück scheint Ihnen gleichgültig zu sein.«

»Allerdings«, sagte der Anwalt, dessen Geduld nun erschöpft war.

Und doch war es Lopez gelungen, das Fundament zu erschüttern; auf das Mr. Wharton bisher seine schroffe Ablehnung einer Ehe zwischen dem *bloody alien* aus Portugal und seiner Emily gestützt hatte. War dieser »Fremdling« tatsächlich nur ein Abenteurer? War er mittellos? Lopez hatte mit solcher Selbstsicherheit von seiner materiellen Lage gesprochen, daß der Anwalt nicht wagte, einige konkrete Fragen zu stellen – aus Angst, daß sich Lopez tatsächlich als wohlhabender Mann erweisen sollte. Und dann das Auftreten dieses »Fremdlings«! . . . Ihm ging dieses geschniegelte ausländische Bürschlein auf die Nerven, doch wußte er mittlerweile, daß andere an ihm Gefallen fanden. War dieser Lopez nicht häufiger Gast im Haus des Herzogs von Omnium? Normalerweise hätte Mr. Wharton nichts von den gesellschaftlichen Beziehungen dieses Mannes gewußt, aber die Parties der Herzogin hatten in letzter Zeit, das heißt, seit der Herzog Premierminister war, ständigen Gesprächsstoff geliefert. Ob man es hören wollte oder nicht, pfiffen es die Spatzen von allen Dächern, wer zu diesen Parties eingeladen war. So war auch ein Mann, der so zurückgezogen lebte wie Mr. Wharton, mehr oder minder genau darüber informiert. Er wußte jedenfalls, daß Lopez vom Premierminister nicht geschnitten wurde.

Auch Ferdinand war nicht unzufrieden, als er das Büro seines potentiellen Schwiegervaters verließ. Er hatte nie damit gerechnet, den alten Herrn sofort umzustimmen. Aber heute war es ihm offensichtlich gelungen, sich in den Augen des alten Herrn als vermögend hinzustellen, zumindest hatte ihm Mr. Wharton nicht widersprochen oder auch nur einen Zweifel geäußert, als er von seinem Vermögen sprach. Trotzdem war er sich darüber klar, daß er noch längst nicht alle Hürden genommen hatte. Aber er war der Ansicht, gewiß mit Recht, daß ein vorgegaukeltes Vermögen einen entscheidenden Minuspunkt ausgleichen konnte, nämlich den bedauerlichen und unabänderlichen Umstand, daß er schon aus rein biologischen Gründen kein englischer Gentleman war. Wenn er erst einmal Emily geheiratet hatte, dann konnte er auch über ihr Geld verfügen – über das Geld des alten Herrn. Mit diesem Geld ließe sich schon eine Karriere aufbauen, eine Karriere in der City, vielleicht sogar in Westminster.

Schließlich gab es immer noch genug Leute, die einen begüterten Lopez einem englischen Gentleman vorzogen, der nichts zu beißen hatte – es sei denn, daß er an seinem Hungertuch nagte, das man eigens für diesen Zweck in Manchester maschinell gewebt hatte.

26 Arthur Fletcher aus dem Hause Fletcher – Lopez kandidiert in Silverbridge – Und darf kein Beweibter die höheren Weihen der Politik empfangen – Hochzeitsreise zum Comer See – Baisse in Guano – Die Wahlszene führt zum Tribunal – Ein Körnchen Salz in der Eistorte – Die Herzogin hat nichts an Lopez verloren – Herzlich willkommen!

Ja, Arthur Fletcher war ein junger Mann, wie ihn sich Mr. Wharton als Schwiegersohn gewünscht hätte. Er war der jüngere Bruder eines Landedelmannes in der Grafschaft Hereford. Das Familiengut, dessen Squire John Fletcher war, lag nur etwa fünfzehn Kilometer vom Besitz der Whartons entfernt. John war in der Grafschaft sehr einflußreich.
Sein jüngerer Bruder Arthur hatte Emily Wharton von Kindheit an gekannt. Sie war seine Gespielin, später seine heimliche Liebe gewesen. Wieweit auch er damals die heimliche Liebe von Emily war, ist kaum noch festzustellen. Aber es ist mit einer an Gewißheit grenzenden Wahrscheinlichkeit anzunehmen, daß auch Klein-Emily für den »holden Knaben« aus der Familie Fletcher schwärmte, da die Fletchers gleichsam in Bausch und Bogen von den Whartons verehrt wurden. Seit den Tagen Heinrichs des Siebenten, der das Königtum der Tudors begründete, hatte es immer wieder eheliche und freundschaftliche Bande zwischen dem edlen Haus der Fletchers und dem edlen Haus der Whartons gegeben. In den Augen der Whartons war jeder Fletcher schlechthin eine Art Halbgott, doch Arthur war mindestens ein Dreiviertelgott. Gewiß, er war nur ein jüngerer Bruder, erbrechtlich sehr bedauerlich. In diesem konkreten Fall war es allerdings nur halb so schlimm: Arthur war der glückliche Besitzer eines beträchtlichen Privatvermögens. Trotz seiner reichlichen Mittel hatte er das englische Recht, vieldeutig wie die Zeichen der chinesischen Schrift, mit heißem Bemühen, wenn auch ohne faustischen Drang studiert. In relativ kurzer Zeit hatte er sich einen guten Namen als Anwalt gemacht. So verstand es sich von selbst, daß es viele ehrbare Mütter gab, die sich für ihre ehrbaren Töchter keinen besseren Schwiegersohn wünschten als diesen Arthur aus dem Hause Fletcher. Aber Arthur hatte keinen Blick für diese ehrbaren Töchter: Arthur liebte Emily.
Als nun Emilys Vater mit Sohn und Tochter für ein paar Ferienwochen

nach Wharton Hall kam, wäre es das Natürlichste von der Welt gewesen, daß Arthur sie sofort besuchte. Früher war das immer der Fall gewesen, aber nun hatte sich alles ein wenig verändert, vielleicht sogar mehr als nur »ein wenig«. Auf alle Fälle hielt es der alte Herr Wharton aus dem Hause Wharton für angebracht, ein in jeder Beziehung aufklärendes Gespräch mit Arthur aus dem Hause Fletcher über den frechen Eindringling aus dem Hinterhaus Lopez zu führen. Ein solches Gespräch war um so notwendiger, als sich Arthur in letzter Zeit nur selten bei den Whartons am Manchester Square hatte sehen lassen. Wenn er kam, wurde er natürlich herzlich begrüßt wie in der guten alten Zeit. Auch Emily war lieb und nett zu ihm. Aber nie überquerte sie das Niemandsland, wo die Freundschaft aufhört und die Liebe beginnt. Als Arthur um ihre Hand anhielt, gab sie ihm einen Korb. Wohl war er mit allen Trostblümchen ewiger Freundschaft garniert, doch Korb blieb Korb.

Und das war der tiefe Herzensgrund, warum Arthur in letzter Zeit nur noch sporadisch zu den Whartons kam. Aber jetzt hatte Emilys Vater den gesamten Fletcher-Clan nach Wharton Hall eingeladen. Er wollte, daß Arthur die ganze Sache mit Ferdinand Lopez erfahren sollte. Allerdings verspürte er eine verständliche Scheu, diese Aufklärungsarbeit selbst zu übernehmen. So hatte er John Fletcher gebeten, seinem Bruder Arthur die traurige Geschichte von Ferdinand und Emily zu erzählen.

Kaum hatte John den Namen Lopez erwähnt, sagte Arthur: »Ach ja, ich habe diesen Lopez schon mal getroffen. Er war mit Everett zusammen. Offen gesagt, nur selten bin ich einem Mann begegnet, der mir so unsympathisch war. Aber Everett scheint ja viel von ihm zu halten, und nicht nur er. Neulich hörte ich, daß auch die Herzogin von Omnium diesen Lopez zu einigen ihrer Parties in Carlton House Terrace eingeladen hat.«

Als Arthur dann erfuhr, daß sich dieser unsympathische junge Mann in Emily verliebt hatte, daß sie sogar seine Liebe zu erwidern schien, war er nicht weiter beunruhigt. »Hier auf dem Land wird Emily ihren Galan schon bald vergessen.«

Ihr Vater teilte diesen Optimismus nicht: »Nein, Arthur, Emily vergißt nie etwas. Ich werde sie jetzt gleich einmal fragen, wie die Dinge stehen. Sie weiß genau, was ich von diesem Lopez halte. Sicher wird sie mir dann sagen, ob sie ihm nun endlich den Laufpaß geben wird. Ich kann mich auf Emily verlassen, sie wird meine Frage ehrlich beantworten.«

Die Antwort war ehrlich, aber leider enttäuschend. Als Arthur hörte, daß sich Emily »unwiderruflich« für Lopez entschieden hatte, faßte er den heroischen Entschluß, seinen Liebesschmerz wie ein Mann zu tragen, wie ein Mann aus dem Haus Fletcher. Er würde sich mit ihr aussprechen. Er würde ihr alles Gute für die Zukunft wünschen. *En passant* würde er zum

Ausdruck bringen, wie sehr es ihn betrübe, daß sich ihre Wege nun trennen müßten.
Etwa eine Stunde vor dem Mittagessen hielt sich John Fletcher in der großen Halle des alten Landhauses auf. Zufällig kam Emily vorbei. Vielleicht war das ein Wink des Schicksals, das sich ja seit eh und je in alle möglichen Herzensaffären eingemischt hat – und nicht immer mit sichtlichem Erfolg. Jedenfalls ergriff John nun die Gelegenheit, um ihr zu sagen, sein Bruder Arthur wolle sie gern allein sprechen, er erwarte sie an einer bestimmten Stelle im Park.
Erstaunt fragte Emily: »Unter vier Augen?«
»Nein«, erwiderte John mit einem etwas krampfhaften Lächeln. »Nicht unter vier Augen, sondern unter einem Fliederbusch.«
»Und soll ich zu ihm gehen, John?« fragte das ehrbare Mädchen, das sich streng an alles hielt, was man von einem ehrbaren Mädchen erwartete.
»Natürlich sollst du das«, sagte ihr John.
Und so ging Emily zum Fliederbusch, wo Arthur sie erwartete. Er reichte ihr freundschaftlich die Hand, zusammen gingen sie in ein Wäldchen, das zum Parkgelände gehörte.
»Ich will dich nicht weiter belästigen, Liebling«, sagte Arthur. »Du wirst auch weiterhin mein Liebling bleiben. Aber ich werde das Wort *darling* nicht mehr benutzen.«
Emily war verlegen, als sie diese Worte von Arthur hörte, obwohl es genau die Worte waren, die sie von ihm hören wollte. Nichts lag ihr ferner, als eine Freundschaft zu verlieren, die fast so lang gewährt hatte, wie sie zu denken vermochte. Er war ihr immer ein guter Freund gewesen, ein guter Kamerad.
Und nun kam die Frage, mit der sie gerechnet hatte: »Du hast dich also endgültig für diesen Lopez entschieden?«
»Ja«, sagte sie. Ihre Stimme nahm einen harten Ton an, den sie sonst nicht hatte. »Ja, ich habe mich für ›diesen Lopez‹ entschieden!«
»Ich wußte es. Und so will ich mich nun mit allem gebotenen Anstand aus deinem Leben zurückziehen.«
Vielleicht klangen diese Worte barscher, als sie gemeint waren.
»Arthur, du willst doch nicht, daß wir uns streiten?«
»Wie kannst du das auch nur einen Augenblick annehmen? Ich könnte mich niemals mit dir zanken. Nur möchte ich annehmen, daß wir uns in Zukunft kaum noch sehen werden.«
»Ich hoffe doch.«
»Vielleicht gelegentlich. Als Mann sollte man sich nie bemühen, Freundschaft mit einem erfolgreichen Rivalen vorzutäuschen. Sicher ist Mr. Lopez ein netter Mensch. Aber wie könnten wir miteinander auskommen?

Doch ich wollte dir noch etwas sagen, was nur dich betrifft – und mich auch. Außer ihm, außer Mr. Lopez, gibt es noch einen anderen Menschen, der dich liebt. So liebt, wie sonst nichts auf der Welt.«
»Nein . . . nein . . .«
»Emily, verzeih mir mein Geständnis. Jeder Mensch hat einen guten Freund. Du wirst immer meine beste Freundin bleiben. Lebwohl, und Gott segne dich!«

Die Gesellschaften der Herzogin von Omnium hatten das Aufsehen erregt, das Glencora sich gewünscht hatte. Schon seit langem hatte es keine so glanzvollen Ereignisse während der Saison gegeben wie die Empfänge, die nun in Carlton Gardens stattfanden. Aber selbst dieser Glanz verblich, als man Gatherum Castle auf Glencoras Wunsch und gegen Plantagenets leichten Widerstand vom Dach bis zum Keller renovierte und in ein gemütliches Schloß mit allem Komfort der Neuzeit verwandelte.
Schon vor dem ersten Frontalangriff der Gäste stöhnte die arme Haushälterin: »Und wieviel Herrschaften werden erwartet?«
Die Herzogin: »Mrs. Pritchard, ich kann Ihnen die stolze Versicherung abgeben, daß wir in den nächsten zwei Monaten niemals weniger als vierzig Hausgäste haben werden.«
Mrs. Pritchard mit wachsender Besorgnis: »Leute, die bei uns schlafen?«
Die Herzogin, zunehmend belustigt: »Ja, Mrs. Pritchard, vierzig Personen männlichen und weiblichen Geschlechts werden kommen. Sie werden hier in Gatherum Castle schlafen. Wir werden vierzig Personen füttern müssen, wir müssen vierzig Personen vor dem Verdursten schützen. Und das ist noch längst nicht alles: Vierzig Personen müssen vierundzwanzig Stunden täglich in Gatherum Castle unterhalten werden, damit sie uns nicht vor Langeweile wegsterben, was dann ihre Abreise unnötig verzögern könnte.«
Mrs. Pritchard seufzte, aber nur innerlich.
Gleich die erste Schloßparty war ein voller Erfolg, ein Erfolg nicht nur für die Gastgeberin, sondern ganz besonders für einen der vierzig Gäste: ein Erfolg für Ferdinand Lopez, der es in kürzester Zeit geschafft hatte, sich die besondere Gunst der Herzogin zu erwerben. Als die anderen Gäste wieder abfuhren, war er auf Glencoras ausdrücklichen Wunsch noch ein paar Tage geblieben. Während seines Aufenthalts hatte er kaum je ein Wort mit dem Herzog gewechselt. Auch den übrigen Gästen war es ähnlich ergangen: Der Herzog hielt sich bei all den Festivitäten diskret zurück. Man hatte fast den Eindruck, daß er sich selbst nicht eingeladen hatte.
Eines Tages fragte Glencora ihren Mann etwas unvermittelt, doch mit

größter Präzision und wohlvorbereitet: »Sag mal, Plantagenet, was hältst du eigentlich von Ferdinand Lopez?«

»Von Lopez?« Der Herzog war erstaunt. »Offen gesagt: nicht viel. Aber nur deswegen, weil ich mich bisher überhaupt nicht mit ihm beschäftigt habe.«

»Das solltest du aber tun. Ich finde ihn besonders charmant. Er wird bestimmt noch eine gute Karriere machen.«

Plantagenet nuschelte: »Mag schon sein. Schwer zu sagen.«

Glencora: »Nun kommt eine leichtere Frage: Stimmt es, daß unser Freund John Grey in diplomatischer Mission nach Persien reisen wird?«

Zwischen John Grey und Plantagenet bestand schon lange eine Freundschaft. Wie sich der Leser erinnern wird, hatte ihn Plantagenet Palliser dazu überredet, in die Politik zu gehen. Er war ihm sogar behilflich gewesen, Abgeordneter für den »Familienwahlkreis« Silverbridge zu werden.

»Ja, ich möchte annehmen, daß Grey nach Persien geht, wahrscheinlich so um Weihnachten herum.«

»Und was geschieht mit seinem Wahlkreis?«

Der Herzog antwortete nicht sofort. Der Beschluß war erst eben gefaßt worden. Sein Freund Grey hatte von sich aus den Vorschlag gemacht, Silverbridge aufzugeben, sobald er seine Reise nach Persien antreten würde. Grey war nämlich im Gegensatz zu Plantagenet der Ansicht, daß er von Persien aus seinen Abgeordnetenpflichten nicht nachkommen könne. Aber die endgültige Entscheidung war eben erst erfolgt. Der Herzog wunderte sich, daß Glencora bereits über alles genau informiert war. Wieso? Doch der Herzog machte es nicht wie die persische Katze, die um den persischen Brei herumgeht. »Ja«, sagte er, »John dürfte wohl auf seinen Sitz verzichten. Das ist seine Absicht. Ich selbst halte diesen Schritt für unnötig.«

»Könntest du dann nicht den Wahlkreis Silverbridge für Lopez reservieren?«

»Für Lopez?«

»Ja. Er ist ein gescheiter junger Mann. Er wird sich in der Politik bewähren. Bestimmt wird er dich bei allen heiklen Debatten unterstützen. Du brauchst einen Mann dieses Schlages. Schau dir doch mal deine Minister an! Abgestandene Kreaturen. Sie mischen immer die gleichen Karten für die gleichen Kartenhäuser. Sie spielen immer das gleiche Spiel. Schließlich sind die Karten abgewetzt. Karo und Pik sind kaum noch zu unterscheiden. Und das As? Weg ist es.«

»Ach, Glencora, ich bin ja auch eine dieser abgegriffenen Spielkarten, schon längst kein As mehr.«

»Unsinn! Und du weißt, daß es Unsinn ist. Ein Mann wie du, der an der Spitze steht, kann nicht mit dem großen Haufen verglichen werden. Was ich meinte: Du brauchst für deine Politik junges Blut, neues Eisen ohne Rost. Nicht altes Eisen. Hör auf meinen Rat! Versuch's doch mal mit diesem jungen Mann! Er ist kein armer Schlucker. Er braucht die Politik nicht, um sich finanziell zu sanieren.«

»Cora, wenn man dich reden hört, verwandelt sich ein lahmer Droschkengaul in ein Rennpferd.«

»Plantagenet, das ist nicht fair. Hab' ich dir jemals einen lahmen Gaul verkauft? Meine Rennpferde konnten wirklich rennen. Wer hat dich mit John Grey bekannt gemacht? Nun ist John dein liebstes Pferd im Stall. Ich will keine Namen nennen, aber schau dir doch mal deine angeblichen Rennpferde an. Gibt es da keine Nieten?«

»Ich kann nicht über den Wahlkreis Silverbridge verfügen.« Als Plantagenet diese Worte sprach, sah ihn Glencora von der Seite an. Fast hätte der Ärmste bei diesem spöttischen Blick sein Gleichgewicht verloren. Sie sah ihn an, als wollte sie sagen: Menschenskind, das kannst du deiner Großmama erzählen! Aber schon bald hatte sich Plantagenet wieder gefaßt. »Cora«, fuhr er fort, »du siehst die Dinge nicht im richtigen Licht. Heutzutage nimmt der Einfluß rapide ab, den der Großgrundbesitzer noch in seinem Wahlkreis hat. Es ergibt sich also die moralische Frage, ob man als gewissenhafter Mensch seinen Einfluß noch geltend machen kann . . . geltend machen darf.«

»Ich kann mir nicht vorstellen, daß du es gern hättest, wenn ein neuer Abgeordneter für Silverbridge im Unterhaus gegen dich stimmt.«

»Vielleicht wird mir und meiner Koalitionsregierung noch Schlimmeres widerfahren.«

»Na, siehst du! Hier offeriere ich dir einen zuverlässigen jungen Mann. Natürlich hab' ich mit Lopez noch nicht über diese Dinge gesprochen. Und nun noch eine kleine Frage, vielleicht kannst du mich aufklären: Wie kann ein Großgrundbesitzer patriotischer handeln, als wenn er für seinen Wahlkreis einen Kandidaten aussucht, mit dem er weder verwandt noch verschwägert ist – und den er nur deshalb wählte, weil sein Kandidat der beste Mann für diese Aufgabe ist?«

»Aber ich kenne Mr. Lopez kaum. Ich weiß nichts über seinen Wert oder Unwert.«

»Dafür übernehme ich die Garantie«, sagte die Herzogin. Der Herzog erwiderte mit einem freundlichen Lächeln, dann verließ er das Zimmer.

Die Herzogin hatte die Wahrheit gesagt, als sie ihrem Mann erklärte, daß sie noch nicht mit Lopez über Silverbridge gesprochen hatte. Aber es geschah schon bald. Ein paar Stunden später traf sie Lopez im Park. Er war

allein – oder sagen wir lieber: allein genug, um mit ihm ein vertrauliches Gespräch führen zu können. Lopez hatte seine Zeit in Gatherum Castle gut genutzt. Er hatte sich die Herzen vieler junger und älterer Damen erobert, dafür konnten ihn die meisten männlichen Gäste nicht ausstehen.
»Soviel ich weiß«, begann die Herzogin, »haben Sie noch nie einen Sitz im Parlament gehabt.«
»Noch schlimmer: Ich hab' mich nie darum bemüht.«
»Haben Sie was gegen die Politik?«
»Keineswegs«, erwiderte er. Schließlich war er ja Gast auf dem Schloß eines Premierministers. »Ich kann mir, vor allem in England, kein ersprießlicheres Leben vorstellen als das Leben eines Abgeordneten.« Das klang wundervoll. Man spürte, wie er förmlich einen Kniefall vor der parlamentarischen Demokratie machte, wobei natürlich beides unsichtbar blieb: der Kniefall und die Demokratie.
»Und warum versuchen Sie's dann nicht?« fragte die Herzogin.
»Ach«, sagte Lopez, »das Schicksal hat mich einen anderen Weg geführt. So kam ich in die City, wo ja bekanntlich das Geld auf der Straße liegt, man muß es bloß aufheben können.«
»Und befriedigt Sie diese Tätigkeit?«
»Nein, Herzogin, gewiß nicht, im Gegenteil. Ich finde diese Tätigkeit abscheulich. Dabei habe ich nichts gegen Geld, vor allem, wenn man es hat. Ich habe auch nichts gegen das Geldverdienen, vor allem, wenn man es verdient. Aber es ist keine Beschäftigung, die einen voll auszufüllen vermag. Ja, eines Tages werde ich wohl den Versuch machen, ins Parlament zu kommen. Aber Wahlkreise wachsen nicht wild auf den Bäumen.«
»Auf manchen Bäumen schon. Zum Beispiel auf Stammbäumen«, sagte die Herzogin. »Das Wachstum ist auch nicht an eine bestimmte Jahreszeit gebunden. Hin und wieder wird ein Sitz im Parlament frei. Dann gibt es eine Nachwahl ...«
»Spielen Sie auf einen ganz bestimmten Wahlkreis an, der jetzt frei werden könnte oder schon frei geworden ist?«
»Ja, mein Lieber, Sie haben's erraten. Aber ich bin sehr diskret. So mag die Andeutung einer Andeutung genügen. Ich habe das Gefühl, daß man John Grey in diplomatischer Mission nach Persien schicken wird. Und dann ... dann wird sein Wahlkreis verwaist sein. Ist doch logisch, nicht wahr?«
Glencora lächelte verschmitzt.
»Und können Ihre Gnaden mit der gleichen zwingenden Logik den Nachweis erbringen, daß ich dazu ausersehen sein könnte, diesen verwaisten Wahlkreis zu übernehmen?«
»Nein, das kann ich nicht. Oder ... oder, wenn ich's könnte, müßte ich

meine zwingenden logischen Beweise für mich behalten.« Dabei sah sie aus, als hätte sie die Syllogistik, die Lehre von den logischen Schlüssen, mit goldenen Löffeln gegessen. Sie argumentierte im stillen: Der Wahlkreis gehört zum Großgrundbesitz des Herzogs von Omnium. Er kann mit diesem Wahlkreis machen, was er will. Der Herzog von Omnium gehört der Herzogin von Omnium. Sie kann mit ihm machen, was sie will. Ergo kann die Herzogin mit diesem Wahlkreis machen, was sie will. Aber im Augenblick hielt sie es noch für ratsam, ihre schöne Schlußfolgerung still im eigenen Busen zu verwahren. Sie sagte nur: »Eigentlich sollten alle Abgeordneten unverheiratet sein.« Damit war Glencora, vielleicht unbewußt, einen kleinen Schritt weiter gegangen als das kanonische Recht, das selbst in seinen strengsten Teilen kein Verbot enthielt: »Und darf kein Beweibter die höhern Weihen der Politik empfangen, außer wenn seine Gattin das Gelübde der politischen Keuschheit ablegt und in ein Kloster geht.«

Ferdinand Lopez hatte sich bisher nie mit dem Zölibat befaßt, weder praktisch noch theoretisch. Er disqualifizierte sich also selbst, indem er sagte: »Herzogin, ich stehe unmittelbar vor der Heirat.«

»Wie bitte? Sie wollen heiraten?«

»Ja, Herzogin, ich will es, und ich werde es. Allerdings habe ich im Augenblick kein Recht dazu, mit solcher Bestimmtheit über meine baldige Eheschließung zu reden. Der Vater der jungen Dame hat mich als künftigen Schwiegersohn abgelehnt.« Und dann erzählte er ihr die ganze Geschichte. Er tat es auf seine charmanteste Art, um ihr Mitleid zu erregen. Und siehe, alles, was Lopez getan hatte, war edel und gut, alles, was Mr. Wharton getan hatte, war unedel und schlecht.

Als sich die Herzogin diese romantisch verklärte Version angehört hatte, meinte sie: »Der alte Herr täte gut daran, sofort klein beizugeben. Seine Tochter wird ihn schon zum Nachgeben zwingen.«

Und so wurde die Herzogin von Omnium die Freundin von Ferdinand Lopez. Und mehr noch: Sie wurde sein Beichtvater in weiblicher Gestalt.

Und wie es die Herzogin prophezeit hatte, also geschah es. Mr. Wharton wurde von Emily gezwungen, seine Einwilligung zur Heirat mit Ferdinand Lopez zu geben. Nun gab es zwischen dem künftigen Schwiegerpapa und dem künftigen Schwiegersohn eine steife Vertraulichkeit, die dazu führte, daß Ferdinand hin und wieder zum Abendessen eingeladen wurde. Man sprach über das Wetter, auch über andere wichtige Fragen von allgemeinem Interesse, aber das Herz des alten Herrn blieb nach wie vor verschlossen. Er suchte nach Gründen, es zu öffnen – und konnte keine finden.

Schon bald nach der Verlobung mit Emily begab sich Lopez wieder nach

Gatherum Castle, um mit seiner erlauchten Gönnerin seine parlamentarischen Zukunftspläne zu besprechen. Natürlich informierte er seine Braut über den Zweck der Reise. Er bat sie jedoch, vorläufig noch nicht mit ihrem Vater über seine Pläne zu reden: »Mit der Zeit wird der alte Herr mich besser kennenlernen, dann wird sich sein Verhalten mir gegenüber ändern. Aber ich kann nicht erwarten, daß er sich vorher für meine diversen Betätigungen interessiert.«

Als Lopez London verließ, hatte er mit seinem künftigen Schwiegervater noch kein Gespräch über die finanzielle Seite der Ehe mit Emily geführt. Mr. Wharton war das ganz recht. Er wollte seinem Schwiegersohn in spe kein definitives Versprechen geben. Ferdinand sollte sich nicht darauf verlassen, daß er von nun an Jahr für Jahr mit einem bestimmten Betrag rechnen könne. Auch Lopez kam es sehr gelegen, daß man sich bisher über die finanzielle Regelung ausgeschwiegen hatte. Er war nicht gerade bettelarm, doch saß er gerade auf keinem grünen Zweig. Er war ein Spekulant, der alles verspekuliert hatte, ein Kapitalist ohne Kapital.

In Gatherum Castle sprach er mit der Herzogin auch über seine bevorstehende Heirat. Schwärmerisch blickte er in die Ferne. Man hatte fast den Eindruck, als ob er vor Liebespein verginge. Aber er war unvergänglich. »Ich heirate nur aus Liebe«, sagte er, »und nicht des Geldes wegen.« Wie wahr! Wie wahr! Wenigstens zu diesem Zeitpunkt.

Die Hochzeit verlief nicht gerade heiter. Für die kirchliche Trauung hatte man eine Kapelle an der Ecke der Vere Street und Henrietta Street gewählt, die unter George I. erbaut war. Wohl war die Kapelle in erster Linie dem lieben Gott und in zweiter Linie Petrus gewidmet, aber auch – und das in dritter Linie – der Regierung Ihrer Majestät von Großbritannien, die mit großer Pünktlichkeit und großem religiösen Eifer die himmelhohen Kirchstuhlgebühren einzog. Ein paar Stunden nach der Trauung war das neuvermählte Paar bereits auf der Fahrt nach Dover. Bis zur letzten Minute hatte Lopez gehofft, der alte Herr würde sich freundlich an ihn wenden und mit seiner gütigsten Stimme sagen: »Mein lieber, lieber, lieber Ferdinand, ich habe dir meine Tochter gegeben, nun will ich dir auch mein Geld geben, oder für den Anfang erst einmal einen kleinen jährlichen Zuschuß zu deinen eigenen Einnahmen, nur ein paar tausend Pfund. Laß mich deine Bankverbindung wissen, ich werde dann meiner eigenen Bank den Auftrag geben, den entsprechenden Betrag prompt zu überweisen.«

Nun war diese Hoffnung geplatzt – geplatzt wie ein Wechsel, den man nicht einlösen konnte. Und es gab gerade um diese Zeit allerlei Wechsel, die Lopez hätte einlösen müssen und für die er nur aufkommen konnte, indem er wieder neue Wechsel ausstellte. Nur mit Hilfe von Sexty Parker gelang es ihm, in diesem wechselvollen Leben ein wenig Ruhe zu finden. Sexty

half ihm natürlich nicht aus reinstem Altruismus. Früher hatte er geglaubt, Lopez sei mit einem silbernen Löffel im Mund geboren worden. Er hatte auch der Spekulationsbegabung seines Geschäftsfreundes alles zugetraut. Ja, gewiß: dann waren auf die fetten Jahre ein paar magere gefolgt, aber Pech kann jeder mal haben. Sexty glaubte an seinen Freund. Er hielt Lopez für ein Finanzgenie. Keine Angst! Der Junge wird's schon schaffen! Und nun hatte er's ja geschafft. Sexty machte Stielaugen, als er die frohe Kunde vom unermeßlichen Reichtum des Mr. Wharton erfuhr. Ja, wenn man einen solchen Schwiegervater hatte! Und dann gewährte er seinem Freund einen weiteren Kredit, eine neue Galgenfrist, die Lopez dringend für seine Hochzeitsreise brauchte. So faßte er zunächst einmal den vernünftigen Entschluß, einige Wochen nur an sich und Emily zu denken, nicht an seine Gläubiger. Nur weg von London, dachte der arme Lopez.
Die Ferne lockte – und sie lag gar nicht so fern: Sie lag jenseits des Kanals. Er dachte an Paris, an die Boulevards, den Montmartre und den Cancan, an das Leben, das so *jolie* sein konnte, wenn man sich seiner Vorvergangenheit hingab, die Gegenwart unterschlug und nicht an die Zukunft dachte – vor allem nicht an die Gläubiger, von denen ihn nur drei Monate trennten. Und dann? Was würde geschehen, wenn ihm Mr. Wharton nicht hilfreich unter die Arme griff? Was würde geschehen, wenn seine Guano-Spekulationen fehlschlugen? O Gott, er hatte auch Sexty Parker von diesen wertvollen Exkrementen der Seevögel an den südamerikanischen Ufern vorgeschwärmt, und so hatte auch Sexty tief in die Tasche gegriffen. Jetzt sah alles so aus, als ob diese verdammte Spekulation irgendwo zwischen Peru, den Chincha-Inseln und der Londoner Börse Schiffbruch erleiden würde. Wie würde dann Sexty reagieren?
Aber nun hatten die Flitterwochen begonnen. Er hatte sich vorgenommen, in Paris nicht an die Verfallzeiten von Wechseln zu denken, nicht an Düngemittel aus Peru und erst recht nicht an Sexty Parker. So hatte er mit seinem verknautschten Freund in der City vereinbart, zumindest während der Zeit des wonnigen Honigmonds von aller unerfreulichen Korrespondenz verschont zu werden. Wohl oder übel hatte er Parker seine Pariser Adresse geben müssen. Aber, wie gesagt, Parker hatte bei allen Göttern und Teufeln der City strengste Diskretion geschworen, soweit es sich nicht um Briefe handelte, die keinen weiteren Aufschub zuließen. Man kann sich also vorstellen, wie verärgert Lopez war, als er gleich nach der Ankunft in Paris ein Schreiben von Sexty erhielt. Lopez schäumte vor Wut, als er dieses Brieflein las. Wie konnte man nur so feige sein wie sein alter Freund Sexty! Wie konnte man nur so gemein handeln! Außer allerlei schönen Phrasen enthielt diese Epistel aus London nur einen wichtigen Satz: ». . . und muß ich dich bitten, gefälligst zu bedenken, daß ich die Wechsel in

Höhe von 1500 Pfund Sterling, die am 3. Februar fällig sind, weder übernehmen kann noch übernehmen will und daß ich auch nicht gesonnen bin, irgendwelche diesbezüglichen Arrangements zu treffen.«
Damit ergab sich nun für Lopez die Notwendigkeit, seinem lieben Schwiegerpapa noch vor Ende Januar einen Batzen Geld zu entlocken. Aber wie?
Emily ahnte nichts von der Misere, in der sich ihr Mann befand. Für sie erschlossen sich mit jedem Reisetag neue Welten. Von Paris war es über den Simplon zum Comer See gegangen. Nun saßen sie in einem alten Gasthof. Der Wein war gut, der See war idyllisch. Aber die Zeit drängte. Wohl oder übel mußte Lopez handeln. Er wandte sich also etwas unvermittelt an Emily mit der Frage: »Hat dir dein Vater seit unserer Abreise aus London geschrieben?«
»Nein«, sagte sie so nebenbei.
»Er hat auch mir nicht geschrieben. Seltsam . . . nicht wahr?«
»Hast du denn einen Brief von ihm erwartet?«
»Um ganz ehrlich zu sein: Ja, das hab' ich. Hätte er mit mir über diese Angelegenheit gesprochen, dann wäre ein Brief natürlich überflüssig gewesen. Aber da er dieses Thema geflissentlich vermieden hat . . .«
»Meinst du die Frage der Mitgift?«
»Ja und nein . . . ich meine eigentlich alles, was ein Schwiegervater und ein Schwiegersohn in finanzieller Hinsicht zu besprechen haben. Ich glaube, Emily, du und ich sollten wenigstens über diese Dinge reden.«
»Also, fang an.« Sie rückte ihren Stuhl näher an ihn heran. »Ich möchte nur nochmals betonen, daß mein Papa mit mir nie über Geld gesprochen hat, auch diesmal nicht.«
»Und doch spielt das Geld im Zusammenleben der Menschen eine gewisse Rolle.« Das war eine schöne Sentenz, fast schon reif für eine Zitatensammlung aus zweiter Hand und zweitem Mund.
»Aber gewiß, Liebling. Ich weiß, daß man ohne Geld nicht leben kann.«
»Stimmt auf Heller und Pfennig. Der Mensch braucht Geld. Jeder Ehemann braucht es. Wie wär's, wenn du dich jetzt an deinen Vater wendetest?« Sie antwortete nicht gleich. Sie wollte sich alles genau überlegen. Aber die Zeit drängte, und mit der Zeit drängten die Gläubiger. Ihr Ferdinand hatte es eilig. »Ich will ganz offen mit dir reden, Emily«, fuhr er fort. »Diese Sache ist für mich im Augenblick sehr wichtig, viel wichtiger, als es mir vor der Hochzeit schien.« Bei dieser unerwarteten Ouvertüre zu einem Geständnis zuckte es durch ihr Gehirn. Nur mit Mühe konnte sie verhindern, daß sich dieses Zucken auch auf ihren Körper übertrug. Sie wollte sich ja unter allen Umständen beherrschen, schließlich war sie die Tochter eines englischen Gentlemans. Unbeirrt fuhr Ferdinand fort: »Meine geschäftliche Lage ist im Augenblick äußerst prekär.«

Emily setzte sich also hin und schrieb den gewünschten Bittbrief an ihren Vater. Den letzten Absatz brauchte sie nur abzuschreiben. Lopez hatte ihr alles »vorgeschrieben«, das heißt alles, was sich aufs Geld bezog. Als Adresse für die Antwort wurde ein Hotel in Florenz angegeben.
Der alte Mr. Wharton ließ seine Tochter nicht warten. Auch die Post arbeitete rasch. Noch ehe sie Zeit hatten, das altertümliche Bild der Stadt in sich aufzunehmen und in den Uffizien die uralte, zusammengeflickte Göttin der Liebe zu bewundern, traf die prompte Antwort aus London ein.

Liebe Emily!

Was Du mir auf Weisung Deines Mannes in puncto Geld geschrieben hast, erscheint mir nach reiflicher Überlegung durchaus fair zu sein. Allerdings will mir scheinen, daß er mit mir über diese Angelegenheit vor der Ehe hätte reden sollen. Mag sein, daß ich auch von mir aus dieses Thema bereits vor der Heirat hätte besprechen sollen. Jedenfalls bin ich bereit, den von Deinem Mann verlangten Betrag in Höhe von dreitausend Pfund Sterling auf sein Konto zu überweisen, sobald er mir mitteilt, an welchen Bankier obiger Betrag transferiert werden soll. Alsdann dürfte ich wohl allen Verpflichtungen Deinem Mann gegenüber nachgekommen sein. Du fragst, bestimmt auf ausdrücklichen Wunsch Deines Mannes, ob er späterhin einmal mit Auszahlung einer größeren Summe werde rechnen können. Dazu möchte ich kurz erklären: Wie ich über mein restliches Vermögen zu verfügen gedenke, ist eine Frage, die nur mich etwas angeht, nicht aber meinen Schwiegersohn. Hier geht alles auf übliche Art weiter. Ohne Dich ist mein Leben sehr einsam geworden.
In alter Herzlichkeit Dein Vater A. Wharton

Kaum hatte sich Lopez für diesen an Emily gerichteten Brief bedankt, da erhielt er ein weiteres und sehr dringliches Schreiben von Sexty Parker. Sein City-Freund teilte ihm mit, die Guano-Spekulation sei schiefgegangen. Zur Deckung seiner eigenen Verbindlichkeiten sei es unbedingt nötig, daß Lopez ihn nicht im Stich lasse. »Solltest Du die im Februar fälligen Wechsel nicht einlösen und wäre ich gezwungen, dafür aufzukommen, so würde solches mein Ende als zugelassener Börsenmakler bedeuten, da ich wegen der eingangs erwähnten Guano-Spekulation nicht mehr zahlungsfähig bin.«
Als das junge Paar dann Anfang Februar nach London zurückkehrte und eine elegante Wohnung in Belgravia bezog, hatte Lopez den Kopf voller Sorgen und nur wenig Zeit für seine Frau, die nichts von den trüben Tümpeln ahnte, in denen ihr Ferdinand seine Goldfischlein zu angeln

versuchte. Emily liebte ihren Mann noch immer mit der gleichen Innigkeit wie an jenem Tage, da sie als Mann und Frau die kleine Kirche an der Ecke der Vere Street und Henrietta Street verlassen hatten. Und doch waren einige ihrer schönsten Träume bereits zerstoben, einige ihrer süßesten Illusionen waren geplatzt. Es gab ein altes portugiesisches Sprichwort, das ihr Ferdinand ständig im Munde führte: *Dinheiro he a medida de todas as cousas,* Geld ist das Maß aller Dinge.
Es war nicht Emilys Schuld, daß sie im Hause eines englischen Gentlemans aufgewachsen war, in dem man nur Englisch sprach und daher mit den Sprichwörtern aus Portugal nicht so vertraut war wie Ferdinand Lopez.

Die Herzogin von Omnium hatte ihren neuen Freund und Schützling nicht vergessen. Gleich nach seiner Rückkehr von der Hochzeitsreise fand Lopez einen Brief vor, der ihn mehr erfreute als alle Mahnbriefe von Sexty Parker, »sintemal die Kreatur unterworfen ist der Eitelkeit«. Der Brief lautete:

Gatherum Castle, im Januar

Lieber Mr. Lopez!

Wenn ich mich recht erinnere, sagten Sie mir, Sie würden etwa um diese Zeit von Ihrer Hochzeitsreise nach London zurückkehren. Das ist der Grund, warum ich Ihnen nun ein paar Zeilen wegen des Wahlkreises schreiben möchte. Seit Sie England verließen, hat sich in dieser Sache allerlei geändert, wie mir scheint, leider nicht zu Ihren Gunsten. Soweit wir informiert sind, wird Mr. Grey seinen Sitz im Unterhaus Ende März aufgeben. Die Nachwahl wird dann irgendwann im April stattfinden. Keiner der Kandidaten wird als der vom Schloß favorisierte Kandidat auftreten. Früher war das anders, da hatten *wir* jemanden für den Wahlkreis Silverbridge ausgesucht. Manchmal kam unser Günstling durch, bisweilen sogar mit einer gewaltigen Majorität. Ja, das war die gute alte Zeit. Nun ist sie vorüber. Aber das scheint ja wohl am Lauf der Dinge zu liegen: Wenn die gute alte Zeit zu alt wird, hört sie auf, gut zu sein. Dennoch dürfte es keinen Grund geben, weshalb Sie nicht in Silverbridge kandidieren sollen, genau wie jeder andere. Ihr Vorteil wäre ein früher Start. Andere Kandidaten haben sich noch nicht gemeldet. Das ging auch nicht, da man erst jetzt verlautbart hat, daß der Schloßherr von Gatherum kein persönliches Interesse an der Wahl nehmen wird. Gewiß ist es auch bereits durchgesickert, daß Sie unser Favorit sein würden, wenn wir einen Favoriten hätten. Und auch das mag sich für Sie positiv auswirken. Ich brauche wohl nicht zu erwähnen, daß mein Name in diesem Zusammenhang nicht genannt werden darf.
Mit den besten Grüßen Ihre Glencora Omnium

Als er mit dem Lesen dieses Briefes begann, hing der politische Himmel für Lopez voller Geigen, die man alle extra für ihn in Gatherum Castle gestimmt hatte. Nun war er enttäuscht. Aber er ließ es sich nicht anmerken. Er reichte den Brief seiner Frau.
»Davon versteh' ich nichts«, sagte Emily. »Willst du es riskieren?«
»Frisch gewagt, ist halb gewonnen. Meinst du, daß mir dein Vater dabei helfen wird? Ein Sitz im Parlament würde auch dir helfen. Ich meine, deine gesellschaftliche Stellung würde sich dadurch ja auch erhöhen.« Emily schüttelte ihren Kopf. Sie erinnerte sich daran, wie sich ihr Vater immer über alle Leute lustig gemacht hatte, die aus Eitelkeit mehr taten, als sie sich leisten konnten, nur um einen hochtrabenden Titel zu ergattern. »Wie ich dich kenne, wirst du dich an ihn wenden«, sagte sie.
»Und ob ich das tun werde.«
Seit Beginn ihrer Ehe hatte er ihr bei jeder passenden und unpassenden Gelegenheit eingehämmert, daß sie beide es als ihre Pflicht ansehen müßten, aus dem alten Herrn so viel wie nur irgend möglich herauszuholen. Emily hatte begriffen, was ihr Ferdinand mit diesen Lektionen meinte, aber die ganze Sache war ihr zuwider.
»Vielleicht ist es das beste, wenn ich den Stier bei den Hörnern packe«, sagte er. »Du bist ja viel zu feige. Ich werde mich schon selbst mit deinem Papa auseinandersetzen.«
Am Tag nach der Rückkehr von ihrer Hochzeitsreise hatten Emily und ihr Mann bei Mr. Wharton am Manchester Square Abendbrot gegessen. Zweifellos hatte sich der alte Herr über das Wiedersehen mit seiner Tochter gefreut. Auch seinen Schwiegersohn hatte er mit aller Höflichkeit behandelt. Die Stimmung war so gut, daß Emily viele ihrer Sorgen vergaß.
Nach dem Dinner ließ man Mr. Wharton und Lopez allein. Auch ohne Gesellschaft liebte es der alte Herr, nach dem Essen noch ein paar Gläschen Portwein zu trinken, bisweilen sogar mehr als nur ein paar Gläschen. Dann saß er sinnend da und war mit sich und der Welt zufrieden, sofern er keinen konkreten Anlaß zur Unzufriedenheit hatte. Das war nun mal ein alter Brauch im Hause Wharton, der nie gebrochen wurde. Für Lopez war es mehr als nur ein alter Brauch, zumal er väterlicherseits die gleiche Herkunft hatte wie der feurige, starke Wein aus Oporto. O nein! Für ihn war dieses Portweintrinken nach dem Essen die große Chance zum sofortigen Frontalangriff. Er begann sehr ruhig. Seine Stimme klang würdig und weise wie die Stimme eines älteren Staatsmannes. »Sir«, sagte er und setzte dabei sein charmantestes Lächeln auf, er klebte es gleichsam auf seine Worte. »Sir, man hat mich eingeladen, für den Wahlkreis Silverbridge zu kandidieren.«
»Sie auch!« sagte Mr. Wharton.

Lopez ließ fast sein Gläschen mit dem feurigen, starken Wein aus Oporto fallen. Seine Hände zitterten. Nur seine Stimme blieb fest.
»Ja, man hat mich eingeladen. Aber natürlich kann es auch noch ein paar andere Kandidaten geben. Das weiß man ja nie. Gesetzt den Fall, daß es zum Wahlkampf kommt, würden Sie mir dann Ihre Hilfe gewähren?«
»Wie stellen Sie sich das vor? Ich kann nicht für Sie als Wahlhelfer in Silverbridge von Haus zu Haus ziehen, Babies küssen und mich mit alten Frauen über die steigenden Preise unterhalten. Ich nehme an, Sie hatten so etwas Ähnliches im Sinn.«
»Nein, Sir, ich möchte Ihnen nicht die geringsten persönlichen Unannehmlichkeiten bereiten.«
»Ich kenne keine Menschenseele in diesem Nest. Ich wüßte überhaupt nicht, daß Silverbridge existiert, wenn es nicht durch einen Abgeordneten im Unterhaus vertreten wäre.«
»Nein, Sir, ich dachte . . . ich dachte an eine finanzielle Hilfe.«
»Ich soll Geld hergeben, um die Wahlkosten zu bezahlen? Kommt überhaupt nicht in Frage! Wie käme ich dazu?«
»Sie könnten es zum Beispiel Ihrer Tochter zuliebe tun.«
»Unsinn! Damit wäre Emily nicht gedient, Ihnen auch nicht, mir auch nicht. Politik ist ein Luxus, den man sich nur leisten kann, wenn man genügend Geld hat, um es auf die Straße zu werfen.«
Der arme Lopez mußte also wohl oder übel in die eigene Tasche greifen. Aber sein Wahlagent, der für ihn alle öffentlichen Versammlungen in Silverbridge organisieren sollte und zu dessen Aufgaben es auch gehörte, die passenden Babies für den manchmal nicht passenden Kandidaten auszusuchen, dieser Wahlagent war sehr optimistisch, zumindest was den Erfolg betraf: »Keine Angst, Mr. Lopez. Silverbridge weiß, wer hinter Ihnen steht. Aber es muß auch sonst noch was hinter Ihnen stehen. Habe ich mich klar ausgedrückt? Eine Wahl kostet Geld. Nicht viel. Demokratie ist ja immer billig gewesen und nie im Preis gestiegen. Ja, nun wollen Sie wissen, wieviel der Spaß Sie kosten kann. Genau kann man das im voraus niemals wissen. Es gibt da so viele Faktoren. Ich würde sagen . . . Ja, was würde ich sagen? Na, sagen wir, etwa 600 Pfund Sterling. Es kann natürlich auch ein bißchen mehr sein, vielleicht 800 Pfund Sterling. Nein, nein, Sie können sich auf mich verlassen: Mehr als 1000 Pfund Sterling wird Sie die Sache nicht kosten.«
Lopez zuckte zusammen, als er diese Summen hörte, aber er gab den Kampf nicht auf. Er war seiner Sache sicher. Ganz Silverbridge würde für ihn stimmen. Noch wußte er nicht, ob es überhaupt einen oder mehrere Gegenkandidaten geben würde. Aber schon bald vernahm er ein Gerücht, das sich inzwischen in Silverbridge bereits als »leibhaftige« Tatsache

entpuppt hatte: Ja, es gab einen Gegenkandidaten. Sein Gegner war Arthur Fletcher.
Hm, dachte Ferdinand Lopez.
Als er zum zweiten Mal »hm« dachte, sagte er sich: »Ich habe diesen Burschen schon einmal geschlagen, es wird mir wieder gelingen.«

Eines Tages erhielt Emily einen Brief. Schon an der Handschrift auf dem Umschlag sah sie, daß er von Arthur Fletcher kam. Sie war allein in ihrer neuen schönen Wohnung, als ihr dieser Brief überreicht wurde. Sollte sie mit dem Lesen warten, bis ihr Gatte nach Hause kam? Warum eigentlich? Wäre das nicht Mißtrauen gegenüber den Mann, mit dem sie von Kindheit an so eng und innig befreundet war? Sie öffnete den Umschlag und las den Brief, den sie nicht erwartet hatte und über den sie sich unendlich freute, wie der gewissenhafte Chronist nicht verschweigen darf.

Meine liebe Mrs. Lopez! Liebe Emily!

Ich halte es für angebracht, Dich über eine Verkettung von Umständen zu informieren und Dir alles mit großer Offenheit zu erklären, um nur ja alle etwaigen Mißverständnisse zu vermeiden. Es hat sich ergeben, daß Dein Gatte und ich politische Gegner bei der Nachwahl in Silverbridge sein werden. Ich möchte Dir deswegen mitteilen, daß ich mich schon als Kandidat für diesen Wahlkreis aufstellen ließ, als ich noch gar keine Ahnung hatte, daß sich auch Dein Mann für Silverbridge interessiert. Ich selbst habe viele gute Freunde in dieser Gegend, Freunde, die ich schon seit vielen Jahren kenne. Sie legten es mir nahe, mich um diesen Wahlkreis zu bewerben, dies um so mehr, als er ja diesmal nicht nach undemokratischem Altväterbrauch vom jeweiligen Herzog von Omnium verschenkt werden sollte. Nein, erklärten meine Freunde, bei dieser Nachwahl wird alles mit rechten Dingen zugehen. Jeder Wähler in Silverbridge wird die Chance haben, so zu wählen, wie er will. Auch führende Männer meiner Partei haben mich ersucht, in Silverbridge zu kandidieren. Ich konnte sie nicht enttäuschen. Und so kam es, daß ich mich zur Wahl aufstellen ließ. Ich hätte es jedoch nicht getan, wenn ich gewußt hätte, daß sich Mr. Lopez für diesen Wahlkreis besonders interessiert. Ich würde es begrüßen, wenn Du ihn über den Inhalt dieses Briefes informiertest. Ich sende ihm meine besten Grüße und hoffe, daß unser Wahlkampf auf faire Weise und frei von jeder persönlichen Animosität geführt wird.

In alter Freundschaft

Dein Arthur Fletcher

Emily war glücklich, als sie diesen Brief ihres Jugendfreundes las. Und doch weinte sie. Nur zu gut verstand sie die Gründe, die Arthur Fletcher zum Schreiben dieser Zeilen veranlaßt hatten. Es war der Brief eines echten Freundes. Sie hatte daher auch keine Bedenken, ihn sofort ihrem Mann zu zeigen. »Ich wußte von Anfang an«, sagte sie, »daß Arthur Fletcher sich nie hätte aufstellen lassen, wenn er von deiner Kandidatur gewußt hätte.«

»Natürlich hat er alles vorher gewußt«, sagte Lopez. Er sah jetzt aus, als könnte er jeden Augenblick Gift und Galle speien, vor Wut bersten, aus der Haut fahren und wie ein Berserker zu toben beginnen – alles Dinge, die der Sohn eines englischen Gentlemans natürlich nicht getan hätte: »Dieser Brief an dich ist eine teuflische Unverschämtheit.«

»Aber Ferdinand!«

»Du verstehst das nicht. Ich verstehe diesen Burschen nur zu gut. Er hätte es verdient, daß ich ihn mit der Hundepeitsche traktiere. So eine Gemeinheit, an dich zu schreiben! Na, ich werd's ihm schon geben, wenn wir uns bei Mondschein begegnen.«

»Du wirst doch keinen Streit mit ihm anfangen?«

»Das ist gar nicht nötig, wir streiten uns bereits. Meinst du wirklich, ich würde es zulassen, daß ein Mann meine Frau beschimpft, ohne daß es zu einem Streit zwischen uns kommt? Noch weiß ich nicht, was ich tun werde, aber du wirst es schon merken. Ich habe nie viel von diesen feinen Pinkeln in Herefordshire gehalten, die sich vorkommen, als seien sie das Salz der Erde und die Creme der Gesellschaft.«

Und so begann der Kampf – auf persönlicher und auf politischer Ebene, ein Wahlkampf, bei dem Lopez beschlossen hatte, in der Wahl seiner Mittel nicht wählerisch zu sein. Natürlich mußte er sich in Silverbridge unter das Volk mischen, unter sein Volk, wie er hoffte. Als er jedoch nach einigen Tagen wieder nach London zurückkehrte, hatte Emily das Gefühl, er sei nicht mehr so siegessicher wie früher. Er blieb etwa eine Woche in London. In dieser Zeit gelang es ihm, von der Herzogin von Omnium empfangen zu werden. Allem Anschein nach fiel diese Unterredung mit seiner Gönnerin anders aus, als er erwartet hatte, jedenfalls war das der Eindruck, den Emily hatte, als er ihr über das Gespräch mit der Herzogin berichtete. Ursprünglich wollte er diese Sache sogar geheimhalten. Aber er war jetzt so besorgt, daß er jemanden brauchte, um seine Sorgen abzuladen. Er schloß seinen Bericht über das Gespräch mit der erlauchten Gattin des Premierministers mit den Worten: »Ich hab's ja immer gewußt, sie ist nichts weiter als ein verdammt gerissenes Frauenzimmer.«

»Wie seltsam! Ich hatte immer den Eindruck, sie sei deine beste Freundin, sie meine es so gut mit dir ...«

»Man kann sich auf niemanden verlassen. Wenn ich höre, man könne dem und dem aufs Wort vertrauen, so weiß ich, daß dieser der und der ein hundsgemeiner, gefährlicher Lügner ist. Die Herzogin schwirrte munter von einem Thema zum andern. Sie sprach über das Wetter, über Paris, über den Simplon und über Bernhardinerhunde. Ich glaube, sie erwähnte auch den Comer See. Aber über Silverbridge, über das Nächstliegende sagte sie kein Wort. Alle meine Versuche, auf die Wahl zu kommen, wurden von ihr mit einem spitzbübischen Lächeln so abgebogen, daß ich am Ende selbst kaum wußte, ob es überhaupt jemals einen Wahlkreis Silverbridge gegeben hat, im Augenblick gibt, oder im Jahre 2000 geben wird.«

»Vielleicht mußte sie sich so benehmen«, meinte Emily. »Vielleicht wollte der Herzog nicht, daß sie über diese Dinge redet. Immerhin ist sie ja die Frau eines Premierministers.«

»Ach was! Sie lügt einem die Hucke voll. Sie sieht so aus, als könne sie kein Wässerchen trüben. Wie hat sie mich belogen! Ich habe mich in meiner Gutgläubigkeit auf alles verlassen, was sie mir mit ihrem herzoglichen Lügenmaul vorgaukelte. Und nun sitze ich da und habe ein Vermögen in die Wahl investiert. Aber ich werde mit ihr abrechnen, auf meine Art.«

Das waren große Worte. Er hatte sie nicht einmal gelassen ausgesprochen. Aber seine Erregung war verständlich: Man mußte nicht unbedingt ein Prophet sein, kein Amos, Obadja, Habakuk, Sacharja oder Maleachi, um einen ungünstigen Wahlausgang für Ferdinand Lopez voraussagen zu können. Inzwischen hatte sich Arthur Fletcher nach Greshambury begeben, dem benachbarten Wahlkreis von Silverbridge. Der Abgeordnete für Greshambury war sein Freund Francis Gresham, der in dieser Gegend allgemein geachtet wurde. Arthur blieb ein paar Tage bei ihm. Von Francis Gresham erfuhr er, daß er bei der Nachwahl nicht nur mit Lopez zu rechnen hatte: Aus dem politischen Vakuum war unvermutet ein dritter Kandidat aufgetaucht, der eine radikale Splittergruppe der Liberalen vertrat. »Dieser Radikale«, sagte Gresham, »wird den Ausgang der Wahl radikal zu deinen Gunsten verändern. Er wird viele Stimmen von Lopez abziehen, den die Leute hier sowieso nicht mögen, weil sie nie was von ihm gehört haben.«

Leider konnte Arthur seine Wahlkampagne nicht von Greshambury aus führen, obwohl es ganz in der Nähe von Silverbridge lag, nur dreißig Kilometer entfernt. Aber für ein tägliches Hin- und Herreisen war diese Entfernung doch zu groß. Im übrigen war es auch besser, daß man vor der Wahl unter seinen Wählern lebte.

In Silverbridge machte Arthur nun seine tägliche Runde: Er klopfte an alle Türen, er schüttelte alle Hände, soweit der Vorrat reichte, er zog mit viel Trara durch die sonst so stillen Straßen von Silverbridge, gefolgt von seinem Agenten und einer Horde von Wahlhelfern, die sich ihm teils freiwillig, teils gegen Bargeld zur Verfügung gestellt hatten. Bisher waren

sich Lopez und Fletcher nicht begegnet, aber am dritten Tag stießen die beiden »Wahlhorden« aufeinander. Fletcher wollte diese Gelegenheit zu einer freundlichen Geste benutzen. Er ging auf seinen Gegner zu und wollte ihm mit einem höflich-freundlichen Lächeln die Hand reichen. Aber Lopez wies die ausgestreckte Hand schroff zurück. »Weitergehen, nicht stehenbleiben«, rief er seinem Gefolge zu, das nun in laute, mehr oder minder artikulierte Schreie ausbrach und schließlich johlend an Fletcher und seinen Anhängern vorbeizog.
Aber diese Begegnung war kein Sieg für Lopez. Von Tag zu Tag wurde er sich klarer darüber, daß ihn die Herzogin im Stich gelassen hatte und daß die ehrenwerten Bürger von Silverbridge nichts von ihm wissen wollten. Die Stimmung war gegen ihn. Gleich bei seinem ersten Auftritt im Wahlkreis, als er noch keine Ahnung hatte, wie sich ein Kandidat zu benehmen hat, war ein einheimischer Anwalt an ihn herangetreten und hatte ihm mit dem unverschämtesten Lächeln der Welt gesagt: »Mein Bester, so kommen Sie nicht weiter. Sie müssen unbedingt mehr Geld springen lassen. Geben Sie mir 500 Pfund Sterling. Mag sein, daß wir dann noch etwas erreichen können.« Lopez gab dem Anwalt einen Scheck in der geforderten Höhe, wenn auch nicht gern. Er wußte, daß er auf verlorenem Posten stand.
Bisher war Silverbridge immer ein sicherer Wahlkreis für die Liberalen gewesen, zum Teil natürlich, weil es nicht an liberalen Winken von oben, von Gatherum Castle, gefehlt hatte, zum Teil aber auch, weil es viele Leute in Silverbridge gab, die ehrlich an das Parteiprogramm der Liberalen glaubten. Aber gerade diese echten Liberalen glaubten nicht an Lopez. Sie zogen den liberalen Splitterkandidaten vor, der sich auf gemäßigte Art radikal gebärdete und überdies den Vorteil hatte, daß ihn jeder in Silverbridge seit einer halben Ewigkeit kannte, da er hier ortsansässig war.
Lopez hatte in seinem Leben schon allerlei gewonnen. Er hatte noch weit mehr verloren, aber noch nie eine Wahl. Er wußte jetzt, daß ihn nicht einmal ein Wunder vor der blamabelsten Niederlage seines Lebens retten konnte. Alle wahren und unwahren Freunde hatten ihn verlassen. Er hatte nur einen Wunsch, den Staub von Silverbridge so rasch wie möglich von seinen Füßen abzuschütteln, um sich dann selbst aus dem Staube zu machen. Er hatte für seinen Wahlfonds 500 Pfund Sterling beigesteuert, einen schönen Batzen Geld. Nun war der größte Teil dieser erklecklichen Summe verloren. Er zog die Bilanz. Was war geblieben? Ein abgrundtiefer Haß auf Arthur Fletcher.
Jeden Abend saß er in seinem Gasthof und brütete vor sich hin. Er verdammte Gott und die Welt einschließlich der Herzogin von Omnium, einschließlich des Anwalts, dem er einen Scheck gegeben hatte, um die

Gunst der Wähler von Silverbridge zum Einkaufspreis zu gewinnen. Wo waren die Wähler nun? Er wußte es nicht.
Auch sein Wahlagent wußte es nicht. Die Wahl war schon vor der Wahl für Lopez verloren. »Jetzt geht es nur noch darum«, sagte der Agent, »ob Sie ein guter oder schlechter Verlierer sind. Ich an Ihrer Stelle würde in die morgige Ausgabe des ›Silverbridge-Anzeigers‹ eine kleine Annonce einrücken lassen, etwa folgenden Inhalts:

Obwohl Mr. Lopez mit dem bisherigen Ergebnis seiner Kampagne zufrieden ist und somit für ihn keinerlei Anlaß besteht, an einem für ihn günstigen Ausgang der Wahl zu zweifeln, möchte er dennoch seine Kandidatur zurückziehen, um nicht die liberale Wählerschaft in zwei Lager zu spalten.

Aber Sie können die Sache natürlich auch anders formulieren, Hauptsache: Sie treten zurück!«
Lopez ließ es bei dem von seinem Agenten vorgeschlagenen Wortlaut bewenden. Er schrieb den Text auf und schickte ihn durch einen Boten zum »Silverbridge-Anzeiger«. Aber damit war dieses leidige Kapitel für ihn noch längst nicht abgeschlossen. Da er nun mal beim Schreiben war, schrieb er noch einen Brief an seinen Gegenkandidaten, das heißt an den Mann, der jetzt nur noch *einen* Gegner, den »anderen« Liberalen von der radikalen Splittergruppe, im Wahlkampf hatte.

Sehr geehrter Herr Fletcher!

Vor Beginn dieser Nachwahl haben Sie sich in unverschämtester Weise benommen, indem Sie einen Brief an meine Frau richteten, über den sie sich mit Recht sehr geärgert hat und der mich mit gleichem Recht in größten Zorn versetzte. Meine Frau hat Sie bereits früher in unmißverständlicher Weise abgelehnt. Jeder Gentleman hätte daraus die einzig mögliche Folgerung gezogen und sich nie mehr blicken lassen und auch jede sonstige Anbiederung vermieden. Sie haben indessen Ihre Lektion noch immer nicht gelernt. Vor einigen Tagen machten Sie auf offener Straße den heuchlerischen Versuch, mir die Hand zu reichen, als ob wir alte Freunde wären und als ob nichts geschehen sei, um diese Freundschaft zu trüben, sofern sie überhaupt je bestanden hätte. Ich sehe mich daher nun genötigt, Sie in aller Form darauf hinzuweisen, daß ich für die Dauer meines Aufenthalts in Silverbridge eine Hundepeitsche bei mir tragen werde und daß diese für Sie bestimmt ist, falls wir uns vor meiner Abreise nochmals in dieser Stadt begegnen sollten.

Ferdinand Lopez

Da Arthur Fletcher in einem Gasthof auf der gegenüberliegenden Straßenseite wohnte, konnte auch dieser Brief durch einen Hausknecht befördert werden. Aber Fletcher war an diesem Abend zu seinen Freunden nach Greshambury gefahren. Am nächsten Morgen kehrte er in Begleitung von Mr. Gresham nach Silverbridge zurück. Er las den Brief von Lopez, den er dann sofort seinem Freunde reichte: »Schau dir mal diesen Wisch an!« Dann fragte er: »Was macht man in solchem Fall?«
»Ich würde mich an die Polizei wenden.«
»Nein«, sagte Fletcher, »das paßt mir nicht.«
»Du solltest es aber tun.«
»Ich kann's einfach nicht.«
»Dann mußt du den Brief eben ignorieren und einen möglichst dicken Knüppel bei dir tragen. Ich würde den Lümmel tüchtig verdreschen, aber so, daß er es nicht so schnell vergißt.«
In diesem Augenblick erschien Arthur Fletchers Wahlagent. Er war ganz aufgeregt. »Wissen Sie schon das Neueste?« Er hielt den »Silverbridge-Anzeiger« in der Hand. »Lopez hat seine . . .« Er mußte mitten im Satz abbrechen, um nach Luft zu schnappen. »Lopez hat seine Kandidatur zurückgezogen!«
»Na, da wirst du jetzt wohl deinen Knüppel brauchen«, meinte Gresham. »Gedulde dich einen Augenblick! Ich werd' dir schon einen brauchbaren Dreschflegel aussuchen.«
Ein paar Minuten später kam Gresham mit einem soliden Knotenstock angerückt. Die beiden Freunde gingen nun durch die High Street von Silverbridge. Und siehe! Wen erblickten sie da? Natürlich Lopez. Er hatte tatsächlich eine Peitsche in der Hand und marschierte vor seinem Gasthof auf der anderen Straßenseite auf und ab. Und sie sahen noch mehr: Auf der anderen Straßenseite kam auch die hohe Obrigkeit angerückt, personifiziert durch einen Gendarm, der sich viel Zeit gönnte und offenbar nichts überstürzen wollte. Kaum erblickte Lopez seinen »Erzfeind« Arthur Fletcher, da kam er mit erhobener Peitsche auf ihn zugeeilt. Aber wie der Blitz war auch schon der Gendarm zur Stelle. Man kann sich eben doch auf die Polizei verlassen. Er pflanzte sich in seiner vollen obrigkeitlichen Größe und Majestät vor Lopez auf, und zwar so, daß Fletcher außerhalb der Reichweite seines Gegners stand.
Wütend brüllte Lopez: »Alle Achtung! Mut muß der Mensch haben! Sagen Sie mal, wagen Sie sich nur noch unter Polizeibewachung auf die Straße?«
Ruhig erwiderte Fletcher: »Ich hatte keine Ahnung, daß dieser Bobby gerade seine Runde macht.«
»Faule Ausrede! Jeder in Silverbridge weiß, was für eine erbärmliche

Memme Sie sind!« Dann wandte sich Lopez der Menge zu, die sich auf der Straße angesammelt hatte – immer noch unter dem alles beschützenden Helm der Polizei. »Bürger von Silverbridge! Seht euch mal den Mann etwas näher an, der euch im Parlament vertreten will! Dieser Bursche hat meine Frau beleidigt. Nun hat dieser Feigling Angst vor meiner Peitsche. Nun wagt er sich nur noch in Begleitung eines Gendarmen an die Öffentlichkeit. Seht Ihr, wie dieser feine Pinkel vor Angst in die Hose macht?«
»Da hört der Spaß auf. Meine Geduld ist zu Ende. Jetzt wird dieser Lopez was erleben«, sagte Fletcher zu seinem Freund.
Er hatte den Satz kaum beendet, da ging Gresham auch schon auf Lopez zu. »Es tut mir leid, daß ich mich jetzt einmischen muß. Ich werde auf Ihrer sofortigen Verhaftung bestehen, es sei denn, daß Sie Silverbridge unverzüglich verlassen, ohne sich durch Wort oder Tat an Mr. Fletcher zu vergreifen.«
»Nichts dergleichen«, erwiderte Lopez schroff. »Der Mann hier« – und dabei zeigte er mit seiner Peitsche auf Fletcher – »hat meine Frau beschimpft. Davon abgesehen, ist er ein feiger Hund, der die Hundepeitsche verdient.«
Gegen zwei Uhr nachmittags mußte Lopez vor dem Magistratsgericht erscheinen. Er wurde wegen Störung des öffentlichen Friedens verwarnt. Unmittelbar nach der Verhandlung kehrte Lopez nach London zurück.
Am übernächsten Tag schritten die Wähler von Silverbridge zur Wahl. Fletcher wurde mit absoluter Majorität gewählt. Aber der liberal-radikale Splitterkandidat war nur mit acht Stimmen unterlegen.
Gleich nach seiner Rückkehr ließ sich Lopez bei seinem Schwiegervater melden. Es war so früh am Morgen, daß der alte Herr noch nicht einmal im Büro war. Erst eine halbe Stunde später erschien Mr. Wharton, der über diesen frühen Besuch, gelinde gesagt, recht erstaunt war. »Schon aus Silverbridge zurück?« fragte er. »Wie ist die Sache denn ausgegangen?«
»Nun, Sir, es war nicht gerade ein Triumph. Aber bisweilen muß auch der Stärkste unterliegen«, fügte er dann mit einem halben Lächeln und einer vollen Portion Selbstironie hinzu.
»Wie ich sehe«, sagte Mr. Wharton, »hat es außer der Wahl auch noch einen kleinen Skandal in Silverbridge gegeben.«
Nun gab Lopez seine Version des Vorfalls. Er erzählte die Geschichte so gut und vor allem so glaubwürdig, daß Mr. Wharton fast geneigt war, mit seinem Schwiegersohn zu sympathisieren. Als Lopez alles erzählt hatte, sagte der alte Herr: »Sicher hat die Kampagne in Silverbridge eine Stange Geld gekostet.« Das war das Stichwort, das sich Lopez gewünscht hatte. Er berichtet, wie man ihn gleich bei seiner Ankunft in Silverbridge auf schamlose Weise um fünfhundert Pfund Sterling erleichtert habe. Dazu

gab Mr. Wharton nur den sachlichen Kommentar: »In der Politik ist nichts umsonst.«
Lopez nickte beifällig. »Und gerade in diesem Augenblick kommt mir diese Ausgabe höchst ungelegen. Ich hätte mich nie auf diese Sache eingelassen, hätte ich nicht das Gefühl gehabt, die Chance meines Lebens zu verpassen. Ein Sitz im Unterhaus ist ja immerhin eine große Ehre.«
»Ja«, murmelte Mr. Wharton. Dann wiederholte er dieses »Ja« noch zweimal.
»Und dabei hat mir die Herzogin gesagt, ich brauchte mir überhaupt keine Sorgen zu machen, ich würde bestimmt gewählt werden.«
»Ich bin bereit, für diese fünfhundert Pfund aufzukommen«, sagte Mr. Wharton.
Welch eine Wendung durch Gottes Fügung! dachte Lopez. Dabei war er nicht nur über diese milde Gabe hocherfreut, viel freudiger stimmte ihn die Erkenntnis, daß sich der gestrenge und steife Schwiegerpapa relativ mühelos einwickeln und rupfen ließ.
Mr. Wharton gab ihm einen Scheck in Höhe von fünfhundert Pfund. Mit diesem »Stückchen Papier« erschien Lopez dann eine Stunde später bei seinem Freund und Gläubiger Sexty Parker. Er spielte mit ihm, wie ein Zauberkünstler mit seinem Publikum spielt. Bald sah Sexty den Scheck ganz deutlich vor sich, und sein Herz schlug höher. Auf einmal war der Scheck wieder verschwunden, und sein Herz schlug weniger hoch.
Sexty Parker hatte das Gefühl, von tausend Wundern umgeben zu sein, genauer: von fünfhundert Wundern, und jedes wog ein Pfund, mit dem sich wuchern ließ.

Die Londoner Saison, die im Mai beginnt und im Juli endet, hatte programmgemäß Mitte Juni ihren Höhepunkt erreicht. Nach wie vor gab die Herzogin von Omnium ihre »rauschenden Feste« in Carlton Gardens oder in ihrem schönen Landhaus »The Horns«, das in Richmond an der Themse lag, nur dreizehn Kilometer vom Zentrum Londons entfernt. Nach wie vor kamen die Gäste in Scharen. Es galt als Ehre, von der Herzogin eingeladen zu werden. Aber man fing jetzt an, sich über sie lustig zu machen und ihren bisher so guten Namen mit dem ohne ärztliches Rezept erhältlichen Gift der Verleumdung zu bespritzen. Auf einmal fanden alle Lästerzungen etwas an ihr auszusetzen. Man behauptete, sie sei eine Intrigantin und betreibe ihr Ränkespiel, weil sie dadurch ihrem Mann eine politische Rückendeckung oder Hinter-dem-Rücken-Deckung zu geben versuchte. Und ihre Intrigen seien zu allem Überfluß auch noch erfolglos. Nun, das stimmte nicht so ganz. Gewiß, sie hatte sich alles etwas anders vorgestellt, sie hatte sich gedacht, alle Welt würde ihrem Zauber verfallen. Sie hatte fest darauf vertraut, alle jüngeren Abgeordneten des Parlaments würden nun treue Gefolgsleute ihres Gatten und ihrer selbst werden. Es war nicht der Fall. In ihren Träumen hatte sie sich schon als unerschütterlichen Felsen in allen politischen Stürmen des englischen Weltreichs gesehen. Sie hatte falsch geträumt. Hin und wieder hatte sie sogar geglaubt, man könne England durch Dinnerparties und glanzvolle Soupers regieren, es gäbe keine Krise, die man nicht durch Eistorten und Champagner lösen könne. Und darin lag zumindest ein Körnchen Wahrheitssalz, es lag in den Eistorten und im Champagner, so unwahrscheinlich das auch kulinarisch klingen mag. Einige der Gäste, die bei ihr speisten und tranken, blieben jedenfalls ihre treuen Anhänger.

Ihr Mann dagegen haßte dieses Übermaß an Geselligkeit. Anfangs hatte er sich bei den Parties gezeigt. Dann war er plötzlich verschwunden. Nun sah man ihn kaum noch in seinem Londoner Haus, höchstens mal bei einigen besonders wichtigen Abendessen, denen er als Premierminister nicht entgehen konnte. Sein Landhaus in Richmond suchte er überhaupt nicht mehr auf. »Für die übliche Geselligkeit hat mein armer Mann keine Zeit«, pflegte die Herzogin zu sagen. Die meisten ihrer Gäste nahmen diese Erklärung hin und glaubten, der arme Mann ertrinke tatsächlich in einem Berg von Arbeit und habe wirklich keine freie Minute, die er mit gesellschaftlicher Konversation vergeuden könne. Aber ach, in Wirklichkeit litt der Herzog schwer unter der Last der Stunden, die er nicht mit Arbeit füllen konnte. Dann saß er einsam an seinem Schreibtisch und brütete vor sich hin. Wehmütig dachte er an die Zeit zurück, als er noch dem Unterhaus angehörte und das Privileg genoß, bis in die frühen Morgenstunden an den Debatten teilzunehmen in der Hoffnung, schließlich doch noch einen Zusatzantrag zu seinem Gesetzentwurf betreffend Einführung der Dezimalwährung in England stellen zu können.

Natürlich nahm der Herzog auch an einer Gartenparty nicht teil, die Glencora Anfang Juli in ihrem Landhaus in Richmond gab. Bei dieser Party kam es dazu, daß Arthur Fletcher seine Jugendfreundin Emily zum erstenmal nach ihrer Heirat wiedersah. Es war auch das erste Zusammentreffen mit Lopez nach dem peinlichen Zwischenfall in Silverbridge. Wie es der Zufall wollte, war Arthur nur ein paar Schritte von beiden entfernt, als er von der Terrasse in den Garten ging. Emily und ihr Mann blieben einen Augenblick stehen, um die Gastgeberin zu begrüßen. Seit dem Debakel in Silverbridge hatte sich die Herzogin bei jeder Gelegenheit um Mr. und Mrs. Lopez bemüht. Sie hatte das Gefühl, an diesem Debakel nicht völlig unschuldig zu sein. Das war auch der Grund, warum sie Lopez und seine Frau mehrfach eingeladen hatte. Bei Arthur Fletcher handelte es sich dagegen um eine Art von Routine-Einladung. Er war ein junger Mann, der

sich einen guten gesellschaftlichen Ruf geschaffen hatte. Er unterstützte die Politik ihres Mannes im Parlament. Schon das hätte für Glencora genügt, um ihn unter ihre Fittiche zu nehmen. Aber es gab da auch noch einen anderen Grund: Es war ihr zur lieben Gewohnheit geworden, immer einen jungen Mann in ihrem Kreis und Umkreis zu haben, den sie fördern konnte. Eine Zeitlang war Lopez einer von diesen förderungsbedürftigen jungen Männern gewesen. Nun hatte sie ihn beiseite geschoben, ohne daß man es merken sollte. Natürlich hatte auch sie davon gehört, wie unmöglich sich Lopez in Silverbridge aufgeführt hatte.
Arthur Fletcher wollte gerade grüßend an der Herzogin vorbeigehen – er hatte auch nicht gesehen, mit wem sie gerade sprach –, als ihm die Gastgeberin zurief: »Das ist ja eine wunderbare Gelegenheit, die beiden Helden von Silverbridge wieder zu versöhnen.« Emily reichte Fletcher die Hand, die er natürlich ergriff; die beiden Männer begnügten sich mit einer knappen Verbeugung und einem leichten Lüften des Huts. Dann gingen Mr. und Mrs. Lopez weiter, da man ja als wohlerzogener Mensch die Gastgeberin nicht allein in Anspruch nehmen darf. Arthur wollte ihnen folgen und ein paar liebenswürdige Worte sagen, aber Lopez blickte so finster drein, daß er jede weitere Konversation unterließ. Er griff an seinen Hut und bat Emily im formellsten Ton, ihrem Herrn Vater seine besten Grüße und Empfehlungen auszurichten, dann drehte er sich um und ging über den Rasen zum Ufer der Themse.
Kaum hatte er sich entfernt, zischte Lopez seiner Frau zu: »Warum hast du diesem Mann die Hand gereicht?« Es geschah zum ersten Mal in ihrer Ehe, daß er den gekränkten Gatten spielte.
»Warum hätte ich's nicht tun sollen, Ferdinand? Wir sind alte Freunde, es hat nie einen Streit zwischen uns gegeben.«
»Von nun an müssen die Feinde deines Mannes auch deine Feinde sein. Hab' ich dir nicht erzählt, wie dieser Mann dich beleidigt hat?«
»Das hat er nie getan.«
»Emily, das kann ich besser beurteilen als du, er hat dich beleidigt und sich dann wie eine Memme benommen. Ich verlange, daß du ihn jetzt nur noch vom Wegsehen kennst. Jeder Umgang mit ihm hat aufzuhören! Verstanden?«
Ein paar Tage nach dieser unerfreulichen Auseinandersetzung zwischen Mr. und Mrs. Lopez bei der Party in Richmond unterhielt sich die Herzogin von Omnium mit Phineas Finn. Sie machte ihrem Herzen Luft: »Dieser Lopez ist doch ein furchtbarer Geselle. Er traf bei mir auf seinen Widersacher aus Silverbridge und benahm sich ihm gegenüber wie ein Ekel. Noch schlimmer: Er fing dann mit seiner Frau zu zanken an. Bei meiner Party, in meinem Garten! Männer können sich schon fürchterlich benehmen.«

Wie dieses Gespräch zeigt, war der Ehekrach à la Lopez dem wachsamen Auge und Ohr der Herzogin nicht entgangen.
»Er hat die arme Frau angebrüllt«, fuhr die Herzogin fort. »Natürlich bin ich an allem schuld. Als man mir diesen Lopez vorstellte, hielt ich ihn für einen gescheiten jungen Mann. Leute, die ihn bei mir einführten, sagten, er sei durchaus respektabel.«
»Weiß der Herzog von diesem Zwischenfall bei der Party in Richmond?«
»Nein. Ich hoffe, er wird auch nie von dieser dummen Geschichte etwas erfahren. Ach, Phineas, bisweilen hab' ich das Gefühl, daß mein Mann überhaupt nichts erfährt. Selbst wenn sich zwei Leute in seinem Speisezimmer duellieren würden, wäre er gewiß der einzige Mensch in London, der nichts davon wüßte.«
»Dann würde ich an Ihrer Stelle, Herzogin, kein Wort mehr über diesen Zwischenfall verlieren. Ziehen Sie die Konsequenzen! Laden Sie diesen Lopez nie mehr ein!«
»Natürlich kommt er nie wieder über meine Schwelle. Ohne diesen Burschen hätten wir Silverbridge noch immer. Arthur Fletcher, übrigens ein netter junger Mann, hat diesen Wahlkreis nicht gewonnen: Lopez hat ihn verloren! Und wir? Wir haben nichts an Lopez verloren.«

Lopez war die leibhaftig gewordene Freundlichkeit, als er aus der City nach Hause kam, um Emily abzuholen. Ihr Vater hatte beide zum Abendessen eingeladen.
Als sie in ihrem bequemen Brougham zusammensaßen, erteilte Lopez seiner Frau eine kleine Lektion, wie sie sich bei ihrem Vater zu benehmen habe: »Du mußt den alten Herrn sofort beiseite nehmen, um dann mit ihm ungestört ein kleines Gespräch führen zu können. Möglichst noch vor dem Essen.«
»Und worüber soll ich mit meinem Vater sprechen?«
»Ja, siehst du, wir müssen schließlich ein Dach über dem Kopf haben. Vor der Hochzeit hast du mal den vernünftigen Vorschlag gemacht, wir könnten doch im Hause deines Vaters wohnen, da sei reichlich Platz vorhanden. Ich hab' mich dann dummerweise nicht darauf eingelassen und eine geradezu irrsinnig teure Wohnung gemietet, ... und nun ... verstehst du ... nun können wir nicht länger mehr in dieser Wohnung bleiben, ohne daß ich die Miete bezahle.«
»Ich dachte immer, du hättest die Miete im voraus bezahlt.«
»Ja, hab' ich auch. In gewisser Weise. Aber vom Geschäftlichen verstehst du ja nichts. Also, hör jetzt mal ordentlich zu, ohne mich ständig zu unterbrechen! Ich hab' dir noch mancherlei zu sagen, ehe wir das Haus deines Vaters erreichen. Es käme mir jetzt sehr gelegen, wenn wir die teure

Wohnung aufgeben würden. Erstens gefällt mir die Behausung nicht, zweitens ist die Miete viel zu gepfeffert. Und dann hast du doch selbst gesagt, wie herrlich es wäre, wenn wir mit deinem Vater zusammenleben könnten.«
»Du hast mich da mißverstanden. Ich meinte nur für ein paar Wochen, nicht für immer.«
»Es wird nicht für immer sein. Wir kommen nur auf Besuch. Manche Besucher bleiben halt etwas länger als andere. Ich möchte, daß du deinen Vater mal aushorchst, wie er sich zu diesem Vorschlag stellt. Ich würde das Gespräch etwa so beginnen, du hättest das Gefühl, er sei in dem großen Haus viel zu sehr allein, zu einsam. Er hat's mir neulich mal selbst gesagt, daß er sich einsam fühle. Du kannst dich von mir aus auf diese Bemerkung deines Vaters berufen. Dann mußt du ihm versichern, wie sehr uns beiden daran gelegen sei, alles für ihn zu tun, was nur in unseren Kräften steht. Wenn du bei diesem Satz angelangt bist, würde ich vorschlagen, daß du den alten Herrn umarmst, ihm einen Kuß gibst und was ein braves Töchterlein sonst noch tut, um ihre Liebe zu beweisen.«
Diese kleine Lektion war fast mehr, als sie ertragen konnte, ohne aufzuschreien. Sie ließ sich in ihrem Sitz zurückfallen. Aber ihr Mann spürte nichts: »Dann mußt du ihm sagen, er würde doch bestimmt viel glücklicher sein, wenn wir eine Zeitlang bei ihm wohnten. Du kannst ihm von mir aus auch noch die Versicherung abgeben, daß wir wegen unserer Wohnung keine Schwierigkeiten hätten. Aber um Himmels willen darfst du das alles nicht in wohlgesetzter Rede von dir geben. Du mußt immer wieder ein klein wenig stocken, nach Worten suchen. Sag ihm auch, du hättest mit mir gesprochen. Nach einigem Zögern hätte ich meinen Segen zu deinem Vorschlag gegeben. Ja, mein Kind, das ist wichtig. Dein Herr Papa muß immer das Gefühl haben, daß der Gedanke zu diesem Zusammenleben von dir ausging – und nicht von mir.«
»Aber das stimmt doch nicht.«
»Du brauchst nur zu sagen, du möchtest bei ihm wohnen. Meinetwegen kannst du auch auf die lange Rede verzichten.«
Dann hielt der Wagen. Sie stiegen aus.
Mr. Wharton war allein im Wohnzimmer, als sie eintraten. Kaum hatte man die üblichen Begrüßungsworte gewechselt, begann Lopez damit, die von ihm genau vorgeplante Rolle zu spielen. Er setzte sich in die Nähe des geöffneten Fensters und blickte gedankenvoll ins Freie, in die Landschaft, in die Ewigkeit. Auch Emily hatte das Gefühl, eine Rolle zu spielen. Unerwartet gab ihr der alte Herr das von Lopez gewünschte Stichwort, indem er mit trauriger Stimme sagte: »Ich seh dich jetzt so selten.«
»Würdest du es begrüßen, wenn wir zu dir ziehen?«

»Was meinst du? Hab' ich dich recht verstanden? Du und dein Mann, Ihr möchtet hier wohnen?«
»Ja, Papa, für einige Zeit. Ferdinand spielt mit dem Gedanken, unsere Wohnung aufzugeben.«
»Ich dachte, er hätte sie für längere Zeit gemietet?«
»Er mag die Wohnung nicht, Papa. Sie ist auch schrecklich teuer. Er könnte jetzt aus dem Mietvertrag heraus. Wenn du willst, könnten wir also für einige Zeit bei dir bleiben.« Er wandte sich ihr zu, um ihr voll ins Gesicht zu schauen, fast mit Argwohn.
Emily errötete, als sie sich klarmachte, wie genau sie die »kleine Lektion« befolgte, die ihr Ferdinand erteilt hatte: »Ich würde gern wieder mit dir zusammenleben.«
Ihre Worte klangen so herzlich. Sofort war aller Argwohn verflogen. »Na schön ...«, sagte er. »Ihr könnt es ja mal ausprobieren. Das Haus ist groß genug. Ihr würdet ja auf diese Weise eine ganze Menge sparen.«
Und dann wandte er sich an seinen Schwiegersohn, der noch immer gedankenverloren ins Freie, in die Landschaft, in die Ewigkeit blickte. Er sprach nur zwei Worte: »Herzlich willkommen!«
Aber so herzlich war es nun auch wieder nicht gemeint.

Der Herzog von Omnium befand sich auf seinem Landsitz Matching Priory, als dort ein Brief mit der Aufschrift PERSÖNLICH eintraf. Trotzdem wurde auch dieser Brief – wie alle sonstige Post – von Mr. Warburton, dem Privatsekretär des Premierministers, geöffnet. Mr. Warburton hielt es jedoch in diesem Fall für seine Pflicht, den Brief seinem Chef vorzulegen. Der Herzog überflog das persönliche Schreiben. Dann sagte er, man könne die Angelegenheit auf sich beruhen lassen, eine Antwort sei überflüssig. Mr. Warburton entfernte sich.
Der Herzog hielt sich noch etwa eine halbe Stunde in seinem Arbeitszimmer auf. Er las politische und diplomatische Memoranden, die man ihm durch einen Kurier aus London zugeschickt hatte. All das tat er, ohne daß ihm die geringste Erregung anzumerken war. Dann erhob sich der Herzog. Er verließ sein Arbeitszimmer und ging durch das Vorzimmer, in dem Mr. Warburton fleißig arbeitend an seinem Schreibtisch saß. Zusammengeballt hielt der Herzog das »persönliche Schreiben« in der Hand, aber so, daß selbst Warburton nicht merken sollte, *daß* er es in der Hand hielt. Er suchte Glencora.
Als er sie allein in ihrem Salon antraf, reichte er ihr den Brief: »Da kannst du sehen, was du mit deinen albernen parlamentarischen Einmischungen angerichtet hast!«
Glencora las den Brief:

Manchester Square, 3. August

Mylord, Euer herzogliche Gnaden!

Ich halte mich für befugt, bei Euer Gnaden Beschwerde über die Art und Weise einzulegen, mit der man mich bei der Nachwahl in Silverbridge behandelt hat. Man veranlaßte mich, einen recht erheblichen Betrag in meine Kandidatur zu investieren, ohne daß ich auch nur die geringste Chance hatte, als Sieger aus dem Wahlkampf hervorzugehen. Wohl bin ich mir bewußt, daß ich in obiger Angelegenheit keine direkte Unterredung mit Euer Gnaden geführt habe. Ich weiß auch, daß ich mich keineswegs darauf berufen kann, ich hätte von Euer Gnaden die Zusicherung erhalten, daß man höheren Orts meine Kandidatur unterstützen würde. Aber ich wurde in unmißverständlicher Weise von der Herzogin aufgefordert, mich um den »Familien-Wahlkreis« Silverbridge zu bewerben. Bei dieser Gelegenheit gab mir die Herzogin zu verstehen, ich dürfe selbstverständlich mit all der Unterstützung rechnen, die mir der Einfluß von Euer Gnaden verschaffen könne. Zugleich wurde mir bei dieser Gelegenheit vertraulich mitgeteilt, die Stellung von Euer Gnaden als Premierminister lasse es nicht ratsam erscheinen, daß ich als der von Euer Gnaden favorisierte Kandidat eine persönliche Unterredung mit Euer Gnaden hätte.

Unter diesen Umständen halte ich mich für befugt, jetzt Beschwerde darüber zu führen, wie übel man mir bei meiner Kandidatur mitgespielt hat.

Schon nach kurzem Aufenthalt in obgenanntem Wahlkreis gelangte ich zu der betrüblichen Feststellung, daß ich mich in hoffnungsloser Position befand. Einflußreiche Bürger der Stadt, von denen man mir nachdrücklichst versichert hatte, daß sie Euer Gnaden treu ergeben seien, stellten einen dritten Kandidaten auf, der sich – ebenso wie ich – um die liberalen Wählerstimmen bemühte. Die logische Folge war: Keiner der beiden liberalen Kandidaten hatte Erfolg. Durch diese törichte Zersplitterung mußte das geschehen, was ich sofort erkannte: Der Wahlkreis war für die Liberalen verloren, noch ehe es zur Abstimmung kam. Ich habe auch nicht den geringsten Zweifel, daß ich unter anderen Umständen Silverbridge für unsere gemeinsame Sache und unsere gemeinsame Partei gewonnen hätte. Außerdem besteht für mich auch keinerlei Zweifel, daß es sich hierbei um ein Manöver handelte, das von langer Hand geplant und vorbereitet war. Kaum war ich in Silverbridge eingetroffen, wurde in fast schon erpresserischer Weise an mich das Ansinnen gestellt, einen Betrag in Höhe von 500 Pfund Sterling zu den angeblichen Kosten der Wahl beizusteuern. Natürlich wurde ich zu diesem Zeitpunkt noch nicht darüber informiert, daß die im übrigen von Euer Gnaden beschäftigten Wahlagenten in Silverbridge unmittelbar nach Zahlung obigen Betrages nicht *für* mich tätig sein würden, sondern *gegen* mich, indem sie einen liberalen Splitterkandidaten förderten.

Hochverehrter Herzog! Ich bin ein armer Mann. Gewiß, ich bin ehrgeizig, doch bleibe es dahingestellt, ob Ehrgeiz eine Sünde oder Tugend ist. Jedenfalls bin ich bereit, gewisse Ausgaben auch dann zu übernehmen, wenn sie nicht unbedingt im Interesse der Allgemeinheit liegen. Aber selbst bei der größten Hochachtung für Euer Gnaden bin ich nicht gewillt, meinen in Silverbridge erlittenen finanziellen Verlust mit unterwürfiger Geduld hinzunehmen. Nie wäre es mir in den Sinn gekommen, mich für die Nachwahl in Silverbridge zu interessieren, hätte mich die Herzogin nicht immer wieder ermuntert, alles zu tun, um der liberale Abgeordnete für diesen Wahlkreis zu werden. Von mir aus hätte ich mich nie und nimmer auf das Risiko einer Nachwahl eingelassen, deren Ausgang nicht von Anfang an feststand. Nur deswegen kandidierte ich, weil mir die Herzogin versicherte, daß man mir Silverbridge gleichsam auf einer silbernen Schüssel serviere, da Euer Gnaden völlig frei über besagten Wahlkreis verfügen könne.

Natürlich kann ich den Mann nicht auf Schadensersatz verklagen, der mir für angebliche Wahlkosten 500 Pfund Sterling entlockte. Aber ebenso selbstverständlich möchte ich auch nicht annehmen, daß es Euer Gnaden Wille sein kann, einen armen Teufel wie mich ruiniert zu sehen, nur weil die Herzogin einen kleinen Irrtum auf meine Kosten begangen hat. Sollte Euer Gnaden imstande sein, mir bei Erlangung eines anderen Sitzes im Unterhaus behilflich zu sein, so werde ich den in Silverbridge eingebüßten Betrag zu verschmerzen wissen. Ich glaube indessen, daß ich mir in dieser Hinsicht keine Hoffnung auf Ihren geschätzten Beistand machen kann. In diesem Fall sollte Euer Gnaden Sorge dafür tragen, daß ich für meinen finanziellen Verlust in Silverbridge angemessen entschädigt werde.

Hochachtungsvoll verbleibe ich
Euer Gnaden gehorsamster Diener Ferdinand Lopez

Der Herzog stand mit dem Rücken zum Kamin, als Glencora diesen Brief las. Er hatte keine Eile, und Glencora las langsam, Wort für Wort. Bisweilen las sie einen Satz zweimal. Sie ging bei dieser Lektüre so sorgsam vor, weil sie es einfach nicht fassen konnte, daß Lopez einen solchen Brief geschrieben hatte. Sie wollte auch Zeit gewinnen. Sie wußte nicht, wie sie einem Wutausbruch Plantagenets begegnen sollte. Endlich legte sie den Brief beiseite. »Und was sagst du zu diesem Brief?« fragte er.

»Dieser Lopez ist ein gemeiner Schuft.«

»Allerdings«, erwiderte der Herzog. »Und doch höre ich es nicht gern, nicht gern von deinen Lippen, daß du ihn als Schuft bezeichnest. Was er auch sein mag, er war jedenfalls dein Freund.«

»Nur eine Bekanntschaft.«

»Er war der Mann, den du entgegen meinem ausdrücklichen Wunsch zum Kandidaten für Silverbridge ausersehen hast und dessen Kandidatur du entgegen meinen strikten Weisungen unterstützt hast.«

Glencora schwieg. Schließlich sagte sie schluchzend: »Es tut mir ja so leid . . . Kann ich mehr sagen? Kann ich mehr tun?«

»Und wie soll ich mich verhalten? Was soll ich diesem Mann antworten? Mein Sekretär hat diesen Brief gelesen. Er hat ihn mir schweigend überreicht. Warburton erkannte natürlich die prekäre Situation, in die mich dieser Brief bringen kann.«

»Zerreiß ihn doch! Zerreiß ihn in tausend Stücke! Damit ist die Sache dann ein für allemal zu Ende.«

»Gewiß hast du recht, dieser Lopez ist ein Schuft, sonst hätte er nie eine solche Forderung an mich gestellt. Er sucht eine Situation auszunutzen, die durch den Fehler, ja durch die Eitelkeit einer gutmütigen Frau entstanden ist. Und er weiß genau, daß er sich schuftig benimmt. Aber so ganz unrecht hat er nun auch wieder nicht. Ohne mein persönliches Eintreten für ihn konnte er diesen Wahlkreis nicht für sich gewinnen. Alles Geld, das er in Silverbridge ausgab, war von Anfang an vergeudet. Es war eine Ausgabe, die er nie gemacht hätte . . . nie . . ., wenn du ihn nicht immer wieder bei seinem Vorhaben ermutigt hättest.«

»Dann zahl ihm doch das Geld zurück! Die paar Pfund werden dich ja auch nicht ärmer machen.«

»Ach, das wäre fein, wenn wir uns durch Geld aller Schwierigkeiten entledigen könnten. Nimm einmal an, Cora, ich gebe ihm das Geld! Ja, mehr und mehr habe ich das Gefühl, daß ich ihm wohl den Betrag ersetzen muß. Ich kann sein Schreiben nicht unbeantwortet lassen. Aber wenn er das Geld hat, was dann? Bist du dir klar darüber, daß es dann in allen Zeitungen stehen wird? Der Premierminister Ihrer Majestät hat einen armen Schlucker durch diese Zahlung bestochen. Wird es dann nicht heißen, daß ich diese Summe als Schweigegeld gezahlt habe?«

»Aber von Bestechung kann doch keine Rede sein, wenn du ihm das Geld gibst, weil er deiner Ansicht nach einen Anspruch auf diese Summe hat.«

»Cora, das verstehst du nicht.«

Pikiert erwiderte sie: »Ich verstehe ja nie was.«

»Nicht, um was es hier geht . . . Glaubst du ernsthaft, Cora, ich könnte die Schuld auf dich schieben? Nicht einmal zu meinem besten Freund könnte ich etwas sagen, was gegen dich gerichtet wäre.«

»Warum nicht?«

»Ich habe es nie getan, es wird auch nie geschehen. Selbst im Zorn würde ich mich nicht hinreißen lassen, vor anderen Menschen zu bekennen, daß auch du deine Fehler hast. Höchstens dir würde ich es sagen . . ., und ich würde meine Worte sofort bedauern.«

»Ach, mir wäre tausendmal wohler zumute, wenn du mich von Zeit zu Zeit tüchtig ausschimpfen würdest – wie ein unartiges Kind, das Strafe verdient hat.«

»Wir wollen beide unser Bestes tun«, sagte Plantagenet und gab Glencora einen Kuß auf die Stirn. »Ja, ich werde diesem Mann sein Geld überweisen. Es ist immer noch das kleinere von zwei Übeln. Und von nun an darf es kein böses Wort mehr zwischen uns geben.«

Der Herzog verließ den Salon seiner Frau, ging aber nicht in sein Arbeitszimmer zurück, sondern begab sich in ein abgelegenes Zimmer, das ihm in Matching wiederholt als Schlupfwinkel gedient hatte, wenn er mit sich und seinen Gedanken allein sein wollte. Wie oft hatte er hier glücklich-unglückliche Stunden verbracht und darüber gegrübelt, wie sich die Währung Großbritanniens am leichtesten auf das Dezimalsystem umstellen ließe. Hier hatte er im stillen Kämmerlein Zwiesprache mit sich selbst gehalten und mit seinem Schicksal gehadert, das ihn durch Erbschaft einer Herzogskrone in der Blüte seiner politischen Schaffenskraft dem Unterhaus entrissen und in das geruhsam-pensionsreife Haus der Lords verpflanzt hatte.

Nun saß er hier am Schreibtisch und starrte vor sich hin, unbeweglich wie ein Perpetuum immobile. Vor ihm lag die Schreibfeder, er rührte sie nicht an. Immer wieder ging ihm die Frage durch den Kopf, welche Folgen es wohl haben würde, wenn er Lopez den geforderten Betrag schickte. Er hatte stärkste Bedenken. Und dann . . ., dann rührte sich in ihm sein Sinn für Fairneß. Hatte er wirklich ein Recht, in egoistischer Weise zu erwägen, welche Folgen diese Zahlung für ihn selbst haben könnte? Nein, sagte er sich, zweifellos hat dieser Lopez einen größeren Geldbetrag unter falschen Voraussetzungen verausgabt. War es da nicht recht und billig, daß ihm dieser Betrag ersetzt würde? Mußte man ihm nicht diese Summe zurückerstatten, unabhängig davon, wie sich eine solche erpreßte Zahlung auf den Premierminister Ihrer Majestät von Großbritannien auswirken könnte?

In dieser Stunde des Nachdenkens nahm er keine Rücksicht auf die Gebote politischer Weisheit. Ja, er wußte genau, wie politisch unweise der Entschluß war, zu dem er schließlich gelangte. Aber er konnte nicht anders handeln, er konnte es nicht aus einem Gefühl innerer Anständigkeit, das er sich in all den Jahren parteipolitischer Kämpfe bewahrt hatte. Er griff zur Feder. Noch eine Sekunde des Zauderns, dann stellte er einen Scheck in Höhe von 500 Pfund Sterling aus, zahlbar an Ferdinand Lopez.

Mit dem Scheck in der Hand verließ er seinen Schlupfwinkel. Ehe er sein Arbeitszimmer betrat, erhielt Mr. Warburton den Auftrag, diesen Scheck mit einem kurzen Begleitschreiben an Lopez zu senden:

Matching, 4. August

Sehr geehrter Herr!

Der Herzog von Omnium hat Ihren an ihn gerichteten Brief vom dritten d. M. zur Kenntnis genommen. Seine Gnaden bedauert, daß Sie sich vielleicht nur deswegen an der Nachwahl in Silverbridge beteiligt haben, weil man Ihnen in Gatherum Castle eine unzutreffende Darstellung des für diesen Wahlkreis geltenden wahren Sachverhalts gegeben hat. Aus diesem Grunde hat mich der Herzog ersucht, Ihnen beiliegenden Scheck zu überweisen, und soll selbiger zur Abgeltung Ihrer Wahlausgaben in Silverbridge dienen.
Hochachtungsvoll

Arthur Warburton

Als Lopez diesen Scheck einkassierte, mußte er vereinbarungsgemäß einen erklecklichen Teil der ausgezahlten Summe an seinen Partner Sexty Parker abführen. Aber es geschah für einen guten Zweck. Beide hatten sich auf eine vielversprechende Spekulation eingelassen und aus Neuseeland eine größere Schiffsladung Dammarharz erworben. Wohl stand der aus diesem leicht zerbröckelnden Harz gewonnene Lack an Härte den Kopal- und Bernsteinlacken nach, war aber dafür erheblich billiger. Sexty und Lopez waren fest davon überzeugt, daß ihr Lack schon in einem halben Jahr um mindestens 100 Prozent im Werte steigen würde. Sie hofften, daß sich ihr Produkt, zu dem nun der Herzog von Omnium beigetragen hatte, als »Goldlack« erweisen könnte – wenigstens für ihr eigenes Konto, das schon längst jeden Goldschimmer verloren hatte. So oder so, sagten sie sich mit einem optimistischen Blick in die spekulative Zukunft, wird der Herzog der Lackierte sein.
Und dann lachten beide; Sexty Parkers düsteres Büro in der City wurde von einem Hoffnungsstrahl erhellt.

Schon vor vielen Jahren hatte Mr. Wharton sein Testament gemacht. Inzwischen hatte sich mancherlei in der Welt und in seinem eigenen Leben geändert, aber er hatte seinen Letzten Willen letztlich nicht revidiert. Ja, so ist das nun mal bei Juristen: Sie sind eben von Kopf bis Fuß auf Altruismus eingestellt. Für immer neue Klienten machen sie immer neue Testamente, an sich selbst denken sie nie.

In diesem besonderen Fall gab es allerdings auch noch andere Gründe, weshalb Mr. Wharton die Änderung seines Testaments immer wieder verschoben hatte.
Ursprünglich wollte er sein Vermögen zu gleichen Teilen seinen Kindern vermachen, dann wieder sollte Emily einen größeren Anteil erhalten, den er ihr schenkungsweise schon am Tage ihrer Hochzeit mit Arthur Fletcher übertragen wollte. Aber ach! Emily hatte Arthur Fletcher nicht geheiratet. Nun war sie Mrs. Lopez – und wenn sie einen Schwiegervater hatte – bisher war er mit unbekanntem Ziel verzogen –, so war er gewiß kein englischer Gentleman.
Eine Zeitlang hatte Mr. Wharton sogar erwogen, auch diesen Schwiegersohn wider Willen – das heißt gegen seinen eigenen Willen – schon zu Lebzeiten mit einer größeren und »arbeitsfähigen« Geldsumme zu beglükken. Schließlich war es ihm ja bekannt, wie wichtig ein solider finanzieller Unterbau für jeden Geschäftsmann ist – vor allem in jungen Jahren. Auch jetzt hatte er diesen Plan noch nicht völlig ad acta gelegt, obwohl ihn der Gedanke nicht gerade erfreute, sein hartverdientes und hartgeerbtes Geld auch nur bruchstückweise einem Mann mit dem so ganz unenglischen Namen Lopez zu überlassen. Aber immerhin war die angetraute Ehefrau dieses Individuums seine eigene Tochter. Und wenn es um Emily ging, war Mr. Wharton zu allem bereit. Gewiß . . . gewiß . . ., es war ihm immer noch unverständlich, wie ein so vernünftiges Mädel ausgerechnet auf Lopez verfallen konnte. Aber das war nun mal geschehen und war auch nicht mehr zu ändern. So überlegte sich Mr. Wharton, wie er am besten seine eigenen Affären regeln könne und wie er damit zugleich den Interessen seiner geliebten Tochter zu dienen vermöchte. In dieser löblichen Absicht schrieb er zunächst einen Brief an seinen Schwiegersohn. Er schrieb ihn während der Ferien, die er wie immer auf seinem Landbesitz in Herefordshire verbrachte. In diesem Brief bat er um eine detaillierte Aufstellung seiner Aktiva und Passiva.
Mehr oder minder postwendend erhielt er folgendes Antwortschreiben, dessen Anrede zwischen Respekt und Respektlosigkeit »goldrichtig« in der Mitte lag:

Hochverehrter Herr!

Sie haben mich um eine Vermögensaufstellung gebeten. Leider sehe ich mich außerstande, Ihnen genaue Angaben über den derzeitigen Stand meines Vermögens zu machen. Vielleicht erinnern Sie sich an die ehrenwerten Kaufleute bei Shakespeare – ich denke vor allem an den »Kaufmann von Venedig« –, die nie genau wußten, wie es zu einem zufällig bestimmten

Zeitpunkt um ihr Soll und Haben bestellt war. Mir geht es ähnlich wie diesen Kaufherren vergangener Jahrhunderte. Auch meine Handelsflotte befindet sich auf hoher See. Leider weiß man nie, wenn man gerade Bilanz machen will oder machen muß, wann so ein Schiff samt seiner wertvollen Ladung den sicheren Port erreicht.

Zur Zeit, da ich diese Zeilen schreibe, besteht mein Vermögen aus gewissen Anteilen an Schiffsladungen folgender Produkte: Jute, Dammarharz, Guano und Schwefel. Der gegenwärtige Wert dieser Frachten dürfte sich auf über 26 000 Pfund belaufen, von denen allerdings die Hälfte meinem Partner Mr. Parker gehört. Nun muß jedoch erwähnt werden, daß nur ein Teil dieser Frachten bereits von uns bezahlt ist, etwa die Hälfte. Für die übrigen 50 Prozent haben Mr. Parker und ich Wechsel ausgestellt. Im Februar nächsten Jahres dürfte es uns jedoch wahrscheinlich gelingen, die erwarteten Produkte für einen Betrag zu verkaufen, der erheblich über 30 000 Pfund liegen dürfte. Wenn mir also jetzt ein Kredit in Höhe von 5000 Pfund gewährt werden könnte, dürfte ich Ende Februar nächsten Jahres wohl über ein Vermögen von 15 000 Pfund verfügen. Im übrigen laufen verschiedene andere Transaktionen. Meist handelt es sich dabei um kleinere Beträge, aber auch diese Geschäfte versprechen einen guten Profit.

Wie Sie sehen, hochverehrter Herr, liegt alles noch ein wenig in der Zukunft, vielleicht Ihrer Ansicht nach ein wenig zu sehr. Ich kann an diesem Stand der Dinge leider nichts ändern. Aus besagten Gründen ist es mir daher nicht möglich, die von Ihnen gewünschte Aufstellung meiner Guthaben und der von mir geschuldeten Beträge zu machen.

Zweifellos befinde ich mich in der Lage eines Mannes, der bei seinen geschäftlichen Unternehmungen mehr als nur sein Eigenkapital eingesetzt hat. Ich tat es, weil man mir günstige Angebote unterbreitet hat. Ich tat es auch, weil ich der Ansicht bin, für geschäftliche Dinge mehr Verständnis und Instinkt zu haben, als es gemeinhin der Fall ist.

Nun will ich allerdings nicht leugnen, daß ich mich im Augenblick leider etwas übernommen habe. Unter diesen Umständen dürfte es wohl naheliegend sein, vor allem wenn man unsere nahe verwandtschaftliche Beziehung bedenkt, daß ich mich an meinen vermögenden Schwiegervater mit der Bitte wende, mich bei der derzeit angespannten Lage meiner Finanzen nicht im Stich zu lassen.

Glauben Sie mir, hochverehrter Herr, ich gehöre gewiß nicht zu jenen Menschen, die aus schnöder Gewinnsucht handeln. Als ich Ihre Tochter heimzuführen die Ehre hatte, habe ich die Frage einer eventuellen Mitgift nicht einmal andeutungsweise berührt. Als professioneller Finanzmann hielt ich es jedoch für eine Selbstverständlichkeit, daß die Ihrer Tochter

gewährten Mittel, gleichviel in welcher Höhe, mit meinem eigenen Kapital zusammengelegt würden. Aufgrund meiner Erfahrung, wie man Kapitalien zu persönlich fruchtbringenden Zwecken anzulegen vermag, will es mir scheinen, daß ein Betrag von etwa 20 000 Pfund Ihrer Tochter und mir ein anständiges Einkommen garantieren könnte. Aus dieser Bitte, mit deren baldmöglichster Erfüllung ich zuversichtlich rechne, dürfen Sie jedoch nicht den Schluß ziehen, daß ich Emily etwa des Geldes wegen und nicht aus Liebe geheiratet habe.
Und damit, hochverehrter Herr, wissen Sie alles, was ich Ihnen zu dieser Stunde mitteilen kann. Sollten Sie noch weitere Fragen auf dem Herzen haben, bin ich jederzeit bereit, Ihnen nach bestem Wissen und Gewissen die gewünschten Auskünfte zu erteilen.
Abschließend sei nur noch eines erwähnt: Gleichviel wie hoch Sie den für Ihre Tochter und mich bestimmten Betrag ansetzen, so dürfte mir dieser im Augenblick, also zu Ihren Lebzeiten, von größerem Nutzen sein als zu einem späteren Termin, von dem ich hoffe, daß er noch in weiter Ferne liegt.
In aufrichtiger Zuneigung
Ihr Schwiegersohn Ferdinand Lopez

Auf diesen Brief antwortete der Schwiegervater:

Mein lieber Lopez!

Ich kann nicht gerade behaupten, daß Ihre Vermögensaufstellung in einer mich befriedigenden Weise ausgefallen ist. Der Inhalt Ihres geschätzten Schreibens läßt auch nicht den Schluß zu, daß Sie in den letzten Jahren aus Ihren diversen Unternehmungen ein Einkommen von jährlich 2000 Pfund hatten, wie Sie mir zu wiederholten Malen mit eindeutiger Bestimmtheit versicherten. Ich verstehe nicht viel von Handelsgeschäften, dennoch erscheinen mir Einkünfte in dieser Höhe als recht fragwürdig – und das aufgrund Ihrer eigenen Darstellung. Verfügen Sie über ein Kontokorrentbuch? Wenn ja, würden Sie zustimmen, daß dieses Buch von einem Bücherrevisor meiner Wahl geprüft wird?
Sie erklären, ein Betrag von 20 000 Pfund würde Ihnen in geschäftlicher Hinsicht im Augenblick willkommener sein, als wenn Sie einen Betrag in dieser Höhe erst nach meinem Ableben erhielten. Das mag schon sein. Aber aufgrund des von Ihnen selbst geschilderten Zustandes Ihrer gegenwärtigen Geschäftslage hege ich berechtigte Zweifel, ob ich die Ersparnisse meines Lebens dazu hergeben kann, derart undurchsichtige Geschäfte wie die von Ihnen getätigten zu finanzieren.
Noch habe ich keinen endgültigen Entschluß gefaßt. Ich kann Ihnen aber

schon jetzt versichern: Alles, was ich in dieser Angelegenheit zu tun gedenke, wird ausschließlich mit Rücksicht auf meine Tochter geschehen, und ich werde dafür Sorge tragen, daß nur Emily und ihre Kinder Vorteile irgendwelcher Art aus meiner Zuwendung haben sollen. Soweit ich die Dinge zur Zeit überschaue, werde ich daher alles, was ich meiner Tochter zukommen lassen will, der Verwaltung eines Treuhänders unterstellen. So habe ich die Gewähr, daß dieser Betrag ausschließlich ihr und ihren Kindern zugute kommt.

Hochachtungsvoll

A. Wharton

Als Mr. Wharton jedoch von seinem Ferienaufenthalt in Herefordshire nach London zurückkehrte, hielt er es für angebracht, mit seinem Schwiegersohn ein Gespräch von Mann zu Mann zu führen, damit sich Lopez keinen falschen Hoffnungen hingäbe. Er ließ ihn also zu sich kommen, um ihm seinen endgültigen Beschluß mitzuteilen. »Ich halte es für das Beste, Lopez«, begann er, »wenn ich Sie jetzt klipp und klar darüber informiere, wie ich mir in finanzieller Hinsicht unsere künftige Beziehung denke.« Eine kleine Pause folgte des Effekts wegen. Und dann: »Von nun an werde ich Ihnen kein Geld mehr aushändigen oder überweisen, das für Emily bestimmt ist.«

»Das ist Ihre Sache. Sie können natürlich tun, was immer Sie für richtig halten.«

»Stimmt. Sie haben von mir bereits ganz erhebliche Geldbeträge erhalten, aber wohl nicht genug, was Ihre weitgehenden Ambitionen betrifft.«

»Es war tatsächlich nicht viel, Mr. Wharton.«

»Nein, für Sie gewiß nicht. Mir hat's gereicht. Aber auf geldlichem Gebiet gehen die Ansichten ja meist auseinander. Was für den einen eine Million ist, ist für den anderen eine Bagatelle. Jedenfalls bin ich nicht gewillt, Ihnen mehr zu geben. Im Augenblick möchte ich, daß Emily weiter in meinem Hause wohnt, hier am Manchester Square. Und was Sie betrifft . . . gut, wenn Sie im Augenblick finanziell in der Bredouille sind, wie ich annehmen möchte, na ja . . ., dann steht Ihnen mein Haus auch weiter offen. Auf diese Weise würden Sie zumindest die Miete sparen.«

»Bei meinen Kalkulationen, Sir, habe ich so winzige Beträge wie Miete nie eingesetzt.«

»Lopez, es gibt keine Kleinigkeiten, die man nicht einkalkulieren muß. Ja, ich möchte noch weitergehen: Nur Kleinigkeiten sind einzukalkulieren. Also . . ., wenn ich eines Tages sterbe, wird Emily im Testament ausreichend bedacht sein, sie wird dann die Zinsen eines nicht unerheblichen Kapitals als Einkommen haben. Davon wird sie gut und standesgemäß

leben können. Das Kapital selbst wird treuhänderischer Verwaltung unterstehen. Nach Emilys Tod fällt das Kapital ihren Kindern zu.«
»Und für mich werden Sie nichts tun?«
»Nichts! Oder doch etwas mehr als nichts. Wer sorgt für Ihren Unterhalt und den Unterhalt Ihrer Frau?«
»Das ist nicht der Rede wert.«
»Gut. Dann haben wir uns nichts mehr zu sagen.«
Und damit war das Gespräch beendet.
Zwei Tage später kam es zu einer weiteren Aussprache zwischen Lopez und seinem Schwiegervater.
Lopez begann: »Neulich haben Sie sich mir gegenüber sehr offen ausgesprochen.«
»Das war auch meine Absicht.«
»Ich will jetzt genauso offen mit Ihnen reden. Ihre Tochter und ich, wir stehen vor dem Ruin, falls Sie Ihren Entschluß nicht ändern.«
»Ich weiß nicht, was Sie damit sagen wollen. Wenn Sie meinen, ich sollte Ihnen doch noch eine Scheibe von meinem Vermögen zur Verfügung stellen, so erkläre ich Ihnen nochmals: Ich werde meinen Entschluß nicht ändern. Ich gebe Ihnen hiermit die feierliche Zusicherung, daß Sie von mir keinen Penny mehr für Ihre Geschäfte erhalten werden.«
»Dann muß ich Ihnen meinerseits eine feierliche Erklärung abgeben: Unter diesen Umständen werde ich mich zum Verlassen Englands gezwungen sehen. Ich werde versuchen, mein Glück in Zentralamerika zu machen. Man hat mir eine Position in Guatemala angeboten, keine sehr gute oder aussichtsreiche, wie ich gleich hinzufügen möchte.«
»Guatemala!«
»Jawohl! Freunde von mir haben da einige Kontakte. Ich habe Emily noch nichts davon gesagt. Wie die Dinge liegen, wird sie mir wohl folgen müssen.«
»Es ist doch nicht Ihr Ernst, daß Sie Emily nach Guatemala verschleppen wollen?«
»Verschleppen, Sir? Emily ist meine Frau. Ich habe ein Recht darauf, mit meiner Frau zusammenzuleben, wo es mir paßt, in England oder in Guatemala. Meinen Sie, daß ich Emily bei Ihnen zurücklassen werde, damit Sie dann von Ihrer Gnade, Güte und Großzügigkeit abhängig ist?«
»Ich wollte, Sie wären meiner Tochter nie begegnet.«
»Das ist eine sehr allgemeine Feststellung, die hier völlig belanglos ist. Wichtig ist nur dies: Wenn ich mich hier nicht durchschlagen kann, muß ich mein Glück anderswo versuchen. Wie ich Ihnen schon andeutete, brauche ich im Augenblick nur 20 000 Pfund. Mit diesen paar Kröten könnte ich alle gegenwärtigen Schwierigkeiten überwinden und mir ein

Vermögen aufbauen. Aber wenn mir diese 20 000 Pfund nicht bis Weihnachten zur Verfügung stehen, muß ich hier alles opfern.«

»Einen so gemeinen, so niederträchtigen Vorschlag hat mir noch kein Mensch gemacht«, sagte Mr. Wharton, und seine Stimme bebte vor Wut.

»Was ist da gemein? Was ist da niederträchtig? Ich habe Ihnen nur ganz schlicht und einfach die Dinge dargestellt, wie sie wirklich liegen.«

»Ich werde meinen Entschluß nicht ändern. Sie werden keinen Penny von mir erhalten!«

»Dann geht es eben nach Guatemala.«

»Emily wird selbst entscheiden müssen, ob sie Ihnen folgt.«

»Sie wird nichts zu entscheiden haben, die Entscheidung liegt bei mir.«

»Ich habe keine Lust, mich mit Ihnen herumzustreiten, Lopez!« Und dann seufzte Mr. Wharton und sagte ein um das andere Mal: »Arme Emily! Arme Emily!«

Lopez griff das Stichwort auf, verzichtete aber auf alle Seufzer. »Ja, sie wird künftig als armes Mädchen leben müssen, ganz bestimmt, wenn sie von ihrem Vater auf so schändliche Art behandelt wird. Da die Gefahr besteht, daß Sie Ihre väterliche Autorität auszunutzen gedenken, werde ich nun sofort die nötigen Schritte unternehmen, um Emily anderswo unterzubringen und Ihrem Zugriff zu entziehen.«

Und damit war diese zweite Aussprache beendet.

Lopez hatte übrigens nicht geschwindelt, er war auch nicht einer momentanen Eingebung gefolgt, als er die Möglichkeit einer Auswanderung nach Guatemala erwähnte. Ein Bekannter in der City hatte ihm vor einiger Zeit einen kleinen Vortrag über diese reichste der fünf zentralamerikanischen Republiken gehalten, in der es allerdings seit dem Tod des Präsidenten Carrera allerlei Unruhen gab. Guatemala, so wurde Lopez nun aufgeklärt, bedeute eigentlich »Ort der Holzhaufen«. Aber es gäbe da auch Orte, wo sich statt Holz wertvolle Mineralien »häufen«. In einem der dortigen Bergwerke werde man möglicherweise unter Umständen schon bald einen ortsansässigen Direktor benötigen. Das klang nun sehr vage, auch nicht gerade vielversprechend. Aber mehr und mehr setzte sich bei Lopez der Gedanke fest, daß er endlich ausbrechen müsse.

Er bewarb sich also auf den Rat seines Bekannten in aller Form um jenen Posten in der Sierra de las Minas, von dem noch nicht einmal feststand, ob er tatsächlich vakant sei. Eines Tages traf eine Antwort ein: Ja, hieß es da, wenn es Mr. Lopez um seine Bewerbung ernst sei, könnte sich die Sache vielleicht arrangieren lassen. Prompt zeigte Lopez diesen Brief seinem Schwiegervater.

»Mir ist es dabei verdammt ernst«, sagte er, und dann fügte er hinzu: »Emily wird sicher schon zwei Monate nach ihrer Entbindung die Reise antreten können. Wie man mir sagte, vertragen Babies eine Seereise besser als Erwachsene.«

Trotz seiner Drohungen hatte Lopez das Haus von Mr. Wharton am Manchester Square nicht verlassen. Jeden Morgen ging er von hier in die City. Was er da tat, wußte niemand. Sein Schwiegervater hatte keine Ahnung, Emily auch nicht. Vielleicht bereitete er seine Übersiedlung nach Guatemala vor, vielleicht ging er auch nur nach dem physikalischen Trägheitsgesetz nicht mehr vorhandenen Geschäften in der City nach, vielleicht liquidierte er auch nur, was sich bereits von selbst liquidiert hatte.

Wenn er mit Emily sprach, war nur vom Wetter die Rede und vom Baby, das beide sehnsüchtig erwarteten, oder von den Geldsorgen des Alltags, die nun bei ihnen alltäglich geworden waren. Das ferne Land mit dem Ort, wo sich Holz häuft, wurde nie erwähnt. Aber Emily wußte Bescheid, auch wenn sie dieses Thema nie berührte. Eines Tages fragte sie ihn: »Du willst also wirklich auswandern?«

»Ja«, sagte er. »Gemeinsam mit dir!«

»Ferdinand, ich habe über alles nachgedacht, Tag und Nacht, seit ich von meinem Vater von deinem Plan erfuhr.«

»Und?«

»Du mußt mir schon gestatten, hier zu bleiben. Ich bitte dich darum. Mir ist zumute, als ob ich dich um mein Leben bitte.«

»Dein Vater hat dich gegen mich aufgehetzt.«

»Nein, er hat es nicht getan.«

»Was hat er dir gesagt?«

»Mein Vater meint, ich sollte es ablehnen, dich in eine so ungewisse Ferne ... in eine so ungewisse Zukunft zu begleiten ...«

Brüsk unterbrach sie Lopez: »Na ja, dein Papa hat immer schon alle möglichen Meinungen zum besten gegeben.«

»Ferdinand, ich werde es aber nicht ablehnen. Wenn du darauf bestehst, werde ich mit dir gehen. Wegen dieser Frage soll es keinen Zank zwischen uns beiden geben.«

»Das will ich hoffen.«

»Aber du machst mich unglücklich, wenn du darauf bestehst, daß ich mit dir komme.«

»Ist das deine Vorstellung von einer guten Ehe? Der Mann soll in die Fremde ziehen, um sich für sein Weib abzurackern? Was macht es schon, wenn er krepiert! Aber vielleicht ist es wirklich das beste, die Frau daheim zu lassen, wenn sie einen doch nicht liebt ...«

»Nein, Ferdinand, wenn er ... wenn er seine Frau nicht liebt.«

»Wer sagt dir, daß ich dich nicht liebe?«

»Oder ... wenn sie ihn nicht liebt ...« Diese Worte sprach sie ganz langsam, ganz sanft. Dabei sah sie ihm fest in die Augen.
»Und das sagst du mir ins Gesicht?«
»Ja. Welchen Sinn hätte es denn, dich anzulügen? Du hast dich mir gegenüber anders benommen, als ich es von dir erwartet hatte.«
»Ach so«, sagte er mit gedämpfter Stimme, die höhnisch klingen sollte. Und dann begann er auf einmal zu schreien: »Du hast dir irgendein Wolkenkuckucksheim errichtet. Nun zerfällt es in tausend Stücke, und du stehst auf den Trümmern und kommst dir groß vor und sagst deinem Mann ins Gesicht, daß du ihn nicht liebst und daß du keine Lust hast, dein Leben mit ihm zu teilen. Ich bestehe aber auf meinem Recht. Du bist meine Ehefrau, du hast zu tun, was ich sage. Wenn es sein muß, wirst du für mich schuften müssen. Oder ... dein Vater rückt mit seinen Moneten heraus. Dann bleiben wir eben hier – aber nur dann! Verstehst du?«
Kurz vor Weihnachten kam das Baby zur Welt, aber es starb schon nach wenigen Tagen.

Eines Morgens saß der Herzog von Omnium nach dem Frühstück in seinem Privatkämmerlein in Matching. Er las die Zeitungen. Gelangweilt griff er zur »Volkstribüne«. Doch was war das? Ein langer Artikel, der ihn persönlich betraf. Erst kam, wie es seit Erfindung der Druckerpresse bei allen Revolverblättern üblich ist, eine weitschweifige Einleitung über die moralischen Pflichten einer ewig wachsamen Presse. Und dann hieß es:

»Wir möchten gern wissen:
WER IST FÜR DIE KOSTEN AUFGEKOMMEN, DIE EINEM GEWISSEN FERDINAND LOPEZ BEI DER NACHWAHL IN SILVERBRIDGE ERWACHSEN SIND?
Möglicherweisc ...
hat sie der eben genannte Gentleman aus eigener Tasche beglichen. Damit wäre der Fall für uns erledigt, wenigstens vorläufig. Es interessiert uns im Augenblick auch nicht, ob diese Wahlkosten über das übliche Maß hinausgingen.
Möglicherweise ...
haben auch politische Freunde von Mr. Lopez eine Sammlung veranstaltet, mit deren Hilfe dann die Ausgaben in Silverbridge beglichen wurden. Auch in diesem Fall wäre die Angelegenheit im Augenblick für uns erledigt.
Möglicherweise ...
liegt aber alles ganz anders. Uns liegt ein Bericht vor, eigentlich schon mehr als nur ein Bericht, der es uns zur Pflicht macht, die Frage zu stellen, die wir bereits an den Anfang dieses Artikels setzten:

WER IST FÜR DIE KOSTEN AUFGEKOMMEN, DIE EINEM GEWISSEN FERDINAND LOPEZ BEI DER NACHWAHL IN SILVERBRIDGE ERWACHSEN SIND?
Wurden diese Kosten etwa aus der Privatschatulle des gegenwärtigen Premierministers gedeckt?
Wenn ja, würde diese Handlungsweise einen Makel im Charakter dieses Aristokraten zeigen, den wir in aller Öffentlichkeit anprangern müssen gemäß den heiligsten Geboten einer freien Presse, die für Sauberkeit im politischen und privaten Leben der Nation zu sorgen hat.
Wahrlich, wir müssen noch einen Schritt weitergehen: Sollte es sich als wahr erweisen, daß diese Wahlausgaben aus der Privatschatulle des Herzogs von Omnium beglichen wurden, so verfügt dieser Erstminister Ihrer Majestät der Königin nicht über die moralischen Qualifikationen, wie sie das britische Volk mit Fug und Recht vom Träger eines so hohen Amtes verlangen kann, verlangen muß – und verlangen wird.«

Der Herzog wußte sofort, wer diesen Giftpfeil abgeschossen hatte: Quintus Slide, der schleimige Chefredakteur der »Volkstribüne«. Und damit wußte er auch, daß die »Affäre Lopez« mit diesem Artikel noch längst nicht erledigt war. Vielleicht hätte er Lopez doch ignorieren sollen, aber nun war es zu spät. Als er sich dann in sein Arbeitszimmer begab, wollte ihn sein Privatsekretär trösten. »Niemand wird dieser Attacke irgendwelche Bedeutung zumessen«, sagte Mr. Warburton. Aber er wußte genau, welches Aufsehen dieser Artikel schon gemacht haben mußte und gewiß noch machen würde.
Noch war das Parlament in Westminster nach den Weihnachtsferien nicht zusammengetreten. So blieb noch eine kurze Galgenfrist, bis man im Unterhaus, aber bestimmt auch im edlen Haus der edlen Lords, die »Affäre Lopez« zur Sprache bringen würde, vielleicht in öffentlicher Debatte, vielleicht aber auch nur als Geflüster in den Wandelgängen.
Man hatte die Wiederaufnahme der Parlamentssitzungen für den 12. Februar angesetzt. Vorher sollte üblicherweise noch eine Kabinettssitzung stattfinden. Endlich gab der Premierminister in der dritten Januarwoche den Tag für die Kabinettssitzung bekannt. Aber er fühlte sich krank, und so bemühte er sich, seinen alten Freund, den Herzog von St. Bungay, zu überreden, daß man diese Sitzung ohne ihn abhalten sollte.
»Unmöglich«, sagte der herzogliche Kollege.
Der Premierminister: »Es muß möglich sein. Sie werden schon sehen, es geht auch ohne mich.«
Der herzogliche Kollege: »Zur Not könnte ja das gesamte Kabinett zu Ihnen nach Matching kommen.«
Der Premierminister: »Das kann ich nun wirklich nicht zulassen. Vierzehn

oder fünfzehn Minister Ihrer Majestät können doch nicht von Whitehall abwesend sein – nur weil eine armselige Kreatur wie ich nicht ganz auf dem Posten ist.«

War der Premierminister wirklich krank? Der Herzog von St. Bungay glaubte nicht so recht daran. Gewiß, sein Freund, der Premier, war in einer erbärmlichen Stimmung, gedrückt und verdrossen. Aber war er krank? Richtig krank?

Es gab jetzt wohl im ganzen Land, von John-o'-Groats bis Lands End, keine einzige zeitunglesende Seele, die nicht von der Lopez-Affäre gehört hätte – mit einer Ausnahme: Und das war die Herzogin. Bisher hatte es niemand gewagt, ihr zu erzählen, was für ein Aufsehen diese Geschichte machte, die sich inzwischen zu einem fast schon überlebensgroßen Skandal entwickelt hatte. Wohl las auch sie die Zeitungen täglich, wahrscheinlich huschten ihre Augen aber wohl nur flüchtig über die Spalten. Sie wußte also nichts von den bösen Angriffen auf Plantagenet in der »Volkstribüne«. Mit untrüglichem Instinkt ahnte sie jedoch, daß irgendwas nicht stimmte.

Eines Tages kam Phineas Finn zu Besuch. Sie forschte ihn aus. »Etwas geht vor. Ich spüre es. Was ist geschehen?«

Vorsichtig ausweichend antwortete Phineas: »Der Herzog fühlt sich nicht wohl ...«

»Und warum? Ich weiß genau, wann er krank ist und wann nicht. Was bedrückt ihn?«

»Der Herzog hat sich mir nicht anvertraut. Ich kann nur mutmaßen, und alles Herumraten ist mir verhaßt.«

Aber dann änderte Phineas plötzlich seinen Sinn: »Mir scheint, daß ihn die Silverbridge-Affäre bedrückt.«

»Welche Silverbridge-Affäre?«

»Sie wissen doch: Er hat die Wahlspesen für einen gewissen Ferdinand Lopez übernommen.«

»Ja, ich weiß.«

»Und sicher wissen Sie auch, daß dieser Quintus Slide Wind von der Sache bekommen hat. Neulich brachte die ›Volkstribüne‹ einen langen Artikel ...«

»Nein, das hab' ich nicht gewußt.«

»In diesem Artikel hat dieser Quintus Slide eine Menge von wilden Anschuldigungen gegen den Herzog erhoben. Es ist höchste Zeit, daß Sie endlich die Wahrheit erfahren.«

»Alle Welt täuscht mich!« sagte die Herzogin. Ihre Stimme bebte vor Zorn – wie in der guten, alten und stürmischen Zeit, als sie noch Glencora M'Cluskie und dann Glencora Palliser war. »Warum attackiert man den Herzog? Was hat Plantagenet denn getan? Ich werde Briefe an alle

Zeitungen schreiben, ich werde alles aufklären. Jawohl, ich habe Lopez ermutigt. Jawohl, ich habe es getan, nachdem mir Plantagenet sagte, ich sollte mich nicht in die Politik einmischen. Jawohl, ich habe gegen seinen ausdrücklich geäußerten Wunsch gehandelt. Und weil ich's tat, hat Plantagenet Lopez diesen lumpigen Betrag gezahlt. Was ist schon dabei? Ich habe breite Schultern, ich werde alles auf mich nehmen. Wenn man mich kreuzigen will, bitte schön ...«

Eine Stunde später klopfte sie an die Tür des »Allerheiligsten«, jenes Kämmerleins, das sich der Herzog in Matching Priory für seine Meditationen reserviert hatte. »Ich habe erst eben von der Geschichte mit Lopez erfahren.«

»Wer hat dir davon erzählt?«

»Eigentlich niemand. Ich hatte das Gefühl, wenn ich dich sah, da ist irgendwas nicht in Ordnung. Dann sprach ich mit Marie. Durch Phineas ist sie über alles informiert. Warum hast du mir denn nie etwas davon gesagt?«

»Warum hätte ich dich aufregen sollen?«

»Plantagenet, wenn mich etwas bedrückte, würde ich sofort zu dir kommen.«

»Du nimmst also an, daß mich diese Sache schwer bedrückt?« Er lächelte, doch sofort schwand das Lächeln wieder aus seinem Gesicht. »Nein«, sagte er, »ich will dir nichts vormachen, Cora. Diese Sache bedrückt mich. Ich kann es nicht leugnen.«

Der Herzog saß an seinem Schreibtisch, Glencora stand neben ihm, aber nicht wie eine Sünderin im Büßerhemd. Sie sah auch nicht wie eine Heilige aus, obwohl sie in dieser Sekunde bereit war, genau das zu tun – oder tun zu lassen –, womit sich im alten Rom einige urchristliche Matronen den Heiligenschein erworben hatten. »Plantagenet«, sagte sie, »du mußt mich den Löwen zum Fraß vorsetzen! Irgend jemand muß laut verkünden, so daß es jeder vernehmen kann: Die Herzogin ist an allem schuld! Sie hat das und das getan. Man kann mich deswegen nicht umbringen.« Plötzlich fielen ihr wieder die Löwen ein. Sie lächelte spitzbübisch: »Und die Löwen können mich nicht fressen. Ich bin viel zu zäh.«

Dem armen Herzog war aber gar nicht urchristlich zumut: »Ich will nicht, Cora, daß man in aller Öffentlichkeit über meine Frau redet. Ich werde nie zugeben, daß ich in dieser Sache nicht die volle Verantwortung trage. Deine Angelegenheiten sind auch meine Angelegenheiten. Ich bin verantwortlich, ich allein, niemand sonst!«

Gleich nach Erscheinen des Artikels gegen den Herzog von Omnium hatte Lopez den Redakteur der »Volkstribüne« aufgesucht. Er wollte von Quintus Slide erfahren, wie er dazu gekommen sei, derartige Dinge abzudruk-

ken, die für ihn, Ferdinand Lopez, eine so nachteilige Wirkung haben mußten. Immerhin hatte er ja inzwischen zweimal eine Art Schadenersatz für seine Wahlspesen in Silverbridge erhalten. Immerhin hatte ihm dieses »Wahlgeschäft« einen Nettogewinn von 500 Pfund Sterling eingebracht. Anfangs hatte er wegen dieses »Doppelverdienstes« sogar leichte Gewissensbisse verspürt. Aber dann hatte er sich gesagt – und vielleicht war auch das ein uraltes portugiesisches Sprichwort: »Jedweder weise Mann vergißt, was nicht mehr zu behalten ist«. Nun war es jedoch mehr als wahrscheinlich, daß sich zumindest Mr. Wharton daran erinnern würde, daß er seinem Schwiegersohn bereits unmittelbar nach der mißglückten Wahl einen Scheck in Höhe von 500 Pfund ausgestellt hatte. Wenn er also nochmals Schadenersatz verlangte, diesmal sogar vom Premierminister Ihrer Majestät, dann war das natürlich ein offensichtlicher Schwindel, so offensichtlich, daß ihn selbst ein Blinder mit dem Stock fühlen konnte. Da Lopez nun schon seit einiger Zeit mit Quintus Slide auf vertrautem Fuß stand – gleich und gleich gesellt sich gern –, fragte er ihn ohne Zögern:
»Wer hat Ihnen gestattet, all dies zu veröffentlichen?«
»Ist es wahr?« fragte der Redakteur.
»Es war doch alles eine Privatsache zwischen dem Herzog und mir.«
»Herzöge, mein lieber Freund, haben kein Privatleben, vor allem nicht, wenn sie Premierminister sind.«
»Aber Sie hatten kein Recht, diese Dinge, die mich betreffen, zu veröffentlichen.«
»Ist es wahr? Wenn es wahr ist, dann habe ich jedes Recht, es zu veröffentlichen; ist es nicht wahr, dann habe ich das Recht, danach zu fragen. Wenn man sich mit Premierministern einläßt, kann man nicht hoffen, im verborgenen zu blühen. Sagen Sie doch: Ist es wahr? Machen Sie mir doch nichts vor. Bei mir können Sie sich ja gar nicht mehr schaden. Und sollten Sie mir Schwierigkeiten machen, dann werde ich Ihnen auch Schwierigkeiten machen.«
»Sie wissen ja gar nichts Nachteiliges über mich.«
»Meinen Sie? Wissen Sie, wenn ich in der richtigen Stimmung bin, kann ich sehr unangenehm werden. Aber ich will Ihnen ja gar nichts antun. Was Sie betrifft, kann ich die Geschichte *so* erzählen oder *so*, das hängt alles von Ihnen ab.« Lopez lag natürlich letzten Endes viel daran, daß die Angelegenheit in einem für ihn nicht zu ungünstigen Lichte präsentiert würde. Im Augenblick jedenfalls wollte er seine Sorgen in England zurücklassen – und sich nach Guatemala absetzen. Um dieses Ziel zu erreichen, brauchte er wohl kaum Mr. Slides gutes Wort; aber ein schlechtes könnte ihm doch schaden. Die Sache würde ja auf jeden Fall publik werden. Sollte Mr. Wharton davon erfahren, wie zu erwarten war, dann konnte man auch

diesen Kelch nicht an sich vorbeigehen lassen. Er konnte die Angelegenheit vor Mr. Wharton nicht verheimlichen, indem er sich mit Quintus Slide zerstritt.

»Es ist wahr«, sagte Lopez.

»Ich wußte es ja vorher schon. Ich irre mich selten in diesen Dingen. Sie haben von ihm Geld verlangt – und ihm gedroht.«

»Von Drohung war keine Rede.«

»Hätte er es sonst geschickt?«

»Ich habe ihm erklärt, daß ich von seinen Leuten im Wahlkreis beschwindelt wurde und daß ich durch die falschen Auskünfte der Herzogin zu unnötigen Ausgaben gezwungen war. Ich glaube nicht, daß ich Geld verlangt habe. Er sandte einen Scheck, ich habe ihn akzeptiert.«

»Natürlich, natürlich. Sie besitzen nicht zufällig eine Kopie Ihres Briefes?«

»Habe nie eine Kopie aufgehoben.« Dabei hatte er jedoch eine Abschrift in der Brusttasche stecken, und Slide glaubte ihm kein Wort. Aber bei Unterredungen solcher Art erwartet kein Mensch, vom anderen die Wahrheit zu hören. Und Mr. Slide erwartete niemals die Wahrheit von irgend jemandem. »Er sandte den Scheck fast ohne Kommentar«, sagte Lopez.

»Er legte einen Brief bei, nehme ich an?«

»Nur ein paar Worte.«

»Könnte ich diesen Brief sehen?«

»Ich zerriß ihn sofort.« Auch diesen Brief hatte er zu dem Zeitpunkt in seiner Brusttasche.

»Hat er ihn selbst geschrieben?«

»Ich glaube, es war sein Privatsekretär, Mr. Warburton.«

»Das müssen Sie doch wissen. Wer war es?«

»Mr. Warburton.«

»War der Brief höflich?«

»Ja, das war er. Wäre er unhöflich gewesen, dann hätte ich ihn sofort zurückgesandt. Unverschämtheit akzeptiere ich nicht einmal von einem Herzog.«

»Wenn Sie mir die zwei Briefe geben, dann gehe ich mit Ihnen durch dick und dünn. Bei Gott! Bedenken Sie doch, was die ›Volkstribüne‹ darstellt. Vielleicht werden Sie so etwas eines Tages noch brauchen.« Lopez schwieg und blickte in das rote Gesicht seines Gesprächspartners. »Ich würde sie nicht abdrucken, wissen Sie; es würde mir genügen, die Beweise in Händen zu haben. Es wäre nicht das Schlechteste für Sie, mich zu Ihren Freunden zählen zu können.«

»Sie werden sie nicht abdrucken?«

»Gewiß nicht. Ich werde mich nur auf sie beziehen.«
Lopez zog ein Bündel Papiere aus seiner Tasche. »Hier sind sie«, sagte er.
»Gut«, sagte Slide, nachdem er sie gelesen hatte; »das ist wohl eine der merkwürdigsten Transaktionen, von denen ich je gehört habe. Warum hat er das Geld geschickt? Das möchte ich gerne wissen. Was die Sache selbst betrifft, so hatten Sie keinerlei Anspruch.«
»Nach dem Gesetz nicht.«
»Sie hatten überhaupt keinen Anspruch. Aber das spielt keine Rolle. Er hat das Geld geschickt, und das war korrupt.«
Am nächsten Tag erschien in der »Volkstribüne« ein weiterer Artikel, dessen Autor erklärte, er besitze die inkriminierende Korrespondenz zwischen dem Premierminister und dem früheren Kandidaten in Silverbridge.
»Lopez«, fragte Wharton, »was schreiben die Blätter da über Ihre Wahlspesen in Silverbridge?«
Lopez hatte diese Attacke erwartet und sich deshalb so gut wie möglich darauf vorbereitet. »Ich hätte gedacht, Sir, daß Sie derlei Bemerkungen in einer Zeitung nicht allzuviel Aufmerksamkeit widmen würden.«
»Doch, da es mich selbst betrifft. Ich habe die Unkosten Ihres Wahlkampfes getragen.«
»Sie haben 500 Pfund beigesteuert, Mr. Wharton.«
»Nichts habe ich beigesteuert, mein Herr, darum ging es nicht, wenn Sie unter ›beisteuern‹ meinen, daß auch andere beteiligt waren. Sie sagten mir, daß der Wahlkampf 500 Pfund kosten würde, und diese Summe händigte ich Ihnen aus, wobei es auf beiden Seiten klar war, daß ich für das ganze Unternehmen bezahle. Das stimmt doch!«
»Wenn Sie meinen, Sir.«
»Wenn Sie sich nicht deutlicher ausdrücken, muß ich annehmen, daß Sie mich beschwindelt haben.«
»Sie beschwindelt?«
»Jawohl, Sir, mich beschwindelt, mich oder den Herzog von Omnium. Das Geld ist verloren, es macht daher wenig Unterschied, wessen Geld es ist. Wenn es aber so ist, dann ist es klar, daß Sie entweder ihm oder mir unter falschem Vorwand Geld entlockt haben. Ich werde dem Herzog mitteilen, daß ich als Ihr Schwiegervater die volle Summe bezahlt habe, von der Sie angeführt haben, Sie hätten sie in Silverbridge ausgegeben.«
»Das dürfte den Herzog kaum sehr interessieren.«
»Und nach allem, was hier vorgefallen ist, sehe ich mich dazu veranlaßt zu sagen, je früher Sie dieses Haus verlassen, um so mehr wird es mich freuen.«
»Sehr wohl, Sir. Meine Frau nehme ich natürlich mit.«

Ungefähr zehn Minuten später verließ Lopez das Haus ohne seine Frau. Er verbrachte den größten Teil des Tages im Büro der San Juan Mining Association in der Coleman Street. Das neueste Projekt bestand darin, daß Lopez Anfang Mai nach Guatemala reisen sollte; die Firma würde für die Reisekosten aufkommen und ihm draußen für die Geschäftsführung des Bergwerks ein Gehalt von jährlich 1000 Pfund bezahlen. Was dieses Angebot betrifft, war alles in Ordnung. Der Posten war Lopez sicher. Allerdings mußte zuerst eine Bedingung erfüllt werden: Er mußte 50 Anteile am Bergwerk erwerben, zu einem Preis von je 100 Pfund.
Trotz allem, was geschehen war, hoffte er immer noch, daß er sogar diese Summe Mr. Wharton noch entlocken könnte. Dabei war er nicht einmal entschlossen, nach Guatemala zu gehen. Sexty Parker war praktisch pleite und war überdies in diesem Augenblick so wütend vor Entrüstung, Furcht und Reue, daß sich Lopez in seinem kleinen Büro nicht zu zeigen wagte; und doch gab es auch in dieser Richtung noch eine gewisse Hoffnung. Wenn nämlich ein gewisser neuer Schnaps, der aus einer zentralafrikanischen Baumrinde gebraut worden war und den Namen Bios trug, ein Erfolg auf dem Markt würde, dann würde sich seine Lage sofort zum Besseren wenden. Auf den Londoner Plakatwänden konnte das Publikum bereits lesen, es müsse Bios trinken, wenn es sich dem Trunk ohne die gewöhnlichen unangenehmen Folgen der Trunkenheit ergeben wolle.

Lopez wohnte mit seiner Frau noch immer im Hause ihres Vaters; die erste Februarwoche war vergangen, und man nahm an, daß Lopez und seine Frau in der ersten Aprilwoche die Reise nach Guatemala antreten würden. Es wurde nun höchste Zeit, das Geld für die Anteile an der San-Juan-Grube einzuzahlen, und seines Schwiegervaters Schatulle schien noch immer die Quelle, aus welcher der ehrgeizige Schwiegersohn die notwendige Summe zu zapfen hoffte. Lopez machte sich keine Skrupel, die Zeit war seiner Meinung nach gekommen.
»Mr. Wharton«, sagte er, »diese Firma, die mich hinausschickt und die sich wahrscheinlich als das rentabelste Geschäft herausstellen wird, das es in den letzten zwanzig Jahren gegeben hat, wird mir ein Gehalt von 1000 Pfund im Jahr als residierendem Manager in San Juan zahlen.«
»Das verstehe ich schon.«
»Das Gehalt allein wäre ein Bettelgeld. Man sagt mir, Guatemala sei nicht das allerbilligste Land der Welt. Ich soll aber als Besitzer von 50 Aktien hinausfahren, für die je 100 Pfund eingezahlt werden müssen; ich würde dann weitere 1000 Pfund im Jahr als Dividenden für diese Aktien erhalten.«
»Das wären 20 Prozent.«

»Ganz genau.«
»Und das würde Ihr Gehalt verdoppeln.«
»Gewiß. Allerdings muß vorher noch eine kleine Zeremonie stattfinden, bevor ich solch paradiesische Lebensumstände zu genießen in der Lage sein werde: Die 100 Pfund pro Aktie müssen bei der Gesellschaft eingezahlt werden.«
Mr. Wharton starrte ihn ausdruckslos an.
»Ich muß die 5000 Pfund in das Unternehmen investieren, bevor ich anfangen kann.«
»Na und?«
»Im Augenblick besitze ich die 5000 Pfund nicht, nicht einmal einen Teil davon. Sie wünschen doch nicht, wie ich annehme, daß ich und Ihre Tochter verhungern. Und was mich betrifft, so schmeichle ich mir kaum, wenn ich sage, daß Sie mich sehr gern loswerden würden. 5000 Pfund ist nicht zuviel verlangt unter diesen Umständen.«
»Solch eine abgefeimte Schamlosigkeit habe ich in meinem ganzen Leben nicht gesehen.«
»Ebensowenig solch eine unverdrehte Wahrheit. Auf jeden Fall, so stehen die Dinge mit mir. Soll ich gehen, dann muß das Geld diese Woche eingezahlt werden.«
»Welche Sicherheit haben Sie zu bieten?«
»Sicherheit?«
»Ja, die Sicherheit, daß ich, sollte ich zahlen, nie mehr von dem niedrigsten Schurken belästigt werde, dem ich je begegnet bin. Wie kann ich sicher sein, daß Sie morgen nicht wiederkommen? Wie kann ich sicher sein, daß Sie überhaupt abreisen werden? Halten Sie es für wahrscheinlich, daß ich Ihnen 5000 Pfund gebe, bloß auf Ihr Wort?«
»Ich habe nie bezweifelt, daß Sie zahlen werden.«
»Ich werde mich mit Ihnen in das Büro dieser Gesellschaft begeben und werde für die Aktien zahlen, wenn man mir versichert, daß die Dinge liegen, wie Sie sagen und daß man Ihnen die Aktien nicht übergeben wird, bevor Sie in Guatemala eingetroffen sind.«
»Sie können heute kommen, Sir, und alle diese Zusicherungen erhalten.«
»Und ich bestehe auf einer schriftlichen Verpflichtung Ihrerseits – einem Dokument, das meine Tochter vorweisen kann, wenn dies notwendig ist –, daß Sie niemals wieder ihre Gesellschaft beanspruchen werden oder sie jemals mit irgendeinem Wunsch belästigen werden.«
»Sie verkennen mich, Mr. Wharton, meine Frau geht mit mir nach Guatemala.«
»Dann werde ich keinen Pfennig zahlen.«

In dieser Notlage ging Mr. Wharton zu seinem Anwalt und erzählte ihm alles. Die zwei Juristen berieten eine Stunde lang hinter verschlossenen Türen; Mr. Wharton verabschiedete sich von seinem alten Freund mit den Worten: »Ich will das Geld investieren, Walker, oder besser gesagt, ich will mich damit abfinden, alles hinauszuwerfen – denn es wird hinausgeworfen sein –, wenn erreicht werden kann, daß er wirklich in jenes Land reist – ohne seine Frau.«

27 Lady Eustace soll betört werden – Bios is good for you – Lopez holt sich einen Korb – Phineas Finn spricht im Unterhaus – Ein Jugendfreund will helfen – Lopez nimmt ein böses Ende

Eine alte Bekannte, Lady Eustace, wohnte damals in einem sehr kleinen Haus in einem Gäßchen an der Grenze von Mayfair, aber so klein auch das Gäßchen war, so unangenehm nahe an den Pferdeställen es auch lag, es hatte doch einen gewissen Stil. Bei Lady Eustace wohnte eine Witwe, Mrs. Leslie, die sie mit Ferdinand Lopez bekannt gemacht hatte. Lady Eustace hatte ein nicht unansehnliches Einkommen, woran sich hoffentlich der eine oder der andere Leser erinnern kann – und dieses Einkommen hatte sie in den letzten zwei Jahren zu pflegen begonnen, wenn nicht mit viel Geschick, so doch mit viel Begeisterung. Sie hatte während ihres noch kurzen Lebens eine ganze Reihe von Ambitionen. Sie hatte alles ausprobiert: die Liebe und die Dichtkunst, den Sport und die Religion, die große Mode, ja sogar das Leben der Bohemiens. Immer aber wenn es zu einer Krise kam, hatte sie eine gewisse Vorsorge für ihr Vermögen an den Tag gelegt, so daß sie nicht leichtsinnig vergeudete, was sie durch ihre mannigfaltigen Bemühungen erworben hatte. Sie hatte weder ihr Geld an einen Liebhaber verschleudert, noch es auf der Rennbahn verloren, noch es auch für den Bau von Kirchen gespendet. Auch hatte sie ihre Ressourcen nicht wesentlich in Anspruch genommen, indem sie teure Domestiken oder Equipagen hielt. Sie war immer noch jung und hübsch – wenn ihr Haar und ihr Teint nunmehr auch etwas mehr Zeit zur Pflege brauchten als in jenen schönen Tagen, als sie Sir Florian Eustace betörte. Sie hatte immer noch etwas für einen Liebhaber übrig – oder gar zwei –, wenn sie auch innerlich durchaus davon überzeugt war, daß man einen Liebhaber oft zu teuer erkauft. Sie war immer noch eine gute Reiterin, wenn sie auch die regelmäßige Teilnahme an der Jagd zu teuer fand. Sie konnte sich über Religion unterhalten, sofern ihr nur ein wohlgekleideter Kleriker über den Weg lief, welcher Konfession er auch angehörte. Vielleicht wäre ihr aber ein, wenn auch nur kurzer zügelloser Ausflug in primitive Vergnügungen am liebsten gewesen – hätte man nicht bei solchem Unterfangen leicht all sein Hab und Gut verloren. Schließlich aber hatte sich neben all diesen Leidenschaften und sozusagen als deren Krönung im Herzen der Lady Eustace der Wunsch geregt, ihr Vermögen mit Hilfe erfolgreicher Spekulationen zu vervielfachen. Zwischen dieser Frau und Lopez hatte sich in letzter Zeit eine intime Freundschaft entwickelt; mit ihrer Hilfe hoffte er sich aus einigen seiner Zwickmühlen zu retten.

Lopez hatte in dem kleinen Haus in der schmalen Gasse so oft als stets willkommener Gast vorgesprochen, daß sich, als er das Thema anschnitt, welches ihm sehr am Herzen lag, niemand besonders wunderte. »7500 Pfund!« sagte Lizzie, »das ist eine sehr große Summe!«

»Gewiß, es ist eine große Summe. Es handelt sich um ein großes Geschäft. Und mich selbst wird es bedeutend mehr kosten, würde ich meinen.«

»Wie werden Sie die Leute dazu bringen, diesen Bios zu trinken?« fragte sie nach einer Pause.

»Indem ich ihnen sage, daß sie es trinken sollten. Mit Hilfe von Inseraten.«

»Und was krieg' ich für mein Geld – ich meine sofort, verstehen Sie?«

»Eingetragene Aktien der Firma.«

»Haben Sie schon davon getrunken?«

»Ich habe ihn gekostet.«

»Schmeckt er gut?«

»Sehr gut; ein bißchen süß, besser mit etwas anderem gemischt.«

»Gin?« schlug Lady Eustace vor.

»Ja . . . oder Whisky. Ich bin überzeugt, Sie könnten mit Ihrem Geld nichts Besseres anfangen. Sie wissen, ich würde so etwas nicht sagen, wenn es nicht wahr wäre. In solchen Dingen behandle ich Sie, als ob Sie . . . meine Schwester wären.«

»Ich weiß, wie nett Sie zu mir sind – aber 7500 Pfund! So viel kann ich ganz einfach im Augenblick nicht beschaffen.«

»Nun, sehen Sie«, sagte Lopez, »wir wollen die 45 000 Pfund in sechs Teile teilen. Wären Sie bereit, einen Anteil mit mir zu teilen? Das wären dann 3750 Pfund.«

»Aber Sie haben doch schon einen Anteil«, sagte Lizzie argwöhnisch.

»Ich würde diesen mit Mr. Parker teilen. Wir beabsichtigen auf jeden Fall, neun Partner eintragen zu lassen. Hätten Sie etwas dagegen, einen mit mir gemeinsam zu besitzen?« Lopez blickte ihr dabei tief in die Augen, so, als ob er ihr sein halbes Herz anböte.

»Sie müssen mir ein wenig Zeit lassen zum Nachdenken«, sagte schließlich Lady Eustace.

Lopez ließ vier Tage verstreichen; aber jeden Tag besuchte er Lady Eustace; dann verlor er anscheinend die Geduld und versuchte, über seine Frau Mr. Wharton erneut anzugehen. »Dein Vater sagte, daß er das Geld für mich bezahlen wird«, sagte er zu ihr.

»Wenn er es gesagt hat, wird er es sicher tun.«

»Aber er versprach es nur unter der Bedingung, daß du zu Hause bleibst. Willst du wirklich deinen Mann im Stich lassen?« Sie beantwortete diese Frage nicht sofort. »Freust du dich schon darauf, mich loszuwerden?«

»Ich würde es vorziehen, zu Hause zu bleiben«, sagte sie leise.

Lopez saß allein im Klub beim Abendessen, als ihm die Idee durch den Kopf schoß, wie es wäre, wenn er seine Frau zu Hause ließe und Lizzie Eustace mit nach Guatemala nähme. Guatemala war weit weg; da würde es nichts ausmachen, ob die Frau, die er mitgebracht hatte, seine Frau wäre oder nicht. Es war ihm inzwischen klar genug geworden, daß seine Frau nichts mehr von ihm wissen wollte. Was gingen ihn die Konventionen der Welt an? Dieser anderen Frau standen Geldmittel zur Verfügung. Er konnte sich diese zwar nicht aneignen, indem er sie heiratete, aber es schien ihm doch durchaus möglich, sie so weit in seine Gewalt zu bringen, daß das Geld praktisch ihm gehörte. An Mr. Whartons Geld zu kommen, war dagegen nicht einfach, und es würde ebenso schwierig, wenn nicht gar noch schwieriger sein, es nach seinem Tode zu bekommen.

Die zwei Wochen, die ihm die San-Juan-Gesellschaft gegeben hatte, waren beinahe vergangen, als er im kleinen Haus in dem Gäßchen vorsprach, entschlossen, ohne Furcht und weiteres Zögern sein Vorhaben durchzusetzen.

. . . »Was denken Sie nun von unserem Unternehmen?« sagte er und nahm ihre beiden Hände in die seinen.

»Was denke ich worüber?«

»Von unserem guatemaltekischen Abenteuer.«

»Haben Sie Bios aufgegeben, mein Freund?«

»Nein, gewiß nicht«, sagte Lopez und setzte sich neben sie. »Ich habe den anderen halben Anteil nicht erworben, aber ich habe mein altes Interesse für das Geschäft nicht aufgegeben. Ich glaube an Bios, wissen Sie.«

»Wie schön, wenn einer an etwas glaubt.«

»Aber ich glaube noch mehr an das Land, in welches ich reisen werde.«

»Sie reisen also?«

»Ja, liebe Freundin, ich reise. Ich kann den Verlockungen nicht mehr widerstehen. Denken Sie doch an das Klima dort – und hier.« Er hatte wahrscheinlich nichts von den Moskitos Mittelamerikas gehört, als er das sagte. »Vergessen Sie nicht, daß ein Einkommen, das Ihnen hier ein angenehmes Leben ermöglicht, Ihnen dort jeden Luxus gestattet, den man sich vorstellen kann. Dort kann man wie ein König leben, hier wie alle Durchschnittsmenschen.«

»Und doch ist England unser liebes Heimatland.«

»Finden Sie das wirklich? Denken Sie an alles, was man Ihnen angetan hat, die Beleidigungen, die Sie erdulden mußten.«

»In der Tat«, Lizzie Eustace hatte schwere Zeiten hinter sich.

»Ich will aus einem solchen Lande zu jenen goldenen Gestaden fliehen, wo der Mensch noch frei und ohne Fesseln leben kann.«

»Und Ihre Frau?«

»O, Lizzie!« Es war das erste Mal, daß er sie Lizzie genannt hatte, und sie war weder entrüstet noch verlegen. Vielleicht bewertete er dies zu hoch, wußte er doch nicht, wie viele Männer sie schon Lizzie genannt hatten. »Verstehst du nicht wenigstens, daß ein Mann oder eine Frau solche Bindungen zuerst eingeht, und sich doch berechtigt fühlt, sie später zu lösen?«

»Doch – wenn Bigamie oder Scheidung oder sonst noch was mit im Spiele ist.« Lizzie hatte ihren zweiten Mann wegen Bigamie angeklagt und sich auf diese Art seiner entledigt.

»Zum Teufel mit allen ordinären Gesetzen«, sagte Lopez und stand plötzlich auf. »Ich werde mich weder an sie halten noch ihnen gehorchen. Und von dir erwarte ich so wenig Unterwerfung, wie ich selbst bereit bin, auf mich zu nehmen. Lizzie Eustace, wagst du, mit mir den kalten Konventionen zu entfliehen, der elenden Sklaverei dieses Landes, das eingebunden ist wie ein Wickelkind? Lizzie Eustace, wenn du nur willst, so nehme ich dich mit in jenes Land des strahlenden Glücks.«

Aber Lizzie Eustace hatte ein Einkommen von 4000 Pfund Sterling im Jahr und ein Haben-Bankkonto. »Mr. Lopez«, sagte sie.

»Welche Antwort darf ich erhoffen?«

»Mr. Lopez, ich glaube, Sie sind ein Narr.«

Währenddessen war Mr. Slide nicht untätig geblieben. Die Parlamentssession hatte begonnen, das politische Leben war wie neu belebt, und es wurde daher unter anderem auch viel von der letzten Wahl in Silverbridge gesprochen. Jeden Tag wiederholte Mr. Slide seine Frage: »Wir wollen wissen, ob der Premierminister für die Wahlspesen des Mr. Lopez aufgekommen ist oder nicht; wenn ja, warum er sie bezahlt hat. Wir hören, der Herzog wolle vorbringen, er leide an einer gespaltenen Persönlichkeit, er als Pair und Premierminister sei nicht verantwortlich für die Handlungen eines zweiten Ichs. Oder anders gesagt, man informiert uns, das Privileg, welches der Palliserfamilie in Silverbridge zusteht, sei nicht vom Herzog selbst, sondern von der Herzogin ausgenützt worden und der Herzog habe die Summe Geldes bezahlt, als er herausfand, daß die Herzogin mehr versprochen hatte, als sie halten konnte. Wir hätten es kaum für möglich gehalten, daß ein Mann von so notorischer Schwäche wie der Herzog von Omnium sich bemühen würde, eine Verantwortung dadurch loszuwerden, daß er sie seiner Frau auflädt; aber er wird sicher merken, daß dieser Versuch fehlschlagen muß.«

»Gegen die Herzogin selbst wollen wir kein Wort sagen. Sie ist bekannt wegen ihrer großzügigen, wenn auch nicht immer wohlüberlegten Gastfreundschaft. Wir halten sie für eine gütige, springlebendige, ehrgeizige Dame, der kleine Fehler wegen ihrer Freundlichkeit und Großzügigkeit vergeben werden müssen. Aber wir können ihre Indiskretion nicht als Entschuldigung akzeptieren für einen äußerst verfassungswidrigen Akt, der dem Premierminister dieses Landes unterlaufen ist.«

Der Herzog hatte begonnen einzusehen, daß er die Beschuldigung ernst nehmen, und jemanden im Unterhaus beauftragen müsse, dort für ihn eine Erklärung abzugeben. Als Herzog hatte er ja keinen Zutritt im Unterhaus.

Sir James Deering, *father of the House*, also der älteste Abgeordnete, war einverstanden, die Frage im Unterhaus zu stellen, und Phineas Finn wurde vom Herzog instruiert, wie er zu antworten habe.

Das Unterhaus war bis in die letzten Ecken der Galerien gesteckt voll. Phineas Finn gab seine Erklärung ab:

Vielleicht sei noch niemals eine so falsche Anklage gegen einen Minister der Krone erhoben worden, denn sein adeliger Freund werde beschuldigt, verfassungswidrige Methoden angewandt zu haben, um seine Position im Parlament zu untermauern, während jedermann wisse, daß überhaupt kein Grund zu irgendeiner Klage bestanden hätte, wenn der Herzog nicht aus freiem Willen ein anerkanntes Privileg aufgegeben hätte, nämlich das Privileg, einen Abgeordneten in Silverbridge zu nominieren, wie es seine Vorfahren seit Jahrhunderten getan haben. Dieser Kandidat wäre dann mit absoluter Sicherheit gewählt worden, und damit wäre die Angelegenheit erledigt gewesen. Der Herzog habe seinen Agenten vor der Wahl seine Absicht bekanntgegeben, jedes Privileg in dieser Sache aufzugeben. Nur haben sie seine Intention falsch interpretiert. Man habe einen Kandidaten aufgestellt, dessen Namen er nicht nennen wolle, von dem er aber überzeugt sei, daß er niemals einen Sitz im Unterhaus einnehmen werde. Und gewisse Leute in Silverbridge wären aufgefordert worden, ihn als den vom Herzog nominierten Kandidaten zu unterstützen. Es sei verständlich, daß Anhänger und Nachbarn eines Mannes, der so einflußreich und wohlhabend sei wie der Herzog von Omnium, nicht zusehen wollten, wenn seine Privilegien gemindert würden. Vielleicht schiene es ihnen auch, daß sich

der Premierminister nicht um alles kümmern könne. Wie dem auch sei, man habe diesen Kandidaten ermutigt. Aber sobald der Herzog davon erfahren habe, habe er der Affäre ein jähes Ende bereitet.
Der Herzog habe das Geld bezahlt, als man ihn darum bat, weil er das Gefühl gehabt hätte, der Mann sei durch falsche Vorstellungen, die man ihm gemacht hatte, geschädigt worden.
»Es ist wohl kaum notwendig, die Bosheit dieser Anfrage anzuprangern«, sagte Phineas, »ich darf aber vielleicht damit meine Bemerkungen schließen, daß ich sage: Ob nun die Handlungsweise des Herzogs als indiskret zu bezeichnen ist oder nicht, das Hohe Haus wird mit mir darin übereinstimmen, daß wir es hier viel eher mit adeliger Haltung zu tun haben als mit Indiskretion.«
Als sich Phineas Finn niedersetzte, erhob sich niemand, um ein weiteres Wort zu dieser Sache zu sagen. Nach einer kurzen Pause ging man zur Tagesordnung über.
Die Angelegenheit war also erledigt, und man war im Grunde überrascht, daß eine solche Affäre so sang- und klanglos in der Versenkung verschwinden konnte. Es schien in der Tat, als ob nach der Rede Phineas Finns nichts mehr zur Sache gesagt werden konnte. Jeder wußte natürlich, daß es die Herzogin gewesen war, die jene Sache ins Rollen gebracht hatte, aber das war ja schon vorher bekannt gewesen. Man war sich allgemein darüber klar, daß dies das Ende der Affäre sei.

Die Schande, der Ferdinand Lopez jetzt in der Öffentlichkeit ausgesetzt war, traf ihn sehr, aber nicht so schwer wie der Korb, den er sich bei Lady Eustace geholt hatte. Das war eine Episode seines Lebens, deren sich sogar er schämte und die er nicht aus seinen Gedanken verjagen konnte.
Trotzdem bemühte er sich, seine Last mit Anstand zu tragen und ging daher jeden Tag in die Büros der Bergwerksgesellschaft mit der Miene eines Mannes, der sich keiner Schuld bewußt ist. Schon nach zwei Tagen aber fand er, daß man ihm nichts über die Geschäfte der Firma mitzuteilen hatte, und am vierten informierte ihn Mr. Hartlepod, daß die Frist verstrichen war, innerhalb deren er für seine Anteile bezahlen mußte, und daß ein anderer Manager für die Gruben bestellt werden würde. »Die Frist läuft doch bis morgen«, sagte Lopez zornig. »Ich sage nur, was man mir aufgetragen hat, Ihnen mitzuteilen«, sagte Mr. Hartlepod. »Sie verschwenden nur Zeit, wenn Sie sich hier in der Coleman Street noch zeigen.«
Am gleichen Abend wartete Lopez, bis sein Schwiegervater nach Hause kam. Jetzt war er entschlossen, nach Guatemala zu fahren, wenn es nicht schon zu spät war. Kaum hatte er Mr. Whartons Schlüssel im Tor gehört,

trat er auf ihn zu und sagte: »Ich möchte heute abend mit Ihnen sprechen, Sir. Die 5000 Pfund, die Sie mir versprochen haben, müssen bis morgen eingezahlt sein. Es ist der letzte Tag.«
»Ich habe Ihnen das Geld nur unter gewissen Bedingungen versprochen. Hätten Sie die akzeptiert, wäre das Geld schon längst eingezahlt worden.«
»Gewiß. Die Bedingungen sind sehr hart, Mr. Wharton. Es überrascht mich, daß ein Mensch wie Sie es für richtig hält, einen Mann von seiner Gattin zu trennen.«
»Ich halte es für richtig, meine Tochter von einem Menschen wie Sie zu trennen. Das war auch früher meine Meinung, jetzt bin ich doppelt davon überzeugt. Wenn ich durch die Bezahlung dieser Summe Ihr Leben in Guatemala sicherstellen kann und wenn Sie ein von Mr. Walker vorbereitetes Dokument unterschreiben, dahingehend, daß Sie Ihre Frau in Zukunft nie mehr auffordern werden, mit Ihnen zu leben, dann wird das Geld bezahlt.«
»All das kostet Zeit, Mr. Wharton.«
»Ich werde sonst keinen Penny bezahlen. Wir können uns morgen im Büro in der Coleman Street treffen; Sie werden doch zweifellos meine schriftliche Versicherung akzeptieren, daß ich bereit bin, die Summe zu bezahlen, sobald die Bedingungen erfüllt sind.«
»Das würde mir im Büro schaden, Mr. Wharton.«
»Kann Ihnen dort noch etwas schaden? Wollen Sie mir einreden, daß man in der Coleman Street noch nichts von Ihrer Tätigkeit gehört hat oder daß man dort solche Informationen ignoriert?«
»Bis zum Schluß sind Sie hart und grausam zu mir«, sagte Lopez, »aber ich treffe mich morgen um 11 Uhr in der Coleman Street mit Ihnen.«
Am folgenden Morgen hielt er seine Verabredung im Büro in der Coleman Street ein, und Mr. Wharton kam auch.
»Mr. Wharton, ich nehme an, Sie sind bereit, die Summe sofort zu hinterlegen?« sagte Lopez.
»Jawohl, ich bin bereit zu bezahlen, sobald man mir versichert, daß Sie auf dem Wege nach Guatemala sind. Ich werde keinen Pfennig bezahlen, bevor ich weiß, daß dies so ist.«
Mr. Hartlepod erhob sich und sagte: »Meine Herren, die Sache hat sich in den letzten Tagen anders entwickelt.«
»Und zwar?« rief Lopez aus.
»Die Direktoren haben ihre Meinung geändert hinsichtlich der Entsendung von Mr. Lopez als Manager. Die Direktoren beabsichtigen, einen anderen Herrn zu bestellen. Ich hatte Mr. Lopez bereits von der Absicht der Direktoren Mitteilung gemacht.«

»Dann ist die Sache erledigt?« fragte Mr. Wharton.
»Vollkommen erledigt«, sagte Mr. Hartlepod.
Lopez kochte vor Wut.
»Es ist also sicher, daß Mr. Lopez nicht nach Guatemala reist?« fragte Mr. Wharton.
»Absolut sicher«, sagte Mr. Hartlepod. Mr. Wharton erhob sich von seinem Stuhl und verließ das Büro.
»Bei Gott, Ihr habt mich alle zusammen ruiniert«, sagte Lopez, »auf die schamloseste Weise ruiniert. Es gibt nirgends Gnade, nirgends Freundschaft, nirgends Freundlichkeit, nirgends Vergebung! Warum hat man mich so scheußlich behandelt?«
»Sollten Sie irgendeine Beschwerde haben«, sagte Mr. Hartlepod, »schreiben Sie bitte an die Direktoren. Ich habe nichts getan als meine Pflicht.«
Lopez ging wie ein Schlafwandler zum kleinen Büro in der City, wo er Sexty Parker vorfand, der auf seinem Stuhle wippte, vor sich ein kleines Glas billigen Sherry. »Was, du hier?« sagte er.
»Ja, ich bin gekommen, um dir Lebewohl zu sagen.«
»Wohin geht es denn? Doch nicht nach Guatemala, wie es scheint.«
»Das ist alles vorbei, mein Junge«, sagte Lopez lächelnd.
»Was soll das heißen?« sagte Sexty, kippte den Stuhl nach vorne und schaute ernst drein.
»Ich gehe weder nach Guatemala noch irgendwo anders hin. Ich bin ruiniert. Ich habe von keiner Seite auch nur einen Penny zu erwarten.«
»Wharton hat Geld«, sagte Sexty.
»Ja, und die Bank von England hat auch Geld, leider nicht für mich.«
»Was wirst du tun, Lopez?«
»Tja, das ist die Frage. Was werde ich tun? Ich kann nichts darüber sagen, aber eines kann ich dir sagen, Sexty, unsere Geschäfte sind vorbei. Tut mir sehr leid, alter Junge. Wir hätten ein Vermögen machen können, es ist uns nicht gelungen. Ich habe mein Bestes getan. Lebe wohl, alter Freund.«
Gerade als Mr. Wharton in der Coleman Street beim letzten Gespräch mit Mr. Hartlepod war, erhielt Mrs. Lopez Besuch im Haus am Manchester Square. Sie hatte nämlich Arthur Fletcher eine Botschaft gesandt.
»Ich konnte Sie nicht gehen lassen, ohne Sie noch einmal zu sehen«, sagte er, und wollte so viel mehr sagen, wußte aber nicht recht, wie er beginnen sollte.
»Wenn ich weg bin«, sagte sie, »dann wird vielleicht alles wieder in Ordnung sein. Gott sei Dank habe ich kein Baby, das mit mir leidet. Hier, hier in diesem Hause stehen die Dinge noch immer schlecht. Wenn ich daran denke, wie mein armer Papa sich herein- und hinausschleichen muß im eigenen Haus, dann möchte ich mich manchmal umbringen. Aber wenn

wir gehen, ist das ja alles aus. Es ist viel besser, daß wir gehen. Ich wünsche, wir gingen morgen.« Dann blickte sie auf zu ihm. Sie sah Tränen seine Wangen hinunterrinnen und hörte ihn schluchzen.
»Warum mußt du weinen? *Er* weint niemals – ich auch nicht. Als das Baby starb, weinte ich – aber nur wenig ... Tränen helfen nicht.«
»O, Emily!«
»Du darfst mich nicht bei meinem Namen nennen, sonst wäre er böse.«
»Das macht mir nichts aus, wenn er böse ist«, sagte Arthur.
»Aber mir macht es was aus. Ich muß dafür bezahlen.«
»Verlasse ihn! Warum verläßt du ihn nicht?«
»Es läßt sich nichts sagen, was uns allen helfen könnte.«
»Man muß es sagen, auch wenn es nicht hilft. Wenn ich dich bitte, ihn zu verlassen, tue ich es nicht, damit du mit mir kommst. Wenn ich dich auch mehr als die ganze Welt liebe, so meine ich das nicht.«
»O Arthur, Arthur!«
»Aber laß doch wenigstens deinen Vater dich retten! Du brauchst ihm bloß zu sagen, daß du bei ihm bleiben willst, und er wird es tun. Auch wenn ich dich niemals wiedersehen sollte, so könnte ich wenigstens hoffen, dich zu beschützen. Natürlich weiß ich, was du auch weißt: Er ist ein – Schuft!«
»Das will ich nicht hören«, sagte sie, erhob sich von ihrem Sitz auf dem Sofa und hielt ihre Hände über Stirn und Augen, wobei sie sich aber immer näher auf ihn zu bewegte.
»Ich kann nicht hier bleiben«, sagte sie. »Er hat mir befohlen zu gehen, und ich bin in seinen Händen. Wenn du eine Frau haben wirst, Arthur, wirst du wollen, daß sie dir folgt. Ich hoffe, sie wird dies auch tun ohne die Schmerzen, die ich erleide, wenn ich gehorche. Leb wohl, mein lieber Freund.«
Sie reichte ihm die Hand, und er stand eine Weile und sah Emily an. Dann nahm er sie in die Arme und küßte ihre Stirn und ihre Lippen. »O, Emily, warum wurdest du nicht meine Frau? Mein *darling*, mein *darling*!«
Sie hatte sich kaum aus dieser Umarmung befreit, als sich die Tür öffnete und Lopez im Zimmer stand. »Mr. Fletcher«, sagte er sehr ruhig, »was bedeutet das?«
»Er kam, um sich von mir zu verabschieden«, sagte Emily. »Wenn man auf eine so lange Reise geht, dann sieht man gern noch einmal seine Freunde, vielleicht das letzte Mal.« In ihrem Ton lag eine gewisse Gleichgültigkeit gegenüber seinem Zorn und auch ein wenig Verachtung.
Lopez blickte von einem zum anderen und drückte in seiner Miene Mißbilligung aus, von der man nicht wußte, ob sie echt war oder nicht. »Sie wissen, mein Herr«, sagte er, »daß Sie hier nicht willkommen sind.«
»Aber er war willkommen«, sagte seine Frau.

»Und ich betrachte Ihren Besuch als eine Unverschämtheit. Sie sind hier mit der Absicht, zwischen mir und meiner Frau Zwietracht zu säen.«

»Ich bin hier, um ihr zu sagen, daß sie einen Freund besitzt, dem sie vertrauen kann, wann immer sie einen Freund braucht«, sagte Fletcher.

»Leben Sie wohl, Mr. Fletcher«, sagte sie und reichte ihm die Hand.

Aber Lopez schlug die Hand zur Seite, nicht so hart, daß er ihr wehgetan hätte, aber doch mit großer Vehemenz. »Nicht in meiner Gegenwart«, sagte er. »Gehen Sie, Sir, wenn ich Sie dazu auffordere.«

»Gott segne Sie, meine Freundin«, sagte Arthur Fletcher, »ich bete, daß ich es erleben möge, Sie wieder hier im alten Lande zu sehen.«

»Er hat dich geküßt«, sagte Lopez, sobald die Tür geschlossen war.

»Ja«, sagte Emily.

»Und du sagst mir das so ins Gesicht, so gerade heraus?«

»Was soll ich dir sagen, wenn du mich fragst? Ich habe ihn nicht gebeten, mich zu küssen.«

»Aber nachher hast du seine Partei ergriffen als Freundin.«

»Warum nicht? Ich würde dich belügen, wenn ich vorgäbe, daß ich ihm böse war wegen dieses Kusses.«

»Du wirst mir noch erzählen, daß du ihn liebst.«

»Natürlich liebe ich ihn. Es gibt verschiedene Arten von Liebe, Ferdinand. Es gibt die, die eine Frau für den Mann verspürt, dem sie sich ganz geben will. Es ist die süßeste Art der Liebe, wenn sie nur von Dauer wäre. Und dann gibt es eine andere Liebe – die nicht geschenkt wird, sondern gewonnen, vielleicht nach Jahren der Freundschaft. Ich habe keinen älteren Freund als Arthur Fletcher, und keinen, den ich lieber habe.«

»Und du hältst es für richtig, daß er dich küßt?«

»Bei einer solchen Gelegenheit konnte ich es ihm nicht übelnehmen.«

»Du warst wahrscheinlich nur allzu bereit, den Kuß zu empfangen.«

»Nun, ja. Er hat mich immer geliebt, und ich werde ihn nie wiedersehen. Er steht mir sehr nahe, und ich verlasse ihn für immer. Es war der erste und der letzte Kuß, den konnte ich ihm nicht verweigern. Vergiß nicht, Ferdinand, du nimmst mich mit, quer durch die Welt, weg von allen meinen Freunden.«

»Unsinn«, sagte er, »das ist alles vorbei. Du gehst nirgendwohin, soviel ich weiß – außer vielleicht auf die Straße, wenn dir dein Vater das Tor vor der Nase zuschlägt.« Und ohne ein weiteres Wort verließ Lopez das Zimmer.

An jenem Abend kehrte Lopez zum Abendessen in das Haus am Manchester Square zurück. Er sprach kein Wort mehr über Arthur Fletcher und vermied jede Gelegenheit eines Streits mit seiner Frau.

»Ich muß Papa von unseren Plänen unterrichten«, sagte Emily nach einer Weile, als sie bei Tische saßen.
»Du kannst ihm sagen, was du willst. Ich habe ihm buchstäblich nichts mehr zu sagen. Sollte er bereit sein, uns ein zureichendes Einkommen auszusetzen, zahlbar natürlich an mich, dann werde ich gehen und woanders leben. Sollte er mich ohne Unterhalt auf die Straße setzen, dann muß er dich auch hinausschmeißen. Das ist alles, was ich zu sagen habe. Übrigens, ich fahre morgen früh vor dem Frühstück fort.«
»Wohin fährst du? Soll ich dir etwas einpacken?«
»Nein, nichts, ich bin zum Abendessen wieder hier. Ich muß nach Birmingham, um einen Freund bei Happertons zu sprechen. Ich werde auf dem Bahnhof frühstücken. Wie du heute gesagt hast: Es muß etwas geschehen, was immer es sein mag.«
Zeitig am nächsten Morgen stand er auf, und bevor er das Zimmer verließ, gab er seiner Frau einen Kuß. »Leb wohl, meine Liebe«, sagte er, »sei nicht traurig.«
»Wenn du etwas vorhast, was du gern tun willst, dann werde ich nicht traurig sein«, sagte sie.
»Ich werde noch heute etwas Wichtiges erledigen, glaube ich. Sag deinem Vater, wenn du ihn siehst, daß ich ihn nicht viel länger hier belästigen werde. Aber sag ihm auch, daß ich ihm für seine Gastfreundschaft nicht dankbar bin.«
»Das werde ich ihm nicht sagen, Ferdinand.«
»Er wird es trotzdem wissen. Aber ich will nicht mit dir streiten. Leb wohl, Liebste.« Dann beugte er sich über sie und küßte sie noch einmal – und ging.
Am Euston Bahnhof bestellte er ein Frühstück. Dann nahm er eine Karte erster Klasse hin und zurück – nicht nach Birmingham, sondern nach Tenham Junction, sechs oder sieben Meilen von London entfernt. In Tenham Junction gab es ein halbes Dutzend langer Bahnsteige mit vielen Passagieren und Gepäck. Auf einem dieser Bahnsteige ging Ferdinand Lopez auf und ab, als ob er auf einen bestimmten Zug wartete. Als sich der Morgenexpreß von Euston nach Inverness näherte, ging Lopez an das Ende des Bahnsteigs, das heißt zu einem Zugang, der hinunter zum Schienenstrang führte. Er schritt ruhig, ohne sich zu beeilen, doch festen Schrittes auf die Schienen, vor die heranbrausende Lokomotive. Im nächsten Augenblick war er in blutige Teile zerrissen.

28 Arthur Fletchers Werbung – Glencora hat zu lange Cognac getrunken – Everett Whartons Hochzeit – Mrs. Fletcher interveniert für ihren Sohn – Happy-End

Arthur Fletcher war entschlossen, seine Werbung zu erneuern, sobald ein Jahr nach der Tragödie vergangen sei, die das von ihm geliebte Wesen zur Witwe gemacht hatte. Dieses Jahr war nun vergangen.

Wohl wußte Emily, was er sie fragen würde, als ein Diener meldete, Mr. Fletcher warte unten im Empfangszimmer. Aber sie war sich darüber klar, was für eine Antwort sie ihm geben mußte. »Es würde mich kränken, solltest du mich um etwas bitten, das ich nicht erfüllen kann,« sagte sie leise.

»Du hast mich ja noch nicht gehört. Willst Du mich anhören?«

»Doch, natürlich.«

»Ich habe dich geliebt, seit ich ein kleiner Junge war.« Er machte eine kleine Pause, als ob er erwartete, daß sie ihm antworten würde; aber sie hatte nichts dazu zu sagen. »Ich bin dir treu geblieben, seit wir kleine Kinder waren.«

»Es ist deine Natur, treu zu sein.«

»Spiele ich überhaupt keine Rolle in deinen Gedanken – oder zumindest dein Vater?«

»Ja – mein Vater.«

»Ich brauche dir kaum zu sagen, was er sich wünscht. Du mußt selbst wissen, wie du ihm etwas zurückgeben kannst, was er verloren hat.«

»Aber, Arthur, nicht einmal für ihn kann ich alles tun.«

»Eine Frage bleibt noch,« sagte er und stand auf, »nur eine einzige. Und was du tust, wird völlig davon abhängen, welche Antwort du darauf geben kannst.«

Er sagte dies mit so feierlicher Stimme, daß sie erschrak.

»Was für eine Frage, Arthur?«

»Liebst du mich?«

»Ich kann meine Gefühle nicht genau erklären. Ob ich dich liebe? Ja, ich habe dich immer geliebt. Alles an dir ist mir lieb. Ich kann an deinen Triumphen teilnehmen, deine Freuden teilen, deine Sorgen mitleiden, immer wünschen, daß dir stets nur Gutes widerfahre. Aber, Arthur – ich kann nicht deine Frau werden. Arthur, komm nicht wieder! Wenn du bereit bist, die Dinge so zu lassen, wie sie sind, dann werde ich mich freuen, dich zu sehen. Aber nicht, wenn du kommst wie jetzt. Und noch etwas, Arthur, laß mich im Frieden mit Papa! Laß ihn nicht denken, ich allein sei schuld daran, daß ich nicht tun kann, was er wünscht.« Und sie verließ den Raum so schnell, daß er ihr kein Wort mehr sagen konnte.

Die ersten zwei Tage nach dem Rücktritt des Premierministers schien die Herzogin von der Affäre kaum Notiz zu nehmen. Eine undankbare Welt hatte sie und ihren Gemahl geschmäht, und er hatte dabei noch mitgeholfen und diese Ablehnung akzeptiert. Alle ihre hohen Traumziele waren ausgeträumt, alle ihre Triumphe vorbei. Noch schlimmer: Sie war überzeugt, daß sie niemals wirklich triumphiert hatte. Sie hatte jemand sein wollen, sie wußte nicht, wer, jedenfalls mehr als die Frauen anderer Premierminister und anderer Herzöge. Und jetzt hatte sie das Gefühl, daß ihr Mißerfolg sie fast lächerlich gemacht habe. Als der Herzog ihr mitteilte, daß er und seine Anhänger entschlossen seien, zurückzutreten, weil sie bei einer Abstimmung im Unterhaus mit einer Mehrheit von nur neun Stimmen gesiegt hatten, redete sie sich ein, die Schuld liege bei ihm.

»Natürlich, ich verstehe nichts davon, denn ich bin eine Frau,« sagte sie.

»Du verstehst eine ganze Menge – nur nicht alles. Aber eines kannst du doch verstehen: daß unsere Sorgen jetzt zu Ende sind. Du hast erst unlängst gesagt, daß die Bürde, die auf der Frau eines Premierministers lastet, fast zuviel für dich ist.«

»Das habe ich nie gesagt. Solange du dich behauptetest, war mir keine Mühe zu schwer. Ich hätte alles getan, von früh bis spät geschuftet, damit wir Erfolg haben. Ich hasse es, geschlagen zu sein. Ich würde mich lieber in Stücke schneiden lassen.«

»Es läßt sich nun nicht ändern, Cora. Ich bin ein Privatmann, der nunmehr in der Lage sein wird, seiner Frau und seinen Kindern mehr Zeit zu widmen, als es ihm bisher möglich war.«

»Wie fein und nett! Und du willst mir einreden, daß dir das Spaß macht?«

»Ich bin sicher, es wird mir Spaß machen. Im Augenblick denke ich jedoch mehr daran, was dir Spaß machen wird.«

»Wenn du mich fragst, Plantagenet, dann werde ich dir die Wahrheit sagen.«

»Bitte, sag die Wahrheit.«

»Nachdem ich so lange Cognac getrunken habe, glaube ich nicht, daß mir ein simpler Wein besonders zuträglich sein wird. Du hast die Wahrheit wissen wollen, hier ist sie – ganz einfach.«

Die Hochzeit zwischen Everett Wharton und seiner Base zweiten Grades Mary war für die zweite Woche im Juni angesetzt worden. Emily hatte versprochen, zur Hochzeit zu kommen und wollte daher mindestens eine Woche lang in Wharton sein. Sobald Everett seiner Schwester dieses Versprechen abgerungen hatte, wurde die frohe Botschaft an Fletcher weitergegeben. Das war schon ein großer Schritt vorwärts. In London war sie ihre eigene Herrin; aber in Herefordshire, umgeben von Fletchers und Whartons, hätte sie doch besonders widerspenstig sein müssen, wenn sie sich geweigert hätte, wieder in der alten Umgebung aufzugehen und den Mann zu heiraten, von dem sie sagte, sie liebe ihn von ganzem Herzen. Emily selbst ahnte wohl, was man ihr da für eine Falle stellen wollte. Daß sie Arthurs Wünschen nachkommen würde, kam ihr gar nicht in den Sinn. Ihrer eigenen Beständigkeit war sie sicher. Was immer andere wünschten, es widerstrebte ihrem Sinn für das Passende, daß Arthur Fletchers Gattin Ferdinand Lopez' Witwe sein sollte, und überdies schien es ihr auch richtig, daß die Frau, die Ferdinand Lopez geheiratet hatte, auch die Folgen ihrer eigenen Dummheit tragen müsse. Obwohl sie seit seinem Tode keine Silbe gegen ihn gesagt hatte – wenn man die leidenschaftlichen Worte ausnimmt, die ihr Arthur entlockt hatte –, so war sie sich doch selbst über ihn durchaus im klaren. Er war ein Mann, der seine Ehre verloren hatte. Und sie als seine Frau, die sie gegen den Rat aller ihrer Freunde geworden war, hatte ihre Ehre auch verloren. Was immer man mit ihr vorhatte, sie würde Fletchers Namen nicht beflecken. Dies war ihr fester Vorsatz; aber sie wußte, daß ihr Besuch in Herefordshire diesen Vorsatz zwar nicht gefährden, jedoch ihre Schwierigkeiten in keiner Weise vermindern würde.

Die alte Mrs. Fletcher war in Wharton Hall. »Wir sind so froh, daß Sie gekommen sind,« sagte sie zu Emily.
»Ich mußte kommen, als Everett sagte, daß er es wünscht.«
»Es wäre falsch gewesen, nicht zu kommen. Es ist Ihre und unser aller Pflicht, unsere Gefühle denen der anderen unterzuordnen. Sogar Kummer kann selbstsüchtig sein.« Die arme Emily hörte zu und fand keine Antwort.
»Sie sollten wissen, meine Liebe, daß es Leute gibt, die nie wieder froh sein werden, bis sie Sie lächeln sehen. Lassen Sie doch Licht in Ihr Herz! Sie werden es um Everetts willen tun und für Ihren Vater und Mary – und für Arthur. Sie werden es uns allen zuliebe tun, und der heutige Tag soll doch ein Freudentag sein.«
Die Wagen, welche die Gesellschaft zur auf der anderen Seite des Parks befindlichen Kirche bringen sollten, waren für elf Uhr bestellt, und kurz vor elf Uhr erschien Emily zum ersten Mal in ihrem grauen Seidenkleid ohne Witwenhaube. Sie war sehr einfach gekleidet, aber die Veränderung war so groß, daß es unmöglich war, den Blick von ihr zu wenden.
Die Augen, vor denen sie sich am meisten fürchtete, trafen die ihrigen erst, als sie alle vor dem Altar standen. Erst dann sah sie Arthur Fletcher, den Brautführer ihres Bruders. Er nahm ihre Hand in die seine und hielt sie eine halbe Minute lang, als ob er sie nie wieder loslassen wolle.
Den ganzen Hochzeitstag, den Tag darauf und den folgenden Tag dachte

Emily an Mrs. Fletchers Worte: »Es gibt Leute, die nie wieder froh sein werden, bis sie Sie lächeln sehen.« Und die alte Dame hatte ihre besten Freunde erwähnt, zum Schluß Arthur Fletcher. Emily hatte sich damals vorgenommen zu lächeln, damit die anderen auch lächeln können. Aber wie kann man mit einem schweren Herzen lächeln? Wenn sie wirklich frohen Herzens sein könnte, dann würde sie sich selbst für gefühllos und wertlos halten.
Am dritten Tage nach der Hochzeit kam Arthur Fletcher nach Wharton zurück mit der Absicht, bis zum Ende des Monats dort zu bleiben. Emily konnte gegen ein solches Arrangement nichts einwenden und konnte auch ihre eigene Rückkehr nach London nicht beschleunigen. Diese war vor ihrer Abreise arrangiert worden: Sie sollte zusammen mit ihrem Vater zurückreisen!
Endlich ergab sich für Arthur die Gelegenheit, allein mit ihr zu sprechen. Er führte sie in den Garten. »Ich glaube, die Hochzeit war ein sehr großer Erfolg,« sagte er. »Bei manchen Leuten geht alles so glatt, nicht wahr? Wir beide haben da nicht so viel Glück gehabt, Emily.«
»Du bist wohlhabend. Alles liegt vor dir, was sich ein Mann wünschen kann; wenn du dir nur gestatten würdest, daran zu glauben.«
»Das ist alles nichts. Mein Glück liegt in deiner Hand. Alle deine Freunde wollen, daß du den Mann heiratest, den du liebst, und daß du der Trostlosigkeit ein Ende bereitest, die du dir selbst auferladen hast. Du gehörst zu uns und solltest so handeln, wie wir alle es uns wünschen. Wenn du mich wirklich nicht lieben könntest, dann wäre das eine andere Sache. Ja, das ist nun alles, was ich zu sagen habe. Du weinst, und ich will dich zu keiner Antwort zwingen. Ich komme morgen wieder, und dann wirst du mir antworten. Aber denke daran, wenn du es tust, daß das Glück vieler Menschen von dem abhängt, was du sagst.« Dann verließ er sie rasch und ging allein ins Haus zurück.
Er hatte ihr vierundzwanzig Stunden gegeben, und als diese vergangen waren, mußte sie ihre Antwort geben, eine Antwort, die dann endgültig zu sein hatte.
Sie war zur bestimmten Zeit da und fand ihn an der Eingangstür stehend, auf sie wartend. Er hatte schon den Hut aufgesetzt und stand fast mit dem Rücken zu ihr. Er öffnete die Tür, ließ sie vorangehen und wies nach dem Garten. Er sprach nicht, bevor er die kleine eiserne Gartentür geschlossen hatte. Dann wandte er sich plötzlich zu ihr mit dem einen Wort: »Nun?«
Sie schwieg und er wiederholte seine Frage: »Nun – nun?«
»Ich würde dich entehren,« flüsterte sie.
Er wartete auf keine direkte Zusage. Er wußte, er hatte gewonnen. Im Augenblick lag sie in seinen Armen und fühlte seine Lippen – und als sie

sein Gesicht betrachtete, sah sie, wie es sich verändert hatte: Es war hell wie in den alten Tagen, und er lächelte sie an, wie er sie früher anzulächeln pflegte. »Mein Liebstes,« sagte er, »meine Frau, mein Liebstes.« Und sie hatte keine Kraft mehr, sich ihm zu verweigern. »Gib mir Zeit, Arthur, gib mir Zeit,« war alles, was sie sagen konnte.

29 Der Herzog von Omnium verliert seine Frau – Mrs. Finn will helfen – Eine geheimgehaltene Verlobung – Vergebliche Werbung – Lady Mary spricht mit ihrem Vater – Der Herzog bleibt hart

Niemand hatte sich wohl jemals in dieser Welt so einsam gefühlt wie der Herzog von Omnium, als seine Gemahlin starb. Zu der Zeit hatte er sein Amt als Premierminister schon lange aufgegeben. Während der ersten Monate nach seinem Rücktritt war er in England geblieben, dann war er mit der Herzogin und den drei Kindern ins Ausland gereist. Der älteste Sohn, Lord Silverbridge, hatte die Universität Oxford wegen eines besonders dummen Jungenstreichs verlassen müssen. Der zweite Sohn sollte an der Universität Cambridge studieren, sein Vater aber hielt es für ratsam, ihn vorher ein Jahr lang auf den Kontinent mitzunehmen. Und Lady Mary, einzige Tochter und jüngstes Kind, war auch mitgekommen.

Während der Herzog einen Versuch machte, dieser Reise durch den Kontinent einen tieferen Sinn zu geben und sich zum Beispiel auf die italienischen Seen vorzubereiten, indem er Dante las, ohne dadurch seinem Leben wirklich eine neue Dimension zu verleihen, hatte seine Gemahlin niemals solche Anstrengungen gemacht. Im Grunde waren sich beide darüber klar, daß sie sich nach dem Kampfeslärm zu Hause zurücksehnten, wie sehr sie auch gelegentlich darunter gelitten hatten. Jeden Tag sagte er sich, daß er, wenn auch aus dem Unterhaus verbannt, doch als Pair einen Sitz im Parlament hatte, und daß er wohl kein Minister mehr sein werde, jedoch durchaus als Gesetzgeber seinen Beitrag zu leisten imstande sein würde. Und sie hatte sich seinerzeit meinungsbildend auf dem Gebiet der Mode betätigt, wenn auch mit mittelmäßigem Erfolg. Sie fand auch keine tiefere Befriedigung in den Bergen und an den Seen, vor Gemälden und Statuen, sondern sehnte sich nach der Londoner Gesellschaft zurück.

Endlich, im Frühjahr, kehrten sie nach England zurück. Sie hatten sich damit – wenigstens, was das zeitliche Ausmaß der Reise betraf – an ihren Plan gehalten. Lord Gerald, der jüngere Sohn, wurde sofort nach Cambridge in sein College verbannt, für den ältesten Sohn fand man einen Sitz im Unterhaus; da Neuwahlen bevorstanden, war an eine Fortsetzung der

Reise nicht mehr zu denken. Lady Mary Palliser war gerade 19 Jahre alt, und ihre Einführung in die große Welt hätte ihrer Mutter große Freude und viel Arbeit gemacht. Aber nach ein paar Tagen in London beschloß die Familie, nach Matching Priory zu fahren, und schon bei der Abfahrt aus der Stadt klagte die Herzogin über Schnupfen, Halsschmerzen und Schwäche. Eine Woche nach ihrer Ankunft in Matching war sie tot.

Dieser Verlust traf nicht nur Plantagenets Herz. Es schien, als ob der Mann plötzlich in einem luftleeren Raum leben sollte. Er war hilflos. Obwohl er seine Gemahlin geliebt hatte, war es ihm bisweilen vorgekommen, als ob sie ihm manchmal mit ihrer übertriebenen Lebendigkeit Schwierigkeiten bereitet hätte. Nun aber stand er da, als ob ihm jemand alle seine praktischen Hilfsmittel zur Bewältigung des Alltags weggenommen hätte.

Es gab wohl in ganz England keinen Vater, der seine Kinder mehr liebte, aber er war so zurückhaltend, daß diese Kinder davon kaum etwas wußten. Mit all ihren Freuden, Sorgen, Wünschen und Enttäuschungen waren sie immer zur Mutter gegangen. Sie wußte von allem. Sie wußte ganz genau, in was für dumme Streiche sich Lord Silverbridge eingelassen hatte und wie wahrscheinlich es war, daß Lord Gerald genau dasselbe tun würde. Die Folgen solcher Streiche tadelte sie natürlich, den Übermut aber, der dazu führte, den verstand sie nur zu gut. Der Vater ärgerte sich mehr über diesen Übermut als über die Folgen, er irritierte ihn schmerzlich.

Und die Probleme, welche der Tochter bevorstanden, waren beinahe noch schwerer zu lösen als die der Jungen. Sie hatte nie Zeichen von Extravaganz oder ähnlichen jugendlichen Fehlern an den Tag gelegt. Aber sie war jung und schön. Wie sollte er ihr den Weg in die Welt bahnen? Wie sollte er sie durch die Stromschnellen und Felsen hindurchgeleiten, die auf dem Wege eines solchen Mädchens liegen, bevor es im Hafen der Ehe landet?

Eine gute alte Freundin hatte als Gast im Hause geweilt, als die Herzogin starb, Mrs. Phineas Finn. Am Nachmittag des Tages nach dem Begräbnis traf sie den Herzog. Er war natürlich ganz in Schwarz. Das war für ihn nicht ungewöhnlich, nur schien der Schneider ihn noch schwärzer als schwarz angezogen zu haben. Als er sich erhob, um sie zu begrüßen, fiel ihr auf, daß er ein alter Mann geworden war. Er war dünn und hielt sich nicht gerade, so daß er, der noch nicht fünfzig war, den Eindruck eines Mannes von über sechzig hervorrief.

»Silverbridge,« sagte er, »hat mir mitgeteilt, daß Sie morgen nach London zurückfahren.«

»Ich würde natürlich bleiben, wenn ich irgendwie helfen kann.«

»Würden Sie bitte diesen Brief lesen«, bat der Herzog. Er war von Lady Cantrip und enthielt eine Einladung an seine Tochter.

»Wollen Sie, daß sie dort hingeht, Herzog?«

»Ich hätte gedacht, sie sollte irgendwo hingehen,« sagte er.
»Der Gedanke war mir nicht gekommen,« sagte Mrs. Finn. Mrs. Finn wußte etwas von Lady Mary, was ihrem Vater unbekannt war. Man hatte den letzten Winter in Rom verbracht, und dort hatte Lady Mary Palliser die Bekanntschaft eines gewissen Mr. Frank Oliphant Tregear gemacht, des jüngeren Sohnes einer nichtadeligen Familie in Cornwall, der sich in Oxford mit Lord Silverbridge angefreundet hatte. Mrs. Finn war aufgefallen, daß Mr. Tregear der Lady Mary gut gefiel. Mrs. Finn wagte jedoch nicht zu fragen, ob die Lady Mr. Tregear ihr Herz geschenkt habe. Sie war neunzehn, er erst zweiundzwanzig. Eines war sicher, der Vater wußte von dieser Sache überhaupt nichts.
Mrs. Finn befragte Lady Mary wegen der Einladung zu Lady Cantrip. Lady Mary Palliser glich ihrer Mutter sehr, sie hatte genau die gleiche Stimme, sprach ebenso schnell und besaß auch ihre fixe Intelligenz. Sie hatte die Augen ihrer Mutter: groß und rund, fast blau, voll Leben, voll Mut, Augen, die niemals und niemandem auswichen. Und sie hatte auch ihrer Mutter dichtes, volles blondes Haar. Aber sie besaß etwas, was ihrer Mutter nicht gegeben war, eine gewisse Würde, jene Selbstbeherrschung, die not tut, wenn man nicht immer alles sagt, was man sagen möchte.
»Warum will mich mein Vater fortschicken, Mrs. Finn?«
»Er glaubt, es wäre gut, wenn Sie in Gesellschaft einer Dame lebten.«
»Ich fürchte mich nicht vor dem Alleinsein. Ich weiß jedoch sicher: Er sollte hier nicht allein leben.«
So wurde denn beschlossen, daß Mrs. Finn in Matching bleiben solle, wenigstens zwei Wochen. Eine enge Freundschaft zwischen ihr und Lady Mary bahnte sich an. Sie führte zum vollen gegenseitigen Vertrauen. Ja, sie liebe Mr. Tregear, gestand die Lady, sie habe es ihm auch gesagt.
»Aber dann solltest du es auch deinem Vater sagen«, meinte Mrs. Finn.
»Ich weiß, ich weiß,« sagte Lady Mary. »Ich schäme mich auch gar nicht, weil ich ihn liebe. Er ist ein Gentleman von hoher Bildung und großer Klugheit und stammt aus einer alten Familie, die sogar älter ist als die von Papa, wie ich glaube. Und er ist ein gutaussehender junger Mann, so wie sich das gehört. Nur reich ist er nicht.«
»Wenn er wirklich all das ist, was du sagst, solltest du da nicht deinem Vater mehr Vertrauen schenken?«
»Natürlich muß man es ihm sagen; nur sollte Mr. Tregear zuerst mit ihm sprechen.«
Dies nun schien Mrs. Finn sehr unklug. Sie war auch immer dagegen gewesen, daß das Mädchen ihre Mutter in die Affäre hineinzog: »Mama wußte es.« Es schien Mrs. Finn, daß die Mutter die Geheimnistuerei gefördert hatte. Sie war sicher: Die Herzogin, so mutig sie auch gewesen

war, hatte nicht gewagt, ihrem Manne vorzuschlagen, daß ihre Tochter einen Nichtadeligen ohne Vermögen heiraten solle.
Tregear war zu Gast im Hause des Herzogs in Carlton Terrace. Lord Silverbridge hatte dazu, als er Matching verließ, die Erlaubnis des Herzogs eingeholt. Der Herzog war mit seinem Sohn nicht ganz einverstanden, weil er der Ansicht war, dieser Freund habe ihn schlecht beraten. Der junge Mann war nämlich ein überzeugter Konservativer; und nun hatte Silverbridge seine Absicht bekanntgegeben, wenn überhaupt, nur als Konservativer ins Unterhaus zu gehen.

Am Sonnabend erschien er mit einem Brief in der Hand bei Tregear. »Der Alte kommt in die Stadt. Ich nehme an, er hofft, mir wieder Gehorsam beizubringen. Er will, daß ich als Liberaler in der Grafschaft kandidiere. Es tut mir leid, daß ich ihm wehtun muß, aber wenn ein Mann politische Überzeugungen hat, dann muß er bei ihnen bleiben.«
»Gewiß, wenn er wirklich welche hat. Immerhin, da dein Vater nach London kommt, brauche ich nicht nach Matching zu fahren«, meinte Frank Tregear.
Der Herzog traf ungefähr gegen fünf Uhr in seinem Haus in Carlton Terrace ein und ging sofort in sein Büro. Tregear, welcher der Ansicht war, daß Verzögerung keinerlei Vorteil bringe, sandte einen Diener zum Herzog, als kaum eine Stunde nach dessen Ankunft verstrichen war, und bat, mit ihm sprechen zu dürfen.
»Sir,« sagte Frank, sobald sich die Tür hinter ihm geschlossen hatte, »ich bin gekommen, um Sie um die Hand Ihrer Tochter zu bitten.«
»Die Hand meiner Tochter!«
»Ich weiß, ich bin ihrer nicht würdig,« sagte Frank. »Aber da sie mich für würdig hält ...«
»Sie hält Sie für würdig!«
Tregear war bereit, sich vor dem ehemaligen Premierminister tief zu verbeugen; aber er war nicht darauf vorbereitet, so angeschaut zu werden, wie der Herzog ihn anblickte. »Es ist nun einmal so, Euer Gnaden, daß Ihre Tochter mich liebt, und daß wir miteinander verlobt sind – soweit eine solche Verlobung ohne Ihr Einverständnis als Vater möglich ist.«
»Es ist unmöglich«, sagte der Herzog. »Weiß irgend jemand anderer in meiner Familie davon?«
»Die Herzogin, Sir. Wir hatten ihre Zuneigung und Zustimmung.«
Der Herzog war außer sich vor Erregung. Er hatte gewußt, daß seine Frau nicht immer vorsichtig gewesen war. Er erkannte in der Unterstützung dieser völlig unakzeptablen Partie eine Wiederholung jener romantischen Verirrung, durch die ihr eigenes Leben fast Schiffbruch erlitten hätte.

»Genug damit, Sir,« sagte er. »Was ich gehört habe, hat mich geschmerzt und überrascht. Über den tatsächlichen Stand der Dinge kann ich mir erst ein Urteil bilden, wenn ich meine Tochter gesprochen habe. Sie werden natürlich bis auf weiteres keinen Kontakt mit ihr aufnehmen. Guten Morgen, Sir.«

Tregear verbeugte sich, machte kehrt und verließ das Zimmer.

Der Herzog saß eine Stunde lang da und schaute zur Zimmerdecke hinauf. Warum mußte seine Welt immer dunkler werden? Auf seine Söhne konnte er bis jetzt kaum stolz sein: gerade gewachsene, gutaussehende Jungen, nicht unintelligent, mehr ihrer Mutter als ihrem Vater ähnlich; aber sie hatten bis jetzt noch nichts von dem geleistet, was er von ihnen erwartet hatte. Das Mädchen hingegen war ihm immer als alles das erschienen, was er sich wünschte. Und nun hatte sie sich hinter seinem Rücken mit dem jüngeren Sohn eines kleinen Gutsbesitzers verlobt.

Der Herzog kehrte nach Matching zurück. Als Lady Mary ihn begrüßte, küßte er sie auf die Stirne und bat sie, ihn nach dem Abendessen aufzusuchen. Sie wußte, daß Tregear mit ihm gesprochen haben mußte.

»Ist es wirklich wahr, daß du dich mit diesem jungen Manne verlobt hast, ohne meine Zustimmung?« fragte er.

»Natürlich hätten wir dich noch gefragt, Papa.«

»Findest du wirklich, daß sich so etwas für eine junge Dame in deiner Stellung schickt?«

»Niemand wollte dir irgend etwas verheimlichen, Papa.«

»Bis jetzt ist es aber verheimlicht worden. Und doch hat dieser junge Mann das Selbstvertrauen, zu mir zu kommen und um deine Hand zu bitten, so als ob es die natürlichste Sache auf der Welt wäre, daß ich eine so geringfügige Bitte gewähre. Es ist selbstverständlich völlig unmöglich. Das verstehst du doch, oder?«

»Nein, Papa,« sagte sie sehr leise.

»Dann, Mary, ist es meine Pflicht, dir zu sagen, daß es absolut unmöglich ist. Du darfst keinen Gedanken mehr darauf verschwenden; die Sache ist erledigt. Keine Briefe, keine Besuche, keinerlei Kontakt.«

In der zweiten Maiwoche brachte der Herzog seine Tochter nach The Horns, dem Heim der Lady Cantrip. Gleichzeitig gab er seine Absicht bekannt, in London zu bleiben.

Ende dieser Woche kam Mrs. Finn, um Lady Mary zu besuchen. Mrs. Finn umarmte ihre junge Freundin: »Ich habe mit deinem Vater korrespondiert, Mary.«

»Ja, und?«

»Leider nicht sehr angenehm für mich.«
»Das tut mir leid, Mrs. Finn. Ging es um mich?«
»Ja, und auch um Mr. Tregear. Wenn ich von einer Korrespondenz spreche, so meinc ich, daß ich dem Herzog einen langen Brief sandte und er mir einen sehr kurzen. In Matching hielt er mich noch für würdig, daß ich mich um dich kümmere, jetzt aber ist er der Ansicht, daß ich ihn betrogen habe, weil ich von einer Verlobung wußte, die er ablehnt und von der er damals nichts ahnte. Er sollte verstehen, daß ich von dem Augenblick an, als ich von der Verlobung erfuhr, dich und Mr. Tregear gedrängt habe, ihn davon zu informieren. Ich hielt es nicht für meine Pflicht, es dem Herzog selbst zu sagen. Aber ich betrachtete es als meine Pflicht dafür zu sorgen, daß man es ihm sagt.«
»Ich werde ihm all dies sagen, Mrs. Finn.«
Lady Marys Gespräch mit ihrem Vater war jedoch in keiner Weise ein Erfolg. Er bestand darauf, daß Mrs. Finn sein Vertrauen gebrochen habe, als sie Matching verließ, ohne ihm Mitteilung von allem zu machen, was sie von der Verlobung seiner Tochter mit Mr. Tregear wußte.
Aber Mrs. Finn wollte die Sache nicht ruhen lassen; sie schrieb den folgenden Brief an den Herzog:

Mrs. Finn entbietet dem Herzog von Omnium ihre Hochachtung. Mrs. Finn hält es für wesentlich, mit dem Herzog bezüglich seines Briefes an sie zu sprechen. Wenn Seine Gnaden sie wissen lassen könnten, an welchem Tage und zu welcher Stunde er die Liebenswürdigkeit haben wolle, sie zu besuchen, wird Mrs. Finn zu Hause sein, um ihn zu empfangen.

30 Lord Silverbridge wird konservativer Abgeordneter – Ein abgewiesener Heiratsantrag – Der Herzog von Omnium bittet Mrs. Finn um Entschuldigung

Die Konservativen waren bei den Bürgern von Silverbridge immer populär. Und doch war Silverbridge stolz, von einem Erben des Hauses Omnium vertreten zu werden, auch wenn dieser ein Liberaler war. Hätte der Herzog gewünscht, daß sie auch weiterhin Liberale ins Unterhaus schickten, so hätte man diesem Wunsch Folge geleistet.
Als aber der Herzog erklärte, er werde sich nicht mehr einmischen, begann der Ort seine konservative Einstellung wieder hervorzukehren. Daher wurde ein gewisser Mr. Fletcher zum Abgeordneten gewählt.
Mr. Fletcher war aber inzwischen aufgefordert worden, für die Grafschaft

zu kandidieren, und der Ort konnte sich wieder unter die schützenden Fittiche der Palliserfamilie stellen.
So lagen die Dinge, als Lord Silverbridge mitgeteilt wurde, er möchte doch den Ort ein paar Stunden mit seiner Anwesenheit beehren. Nachdem er in seinem Amt bestätigt worden war, hielt der neue Abgeordnete seine erste Rede. Im Rathaus fand eine Versammlung statt, viele Leute waren anwesend, nicht so sehr, um die Meinung des jungen Mannes, die niemanden besonders interessierte, sondern um seine Stimme zu hören, und zu sehen, wie er sich anstellen würde. Was für ein Mensch war wohl der älteste Sohn des Mannes, auf den man dort so stolz gewesen war? Denn die ganze Grafschaft war in der Tat auf ihren Herzog stolz. Von diesem Sohn, den sie jetzt zu ihrem Parlamentsvertreter gemacht hatten, wußten sie bis jetzt bloß, daß er die Universität Oxford vor gar nicht langer Zeit hatte verlassen müssen, weil er das Haus des Dekans rot angestrichen hatte.
Er war kein glänzender Redner. Er erzählte seinen Zuhörern, daß er sich ihnen für die Ehre, die sie ihm erwiesen hatten, sehr verpflichtet fühle. Wenn er auch die politischen Ansichten seines Vaters nicht teile, so werde er immer seines Vaters politische Anständigkeit und Unabhängigkeit als Ziel vor Augen haben. Zwei- oder dreimal konnte er vor Rührung nicht weitersprechen, errötete, wiederholte ganze Sätze und stolperte über Wörter, weil er sie zu rasch aneinanderreihte. Aber man nahm es ihm nicht übel, der Auftritt war besser als erwartet. Als er vorbei war, schrieb Lord Silverbridge an den Herzog:

»Mein lieber Vater,

Ich bin Parlamentsmitglied für Silverbridge – so wie Sie es waren, in jenen Tagen, an die ich mich gerade noch erinnern kann. Ich hoffe, Sie werden nicht meinen, daß es mich nicht bedrückt, anderer Überzeugung als Sie zu sein. Es schmerzt mich wirklich. Ich glaube nicht, daß irgend jemand als Politiker soviel erreicht hat wie Sie. Aber wenn jemand zu einer Überzeugung gelangt, dann sehe ich nicht ein, was er dagegen tun kann. Ich hätte natürlich schweigen können – andererseits wollten Sie, daß ich im Unterhaus bin. Die Leute waren alle sehr nett zu mir in Silverbridge, haben aber nicht viel gesagt.
Ihr ergebener Sohn

Silverbridge

Noch ehe der Herzog diesen Brief erhalten hatte, beantwortete er Mrs. Finns Brief wie folgt:

Der Herzog von Omnium entbietet Mrs. Finn seine Grüße. Da der Herzog der Ansicht ist, daß weder Mrs. Finn noch ihm selbst irgendwelche Vorteile aus einem Gespräch erwachsen könnten, fühlt er sich verpflichtet mitzuteilen, daß er Mrs. Finns Wünschen leider nicht entsprechen kann.
Wäre er nicht von der Richtigkeit dieser Entscheidung so überzeugt, dann hätte er Mrs. Finn mit dem größten Vergnügen besucht.

Als Mrs. Finn diesen Brief erhielt, war sie kaum überrascht. Sie hatte eine solche Antwort erwartet; aber sie war ebenso sicher, daß sie es nicht dabei bewenden lassen würde. Die Anklage schien ihr so ungerecht, daß sie nichts unversucht lassen wollte, um sich zu verteidigen; weder Mühe noch Zeit wollte sie sparen. Sie würde ihm klarmachen, daß sie es ernst meine. Und da es ihr nicht gelungen war, ihn persönlich zu sehen, so mußte sie wieder schreiben. Sie schrieb einen Brief, wobei sie zwei Tage brauchte, ihn zu formulieren.
Der Herzog las diesen Brief mehr als einmal, er las ihn mit brennenden Ohren und heißen Wangen und gefurchter Stirn. Und als er weiter las, und ihm klarer wurde, was er ihr für Unrecht angetan hatte, wurden auch ihre Worte bedeutungsvoller, wurden heftiger und heftiger, schließlich fast überwältigend in ihrer Intensität.
Der Herzog hatte aber auch andere Sorgen. Er hatte, wenn auch mit Bedauern, eingesehen, daß sein Sohn es ehrlich meinte mit seiner konservativen Überzeugung. Aber Lord Silverbridge zeigte nun Interesse an Pferderennen, und seine Wettverluste stiegen so sehr an, daß der Herzog sie bezahlen mußte. Sein jüngerer Sohn Gerald wurde aus Cambridge nach Hause geschickt, weil er ohne Erlaubnis zum Derby gefahren war; er wurde jetzt nach Oxford geschickt.
Und dazu hatte Lord Silverbridge Lady Mabel Grex einen Heiratsantrag gemacht; der Herzog war mit ihr als zukünftiger Schwiegertochter auch sehr zufrieden. Aber sie nahm den Antrag nicht ernst, und Lord Silverbridge fragte sie:
»Warum, Lady Mab?«
»Aus zwanzig Gründen. Sie sind zu jung. Und Sie werden Ihrem Vater folgen müssen; Sie sind mit dem Parlament verheiratet – mindestens die nächsten zwanzig Jahre. Und es würde überhaupt nicht gehen – aus einer ganzen Reihe von Gründen.«
»Ich nehme an, ich gefalle Ihnen nicht genug?«
»Was das für eine Frage ist! Nein, *my lord*, Sie gefallen mir nicht genug. So! Das ist doch eine gute Antwort. Tun Sie nicht beleidigt! Denn, wenn Sie das tun, werde ich Sie auslachen. Wenn Sie scherzen dürfen, darf ich auch.«

Der Herzog hatte Mrs. Finn noch nicht geantwortet. Er war bis jetzt davon überzeugt gewesen, daß er im Recht sei, hatte aber beschlossen, die Frage jemandem anderen vorzulegen. Als Richter hatte er Lady Cantrip gewählt, und Lady Cantrip hatte gegen ihn entschieden.
Er hatte Lady Cantrip um eine definitive Meinung gebeten, und sie hatte ihm gesagt, daß sie an Mrs. Finns Stelle genau dasselbe getan hätte. Schließlich formulierte er seine Entschuldigung.

Meine liebe Mrs. Finn!
Ich glaube, es ist besser, wenn ich zugebe, daß meine Beurteilung Ihrer Handlungsweise falsch war. Sie haben mir mitgeteilt, daß ich Ihnen diese Erklärung schulde – und ich gebe Sie Ihnen hiermit. Die Angelegenheit ist, wie Sie sicher wissen, so schmerzlich, daß ich mir, wenn möglich, jede weitere Anspielung darauf ersparen möchte. Ich glaube, ich habe Ihnen unrecht getan, und ich bitte Sie daher um Entschuldigung.
Ich sollte vielleicht auch wegen der Verzögerung dieser Antwort um Verzeihung bitten. Ich hatte so viel zu bedenken in dieser Sache und so viele Menschen zu berücksichtigen.
Stets der Ihrige Omnium

31

Silverbridge lernt eine amerikanische Schönheit kennen – Kann eine Amerikanerin in die englische Hocharistokratie einheiraten? – Lady Mabel versucht, Silverbridge zurückzugewinnen – Papa kann seine Zustimmung nicht geben – Adel verpflichtet – Der Herzog wird in die Regierung zurückberufen – Die Jugend siegt – Zwei Hochzeiten

Alle Welt wußte, daß Mrs. Montacute Jones' erste große Gartenparty am Mittwoch, dem 16. Juni, in Roehampton stattfinden würde. Silverbridge seinerseits wußte, daß Lady Mab auf dieser Gartenparty sein würde. Welch gute Gelegenheit, die bewußte Frage noch einmal zu stellen!
»Haben Sie Miß Boncassen schon kennengelernt?« fragte die Gastgeberin.
»Die amerikanische Schönheit? Nein. Ist sie hier?«
»Ja; und sie hat extra gebeten, Ihnen vorgestellt zu werden.«
Mr. Boncassen war ein Amerikaner, der vor kurzem in England eingetroffen war, um sich gewissen literarischen Arbeiten zu widmen, die im Britischen Museum auf ihn warteten. Er war ein Amerikaner, der nichts mit der Politik zu tun hatte, aber auch nichts mit dem Handel: ein reicher, gebildeter Mann. Und er hatte eine Tochter, von der behauptet wurde, sie

sei die hübscheste junge Frau, die zu diesem Zeitpunkt in Europa und Amerika zu finden sei.
»Lord Silverbridge«, sagte Mr. Boncassen – er sprach ein bißchen durch die Nase –, »ich bin stolz, Ihre Bekanntschaft zu machen, Sir. Ihr Vater ist ein Mann, für den wir in unserem Lande großen Respekt hegen. Ich glaube, Sir, Sie müssen auf einen solchen Vater stolz sein.«
»Ja, sicher – ohne Zweifel«, sagte Silverbridge ungeschickt. Dann setzte Boncassen die Unterhaltung mit einem Herzog fort, worauf sich unser Freund der jungen Dame zuwandte: »Sind Sie schon lange in England, Miß Boncassen?«
»Lange genug, um von Ihnen und Ihrem Vater gehört zu haben«, sagte sie ohne den geringsten amerikanischen Akzent.
Lord Silverbridge und Miß Boncassen gingen Seite an Seite durch den Garten. Ihr schien das ganz natürlich, und er hatte kaum Ursache, etwas so Angenehmes abzulehnen. Ursprünglich wollte er wohl so mit Mabel Grex spazierengehen – nur hatte er sie noch nicht gefunden. »Ja«, sagte Miß Boncassen, als sie zwanzig Minuten beisammen gewesen waren, »wir bleiben den ganzen Sommer hier und den ganzen Herbst und den ganzen Winter.«
Sie schlenderten weiter, er bot ihr seinen Arm und führte sie zu der Stelle, wo Erdbeeren und Sahne für die Gäste vorbereitet wurden. Als er ankam, sah er Mabel Grex mit Tregear; sie nickte ihm freundlich zu.
»Darf ich Sie besuchen?« fragte er Miß Boncassen.
»Gewiß, Vater wird nur zu stolz sein, ich noch stolzer, meine Mutter wird am stolzesten sein.«
Lady Mab gab ihm keine Gelegenheit, mit ihr allein zu sprechen.
Er wälzte gerade bittere Gedanken in seiner Seele über den Mißerfolg dieses Vormittags, als er sich in der Menge der abschiednehmenden Gäste auf der Terrasse neben Miß Boncassen fand. »Nicht vergessen!« sagte sie.
Er stieg in seinen Mietwagen und wurde nach Richmond gefahren. Unterwegs dachte er über die zwei Frauen nach, mit denen er den Vormittag verbracht hatte. Mabel hatte sich schlecht gegen ihn benommen. Selbst wenn sie seine Absicht nicht durchschaut hatte, hätte sie aus alter Freundschaft höflicher sein können. Wußte sie aber von seinen Absichten, dann hätte sie ihm Gelegenheit geben müssen, mit ihr zu sprechen.
Oder war es möglich, daß sie auf das amerikanische Mädchen eifersüchtig war? Nein – diese Idee verwarf er sofort. Sie war mit seiner tief verwurzelten Bescheidenheit nicht vereinbar. Und doch bestand kein Zweifel: Das amerikanische Mädchen war besonders attraktiv. Was ihr Aussehen betraf, war sie sogar Mabel überlegen. Sie war seinem Gefühl nach überhaupt die schönste Frau, die er je gesehen hatte. Und klug war sie auch – auch

besaß sie ein angenehmes Temperament, während Mabel unfreundlich und gereizt gewesen war. In den nächsten drei Wochen bat Lord Silverbridge Mabel dreimal, seine Frau zu werden, dreimal vergebens. Einmal wollte sie nur über andere Dinge reden. Bei der zweiten Begegnung wurden sie nicht allein gelassen, und das dritte Mal machte Lady Mabel ein paar sehr unangenehme Bemerkungen über Miß Boncassen. Es war wohl richtig, daß er während der letzten drei Wochen viel mit der jungen Miß Boncassen zusammengewesen war, daß er mit ihr getanzt hatte, mit ihr ausgeritten war, sie in das Haus der Lords und in das Unterhaus geführt hatte und daß er vorhatte, mit ihr an einer Gesellschaft am Fluß oberhalb Maidenheads teilzunehmen. Aber Mabel hatte sicher kein Recht, sich zu beklagen. Hatte sie ihn nicht in der gleichen Zeit dreimal abgewiesen, war es nicht *ihr* Fehler, daß die Hochzeit nicht zustande gekommen war?

Lord Silverbridge verließ das Haus in äußerst schlechter Stimmung, die allerdings besser wurde, als er im Laufe des Nachmittags Miß Boncassen in Maidenhead wiedertraf. Miß Boncassen lachte ihn wenigstens nicht aus. Sie war so freundlich, so vernünftig, so besonders klug. »Sie gefallen mir«, hatte sie gesagt, »weil ich das Gefühl habe, Sie werden sich nicht verpflichtet fühlen, mit mir zu flirten. Ich hasse nichts mehr, als daß ein junger Mann und eine junge Frau nicht miteinander befreundet sein können ohne solchen Unsinn.« Und damit hatte sie genau das ausgedrückt, was er fühlte. Nichts konnte so unkompliziert sein, wie seine Freundschaft mit Miß Boncassen.

Auf einer Gesellschaft oben in Schottland erklärte Lord Silverbridge eines Abends Miß Boncassen seine Liebe. Am folgenden Morgen gingen die beiden spazieren und er sagte:

»Ich habe Ihnen gestern meine Liebe gestanden, heute bitte ich Sie, meine Frau zu werden.«

»Das haben Sie sehr deutlich gesagt«, antwortete sie beinahe flüsternd, aber in einem so ernsten Ton, daß er erschrak.

»Es sollte deutlich sein«, sagte er verbissen.

»Glauben Sie nicht, daß ich das weiß? Glauben Sie, daß ich Sie, wenn ich Sie gestern abend gern hatte, nicht jetzt noch lieber habe?«

»Aber . . . haben Sie mich gern?«

»Das ist gerade das, über was ich mich nicht äußern will . . .«

»Isabel!«

». . . gerade das eine, auf das ich nicht eingehen kann. Sie müssen mir jetzt zuhören.«

»Ja, natürlich.«

»Ich weiß eine Menge von Ihnen. Wir Amerikaner sind neugierige Menschen, und ich habe so ziemlich alles herausgefunden.« Er fühlte sich etwas

unsicher, als er daran dachte, sie wisse von seinen früheren Absichten, die Mabel betrafen. »Sie sind«, sagte sie, »von all den jungen Männern in England einer der Ersten und deshalb meiner Meinung nach einer der Ersten in der Welt. Und sie besitzen alle persönlichen Gaben: Jugend und Temperament, ich will die anderen gar nicht erst aufzählen. Sie haben zweifellos Anspruch auf das beste und süßeste weibliche Wesen.«
»Das sind Sie.«
»Ob Sie Anspruch haben auf mich oder nicht, das kann ich noch nicht sagen. Aber jetzt will ich Ihnen etwas von mir selbst sagen. Der Vater meines Vaters kam als Tagelöhner aus Holland nach New York, und er arbeitete in den Docks jener Stadt. Dann baute er Häuser und wurde reich, leider auch sehr geizig. Er hatte jedoch genug Verstand, um seinem einzigen Sohn eine gute Erziehung angedeihen zu lassen. Was aus meinem Vater geworden ist, das sehen Sie selbst. Für mich ist er das Beste, was es gibt, aber er ist nicht so wie die Menschen hierzulande. Und meine liebe Mutter ist überhaupt nicht so wie Ihre Damen. Sie ist keine Lady in Ihrem Sinne – wenn sie auch in ihrer selbstlosen Fürsorge für andere etwas unendlich Wertvolleres ist. Was mich betrifft, wenn ich ehrlich spreche, bin ich hübsch und recht klug. Ich glaube auch, ich kann treu sein.«
»Davon bin ich überzeugt.«
»Aber welches Recht haben Sie anzunehmen, daß ich eine Herzogin sein kann?«
»Ich bin sicher, daß Sie es können.«
»Hören Sie, gehen Sie zu Ihren Freunden und fragen Sie sie! Fragen Sie Lady Mabel, fragen Sie Ihren Vater, fragen Sie Lady Cantrip! Und vor allem, fragen Sie sich selbst! Und bitte lassen Sie sich drei Monate Zeit, um dies zu tun! Kommen Sie drei Monate lang nicht zu mir!«
»Und dann?«
»Was dann geschehen wird, das kann ich nicht sagen, denn auch ich brauche diese drei Monate, um nachzudenken. Bis dahin leben Sie wohl.«
Sie reichte ihm ihre Hand und ließ sie ein paar Sekunden in der seinen. Er versuchte, sie an sich zu ziehen, aber sie gab nicht nach und lächelte ihn nur an. Dann ging sie.
Lord Silverbridge fuhr hinunter nach Matching; er wußte, daß er Mabel Grex dort treffen werde.
Beim Abendessen saß Lady Mabel neben seinem Vater, und er konnte die besondere Höflichkeit beobachten, mit der er das Mädchen behandelte, das er so gerne in den Kreis seiner Familie aufnehmen wollte.
Am nächsten Morgen lag zwar tiefer Schnee, aber es gelang doch allen, in die Kirche zu gehen. Der Herzog blickte Lady Mabel nach, wie sie den reingefegten Weg entlangtrippelte, in ihrem Pelzmantel und kurzen Rock

und festen Stiefeln; er dachte, sein Sohn habe Glück, die Liebe eines solchen Mädchens gewonnen zu haben. Er wußte nichts von Miß Boncassen. Ihm schien es wichtig, daß Silverbridge heirate und auf diese Weise davon abgehalten würde, noch mehr Dummheiten zu machen. Und es war für das Geschick der Palliserfamilie besonders wichtig, daß er eine gute Partie machte. Es wäre ihm nie eingefallen, daß ihm jemand zu diesem Zweck die Enkelin eines holländischen Tagelöhners anbieten würde. Eine junge Dame, die würdig wäre, Herzogin von Omnium zu sein, ist nicht überall zu finden. Aber dieses Mädchen, so dachte er, als er Mabel rasch durch den Schnee stapfen sah, voll lebendiger Gesundheit, aus einer guten Familie stammend, sehr schön, mit vorzüglichen Manieren, anmutig wie eine Göttin, war dazu bestimmt, Herzogin zu werden! Silverbridge ging in diesem Augenblick neben ihr – ebenso gutaussehend, ihr ebenbürtig, was Haltung und Herkunft betraf, aber an weltlichen Gaben ihr weit überlegen. Sicher würde sie ihn nicht ablehnen. Silverbridge selbst hoffte in diesem Moment nur, daß die Predigt nicht zu lange dauern würde.

Man hatte angenommen, daß Silverbridge und Mabel am Nachmittag miteinander spazierengehen würden. Er hatte sich davor gehütet, nicht etwa deshalb, weil Isabel untreu werden könnte, sondern weil andere denken würden, es liege ihm noch etwas an Mabel. Aber er verließ sich darauf, daß Mabel und er gute Freunde gewesen seien und daß sie in einigen Tagen abreisen würde. Mary, seine Schwester, die das alles sah, war überzeugt davon, daß sich hier sicher irgend etwas Unangenehmes anbahne. Am Donnerstag nach dem Mittagessen gingen die zwei zusammen aus dem Hause. Zunächst hatte Mabel nichts gesagt, was ihn irgendwie hätte treffen können. Sie sprach von der kommenden Parlamentssession und zeigte Interesse an seiner Karriere.

»Darf ich Ihnen etwas über Ihren Vater sagen?« fragte sie. Sie lehnte sich an seinen Arm und stand ganz nahe bei ihm.

»Was kann das sein?«

»Ich kann es Ihnen jetzt nicht sagen.«

»Warum nicht? Warum haben Sie davon angefangen?«

»Weil – o Silverbridge!«

Er verstand noch immer nicht. Es wäre ihm nie eingefallen, daß sie seines Vaters Wünsche kennen könnte. Vielleicht war er begriffsstutzig, als er sie bat, ihm nun doch zu sagen, was es mit seinem Vater für eine Bewandtnis habe: »Was könnten Sie mir über ihn sagen, was ich nicht gerne hören wollte?«

»Sie wissen es nicht? O Silverbridge, ich glaube, Sie wissen es.« Eine Idee ging ihm durch den Kopf. »Sie wissen es doch.« Und sie trat zurück und blickte ihm voll in die Augen.

»Ich weiß nicht, was Sie mir sagen wollen.«
»Nein, ich sollte es auch nicht sagen. Und doch muß ich es. Silverbridge, was sagten Sie zu mir, als Sie mich an jenem Morgen trafen?«
»Was habe ich gesagt?«
»Hatte ich nicht das Recht anzunehmen, daß Sie . . . mich lieben?« Er hatte nichts darauf zu sagen, sondern stand schweigend vor ihr und blickte sie ernst an. »Denken Sie doch daran, Silverbridge! War es nicht so? Und nur, weil ich Ihnen nicht sofort die ganze Wahrheit sagte, weil ich damals nicht sagte, daß mein Herz Ihnen gehört – gab Ihnen das das Recht, mich zu verlassen?«
»Sie lachten mich bloß aus.«
»Nein, nein, ich lachte Sie niemals aus. Wie hätte ich das tun können, wenn Sie mir die ganze Welt bedeuten! Sie wußten, daß ich Sie liebe.«
»Nein, nein.«
»Sie mußten es wissen. Ich werde nie glauben, daß Sie es nicht wußten. Warum sollte Ihr Vater dessen so sicher sein? Wissen Sie nicht, daß er es wünscht?«
»Doch, das glaube ich«, sagte Silverbridge, »aber es kann nicht sein.«
»O Silverbridge, mein Geliebter! Sagen Sie das nicht. Töten Sie mich nicht!« Sie legte ihre Hände auf seine Arme und blickte zu ihm auf. »Sie sagten einmal, Sie liebten mich. Warum verlassen Sie mich nun? Welches Recht haben Sie, mich so zu behandeln? Wenn ich Ihnen sage, daß mein Herz Ihnen gehört?« Tränen strömten jetzt über ihre Wangen, es waren echte Tränen.
»Wissen Sie . . .« sagte er.
»Was weiß ich?«
»Daß ich alles, was ich zu geben habe, einer anderen Frau gegeben habe?« Und er schaute bei diesen Worten über ihre Schulter in die Ferne.
»Der Amerikanerin«, rief sie aus.
»Ja, der Amerikanerin«, sagte Silverbridge.
Sie hatte sich sofort wieder in der Gewalt. Entrüstung, ganz natürliche Entrüstung würde ihr in dieser Situation nicht im geringsten helfen. »Sie wissen, daß das nicht sein kann. Sie sollten es wissen. Was wird Ihr Vater sagen? Sie haben es nicht gewagt, ihm etwas zu sagen. Und das verstehe ich sehr gut. Wie kann man ihm so etwas beibringen? Ich werde nichts gegen sie sagen.«
»Nein, tun Sie das nicht.«
»Aber es bestehen gewisse Regeln, die jemand wie Sie nicht außer acht lassen kann, ohne Reue für ein ganzes Leben auf sich zu laden.«
»Sehen Sie, Mabel . . .«
»Ja?«

»Ich will Ihnen die Wahrheit sagen.«
»Ja.«
»Ich würde lieber alles aufgeben: meinen Rang, den Rang, den ich haben werde, all das Land, das Sie hier gesehen haben, meines Vaters Reichtum, meinen Sitz im Parlament, alles würde ich lieber aufgeben, als sie zu verlieren.« Jetzt endlich war er ein Mann. Er war seiner selbst sicher. Und dies übertraf alles, was sie von ihm erwartet hatte, dies war auch mehr, als sie seinem Charakter zugetraut hatte.
Seine Stärke machte sie schwach. »Und ich bin nichts«, sagte sie.
»Doch, Sie sind Lady Mabel Grex, die von allen Frauen beneidet wird und die alle Männer verehren.«
»Heute das elendeste Wesen auf Erden.«
»Sagen Sie das nicht. Sie sollten sich schämen, so etwas zu sagen.«
»Ich schäme mich – und ich sage es. Sir, wissen Sie nicht, was Sie mir schulden? Wissen Sie nicht, daß Sie mich zu dem elenden Wesen gemacht haben, das ich jetzt bin? Wie konnten Sie wagen, zu mir in London so zu sprechen, wie Sie es taten? Sie sagen mir, ich sei Lady Mabel Grex – und doch kamen Sie zu mir mit einer Lüge auf den Lippen, und noch dazu mit solch einer Lüge. Sie müssen mich für irgendein Kindermädchen gehalten haben, auf das ein Auge zu werfen Sie sich herabließen. Nicht einmal Sie haben das Recht, Lady Mabel Grex auf diese Weise zu behandeln. Und jetzt haben Sie Ihr Auge auf dieses andere Mädchen geworfen. Sie können sie niemals heiraten!«
»Ich beabsichtige, es zu tun.«
»Sie können sie niemals heiraten«, sagte sie und stampfte mit dem Fuß auf. Sie hatte jetzt alle Selbstbeherrschung verloren, die sie im Interesse ihrer Pläne geübt hatte. Sie war nun viel natürlicher. »Nein, Sie können sie nie heiraten. Sie könnten sich nicht mehr in Ihren Klubs zeigen oder im Parlament oder in der Welt.«
»Ich kann Sie hier nicht allein lassen«, sagte er, denn sie hatte sich nun von ihm abgewandt und ging mit raschen Schritten am Rand des steilen Abhangs auf und ab.
»Sie haben mich verlassen, ich bin viel einsamer, als ich es wäre, wenn ich die ganze Nacht hier unter den Bäumen verbrächte. Aber ich gehe zurück. Ich werde Ihrem Vater alles berichten. Wenn mein Vater anders wäre als er ist, wenn mein Bruder besser zu mir wäre, dann hätten Sie mir dies nicht angetan.«
»Wenn Sie eine Legion von Brüdern hätten, wäre es ebenso gewesen«, sagte er und drehte sich brüsk um.
Sie gingen schweigend auf das Haus zu. Als dieses in Sicht war, wandte sie sich ihm zu und sagte: »Silverbridge.«

»Lady Mabel.«
»Nennen Sie mich Mabel. Wenigstens das. Wenn ich irgend etwas gesagt habe, was Sie beleidigt hat – bitte ich um Verzeihung.«
»Ich bin nicht beleidigt – nur traurig.«
»Wenn Sie unglücklich sind, was bin dann ich? Worauf kann ich mich freuen? Reichen Sie mir Ihre Hand, lassen Sie uns Freunde sein!«
»Gewiß sind wir Freunde«, sagte er, als er ihr die Hand gab.
»Wer weiß, was geschehen wird?« Darauf wollte er nicht antworten, da dies die Möglichkeit einer Trennung von Isabel Boncassen angedeutet hätte. »Sie werden niemandem sagen, daß ich Sie liebe?«
»Wie könnte ich so etwas sagen.«
»Aber vergessen Sie es selbst nie! Niemand weiß, was geschehen kann.«
Lady Mabel ging sofort hinauf in ihr Zimmer. Sie hatte ihre Szene gespielt, war sich aber klar, daß sie nicht sehr gut gespielt hatte.
Am nächsten Tag richtete er es so ein, daß der Spaziergang mit Mabel ausfiel. Am Abend konnte er beobachten, daß der Herzog irgendwie bedrückt war. Aber niemand sprach zu ihm. Am folgenden Morgen reiste Lady Mabel ab. Der Herzog und Silverbridge verabschiedeten sich am Tor von ihr. Sie lächelte und war so reizend, als ob alles nach ihren Herzenswünschen verlaufen wäre.
»Lieber Herzog, ich bin Ihnen für Ihre Freundlichkeit so sehr verbunden«, sagte sie, als sie ihm ihre Wange zum Kuß bot. Dann reichte sie Silverbridge die Hand. »Sie werden mich natürlich in der Stadt besuchen kommen«, und sie lächelte allen zu.
»Komm einen Augenblick hier herein, Silverbridge«, sagte der Vater, als sie zusammen ins Haus traten. »Wie steht es nun zwischen dir und ihr?«
»Ich fürchte, es ist alles vorbei, Papa«, sagte er.
»Warum ist es alles vorbei? Hat sie dich abgewiesen?«
»Ich habe mir die Sache anders überlegt, Papa«, sagte er. »Mabel schien nicht viel für mich übrig zu haben – in London. Und dann lernte ich jemanden kennen, der mir besser gefiel.«
Er hielt inne, aber da der Herzog keine Frage stellte, ließ er sich weitertreiben. »Es war Miß Boncassen.«
»Weißt du irgend etwas von ihrer Familie?«
»Ich glaube, ich weiß alles über ihre Familie. Übrigens, keine besonders großartige Familie.«
»Hast du mit ihr darüber gesprochen?«
»Jawohl, Papa, ich habe alles mit ihr besprochen, unter der Bedingung . . .«
»Mit ihr besprochen, daß sie deine Frau werden soll?«
»Jawohl, Papa, unter der Bedingung, daß Sie damit einverstanden sind.«

»Hast *du* diese Bedingung gestellt?«
»Sie hat es verlangt. Sie will mich heiraten, wenn Sie damit einverstanden sind.«
»Sie war es also, die sich um meine Wünsche und meine Gefühle Sorgen machte – nicht du.«
»Ich wußte, daß ich sie liebe. Was soll ein Mann tun, wenn er solche Gefühle hegt? Natürlich wollte ich es Ihnen sagen.« Der Herzog blickte ihn finster an. »Ich dachte, sie gefiel Ihnen, Papa.«
»Gefiel mir? Ja, sie hat mir gefallen. Aber was hat das mit der Sache zu tun? Glaubst du, mir gefallen nur Menschen, die als Ehepartner für meine Kinder in Betracht kommen? Besteht da keine Pflicht, keine Zurückhaltung, kein Gefühl dafür, was sich für jemanden deines Namens geziemt? Der Bursche da draußen, der die Straße fegt, der kann das erste Mädchen heiraten, das ihm gefällt, wenn sie ihn haben will. Vielleicht ist sein Schicksal leichter. Aber besitzt du dieselbe Freiheit?«
»Ich nehme an, ich besitze sie nach dem Gesetz.«
»Erkennst du keine Pflicht an außer der, die das Gesetz dir auferlegt? Das Gesetz kann für jemanden wie dich keine Norm sein. Du mußt so leben, daß du dem Gesetz nie nahekommst. Von dem Bösen, von dem dich das Gesetz abhält, solltest du durch dein Gewissen, deine Ehre, deinen Adel bewahrt bleiben. Verlangt das Gesetz Patriotismus, Menschenliebe, Selbstverleugnung, den Dienst für die Gemeinschaft, die Reinheit der Anschauungen, die Hingabe an die Bedürfnisse der anderen, die weniger hoch stehen in der Welt als du? Das Gesetz ist etwas Großartiges, weil die Menschen arm und schwach und schlecht sind. Und es ist groß, weil dort, wo es stark ist, kein Tyrann über ihm stehen kann. Aber das Gesetz ist keine Anweisung für gutes Benehmen; auf die Ehre, die Pflicht und den Adel kommt es an; frage, was diese von dir verlangen!«
Silverbridge hörte schweigend zu, Bewunderung erfüllte sein Herz. »Ich glaube, meine Ehre verpflichtet mich, Miß Boncassen zu heiraten, und ebenso – ich verstehe Sie in dieser Hinsicht sehr wohl – mein Adel.«
»Weil du es versprochen hast?«
»Ich hatte beabsichtigt, Sie heute um Ihre Zustimmung zu bitten, Miß Boncassen heiraten zu dürfen.«
»Ich kann dir meine Zustimmung nicht geben.«
»Dann bin ich sehr unglücklich.«
»Wie kann ich dieses Unglück ernst nehmen, wenn du genau dasselbe vor ein paar Wochen in bezug auf Lady Mabel Grex sagtest?«
»Fast acht Monate ist das her«, sagte Silverbridge.
»Was macht das aus? Es kommt nicht auf die Zeit an, sondern auf die Einstellung des Menschen. Ich kann meine Zustimmung nicht geben. Die

junge Dame sieht es im rechten Licht, und das wird es dir leichter machen, dich aus der Affäre zu ziehen.«

Der Herzog verbrachte den Rest des Tages allein. Alles, was Silverbridge ihm gesagt hatte, machte ihn traurig. Er hatte sich eingeredet, daß er Lady Mabel lieben könnte, wie ein gütiger Vater die Frau seines Sohnes liebt. Da es ihm sehr wichtig schien, daß sein Sohn heiratet, war er bereit, ungewöhnlich großzügig zu sein. Er hatte sich eingestehen müssen, daß seine Kinder, so gedankenlos und ruhelos sie auch waren, doch einen eigenen Willen besaßen. Sie waren in dieser Hinsicht sehr ihrer Mutter nachgeraten. Nur hatte diese trotz allen Widerstandes letzten Endes doch sein Wort als Autorität anerkannt. Bei den Kindern war das anders. Welche Macht hatte er über Silverbridge – oder, wenn man es recht bedachte, sogar über seine Tochter? Sie brauchten nur unnachgiebig zu bleiben, und er wußte, daß er unterliegen würde.

»Ich habe heute mit dem Alten gefrühstückt«, erzählte Silverbridge Frank Tregear, »ich habe ihn seit langer Zeit nicht so munter gesehen. Obwohl er es nicht direkt gesagt hat, bin ich sicher, daß er und Monk eine neue Regierung gebildet haben.«

An einem Dienstag gab Mr. Monk im Unterhaus eine Erklärung ab. Er hatte am Vormittag eine Audienz bei der Königin gehabt. Den Liberalen waren nun die Pforten des Himmels wieder geöffnet. Der Herzog nahm die Einladung an, in Monks Regierung mitzuwirken. Er wußte, daß nur eines ihm Befriedigung geben konnte, und das war Arbeit. Wenn er seinem Lande dienen konnte, so war es seine Pflicht, es zu tun; und er wußte auch, daß nur die Zusammenarbeit von Männern seiner Art die Tradition seiner Partei erhalten konnte.

Isabels Hochzeit war, wie die Zeitungen berichteten, eine der glänzendsten der Metropole: sechs Brautjungfern, unter ihnen natürlich Mary – allerdings nicht Lady Mabel Grex – und zwei Amerikanerinnen, die in diese hohe Gesellschaft mehr aus Höflichkeit als aus Zuneigung eingeladen worden waren, zwei andere Palliser-Mädchen und eine schottische McCluskie-Cousine. Das Hochzeitsmahl wurde natürlich von Mr. Boncassen in seinem Haus in der Brook Street gegeben, wo auch die Brautgeschenke zur Schau gestellt waren. Übrigens wurden sie nicht nur zur Schau gestellt, sondern eine Liste mit der Angabe ihres Wertes erschien am folgenden Tag in den beiden großen Morgenblättern. An dieser schrecklichen Sünde waren weder Mr. noch Mrs. Boncassen schuld. Aber in diesen Tagen, wo Großartiges in so großartigem Maßstabe geschah, brauchte man irgend jemand, der dafür sorgte, daß die Öffentlichkeit auch entsprechend gut informiert war.

Mrs. Boncassen hatte es vielleicht nicht sehr leicht mit ihren vornehmen Gästen, aber als sie am Abend Isabel einen letzten Kuß gab, war sie stolz darauf, daß ihre Tochter eines Tages eine Herzogin sein würde.

Die Hochzeit von Silverbridge war äußerst vornehm. Das war offensichtlich beabsichtigt, wenn auch niemand wußte, woher die Idee kam. Mrs. Boncassen wurde wahrscheinlich mitgeteilt, daß es so sein müsse, und Mr. Boncassen hatte sich bereit erklärt, dafür zu bezahlen. Der Herzog hatte sich jedoch nicht eingemischt. Allerdings hatte wohl allgemein das Gefühl geherrscht, daß die Braut des Erben des Hauses Omnium der Welt mit Trompetenfanfaren und im Schein von Fackeln präsentiert werden solle. Und so war es auch geschehen.

Aber der Herzog und Mary waren entschlossen, daß die zweite Hochzeit anders sein werde. Sie sollte in Matching stattfinden und nur die, die im Hause lebten, und die Nachbarn aus der Umgebung sollten teilnehmen. Wenn Isabel vier Geistliche brauchte, um ihrem Gemahl das Jawort zu geben, nämlich einen Bischof, einen Kanonikus und zwei königliche Kaplane, so würde Mary der Gemeindepfarrer von Matching genügen.

Die Kirche stand im Park, nahe den Ruinen des alten Klosters, kaum dreihundert Meter vom Haus entfernt. Alle machten den Weg zu Fuß, der Herzog führte den Zug an mit seiner Tochter am Arm. Die zwei Brautjungfern folgten, dann Silverbridge und seine Frau und Phineas mit seiner Gattin. Gerald und der Bräutigam folgten.

Das Merkwürdigste an der Hochzeit war die Heiterkeit des Herzogs. Wer ihn nicht kannte, hätte glauben können, hier habe er einen Mann vor sich, der wenig Sorgen hat und der sich jetzt am Glück seiner Kinder erfreut – der auch absolut damit einverstanden ist, daß sie nach ihren eigenen Wünschen heiraten. Und doch, als der Herzog auf den Altarstufen stand und seine Tochter einem neuen Sohn gab, blickte er zuerst Lady Mary und dann seinen Schwiegersohn an und dachte an all das zurück, was ihm widerfahren war.